Gestaltung: Sandra Praun, Designstudio S
Druck: freiburger graphische betriebe GmbH & Co. KG

ISBN 978-3-98 13227-2-9
www.edition-mille-plateaux.com
www.szepanskimedia.com

Im Jahr 2013 steckt die gesamte Stadt vor allem hinsichtlich der Realtime-Zirkulation des vollelektronischen Computerhandels, deren Pathologien der TopBanker Dr. Dr. Hanselmann mit Hilfe der global operierenden Esperanto Bank zu kurieren glaubt, wenn ihm nur die Einführung des Weltgeldes endlich gelingt, in Saal 6. Zeitgleich sitzt das ungleiche Paar Alfons und Alonso – ein ehemaliger Philosoph und ein alternder Starkoch – an einem Ententeich im Stadtwald und beobachtet in zeitenthobenen Dialogen die seltsamen Berührungen und Vermischungen von reichen Freizeitobdachlosen und obskuren Politikaktivisten bis in die Bars und VIP-Clubs der Stadt hinein. Seltsame Personen wie Freaky Franky, der Maniker, und Snaffu, der Eidetiker, pflügen mit ihren Ausflügen die von Kunst- und Kreditblasen gleichermaßen gedopten Bankenszenerien, plus den Stadtwald und das Bahnhofsviertel, Werber drehen durch oder auch nicht, und einzig der Sommer bleibt im Jahr 2013 eine Seitwärtsbewegung.

ACHIM SZEPANSKI
SAAL 6

RHIZOMATIQUE

Aus einem pinkfarbenen, jericholauten Spielzeugklavier, das zwischen Arm und Brustkorb eines blondgelockten siebenjährigen Jungen steckt, der die ganze Zeit mit seinem ebenfalls blondhaarigen Zwillingsbruder mit luftdicht verpackten Jelly Bean Bonbons auf den schachbrettartig angeordneten Bodenfliesen des Kundenberatungszentrums der Esperanto Bank eine Art Monopoly spielt und ab und zu das Klavier direkt an sein rechtes Ohr hält, um eine scheinbar stur eingeübte Discotanznummer innerhalb eines Radius von vier Metern abzuziehen, dringt eine zu nervenaufreibendem Leiern reduzierte Instrumentalversion des Popklassikers Saturday Night Fever der Gibb Brüder. Mike, der schon hoch aufgeschossen und für sein Alter entsetzlich dick ist, trägt ein Basecap mit Rammstein-Logo, einen knielangen, warm wattierten Wetterschutzmantel von Jack Wolfskin und gelbe Gummistiefel, er artikuliert oder akzentuiert andauernd hochfrequent Geräusche, als kämen sie von einem knurrenden Hund, reibt sich periodisch mit den Handflächen die averculine Nase, während die Mutter – praktisch immun gegen (non)konversationale Standardablenkungen ihrer beiden Kinder – ein (nervenaufreibendes) Gespräch mit einer Bankangestellten führt; Mikes Speicheldrüsen überfluten seine Mundhöhle, seine Lippen liegen beidseits um ein Jelly Bean Bonbon mit Blaubeergeschmack, als sein Bruder Mekon ihm den kantigen Handrücken so hart in den Nacken drischt, dass Mike zuerst ein knurrendes Jammern von sich gibt, das zwischen den Diphthongen /au/ und /ao/ oszilliert, bevor ihm die plattgelutschte Bohne, die ihm Mekon vor Minuten zur Belohnung in den Mund gesteckt hatte, weil Mike während des Monopoly-Spiels die Schlossstraße abgeben musste, in einem 45 Grad nach oben geneigten Winkel aus dem Mund pullert. Mekon hat die Hand schnell zurückgezogen, hält inne, und sagt, das sei wirklich eine wunderschöne Flugbahn gewesen. Das Bonbon stieg tatsächlich für Sekundenbruchteile empor und sank dann federleicht hernieder, schlug mit einem leisen echolosen Bab auf den blank polierten Steinfußboden auf und rollte wie an einer unsichtbaren Schnur gezogen unter eine schwarze Kundencouch, wo sie sich mit etwas verklebte, das wie eine Wollmaus aus Staubflusen aussah, aber in Wirklichkeit ein Knäuel nasser Hundehaare war. Mekon schiebt hochbelustigt und mit provokanter Langsamkeit seine Brille den Nasenrücken nach oben und fährt sich mit der Hand durch den flauschigen Haarteppich, während er weiterhin seine gehässigen Augenbrauentics in Richtung Mike praktiziert. Soweit es Mikes Babypogesichtshaut zulässt, erstarrt er im Gesicht nach einem simplen Zwischenfall wie diesem gewöhnlich wie eine ihre Fitnessindikatoren austestende Formentera-Eidechse, aber dieses Mal lässt der Verlust des Bonbons unverzüglich seinen Cortex cerebri aufschreien, so dass er sich hektisch über die perlenbesetzte Stirn streicht, ein paar entwicklungsgestörte Geräusche schluchzt, ein nasaliertes Jammern und sein fast schon chronisches Unterwassergurgeln von sich gibt, das eher der Tatsache geschuldet ist, dass ihm die glykämiepositive Substanz entwichen ist, als dass Mekons überraschender Fußtritt ihm wirklich wehtut, der ihm gerade eben ein paar Mal mit einer halben Auxial-Rotation die Stiefelspitze gegen das rechte Schienbein geschlagen hat. Möglicherweise rutschte das Bonbon dank der exzellenten Gleitfähigkeit des Glanzreinigers so elegant über den Fußboden und trotzte deswegen dem Reibungswiderstand.

Mike wuchtet seinen verdammt schweren Body – den Oberkörper nach vorne gebeugt, als würde er sich gegen den Sturm stemmen –, vehement in Richtung Kundencouch, eine Vorwärts-Krängung, die Mekon immer dazu veranlasst, seinen Zwillingsbruder *Häuptling fallender Engel* zu schimpfen, wobei Mike immer nur Bengel anstatt Engel hören will, weil er wohl glaubt, durch das Missverstehen der speziellen Paraphrasierung der Allegorie seitens Mekons entwischen zu können, womit er nicht ganz falsch liegt. Mike bückt sich krächzend, greift nach dem Bonbon und geht mit einem furchterregend dämlichen Grinsen (das Bonbon auf der ausgestreckten Handfläche) zurück zum Kundentresen, wo die inzwischen heftig in das Streitgespräch verwickelte Mutter in einem typisch mütterlichen Reflex das, was ihr Sohn da lachend und augenbrauentickend zum Mund führt – wie zuvor unzählig auf den Boden gespuckte Bonbons, Fruchtgums & Kaugummis in Banken, Kindergärten, Flughafenhallen und Bussen, die er wieder aufgehoben hat, um sie zu vernaschen – aus der Hand schlägt, noch bevor Mike mit dem flusigen Bonbon oralen Kontakt aufnehmen kann, so dass die Bohne zum zweiten Mal auf den Fußboden fällt, direkt vor die Spitze eines John Lobb-Loafers in Rotocker.

Der Besitzer dieser luxuriösen Schuhe ist das Aufsichtsratsmitglied der Esperanto Bank, der raubvogelgesichtige, diplomierte und promovierte Dr. Dr. Hanselmann, der es liebt, die Fasson seines schmalen ovalen Kopfes, der sich durch Harkennase, fast lippenlosen Mund und spitz zulaufendes Kinn auszeichnet, mit geradeaus hackenden vogelartigen Bewegungen eines gewissermaßen nervösen und zugleich eitlen

Menschen zu pointieren, wobei man seinen Bürstenhaarschnitt durchaus als klobürstig bezeichnen kann, weil er vom Farbton einer Klobürste ist, die kurz nach einer sauren Entleerung zum Einsatz kommt, also ein unsystematisch über den weiß grundierten Haarteppich verteiltes braunflaumiges Muster von Kumuluswolken, das einer dem Gesichtsfetischismus inhärierten Pointe insofern Respekt zollt, als da zumindest keine ins Gesicht fallenden Haarsträhnen zu beachten oder zu beobachten sind, was das ohnehin Affektierte seines fazilialen Gestus allerdings nur noch weiter aufheizen würde. Dieser Dr. Dr. Hanselmann gilt in den Top-Bankerkreisen in Europa als der ausgewiesene Experte, wenn nicht der Erfinder der glorreichen Idee des Weltgeldes, der sich des Instrumentariums einer Theorie bzw. Ökonomie der Spiele bedient, wobei der Banker die primären und sekundären Erfahrungen mit komplementären Währungen oder digitalen Ersatzgeldern wie QQ Coins in taiwanesischen Messenger-Diensten, Mobiltelefon-Guthaben auf afrikanischen oder lateinamerikanischen Handynetzen oder Liniendollars in Second Life in seine Studien eingearbeitet hat, Weltgeld, das seiner Meinung nach u.a. die hyperriskanten Carry Trade-Geschäfte, bei denen Spekulanten Kredite in Währungen mit vergleichsweise niedrigen Zinsen aufnehmen, um das geliehene Geld anschließend in Währungen mit vergleichsweise hohen Zinsen anzulegen, laut einer Studie des IWF vom 12.10.2012, die allerdings noch unter Verschluss gehalten wird, endgültig zum Erliegen bringen könnte. Das sanfte Ende des Finanzkapitals als Feuerkraft hinsichtlich der geopolitischen und geoökonomischen Weltwirtschaftskriege, die angeblich nur die veralteten Produktions- und Finanzsysteme perpetuieren, wobei Dr. Dr. Hanselmann Joseph Schumpeters Theorie des inventive distinction, des Aussterbens des Überkommenen durch Erfindung, wieder in ihr Recht zu setzen gedenkt. Eines steht fest: Dr. Dr. Hanselmann spricht insbesondere in Anwesenheit seines Lieblingscallgirls Isabella notorisch und mit Emphase von globalen Cybergeldmärkten, deren selbstreferentielle Beschleunigungseffekte in kurzer historischer Zeit globale Glücksspielmärkte erzeugt hätten, welche – nachdem man im Zuge von Eigenheim-Cocooning und Shopping-Relaxation in Wechselwirkung mit Derivatdiffusionen und staatlich organisiertem Wirtschaftskrieg eine den Globus destabilisierende Finanzkrise nach der anderen ausgelöst hätte – unausweichlich und zielgerichtet den Staatsbankrott, aber was noch viel schlimmer ist, das Ende der westlichen Zivilisation herbeiführen könnten, wäre da nicht die von Dr. Dr. Hanselmann himself sowie von seinem achtköpfigen Expertenteam konzipierte ausgefeilte Konzeption einer internationalen Superbank, die in Zukunft das staatliche Münzrecht außer Kraft setzen und den militärischen Superkrieg bzw. Supergau zu verhindern bereit sei, und so weiter und so fort.

Dr. Dr. Hanselmann trägt heute eine zitronencremefarbene Designerhose und -jacke, ist drakonisch parfümiert, blendet die offensichtlich triebgesteuerten weiblichen Angestellten hinter Schalter B1 so gut es geht aus, Frauen, die selbst Geldscheine wie etwas sehr Körperliches behandeln und möglicherweise sogar die Aura des Geldes fühlen, wenn sie beim Auszahlen bzw. dem Verlassen der Scheine aus ihren Händen den Austausch fassionieren. Dr. Dr. Hanselmann bevorzugt eine sonnenbrandimmune, ziegelfarbene Bräune im Gesicht, die er durch insulare Hypospektralsterilisierung gewinnt, welche die entsprechenden Lifestyle- oder Wellnesseffekte erzeugt, wie das auch bei den obskuren Freizeitobdachlosen bzw. Ökopennern in der Stadt der Fall ist, die das alles scheinbar gratis von der Natur geliefert bekommen. Der Banker lässt die Angestellten nur vage an seinem leicht zittrigen, amphetaminartigen Gesichtsausdruck teilnehmen, der zugleich flatulent und sogar etwas unheimlich wirkt, als wäre sein Schädel ein unter Strom gesetzter Helm, den er notabene nicht von Geburt an trägt. Ob es nun etwas Parentales bzw. Konservatives hat oder nicht, der begeisterte Träger maßgefertigter Herrenschuhe leidet an der bohrenden Angewohnheit geistesabwesend Gegenstände mit dem Fuß wegzukicken, eine partiell vegetative Störung, die sich ihn auch greift, wenn er stundenlang mit paralytischer Handschrift auf einen leeren Papierblock Thesen zur dreiwertigen Logik kritzelt oder mit hochgestörten Fingern phobisch auf der Tastatur eines Laptops herumtippt und oder mittels schier paranoider Bewegungen imaginäre Tennisbälle mit einem imaginären Tennisschläger vor einem mannshohen Spiegel retourniert. (Der Sinn der Wiederholung ist nicht die Sinnlosigkeit, sondern die Variation, die sich wiederholt, indem sie sich differenziert, denn die Variation wiederholt sich niemals identisch und sie wiederholt stets das verschobene Element. Derlei Denkprozesse produzieren Zeichen, die Dr. Dr. Hanselmann von den Bildern, Ikonen und Bildnissen, das heißt vom Imaginären aus zu denken versucht, ohne den Drang nach der Zerstörung von Bildern ganz zu suspendieren.)

Während Dr. Dr. Hanselmann ungefähr in die Mitte zwischen Schalter 7 und 8 schaut, startet er unwillkürlich mit seinen seit Monaten typischen isometrischen Muskelkontraktionen – eine unfallbedingte Gesichtsgymnastik im kinnstarken Gesicht, die er zu Beginn jeder zweiten vollen Stunde für exakt 7,5 Minuten auszuüben pflegt –, schieben sich seine Füße unbeabsichtigt (wahrscheinlich durch das permagrinsende Gesicht der attraktiveren Rezeptionsdame inspiriert, deren Arbeitsplatz sich an der südlichen Front des Gebäudes befindet, ein Gesichtsausdruck, der total dem Service-Lächelmasken-Syndrom verfallen ist) auf waagrechten oder senkrechten Bahnen auf und ab, die motorische Mechanik gnadenlos verdrahtet in seiner Hardware, er selbst ein Knotenpunkt mit vierfacher Ausrichtung und analysierbaren und kumulativen Folgen, eine tänzerische Kombination aus Stillstand und gewichtsverlagernder Artistik, und folgerichtig befindet sich sein Unterschenkel sehr schnell exakt im 40 Grad-Winkel zum Fußboden, als würde es da vor allem eine Anziehungskraft zwischen Fuß und Bonbon geben, und mit einem rasanten Schwung kickt er das mit Hundehaaren verklebte Jelly Bean Bonbon mit der Leichtigkeit und Wucht eines Punters mit der Spitze seines linken Designerschuhs weg, wobei die Bohne erst drei Zentimeter rechts diagonal von der linken unteren Eckkante des begitterten Einzugskanals der Klimaanlage Halt macht. Dr. Dr. Hanselmann wirft einen strengen Blick auf seine digitale Armbanduhr, die 12:04 Uhr zeigt, und versucht einen psychischen Muskel zu entspannen, den er wahrscheinlich gar nicht hat.

Zwei Stockwerke tiefer sitzt eine grottenpummelige Person in Post-Sauftour-Krampfhaltung auf einem schwarzen Schleiflackschreibtisch (das bloße Gegenteil einer polykletischen Skulptur und der Körper proportionslos und hyperblutgenährt), die ungefähr die höchst traurige Version eines mit Ambitionen angetretenen und schwer durch das Berufsleben getretenen Hausmeisters darstellt, dessen weiches, sackförmiges Grins- oder Jammergesicht auf die Brust gesunken ist, wahrlich ein wabbliges Schwergewicht mit gekrümmter Wirbelsäule, das eine ausgeleierte Jogginghose und einen grauen Hausmeistermantel trägt und das da in babysprachlichen Lalationen vor sich hin brabbelt, die Augen vor den fensterlosen grauen Wänden fast geschlossen hält und sich in multiplexkinomäßigen Bildern eine schneeweiße Landschaft in der Nähe von Garmisch-Partenkirchen ausmalt; der Chefhausmeister des Esperanto-Buildings lächelt subkutant, lächelt debil, lächelt in kathartischer Hinsicht solange, bis potenziell

Angenehmes in seiner Schmallspurtraumtopologiewelt aufblitzt, beispielsweise quietschende Christmas-Girliepuppen, frotzelige Weihnachtsmänner, in deren Schädelöffnungen Knallzigarren stecken, aufblasbare Schneemännerpuppen inklusive Multispeed-Vibrator oder Tannenbäume aus Polymeren und letztendlich der hohle Es-gibt-doch-noch-Weihnachten-Schnickschnack sowie etwas abgepackte Überraschungserotik im limbischen Gepäck, digitale Weihnachtsdioramen und analoge Schneekanonen im Mondschein. Wieder und wieder schaukelt der Chefhausmeister, während er jetzt milde oder blässlich fade lächelt, um fast schon geletologische Untersuchungsergebnisse zu affimieren, nach denen es den Neuronen egal ist, ob man grundlos oder bewusst lacht, in seinen fragmentarischen Gedankenbildern eine durchschnittlich attraktive Frau auf der Skihütte des Zugspitzplatts auf seinen opulenten Kalbshaxenknien hin und her; als zukünftige Ehefrau wuselt diese Frau mit beiden Händen mächtig erregt in seinem fettigen Haar, eine Frau, die ihn während seines zweiwöchigen Winterurlaubes in der Nähe von Garmisch-Partenkirchen kaum eines einzigen Blickes gewürdigt hat, kein Wunder bei seinem wulstigen Hals, auf dem das Gesicht eines verwüsteten Helmut Kohl sitzt, der breiten Schwartenvisage, den Tränensäcken und monumentalen Hängebacken, die bei plötzlichen Bewegungen das fleischige Stakkato eines Kampfhundes produzieren, der vergebens zubeißt oder sich trocken schüttelt. Immer wieder nennt der Hausmeister Karl Bauknecht diese für ihn beinahe imaginäre Frau, die vielleicht auch nur eine Fieberhalluzination gewesen ist, sein Schätzchen, Biberchen und so, obwohl ihm seine Ex-Ehefrau doch so oft erklärt hat, dass für jemanden, der sich mit einer Person unterhält, die gar nicht anwesend ist, und der nicht unbedingt dafür bekannt ist, dass er einen emphatischen Umgang beispielsweise mit der Apostrophe pflegt, und zudem noch als

Hyperalk gilt, ja, dass für so einen mutmaßlichen Volltrottel die unbewusste Vortäuschung selbstreferentieller Melancholie durchaus brenzlig werden kann. Geister, möglicherweise Geistzeit, glaubt Hausmeister Karl Bauknecht jetzt wieder sehr selbstsicher und macht aus seiner rechten Hand eine starke Faust, mustert sie im Licht der TP-Flammen und springt auf, als eine JBL-Lautsprecherbox, aufgehängt an der diagonal verlaufenden Beleuchtungsbrücke des Raumes, exakt um 12:06 Uhr schiefe schlürfende Hammondorgeltöne sendet.

Der Hausmeister Karl Bauknecht öffnet mit absoluter Konzentration den linken Flügel des grauen mannshohen Schaltschranks, in dem sich die Platinen des Steuerungs-Kits der Klimaanlage befinden. Als er die synkopisierten roten und blauen Blinkzeichen des neuen Boards sieht, das ungefähr die Dimension eines Armaturenbretts in einem Pilotenraum einer Boeing 767 hat, fasst er sich sofort an die schweißperlenbesetzte Stirn seines plumpen Schädels, während seine feuchten Augäpfel dramatisch in den Höhlen zu eiern beginnen, und nur noch mit sehr leisem Sarkasmus führt er sein Gelaber über subversive Ski-urlaubserlebnisse fort, um zeitgleich seinen Arbeitsspeicher nach der Struktur miniaturisierter Schaltpläne abzusuchen. Seine Nase läuft wie ein Doppelwasserhahn und der triefende Schleim hat eine graugelbe Färbung, während er seinen linken Daumen, der ungefähr dreimal so dick ist wie sein ebenfalls gut genährter Zeigefinger, so dass er auf einer Tastatur meistens zwei Tasten gleichzeitig bedient, wenn er nicht den kleinen Finger einsetzt (weswegen er meistens auch einen Kugelschreiber zur Bedienung der Buttons der Schaltschränke benutzt), mit einer phänomenalen Unvorsichtigkeit in den Schaltschrank schiebt, um nur noch erschreckt zurück zu weichen.

Während seines zweiwöchigen Weihnachtsurlaubes wurde ohne sein Wissen in den Konferenz- und Besprechungsräumen des Esperanto-Buildings sowie im Erdgeschoss, in dem auch das Kundenberatungszentrum untergebracht ist, eine neue Mitsubishi Heavy Industries FDS Klimaanlage in die Lüftungsanlage integriert, und vollkommen unbeabsichtigt hat Karl Bauknecht nun die Abluftventilatoren im Erdgeschoss sowie die Zuluftventilatoren im 32. Stock auf eine viel zu hohe Ventilatorendrehzahl hochgefahren, so dass ein Jelly Bean Bonbon in der Eingangshalle durch die flatternden Lamellen in den Abluftkasten und dann in den Lüftungskanal gesogen, durch die Druckluftveränderungen in der Lüftungsanlage bzw. durch Überdruckbelüftung in den 32. Stock geschossen wird, wo die fedrige Bohne durch ein Induktionsgitter flutscht und zwischen den staublosen Plastikblättern des Deckeninduktionsdurchlasses des Konferenzraums 32/112 hindurchrutscht und in eine Tasse dampfenden Kaffees fällt.

Dr. Dr. Hanselmanns Gesicht scheint stehen bzw. stecken geblieben, fixiert, gefangen, die Wangen vor allem im unteren Bereich und Kinnpartie weisen kleine violettrot gefärbte Operationsnarben auf. Der Banker nickt wissend, kratzt sich am ultraspitzen Kinn, überlegt. Das Klingeln des Samsung-Handys ist im Moment eher ein Hintergrundrauschen als ein Signal. Ein Skiunfall am 23. 3. vorletzten Jahres gegen 12:35 Uhr lehrte Dr. Dr. Hanselmann seine stets, aber stets unwahrscheinlich zu bilanzierende und fast schon manische Hochbegabung bezüglich der Finanzökonomie und diskursivem Wissen in Sachen Geldtheorie neu zu justieren, die ihn bisher wie ein Stereoid oder eine sehr tiefe oder hohe Tonfrequenz umgeben hatte, auf die man sich bis heute selbst in psychologischen Fachkreisen des Fraunhofer Institutes mithilfe der Fourieranalyse keinen richtigen Reim machen kann, es ist zuweilen eine bedürfnis- und gefühlsinkontinente bzw. -resistente Aura, angereichert mit blitzartigen Entladungen und Überstürzungen, mit denen der Banker viele seiner Gesprächspartner und

-partnerinnen bis heute infiziert oder überfällt, ausgenommen bestimmte, seiner Meinung nach plempleme Liebesbedienstete wie das Nobelcallgirl namens Estella, das als Ausdruck despektierlicher Zuneigung beim Sex allzu gerne mal akzeptable Gestalt des jeweiligen Sexpartners mit (unzureichendem) Geruch ineins setzt, um den Partner dann mit einer gräulich riechenden, demethylierten Dosis Ungarischen Wassers in der Leistengegend apikal zu lackieren, zu benetzen und letzten Endes zu diskreditieren, womit sie ihren Orgasmusbombast mehr schlecht als recht ökonomisiert, oder wie die Gelegenheitsprostituierte namens Isabella, bei der Dr. Dr. Hanselmann mindestens zwei Mal im Monat mit einer schwarzen Maske über den Augen, höchstwahrscheinlich als eine Anspielung auf die historische Figur Charles d'Artagnan de Batz-Castelmore gedacht, gewöhnlich in der Form eines Doppelrendezvous in ein circa zehn qm großes Zimmer im Laufhaus Roter Morgen des Frankfurter Bahnhofsviertels regelrecht einfällt, woraufhin der Banker die beiden Damen sowohl mit einem imaginären Schwertschlag als auch mit undeutlich gesprochenem Singsang wie hagere Männer im weißen Bademantel auf der Toilette im Film begrüsst, um nacheinander die erstaunt wirkenden Gesichter am Kinn anzuheben und diese bei d'Artagnan schwören zu lassen, dass die Frauen zu 100% unmittelbar vor seinem Antrittsbesuch ohne Kondom mit x-beliebigen Freiern kopuliert haben, um ihnen dann zwei ultramarinblaue Catwoman Augenmasken mit Behang über den Kopf zu zerren, so dass die seiner Ansicht nach verlorenen oder verlogenen Augenpaare nicht mehr zu sehen sind, woraufhin sich die Frauen mit dem Rücken auf das quietschende Bett legen und ihre nackten Beine spreizen, und woraufhin Dr. Dr. Hanselmann zwischen den beiden in einer Art Anästhesie/emotionalem Stupor verharrenden Prostituierten hinkniet und redundant ihre angenässten Geschlechter schlürft, dabei zyklisch das nasale und basale d'Artagnan herauspresst, während vor allem Isabella vor ihrem inneren Auge das sabbernde Gesicht des Bankers mit einer Axt im Smiley-Schädel sowie blubberndem Blut aus Mund und Augen überblendet.

»Ach du lieber Himmel, Hector. Ach Hector, das Bankster ABC. Ach Hector, muss ich nochmal ganz von vorne beginnen? In Wirklichkeit vergeben die Banken doch zuerst die Kredite, kreieren dann ihre Einlagen und suchen sich erst später die erforderlichen Reserven. Das weißt du doch viel besser als ich, Schätzchen. Rekonstruieren wir die Geschichte noch einmal konkret: Unser Geliebter X, immerhin einer der potenten, mmh, sehr potenten Fondmanager der Kreisler Versicherung hat ein großes, ein sehr großes Paket Nestle Aktien in seinem Portfolio und bekommt es plötzlich mit der Angst zu tun, also möchte er seine Aktie nach unten absichern. Die Aktie steht auf 75, und wir zahlen ihm eine Prämie für alle Verluste, falls die Aktie unter 75 fällt. Das Übliche: Long Put auf Nestle, Basispreis 75, Laufzeit drei Monate, Prämie 8 Euro pro Aktie. Quasi parallel bauen wir natürlich synthetische Gegenpositionen auf, vertickern die Positionen am Markt weiter, berechnen die verkauften Zeitwerte, beobachten das laufende Verhältnis der Veränderung der Option zur Veränderung des DAX, Deltas Voltas, Gammas, Sensitivitätskennzahlen und Pipapo, die wie du weißt, Schätzchen, sie indizieren, welchen Einfluss der Preis des Basiswertes auf den Wert der Option hat.« Sam Kimberlay spricht gerade mit einem Mitarbeiter der Esperanto Bank in London, und steht, das schnurlose Telefon zwischen Kinn und Schulter geklemmt, am mannshohen Fenster ihres weitläufigen und exquisit designten Büroraumes im 32. Stock des Esperanto-Buildings, wo sie das R-Gespräch seit mehr als zehn Minuten weitestgehend emotions- oder teilnahmslos führt, während sie sorgfältigst die langen künstlichen Fingernägel ihrer rechten Hand mit Hilfe eines kleinen Pinsels mit violettem Nagellack bestreicht. Die Diktion der ehemaligen stellvertretenden Vorsitzenden des Mergers & Acquisitions Dept. der Esperanto Bank in Frankfurt/Main schwankt oft zwischen horizonterweiternd/fachspezifisch und zugleich leger/locker, insbesondere für den ihre Gesamtbewertung im Unternehmen zu verantwortenden Kollegen Dr. Dr. Hanselmann besitzt Sam Kimberlay, die heute weit hinter der sogenannten Chinese Wall der Company arbeitet, ein sehr explizites, organisatorisches & lösungsstrategisches, diskursives Wissen sowie umwerfende Kenntnisse und Präferenzen in Sachen Personal Management, Sam Kimberlay, die er sich allerdings in naher Zukunft auch bestens im Private Wealth Management der Esperanto Bank quasi investiert vorstellen könnte. Natürlich (re)agiert Sam Kimberlay im internen Management oft ein wenig zu hexenmäßig oder zu disloszíiert, und dieses Urteil, mit all der psychologischen Fachkenntnis eines erstaunlich vielseitig gebildeten Wirtschaftswissenschaftlers/Bankers getroffen, der zwecks Ermittlung des optimalen, weiblichen, neurogenetischen Implements keinerlei Kosten und Mühen scheut, hebt insbesondere auf Sam Kimberlays vielsagendes oder viel zu viel sagendes, des Öfteren mundwinkelzuckendes und ergreifend zitterndes Gesicht ab, das wirklich zu mögen, Dr. Dr. Hanselmann eine gewisse Selbstüberwindung kostet, und dennoch, nicht wenige Mitarbeiter des Unternehmens erblicken in Sam Kimberlay und Dr. Dr. Hanselmann das zukünftige raubtierhafte Traumpaar an der Ventralflanke des Unternehmens, bereit jederzeit ins leere Zentrum vorzustoßen; beide sind hyperkommunikativ und hyperkompetent, ja illustrativ und in all ihrer Visualität imposant und bipolar akustisch dominant, mit einer eindeutig pleuritisch-pneumonischen Tendenz, zuweilen in den Meetings & Brainstormings mit kontinuierlich ansteigender Lautstärke, wobei der Tonfall von beiden immer reiner und zeitweilig dysphorisch wird, bis die Gesprächspartner in ihrer unmittelbaren Nähe schon nach kurzer Zeit auf ein abruptes Schweigen des seltsamen Paares hoffen, wenn nicht sogar manchmal darum beten.

»Ich kaufte mir neulich einen Thermoregulator«, sagt Sam Kimberlay zu Mr. Tension am anderen Ende der Leitung. »Der spricht, der zeigt Temperatur und Druck und so an, und ich, ich gleiche manchmal aus mit Masken, mit warmen oder kalten Bädern, und ich besitze auch ein exquisites Massagegerät und kann mit den elektronischen Magnetschallwellen effektiv arbeiten. Ich schlafe inzwischen in einem Wasserbett und ließ mir gleich nach dem Einzug in das neue Apartment am Westhafen zeitnah ein spezielles Heizungssystem einbauen. Nicht gerade billig, das kann ich dir sagen. Und mindestens dreimal wöchentlich kommt eine professionelle und übrigens sehr hübsche Fußgymnasiastin zu Besuch. Das kann ich dir sagen. Als ich beispielsweise das Fotoshooting für die Talkshow über sexy Anlageprodukte auf Bloomberg mitgemacht hatte, sorry, mitmachen musste, standen da zwei Handmaskenbildnerinnen bereit. Das dauerte fast den ganzen Vormittag und danach gab es soziologisch hochfrisierten Diskussionsstoff über Analystenphilosophien auf die Nuss, angefangen von der Ökonomie der Kalkulation bei Michel Callon, über finanzmathematische Risikomodelle en masse bis zu den echt schrägen Garant Rebound Zertifikaten, die einen variablen Kupon in Aussicht stellen, in Abhängigkeit von der Kursentwicklung eines zugrunde liegenden Baskets, wobei sich der Zinssatz an der kleinsten absolut positiven oder negativen Performance eines einzelnen Korbwerts oder eben kursabhängig orientieren kann oder so ähnlich, was im Klartext nichts anderes heißt, dass für den Anleger nicht mehr als eine mickrige 1% Verzinsung pro Jahr bei einer Laufzeit von fünf Jahren und eine megadubiose

Option heraussspringt, die mit ziemlicher Sicherheit wertlos ist, was diese Knallköpfe von Anleger ja natürlich sowieso nicht kapieren, aber man kann ja mit deren Geldern wunderbar unentdeckt in Optionen spekulieren, ach was erzähl ich dir hier eigentlich. Ich ... ich brauch jetzt dringend ne Aspirin und einen Kaffee.«

Bohrende Kopfschmerzen hat Sam Kimberlay häufig auf dem Weg vom Wasserbett bis zur flügelüberdeckenden Alu-Design-Haustür ihres Apartments am Westhafen, behauptet sie jedenfalls, öfters auch Clusterkopfschmerzen, sogar wenn sie mit befreundeten Top-Brokerinnen in der Kingkamea Suite aus- oder abzuspannen versucht, um etwa taktvolle, in freier indirekter Rede vorgetragene Witze beispielsweise über die sexuellen Vorlieben ihrer Mitarbeiter mit äußerst indiskreten Verbalsauereien zu mischen/ mixen und dabei immer mal wieder leise mit der Hand vor dem Mund zu lachen. Manchmal überkommt Sam Kimberlay mitten im Gespräch eine rosarote Welle oder Wolke liebst-du-mich-noch?-Fantasie, die plappernde NeuIsenburgerin mit dem bildschönen Modelkopf, der ihr neulich beinahe abgenibbelt wurde, synaptisch sowieso, so bei der Party des prominenten Schauspielers Thomas Rothschild in der Villa Rothschild in Königstein/Taunus, wo sie sich am Anfang komisch fehl am Platz gefühlt hatte, weil sie mit ihrer behutsamen Tour der minutiösen Darstellung wissenschaftlicher Kernaussagen der mathematischen Finanzwissenschaft überhaupt nicht angekommen war, welche sie zwar ad hoc modifizieren kann, wenn die psycho-emotionale Problemstellung der Klassifizierten es erfordert – Verifikations- und Kohärenznormen im Bereich des Akzeptablen –, was sie dann auch tat, bis Sam Kimberlay sich schließlich dem Panopticum des kryptogenen gimmickmäßigen Amusements total hingab, um mit Bemerkungen oder schlauen Fragen über die seltsamen Praktiken der Tätowierung in einer obskuren Villa am südlichen Mainufer in Sachsenhausen zu glänzen und in einen Verbalclinch mit einer Mrs. Taylor zu geraten und dabei praktisch unerschöpfliches Wissen über einen gewissen Dr. med. Schönblick auszuplaudern, mit der Dämmerungsfröhlichkeit der Droge über das Tattoo und seine Kartographierungen als zweite Haut zu faseln, während sie Mrs. Taylor öfters den nackten Rücken, den das tiefgeschnittene, knöchellange, hellblaue Satinkleid nicht verbarg, mit einer Tätowierung von vier verschiedenen Schlosshündchen zukehrte, bis es Mrs. Taylor regelrecht zu bunt wurde und diese richtiggehend in den Wettkampf um die Kunsttauglichkeit oder Kunsthandwerklichkeit des Tätowierens einstieg und Sam Kimberlay eins auf die linke Backe fing und ihre Gesprächspartnerin eins fing und so weiter und sofort.

Sam Kimberlay hält mit der rechten Hand einen Kugelschreiber vorsichtig wie eine Zigarette hoch, mit der anderen das schnurlose Telefon zentimetergenau an den Mund, der jetzt Schlürfgeräusche wie Pssst und Pschss absondert, als am anderen Ende der Leitung Mr. Tension aus dem Frontoffice 2/34 in London ihrem unglaublich affirmativen Statement zur Leverage-Strategie der Esperanto Bank an der Frankfurter Börse energisch zu widersprechen versucht. Laufend gibt die Bankerin ihrem Gesprächspartner am anderen Ende der Leitung vor, gerade in einem Notizblock umzublättern, aber in Wirklichkeit verliert sie immer wieder die Kontrolle über die Kugelschreiber, mit denen sie in ihren zur Serpentine hochgeföhnten schwarzen Haaren herumstochert, bis sie auf den neonröhrenerhellten Boden klacken und einen Vektor zur Südseite des Raumes ziehen. Sam Kimberlay müsste sich jetzt erneut nach einem Kugelschreiber bücken, geht aber lieber auf nylonbestrumpften Zehenspitzen zurück zum langen Konferenztisch, der mit ergonomischen Ledersesseln ausgestattet ist, und auf dem Getränke, Evian mit und ohne Bubbles, Cola-

Zero, Bionade und Bio-Kaffee in stahlgebürsteten Thermoskannen stehen. Wenn Sam Kimberlay will, kann sie auch mal den hausinternen Cateringservice anrufen und sich alkoholische Getränke servieren lassen. Am liebsten würde Sam Kimberlay jetzt ein bisschen Szenen aus softerotischen Spielfilmen imaginieren, in denen ein heiße Liebesszene die nächste jagt, aber wer kann das schon bei einem so bahnbrechend beschleunigenden und geradezu ostentativ und raffiniert zeitfressenden Job, woraus sich nicht unbedingt automatisch substanzielle Bonusvorteile ergeben, wer kann mal so einfach locker lassen, und bei diesem fiesen Gedanken schüttelt sie sich, worauf sie den Büroraum in alle möglichen Richtungen mit ihren koliophilen Macken und Kniffen eindeckt oder eindickt, bis der linke Wangenknochen stärker hervorsteht als der rechte, wobei sich um den breiten Mundschlitz herum winzige horizontale Falten bilden. Wenn Sam Kimberlay ihr breitestes Lächeln aufsetzt, glaubt man, es würden zwei weitere Schlitze unter der Unterlippe existieren, aufnahmebereit für Coins aus Plastik oder kleine Münzen aus Edelmetall. Die Bankerin sagt, of course, I love you, wir könnten das nächste mal direkt (horizontal) ins Isleys oder Matinga wechseln, und haucht ins Telefon »Schätzchen, ich habe so ziemlich alles gesagt, was ich zu sagen habe, ich muss jetzt dringend einen Schluck Kaffee nehmen, ansonsten schlafe ich sofort ein.«

»Mir fehlt nichts«, sagt Sam Kimberlay schon Sekunden später, nachdem sie auf einem der schwarzen elektronischen Drehsessel Platz genommen hat und die gelbe Keramiktasse auf dem Polyolefin-Bodenbelag längst auseinander gebrochen ist. Nach dem fast bekifften, ja leise krächzenden oder fast taumelnden Tonfall zu beurteilen, schmeckt die Investmentbankerin auf der Zunge nichts weiter als den heranstürmenden Tod, vermag es aber offensichtlich nicht, das intensive Szenario exakt mit Worten zu artikulieren. Sam Kimberlays Gesichtsausdruck erstarrt schlagartig, erscheint plötzlich total entantlitzt und fast gesichtslos, während sie sich beständig mit dem Handballen an die Stirn schlägt, um wahrscheinlich die Gesichtsstarre, die sie im gegenüberliegenden Spiegel stark kompromittiert, definitiv zu zerschlagen. Ein nesselbesetztes Hitzegewitter überspült die obere und untere Fläche ihres Zungenbandes und erfüllt Sam Kimberlay bis tief in den Rachen hinein mit dem Hauch von halogenierten Oximen, während eine erbarmungslose Wärme durch sämtliche Öffnungen in ihren Schädel eindringt – heiß, wie nur brennende Hitze heiß sein –; die Biegung, während ihr die Diagnose anaphylaktischer Schock in roten Leuchtbuchstaben quasi ins Gehirn gedroschen wird, lautet *Sofort Handeln* –, Sam Kimberlay torkelt mit Foxtrottschritten zum linken Kopfende des Konferenztisches und aktiviert mit einem krampfenden Zeigefinger die Funk-Tastatur des internen Alarmsystems des Esperanto-Buildings, drückt einfach Button 112/22. Schon mehrere Mal hat Sam Kimberlay sich in ihrem Leben total hilflos und buchstäblich an der Kehle drangsaliert gefühlt, beispielsweise als ein Helikopter mit fetten Suchscheinwerfern vor dem Panoramafenster des Esperanto-Buildings aufgetaucht war, als wäre das Luftfahrzeug ein (trauriges) Zeichen, aber dieses Mal erscheint ihr jeder einzelne Zungenschlag als eine Art gnostischer Überfall auf ihren schmerzdurchfluteten Schlund. Ein molekularer Krispelsound wispert unterdessen aus dem Einlass der Klimaanlage an der Decke im hinteren Teil des Büroraumes. Sam Kimberlay knabbert beharrlich oder persistent an dem violett lackierten Ringfingernagel, solange bis der Nagel endlich abgebrochen ist, und sie sieht, wie die schlanken Arme luftig kleine Raumschiffe werden, und spürt wie Extremitäten sich der Machtkontrolle entziehen, sie spürt, wie die Kraft zu trommeln, zu keuchen und zu krampfen stetig nachlässt und sie lässt den Urin jetzt einfach fließen, aber sie empfindet weder Nässe noch Wärme, stattdessen fühlt sie einen ungesunden Pulsschlag der rechten Halsschlagader, als ob ein scharfkantiges Messer nachhaltig durch die Arterie fährt, das das Gefäßbrausen in ein akzentuiert dröhnendes Donnern transformiert. Sam Kimberlay schnappt nach Luft wie beim wilden Sex.

Das Doppelblinken der Notfalllampe hinter dem Schalter B1 auf Augenhöhe von Dr. Dr. Hanselmann erzeugt ein interessantes Interferenzmuster mit dem roten Batterielämpchen des Rauchmelders im vorderen Teil des Kundenberatungzentrums. Als die Lautsprecherboxen im Wechsel die Zahlen 32/112 und das Codewort »Ziffer75« ausgeben, weiß der clevere Topbanker aus Zürich sofort, der ja sicherlich zwei und zwei zusammenzählen kann, dass primär Gefahr, womöglich auch Terrorgefahr, im Verzug ist, so dass er selbst Punkt für Punkt einen detaillierten, exakt definierten Notfallplan zu befolgen hat – aus purer Gewohnheit vertraut Dr. Dr. Hanselmann viel mehr den visuellen als den akustischen Medien –, und so *sprintet* er zur Glasgondel und hechtet in den Fahrstuhl, der ihn in einer runden Glasröhre, die sich an der Zwischenwand direkt gegenüber dem Kundeneingang des Beratungszentrums befindet, in den 32. Stock des Buildings hinauffährt. Unglaublicherweise hatte Dr. Dr. Hanselmann vor wenigen Minuten noch die isometrischen Muskelkontraktionen ab- oder unterbrochen, wobei ihm das Timing doch so hervorragend in Fleisch und Blut übergegangen ist, und jetzt möchte er die Übungen allen Ernstes und entgegen aller Gewohnheiten, seine Digitaluhr zeigt 12:12 Uhr, unter anderem auch wegen der furchtbaren Clusterkopfschmerzen und der kranofazialen Neuralgien erneut aufnehmen, aber alternativ sagt ihm sein bisweilen surreal anmutender Kampfgeist, dass jeden Augenblick höchste Konzentration für die Durchführung einer höchst kohäsionsstiftenden Hilfsaktion erforderlich sein könnte, gerade als es Kling macht, wobei der Banker nur den Klang eines zischenden Ventils imaginiert, wie ihn kein Ventil der Welt erzeugt, während die Glastür sich lautlos aufschiebt. Dr. Dr. Hanselmann, dem trotz seiner partiellen Gesichtsverwüstung die Vernunfthoheit buchstäblich ins Gesicht geschrieben steht, reißt beide Arme seltsam lenteszierend hoch, als gäbe es da eine Vorschrift oder Anweisung eines Priesters, er pustet sauerstoffarme Raumluft konzentriert ein und aus, erreicht schnell das Zimmer 112, in dessen gefühlter Mitte Sam Kimberlay mit beiden Händen an ihrer Kehle und heftig um Luft ringend mit dem Rücken auf dem Boden liegt, er hört ein Quietschen oder ein Röcheln wie ein im Hitzeflirren um Leben ringendes durstiges Tier. Dr. Dr. Hanselmann ist sich überhaupt nicht sicher, ob es sich bei der etwaigen Defäkationshaltung der Bankerin, die ungefähr der eines Kleinkindes entspricht, nicht um einen der ihm wohlbekannten jäh aufblühenden Hirnorgasmen Sam Kimberlays handelt, der jeden noch so feinen Windhauch zu einem großen Sturm aufblähen kann. Den schrillen energiereichen Geräuschen bzw. Lauten, von denen insbesondere die Frikative s und z erst nach und nach verstummt sind, ist deutlich hörbar eine Evolution vom Intentionstremor zur Apikalität mit einem feinen laminalen Hauch auf dem Zungenblatt gelungen. »Sam, kannst du mich hören?«, schreit Dr. Dr. Hanselmann verzweifelt, wobei der pulmonale Luftstrom trotz seiner rhythmischen, vertikalen Bewegungen von Wangen und Kiefer leicht gestaucht oder stimmlos daherkommt, also trotz der hohen Energiekonzentration seine Worte eher im niedrigen Frequenzbereich schwingen.

Sam Kimberlay keucht nur noch leise, einem nasalen Sigmatismus nicht unähnlich, während ihre Extremitäten überschaubar zappeln und im Inneren ihres Schädels eine Kraft quasi rhizomatisch die Sinnesorgane zersplittert und Wellen des teuflischsten Schmerzes über die Informationszentren des

Nervensystems bis runter in die Kehle schickt. Ein feuriger, sehr lebendiger, sehr enger Schmerz, als würden sämtliche Stimmbänder in Flammen stehen oder sie hingen in einem Wespennest, was selbst ihre Lippen einer Verletzlichkeit zuführt, die Dr. Dr. Hanselmann schwer berührt, mitsamt ihres total gestörten Ikonen-Blicks, der ihm dann doch nicht wieder ganz geheuer zu sein scheint. Wenn Sam Kimberlay für kürzeste Augenblicke den dichten Nebel der Bewusstlosigkeit durchstösst, dann sieht sie, wie der Schmerz über eine kalte blaue Lösung Natriumchlorid oder quecksilbersulfidrote Blutspuren herzlich laut lacht. Der Schmerz lässt ihre Lider flattern wie die Flügel eines Schmetterlings im Tropensturm, als ihr rechts neben das weiße Kissen abgesackter Kopf immer wieder hochfährt und ihr Mund vor Allergie oval aufgerissen ist, und Dr. Dr. Hanselmann in seinem formschön glatten Designeranzug recht hilflos rechts neben ihr kniet, aus reiner Verzweiflung seinen linken Zeigefinger in ihre ausgetrocknete Mundhöhle einführt; er versucht immer tiefer in ihren Rachenraum vorzustossen, wobei er an etwas Haariges tippt, einen invasiven Fremdkörper vielleicht, der möglicherweise hochkontaminierend ist; er versucht seine Fingerkuppe mit der Bohne zu verkleben, was tatsächlich auch gelingt, so dass er den Gegenstand vorsichtig das Zungenband hinaufschieben kann, bis ihm die Bohne an der Zungenspitze von der Spitze seines gekrümmten Fingers auf den Fußboden wegflutscht.

Dr. Dr. Hanselmann glaubte bisher immer, dass er sich selbst nur deshalb nicht leiden könne, weil der einzige lösbare Ausweg, den er manchen Leuten hinsichtlich ihrer prekären psychischen Problemlagen anzubieten habe, die parodistische Umdekoration von deren lädierten Psychen sowie deren zerstückelte Körper sei, was er aber niemals zu seiner vollen Zufriedenheit zu leisten imstande gewesen war, und was er in Zukunft wird nicht leisten können, weil er doch eine Art furztrockenen Humors oder Spottes bis zum schamlosen Exzess betreibt, so dass er im Zuge barbarischer Introjektion von Parodien auf die anderen andauernd sich selbst mordet, obwohl er doch sowohl ein Höchstmaß an Selbstbewusstsein mit- und in die Gespräche einbringt als auch durch eine Art urethraler Impuls seinen eigenen Körper aus vielen Teilen zusammenschweißen kann, um möglicherweise einen Körper ohne Öffnungen, ohne Mund und Anus, zu erlangen, der ihn aber auch wieder an den Rand des Todes heranführt. Kurzfristig überkommt Dr. Dr. Hanselmann die nicht ganz unberechtigte Sorge, er könne da etwas medizinisch, ja sogar kathektisch Unprofessionelles tun, aber dennoch beginnt er, nachdem er eine leichte Schieflage von Sam Kimberlays Kopf und Oberkörper geschaffen hat, damit eine ausreichende Blutzufuhr für das Gehirn und andere lebenswichtige Organe gewährleistet ist, unverzüglich mit der Mund zu Mund Beatmung, währenddessen sich schnell ein intracheales Lidödem um Sam Kimberlays rechtes Auge bildet, so dass Dr. Dr. Hanselmann sofort weiß, dass in den nächsten Minuten Adrenalin gespritzt und Cortison intravenös zugeführt werden muss, um die Bankerin am Leben zu erhalten.

Sam Kimberlay ringt seit Minuten gigantisch nach Luft, immer noch, als nicht die von Dr. Dr. Hanselmann sehnsüchtig erwarteten Rettungssanitäter, die sich erst am Haupteingang des Esperanto-Buildings befinden, sondern nur eine junge bekopftuchte Türkin der Reinigungsfirma Blitz Blank mit ihrem beutellosen Dirt Devil Staubsauger den Raum wie eine wildgewordene Orientalin stürmt, um mit ungeheurer Vitalität das Erbrochene mitsamt der Staubbohne einfach mal schnell wegzusaugen, während ihre quietschenden schwarzroten Nike-Sneakers in Kombination mit dem gewrungenen Röcheln der Schockpatientin eine ätzend flüssige Geräuschsymphonie im vorderen Teil des Büroraumes ergeben. Tatsächlich möchte die

Reinigungsarbeiterin Sam Kimberlay mit einem antistatischen Staubtuch die schwer beperlte Stirn abwischen oder mit einem auseinandergefalteten Papiertaschentuch die Augenbrauen abtupfen, weswegen jene *Tussi* jetzt Dr. Dr. Hanselmann wie der letzte Abschaum vorkommt, der da im Niedriglohnsektor arbeitet, und er schreit, hau einfach ab, du leibgewordene Stagnation, und dabei gewinnt seine Stimme ein außerordentlich wuchtiges Timbre, als schreie er im und gegen den Windschatten eines Tornados, womit ihm sogar die infolge seiner Kieferanomalie gestörte Artikulation des S hervorragend gelingt.

Seltsam, dass der Zwischenfall vor allem für Sam Kimberlay in der Folge so folgenlos blieb, stattdessen die schon halb verdrängte Erinnerung an den Skiunfall von vor einem Jahr für Dr. Dr. Hanselmann so siegessicher wieder Struktur in den Strukturen seines Hirns annahm und für mindestens drei Stunden direkt nach dem Zwischenfall sein Großhirn ganz in Besitz nahm, womit selbst die durchschnittlichen 15 bis 20 Watt Leistung des Gehirns vielleicht kaum noch ausreichten, um eine Rechengeschwindigkeit von 1013 bis 1016 Operationen pro Sekunde im Zuge enormer Parallelität zu erreichen, es musste da noch etwas anderes, etwas weitgehend Opakes gewesen sein. In dichtem Schneetreiben bretterte Dr. Dr. Hanselmann letztes Jahr bei einem Ski-Kurzurlaub den vereisten Zielhang der circa sieben Kilometer langen Weltskicuppiste in Bad Gastein a la extreme Pistensau hinunter und wäre um Haaresbreite in einen Streukasten aus Wellblech hineingerast, wenn er nicht ziemlich tollkühn über einen verhängnisvollen Sprühbalken, der der Präparierung der Piste diente, geglitten wäre, worauf seine Fahrtrichtung minimalst verändert und auch die Geschwindigkeit geringfügig reduziert wurde, so dass er mit circa 70 km/h frontal gegen eine kleinere Tanne knallte, auf deren Spitze ein junger Seeadler saß, der in seiner Sprache aufgeregt oder echauffiert um Hilfe schrie, was seinen ureigenen Balzgesängen eines rick rick rick nicht ganz unähnlich war, wobei die braunweißen Konturfedern heftig flatterten, bis der Seeadler wieder genügend kinetische Energie gewann, um folgen- und spurlos davon zu fliegen. Zumindest den Baum gab es danach nicht mehr.

Mehr als drei Monate, um genauer zu sagen, exakt 104 Tage saß Dr. Dr. Hanselmann nach dem Skiunfall in einem zitronenbonbongelb angestrichenen Zimmer der Reha-Hochgebirgsklinik in Davos stundenlang trübsinnig vor den leicht getönten Panoramascheiben und festgenagelt in einem Rollstuhl, warf einen für die Verwandten oder die Angestellten der Esperanto Bank seltsamsten Schatten im Profil, da es wohl kaum scharf umrissene Konturen etwa wie die einer Skulptur gab, und über Stunden hinweg lebte er eine total verzerrte Glotzaugengrimasse aus, bis seine taumelnden Augäpfel weit vorstanden oder gar aus den Augenhöhlen zu kugeln drohten wie in einem durchschnittlich brauchbaren Comic. Sein Blick war Heidiland. Tatsächlich verkörperte Dr. Dr. Hanselmann bisweilen sogar für sich selbst die Geste des schieren, des zitternden, ja fast des tremorintensiven Zweifels, bis dieser ihm langsam widerwärtig zu drohen schien, so dass er seinen Schädel öfters als ihm lieb sein konnte gegen die Wand schlug, was sukzessive in eine verzweifelte Involutionsmanie umschlug, der er selbst mit der Inanspruchnahme der marktgängigen Therapieangebote kurz oder lang kaum noch entrinnen konnte. Über den rissigen, weißgrauen Steilwänden des Jakobshorns herrschten für Dr. Dr. Hanselmanns Hirn extrem halluzinatorische Wahrnehmungsbilder von tulpenroten Sandkonfigurationen wie Szenen aneinandergereihter computergenerierter Flüssigkeitsoberflächenhologramme vor, die doch, wie er ja wusste, keine waren, und deshalb begann er irgendwann stundenlang leise zu weinen und geriet schließlich total inkubuliert, vielleicht waren es ja nicht zufällig rein gepixelte Bilder/Fotografien, die ihn da so böse traktierten und deren numerische Rekonstruktion gemäss der Ausbreitungsgesetze des Lichts ihm im Zuge von quasi digitalisierten Enttäuschungen ein O vor dem A vormachen wollten, um sein Diagramm der Blickbeziehungen möglicherweise für immer derart kongruent zu koordinieren, und schließlich herrschte bei ihm sogar die totale Enttäuschung über die Analytik des Imaginären vor, deren innere Logik den von ihm bis ins kleinste Detail wahrgenommenen bewegten Objekten längst nicht mehr folgte, ohne dass er seine Aufmerksamkeit, die nicht gerichtet oder interpretierend, sondern vielleicht frei flottierend war, an die Oberflächen der Dinge hätte heften können, der Benennung des Sichtbaren.

Durch die Jochbein- und Unterkieferfraktur hervorgerufen, atrophierte unweigerlich Dr. Dr. Hanselmanns Fazialismuskulatur und verlor mit der Zeit immer mehr an Spannung. Schlabbriges Wangenfleisch und Hundekindaugen formartierten seine qualvollen Selbstgesprächsarien und seine monologischen Gesänge und Gebete in der Hoffnung, die ureigene vorzügliche Gesichtsstraffung wieder zurückzugewinnen, die früher das feingeschnittene oder prototypisch schmale, wenn auch immer schon etwas zu raubvogelhafte Gesicht eines High-Class-Bankers aus Zürich vortrefflichst untermalte, eines Bankers, dessen wirtschaftliches Ziel darin besteht, nicht nur bei seinen Angestellten und Mitarbeitern, sondern auch in den Organisationsabläufen bzw. dem Organigramm des Unternehmens mit der Zeit sämtliche Zufallsvariablen zu eliminieren, vulgo das menschliche Element so weit wie möglich zu reduzieren oder scharf zu kontrollieren, und das bedeutet zunächst einmal die naheliegenden Faktoren und Funktionen, die das Empowernment der Individuen und deren Selbst verlangt, zu bilanzieren und zu kreditieren, was im Zeitalter digital erfasster Daten- und Informationsströme und ebenso digital erfasster individueller Fitnessindikatoren der Wellnessindustrie ohnehin das Nonplusultra eines gelungen Selbst- wie Unternehmensmarketing ist, so die Ansicht von Dr. Dr. Hanselmann. Selbst im Behandlungszimmer des behandelnden Oberarztes beschränkte sich die mimisch skelettierte Gefühlspalette seines Gesichtsausdrucks mehr und mehr auf verschieden intensiv durchgeführte Augengrimassen, die sich womöglich sogar über den sukzessiven Gesichtsmuskulaturabbau des Bankers im Spiegel lustig machten, bis endlich zu Beginn des vierten Monats, kurz nach der Entlassung ein Übungsgerät zur regenerativen Gesichtsformung, das qua isometrischer Gesichtsmuskelübungen bedient wird, sichtbar anschlug, was Dr. Dr. Hanselmann wohl wie ein Zeichen einer nur ihm zukommenden Transzendenz empfand, die das Ausmaß seiner Unschuld ins rechte Licht rückte. (Das Gerät besteht aus einem der individuellen Kieferrundung angepassten, in den Mundvorhof einsetzbaren Grundkörper, der von einem Kieferorthopäden nach Abguss oder Aufbiss für Oberkiefer und Unterkiefer am Computer konstruiert und dann hergestellt wird.)

Dr. Dr. Hanselmann weiß heute mehr als damals um seine wahrlich grotesken Begabungen sowohl hinsichtlich seiner attraktiven Hyperbeschleunigungen der modularen Kommunikation zwischen Objekten und Subjekten als auch hinsichtlich seiner hocheffizienten Immunisierungstaktiken oder der eigenen Selbsttechniken, und er ist inzwischen felsenfest davon überzeugt, dass es damals einfach unbeholfen gewirkt hätte, wäre er zu eifrig oder zu impulsiv in seinen Regenerationsübungen vorgegangen oder wäre den Urteilen bzw. Übungsprogrammen des behandelnden Arztes in all der klinischen und wissenschaftlichen Neutralität gefolgt, oder hätte die posttraumatischen Schmerzen weiterhin komplementär mit der intravenösen Einnahme von Demerol bekämpft, aber bis zum jetzigen Tag fühlt er sich durch das mit maximaler Sparsamkeit und exakter Regelmäßigkeit durchgezogene Übungsprozedere dennoch streckenweise involutiert, gehemmt, gleichsam durch ein Joch gehemmt, als könnte er sich nicht nur wegen der Halswirbelsäulen-Distorsion, sondern auch wegen der häufiger auftretenden, seiner Meinung nach hässlichen Begleiterscheinungen semio-emotionaler Totalsanierung wie maschinenassistierter Sex oder Outside-Popping nicht mehr wenden und rückwärts in die Vergangenheit schauen. Jedoch bringt das ihn (die schreckliche Grenzziehung immer vor Augen, die schlimmstenfalls zur Katatonie bis hin zur totalen Starrheit führen könnte) auch der Gegenwart wieder näher, das, was so schnell wegstürzen kann; er wird dafür sorgen, dass die Gegenwart sich ihm nicht mehr so ohne Weiteres entzieht, auch wenn infolge der heranrauschenden Gefahr von kompletter Zerstreuung innerhalb der vielfältigen Hyperaktivitäten oder etwa dem bescheuerten Hang oder gar Drang zur Para-Athletik, was jegliche Form der Dauer atomisieren kann, Überblendungen bzw. Überflutungen des eigenen Körpers mit Informationen und Bildern im Zuge einer drohenden Hysterie sich einstellen könnten; nein, niemals wird sich sein Leben in einer Art Wolke verflüssigen, nicht-identifizierend, denn er ist ja mit seiner Gegenwart quasi verheiratet, lauter Gegenwart, und nur die Gegenwart zählt, der gegenüber fast alles andere verrauscht und verklingt, eine Gegenwart, die niemals mehr im bunten Finsteren versinken wird wie vor einem Jahr noch in Davos, stattdessen wird er die Gegenwart mit Zahlen, Erfolgen, Macht und vielerlei anderen Optimierungsstrategien punkten, indem er die Punkte aufbläst wie Gestirne.

(Im Alter von 42 Jahren sagt Dr. Dr. Hanselmann von sich selbst, dass er eines dieser wahren Monster sein könnte, der hochneurotische Profilügner, dessen komplex zusammengebastelte Lügenbricolage kaum noch zu durchschauen ist, aber die sich fast nie von selbst verrät, darin nicht ganz unverwandt der Ernsthaftigkeit, um nicht zu sagen der Aufrichtigkeit der ökonomischen Wissenschaften, welche den Glauben an die Zukunft im Rahmen einer statistischen Risikokalkulation organisiert und mystifiziert haben, darin wiederum nicht unverwandt der Ernsthaftigkeit der Lüge oder der Lüge der Ernsthaftigkeit, und sicherlich nicht unähnlich den vielfältigsten Deterritorialisierungen der abstrakten Kreditierung des Geldes, die von der existenziellen Verlassenheit des Monsters hinsichtlich der Mobilisierung und der gleichzeitig stattfindenden Pulverisierung seiner Begierden kaum zu trennen ist. Manchmal leidet Dr. Dr. Hanselmann unter der bösen Vorstellung, in Estella oder Isabella oder wie sie alle heißen aus der Ferne Engel zu halluzinieren, die, je näher er oder sie kommen, zu giftigen Biestern reifen, die niemals altern, so dass man sie einfach wegsprengen muss, wie die menschlichen Monster oder Aliens in den schlechten Exploitation-Filmen, die man tiefgefroren in der Kühltruhe auffindet und an Sprengköpfe anschließt, um die Leichen in tausend Eissplitter zu zerstreuen, nur um mit diesen blöden Aktionsbildern die Erinnerung an die letzte Nacht zu tilgen, in der man während eines durchdachten sowie überreizten/überrissenen Blowjobs mal wieder schlimm betrunken eingeschlafen ist.)

- - - - - - - - - - - Beide Männer schweigen. Alonso will noch das eine oder andere zum Thema sagen, merkt Alfons, aber beide sagen nichts. Alfons würde gerne ein Nasenloch schneuzen, aber er konzentriert sich weiterhin nur darauf, mithilfe seiner korpulenten Arme während des trotz seiner massigen Körperstatur doch recht eleganten Dahinschlenderns zwei halbvolle Aldiplastiktüten mit annähernd rhythmischer

Exaktheit hin und her zu schwingen (vielleicht eine Art paradoxer Kehre hinsichtlich seiner andauernden Vigilanz und seines müdigkeitsbedingten Orientierungsverlusts), so dass, wäre sein fülliger Torso das Metronom und die beiden wuchtigen Arme die schwingenden Pendel, im Endeffekt ein 3/4 Takt des beschwingten Gehens rausspringen könnte. Alfons hasst es, die durch die Information des ständigen Pendelns hervorgerufene Stimulierung seines Temporallappens außerplanmäßig außer Kraft setzen zu lassen. Irgendwie würde Alfons jetzt liebend gerne nach den Baumwollmäusen oder kleinen Lebensmittelsachen in den verklebten Taschen seines Mantels aus Donegal-Tweed greifen, er weiß zwar nicht genau warum, aber vielleicht würde er sich dann einfach etwas sicherer oder gar seltsam entfesselt fühlen, was ja auch mal ganz nett wäre, um wieder einmal einen Schub in seinem Leben hinzukriegen, und so gerät Alfons im Zuge seines Zauderns oder Zweifelns das wunderbare Aldiplastiktütenschwingen tatsächlich kurzfristig ins Stocken, gerade als sein Freund namens Alonso eine kleine Staubkugel, deren mikrofeine Außenhülle in circa 78 marzipanfarbenen Zipfeln sternförmig von ihrem inneren Kern ausstrahlt (einem zimtbraunen Kaugummi oder einem violetten Jelly Bean Bonbon), mit dem großen Zeh, der aus einer braunen Sandale lugt und dessen Nagel die Farbe von Ruß hat, gegen einen Baumstamm kickt.

In der Morgendämmerung schimmert der nicht asphaltierte und drei Meter breite Weg rund um den 450 qm großen Ententeich, der circa fünfzig Meter südlich des Ausfluglokals Zur Wildschweinklause im Frankfurter Stadtwald liegt, wie die abgeleckte Seite eines Streifens PH-Papier. Brutal kreischen die Enten. Ungefähr zweihundert Meter entfernt grillt eine lokal Gruppe der Antika-Front-Fulmiere/A.F.F., die heute ausnahmsweise dem täglichen Kampf etwa gegen Botulismus, pseudoaffektive Lebensqualitätsminderung und gegen Vivisektionsgegnerschaft forcierende & fördernde Gruppen abgeschworen hat oder ihn aussetzt (hauptsächlich gegen die gegenwärtig im urbanen Rhein-Main-Raum schwer grassierenden Freizeitobdachlosen aus den luxuriösen Milieus der High Net Worth Individuals), die Gruppe grillt gehäutete Rehkitze an einem westlich zum Ententeich verlaufenden Bahndamm inmitten einer großen ovalen Mulde zwischen zwei ausgebrannten Autowracks; einige der Beteiligten schürzen dabei mit nonchalanter Verstohlenheit und unter den gewohnheitsmäßigen Surroundblicken, was gar nicht so einfach ist, wenn sich die Gläser der Taucherbrillen andauernd verdunkeln, weil Spritzer des heißen Rapsöls ständig gegen die Brillen klatschen, die abgetrennten Schwänze der Tiere zu Seemannsknoten.

Alfons fährt sich mit der Zunge mehrmals über die rissige Unterlippe und sagt: »Dieses Unglück und diese Geworfenheit der Selbste. ›Gehe nicht zu den Menschen und bleibe im Walde! Gehe lieber noch zu den Tieren! Warum willst du nicht sein, wie ich, – ein Bär unter Bären, ein Vogel - - - - - - - - - - -. Es mag Nietzsches großer Irrtum gewesen sein.«

Alonso trägt eine amerikanische Fliegerbrille Polaroid Flying Goggle A.A. Force Type B-8 aus dem Jahr 1940, deren linke getönte Plexiglasscheibe gerade von einer ordentlichen Portion Vogelscheiße bedeckt worden ist – er meint ein leises Platsch gehört zu haben –, und darunter eine stark verschmutzte Zwickelbrille in Gold Double, der Nasenbügel mit Tesafilm nur notdürftig fixiert, die Augen quasi am Ende eines lichtlosen Korridors, so dass sich Alfons persönlich wundert, dass Alonso seine beiden extragroßen und jeweils 12,5 Kilo schweren Aldiplastiktüten mühelos oder mit dem Charme eines Müllcontainers, dem man das Laufen beigebracht hat, durch die Straßen Frankfurts tragen kann, na ja, Alonso sagt: »No jo, setzen wir uns erst einmal.«

»Alonso, wie oft habe ich dir schon gesagt, mit einem erbärmlichen ›no jo‹ ist es nicht getan, die Welt nicht erklärt, die Odyssee nicht und die Enzyklopädie von Leibniz nicht und - - - - - - - - - - - Oder sagen wir es einmal so: Das Explanans muss sich auf der gleichen Ebene wie das Explanandum befinden. Ontologie als konstruktive Tätigkeit. Und Alonso, man kann sich nicht so ohne Weiteres setzen, auch wenn man zum x-ten mal das ideologische Konstrukt des freien Willens für sich in Anspruch nimmt, um sich dann doch wie ferngesteuert hinzusetzen. Bevor du dich setzt, musst du dir erstmal die Bedingungen klarmachen, warum und wieso dein Körper sich überhaupt zu setzen in der Lage ist. Allerdings gibt es auch keine bedingungslosen Bedingungen. Wo kämen wir denn hin, wenn ....«

Alonso, bei dem die Fliegerbrille mit Schaumstoffdichtung sowas von angegossen auf dem benebelten Kopf sitzt, als wäre das Ding schon immer ein Teil von ihm gewesen, macht eine wortlos schmerzende Stimme, atmet tief ein und antwortet extravagant unauffällig »Wahnsinn ist die wahre Vernunft.« Er hat vor dem Brustkorb die ziemlich verschmutzte Bong mit einem kleinem Motor im Gehäuse hängen, aus dem ein dünner transparenter Plastikschlauch bis zum linken Nasenloch hoch führt, wo dieser an der Innenseite mit einem transparenten Heftpflaster festgeklebt ist, um ihm schwere Cannabisluft in das Nasenloch zu blasen, wobei die Aktivierung der Bong im Notfall, falls Alonso mal wieder einen seiner cholerisch-asthmatischen Anfälle bekommt, durch Alfons geschieht. Der wolkenlose Himmel über dem Stadtwald ist von dem kränklichen Blau eines instandsetzungswürdigen Swimmingpools. Stände man jetzt hinter Alonso, würde man verformte Rauchringe vor seinem Kopf aufsteigen sehen, die im Winde verwehen, läge man vor ihm auf dem Boden, verliehe die aufgehende Sonne seinem Schädel eine orangerote Korona. Alonso gibt einen enorm fetten Rülpser von sich, ösophagusspasmenbedingt, worauf Alfons entgegnet: »Das Sein ist das Nichts.«

»Alfons, wollen wir nicht noch einmal die leckeren Back-Knack - - - - - - - - - - - - Cremesuppen probieren, oder die schönen Reibekäseplätzchen in der Bahnhofsmission gestern Nachmittag, die waren echt eine tödliche Verlockung.«

»Alonso, okay, Champagner oder Trüffeln auf Zungenbelag sind selbst für die Repräsentanten der Kulturindustrie nur noch albernes mythisches Anschauungsmaterial. Selbst die exotischsten oder schädeldeprivierendsten Schlemmereien meinetwegen in filmischer Großaufnahme festgehalten oder asiatisches High-Instant-Bankett im öffentlich rechtlichen Fernsehen machen keinen mehr so richtig an. Aber Reibekäseplätzchen. Ich bitte dich. Ein trügerisches Nahrungsmittelsubstrat. Also benimm dich bitte.«

Alfons ist ein hackbratengesichtiger, diplomierter, habilitierter und inzwischen geschasster Professor für Philosophie an der Johann Wolfgang Goethe Universität in Frankfurt, der seine 532 Seiten lange Promotion zum Thema »Der Jargon der Eigentlichkeit in deutschen Kochbüchern in den Jahren 1933-45 – Eine Epistemologie ohne Freude und ohne Grazie« als Student noch ansatzweise mit Theodor Wiesengrund Adorno diskutiert und später bei Alfred Schmidt eingereicht und mit summa cum laude abgeschlossen hatte. Vor zwei Jahren wurden nach kryptogesichert informierten Kreisen des linken Flügels der SRD, einer Vereinigung linksradikaler Studenten und Assistenten, die erst vor kurzem noch die komplett irrwitzigen Seriensuizide in den Firmenumfeldern des Telekommunikationskonzerns Babble als verzweifelte und unfreiwillige Form des Klassenkampfes interpretiert hatten, Alfons' Personalunterlagen von der Universitätsleitung erneut geprüft, um ihm daraufhin seine Professur für den Fachbereich Philosophie, unter anderem mit dem Schwerpunkt kritische zeitgenössische Philosophie unter besonderer Berücksichtigung der Todesschwadronentheorie der Frankfurter Schule, Struktur, Modell und Empirie, endgültig zu kündigen.

Alfons ist ein hochgewachsener und zugleich schwammiger Mann, Typus deutscher Metzger, sozusagen endomorph bis über beide Schweinsohren, der als Sohn eines Metzgerehepaars in Bayreuth nicht ganz zufällig schon früh aus dem Leim gegangen war, da er in seiner frühesten Kindheit schon zum Frühstück gegen 7.30 Uhr hauptsächlich vom Vater gezwungen wurde, furchteinflössende DLG-prämierte 2-Kilo-Weißwurstringe, vor Fett triefende, tiefrote Blutwürste oder enorme Massen Wildschweinsülze zu verdrücken, währenddessen sein geistig hoffnungslos zurückgebliebener Bruder sich am Tisch oft vor Vergnügen kringelte, johlte und mit den Füßen auf dem Boden rumtrampelte, als er den würgenden Alfons sah, der irgendwie immer kurz vor dem Ersticken schien und das Frühstück nicht selten mit einem ausdruckslosen Starren beendete. Alonso kann sich das alles lebhaft vorstellen, denn die nachhaltigste Kindheitserinnerung seines geliebten Tippelbruders, was auch im dreißigseitigen psychologischen Gutachten eines Diplompsychologen des Sigmund Freud Instituts aus dem Jahre 1982 festgehalten wird, scheint tatsächlich das ausdruckslose Starren in kurze aber auch große Entfernung hinein zu sein. Alonso könnte jetzt mit ähnlich ausdruckslosem Gesichtsausdruck wie Alfons stundenlang cannabisiert oder taoisiert auf seiner Lieblingsparkbank sitzen, denn er verfügt ja, Zitat Alfons, über jenen seltenen Sinn für die Schönheit des Gewöhnlichen, den nur diejenigen Menschen richtig fett genießen können, die das Gesehene partout nicht in Worte fassen wollen (die Gewohnheit bedarf der Erinnerung nicht), wäre da nicht Alonsos absolut ungeschützter und phasenweise obsessiver Hang zum Choleriker, der seiner latent immanenten Geistesabwesenheit, oft begleitet von schmierigem Kopfweh, azyklisch einen Strich durch die Rechnung und ihn streckenweise sogar zum maximal hyperlauten Maniker auf die Gefahr der maximalen Adtorsion hin macht, bei dem beispielsweise Polysyllabismen sich dann mit dem lebendigen Pulsschlag lispelnd akzentuierter Verse duellieren, wobei viele Nukleusphoneme zwischen betonte und unbetonte Silben infiltrieren, während sich dabei oft das linke Auge mit delirierenden Glanz nach unten dreht, und das rechte Auge herumspringt wie das eines Papageis im Drogenrausch.

»Alfons, als ich noch jünger war, konnte ich nicht genießen, weil ich immer in die Zukunft geschaut habe, anstatt den Moment zu schätzen. Jetzt nutze ich jede Gelegenheit, um das Glück auch wirklich zu genießen. Manchmal dauert es zwar nur einen Augenblick, aber das reicht manchmal zum Glücklichsein. Heute versuche ich immer im Hier und Jetzt zu leben. Du weißt - - - - - - - - - - -.«

»Alonso, dir ist doch hoffentlich klar, dass im Verlauf der Weltgeschichte alle Umherirrenden, die schließlich zu ihrer Heimatinsel oder Heimatstadt zurückgekehrt sind, denke doch nur einmal an Ulysses oder Odysseus, sie begegnen nicht mehr denselben Häusern oder derselben Landschaft, sie sind verwundert, entsetzt oder einfach nur erstaunt über den historischen Wandel und deswegen müssen sie erneut aufbrechen. Damit will ich nur sagen, dass der wahre Ort oder der atopische Ort der halbwegs Denkenden niemals im Hier und Jetzt liegen kann, die Denkenden sind niemals endgültig in einen oder zwei Bezüge oder Gefüge oder in die traurigen Verhältnisse ihrer Körper, die die Affekte auffüllen, hinein gezwängt, gefangen in ihren Körperkäfigen, in ihren Verlusten und ihren Endlichkeiten - - - - - - - - - - - - subatomare Nadelspitze des Augenblicks, glaub nicht, ich würde jemals an einer Stelle kleben.«

»No jo.« Dann schweigt Alonso exzessiv. Der Ententeich,

der eigentlich ein bis auf den Grund vermüllter Ententümpel ist, schimmerte bis um 10:35 Uhr noch graublau, aber das zweite, gleißende Sonnenlicht am Tag übergießt den Teich jetzt mit Brechreiz erregendem Honiggelb, wie eine Art morbider Honig, das Licht ist wesentlich heller als vor Stunden und übertüncht die Wasseroberfläche serienweise mit auf und ab flitzenden Lichtklingen und Lichtkegeln. Als das steigende Sonnenlicht im Rücken der beiden Freunde über die Baumkronen hinweg in einem immer breiteren Winkel erscheint, scheinen die Schatten auf der rechteckigen Grasmulde vor der Parkbank verzerrt und miniaturisiert, so dass diese visuelle Diffraktion den Eindruck zweier kaputter Beine vor der Parkbank erzeugt.

Alonso erinnert sich sichtlich ungern, aber irgendwie bleibt ihm keine andere Wahl als sich zu entsinnen, wie er vor ungefähr zwölf Jahren eine Brotzeit mit Radi und Weißbier pünktlich um 10:15 Uhr hinter sich gebracht, während er teilnahmslos die Bildzeitung durchgeblättert hatte, gerade als die dritte Lieferung Luxuslebensmittel der Firma Foodluxury aus München angeliefert wurde, die große Schiebetür am Nordausgang des Fünf Sterne Restaurants *Fühlen Sie sich wohl* in Bayreuth aufging und der Fahrer sagte, die heutige Lieferung mit Meeresfrüchten und sehr edlen Hochseefischen, gefangen vor der Küste der Bretagne sei ein kleines Schätzchen, extrem hochwertige Ware und vor allem die Austern seien, nonkonformistische Geschmacksurteile geistig behinderter Wunderkinder hin oder her, schon rein vom Optischen ein schwerer Scharfmacher und ganz gewiss nicht nur für Leute ohne Reizdarmsyndrom eine Delikatesse vom Feinsten. Alonso war an diesem Tag schon sehr früh aufgestanden, trug hinter der blaugetönten Carrera Brille noch die fürchterlichen dunkelbraunen Augenringe der letzten schweren Alkoholnacht und hatte auch noch nicht das geschmacklose Tages-Make-up aufgetragen, das sein Gesicht im grellen Licht der großen Hightech-Restaurantküche immer leicht joghurtgelb tönte. Er faltete schnell die Zeitung, stand auf und ging durch den Flur zum Annahmeraum, in dem zwei Lagerarbeiter, seine beiden Assistenzköche und drei Mitarbeiter des Vorbereitungspersonals für Geflügel/Fisch sowie der Chefkoch für Meeresfrüchte und asiatische Speisen heftigst darüber diskutierten bzw. schnabulierten, was es denn mit dem Kochmythos, der besagt, dass Mayonnaise immer in die gleiche Richtung gerührt werden muss, was fälschlicherweise voraussetzt, dass beim Rühren die Richtung und nicht die Vermischung der Bestandteile zu einer Emulsion ausschlaggebend für große Mayonnaise ist, in genealogischer Hinsicht mal so auf sich haben könnte.

Alonso beugte sich gemächlich oder gemütlich über einen der drei blauen runden Plastikbassins, in dem zig Austern, deren hellbraun gescheckter Kalk mit kräftigen radialen Rippen auf beiden Klappen ihn sofort faszinierte, aufeinander geschichtet lagen, aber deren ihnen vom Volksmund zugeschriebene aphrodisierende oder libidinöse Wirkung seiner werten Meinung nach – etwas übertrieben vielleicht – schon immer eine Scheiße-Chimäre oder bloße Ideologie der zu dieser Zeit aufblühenden Lebensmittelindustrie war, obwohl vielleicht doch der nussige und feinherbe bzw. der subaquamarine Geschmack nach Meer, der selbst von subsidären bzw. biochemisch indifferenten Geschmacksbanausen kaum bestritten werden konnte, möglicherweise für die legendäre emotionale Heißhungrigkeit, die dem Konsum bzw. dem Effekt des Konsums der Austern anhaftete, mitverantwortlich war; schlussendlich bleibt der vergleichsweise hohe Preis dieses hochgesexten Lebensmittels bis heute das alleinige und entscheidende Kriterium für den Erfolg dieses Nahrungsmittels auf der sogenannten Market-Sexappeal-Matrix. Allerdings das Kriterium menschlicher Arbeit, der Zuchtanlagen oder gar der

Transport- bzw. Zubereitungskosten für die Preisfindung ins Lampenlicht zu rücken, führt die Problematik um die Richtigkeit der Arbeitswerttheorie bzw. Produktionskostentheorie nur weiter ad absurdum, wodurch das absurd Ephemere aufscheint, nämlich, dass der Preis damals schon nur eine Information bewertete und sich von der Bewertung einer Funktion oder der Arbeit zu einem reinen Maß der Zahlungswilligkeit von Mister Alonsos süffisanter Celebrity-Kundschaft gewandelt hatte, die hier in deprimierender Regelmäßigkeit bis heute experimentelle Fünf-Gänge-Menüs oder irre bunte Designer-Cocktailabende mit öffentlichem Interesse, beispielsweise als Spendenkampagnen für die Opfer von Schusswaffen, ADHS und Dauerfernsehkonsum veranstalten. So damals die beinahe schon mit ökonomiekritischen Theorieansätzen bzw. Thesen unterlegten bzw. fundierten Bedenken Alonsos. Alonso beugte sich erneut mit dem Oberkörper über den Bassin, drückte mit den Handballen auf ein Schalentier, worauf der kleine Lagerarbeiter mit dem kahlgeschorenen franziskanerartigen Hinterkopf Alonso ein WMF-Austernmesser mit Edelstahlgriff reichte, einen Schritt zurück ging und mit aller Kraft seine beiden Hände in die engen Taschen seiner Arbeitshosen aus moosgrünem Gummi grub.

Alonso zählte in den 1990er Jahren zu Deutschlands einflussreichsten Spitzenköchen – seine beiden TV Kochshows plus die von ihm gecoachte Castingkochshow *Manche mögen's heiß* auf dem privaten Fernsehkanal 6Live erzielten damals für das Produktmanagement vielversprechende Einschaltquoten im einstelligen Millionenbereich, und darüber hinaus stand ein Mulitmedia-Kochbuch mit DVD, das unter anderem die kalorienärmsten, aber leckersten Süßspeisen der deutschen Konfiserie-Branche anpries, weil Alfons sozusagen den chemischen Durchblick besaß, um damit den Siegeszug der Molekular- und Biomolekularküche als mehr als nur erfolglose und milde belächelte Schattenprodukte der Gastronomie quasi hellseherisch vorwegzunehmen, auf der Bestsellerliste des Spiegel zweieinhalb Monate auf Platz 3, wobei der unverschämt geile Trick, in diesem Buch auch Rezepte mit Ingredienzien wie Sojamilchextrakten, Zuckersurrogaten, raffinierten Kohlenhydraten, Transfettsäuren und High-Density-Lipoproteinen als Junkfood auf höchstem Niveau zu featuren, zu dieser Zeit vom in seinen eigenen Körperzementierungen festgesessenen und fettgefressenen Qualitätsjournalismus, der bis heute mit den Grundregeln der Dialektik und den Grundzügen des vertikalen Denkens bestens vertraut ist, unglaublich abgefeiert wurde, und Alonso selbst war ein gerngesehener und heißbegehrter Studiogast in unzähligen Celebrity-Talkshows mit menschlichen Pappnasen oder Pappfiguren, wie er heute sagt, keuchte manchmal hochsexuell vor laufender Kamera und flatterte mit den Ohren, und wenn man ihm allzu unbequeme Fragen hinsichtlich seiner Kochanweisungen stellte, wies er auf die sensorisch-materielle Vergleichbarkeit von 1000 DM-Nusskipferln mit extrem zuckerhaltigen Produkten am kulinarischen Nullpunkt hin, stand auf und schwang dabei immer mit der linken Hand im Überschwang die weiße Kochmütze. Als er mit Mitte 30 auf dem absoluten Höhepunkt der Karriere eines zumindest national bekannten Designerchefkochs stand, brach zu seinem eigenen Erstaunen sowie dem seines Psychotherapeuten die Anzahl seiner cholerischen Wutausbrüche von circa fünfundzwanzig am Tag drastisch auf zwölf bis dreizehn zugegebenermaßen komischen ouvertürenhaften Eruptionen oder unartikulierten Gesten ein, als ob er sein Nervensystem und dessen Artikulation an eine psychiatrische Klinik vermietet hätte, auf jeden Fall bekam er von seinem Bullshit-Seelenklempner, wie er ihn selbst damals schon bezeichnete, den guten Rat, seine innovativen & schizoaffektiven Phasen weiterhin hartnäckigst zu konsolidieren.

Alonsos rechte Gesichtshälfte fühlte sich plötzlich wie etwas Herausforderndes an, dieses Monstrum von Chefkoch arbeitete tatsächlich entschieden an der Aufforderung irgendetwas Binäres in Bezug auf kommende Übergangswahrscheinlichkeiten zu unternehmen, wenn es sich auch nur um bewegungsarme oder deduktive Tätigkeiten handelte, nur um die stehengebliebene Interaktivität unter den Teilnehmern wieder in ihr Recht zu setzen. Alonsos Schnorcheln, das klang, als ob ein Wildschwein durch einen Synthesizer gefiltert nach Trüffeln schnüffelte, hatte schon immer etwas Abstoßendes, was den gerade vom Zubereitungsraum 4/6 kommenden medizinisch hochinteressierten Chefkoch für Geflügel & Wild, ein Intimfeind von Alonso, gleich zu der Aussage bewegen konnte, ob denn nun bei Alonso endgültig Hypokapnie im Zuge der respiratorischen Kompensation einer metabolischen Azidose die Regel seines ehedem unwürdigen Verhaltens geworden, das letztendlich wahrscheinlich durch die Multiplikation seiner Selbsthassanteile ausgelöst worden sei, und was von nun an, wie zu vernehmen, ganz explizit zur drastischen Zurückstufung seines Bewusstseins bzw. des psychischen Apparats sowie zum Verlust der empathischen Teilnahme am Anderen führen könnte. Alonso war sich nicht hundertpro sicher, auf was und wen sich diese ungeheuerliche Aussage denn überhaupt bezog. Als er daraufhin völlig unerwartet eine überdimensionierte, dysplastische Auster in einem der Plastikbassins bemerkte, die ihm, soweit er noch weiß, explizit viel zu künstlich und nicht nur von der Farbgebung monstermäßig aufgeblasen vorkam, ganz und gar nicht isopisch, obwohl ihm auf den ersten Blick ja nichts umwerfend Besonderes an der Lieferung aufgefallen war, gefror sein müdes und zerknittertes Gesicht zur Kälte, und als er die besagte Auster in die Hand nahm, sie direkt vor sein Gesicht hielt und sie minutenlang von oben und von unten mit rotierenden Augäpfeln periodisch inspizierte, begann er den dekadenten Lieblingssüffelkram seiner Wochenendgäste aus der Celebrityhochburg München-Schwabing kognitiv oder intuitiv zu hassen, Gäste, die beim Konsum aller Trendprodukte ja nichts anderes zu tun hatten als beständig ignorant rumzunerven, so dass er es sich auch im Nachhinein noch wünscht, dass man die Celebrities schleunigst kollektiv in einen Hochsicherheitstrakt wie »Guantanamo« ausfliegt, wenn das etwas helfen würde, denn diese Cliquen seien ohnehin brainwashed und/oder psychisch dekompostiert, ohne dass selbst ein Heer erstklassiger Psychologen in der Lage wäre, deren verhängnisvoll flexible Akkommodation der Ziele an die Gegebenheiten oder der Adaption der Gegebenheiten an die erwünschten Ziele im Sinne einer komplett antistoischen Grundhaltung komplett unterbinden zu können, was ja nichts anderes hieße als sie eben gerechterweise mundtot zu machen.

Alonso nahm komplett unaufgeregt das Austernmesser, musterte zuvor noch einmal recht auffällig das elliptische Kalkgehäuse der ostrea edulis, wobei er befand, dass die rechte Klappe wesentlich stärker gewölbt als die linke war, von der Farbe her weniger hellgrau, sondern eher grünlich mit rosafarbenen und rostroten Flecken. Wobei der Inhalt der Auster eine winzige spiralförmig gewundene Drahtschlange mit Sprungfeder war. Am neuralgischen Punkt, der zur Entscheidung drängte, versuchte Alonso direkt auf Höhe seiner Augen die Spitze des Austernmessers zwischen die beiden flachen Klappen zu stechen, um an das Ligament in der dreieckigen Ligamentgrube zu kommen. Es machte kurz Knack und eine Drahtschlange sprang heraus, vier der acht anwesenden Personen kreischten sofort oder fassten sich tief entsetzt an den Kopf, während der sichtlich betroffene Alonso nahtlos in einen eher asthmatischen als cholerischen Anfall hinein glitt und der Chefkoch für Geflügelgerichte & Wild namens Laarmann johlend durch den Raum klonkte und dann mit der Faust so fest gegen eine 20-Inch-Box mit lebenden Lobstern drosch, dass die Tiere schnell unter dem bitteren Freudengeheul eines stupurösen Scherzartikelfanatikers auf dem gefliesten Boden herumkrochen – auch so eine visuelle Wahrnehmungsphobie heute von Alonso, gruselig und hoch kontextualisiert –, um für gemäßigte Panikattacken und zugleich solmonentes oder apathisches Mienenspiel des flugs herbeigeeilten Küchenpersonals im zweistelligen Bereich zu sorgen. Die Drahtschlange beendete ihren Parabelflug schließlich an der Gasleitung an der Decke und blieb mit nacheruptiv schwingender Sprungfeder hängen, während Alonso intuitiv oder gekünstelt gemächlich, was jetzt irgendwie nicht den geringsten Unterschied machte, nach dem Griff seines Kai Shun-Tranchiermessers griff, dessen Klinge in der an seinem schwarzen Ledergürtel befestigten Schatulle hing, während das tiefenbrustemphatische Lachen Laarmanns nur langsam erstarb, obwohl die Augen und/oder der Gesichtsausdruck der meisten Anwesenden längst etwas Paradigmatisches und Quälendes angenommen hatte oder auf unergründliche Weise hart geworden war, was von einem stroboskop-artigen Verwünschungstableau zeugte, das weniger die Kurzschlussassoziationen des Starkochs Alonso beziehungsweise den giftinjektorischen Ausbruch eines halbverrückten Cholerikers lahmlegen, sondern vielmehr die mit geradezu fotorealistischem Detailreichtum vorgetragenen Lachkrämpfe von Laarmann stoppen sollte, die schließlich in einen sekkierenden Tonus gerieten und irgendwann vollends dem Dissens vor allem gegenüber Alonso huldigten; Alonsos Hand bekam etwas Krallenhaftes und umschlung den Griff des Messers, dessen Klinge nur so aus der Schatulle raste, wobei Alonso für einen winzigen Augenblick zögerte, um dann das Messer aus der Hüfte konsequent und in hohem Bogen in Richtung des Chefkochs für Geflügelgerichte & Wild zu werfen, der wie nach einem tödlichen Schuss nach Steuerbord getroffen in sich zusammensackte, eine absolut filmreife Ausweichbewegung, so dass das Messer durch dessen Mephistokochmütze mit poppigem Flammenmuster flitzte und mit der aufgespießten Mütze zwischen den in grau auf blau und handgezeichneten Graphen eines Originalwerbeplakates des deutschen Verbraucherschutzes e.V. stecken blieb, das den Massenboykott von kalorienhaltigen Süßspeisen, von das Diätetische konsequent ignorierenden Pasteten sowie von toxinhaltigen Biofruchtjoghurts auf die Dauer eines Jahres propagierte, also den Gesundheitsterror quasi einforderte. Der Griff des Messers schwang mehrmals nach, während ein Bong Bong Bong durch die Luft klackte, als Alonso mit seinen für einen Koch ganz und gar ungewöhnlichen Undercover-Springerstiefeln seine Halbkreise um die Tische zog/klonkte und sich dabei mit schauderhaft langen Kunstfingernägeln systematisch die rechte Wange und den rechten Arm aufkratzte, bis er wie ein BSDM-Opfer zweiter Kategorie aussah.

Das Wort *Bestrafung* verfolgte Alonso noch sehr lange, kein unbedingt unchristliches Wort, dass ihn von nun an den Rest seines Lebens immunologisch perforieren sollte; in Foxtrottkadenzen folgte Alonso seinen eigenen Paraphrasierungen & Dissoziationen über den Staat, Gott und die Welt und explizit über den Chefkoch Laarmann, der ihm ab sofort für die miesesten Geflügelgerichte aller Zeiten verantwortlich schien. Alonso verfluchte den nach wie vor ganz passabel oder passager auftretenden Intimfeind Laarmann unter anderem auch mit Hilfe von berstend lauten Schnellfeuerflatulenzen, die nach Hackbraten und Backfisch stanken, und unternahm im Augenblick keinerlei Versuche, das Tranchiermesser aus der Wand zu ziehen oder Laarmann vielleicht sogar an die Wäsche zu gehen, stattdessen riss Alonso eine Kühlbox auf, die mit Steaks von japanischen Kobe-Rindern gefüllt war, Luxusviecher, die mit Bier, Sake und einer speziellen Kraftfuttermischung gefüttert werden, und wirbelte einen 500 Gramm schweren Fleischlappen mehrmals durch die Luft, fing ihn wieder auf und biss mehrmals in das zarte Fleisch, das Gesicht wutverzerrt und vom selben kräftigen Tiefrotton wie der des Steaks; Alonso presste die beiden Zahnreihen fest auf den Fleischfetzen und riss hemmungslos/stürmisch mit beiden Händen am andere Ende des Rindersteaks, drehte den Kopf unentwegt wie von Sinnen im Uhrzeigersinn, zerrte den klebrigen Fleischlappen hin und her, kniff die Augen zu, schob den Unterkiefer von links nach rechts und zurück, und bildete sich dabei auf seine ihm eigene affektierte Art ein, den sackförmigen Grinskopf Laarmann mit malmenden Kau- und Mahlbewegungen endgültig zu zerreißen und dann zu kannibalisieren, während eifrig der Gedanke kohärierte, dass dieser ausgemachte Schwachmatiker binnen Sekunden im großen Bassin im Vorratsraum 5/8 liegen könnte, um mit schrecklich nutzlosen Paddelbewegungen den in schier rauen Mengen herumwuselnden und beißenden/zwickenden Piranhas vergeblich Widerstand zu leisten, oder dessen Nasengänge von speziell spitzen Essstäbchen für hirnverbrannte Sushi-Kreationen zigmal aufgespießt worden wären, bis fantastische Blutfontänen mit einer Art wohltönendem Zischen auch aus dessen Augen und Mund schießen würden, und immer noch zerrte Alonso unsystematisch, manchmal in schnellen Kreisbewegungen an dem Kobe-Steak, bis der Fleischlappen die Spannung schließlich nicht mehr aushielt, dass nur noch ein kleiner fasriger, hellroter Fleischfetzen schließlich zwischen Alonsos Zähnen hing, der rechte Schneidezahn locker baumelte und Minuten später wie von selbst ausfiel. Alonsos Kopf war inzwischen triefend nass, während Laarmann nonstop auf ihn einredete, es war ein poppiger und zugleich quirliger Mix aus konfusen Verwünschungen oder substitutiven Aufzählungen der Zutaten und Ingredienzien seiner neuesten Fasan-Kreationen (ein Humbug, diese Art Informationsgewinnung). Laarmanns esoterische Wirkung trat bei seiner Performance ein, die Stimme klang im oberen Frequenzbereich hell und fast ein bisschen charismatisch, so schraubte sich Laarmann in exzellentem Deutsch als tatkräftiger Chemiker hüftaufwärts scheinbar unendlich in den Raum. Die Erstaunten schienen mit ihren Oberkörpern weit vorne übergebeugt, um Laarmanns Lippen und Stimme jetzt zuzusprechen und Anerkennung zu zollen, als ein paar Köche, Kochgehilfen und Assistenten ununterbrochen wie in einem Beckett-Fernsehstück im Raum im Quadrat herumliefen.

Alonsos traumatisierte Augen waren stark gerötet, taumelten fiebrig von links nach rechts oder umgekehrt, wobei er laut den Text eines Songs der Isley Brothers sang, ohne sich um eine passende Melodie zu kümmern, während er darüber hinaus mit weißem Bedürfnisanstaltspapier winkend um Laarmann herum pirouettierte, was einer wirklichen Begeisterung für vertikale Rotation gleichkommen, die schließlich für die Reversibiltiät der Rotation nur Spott und Gelächter übrig haben sollte. Alonso wusste damals schon ganz genau, dass verrückt zu werden auch bedeutet, dass man weiß, dass man (irreversibel) verrückt wird, who knows. Alonsos erster Schlag war kein Freundschaftsklaps, sondern ein jahrelang geübter Karateschlag auf den rechten Arm von Laarmann, der zwar nicht die Spitzengeschwindigkeit der Hand eines professionellen Karateka von zehn bis vierzehn Meter pro Sekunde erreichte, bei dem normalerweise mit einer Kraft von über 3.000 Newton dicke Platten aus Holz oder Beton zertrümmert werden, aber der doch effektiv genug war, um schlichtweg Unheil konnektiert mit individueller Machtlosigkeit seitens Laarmanns anzurichten. Das widerlichste Geräusch an diesem Vormittag bestand eigentlich aus einem ultrakurzen Knacken, das Laarmanns schrillen hochfrequenten schwulen Schrei zur

Nebensache verkommen ließ, der ihm ausnahmsweise keinerlei Vorbereitung, Lustinspiration und Bedeutung gekostet hatte. Laarmann sah, wie aus seinem rechten Unterarm ein Geflecht aus Knochensplittern herausgebrochen war, als hätte jemand den Arm radikal übers Knie gebrochen. Da Alonso noch reichlich von seiner Destruktionskraft anzubieten hatte, setzte er einfach mal nach, wobei er bei sich selbst oder um sich herum die letzten esoterischen Ambitionen hinsichtlich Gewaltlosigkeit und Toleranz abschüttelte, täuschte mit respektablen Oberkörperglissandos nochmals an und ging dann im kinästhetisch gesehen leicht paranoiden Rückwärtsgang fünf Schritte zurück, um dann Anlauf zu nehmen (es war ein Taumel zwischen Balance und dem Verlust des Gleichgewichts) und das halbe Körpergewicht in einen umgekehrten Nakayama-Sprung zu legen, der mit einem mächtigen Bauchklatscher von ihm selbst auf dem gefliesten Fußboden endete, aber Alonso rollte elegant nach rechts weg, kam blitzschnell wieder in die Vertikale, als hätte er der Schwerkraft, einem Feld der zentripetalen und zentrifugalen Bewegungen ein Schnippchen geschlagen, er schnellte also hoch und stand für Sekundenbruchteile auf dem linken Bein und trat dann mit der Stahlkappe des Springerstiefels auf Laarmanns cremeroten Crocs-Bistro-Schuh, so dass auch dessen große Zehe hörbar gebrochen wurde. Insgesamt hielt bei Alsonso der Spin innerhalb eines faktischen Spins, eine Art motorischer Inversion, Supination und Pronation und Adduktion der Gliedmaßen.

Wenn man sich etwas bricht, will man sich als erstes übergeben. Laarmann kotzte sich also zuerst auf die gesunde Hand, dann auf die Kühlbox bzw. die herrlichen Koberindersteaks und zum Schluss auf die weißen Adidas-Sneakers des Chefkochs für Patisserie, der überraschenderweise auch noch hereingekommen war und trotz seines wüsten Hustens mittels eines tricky süddeutschen Akzentes geklonte Kommentare über den blindwütigen Einsatz kalorienreduzierter Lebensmittel unter dem Rubrum Wellness und Fitness in der Highclass-Branche der Systemgastronomie vortrug, währenddessen Alonso ein wenig von seiner Lieblings-Delikatesse naschte, Blinis mit Keta-Kaviar, wobei er jetzt doch langsam außer Atem geriet und ihm auch langsam dämmerte, dass sein Auftritt nicht nur sein berufliches Ende in seiner Funktion als Chefkoch für Meeresfrüchte & Fisch bedeuten, sondern einen irreparablen & irreversiblen Imageverlust als Spitzenkoch mit Michelin Stern generell nach sich ziehen könnte. Mit seinem Gelalle von der aufreibenden Suche nach der großen Authentizität beim Kochen à la großartigen Spätzle-Teig herzustellen ist hohe Kunst, ein Gänseleber- oder Jakobsmuscheltatar zubereiten kann jeder Siebzigjährige in einem Seniorenkochkurs usw., was er im vierteljährlich erscheinenden Kochmagazin *Häuptling eigener Herd* nicht nur für belesene Celebrities, sondern auch für die fettgefressene Feuilletonklientel nieder schrieb, dabei die Klientel jahrelang um den Finger gewickelt oder an der Nase herumgeführt hatte, war es nun buchstäblich mit einem Schlag vorbei, denn solch astreine Braindisorderstörungen würde er in Zukunft antiperformativ und nur für sich selbst den lieben langen Tag wälzen können, Diminutivgeschichten, vielleicht könnte er wenigstens nochmal in der Zeit die Story zum Besten gegeben.

Alonso hat am Ententeich sitzend den Eindruck, sein Gesprächspartner Alfons will ihn ein um das andere Mal provozieren und sich für dessen reichlich anaklitischen Demütigungen durch die staatlichen Institutionen, die von der Institutsleitung des Fachbereichs Philosophie über die Hauptverwaltung der Universität, dem Jobcenter West bis zu seinem früheren Hausarzt reichen, der inzwischen nur noch Privatpatienten behandelt, ausgerechnet an seinem schwächlichen Ego rächen, um ihn anomisch ins intellektuelle Nichts zu katapultieren, wo Alfons ihn doch schon auf dem Weg von der S-Bahn Haltestelle Niederrad zum Ententeich in Grund und Boden geredet, und das ihm äußerst verhasste Spucken, das Alfons als eine Art Konjunktion zwischen den Sätzen, manchmal sogar zwischen den Worten dient, extraapikal und in extenso ausgeübt hat. In Alonsos Mienenspiel paaren sich ein leicht abwertendes bis gruseliges Schmunzeln und höfliche Geduld. Er lacht jovial und bläst eine wohlgeformte Cannabisrauchwurst aus. Er hält sich den Zeigefinger als imaginäre Stütze unter die Nase und versucht krampfhaft ein Niesen zu vermeiden, bevor er plötzlich merkt, dass der nächste Asthmaanfall unbarmherzig am Heranrollen ist, weil der Atem ihn schon bis an die Zähne schmerzt, so dass er es gerade noch schafft, den rechten Ellenbogen in die Rippen von Alfons zu platzieren, der sofort reagiert, den kleinen Hebel der Bong im 90 Grad-Winkel nach rechts dreht, so dass im Bong Unterdruck erzeugt wird und die Luft aus der einzigen Öffnung, dem Shillum nachströmt, womit Alonso eine ausreichende Cannabiszufuhr erhält, Cannabidiol seine schmerzlindernden und entkrampfenden Wirkungen sofort entfalten, die Erstickungssymptome gestoppt und der einsetzenden Schädeldeprivierung Einhalt geboten werden kann. Alonsos Brust hebt und senkt sich mit der Frequenz eines zackigen hohen Tons, bis der Asthmaanfall langsam erstickt ist und Alonso vorsichtig mit der linken Hand kontrolliert, ob der Schlauch noch richtig unter der Nase festklebt. Alonso schneuzt das linke Nasenloch und drückt den Schlauch wieder fest. Seine Nase ist lang, zinkenförmig und grobporig, und sowohl der Marihuanatageskonsum als auch der dadurch angeregte Blutkreislauf ist ihr deutlich anzusehen. Alonsos Tweedmantel riecht nach ranzigem Fett gleich einem alten heißen Kochlappen, einem überdimensionierten Küchentuch, das an seinem dürren Körper hängt, der bei einer Größe von 175

Zentimeter ungefähr 50 Kilo wiegt und vor allem im oberen Bereich immer leicht schwitzt. Alonso verstand erst vor gut einem Jahr, warum seine Gesichtshaut schon während der Zeit als Chefkoch die Farbe von matten Hokkaidokürbissen sowie einen wunderlichen Verwesungsgeruch annahm, der ihm selbst irgendwann so gewaltig auf die Geruchsnerven ging, dass er bis auf den THC-Konsum die Einnahme von exogenen Drogen fast völlig eingestellt hat. Dennoch ging diese Zeit eben nicht nahtlos und spurlos durch ihn hindurch, sondern hinterließ definitiv ihre bleibenden Spuren. Professionell zu kochen fing Alonso in Unterfranken und im kulinarischen Freiburg an und erklomm mit verschiedenen Kaviar-Lachs Kompositionen den Kopfgipfel in Bayreuth, war auf dem Sprung ins Le Coquillage in Cancale in der Bretagne, einem Spitzenrestaurant mit Blick auf eine herrliche Bucht, deren Strand immer von vermoosten Austernschalen überkrustet war, und da wäre er gerne ein oder zwei Jahre länger geblieben. Seine Beine sind etwa vom Umfang, den die Unterarme von Alfons haben, sein Gesicht ist ein rechteckiger Kasten mit flatterhaften Augen, exorbitanter Zinkennase und ausgemergelten Mundstrich, aber zumindest sein Körpergeruch hat inzwischen das Morbide insofern etwas eingedämmt, als andere lebenserhaltende Miasmen wie Achselschweiß, verranzte Deodorantstifte und penetranter Lauchgeruch in den Vordergrund getreten sind, und seine Gesichtsfarbe hat in einer Art kosmetischer Wiederaufbereitung ein schmuckes Rotbraun dazugewonnen, das seines Erachtens nicht ganz unattraktiv ist, ist es doch mit der Solariumsbräune sogenannter hipper neumodischer Leute aus dem Medien- oder Bankenbusiness engstens konnektiert. Er presst die Zunge auf einen Backenzahn, sein Gesicht mit Argusaugen zeigt eine hochkonzentrierte Gebärde, als wolle er den nächsten Satz (der ausbleibt) zerlegen und ihn wieder zusammensetzen, aber so, dass die Operation –

er leidet nicht unbedingt an Sprechdurchfall – ganz sicher keine syntaktisch zumutbare Abfolge ergibt, während Alfons' mimische Gefühlspalette sich im Moment auf verschiedene Stufen des Mundwinkelzuckens beschränkt. Die aufgescheuerten Hände von Alfons ruhen auf seinen butterweichen Knien wie Fladenbrote. Alles geht (wieder) seinen gewohnten Gang, die Zeit verstreicht in einem stereophonen Genuschel, rechts außen auf der Bank ein leichtes Jaulen.

Alonso zieht die Nase hoch: »Nojo, Scheiß drauf - - - - - - - - - - - nichts weiter Besonderes. Vielleicht machen wir uns auf zur Klause.« Er ist schon halb aufgestanden, dysplastisch gebogen, sein Oberkörper kommt nur sehr langsam und bedächtig in die Vertikale, und von der plötzlichen Kraftanstrengung leicht japsend wagt er den ersten Schritt, geht schlurfend ein paar Meter, in den Händen die beiden Aldi-Einkaufstaschen für die weltliche Habe, bis er einen Schuh ohne Schnürsenkel unter seinen aschfarbenen Sandalen spürt und das Stakkato einer Art von Hundejaulen ignoriert.

»Pass doch auf, wo du hintrittst, Hegel noch Mal«, sagt Alfons, dessen interessante Schrittfolge, die insbesondere die Delta-Muskeln, Trizeps, musculus latissimus dorsi, musculus glateus oder musculus abdominalis stärker beansprucht, solide Muskelpakete produziert, die normalerweise anders als mit dem Training eines Clydesdalen nicht zu erreichen sind. Die Temperatur beträgt an diesem Morgen acht Grad Celsius. Alfons sagt etwas Schrilles, was natürlich in der Einflugschneise zum Airport von einem beinahe explodierenden Flugzeuggeräusch nahtlos geschluckt wird, als wäre etwa das Phänomen der Interjektion oder der Parataxe niemals auf der Welt gewesen.

»Alonso, Interferenz ist Reduktion oder Übersetzung der Differenz. Das Objekt wird Projekt. Genau das ist es, wovon die meisten offiziellen Philosophen das Jaulen kriegen und wer weiß, an welchem Projekt wir gerade dran sind hier im Stadtwald, einem Raum, der bis jetzt der schnellen Rasterung durch die staatlichen Institutionen trotzt, wobei sich meiner Meinung nach im Modus der Instituierung bald dahingehend entscheiden wird, ob die Verkettung des Differenten mit dem Differenten hier weiter prozessiert oder ob die sich differenzierende Differenz, die sich immer mit einem kleinen Unterschied wiederholt, so einfach mal identifiziert, segmentiert und gerastert werden kann. Aber es muss ja - - - - - - - - - - - ich erinnere mich noch, wie ein hochangesehener Philosoph in seinem Büroraum an der Universität statt einem zwei Spiegel aufhängte. Der eine hing links neben der Eingangstür, der andere an der gegenüberliegenden Wand neben dem Fenster zum Campus, so dass beide Spiegel, wenn man an einer bestimmten Stelle stand, und der Philosoph stand immer da, einander durch und durch reflektierten. Alonso, das ist das genaue Gegenteil zu einem Projekt, eine tautologische Subjekt-Subjekt bzw. Objekt-Objekt-Struktur, weißt du, was ich damit sagen will, ich ... ich meine einen abartigen Narzissmus, der komme was es wolle, selbst aus dem Schmerz der anderen, aber vor allem aus der schmerzlosen infantophilen Selbstliebe seinen eigenen Lustgewinn zieht.« Alfons ertastet zum ersten Mal an diesem Morgen die Schieflage seines forstfarbenen Schützenhuts mit Fasanenfedergarnitur, als superpünktlich von Osten eine Boeing 747 im Landeanflug über den Ententeich und über das Ausflugsrestaurant Zur Wildschweinklause rauscht, zu der die beiden Männer gerade unterwegs waren und nun an-gekommen sind, einem zweistöckigen klosterähnlichen protogotischen Gebäude (mit Staffelchor, Chorumgang, Kapellenkranz, Einwölbung von Mittelschiff mit Kreuzgarten und -rippen, Emporen an der Innenwand und Zweiturmfassade), das in einer großflächigen Mulde liegt.

Das Schluchzen, das Alfonsos Mundwinkel seicht umspielt, gelingt ihm nur unter Missachtung aller bisher in seinem Leben antrainierten Selbstbeherrschung. »Aha, das Tagesmenü. Kostenpunkt 254 Euro. Vorspeise Wachteleier in Tomatenvinaigrette und Tatar vom Reh mit Sarner Steinpilzen oder Kartoffel-Brunnenkressesuppe, Hauptspeise Fasan im Speckmantel mit Maronen Gnocchi oder Champagner Fasan, Desert mit italienischer Schichttorte mit Irish-Cream-Likör und Schokoladenskulptur. Kompott aus Mangos und Granatäpfeln. Weine: Bordeaux Chateau Petrus Jahrgang 2006 und Côte Chalonnaise Jahrgang 2004. No jo.« Auf fast buddhistische Weise mustert Alonso die wohltemperierte Speisekarte, während bei Alfons, wie immer, wenn er seiner Meinung nach ein Schriftstück wie dieses seichte Pamphlet des Coupe de poisson liest, das Gesicht von ausdrucksloser Starre ist und der stupurösen Maske von Zenschülern ähnelt.

»Alonso - - - - - - - - - - - Brunnenkresse ist ein furchtbar modriges Zeugs, das ich, das wird dir wohl nicht gefallen, nicht ohne Sarkasmus die Speise des Todes nenne. Als morbide Beilage zum Fasan würde vielleicht das Objekt klein a besser – zumindest auf meine Platte der Begierde – passen.«

Dieter, der in der Nähe des Eingangs 4/5 einen kleinen Papierkorb aus Aluminium auf dem Kopf jongliert und gleichzeitig versucht, eine Art Stepptanz mit einem schwarzen Spazierstöckchen in der rechten Hand jonglierend auf das Handelsraum-Parkett hinzulegen (ungefähr 70 der derzeit 94 anwesenden Broker lieben ihren, wie sie sagen, kleinen homunkularen Vollidioten, was eher ein ironisches Apophthegma als etwa die ephemere Affirmation des Habitus ihres Brokerkollegen darstellt), Marcus, der aus dem quadratischen Schrank aus gebürstetem Stahl ein Pornoheft wühlt und mit fliehenden

Augen zurück zu seinem 4qm großen Arbeitsplatz geht, eingekeilt zwischen Hartmut und Wolfgang, auf Höhe ihrer Gesichter jeweils neun Multiple-Choice-Monitore, wobei auf den Festplatten der Computer fast alle derzeitig offiziell verfügbaren intelligenten finanzmathematischen Programme zur Bewirtschaftung von Finanzmarkttransaktionen und Derivatstrukturierungen gespeichert sind (auf einem Bildschirm rechts in der dritten Reihe poppt gerade ein Mainframe-Computerfeld auf, auf dem Serien von schwarzen Zahlenkolonnen wie Heere flinker Heuschrecken von links nach rechts fließen, Sekunden später schon wie träge Echsen, während ein Bildschirmschoner auf Bildschirm 4 wohlproportionierte nackte Blondinen, die einander betatschen, zeigt); Denis, der lauthals die Betrachtung eines ihm von der Verlaufsform her äußerst lieb gewordenen Tages-Linien-Charts mit dem Slogan *Nur der wie ich was richtig in der Hose hat, wird das gute Girl bis zum Schädelbasisbruch f...* kommentiert, woraufhin Walter, ein echtes Ass im Aktien-Sales-Business, tief röhrend ausatmet und dann ein Stück Burger in den Papierkorb spuckt, Konrad, der ein schätzungsweise acht Meter langes Zimmer-Golfspiel in einem der sechs schmalen circa vierzig Meter langen Flure installiert hat und wegen der erbärmlichen Trefferquote von einer stets soigniert gekleideten Controllerin *verquerer Akademikerkopf* geschimpft wird, Marc, der gerade auf dem Betriebstelefon von Denis die letzten von diesem in Sekundenschnelle platzierten Market-Orders auf dem Handelsdesk in London abhört, Geld/Brief-Kurse für den Yen sowie ein Handelsgespräch über zwei Optionskontrakte und drei Futurekontrakte, einen Deal über das 80 Millionen Budget eines Fondsmanagers mit 80%iger Kapitalabsicherung und 20%igem freien Kapital bei 75%iger sicherer Verzinsung, bei der die Erhöhung des Zinsspreads in den nächsten beiden Jahren eine entscheidende Rolle spielen soll, Martin, der regelmäßig nach dem Morgenmeeting im 22. Stock des Esperanto-Buildings beim Lesen der Candlestick-Charts oder der Tickerdaten von Reuters eine signifikante Allergie gegen den parfürmierten Zwiebelgeruch seines Nachbarn, eigentlich gegen Suchtsymptomatiken jedweder Art entwickelt, alle Gedanken in seinem Hirn nur noch Begleitgeräusche in einem auf kodierte, diskrete und fließende Daten und Zahlen konzentrierten Gehirnkopf, alle Empfindungen nicht weniger Gehirn als die Begriffe, wobei die Empfindungen für Sekundenbruchteile die Schwingungen der visuellen Reizmittel kontrahieren und selber schwingen, bis sein Subjekt-Hirn den Schalter wieder umlegt und die Kraft aufbringt, den Top Market Maker rechts neben ihm zumindest visuell auszuspionieren, um vielleicht das Spiel der Positionen, wenn dieser beispielsweise eine Long Call Position mit einer Short-Future Situation absichert, noch irgendwie erfassen zu können, und ..., der vierundzwanzigjährige Newcomer Mango, sein Körper oft eingetaucht in den Geruch von Angst, extrem anfällig für Fastfoodorgien mit an- und abschließenden horizontalen Orgien des Verdauens oder des Sodomisierens, anfällig für ADHS, anhaltende Chilloutberieselung und für schier eine Ewigkeit andauernde, jambusresistente Selbstgespräche, begleitet von den immensen unbewussten Anstrengungen, den eigenen instabilen sensomotorischen & psychosomatischen Apparat beim Geldverschieben per Mouseclick von der Übung des Konzentrierens und sekundengenauen Zuschlagens abzuspalten, Serge, der es echt nicht ab kann, wenn andere Händler ihn während des Hedgens mit Face-to-Face-Feedbacks versorgen, wo doch der Handelscomputer den menschlichen Akteur als Instanz der primordialen Beobachtung der Orderströme erfolgreich abgelöst hat, klaro – er studiert gerade aufmerksam die Form seines bernsteinfarbenen Iphones, das mit 60000 Applikationen ausgestattet ist; wichtig sind jene Applikationen komplementär denen der »Crowd Control«, die die

Computersimulation von Massenpaniken modellieren und dies zumeist auf Basis von Programmierverfahren, welche sich an der Simulation biologischer Schwarmbewegungen orientieren, es handelt sich um die Generierung panikabsorbierender Architekturen, welche in einer Rückkopplungsschleife diskursiv überhöhte Befreiungspotenziale der Panik direkt wieder miteinberechnen, und dieses Modell wird auf die Erwartungslage der Marktteilnehmer und die Volatilitätslage der Finanzmärkte angewandt –, Serge mustert also das Maschinchen, wiegt es in der Hand und leckt mit der Zunge begierig über dessen Rückseite, und Pablo niest zweimal, Pablo, der ja gerne mal nicht nur krachend Plastik–, sondern auch Glasflaschen auf den Boden fallen und im allgemeinen den Dingen nicht gebührend Beachtung zukommen lässt, bis auf seine evolutionstheoretisch inspirierten Experimente (à la Darwins Modell von Variation und Selektion) im hochdesignten Apartment am Westhafen, wo er Biokampfstoffe herstellt, z.B. eine Ananas für eine paar Tage in einen Kunststoffbehälter gären lässt, um dann in kulleräugigen Tagträumen mit der abgesonderten Flüssigkeit, zweifelsohne eines der stärksten Gifte, die es auf der Welt gibt, die gesamte Prop-Trading Abteilung der Esperanto Bank, die den Eigenhandel betreibt, in Todesstarre zu versetzen, dieser Pablo vergeudet seine Zeit gerade mit einer Briefmarkenpinzette sowie einer Lupe, mit der er wahllos in ausgefransten Gay-Pornoheften die primären und sekundären Geschlechtsorgane der Kombattanten inspiziert, wobei er sporadisch mit einer in die rechte Augenhöhle geklemmten Minilupe Boolean-Daten des neu entwickelten genetischen Algorithmus CVS auf seinem Flachbildschirm mitzubeobachten versucht –; all diese Personen experimentierten gerade noch fleißigst in den Tag hinein, bis sie quasi auf ein externes Kommando, nachdem irgendjemand in den hinteren Reihen des Handelsraumes »Flugzeugentführung auf Reuters« geschrieen und ein weiterer Broker sofort »Short-Positionen im Dax-Future« gebrüllt hat, jetzt wieder wie auf einer Schnur festgezurrt, hochkonzentriert und synchronisiert vor ihren multiplen Bildschirmwänden sitzen, wobei sie noch vor dreißig Minuten gemeinsam ein finanzwissenschaftliches Tableau, Muster oder Raster auseinanderfalten oder eben die Katatonie pflegen mussten, möglicherweise laryngeale Distonie auf Abruf; manche Gesichter erstarren soeben wie in Trance, Schweißperlen auf der Stirn und am Kinn, während andere Brokergesichter mit der seelenruhigen Präzision eines Goldschmieds in Interaktion mit den Charts und Tickerdaten treten, dem elektronischen Geld als ausdehnungslosem Zeichen, monetäre Spuren, die immer von einem uneinholbar Vergangenen und Zukünftigen zeugen, den permutativen Zahlenflüssen einer beschleunigten Börsenzeit, während eine Vielzahl von Telefonen in der Salesabteilung, angekoppelt an Fondsmanager, Stiftungen, Versicherungsgesellschaften und andere institutionelle Großkunden permanent heißlaufen. Sam Kimberlay, die ritalinisiert oder cylertisiert oder wieder mal kurz vor dem Hyperventilieren ist, vielleicht am Rande einer maxillären Prognathie, baut entschlossen und systematisch ihre Short Positionen im Dax-Future auf, schickt unlimitierte Future Orders an die Londoner Börse und später an die US-NASDAQ (das zukünftige Börsengeschehen wird de facto von den aktuellen Erwartungen an das zukünftige Börsensystem mitgeformt, womit diese potenzierte Zukunft nicht nur Gegenstand von Erwartung und Framing wird, sondern in die aktuelle Gegenwart hineinwirkt und aktuelle Virulenz erzeugt, auch weil Geld die Zeit zum Maßstab, aber diese selbst keinen Maßstab hat und damit nicht endgültig kalkuliert werden kann. Selbst jedes deterministische System hat einen Anteil an objektiven Unbestimmtheiten, deren Komplexitäten man nicht entkommen kann). Das gesamte Szenario im größten Handelsraum der Esperanto Bank im neunzehnten Stock ähnelt in dieser Phase einem Gruppentreffen von psychomotorisch hochgestörten und zugleich eiskalt konzentrierten Personen, die bereit scheinen, selbst den Kindesmissbrauch in Guatemala oder den Bandenkrieg in Gangaland oder den Gangbang zu handeln, Akteure, die ihre Köpfe quasi ekstatisiert und doch strukturiert zwischen den riesigen Fernsehbildschirmen an der Nordostfront und den eigenen multiplen Monitorsystemen pendeln lassen, um dann sofort wieder skulpturenhaft zu erstarren, eingetaucht in gerade Schnittfolgen und euklidische Raster in einer Art Koinzidenz mit der Dissemination oder der Kalkulation der differentiellen Effekte der Transformation von Schulden in Rendite, was sicherlich auch auf einer Vibrationsmassage der Gehirnmasse durch Zahlen beruht.

Während auf der Nordseite des Handelsraumes auf den überdimensionalen Bildschirmen die ersten Analysen der CNN-Reporter zur Flugzeugentführung über dem Atlantik zu hören sind, umkreist auf den in die Ostwand integrierten Fernsehbildschirmen eine Swiss Airlines Maschine unaufhörlich die beiden Tower der Deutschen Bank, der wolkenlose Himmel über Frankfurt in der formlosen Form eines außergewöhnlich weichen, weißblauen Tampons; die unwirkliche Szene im Luftraum über Frankfurt, wo es heute nur gelegentlich einen leichten warmen Windhauch gibt, ist von einer skopophilen Monotonie, die an experimentelle bzw. metakinematographische Kurzfilme von *Er Selbst* erinnert, gähnend lange und langweilige Einstellungen, quasi kristalline Zeitbilder, die jeden Hauch von erregten und erregenden Aktionsbildern gnadenlos subvertieren, antikathartische Parodien auf jene Art stinklangweiligem Kunstfilm, von deren Formeln man sich letztendlich doch wieder so gerne verführen lässt. Sam Kimberlay riecht förmlich den kerosingesättigten Stahl- und Fleischgeruch. Sam Kimberlays Gebiss plus ihre Zunge bedecken ein eisenhaltiger Belag, vielleicht eine Emission körpereigener neurochemischer Substanzen. Ihre Zungenspitze schnellt dreimal gegen den linken oberen Schneidezahn und zieht sich blitzschnell entlang der Gaumenwölbung wieder zurück, der rote Muskel ruht ungeduldig im kontaminierten Speichel, während ihr Kiefer sich wie im Zuge einer sexuellen Aktivität blitzschnell nach vorne schiebt, mehrmals, bis der hochkonzentrierte Nachbar abhold jeder emotionalen Regung wie nebenbei bemerkt, dass Sam Kimberlays Simulationen von Heidi Klum-Gesichtsgrimassen streckenweise wahrscheinlich nur dazu dienen, den Augenblick herbeizusehnen, an dem am EUREX-Markt Hunderte Millionen Euros unlimitiert auf den Markt geprügelt werden und der Dax-Future um mindestens 500 Punkte einbricht, der Ölpreis explodiert und der Goldpreis hochschnellt und so weiter, generell panikartige Verkäufe einsetzen, bis Madame Intelligent auf dem Peakpunkt, dem Gipfel des Schreckens nur noch mit Volatilität spekuliert, d. h. über den Handel mit Optionen Volatilität zu Höchstpreisen verkauft, um schon am nächsten Tag zu Dumpingpreisen Volatilität neu zu kaufen, weil eben die implizite Volatilität in Panikzeiten Punkt um Punkt am Markt steigt, wobei es wohl eher noch der Wahrheit entspricht, dass Sam Kimberlay sehr gerne das numerische Newton-Raphson-Verfahren in Paniklagen einsetzt, mit dem man iterativ das Maß für die aktuelle Schwankungsbreite eines Basiswerts über die Restlaufzeit der Optionen gewinnen kann, um dann riesige Volatilitätsgebirge zu riesigen Ungewissheiten aufzutürmen. Nichts Abgeschmackteres freilich als eine Brokerin, die in dieser Lage zu verzweifeln bereit ist oder der die Superperformance flöten geht, weil sie den Umgang mit dem ultracomputerisierten Handel einfach nicht drauf hat, womit ihre Eliminierung nur noch eine Frage der Zeit sein kann. »Du könntest kurz eine Coke trinken, wenn du Durst- und Trockenheitsgefühle im unteren Bereich hast«, sagt Denis, ein besonders geschmackloser, schwergewichtiger Banker, der meistens graue und knittrige Anzüge trägt, goldene oder silberne Ohrstecker im rechten Ohr und ein wirres Haargespinst auf dem quadratischen Kopf, und dessen sabberndes Null-Fehler-Toleranz-Gequatsche ihm im unmittelbaren Berufsumfeld den Titel eines fehlgeleiteten sekretierenden Incubus eingebracht hat, wobei seine Stimmlage im Moment tief aus dem Keller zu kommen und mächtig zu delirieren scheint.

Schulden, sagt Sam Kimberlay, sind der neue Reichtum, bevor sie für exakt eine Minute wie eine enzephalitische Nutte stöhnt, hypomanisch oder irritiert in einer Art sexueller Verzweiflung, währenddessen selbst das Rouge stark am Verschwimmen ist und der Mascara aus ihr eine plemplemе Gothic-Puppe macht, die schon im nächsten Augenblick an den Grenzbereich ihres Albtraumschreiens anklopft, worauf Sam Kimberlay offensichtlich hypernervös an einem weißen Polyestertuch zu kauen oder zu nagen beginnt und dabei überlegt, wen sie denn mit ihrem vielversprechenden Trading-Talent noch alles ruinieren könnte: Stiftungen, Volker Kornmeier oder beispielsweise den Fondsmanager einer kirchlichen und sozialen Hilfseinrichtung, ein wirklich besonders fantasieloses Exemplar von besonders fantasielosen Leuten in der Finanzbranche, die in letzter Zeit im Verlauf eines Meetings seltsamerweise oder kurioserweise immer häufiger auf mindestens 150 Seiten lange Kooperationsverträge mit dem Finger deuten, um zu sagen: »Das, das will ich haben.« Laut Dr. Dr. Hanselmann wissen die auf Sam Kimberlay angesetzten speziellen Controller nicht, dass die Vorgesetzten in den oberen Etagen der Esperanto Bank wissen, dass sie weiß, dass sie tageweise ohne Limit hedgen kann, auch wenn alles über ihr P- und L-Depot läuft.

Im Großen und Ganzen ist der Handelsraum im neunzehnten Stock der Esperanto Bank ein vergleichsweise asexueller Ort, was möglicherweise erstaunlich ist, angesichts des dauerhaften Konsums von Pornomagazinen von meistens männlichen Brokern im Kontext der pulsierenden und fibrillierenden Geldströme oder der intimen räumlichen Nachbarschaft der Arbeitsplätze oder der Geilheit, um mit Hilfe der Benchmark (eine Bewertungsmethode, um den Anlageerfolg eines Portfolios zu messen) im Highsein des Hedgens sich gegenseitig zu übertrumpfen, oder dem stoischen Ablassen von verbalen Anzüglichkeiten oder dem durchgeknallten und schnellmachersüchtigen Ausspucken von Funktionen, Formeln und Slogans, plus dem nahezu orgiastischen Sog, den eine Panikmeldung auf Bloomberg oder Reuters bei den Brokern erzielen kann. Es gibt vereinzelte Fälle von Quickies in den hochgestylten und designten Toiletten, meist ungeplant und emotionslos. Sam Kimberlays Befriedigung liegt streckenweise im Vollzug. Zu bestimmten Panik-Phasen des Börsengeschehens nimmt das expektor-aktive Brausen in ihrem Kopf eine Auszeit, so dass ihr Subjektgehirn eine wunderbare Klarheit gewinnt, durchströmt von einer Denkkraft, welche ähnlich funktional und vernetzwerkt wie das Laborgeld die Glasfaser kabel durchrauscht, eine Kraft, die möglicherweise in Ketten aus geschlossenen Schleifen organisiert ist, vielleicht so ähnlich, wie man sich aus Papierringen gebastelte Girlanden zu Brokergeburtstagen vorstellen mag, die immer wieder die Macht der Verweisung reibungslos fortsetzen, wobei Sam Kimberlay sicherlich in bestimmten Extremsituationen jede Scham vor dem eigenen Ego aufzugeben bereit ist, womit jeder Aspekt des Gamblings für sie selbst gleichermaßen zu einem Objekt der Faszination wie des Traumas werden kann, auch wenn Sam Kimberlay durch eine gewisse Dosis verlustreichen Handelns und Closens öfters als ihr eigentlich lieb ist in den Stand versetzt wird, zu erkennen, dass ihre Strukturierungen und Hedgings alles andere als einzigartig sind und noch nicht einmal die Mimikry an die Fehlerhäufigkeit anderer Brokerinnen unterlaufen, denn viel zu viele Fehleinschätzungen der Deltas, Vegas, Thetas und Gammas, der Gegenwertberechnungen, begleiten ihre Art des Hedgens, im Skalpen verdammt noch mal ab und zu in eine gigantische Tendenz zur Nervosität schlitternd. Jemand hat gerülpst, wahrscheinlich kommt das bohrend tiefe Geräusch aus der langen Reihe um den Broker Denis, was aber von den Brokern weitgehend ignoriert wird, denn man befindet sich ja unter hochkonzentrierten Leuten, zu deren Geschäft es gehört, in Panikzeiten ein Rülpsen wie eine kaum beachtenswerte Synkope zu behandeln, die man nicht einmal wie ein lästiges Insekt abzuschütteln braucht.

»Mach dir nichts draus«, meint Denis, als der schätzungsweise vierzigjährige Vice President of Articulation, der die große Rating-Agentur Murphys in New York leitet, die vor zwei Wochen die Kreditwürdigkeit Portugals von AAA auf AA herabgestuft hat, und der perfekt Schlagzeug und Poker spielen kann, in Begleitung von Dr. Dr. Hanselmann den Saal betritt, während Sam Kimberlay auf dem Computerbildschirm in der Mitte der unteren Reihe ihres Monitor-Systems den Chart des IT Unternehmens Mindface Inc. untersucht bzw. beglotzt und dabei einer Praktikantin beiläufig erklärt, dass man hier Milliarden von Euros handele bzw. transferiere, aber niemals ganz genau wisse, in welchen Kanälen denn nun die Summen im Augenblick stecken würden. Man könne es in diesen Sekundenbruchteilen wieder einmal konkret mit den eigenen Augen sehen, sorry nicht wirklich sehen, aber irgendwie doch in Echtzeit genießen. Beim Highsein auf Kokain ist es manchmal ausgerechnet Sam Kimberlays Wenigkeit, die den Vice President of Articulation nahezu abgöttisch zu verehren vermag, vor allem wenn dieser, wie augenblicklich mit seiner weißen Handschuhfaust hart und konsequent gegen die Wand hämmert und dabei erklärt, Meine Güte, es wird da draußen doch noch Experten geben, die den Leuten glaubhaft verklickern können, dass die öffentlichen Schulden, mit denen die Finanzministerien das Big Business gepäppelt haben, irgendwie von Banken und Finanzinstitutionen ganz legal erworben worden sind, um den ökonomischen Zyklus nach der Krise erneut in Gang zu setzen, und wenn schon die europäischen Staaten ihre Verschuldung qua EZB finanzieren, indem die EZB die (virtuellen) Druckmaschinen anwirft und Staatsanleihen kauft, um damit vielleicht die langfristigen Marktzinsen zu senken, die wiederum Investitionen und den Konsum anschieben, und wenn zugleich die Geschenke an die Banken in den Kauf von Staatsanleihen durch die Banken zurückfließen, und wenn schon, und was denn, er schwöre ja bei Gott, dass der Staat nicht, wie es im Feuilleton allzu häufig ausgeschlachtet wird, in die Zange geraten ist, zwischen mächtigen und polizistischen Wirtschaftslobbys auf der einen Seite, die dafür sorgen, dass die staatlichen Geschenke nicht versiegen, und privaten Finanzhäusern als Gläubigern auf der anderen Seite, nein nein und nochmals nein. Weder staatliche Konjunkturpolitik noch Subventionspolitik hätten die Freifahrkarte für die phänomenale Renditeexpansion auch nur ein bisschen vage geliefert. Auf staatliche Deregulierung und überreife staatliche Geldspritzen wolle er jetzt gar nicht anspielen, oder dass die eigene Rating Agentur, welche in extenso Firmen berät, deren Produkte sie schließlich bewertet, hervorragend ihre Finanzierungsinstrumente im Kontext kybernetischer Rückkopplungen zur Systemoptimierung nutzt. Dr. Dr. Hanselmann, der für die neuesten Bankenzusammenbrüche in den USA ökonomische Transmitterprobleme verantwortlich macht, widerspricht und dementiert zugleich. Er dementiert, dass Aktieneinkäufe der Esperanto Bank in Milliardendimensionen für die gewaltige Kursrallye/den starken Aktienaufschwung an der Wall Street (mit einer neuen Aktienmarktkapitalisierung von rund acht Billionen Dollar) mitverantwortlich gemacht werden könnten, weil das berühmte Plunge Protection Team, eine informelle Übereinkunft zwischen Banken, Börse und FED auf ihren Einsatz zwar warten würden, aber vor lauter Wald die Bäume nicht sähen (?), dafür aber die FED im Alleingang mit ihren nachbörslichen Termingeschäften den Markt gestützt und infiltriert hätte. Er behauptet, dass dank den hipsten Neuromarketing-Strukturen, funktioneller Magnetresonanztomographie (fMRT), Magnetoenzephalographie (MEG) und Steady-State-Topography (SST) die Werbeabteilung der Esperanto Bank in den kommenden Jahren immer genauer werde prognostizieren können, warum welche Werbeansätze wo und wann genau funktionieren würden oder eben nicht. Er unterstellt bzw. verdächtigt Sam Kimberlay, dass sie in seinem kleinen Ferienhaus im Tessin, ausgestattet mit Black Care Experience Solarium zur Hyperspektralsterilisierung, in einem purpurroten Kimono und goldenen Slippern mit zierlichen Riemen auf der Terrasse von italienischen Paparazzi gesichtet bzw. fotografiert worden sei (genau wie Dr. Dr. Hanselmanns Edelprostituierte Novella, eine hochgewachsene schlanke Mädchenpuppe mit langen schwarzen Haaren bis zu den Hüften und of course Silikonbrüsten, die natürlich aus Moskau nach Deutschland infiltriert wurde und nahezu allen mythischen und klito-vaginalen Klischees entspricht, die man sich in bilateralen Bankerkreisen von den systematischen Zuwanderungsströmen weiblichen Geschlechts aus Osteuropa zusammenindoktriniert, wobei natürlich der gegenwärtige Vektoralismus bzw. die unbewusste blinde Dogmatisierung der Evolutionsdynamik der Informationskanäle und -speicher im E-Empire featuring der mit der größten Fitness ausgestatteten Individuen, ja die unbewusste Axiomatik des Kapitalismus selbst hier in der Beurteilung der segregierten und hart ausschließenden Migrationswanderungen eine nicht unerhebliche Rolle in den herrschenden Ideologien & Hegemonien spielt, ganz im Sinne des Überlebens von dem, was am besten passt, wie eben angeblich jedes individuelle Mitglied unserer Spezies in jeder Sekunde seiner Existenz den genetischen Code abliest und aus diesem überindividuellen Wissen und der Einspeicherung von kulturellen Informationen die Mittel und Zielvorgaben für seine eigene Existenz herauszupicken vermag).

Auf den Bloomberg- und Reuters Tickern erscheint inzwischen zweiminütig die Nachricht, dass die Maschine XDFR auf dem Flug New York-Dubai in der Breitengradposition -40.7656605563857 5 & der Längengradposition -73.9522308111908, also schon kurz nach dem Abflug von jemenitischen Terroristen gekapert worden ist, wobei aber bis jetzt die Flugrichtung unverändert gehalten, d.h. das Flugziel Dubai nach wie vor durch den unverletzten Flugkapitän angesteuert wird. Die feuchte Stirn fast auf den Monitor geklebt, bekommt Denis beim Kaugummikauen – der Kurs des Dax ist binnen Minuten um weitere 110 Punkte abgesackt –, wie er selbst glaubt, so etwas wie einen spitalen Anflug der totalen Berechnungskapazität und Entschlussfreudigkeit, dass er es selbst kaum fassen kann, während er auf dem unbequemen Drehstuhl ungeduldig hin und her zu rutschen beginnt und etwas von Schweinen und Geldmachtschweinen brabbelt. Die seltsame Stille des Handelsraumes involuiert im Moment den Klang einer leise vor sich hin tickenden Zeitbombe. Den Ausnahmebroker namens Denis muss man möglicherweise als eine Art Allegorie der archetypischen Gestalt des homo economicus begreifen, die es versteht, stundenlang fast reglos auf die flirrenden Bildschirmpanoramen virtueller Partikel und Kurvenverläufe zu starren, was er seit ungefähr zwanzig Minuten wieder bis in die letzte Faser der Körperlichkeit sowie bis ins Mark und Hirn mönchisch und kalkulativ zugleich praktiziert, und dennoch kann es vorkommen, dass Denis phasenweise zu einer Art postarchaischem Typus mutiert, um im eigenen Selbstverständnis als ein attraktiver Krieger oder Raubritter mit exakt durchkonstruierten Plänen von Abenteuer zu Abenteuer zu hecheln oder als ein virtuoser Guru-Schamane in religionstechnischen Spielchen und mythischen Spielsachen Wundertätiges zu bewirken, als ein Heiland geradezu masturbativ in größter Todesnot zu intervenieren oder als ein Zauberer die Quintessenzen der Lebens-Kosmologien als exploitable Ready-mades der gegenwärtigen formvollendeten Kunstszene bereitzuhalten und damit erstaunlich kompossibel zu funktionieren, während sein durch und durch hochrationalisiertes Glamour-Tableau des Hedgens im Hintergrund immer als special effect mitläuft.

(Wie auch Dr. Dr. Hanselmann fühlt sich Denis nicht unbedingt als master of universe wie manch abgedrehter Broker in London oder an der Wall Street, er hat lange ganz bewusst an keinem neuen Geldschein mehr gerochen, geschweige denn mit ihm gesnifft, oder sich Zahlen oder Kontenbewegungen zu lange auf seinem Konto angeschaut, oder eine Privatstatistik über das Konnekten von Frauen bzw. die Korrelation von Sexobjekt, Kaufkraft & Zahl und Qualität der Sexualritualistik geführt, stattdessen präferiert er ein weitaus höheres Ziel, nämlich aus den neonröhrenerhellten Bürokomplexen der Esperanto Bank so schnell wie möglich quasi ins plutokratische OFF zu wechseln oder ab und zu den Nächten im Club Bohemian beizuwohnen, im Pendulum zwischen Ultra High Net Worth Individuals, kurz UHNWIs genannt, und deren Geldverwertungmaschinerien zu schlawänzeln, letztendlich diese als gestanzt in fiktives, zu Machtdispositiven geronnenes Geld zu erleben und zu genießen (Geld ist Inbegriff der virtuellen Realität). Des Öfteren in den Büroräumen Dr.

Dr. Hanselmanns herumlungernd, lauscht Denis, besonders nach schlecht bewältigter Alkoholnacht mit partiellem Amnesieren sowie angeblich abgelöster Augenhornhaut, ganz gerne dessen Schilderungen über bewachte Wohnkomplexe entlang der Côte d'Azur, Terre Blanche, Domaine Le Grand Duc in Mandelieu oder über das mit Maschendrahtzaun abgesicherte Domaine du Loup in Villeneuve-Loubet bei Nizza, er Denis, der dann die schlechte Angewohnheit besitzt, hektisch den Kopf nach rechts oder links zu drehen, bevor er meistens parallel mit etwas total Stumpfsinnigem antwortet, Denis der sagenumwobene Broker, der sich selbst schon mal eines der Apartmenthäuser im Parc Bruyère in Cannes angesehen hat, um sich dort von einer bildhübschen Maklerin beim Nachmittagstee brühwarm die Story erzählen zu lassen, wie die Familie Ramirez aus der mexikanischen Stadt Santa Teresa durch das einträgliche Geschäft mit dem Verkauf von industriell gefertigten Toilettenhandtüchern sowie mit Kokain- und Menschenhandel (Prostituierte, die über den Luft- und Seeweg nach Portugal oder Spanien und von dort in die Rotlichtzentren Amsterdam, Frankfurt und Hamburg geschleust werden) zu beträchtlichem Wohlstand gekommen sei und binnen dreieinhalb Stunden in der Gated Community Domaine Le Blanc Blanc in der Nähe von Marseille einen Kaufvertrag für ein 8456 Quadratmeter großes Territorium abgeschlossen hätte, dessen heutiger Verkehrswert bei knapp 35,2 Millionen Euro läge, und dass alles, obwohl selbst eingefleischte Insidercliquen der Prominenzindustrien inzwischen bezweifeln würden, dass an dem Projekt tatsächlich bis zu fünfundsechzig Subunternehmer mitwirken würden; es gäbe da acht Schlafzimmer auf drei Ebenen plus zwei ultramoderne Pools mit multimedial gestützter Ganzkörperbenassung sowie jede Menge postbarocker Rundbögen plus einem zweiten Ferienhaus mit Bar und Wintergarten, für dessen Dachkonstruktion man ausschließlich alte Eichenbalken verwendet hätte, während die an den Rändern eisenbeschlagenen Fensterläden aus nahezu astlochfreiem Holz in jenem Lindgrün lackiert worden wären, welches Olivenblätter an ihrer Unterseite aufweisen würden, um-wuchert von Edelrosensträuchern und Chrysanthemum yoshinaganthum. Die Hochdrückspülungen der Toiletten seien sicherlich der letzte Schrei.

Quasi im fast unhörbarem Grundrauschen des Schädels überfliegen in Denis Hirn tief im Inneren synaptische Spalten und Membrane durchquerende Potenziale mit unendlicher Geschwindigkeit eine einzige Ebene, wenn er sich fragt – und das bestimmt nicht zum ersten Mal –, ob die Rückkehr zur tyche, seiner typischen Launenhaftigkeit, die womöglich mit der systematischen Verarbeitungsweise des Zufalls korreliert oder eben dem Risiko, dem italienischen risco, das, was aufreißt, die Klippe, an der man auch scheitern kann, tatsächlich so zufällig daher kommt. Wie Shakespeares Kaufmann sich stets auf versicherten Wegen bewegt, so versteht Denis im Großen und Ganzen ähnlich wie Dr. Dr. Hanselmann die Erfassung seines sich verwertenden Selbst bzw. der Verwertung des eigenen Lebens als fortlaufende Buchführung in der Zeit, welche seine ureigensten Ereignisse, die inneren und äußeren Immobilien sowie die Kontenbewegungen wie nebenbei zu inventarisieren und alles Geschehen auf den Nenner von Zahlungen zu bringen vermag, wobei Denis der schriftlichen Verzeichnung der kontinuierlichen Selbstüberprüfung etwas mehr Aufmerksamkeit als Dr. Dr. Hanselmann schenkt (jeder Tag ist gemäß Denis' P- und L-Account gewissermaßen Bilanz- und Gerichtstag und wird bewertet nach seinem Ertrag); Dinge und Personen werden hier unter dem Aspekt ihres Verkehrs, der Zirkulation, des Austauschs und der Interdependenz notiert. Debitierung und Kreditierung. Während der Kaufmann von Venedig seine Reisen noch auf dem Papier dokumentierte und bewertete, führen die beiden Banker ihre relevanten Unternehmungen quasi lexikalisch in den elektronischen Netzwerken durch, wobei die beiden Lebensläufe der Form nach numerisch programmierten und gesteuerten Karriereschritten gleichen, bei denen Erfolgsereignis zu Erfolgsereignis in diversen Geschäftsfeldern addiert wird, um möglicherweise gemeinsam in die Dimension von Satellitenumlaufbahnen hinein zu stoßen, wobei sich die Lebenszeiten am Leitfaden des Ertrages kapitalisieren, während die Köpfe durch den Raum fliegen und ihre Sinnesorgane anschwellen. Das Subjekt wird zum Welt-Objekt.)

»Ach Hansi, wie wärs nach dem geilen Hedge jetzt mit nem Drink?«, sagt Sam Kimberlay mit zartrotrosa angelaufenem Gesicht zu Dr. Dr. Hanselmann, der, wie sie ja weiß, die ungewöhnliche Angewohnheit besitzt, während seiner Vorträge bei Konferenzen, Meetings und Brainstormings aller Art ungefähr alle zehn Minuten kurz und abrupt zu nicken, bevor er zum nächsten Satz ansetzt, als müssten die ausgesprochenen Worte diverse Übersetzungs- oder Interferenzschaltkreise lautlos durchlaufen, bevor der Banker erneut damit beginnt, Implikationen, Bedeutungen, Bezeichnungen und Sinn in Hinsicht auf neue Serien von Sätzen zu verketten, deren Subjekt er nicht unbedingt ist. Wahrscheinlich beabsichtigt Dr. Dr. Hanselmann durch das Nicken aber nur, sich für einen zukünftigen Satz Mut zuzusprechen oder er will den letzten Satz bestätigt wissen oder aus dem letzten Satz den umfassenden Sinn mittels einer Geste extrahieren. »Danke Jungs. Ihr seid tolle Seelen«, brüllt der Vice President neckisch in die Weiten des Handelsraumes hinein. Es klingt im Handelsraum jetzt nur unwesentlich lauter bzw. stimmungsvoller als im Wartezimmer beispielsweise eines Neurologen, wo die Patienten ihre Gesichter tief in die Illustrierten oder Hochglanzmagazine vergraben, als wollten sie das Hochglanzpapier küssen oder als befänden sie sich kurz davor, stochastisch tiefe Seufzer von sich zu geben. Erst das Aufplatschgeräusch eines massigen Fußes auf das Parkett sowie der plötzliche Einsatz der gluckernden Stimme der NTV- Redakteurin auf dem großen Fernsehbildschirm an der Ostwand machen jedem der anwesenden Broker klar, dass man sich hier nicht in einem Wartezimmer oder Leichenhaus, sondern im Handelsraum im 19. Stock der Esperanto Bank befindet, in dem täglich mindestens ein Volumen von 400000 Millionen Euro per Computerhandel auf elektronische, automatische Weise gehandelt wird – der ganze Raum ein rechnendes Gehirn. Zwischen den Spasmen seiner Indisposition oder Exposition murmelt Dr. Dr. Hanselmann ein paar Kraftausdrücke und belanglose Sophismen, als Sam Kimberlay erneut spontan aufsteht, um sich zur Damentoilette zu begeben, während sie sich mit der rechten Hand an der Tischkante abstützt und Sekunden später im Flur abrupt stehenbleibt, so dass ihr Seitenprofil aus der Sehperspektive des unter seinem Desk kauernden Händlers Harry direkt auf den Bildschirm mit dem Bloomberg Ticker gerichtet erscheint und einen grauenerregend hochfrequenten Schrei bei Denis auslöst, weil ihm die Sicht auf den für ihn nahezu undenkbare Volatilitätssprünge abbildenden Chart der Biotechnologieaktie O.K.H.M. kurzfristig genommen wird, welcher sich bisher selbst bei (spontaner) Anwendung stochastischer Modelle wie Hull oder Crank-Nicholson seiner Kalibrierung zuletzt immer wieder entzogen hatte, zumindest glaubt er das. Denis stützt sich mit beiden Händen auf der Tischkante ab, beugt sich über die Batterie von Flachbildmonitoren und erleidet etwas, das seine beiden Nachbarn links und rechts für einen mittelmäßigen Hustenanfall halten. »Wegen deines chthonischen Stampfens und des sich hebenden Hinterns kann einem richtig übel werden«, sagt Sam Kimberlay, die gerade ihre Trader- bzw. Lesebrille abgesetzt hat und immerzu so tut, als wäre sie blind.

Einen Tag später besteht Dr. Dr. Hanselmanns erster Gedanke nach dem Betreten des großen Handelsraumes in der puren, ja fast bestechenden Einsicht, dass balearische Chillout-Soße in der Kingkamea Suite schon scheußlich genug klingt, vielleicht dort schon so, als würde man seinem (rechten?) Temporallappen bestimmte Transmitter injizieren, um sowohl seine Körperaktivitäten als auch seine hervorragende Leistungsfähigkeit nervlich lahmzulegen, aber hier im Handelsraum klingt der musikalische Poststimmungskram darüber hinaus noch profund unbeholfen und für ihn zutiefst demoralisierend, dass an irgendwelche arbeitstechnische Ambitionen des Hedgens oder Tradens gar nicht mehr zu denken ist, und die refrainartigen Instrumentalphasen der Songs, die durch sehr schlichte Melodiefolgen zusammengehalten werden, klingen sogar extrem hässlich, was Dr. Dr. Hanselmann an seine wochenlangen Betäubungsmittelkuren erinnert, die glücklicherweise der Vergangenheit angehören, oder wahlweise auch an die langen Nächte in Kitzbühl oder Davos, wo man das Wort *Party* im Club Alpha immer noch als Synonym für schiere Ekstase, Lebensfreude und Glückseligkeit gebraucht und begreift, dass einem dort als Teilnehmer gar nichts anderes übrig bleibt, als die eigene semio-emotionale Verfassung oder Disposition bezüglich des soft- oder hard-datings im Kreis der Eingeweihten als never ending story of happiness and joy zu diagnostizieren und zu praktizieren, verzückt und sybaritisch eingewoben in den Dauermodus der Feierkultur, dass man schlichtweg begeistert oder betäubt von nackten Callgirlkörpern Champagner schlürft, irre lange Koks-Lines von deren Brüsten zieht oder mit Substanzen angereicherte exotische Säfte von den Partialorganen abnuckelt oder den Girls den Sinsemillaqualm in die offenen Münder bläst, manchmal sogar in den Anus. Der chillende Hightechquark, durchproduziert in den High-Tech-Studios agnostischer Dumpfbackenproduzenten in Ibiza, rieselt nun schon seit mindestens zehn Minuten anlässlich des 30. Geburtstages von Sam Kimberlay durch die Weiten des tageslichtbeleuchteten Handelsraumes, fünf langgezogene Flure, die zwischen den multiplen Screens und Enduser Interface-Batterien von Monitoren aus Dr. Dr. Handelsmanns derzeitiger Sehperspektive nach Norden führen; das elektronische Bankenhandelszentum ist in ultrakonservative harmonische Latenzen und Stimmigkeiten getaucht, als ein paar Männergestalten mit karierten oder quergestreiften Freizeithemden von Ralph Lauren – eventuell sind es auch Neck Pullover, im branchenüblichen Jargon heißt es jedenfalls casual Friday und chic – sowie ein paar ganz gewagte Typen aus der Sales Abteilung mit floralen Hawaiihemden oder mit russischen Tschapkas oder mit als vietnamesischen Hüten getarnten Schlagzeugbecken vor den Großbildschirmen oder in den Fluren scheinbar beschäftigungslos hin und her gleiten. Sogar ein paar Back-Office Leute sind im Handelsraum, der im Geheimjargon als Saal 6 bezeichnet wird, unterwegs und reißen ein paar ästhetisch grenzwertige bzw. gefährliche Witze über Sam Kimberlays puppenhafte Marionettendarstellungen oder tanzwütige Einlagen. »Also wirklich, hier muss mal wieder jeder seinen gehässigen Kommentar abgeben«, brüllt Denis zur Verteidigung von Sam Kimberlay, die bis vor ein paar Minuten noch mit dem sogenannten Superhedger Marcus (gestern für die Bank mit einem Schlag 250000 Dollar verdient) auf den Deckchairs des Daches des Esperanto-Buildings gechillt hat. Im Moment mag Sam Kimberlay sinnlose oder hirnentbrannte Signalworte wie 15000 *OTC Kontrakte Basler an Denise* überhaupt nicht ausstehen, sondern lieber ein bisschen als Spielball starker Fliehkräfte subversiv Cha Cha Cha tanzen oder gemeinsam mit der hübschen Top Brokerin Marlen Pizarro, die an der Terminbörse in Hongkong stündlich bis zu 500000 Euro handelt, ein bisschen unanständig plauschen, auf so unanständige Weise den intimsten Smalltalk pflegen, dass man endlich seine verborgenen Seiten gegenseitig zu lieben und zu schätzen lernt, manchmal auch zu hassen, und dabei vielleicht einen Strawberry Daiquiri schlürfen, alles in allem den Flair kontingenter Ekstase-Ideale im ja so schrecklich attraktiven, ideologischen Sprachspiel-Gepäck schmecken oder pflegen. Am Desk 8, of course futures & options, in der 18. Reihe, sitzt Melody Mashed entgeistert vor ihren neun Computerbildschirmen und schreit »Scheiße«.

Sam Kimberlay trägt heute ausnahmsweise mal eine blonde Perücke mit leicht mattem, strohigem Haar, das bis auf die Schultern reicht, und sie hat keine Intimrasur, aber das sieht man nicht. Es ist durchaus nicht ungewöhnlich, dass die Community der Brokerfuzzis bzw. Derivatebroker, wie Sam Kimberlay manchmal zu pflegen sagt, urplötzlich bzw. aus heiterem Himmel horrormäßig oder zum emotionalen Abkassieren gut draufkommt, indem sie ihren infantilen Spaßstimmungen durch (dysfunktionale) Wetten bzw. Gambling Ausdruck verleiht à la den Jacquardschen Webstuhl zum Einlochen/auf Hochtouren bringen, oder weil man beispielsweise Denis beauftragt, innerhalb einer Stunde zwei Kilo Thunfisch- oder Pulpo-Sushi zu verdrücken oder aus einem Long Future und einem Short Put innerhalb von zwanzig Minuten einen renditeträchtigen Long Call zu basteln, wobei nicht sicher ist, ob bei Denis der Sushi- oder der Derivatcocktail die Risiken und Renditechancen splittet, um das Maximum an neuronaler Lust und Funktionalitätshappiness zu gebieren, bis schließlich erneut eine quasi postkoitale Rationalität jenseits der Spaßunterhaltungen und des Börsentrashpunk bei einigen Brokern durchbricht, um wie am Schnürchen aufgezogen an ihre Computerbildschirme zu spurten bzw. als verkörperte Gleichnisse der allgemeinen Sucht Berechnungen, Operationen und Entscheidungen innerhalb des technischen-apparativen Dispositivs in Gang setzen, strukturierte Anleihen, Aktien und Derivate wie gutmütige Replikanten volatilitätskonform bzw. Schlag auf Schlag zu dealen, scheinbar gefangen in neuronaler Gier, dem nervenzerüttenden und extrem angespannten Scalpen & Hedgen, targeting & monitoring. Die meisten Händler wirken dann oft wie tickende Zeitbomben. Es gibt also in den Handelsräumen Phasen extremer Konzentration und Bildschirmbezogenheit, die bei manchen Brokern zu permanenter Vigilanz führen können, dem Phänomen der Daueraufmerksamkeit und Dauerwachheit, das den Transaktionen der Finanzderivate in Echtzeit & dem 24 Stunden Online-Trading in allen Zeitzonen des Planeten geschuldet ist; diese Phasen schließen nahtlos an vielerlei unausgesprochene Übereinkünfte der Brokerkollektive an, die an den seriellen Modus infantophiler Selbsthilfegruppen erinnern, das steht sogar im letzten internen Research-Report der Esperanto Bank, der sich mit der Häufung von psychosemantischen und semio-emotionalen Konfliktpotenzialen zwischen den Broker- und den Analysten-Abteilungen der Esperanto Bank beschäftigt, in dem der Psychologe Martin Auerbach auch bemerkt, dass ein fulminantes Glücksempfinden die Banker immer nur vorläufig erreichen könne, da diese sich mit Hilfe der irrsinnigsten Switching-Verfahren immer wieder aufs Neue entscheiden müssten, um auch den psychosomatisch inkludierten Habitus auf der Höhe der Tradingzeit zu halten, und das peakpointmäßig und unter Umständen unter Permanentbetreuung durch eine Phalanx von Therapeuten, Psychologen und Selbsthilfegruppen, wobei das bohrende Ohnmachtsgefühl gegenüber den Zahlen- und Geldströmen als der fundierende Sozialkitt fungiere, die affektive Defizienz und sogar die psychische Ausweglosigkeit mit Hilfe von alternativen, pseudospirituellen Gruppenensembles durchaus durch ein Prinzip der kollektiv erlernbaren Identitätsfiktionen und Narzissmen ausgewechselt werden könne, damit sich letzten Endes jedes Individuum in seiner seriellen Einzigartigkeit so begreifen und ihm selbst die furchtbar grassierende Krankheit ADHS nichts mehr anhaben könne, zu sehr seien die Individuen trotz dem Erleiden eines Übermaßes an Positivität bzw. Gleichem zugleich von einer Politik der Differenzen oder durch den kraftvollen Geschmack der Freiheit geprägt. (Der Zwang wird unsichtbar gemacht. Er wird in die Köpfe transferiert. Jeder lebt im Gefühl der Freiheit und tut, was im Interesse der Machthaber ist. Vgl. Michel Foucault.)

Sam Kimberlay schaut auf ihre schwarzlackierten Fingernägel: »Mathematisch ist das Delta die erste Ableitung des Optionspreises nach dem Preis des Basiswerts. Das hat uns aber wenig zu interessieren, wir hedgen es gleich raus. Das Gamma macht uns ein bisschen schärfer, es gibt an, wie stark sich das Delta der Option ändert, wenn sich der Kurs des Basiswerts um eine Einheit ändert und alle anderen Größen sich nicht verändern. Mathematisch ist das Gamma die zweite Ableitung des Optionspreises nach dem Preis des Basiswertes. Verstanden? Und dann darauf basierend die ganze Arie der Griechen. Theta, Vega, Rho und Omega und ...« »Um Himmels willen, das geht mir jetzt aber ein bisschen schnell», sagt die junge, attraktive, blondhaarige Praktikantin nonchalant und gibt eine leise Ahnung von gottvervögeltem Stöhnen von sich, wobei Sam Kimberlay vorwurfsvoll feststellt, dass das subalterne Geräusch eher wie ein leises Gähnen klingt und in semantischer Hinsicht sich nach einem misslungenen Balanceakt anhört, ja sogar nach einer faden oder weinerlichen Negation der Kompetenz einer Brokerin bezüglich deren famoser Kenntnis von technischen Analysen, Chartanalytik und anderen Repräsentationstechniken. Die in den eigenen Redefluss manchmal so unheimlich verliebte Salesmanagerin und Brokerin Sam Kimberlay erhält plötzlich starken Beifall in Form von leise anfeuernden Rufen aus der Ecke der Analysten, während eine bunt zusammengewürfelte Gruppe neugieriger Typen aus der Prop-Trading-Abteilung ihre rotgepunkteten Seidenkrawatten und schwarzen Blazer als Lassos in Richtung Sam Kimberlay ausschleudern, und während Vincent Bach, der noch vor zweieinhalb Stunden einen Swap mit der südkoreanischen Investmentbank G.I.R. über die Cayman Islands gedealt hat, ohne Vorwarnung einen Handstand praktiziert und auf den Rücken krachend direkt vor den Füßen des impulsiven Traders Martin landet, der ihm am liebsten unvermittelt mit seinen spitzen rotbraunen Forzieri-Schuhen in die Rippen treten würde anstatt nur potenziell teilnahmslos vorbeizugehen und vielleicht etwas zu extravagant an einem halb vollen Cognacglas mit naturtrübem Birnensaft zu nippen.

Das furchtbar klackende Tack Tack Tack stammt von Stöckelschuhen, deren sehr hohe Absätze auf der leergeräumten Tischplatte des Brokers Henry direkt neben Martins Arbeitsplatz tanzen. Der glatzköpfige Harry und der klapperdürre Tom nehmen sich in unmittelbarer Nähe an ihren benachbarten Arbeitsplätzen mittlerweile schon das dritte Pornoheft hintereinander vor, aber nur einer näselt die verscherzten oder gehässigen Bildkommentare unter dem Klirren von Gläsern und Geschirr am italienischen & Sushi Buffet periodisch weiter, während der andere mokant über die innerhalb einer geschmackskompatiblen Bandbreite zwar irgendwie attraktiven, aber letztlich doch unprofessionellen peripheren Organe von mindestens drei Kolleginnen sabbert, die nicht unbedingt auf ihre Vormachtstellung für ein Generative Genital Interface oder einen Gen-Test innerhalb der Führungsriege der Brokerinnen im Frankfurter Bankenumfeld pochen sollten. Auf der ungewöhnlich breiten Fläche im Flur 4, zwischen drei sechsgliedrigen Monitorwänden und einem puristischen rechteckigen Stahltisch, auf dem mehrere HP-Multifunktionsgeräte stehen, tanzen zwei Headhunter oder Derivatehändler derart trocken bzw. mit dermaßen geringfügigen Bewegungen ihrer Extremitäten, Mikro-Askese, dass dieser vielleicht psychodelisch inspirierte Wahnsinn irgendwie an ein unheilbares Gebrechen bzw. eine Krankheit erinnert oder an einen (noch unbegriffenen) Hype aus einem Ghetto in Kingstown, aber auch nicht ganz unähnlich der statischen oder in Stasis verharrenden Körpermasse eines hypnotisierten Affenstamms erscheint. Das maximäre Glissando einer Stunden-Bankerparty, die schiere Aneinanderreihung von Tourette-Syndromen und hyperbloßstellenden Abschleppidiomen à la Ich bin hier echt ehrlich, weil ich das unaufrichtige und künstliche Gepose und designatorische Getue nicht mehr mitmache, nur um dir zu zeigen, dass ich – nur für dich – das unwahrscheinliche Theater hier auf lässige und zugleich geistreiche Art transzendiere, und falls du dich auf mich einlassen wirst, werde ich auch dich lehren, deine Authentizitätsfähigkeit besser zu erkennen und ertragreicher auszuleben, um dieser Welt der Gier und/oder sozialen Verlogenheiten ganz den Rücken zu kehren, was natürlich schlichtweg ein Witz ist, weil das ganze Authentizitätsgefasel selbst schon eine soziale Form der Selbsttechnologisierung bzw. der Formierung des Selbst/Verhaltenskonformität/Selbstdisziplinierung ist.

(Fakt ist, dass seit der gemeinsamen Ankunft von Dr. Rütli und Dr. Dr. Hanselmann in Frankfurt/Main die von Dr. Rütli mit Hilfe seiner gut geölten Rhetorikmaschine vertretene Behauptung gut funktioniert, dass, ohne auf Verschwörungstheorien oder einflussreiche Berichte und Kommentare aus den Reihen der Scientology-Sekte genauer zu rekurrieren, womöglich eine massenpsy- chologisch hochinteressante Panikbewegung an den Rändern der Stadt im Entstehen sei, aufgrund welcher in naher Zukunft alle politischen Deiche (durch die die Räume gezählt, gerastert und beschlagnahmt werden) brechen könnten, womit dieses Movement in der ihm eigenen Konfusion eine potenziell positive Ladung politischer Energie bzw. decodierter Ströme erzeugen könne, was die Bewegung in ihrem Dissens bestimme, einem kompletten Ungehorsam gegenüber der Aufteilung der gerasterten Räume, um Wahrnehmungen zu destabilisieren und offen zu halten, die das Sich-im-Raum-Verteilen ermöglichen, die aber auch so etwas wie das lebendige Fundament ihrer eigenen Krise sein könnten, eben total auf Crashkurs. Die panische Erfahrung der Welt ist bisweilen einer politischen Technologie inhärent, um das Risiko der Desintegration einzugehen, unter Berücksichtigung, dass nichts mehr zu erwarten und nichts mehr zu verlieren ist (als die kapitalistische Axiomatik zu zerrütten). Die besondere Sensibilität für Möglichkeiten, den Zusammenbruch herbeizuführen, sowie für die extreme Fragilität der Vertikalität impliziert in dieser Situation das Unwahrnehmbar-Werden im Widerstand gegen einen regulierten und institutionalisierten Aktivismus, wie sie die kybernetische Hypothese pflegt, welche die Panik als Zustandsveränderung eines sich selbstregulierenden Systems versteht. Dagegen wird hier im Movement die Abweichung zu einer Verweigerung, auf die maschinellen und menschlichen Feedbackschleifen, die sich wie in der äsopischen Fabel der Schlange selbst verschlingen, anders als durch den Crash-Kurs zu reagieren.

Dr. Dr. Hanselmann litt in den letzten Tagen in seinem Hotelzimmer im Intercontinental nicht unwesentlich unter der hochexplosiven Vorstellung, er könne sich, nur um nicht weiter nur grob molar determiniert zu sein, einfach mal fallen lassen, in der Art des Er möchte lieber nicht, so in etwa, er genösse lieber seine wählerische Passivität/Horizontalität gegen die Dispositive der Bildschirmräume, die ihn im Modus des Mediums (Screen und Enduser Interface sind der Markt) Tag und Nacht umgeben und ihn zum Onlinemonster machen, ihm ein müdes, ja ein schlechtes virtuelles Selbst geben. Er verweigert sich jenem Aktivismus, der den lächerlichen mit Exkrementen und Fleisch gefüllten Dispositiven letztendlich doch nicht entkommt, dem mit Organen ausgestatteten Körper, der Technologie des Wahrsagen-Müssens und der selbstprüfenden Kontrollarbeit. Der letzte Spasmus der prophylaktischen Fokussierung vor seinem (vorzeitigen) Tod würde heißen, dass seine Fantasmen als Abwehrfunktionen in einer Art Kurzschluss zur Abklemmung führen, deren Resultat Dr. Dr. Hanselmann nun auf perverse Weise genießt. Weder 0 noch 1 lag Dr. Dr. Hanselmann das ganze letzte Wochenende in seiner Hotelsuite im Hotel Intercontinental zwischen dem absoluten Dritten und dem absoluten Nichts. Der Titel des von ihm in dieser Zeit gelesenen Buches »Die Parodie der Alma Mater« (hier durchaus im doppelten Sinn zu verstehen) verweist auf den x-beliebigen Satzes eines systemischen Kybernetikers, in dem es sinngemäß heißt, dass es die Struktur selbst ist, die fortwährend neue Steuerungsprobleme aufwirft und daher keineswegs primär Effizienzsicherung hervorbringt, wie eben umgekehrt die Effizienz das Sicherheitsbedürfnis erst erzeugt, welche die Kontinuität der Leistungsfähigkeit durch die Einrichtung bestimmter Denk- und Handlungsstrukturen zu garantieren versucht. Der natürliche Feind der Sensibilität ist die Effizienz, insbesondere die Effizienz, die sich mit einem Bedürfnis nach Sicherheit konstituiert. Dr. Dr. Hanselmanns Sensibilität ist fast ausschließlich in pragmatische Relationen eingehängt, keinerlei musikalische oder ästhetische Konfigurationen eines (virtuellen) Selbst sind zu besichtigen, vielmehr ist sein realer Sensibilitätsgrad abhängig davon, wie sehr er in einen Problemzusammenhang verstrickt ist oder sich verstrikken lässt, oder wie sehr er im bloßen Funktionieren eines Handlungsablaufes absorbiert wird.)

Bei der Kurzzeitbelichtung der Canon-Kamera des Brokers Marcus ist das blinkende Warnlicht auf dem Display links oben magentarot, als Sam Kimberlay während eines gefaketen Tangos auf ihrem Arbeitstisch das baffe Gesicht Dr. Dr. Hanselmanns mit ihren schwarzen Stöckelschuhen aggressiv anvisiert, was, wie nun die Langzeitbelichtung derselben Kamera zeigt, Dr. Dr Hanselmann mit Impulskontrollstörungen im Fazialismuskelbereich zu kontern versucht, es sind Bilder mit Zeit angereichert, die eisige Gesichtszüge offenbaren und zugleich einfrieren, wobei Dr. Dr. Hanselmann ganz genau weiß, dass Sam Kimberlay sein auf kultiviert getrimmtes Muskelkontraktionsgetue einfach scheußlich/abscheulich finden muss. Als Sam Kimberlay am Mittwoch bei der Afterwork Party im Living aus der Damentoilette angerauscht kam, um zusammen mit ihm und einem x-beliebigen Begleiter irgendeiner Analystensekte an der langen Bar herum zu lungern, und ihm schnippisch entgegnete, dass sie sich bloß mal kurz ihre Brüste angesehen hätte, und dass sie sie echt schön fände und unverzichtbar für sie selbst, wäre er am liebsten in den Boden versunken, woraufhin sie auf ihr ungespielte Ehrlichkeit anspielte, das Substantiv als einsilbiges Wort ausgesprochen, bevor sie wieder einen dieser raffinierten Ausfallschritte wagte, dass es ihn entweder elektrifiziert oder schwermütig machte. Diese kaum zu ignorierenden Gedanken auch über sein Samplerselbst (der Welt der virtuellen Subjektivität) treiben Dr. Dr. Hanselmann zu dem (folgenschweren?) Entschluss, endlich mal zum Buffet zu gehen, um nach der Glasschüssel mit dem cremerotvioletten Salat mit marinierten Heringswürfeln zu greifen und mit der Schüssel unter dem Arm entschlossen zu Sam Kimberlays Arbeitsplatz zu schlendern, gelassen auf den Tisch zu steigen und zu sagen, dass ihm zwar nicht wohl sei bei der Idee, aber ..., um dann die cremige Salatangelegenheit hemmungslos langsam über Sam Kimberlays Kopf laufen zu lassen.

»Dieser schrillen Beleuchtung entspricht in etwa die gleißende Helligkeit eines pfiffigen Offshore-Zentrums im April«, sagt Marcus, der zum wiederholten Mal einen leicht glitschigen Telefonhörer als ein Mundduschgerät zu missbrauchen gedenkt, während quer gegenüber Denis »Falsch, Live Pricing statt Referenz Pricing, und, Delta 0,65 statt 0,48«, brüllt, und »Verkauf von 5000 Calls Eurostoxx 2800 OCT 280 Brief«, und der Broker Harry schroff antwortet, »Danke kein Bedarf, verpiss dich mit deinen lächerlichen Callgeschäften«. Das von Marcus aufgeschlagene Buch *An Engine, Not a Camera: How Financial Models Shape Markets* von Donald Mac Kenzie, in dem der Autor davor warnt, die den Finanzmärkten inhärente Reflexivität und Performanz zu unterschätzen, auch wenn die Marktteilnehmer sehr geschickt (mit ihren Körpern) auf finanzmathematische Modelle rekurrieren, die Märkte aber durch die Rekursivität genetischer Algorithmen getrieben werden, die nicht nur der Programmschrift folgen, sondern die die Handelsregeln und damit die Märkte mit spezifischen Optimierungsverfahren verändern, okay, dieses Buch gehört nicht unbedingt zu den Lieblingsbüchern der Broker-Abteilung und selbst Denis ignoriert es so gut es geht. Anstatt einen Blick ins Buch zu werfen, schaut er viel lieber zu, wie der inzwischen tatsächlich mit zähflüssiger Heringsmarinade bekleckerten Sam Kimberlay, ohne dass sie es so recht zu registrieren scheint, die Flüssigkeit den Rücken ihres schwarzen Gucci-Hosenanzuges hinunterläuft, als ihre mit Heringsmarinade beschmierte Perücke langzeitbelichtet dermaßen hell ausgeleuchtet wird, dass sie wie bleichweiß gespachtelt und beinahe schon skulptural wirkt. Es gibt je nach Begeisterungsfähigkeit, Medikamentendosis und Agrypnie der Broker wirklich genügend Zombiegestalten in den Handelsräumen der Esperanto Bank, aber das Vampireske einer mit billigstem Heringssalat (incl. Tomaten, Gurken, Frühlingszwiebeln, Dill, saurer Sahne und Doppelkaramelbier) vollgesauten Topmanagerin wirft einen paradox leuchtenden Schatten auf das Terrarium lebendiger Derivatsubstrate, gebiert also einen visuellen Bonus besonderer Art. Sam Kimberlays wippender rechter Fuß stößt gleich dreimal gegen einen toten Bildschirm, und jede ihrer derzeit weitgehend genital fixierten Bewegungen wird zu einer Genugtuung für besonders intimisierende Zuschauerdispositionen und Perspektiven, vor allem derjenigen der Männer, die ansonsten eher ein intimes Verhältnis zur Differenzierung von Geldrisiken, Renditen und Geldboni, insgesamt zum gambling with others money ein recht liberale freie Beziehung pflegen. Die dunkelweinroten Spitzendessous von Sam Kimberlay sind inzwischen schweißgetränkt, als sie sagt, sie müsse dringend mal wieder für Kleine, und, es sei ein wunderbares Gefühl, mit den Brokern hier ihren Birthday zu feiern. Der gefakete Fluglärm über dem Airport in Frankfurt und Schusssalven eines Maschinengewehrs auf N-TV. Sam Kimberlay hat, als sie Dr. Dr. Hanselmann im Vorbeigehen fast rammt, für den Zwischenfall nur die Bemerkung übrig »Irgendwie war das nett«, wobei sie mit Mienenspiel, Sprechdynamik und angedeuteten Anführungszeichen dem Satz seine Beiläufigkeit bzw. Bedeutungslosigkeit raubt. (Der Witz liegt hier tatsächlich darin, dass nicht nur der Verrückte verrückt ist, der glaubt, er sei ein König, sondern auch der König selbst, der sich wirklich für einen König hält, da er das kontingent-fiktive Spiel von Kennen und Verkennen nicht wirklich durchschaut, welches ihm den Thron zuspricht.)

»Sam!« Denis spreizt ihr die Finger zu einem V hinterher, während er den dunkelblauen Leitzordner mit dem Vertrag zwischen der kirchlichen Stiftung Mea Culpa und der Esperanto Bank in der rechten Hand hält (der für einen Special Purpose Vehicles Deal eine Rendite von 11% im Jahr vorsieht, falls alles nach Plan verläuft, das heißt, die Risiken einigermaßen tranchiert und strukturiert werden und nicht all zu sehr aus dem Ruder laufen, und bei dieser Art exotischer Produkte oder forderungsbesicherten Anleihen, mit CDOs besicherten Anleihen, wobei Kreditrisiken gebündelt, x mal verbrieft und als neues Produkt profitabel an Anleger weiter verscherbelt werden, ist das tatsächlich ein verrücktes Spiel, darüber hinaus, falls zugleich Zweckgesellschaften/SPV mit ins Spiel kommen, außerbilanzielle Strukturierungen, die selbst die in der Bank arbeitenden Mathematiker und Physiker, sogenannte Rocket Scientists, teilweise unappetitlich finden), während der Software-Stümper Mark Z. G. ein paar Schuldgefühle aus Sam Kimberlay mit dem demonstrativen Hin und Her Schwingen einer langen phallischen Highpower LED-Taschenlampe zu extrahieren versucht.

»Ich verstehe«, sagt Sam Kimberlay, das tüftelige Zurechtrücken des Kleides etwas zu sehr überstrapazierend. »Jetzt sag mir doch mal, hast du schon den Podcast von Bloomberg TV abgehört?«

»Lass dir keinen Sand in die Augen rühren. Die Welt ist ihrem Wesen nach taxonomisch.« Mark Z. G. unternimmt keinen einzigen brauchbaren Versuch, die klebrige Heringsmarinade mit einem Kleenex Tuch aus Sam Kimberlays Gesicht abzuwischen oder ihren Körper langsam doch noch in die Toilette zu manövrieren. »Es gibt unschöne Sprachwolken und köstliches Minz-Kokos-Sorbet, aber Heringssalat, Hansi, das ...«, sagt Sam Kimberlay jetzt schroff. »Wir werden Strecke machen. Stabilisieren und schnell skalpieren. Memorandum hin oder her», wirft Denis ein. »Ich habe Typen erlebt, die beim Hardcorehedgen nicht mehr konnten und auf die Toilette rannten. Entschuldige, alles Memmen. Wenn du so eine tolle Beziehung zum Geld hast, dann ... Was ist eigentlich eine gute Partie? Wenn Sam die Maske fallen lässt, ist es Bloomberg, das Live zu uns spricht.« Mark Z. G. erwartet von Dr. Dr. Hanselmann absolute Zustimmung, der, ins Gespräch über eine verquere Orderrouting mit der Brokerin Marlen Pizarro vertieft, an der Querkante eines Bildschirms lehnt.

»Up or out, wie man in London zu pflegen sagt, ich wurde mal gekidnappt, als ich in Soho auf den Bus wartete und mich zwei Tage später im Hospital wiederfand, zwischen ...«, sagt Marlen Pizarro.

»Dein Hintern ist eine lokale Etikette.«

»Sam Kimberlay spielt nicht mit den Zahlen, die Zahlen spielen mit ihr.«

Während die Broker eben im Uhrzeigersinn um Sam Kimberlay heraumtaumeln, was Dr. Dr. Hanselmann mit einem breiten Grinsen goutiert, befinden sich deren Hände auf Oberschenkelhöhe, wobei Dr. Dr. Hanselmann eine leicht deltoide Gabelung ihrer gespreizten Beine sowie exakt über ihrer rechten Augenbraue das Glitzern eines Ödems bemerkt, was jedoch nur ein violett schimmerndes Heringsstück ist, das wie ein Diamant auf einer weißen Leinwand wirkt. (Mit 18+ plus besuchte Sam Kimberlay die Business & Technology Highschool in Oxford, inkarnierte rasend zügig den Habitus einer typisch konservativen Oxbridge Studentin inklusive des hocheffizienten und zugleich hyperkonventionellen Konversationsstils, absolvierte dann zwei Auslandssemester in Princeton und drei in Buenos Aires sowie dort Kurse bzw. Schulungen in Order-Management-Systemen wie Equinox. Sam Kimberlay fuhr den Doktortitel/Doktorgrad schon mit vierundzwanzig Jahren ein, so dass die erste Festanstellung nach zwei Praktika bei Goldman Sachs und JP Morgan in London und Frankfurt wirklich keine große Überraschung selbst für sie selbst war, und praktisch folgerichtig transmutierte der Job des Geldgenerierens wie in einem Werbeprospekt zur hochinteressanten persönlichen Lebensaufgabe und -bewältigung, als hätte man die Discounted-Cash-Flow-Methode, mit der man geschätzte Umsätze in der Zukunft generiert, auf das Selbst-Management bzw. die Effektivierung des eigenen Human Capital angewandt, so dass von Geldgier oder dem Getriebensein durch Karriere, Luxus und Geld nur in einem sehr vermittelten Sinn die Rede sein konnte; Sam Kimberlay gedachte nicht nur als kritische Beobachterin auf die beobachteten Prozesse einzuwirken, sondern im Zuge der Komposition ihrer individuellen Persönlichkeit mit Hilfe der leidenschaftlich betriebenen Selbst-Technologien, den Verfahren und Modellen der psychologischen Wissenschaften, abzustimmenden Verfahren über interne Positionsbestimmungen im Unternehmen und über Bonusauszahlungen hinaus insbesondere Derivate und exotische Finanzprodukte im Sinne einer nonfunktionalen Ästhetik zu erfinden und zu konstruieren, abgefahrene Risiken zu fantasieren und natürlich auch weiterzuverkaufen, am besten in die Eigenhandelsabteilung einer großen Bank einzudringen und vorn dort aus kreative Imagepflege zu betreiben oder zu substituieren, of course Kreditderivate wie CDOs zu dealen, und das bedeutete zunächst einmal alles dafür zu tun, dass die Daten, Informationen und Zahlen nicht irgendwann ihre eigene Subtraktion nahelegen würden, denn bei dem knochenharten Job ist das immer nur eine Frage der Zeit, da selbst der emotionsloseste, ausgebuffteste und nervenstärkste Broker in den Gefügen der Hedgefonds, Ratingagenturen und Großbanken, ja selbst Semi-Autisten oder monopolare Maniker, knallharte Manager ihre Tätigkeit nur in einem Zeitrahmen von 3 – 5 Jahren ohne den massiven Einsatz von Schnellmachern und zerebralen Beschleunigern ausüben können, ohne an den üblichen Risikofaktoren zu erkranken, Herz-Kreislauferkrankungen, e-Thrombosen, Borderline und Burnout. Es bleibt das Ziel, keinerlei Scham vor der eigenen marktdurchdringenden Egomanie aufzubauen, womit die peinlichsten Momente des persönlichen Stils, der sich in teilweise absolut undezenter Businessgarderobe oder schikanöser Bearbeitung und Schleimerei zugleich gegenüber den Mitarbeitern und Angestellten äußert, je nachdem auf welcher Stufe der Hierarchie diese gerade angesiedelt sind, entweder verdrängt oder in Objekte der eigenen Verzauberung/Verblendung transformiert werden, auch wenn Sam Kimberlay durch den Konsum eines ausreichenden Quantums tiefentherapeutischer Kuren und psychoaffektiver Diagnostiken von Anfang an wusste, dass ihre geldbezogenen Phantasmen höchstens näherungsweise/infinitesimal und nicht ohne unangenehme Überraschungen in die Realität umgesetzt werden können, möglicherweise um den Preis einer weitgehend unbemerkten Sucht, bis *man* bei extrem hoher Bearbeitungsdichte von Daten, Informationen und Zahlen nicht mehr unter dem Gefühl leidet, dass einem vielleicht nur eine analyseresistente Story oder ein verwegenes Future-Infotainment aufgedreht wird, sondern dass man sich die Geschichte oder das Szenario selbst ausgedacht hat, die conditio sine qua non der eigenen Authentizitätskonstruktion. Man wohnt in dem Glauben oder bewohnt ihn, dass man einzigartig und im fairen und zugleich erbitterten Konkurrenzkampf dem Gegner immer einen entscheidenden Schritt voraus ist, wirkungsgeschichtlich auf Mikro- und Makroebene auch bedeutsam in dem Sinn, dass man imaginiert, das gigantische Theater würde sich um einen selbst drehen, ein Infantilismus, der der zentralen Verblendung entspringt, nämlich der einer zusammenfantasierten Zentralität, was sich später im Jobdasein durchaus zu einem Vektor der allgemeinen Infantilisierung des eigenen Lebens expliziert oder steigert, der die scheinbar entgegengesetzten Eigenschaften Gier/Neid und Sentimentalität auf einer Linie fortführt, womit man mit höchster Zuverlässigkeit und unter partieller Ausschaltung der Affekte die Tasten und Telefone am Arbeitsplatz zu bedienen bereit ist, die Rationalisierung und Effektivierung der Leistung bis zur Eliminierung seiner Emotionen betreibt, die allerdings beim nächsten Termingeschäft, Kundengespräch oder Geschäftsessen, beim Ficken oder wenn man zuhause scheinbar gedankenlos auf seinem Computer herumklimpert, bis ins Esoterischste und Aufdringlichste hinein wieder zum Vorschein und zur Geltung kommen. Selbst Dr. Dr. Hanselmann ist manchmal außergewöhnlich intrakognitiv schnell mit Fragestellungen und Aufforderungen zur Abwesenheit gepolt, bei sofortiger Skalpierung aller Cash-Burn-Rate-Dogmatiker, wie der Vorsitzende des Wissenschaftsbeirats des Centres für Cognitive Ageing and Cognitive Epidemiology, wie Dr. Dr. Hanselmann golf- und marsriegelsüchtig, beim Symposium über temporale Parameter der Preisfindung und das Framing der Ungewissheit in Davos ihm gegenüber angemerkt hat, und das trotz bombigem CRT, CRT für ausgezeichnete choice reaction time, nun ja, Dr. Dr. Hanselmann spielt weit oben in der Liga der Intelligenzeliten, womöglich praktiziert er das Spiel hyperphrenisch, eher schon exzellent framingkompatibel oder abstraktionsfähig, epistemisch in der Höhe der wirtschaftswissenschaftlichen Vertikalitätsgipfel angesiedelt, wo man den Akteuren hochproduktive Anti-Crash-Verstandesfähigkeit einimpfen kann, die immer in die richtige Richtung zeigt und die zumindest eine suboptimale Reaktionszeit für Entscheidungen besitzt – Dr. Dr. Hanselmann ist, wie alle defragmentierten Träger verantwortungsvoller Postionen in den Institutionen, Stiftungen und Konglomeraten der internationalen Finanzmärkte, ein posthumaner Transmitterdenker. Richtig, die Benchmark. Richtig, der Tod meißelt das Leben aus dem Chaos, dachte er, als der ICE gestern Nacht aus Paris in den Hauptbahnhof einfuhr, deutscher ICE, die Leute quollen förmlich aus den dreizehn Wagen heraus, nur er, Dr. Dr. Hanselmann quoll nicht, er flog elegant im Gehen über den Bahnsteig und der Rollkoffer hinter ihm her.)

»Baby, hast du auf der Tagung gestern den Vortrag eines

gewissen Follier gehört, der einen Medientheoretiker namens Barabásis ins Spiel gebracht hat, der wohl behauptet, dass der ganze Schmarrn um Kontingenz oder Zufälligkeit im Netz so gar nicht funktioniert? Den unzähligen schwach frequentierten Websites ständen heute einige wenige hochfrequentierte Pages gegenüber, die fast jeder kenne. Sie konstruierten das E-Empire, das performativ immer wieder das Zentrum generiere, von den großen Datennetzwerken der Finanzindustrie jetzt einmal abgesehen, und je stärker die Idee der Konnektivität greife, entgegen aller chaostheoretischen Modellierungen oder den schrillen Warnungen aus dem Feuilleton vor einem ekelerregenden Kakosmos oder dem entropischen Lärm, um so deutlicher verdichte die fluide Konnektivität paradoxerweise Knotenpunkte zu Zentren und spalte die Peripherien ab. Das Geflecht von x Plattformen für E-Wetten, E-Casinos oder E-Poker sorge für die soziale Basis und für die Anerkennung der Zentren auch des globalen Online-Brokerage, das sagte dann aber dieser Hanselmann, ein Netzwerk, das einst die Hypertextur der Differenzen und Relationen auf offene Milieus hin in Szene setzen sollte und .... Tank, hast du endlich meine Zigaretten gefunden? Ansonsten nehm ich mir deine Sobranies oder Gitanes, du weißt aber, ich mag sie nicht. Und dir ist ja klar, dass ich nach dem Konsum von fettarmem Joghurt ohne Frucht und schwarzem Kaffee zum Frühstück ohne meine Zigaretten schlichtweg neurotisch werde. Bitte Bitte ... Tank, das Fazit der Vorträge war schlichtweg ernüchternd: Letztendlich hätte der libidinöse Surfer, der sich von schrillen Entdeckungen noch überraschen lasse, gegenüber dem rationalen Navigator, der seine Entdeckungen den zielbestimmten und zielgenauen Erwartungen unterwerfe, die eben durch die Linearität des Netzes strukturiert würden, immer schon verloren, glücklicherweise, muss man ja sagen. So ungefähr ging das über Stunden. Schrecklich.«

Außerdem, so die splitternackte Ressortleiterin der Marketing Agentur H.O.M.O. Nicole S., die sich justament einen bordeauxroten seidenen Kimono überwirft und dabei milde die Tätowierung mit venezianischen Blumenmustern auf ihrem linken Oberarm anlächelt, spiele der Faktor Zeit eine wichtige Rolle, denn je früher ein Knoten im Netzwerk bereits angelegt werde, und da habe man bei H.O.M.O. nun einmal wirklich ernsthaft geschlampt, um so größer seien die Chancen, einen zentralisierten Machtkomplex herauszubilden, den man vor Großkunden wie Mrs. Beastley, Mc Tack oder der Esperanto Bank bei Präsentationen herausheben könne, Unternehmen, die in den dezentral organisierten Kommunikationsnetzwerken des World Wide Web schlussendlich die Verdichtungen ausmachen würden, nämlich, wenn es um die Konstruktion und Bewertung der Verhaltensweisen der Konsumenten ginge, was sich eben nicht nur auf den individuellen Verbraucher bezöge, sondern auf ganze Kundengruppen, die für den Markterfolg eines Unternehmens bedeutsam seien, wobei man mit datenspezifischen Erhebungen und Web 3.0 mit aller Konsequenz Vorlieben, Tendenzen und Eigenarten der Konsumenten, die ja zugleich irgendwie Produzenten seien, verfolgen könne. Nicole S. setzt sich auf die Bettkante des ultrabreiten Designerbettes von Yashoshito, seufzt mehrmals leise und ihre Zungenspitze folgt ruhig dem Umriss des aquamarinblauen Kristallblumentattoos, das eine prallblutgefüllte Vene ihres rechten Oberarms dicht unter dem Schultergelenk überlagert, während Nicole S. mit hochgezogenen Augenwimpern auf die getönten Panoramascheiben mit wunderbarer Aussicht auf die nordwestlich gelegene Skyline inklusive der neuen sogenannten sub-code Hochhäuser im Zentrum der Stadt zu schauen versucht.

»Hallo ... Tank? Bist du noch da? Hörst du mir überhaupt zu? Es tut mir leid, aber ....« Nicole S. holt tief Atem, um ihre vielfältig getimeten und gestimmten Monologorgien fortzuführen, obwohl sie sich sicherlich vollkommen bewusst ist, dass sie ihr frühmorgendliches Zigarettengenussritual nicht länger wird zurückstellen können, ohne dessen Realisierung sie, abgesehen von den eher ephemeren Symptomen wie Xerostomie und leichter Agliophobie, einfach mehrere Aschenbecher aus klarem Glas mal so an die Wand klatschen muss.

Beeindruckend schnell wischt Nicole S. über ihren neuen Touchpadcomputer, wobei sie nach einer 8-Stufen-Lifestyle-Karte sucht, währenddessen sie ihren Monolog unerbittlich fortführt und behauptet, dass einer der wesentlichen Tricks, um Online-Traffic zu generieren, sei, Links zu setzen, die wie Bakterienstämme im Wartezustand sich nach dem Prinzip »rich get richer« vorzugsweise an bereits existierende Zentren andoggen könnten, eine Kettenreaktion, bei der jede Verlinkung zu neuer Verlinkung führe, und zwar nicht nur, indem man das Surfverhalten von Kunden, Konkurrenten und Klienten qua mathematischen Regeressionsanalysen erforsche und miteinbeziehe, Profile des digitalen Bürgers erstelle – wer zeigt Interesse an welcher Werbestrategie, wer klickt verwandte Seiten an, und, wer lässt sich über die eigenen Webpage oder die des Konkurrenten zum Kauf eines Produkts inspirieren, und wenn ja, bei welchem Internetanbieter, und so weiter –, sondern indem man als Navigator zuverlässige gültige Regeln in den Meeren der Referenzlosigkeit schaffe, okay okay, ihretwegen auch Reterritorialisierungen, und den Regeln mittels der Anwendung geometrischer und arithmetischer Modelle auch folge, was beispielsweise das Programm Condects Work Program 8 zeige (eine Software, die Webseiten, Chats und Social Networks durchsucht und automatische Dossiers über gewisse Entitäten, Personen, Organisationen und ihre Beziehungen erstellt.)

»Schätzchen, suspicious and abnormal behaviour monitoring using a network of cameras & sensors for situation awareness, du erinnerst dich, oder hat dir der Stoff während der Tagung den Schädel gestürmt? Irgendwann lassen sich Daten und Informationen vielleicht wie Erdschichten übereinander legen und vielleicht gibt es in der Zukunft eine Zeit, wo alles gewusst werden kann, weil alle Daten verfügbar sind bzw. sich alles durch Nullen und Einsen darstellen lässt.« Tank sagt dies mit einem gewissen Nachdruck in der Stimme, während Nicole S. zwischen den glänzenden scharlachroten Satinlaken und Satinkissen verzweifelt nach einer Schachtel Marlboro Light wühlt.

»Dieser Hanselmann sollte bei Diskussionen für meine Verhältnisse öfters einfach mal das Maul halten. Ich meine, so wenig wie der singuläre Gedanke exakt auf die neuronale Netzwerkstruktur des Gehirns zurückführbar ist, so wenig garantieren Speicherplatz und technische Infrastruktur, Tag Clouds, Verdichtungen, Knoten und hierarchisch angeblich stabilisierte Serverarchitektur die Herrschaft über die Netzrelationen sowie über die Inhalte im Netz. Die Etablierung eines neuen Strukturprinzips wäre nichts weiter als der Rückzug in eine Metaphysik der Präsenz .... Hast du endlich deine Zigaretten gefunden? Hier im Badezimmer sind sie nämlich nicht. Auch nicht in deinem extra installierten Badezimmerschrank, überall nur deine Scheißtabletten, Tampons und .... Solange das vom Vater des Internets, wie hieß der noch einmal, Nicole, danke ja, Tim Berners-Lee, solange also das erträumte automatische Sprachverstehen noch nicht realisiert ist, haben Orwells Big Brother Kollegen immer noch das Problem, diesen atopischen Raum dezentraler Verzweigungen, hmm, schön gesagt, und nur temporärer Verdichtungen nicht wirklich systematisch durchforsten zu können«, sagt Tank ein wenig unwirsch, setzt die 1-Liter Colaplastikflasche an den Mund, während er vor dem großen rechteckigen Badezimmerspiegel mit horizontal angelegter Lichtleiste steht, entschließt sich aber nicht wirklich aus der Flasche zu trinken.

Tank ist wirklich ein begnadeter Zuhörer, aber zu oft scheint er in der letzten Zeit missgelaunt, unbezähmbar missgelaunt, die Misslaune übelst ausgedehnt, vorzugsweise, wenn Nicole S. ihre ausgeprägte Egomanie mit – selbst in der Agentur gefürchteten – Surplusmonologen perforiert, die sie derzeit abstoßend häufig mit einem sehr feuchten Zungenschnalzen oder mit schroffen Wegwerfbewegungen der erhobenen rechten Hand zur Unterstreichung einzelner Thesen goutiert. Nicole S. lehnt mit dem Rücken an das schwarzbelederte gepolsterte Kopfteil der ultrabreiten Ligne Roset Couch, ihr Lächeln steht knausrig und ohne jeglichen Esprit da, ja fast schon verlassen im überwiegend in weiß gestrichenen Designer-Schlafzimmer, und fast schon konsterniert umgreift sie mit beiden Händen nicht die senfgelbfarbene, sondern die zimtfarbene Keramikkaffeetasse, die mit einem Gallo-römischen Aquädukt von Fréjus designt ist, so dass sie glücklicherweise, weil sie diese Marke einfach nicht ab kann, zum dritten Mal hintereinander eine Gitanes mit farbigem Papier nicht annehmen kann, die Tank ihr inzwischen auch etwas unwirsch anbietet, dem man förmlich ansieht, dass er selbst aufgekratzt bis kramphaft involuiert seine derzeitige Liebespartnerin bis an-die-Nieren-gehend anschreien möchte, aber wieder mal nur leise und zurückhaltend sagt, dass alle wichtigen Daten, Fakten und Informationen hinsichtlich seiner Marketingjobs für die Esperanto Bank heute morgen schon früh in seinem Kopftier begraben worden seien, wobei höchstwahrscheinlich die Relationen von Peripherie und Zentrum nur einer Kontrollfantasie des Zentrums entsprächen, nämlich des Zentrums von H.O.M.O., das permanent die Prävention gegen das Eintreffen der Entmachtung betreibe, wobei es längst nicht ausgemacht sei, dass er als Peripherie nur ausführen müsste, was im Totenschädel des Zentrums so ausbaldowert worden wäre. Daraufhin schnippt Nicole S. nur läppisch mit Mittelfinger und Daumen, reibt die Lippen verdächtig lange aufeinander, ohne dass ein einziger Ton ihrem Mund entweicht, sie verzieht das Gesicht wie eine Ehefrau, die gegenüber ihrem Ehemann voller Angewidertheit gleich »Halt's Maul« schreien will, aber kläglich scheitert, und deshalb sagt Nicole S. nur leise: »Tank, wenn ich dich nicht so lieben würde, würd ich jetzt auf der Stelle gehen, denn niemand will deine auswendig gelernte Scheiße anhören. Echt nicht.« Nicole S. versucht zu lächeln und zündet sich eine Mentholzigarette an.

Mit halboffenem Kimono, ohne BH und ohne Höschen geht Nicole S. vor dem 3 x 2.5 Meter großen Designerbett auf und ab, hält die Zigarette wie Brigitte Bardot in Godards Film *Außer Atem* und fragt Tank insistierend, ob denn in seinem Leben allen Ernstes wenigstens ein einziges Mal die Ströme nonlinearen Denkens oder die mentalen Objekte in den vielen Peripherien seines eigenen Totenschädels Orte gehabt hätten, möglicherweise im Inneren der synaptischen Spalten, und Tank erzählt, als wäre er plötzlich von allen Qualen oder Schulden einer Beziehungskonstellation mit wem oder was auch immer erlöst, von seiner verdrängten Feindschaft mit dem großen Schädel, dem Hirn-Denken, das ja eine absolut selbstreferentielle und konsistente Form sein soll, die sich unendlich durchquert, um ihre Begriffe zu erschaffen, aber wo bleibe er denn da selbst als Subjekt, um gegen das Subjekthirn anzustinken, er zögert, um dann Nicole S. freundlich zu fragen, wann sie denn endlich, um ihrer nächsten Sucht zu frönen, ihr Sprudel bad mit Rhön Sprudel nehmen wolle, und Nicole S. sagt, »never change a winning team«. Wenig überraschend entschlüpft Tanks rissigen, feuerroten Lippen sofort ein schwaches aber merkliches Wimmern, als würde er friedlich zu weinen versuchen oder zumindest mit den Tränen kämpfen, und als Tank schließlich beide Hände mutlos von den Ohrmuscheln weg hin zum durchgesessenen Sitz des weißen Ledersessels, auf dem er Platz genommen hat, sinken lässt und ein aufgeklärtes Gesicht macht, das jeden noch so winzigen Zug von Empörung hinter sich gelassen hat, kommt für Nicole S. großartige Perzeptionsfähigkeit im wesentlichen nur Tanks vom gleißenden Sonnenlicht erleuchtete Fratze zum Vorschein, seine beinahe schon gegerbte, unfruchtbare, trockene Haut und nicht die Spur einer Träne. Es ist lange her, dass Nicole S. in sich ein unvermutetes Talent zu Koketterie und Gehässigkeit entdeckt, das sie wahrlich gepflegt und gehätschelt hat und das auch bei Tank zu seinem vollen Recht kommt, denn sie muss in seiner Gegenwart kaum darauf achten, Provokationen oder Beschuldigungen mit größerem emotionalen Aufwand wieder zurückzunehmen, um eine nette Atmosphäre herbei zu zaubern oder gar den endgültigen Bruch zu vermeiden.

»Baby, wer hat das noch einmal gesagt, dass ein Gespräch voraussetzt, dass der andere recht haben könnte? Du weißt, dass .... Hast du dir eigentlich mal die wirklich hocheffiziente Werbung von Steiner MG auf den Plakatwänden in der Innenstadt näher angeschaut, so etwas wie eine Insinuation auf das *faire frire*? Anstatt die Aufmerksamkeit auf einen Fettverbrennungsofen zu lenken, den ein hyperdickes Pärchen auf dem linken gesplitteten Bild bewirtschaftet, kommt ein zweites, ein dem ersten Bild die Aufmerksamkeitsresourcen entziehendes Bild ins Spiel, um, ja, um die Konzentration auf ein Pärchen abzuziehen, beide attraktiv und schlank, ein Pärchen, das Muscheln aus einer kreolischen Schale schlürft, die aber bei näherem Hinsehen eher so was wie aphrodisierende Austern sind. Das Bild führt also den ganzen Argot zu Meeresfauna und Sexualität mit, vielleicht den kleinsten gemeinsamen Nenner für die Kopulation der Geschlechter, und, ich betone es noch einmal, den von Essenden und Gegessenem. Das Paar geht sichtlich eine sexuelle Verbindung im Kontext von Wellness,

Luxus und Gesundheit ein. Was sich nicht bewegen kann, dient dem Menschen, der sich höchst effizient fortbewegen kann, als Nahrung, das ist, so schätze ich mal, die implizite Aussage der Werbung. Der Dicke wird also vom Dünnen und der Zaghafte wird vom Mutigen gefressen. Nicht schlecht als Werbung für eine hundsgewöhnliche Wellness-Hotelkette.« Tank nimmt jetzt doch einen großen Schluck aus der plumpen 1,5 Liter Plastikflasche Cola Zero.

»Bei all den Content-Fuzzis von Steiner handelt es sich doch, denk nur mal an die letzte Bootsparty mit Sparfick, um wirklich notorische Über-Ausklügler und Klugscheißer, um die Ausgeburt des Prototyps eines neodarwinistisch inspirierten Lügners, der langsam geschnallt hat, dass er mit den digitalisierten barocken Verzierungen, den opulenten Ornamenten und dem Pipapo seiner bisherigen, qualitativ minderwertigen Marketingkampagnen und Markenstrategien den Konsumenten ein ums andere Mal böse getäuscht hat und trotzdem auf die Schnauze geflogen ist, und dass er deshalb seine Strategie schnellstens ändern muss, und daraufhin versucht er dann kurz und knapp mit sowas wie Kunstanspruch zu manipulieren, als wäre das, was er da fabriziert, so offenkundig durchschlagend wie eine Monatsblutung.« Nicole S. lässt einen extralangen Zigarillo aus einem langen Glasröhrchen behutsam in die Hand gleiten, um ihn an beiden Enden zu mustern, während sie eine total falsche Melodie der Smiths pfeift, bevor sie das Röhrchen auf der überquellenden Kopfablage des Designerbettes, irgendwo zwischen Zeitschriften, Büchern, Tampons und Tablettenschachteln deponiert. Nicole S. beschließt, den Kopf besonnen oder bedächtig zur Seite zu legen, eine Halbdrehung ihres Oberkörpers zu generieren und an Tanks rechter Schulter vorbei in die Ferne zu schauen, konkret auf die am Horizont konvex geschwungene Silhouette des Odenwaldes, wobei sie zwischendurch einen kurzen nicht zielgerichteten, fast cinematographischen Blick ins Rauminnere wagt, der aber nicht auf Tank gerichtet ist, aber ihn dennoch anklagt, weil Tank sich ja sofort wieder affiziert und zumindest virtuell vergewaltigt sieht oder ahnt, indem er sich durch ihr agressives Ignorieren so schändlich auf sich selbst zurückgespiegelt empfindet. Nicole S. wirkt dagegen weiterhin selbstherrlich oder aber verärgert. Das vierzig qm große Schlafzimmer in der 34. Etage des NY-Buildings mit Surround-Aussicht hauptsächlich auf die südwestlich und nordöstlich gelegenen Stadtteile Frankfurts, ganz in der Nähe des südlichen Mainufers, ist hinter dem Kopfende des Designerbettes auf einer Breite von zwei Metern mit einem sanft indigo- oder smaragdgrün schimmernden Material namens Kevlon tapeziert, Sandkorncharakter, das dem Ressortchef der Promotionabteilung der Agentur H.O.M.O. von der Feng Shui Expertin und Architektin Heidemarie Brach-David in einem Redaktionsbüro der Company im 46. Stock des Messeturms wärmstens empfohlen bzw. wegen seiner angeblichen Heilkraft ein bisschen arg aufgeschwatzt worden war, als es nebenbei auch um die nicht weniger essentielle Frage ging, ob man sich wegen jederzeit drohender Adipositas ein einziges Mal in der Woche Grönlandkrabbensalat mit einen Schuss Mayo genehmigen darf oder nicht, darüber hinaus auch industriell gefertigte Marzipankugeln und hochkalorische Cracker, möglicherweise, um den unter dem Gesundheitsterror leidenden, gesundheitsbewussten Konsumenten wieder ein Minimum an Selbstbewusstsein einzuimpfen und seine lasterhafte oder disziplinlose Alternative zugleich zu parodieren, indem man zeigt, dass man sich ein bisschen Verbotenes oder Ungesundes leisten darf, wobei als wirkliche Alternative natürlich immer die zuckerfreien Schokokugeln oder der fettfreie Grönlandkrabbensalat zur freien Verfügung des genussfähigen oder genussbereiten Verbrauchers bereit stehen. Ein überdimensionierter Plasmabildschirm bildet quasi das (imaginäre) Zentrum der tapezierten Wand, tot und blaugrün im Moment. In der Ecke links oben über dem großen Panoramafenster, das nach Süden geht, reflekieren die goldenen Messingstäbe eines Käfigs, der an der längsten Beleuchtungsbrücke des Zimmers aufgehängt ist, das Sonnenlicht wie ein Gamma-Verstrahlung erzeugendes Objekt. Tank steht schon seit seinem dritten Schuljahr auf Papageien, so dass der Psittacus erithacus namens Morus, den die Wirtin einer ghanaischen Gaststätte ihm vor circa vier Jahren spontan verkauft, ihn von Anfang an überzeugt hatte, wobei damals im Gespräch nicht nur Tanks untergründige paralytische Fügsamkeit gegenüber intentionalen Subjekten ins Spiel kam, sondern auch sein unvermutetes Talent zu charmanter Beschleunigung und masochistischer Langsamkeit zugleich im Rahmen des bisweilen pervers forcierten und doch defizitären Self-Managements, was sich später dann vorzugsweise bestätigte, wenn das braungraue Federvieh mit den weinroten Schwanzfedern bis heute unbeschreiblich platte Slogans à la »Die neue Veronika-Tolles-Maske hat's in sich« oder »TopGirl – You can do anything with your body« mit quasi stakkatoartigen Eruptionen aus sich herausschreit, deren seismischen Ansprüchen sowie Bedeutungsebenen Tank nur allzu gerne genügen möchte, um unter anderem die personelle Logik und Neurochemie seiner derzeitigen Partnerin endlich besser begreifen zu können, die zu ähnlichen Eruptionen durchaus fähig ist, so dass sich Tank manchmal aus dem letzten Loch pfeifend an den Kopf greift, entweder weil ihn die Slogans und Sprüche, egal ob von Tier oder Mensch vorgetragen, unbewusst schon viel länger dermaßen überzeugt haben, dass er sich jetzt grün und rot ärgert, nicht früher auf solch einzigartige Reprisen in Hinsicht auf Begeisterungsfähigkeit, Integration und Qualifikation für seinen Job gekommen zu sein, oder weil die nachhaltige Rezeption bzw. Konsumtion der Slogans und

Sprüche für ihn unsinnigerweise/unbewusst zu einer Art Dauerbeschäftigung wird, als würde er eine unsichtbare und deutlich hörbare Linie präzise Punkt für Punkt abtasten, um sich mit jedem beliebigen, noch so kleinen Intervall der sukzessiv nach oben drängenden Seismik, der eigentlich unmöglichen Supplementierungen und Bedeutungsverschiebungen quasi wie in Trance oder unterwürfig beschäftigen wollen, völligst nonsenseartig und widersinnig, was auch die Zeitökonomie und Zielorientierung für einen Marketingexperten seines Kalibers angeht, der gerne auch mal mit einem Bleistift zwischen den Zähnen durch die Büroräume sprintet, wobei er insbesondere Praktikantinnen oder junge weibliche Mitarbeiter in marionettenartige Double-Bind-Kommunikation verwickelt, um letztendlich unbedingt den coolen Marketingavantgardisten zu spielen.

Tank hat das Gefühl, dass unter den Nachwirkungen von N-Methylamphetamin sein Kopf sich immens bläht und er bei jeder horizontalen Bewegung der Lippen tatsächlich wimmert oder jault. Während Morus mit seinem hellroten Schnabel ungewöhnlich lautlos aus einem kleinen runden Aluminiumtrog Tamarindestücke oder Erdnussschalen pickt, geht Nicole S. in weitgeschwungenen elliptischen Bögen vor der Fensterfront mit einem Stapel von Papieren in der Hand zigattenrauchend auf und ab und raschelt ab und zu mutwillig mit dem Stapel, dass Morus immer wieder entsetzt zusammenzuckt. Das Freizeitmeeting heute Nacht, eine Art Doppelrendezvous mit befreundeten Pärchen der Konkurrenzagenturen W.H.Y. und SMILER im Swingerclub Oasis in Bad Homburg, ganz in der Nähe des weltbekannten Spielkasinos, an dem auch die inoffiziell & unangefochtene No.1 der Werberinnen in der Stadt, ihre erbitterte Konkurrentin im Projektmanagement von W.H.Y. teilnimmt, die zugegebenermaßen über etwas bessere Kenntnisse in Projektplanungssystemen am PC verfügt, hat

Nicole S. vor Minuten noch mit den Worten Bullshit und Narkosesyndrom kommentiert. Mit dem Impetus einer pansexuellen Vitalität stösst sie mehrmals ein angewidertes »Mary-Sue Berger« aus, bis sich Tank instinktiv unter dem venezianischen Kristall Kronleuchter stehend verhaltenspsychologisch okay duckt, um schleunigst zum Designerbett zu hüpfen und sein Gesicht unter die karmesinrote Satindecke zu schieben, wie er es häufig tut, wenn Nicole S. ihm etwa gegen 9:30 Uhr morgens immer wieder mit ihren üblichen zungenbandorientierten Laut- und Geräuschkulissen eines postkoitalen und zugekoksten Nervtalents quält, und ihn dabei manchmal komplett paradoxal im Gestus der Technical-Processing-Anmoderation unglaublich banaler Aussagen (beispielsweise einer hochschwangeren TV-Moderatorin) für aufsehenerregende, französische Skandalromane von Lolita Pilles *Pradasüchtig* über Virginie Despentes' *King Kong Theorie* bis zu Christine Angots *Inzest* im Kontext einer aktuellen Debatte über Postfeminismus zu sensibilisieren versucht, bevor sie ins komplett Eloquente, Unaufrichtige, Verslangte und Hyperaufgeregte mancher Pseudopostfeministinnen sanft hinüberrutscht. Tank fällt das Wort effektgeifernd ein, Nicole S. ein nach Lutschbarem und Aufmerksamkeit heischendes Kid. (Nicole S., ein Eigengewächs von H.O.M.O., eine Art Musteragentin, die die Einbahnstraße von Anfang an vertikalorientiert gegangen ist und geht, eine attraktive Frau mit makellosen oder schnörkellosen Attitudes, Styles, Skills und außergewöhnlicher Sprechaktbegabung, bisweilen ein wenig zu feurig und zu sexuell, nicht nur was ihr äußeres Erscheinungsbild, sondern was ihre mentale Neigung und ihr psychoaffektiver Drang angeht, das Positiv-Verstärkende & das Clevere & das kompromisslose Pushen des eigenen Körpers und Hirns, das sich ihr angeblich auch immer wieder entzieht, zu praktizieren oder zu dogmatisieren. Eine Frau um die dreißig mit langem, glattem, schwarzem Haar, das Gesicht und der Körper von der verführerischen Eleganz und Luzidität einer Penelope Cruz, die wie keine zweite in ihrer Branche weiß, dass sowohl ihr symbolisches als auch ihr körperliches Kapital, sie Selbst als lebendiges Geld immer schon in die kalkulierende Kreditierung innerhalb der Berufsfelder eingeschrieben ist, welche die Zirkulation von ausgepreisten Verführungskräften auf einer lukrativen Ebene ermöglichen, sei es als Partnerin, Werbefachfrau, Animateurin oder als Finanzgehilfin im Rahmen einer immensen Nachfrageökonomie. Geschmack ist, sagt Nicole S. gerne mit dem Soziologen Pierre Bourdieu, wie ich mich in meinem sozialen Feld definiere. Ihre eigene Seltenheit bzw. Einzigartigkeit zu organisieren, war für Nicole S. anscheinend noch nie ein ernsthaftes Problem. Nicole S. trat im Jahr 2005, nachdem sie für 4,5 Jahre eine Privatschule in St. Gallen besucht hatte, unverzüglich das Studium der Mathematik an der Universität München an und ein Jahr später parallel an der Heidelberg International Business Academy ein Marketing Studium, das sie mit einem Bachelor of Arts abschloss, ein Studium, das von ihrer einzigen und nach eigenen Aussagen qualvollen großen Liebe zu einem erotisch hypersensibilisierten Professor für Business Management von derselben Academy überschattet wurde, der unter der paranoiden Einstellung litt, es gebe immer eine begehrenswertere oder (beruflich) lukrativere dritte Person, die ihn beim aktuellen Sexspiel beobachten könnte, daher müsse er seine Erektion möglichst lange aushalten und für die derzeitige Sexpartnerin vor allem die Oralsex-Technik abwechslungsreich und zyklisch gestalten, darüber hinaus der Missionarsstellung per se keinen Vorrang einräumen (was für Nicoles Geschmack oft in eine Aberration athletischer Verrenkungen und Stellungen ausartete), und der also immer, wenn er konstant über längere Zeit erigierte, an semio-triebhaften Vertikalitätsspannungen litt, die ihrer Meinung nach ein auch in Sachen Sex hochbegabter Intellektueller normalerweise nur empfinden und denken könne, wenn er sich während der Sexakrobatik ständig vor Augen führe, welche Auszeichnungen, Beförderungen und Preisflexibilisierungen in seinem Job in Aussicht stehen könnten, die vor allem sein symbolisches Kapital mithilfe einer weiteren Sexpartnerin vermehren würden, wozu er Daten sammele, Instrumente erschaffe und eben Frauen akkumulieren müsse, um sein jeweiliges Forschungsgebiet zum Sprechen zu bringen, Texte und Artikel in Fachzeitschriften zu schreiben und um der sexuellen Entspannung einen gebührenden Platz einzuräumen.)

Manchmal hasst Nicole S. wirklich die schubweise wiederkehrende Aktionsallergie ihres Kollegen und Partners Tank, wenn er wie gerade eben wieder zu beobachten, lustvoll die Augen schließt, um sehr gezielt auf einen Hirnorgasmus zuzusteuern, der sich über Stunden hinziehen kann und bisweilen für ihn selbst ein fast tödliches Abweichungsmanöver selbst während der Meetings in der Company H.O.M.O. darstellt, zu dessen endgültiger Beseitigung sie ihm schon mehrmals den Vorschlag unterbreitet hat, einen Besuch ihres kolossal feinfühligen Mental-Coachs McCarneck in Erwägung zu ziehen, oder wahlweise in Bad Kissingen ein ästhetisch-anthropotechnisches Leistungsprofil im Zentrum für Diagnostik und Evaluation erstellen zu lassen, das auch hinsichtlich seiner (bezweifelbaren) biologischen Determinierungen (eine genetisch bedingte Bluterkrankheit plus Blepharospasmen plus Fibrosen plus plus plus) endgültig Klärung bringen könnte, um Körper und Psyche endlich simultan in eine komplett vertikalisierende Consulting-and-Performance-Situation hineinzumanövrieren. »Schatz«, sagt Nicole S. »Licht ist essenziell. Die Leuchten im Badezimmer müssen dimmbar sein. Wenn man ein Bad nimmt, braucht man einfach anderes Licht, als wenn man sich rasiert.«

»Ich kann es echt nicht mehr hören«, antwortet Tank, »du planst deine Dates, die businessorientiert bis sexuell konnotiert sind, wie Sondereinsätze. Wahrscheinlich hast du schon in der Wiege beschlossen, schön zu sein.« Tatsächlich, egal ob es sich um verheiratete, unverheiratete oder geschiedene Männer handelt, um monogame Typen oder polygame Serientäter, Nicole S. ist bereit, bei jeweiligen Soft- oder Harddates fast bis zum Äußersten zu gehen, was in ihrem Fall auch heißt, von der Prostituierten über die habituell gleichberechtigte Partnerin bis zur offiziell Geliebten jede x- beliebige Rolle an der Seite eines angeblich einflussreichen oder hippen Mannes, z.B. bei Messebesuchen oder Ballabenden in der Frankfurter Oper in ihr vermögendes Ganzes zu integrieren, soweit das insbesondere der Finanzierung ihres aufwendigen Lebensstils sowie dem berüchtigten Sprung auf der Karriereleiter dient, allerdings ohne sich jemals von ihrer semi-mentalen Unabhängigkeit trennen zu müssen, so dass sie immer nur Teile von sich hin- oder hergibt, was möglicherweise auch vertraglich geregelt werden kann, um ihre angebliche Autonomie zu schützen, die wiederum eine konstitutionelle Voraussetzung darstellt, um überhaupt Verträge abschließen zu können. Tank weiß, dass Nicole S. den Eigentümer einer mittelprächtigen Marketingagentur regelrecht hingerichtet, indem sie ihm innerhalb einer Acht-Wochen -Beziehung sentimentale Verbindlichkeiten en masse auftischte und potenziert als splitternde Erinnerungsstücke hinterlassen hatte. Klaro, sie versprach ihm sogar ihren Job sowie ihre Eigentumswohnung im gentrifizierten Stadtteil am Westhafen gegen ein Leben in parafamiliärer Zurückgezogenheit auf einem Bauernhof im Hochtaunus inklusive eines Gynäkeions einzutauschen, aber bevor der Werber das anvisierte Grundstück überhaupt gekauft hatte, brachte sie ihn in den Konferenzräumen der Company um den letzten Nerv, indem sie während der Personalbesprechungen oder Brainstormings ein untrügliches Gespür für psychische Verunsicherungen an den Tag legte, es waren fast Hämatemesis erzeugende Ausfälle und Anfälle, die bei ihr kamen wie sie gingen, wobei sie das vom Werber gehasste Trommeln mit hohen Absätzen und künstlichen Fingernägeln auf Boden- und Tischplatten permanent intensivierte, bis ihr Vabanquespiel während eines Brainstormings zur Neujustierung der Werbekampagne für die Weltgeldaktionen der Esperanto Bank endgültig zuschlug, weil sie obendrein einen energetischen Hirnkrampf à la Lindsay Lohan auf Alk bekam, derweil die Mitarbeiter ohne Ausnahme mit glänzenden Koffein- oder Kokainaugen schwindelerregend kreuz und quer ihre Köpfe schwangen, nur um nicht in den Verdacht zu geraten, der einen oder der anderen Seite des seltsamen Paares Empathie oder Ablehnung zukommen zu lassen. Nicole S. ist das zigfach gefaltete Tempotaschentuch oder der angerissene Tesafilm der Wirksamkeit, die imstande ist, ihrer Ursache immer etwas hinzuzufügen.

Nicole S. lehnt an zwei großen roten Samtkissen, halb sitzt sie, halb liegt sie, und starrt mit ganz blassem Gesicht reglos und führungslos an die weiße Decke. Tank liegt mit ausgestreckten Gliedern und angespannten Muskeln ziemlich reglos neben ihr auf dem Rücken, den ungebräunten Bauch frei in der Luft, das schmale Gesicht ist jetzt scheinbar hochkonzentriert, zumindest blinzelt Tank nicht, aber er hält für einen kurzen Moment die Zunge wie eine betäubte Katze rausgestreckt. Dann quetscht Tank die rechte Hand zwischen die Satindecke und seinen Hinterkopf und kaut auf einem Chewing Gum. Bei diesem zähflüssigen Kauen bewegen sich die kontrahierten Muskelpartien auf beiden Gesichtshälften horizontal und vertikal kolossal asynchron und die Kopfhaut unter dem schwarzen Bürstenhaarschnitt erzittert in kleinen Schüben. Eine absurde Darstellung grauenhaft mentaler Inkontinenz, die durch den Versuch supplementiert wird, zumindest die

Augäpfel starr zu halten. In solch einer Situation ähnelt sein cooles, schmales, aalglattes, knochiges Gesicht dem Tanz einer Marionettenpuppe, deren Spieler unter Strom gesetzt wurde, so dass die furchtbaren Erschütterungen der Führhand ganz in den Tanz des Marionettenpuppe integriert sind, um eben die absurden Faltungen und Kontraktionen in ihrer Reinform hervorzubringen. Nicole sagt »Pschhh«, und Tank konsolidiert sofort und fällt in das Keimstadium der Stasis zurück. So verweilen die Lebenspartner auf Zeit, sehr erfahren und großzügig in der emotionalen Annahme der gegenseitigen Gleichgültigkeit, und trotzdem eben auch empfindsam und sprungbereit für den nächsten Streit, bis Tank laut halluziniert und behauptet, die weiße Decke würde erstaunlicherweise erst das dritte Mal am heutigen Morgen ausweichen, um bisweilen auf die beiden Liebenden herab zu stürzen. Nicole S. flüstert, das sei ja eine kleine unzüchtige Lüge, nein, vielmehr würde der Boden emporschnellen, um sie mit 80%iger Wahrscheinlichkeit auf sein Ding da zu katapultieren. Nicole S. nimmt einen kleinen Schluck Zimtbionade aus einem von Jean Marie Massaud designten ovoiden Weinglas, das gleichermaßen Eleganz wie Klarheit verspricht, und blättert gedankenverloren in Tanks Wochenterminkalender, dabei immer auf der Suche nach Namen, die ihr verdächtig oder aussagekräftig vorkommen, was seine Dating-Konfigurationen angeht, oder sie sucht nach Datierungen, die doch zu ungewöhnlich sind, um in das zeitliche Raster oder die räumliche Matrix von Tanks Arbeitsabläufen zu passen, oder nach Daten, die für ihren Geschmack keine Zuteilungen und Logiken hinsichtlich seiner psychischen Struktur eröffnen oder sie stöbert einfach nach etwas, das ihrer sirenenhaften Stimme gestattet, wieder mal ein paar saublöde Fragen zu stellen. Sie streift ihre keimfreien Badelatschen ab, aber das erhöht nicht automatisch die Anzahl der Variablen, die von Tank alle genauestens beobachtet werden müssen, um etwa Schlussfolgerungen über eine Verschiebung oder Aussetzung des sexuellen Verkehrs von ihrer Seite zu ziehen. Es knackst mehrfach, dann gibt es ein ganz leises Singen, ja, ein Singen der Knochen, ein Singen des Rückenmarks, das Tank an jene Melodie erinnert, die Nicole S. bei der sogenannten Schlittenfahrt von sich gibt, wenn sie sich dem Höhepunkt nähert. Aber Tank treibt auch der Zweifel, ob Nicole S. merken könnte, dass der Zweifel ihn wirklich plagt, ob er oder sie vorhin beim Analsex auch richtig durchgestartet ist. In der Marketingagentur H.O.M.O. Experte zu sein, das ist, als wäre man ein Phobiker unter blutrünstigen Zombies, denkt Tank plötzlich irgendwie analog. Oder Drogenhändler in einer Stadt mit lauter Abstinenten.

»Hab ja schon einmal paarmal gesehen, wie echt die Fetzen flogen, als Sandra beim Chief Inspector vorsprach, um ihre verdammt flachen biopolitischen Feinheiten an den Mann zu bringen. Seit Wochen regt sie sich über Michel auf, der, wenn er ihr in den Fluren begegnet, angeblich immer *foutre* sagt, und das noch nicht einmal in einem besonders abschätzigen Tonfall, und ihr fällt dabei tatsächlich nicht Besseres ein als ihren hochgezüchteten Feminismus ins Spiel zu bringen, um das Wort, das zugegebenermaßen im Französischen auch ficken bedeutet, in den Zusammenhang des Denkens der Tauschwertabstraktion zu stellen, was ihrer Meinung nach zu bedeuten hat, dass mit dem Gebrauch des Wortes *foutre* natürlich gemeint ist, dass irgendjemand x-Beliebiges gefickt wird, und diese implizite Verachtung ihrer Individualität durch Michels schmutzige Benutzung des Wortes *foutre* verletzt sie angeblich noch mehr als die Anfrage selbst, reduziert sie im Wesentlichen auf ein austauschbares Ding und so weiter und so fort, und das alles bei Salvatore im fortgeschrittenen Stadium, Tank, hörst du mir überhaupt zu, Tank, das war ... unterirdisch.«

»Nicole, reg dich bitte nicht auf. Noch niemals wurde vor deinen Augen ein abwesender Gegner getötet. Hmmm. Sandra wurde doch erst vor Kurzem auf den modus operandi der Abwesenheit gestellt. Und mal ganz im Ernst, gegen wen lohnt es sich zu kämpfen, gegen wen willst du denn überhaupt noch kämpfen, wenn sich einfach kein Gegner mehr auffinden lässt?»

Unter der flauschigen, hellbraunen Wolldecke, die sich Tank gerade über den Kopf gezogen hat, verdichten sich bei ihm seltsam hyperkognitive Elemente zu einem Verteidigungsfaitiche gegenüber Nicole S., vielleicht ist es auch nur die Wirkung der zweiten Welle seiner subkutanen Indikation von Methylamphetamin bzw. einer MDA/MDMA vergleichbaren Substanz. Der tiefgraue Schatten, in den er eingehüllt ist, erzeugt ein dunstiges Sehen, Dunst, dessen Farbe nach und nach in ein Tiefschwarz übergeht, wenn der Schatten ganz gewinnt, während Nicole S. das schraffierte, glänzende, glühende Weiß, das durch das gleißende Sonnenlicht auf der quadrantenkalibrierten Aciddropwand hinter dem Bett erzeugt wird, ganz gehörig stört. Mit dem Zeigefinger entfernt sie ein paar Tabakkrümel und Tropfen aufgeschäumten Cappuccinos aus ihren Mundwinkeln und klagt emotionslos über ihre Cluster-Kopfschmerzen im Bereich der linken Schläfe sowie über die eher zu vernachlässigenden Schmerzen infolge einer neuralgischen Schulteramyotrophie. »Tank, vergiss nie, dass die Frau, die du liebst, dich aussucht.«

In exakt 90 Minuten findet das Geschäftsessen Tanks mit dem Head of Marketing der pharmazeutischen Gesellschaft Matrix2 GmbH & Co KG Thomas Bean in der Kingkamea Suite statt, wobei Tank immer noch nicht recht klar ist, warum Thomas Bean gestern beim Telefonat während des A & R Meetings ihm gegenüber so großspurig und so resolut daherkam, hat dieser doch mit seinen (in der Höhe branchenunüblichen)

Spielschulden bzw. Suchtproblemen an der Wiesbadener Spielbank sowie der Spielbank in Bad Homburg seine derzeitige berufliche Position entscheidend relativiert, was seit dem 1.3.2013 aus den inneren Führungszirkeln von Matrix2/ Acer Junior2 heraus und über die B2B-Umgebungen der Agentur H.O.M.O. während gemeinsamer Saunabesuche der Mitarbeiter der beiden Unternehmen bei der Fitnesscompany McFITNESS auch in eine breitere Öffentlichkeit gelangt ist. Tank erwähnt gegenüber Nicole S. mehrmals den Termin, erwähnt nebenbei ein kürzlich stattgefundenes Event, ein Benefizspiel mit Beteiligung von Mitarbeitern der Companies H.O.M.O. und Matrix2, das von einem Hersteller kohlesäurehaltiger, isotonischer Powerdrinks gesponsert worden war, wobei der bunt zusammengewürfelte Haufen von Spielern aus der Werbebranche gegen die in A-Besetzung antretende Fortuna Frankfurt haushoch verlor. Ein Event, das für die Testopfer einer sich noch in der Anfangsphase befindenden, höchst umstrittenen Testreihe von Matrix2 ausgerichtet wurde, Probanden, die seit der Einnahme eines Medikaments gegen das Marin-Amat-Syndrom an einer rätselhaften Hautkrankheit mit pathologischen Implikationen wie Flagellantismus oder Flexibilitas cerea leiden. Eigentlich ist der Skandal ja Teil des ökonomischen & politischen Spektakels als Event, und dieser liegt, wie man weiß, außerhalb jeder ethischen Definition, denkt Tank, dennoch geriet das Event im Vorfeld schon rührend oder beeindruckend zum akklamativen Teil des Spektakels, zumindest für ihn persönlich, insbesondere weil während der Pressekonferenz vor dem Spiel eine ältere, afroamerikanische Frau für ihren Mann, der an dem Test wohl teilnahm, das Wort ergriff und dabei ohne jegliche karitative Drohgebärden auszuüben nüchtern und sachlich veranschaulichte/beschrieb, wie ihr Mann seit Wochen über mehrere Stunden in einer äußerst unbequemen Stellung verharrt, um ähnlich wie ein katatoner Schizophrener alle Glieder senkrecht in die Höhe zu recken, ein Mann, der bisher äußerst funktionstüchtige, muskulöse Arme und Beine und null Bauch gehabt, aber jetzt kann sie sich überhaupt nicht mehr vorstellen, wie er früher Ballsportarten wie Basketball oder Handball so großartig beherrscht oder einen Frittenladen in der Schweizerstraße so leidenschaftlich gefranchised hatte. Das Bild bedrückt Tank. Das Bild eines permanent die Extremitäten hochstreckenden Mannes, den man laut Aussagen von Thomas Bean während der Testreihe echt vergaloppiert hat, was sich an den durch EEG-Messungen aufgezeichneten Hirnwellenverläufen auch deutlich abzeichnete, aseriell ausbrechende Spitzen, die sich mit flach verlaufenden Wellenbergen abwechselten, schrecklich, das Bild bedrückt Tank vielleicht sogar etwas stärker als die Erinnerung an den Zwischenfall am gestrigen Spätnachmittag in der B-Ebene des Hauptbahnhofs, dessen Explikation sein Hirn allerdings überhaupt nicht mehr loslässt, denn wahrscheinlich hat ihn das Szenario untergründig so fasziniert, denn der Vorfall war zu 90% auch eine Falle für ihn selbst gewesen, die exakt in dem Moment zuschnappte, als er glaubte, sowohl unbeobachtet als auch quasi freischwebend, d. h. ohne der standardisierten demoskopisch-verhaltenstechnischen Überwachung zu unterliegen, in der Menge der Schaulustigen zu sein. Auf jeden Fall traktiert das Szenario wesentlich stärker Tanks Nervenkostüm als die zugegebenermaßen abscheulichen Bildsequenzen, in denen Nicole S. Arm in Arm mit Thomas Bean auf einer weißen Kunstledercouch in der VIP-Lounge der Commerzbankarena vor einer Flasche Pommery sitzt, beiderseits trägt man fette Namensschildchen an Revers von Anzug und Kostüm, bevor Nicole S. mit dem Knallkopf nach oben auf die Damentoilette verschwindet, um ihn, den ausgezeichneten Marketingressortleiter Tank, damit unsterblich zu blamieren. Für einen kurzen Augenblick fordert das Befehlszentrum von Tanks Hirns, dass nicht nur die von Nicole S. auf dem quadratischen Nachttisch jetzt ins Rollen gebrachte Mandarine dank ihrer gravitätischen Tradition auf den Boden plumpst, sondern auch das glasklare methodische Denken von Nicole S., für die der Zwischenfall, bei dem sie so tat, als müsse sie die Fassade der Intimität mit Tank mal so la la durchbrechen, nicht den Hauch einer Verführung hatte, weil sie Sexualität ja nicht als jenen leeren Mittelpunkt denkt, der in früheren Zeiten vielleicht einmal abstoßend, da die Sexualität aus dem Prozess der Sinnkonstitution zwischen Mann und Frau ausgeschlossen war, sondern für Nicole S. ist fast jede sexuelle Begegnung, ob mit Mann oder Frau, eine leere Begegnung mit der Sexualität selbst, wobei sämtliche Aktivitäten quasibiologisch in eine Art elektrischer Hochspannung oder Potenzialdifferenz eingefaltet sind, die Fiktion der Wahrheit aller Beziehung. Thomas Bean hatte seinen beschissenen Ipod auf, als Nicole S. in der Damentoilette die Beine athletisch um seine Hüften schlang und unvorsichtigerweise mit ihrer rechten, bandagierten Hand dem Deppen fest zupackend in den Nacken griff, während er sie mit einem ziemlich ungeschmeidigen Stoss auf die nackte, kalte Marmorplatte setzte, und das hatte sie schon echt angekotzt, und als er beim leicht asymmetrischen aber sportlichen Ficken seinen Ipod nicht abnahm, da verlor sie komplett den sexuellen Appetit, und das bei ihrem doch so vornehmen, vorzüglichen und filmreifen Stöhnen, das sie ja immer wieder so selbst begeistert, was der Depp ihr ja nicht bestätigen konnte, und das war echt schwer für sie, es so hinzunehmen, wie es eben war. Gewiss. Statt hier bei Tank um diese Uhrzeit noch, es ist 10:12 Uhr, dumm auf der Bettkante rumzusitzen oder an der mit Pailletten besetzten Schlampenstrumpfhose zu zupfen, und es Thomas Bean wieder einmal übel zu nehmen, dass sie sich eine ordentliche Vaginalblutung wegen seiner ultraharten Stöße zugezogen hatte, wäre es zumindest im Augenblick wesentlich angenehmer oder angebrachter, sich vielleicht noch mal einen Ast über Tanks seltsame Nicht-Berührungen wegen der Handwerkerhandschuhe aus braunem Leder zu lachen, die er beim Sex vorhin ausnahmsweise mal nicht angezogen hat, oder über seine luftgefüllten Wangen beim Vorspiel oder über das aufdringliche Betteln nach Schokoladensoße, Ingwergoldstücken und cholesterinarmer Barbecue-Sauce für ihre Vulva; der Sex vorhin wirkte echt wie gefranchised und war ein totales Marketing-Ding, abscheulich, denn als sie exakt um 7:56 Uhr mit Tank auf der verchromten Stahltischplatte der Designerküche von Poggenpohl kopulierte, was sie dem Spiegel und der digitalen Uhr über dem silbergrauen Kühlschrank entnehmen konnte, kam Tank mehrmals in eine sexuelle Momentum-Krise, als wäre er augenblicklich aus einem tiefen Schlaf erwacht, was er noch nicht einmal bemerkte, Nicole S. gefiel der Sex ja auch nicht, aber sie gab sich gar nicht erst die Mühe, so zu tun, als ob er ihr gefällt, und deshalb kommt sie nachträglich zum Schluss, dass es in ihrem Körper im Moment keinen Platz für zwei geben kann, aber vielleicht kam es ihr ja gerade deswegen in multiplen Orgasmen.

Nachdenklich gurgelt Tank eine Ritalin-Tablette mit Evian, während der Versuch, eine mathematische Operation mit seinem Notebook zu unternehmen, kläglich scheitert. Wie gesagt, er wurde gestern am Spätnachmittag in der B-Ebene des Hauptbahnhofs sozusagen das Objekt geballter Dankbarkeit, als eine ständig wachsende Gruppe von Passanten oder Schaulustigen zwei komische Männer, die er sogar mit Hilfe seines außergewöhnlich wild schnappenden Bobtails in Schutz zu nehmen versuchte, massiv mittels Verfluchungen und Verwünschungen aller Art angriff oder diese zumindest mit hasserfüllten Verbalisierungen bedrängte, und er, nachdem er sich sukzessive selbst hinsichtlich der Translationen der Menge ins Unappetitliche auch emotional belästigt fühlte, per Handy einfach mal die Polizei rief. Da stand jedenfalls ein mittelgroßer Mann mit einem abgewetztem Tweedmantel, zwei schweren Aldi-Tüten in den Händen und mit einer überdimensionierten Fliegerbrille auf dem Schädel in der B-Ebene am Hauptbahnhof vor einem dieser klotzigen, postmodernen, blauen Multifunktionsautomaten, aus denen man nicht nur Fahrkarten für das gesamte U-und S-Bahn-Netz des Rhein-Main Gebietes, sondern auch Post- und Visitenkarten, Süßigkeiten wie Jelly Bean Bonbons und Pausenriegel wie Felonies oder kohlensäurehaltige Erfrischungsgetränke kaufen kann, während offensichtlich seinem voluminösen, stämmigen Begleiter, dessen hochrotes, fleischiges Gesicht sich expressis verbis zunehmend in den Luftraum verbiss, die behandschuhten Finger wahllos und überaus nervös auf die vertikal angeordneten, silbernen Buttonreihen entglitten, während er leise von sich gab, dass mit dem Rendering des Displays etwas kruzifix nicht stimmen könne, wobei das zeitweilige rotierende Schwingen seines kugelrunden Kopfes den Eindruck erweckte, der Mann würde entweder gleich seinen Schädel gegen den Multifunktionsautomaten knallen oder aber ernsthaft am Tourette-Syndrom leiden. Der ungeduldige Mann, der nicht von sich aus der Schwerkraft zu trotzen schien, und der Sekunden zuvor noch zwei wahrscheinlich weniger schwere Alditüten als die seines Begleiters galant bzw. in einem außergewöhnlichen Rhythmus horizontal hin und her oder vertikal auf und ab geschwungen hatte, und der plötzlich offensichtlich äußerst nervös wurde, dass ihm die Schweißperlen von der fleckigen Stirn stürmten, trug eine neonblaue, aufgeplusterte Skihose, einen speckig glänzenden Wollmantel, einen Sombrero mit langen Pfauenfedern und einen spitzen Kinnbart in der Form eines V, der Tank an den seines guruistischen *maestros* erinnerte, aus dessen psychofeudaler Abhängigkeit er sich bis heute leider nicht zu lösen imstande ist. Tank spürte sofort, dass in dieser streng euklidisch gerasterten und überwachten Raummatrix der B-Ebene, die von zig Videokameras 24 Stunden observiert wird, etwas Bedrohliches oder nervenaufreibend Absurdes in der Luft lag, zumal zwei hochgewachsene Personen im Hidschab den beiden seltsamen Gestalten immer näher kamen, immer schneller konvergierten, bis die Schritte immer raumüberspannender wurden, und bis Tank explizit feindorientierte Geräusche und Laute vernahm, während er einen unglaublichen Vorwärtsdrall dieser mit Hidschab bekleideten Gestalten beobachtete, als würden die wuchtigen Oberkörper dieser skurril Heranstürzenden quasi automatisch nach vorne gerissenen und fliegenden, ausgestreckten Armen folgen, und dabei übersprangen die Gestalten mindestens 80 cm hohe weiße spanische Hirtenhunde mit bleckenden Wolfsgebissen sowie eine Serie multifunktionaler Abfalleinrichtungen des privaten Müllverwertungsdienstes SAUBER, die eine Höhe von 1,2 Metern besitzen, wobei die schwarzen Hidschabs vehement und elegant im Flugwind wehten, dass es letzten Endes schwer zu sagen war, ob die Verfolgungsjagd choreographiert oder einfach nur von spontaner Wutemphase getragen war. Der ahnungslose Penner-Abschaum (wie ein selbst unter dem blauschwarzen Hugo Boss-Anzug zu erahnender muskulöser Sportlerkörper mit quadratischem Kopf ausrief, der höchstwahrscheinlich einem Banker gehörte), der die aseptisch reine B-Ebene total mit verpesteten Gerüchen zusaue, die in der Archäologie der Miasmen weit zurückreichen würden, unerträglicher Gestank sui generis (was allerdings eher eine Tendenz von Aussagen der subtilen Schulung der Sinneswahrnehmung fähiger und vermessender Passanten in der unmittelbaren Umgebung widerspiegelte), hätte wirklich keinen blassen Schimmer, mit wem er da unmittelbar bevorstehend konfrontiert werden würde. Vielleicht hatte man ja die beiden Männer schon längere Zeit systematisch verfolgt. Indeed, die (gefaketen?) Orientalinnen verringerten die Lücke/Abstand schon seit dem Eingang B Ebene/Basler Platz fast unbemerkt von den Pennern bzw. Passanten, das hatte Tank nämlich exakt beobachtet, auch, wie sich die hyperbolische Gangart der Orientalinnen auf der Höhe des Shops für Lotterielose M.a.G.M.a., der sich links neben einer riesengroßen Plakatwand befindet, die das Gesicht plus den im Windkanal rauschenden, blonden Haaren des italienischen Topmodels Rosa Masarati zeigt, inklusive ihres schwarzen T-Shirts mit der Aufschrift *Gangbang revisited*, nochmals vehement beschleunigte, mit jedem der Schritte die skopophobe Sicht vorbeirauschender Passanten dynamisierte, aber auf jeden Fall die Zielpassanten klar ins Visier bzw. Blickfeld nehmend, bis die verfolgenden Orientalinnen endlich ein oder zwei Foxtrotttanzsprünge à la Schlächterinnen aus Bagdad hinlegten und schließlich konnektierten. Von der subprimordialen Geräuschkulisse hastig gehender & aneinander stoßender & schiebender an- und abreisender Passanten inmitten schwer ethnischen Getümmels der fast schon gleitenden Masse getrieben, wollte Tank eigentlich, als er die B-Ebene des Hauptbahnhofes von der Kaiserstraße her kommend betrat, nur möglichst unerkannt und unbemerkt diesen trostlos vermessenen Großraum durchqueren, aber nachdem er in der Kneipe Zapfhahn auf die superblöde Idee gekommen war, auf der Toilette noch schnell eine Ritalintablette einzupfeifen, um dann am Tresen gierig zwei Maracuja-Mixgetränke abzukippen, eines mit Appleton Special Gold Jamaica Rum und das andere mit Tanqueray-Gin, blieb er irgendwie hängen. Die Zigarette auf der Oberfläche seines geliebten Klapptisches mit Melaminharzbeschichtung sowie Sicherheitsarretierung derart nonchalant und aggressiv auszudrücken, wie Nicole S. das gerade tat, dass eine gebrochene Linie schwarzer Brandflecken zurückbleibt, zeugt nicht nur von grandioser Respektlosigkeit, sondern verifiziert nur eine ihrer vielen Idiosynkrasien, was Tank jetzt echt sauer machen könnte vor imperialem Zorn, wären da nicht seine eigenen plemplemoiden Macken, angefangen von zwanzig plattgedrückten Weight-Watchers-Dosen auf dem Küchentisch, den unzähligen in diversen Technoclubs eroberten Stringtangas im Kleiderschrank, den mit Filzmarkern graffitisierten großen Styroporkisten, die den langgezogenen Flur blockieren, der von der Küche ins Schlafzimmer führt.

Als am Tatort in der B-Ebene eine der beiden verschleierten Gestalten den Arm urplötzlich herausschießen ließ, um mit der krallenden Hand eine offensichtlich nagelneue, hübsch glänzende Alditüte von der Person mit der überdimensionierten Fliegerbrille besonders aggressiv auf zu kratzen, stellte sich überraschend schnell heraus, dass dreifach geschichtete Alditüten qualitativ ausgezeichnete und haltbare Tüten sein können, um beispielsweise emsig wuselnde Hamster zu beherbergen, wobei die vehement zerstörungswilligen, ultralangen Fingernägel von einem spasmatischen Exemplar weiterhin mit voller Wucht und Energie vor allem am Rand der Tüten herum krallten, als ob da außer dem Hamster, einem 4er Pack olivfarbener Herrenslips (gestohlen während eines Besuches in der Shopping Mall auf dem Gelände der ehemaligen PX, die als Polster für vier Dosen ebenfalls gestohlenem MC Tar Schaschlik mit melonigem Geschmack dienten, wie Tank später erfuhr) und vergleichsweise uninteressantem Männerkosmetikkram womöglich ein wichtiges Dokument/Pamphlet zu finden war, das auf ein spirituelles oder Erweckungserlebnis für Marketingexperten oder Creative Directors vielleicht hinwies. Der sowohl größere als auch korpulentere der beiden angegriffenen Männer zupfte immer noch seinen spitzen, grauschwarzen Ziegenbart mit zwei Fingern, während die Lippen des kleineren und schmaleren Mannes wie der Körper einer mit dem

Rasiermesser fraktalisierten Ratte im baffen Gesicht herumzuckten, als er plötzlich sah, wie sein Freund, der beim Bearbeiten des multifunktionalen Automaten beharrlich ausklingte, von einem harten Schlag an der rechten Schulter erwischt, wobei der Körper, in einem aerodynamisch ungünstigen Winkel gepackt, ordentlich durchrotiert und der Kopf gegen das Display des Automaten geschleudert wurde, dass mehrmals ein hartes Klonk ertönte, worauf die Hochvolt-Orientals im 5-Sekundentakt ein Sprach-TGV losließen, bis Tank, der sich noch in der Kneipe wie eine Eisenbahnplatte mit aufgeklebten Vulkanen, Leuchtdioden und stillgelegten Schienenformaten gefühlt hatte, ernüchtert und erregt zugleich auf die glorreiche Idee kam, dass es jetzt eigentlich mal angebracht sei, das Verehren & Glorifizieren der individuellen Wahlfreiheit aufzugeben, und keinen einzigen (virtuellen) Augenblick länger wollte er einer jener schlechten Sloganschreiber sein, dem man nur ein Tässchen kontaminierten Maracuja-Saftes in den Schlund schütten muss, worauf die folgende Laborauswertung der Gehirnaktivitäten Nullcheckertum ergibt, aber einen tatkräftigen Angriff auf die Orientalinnen oder zumindest einen beschwichtigenden Eingriff wollte er vorerst auch nicht wagen.

Der weniger korpulente Mann hatte wohl nicht damit gerechnet, aber er musste doch in diesem selbst für Tank schrecklichen Moment intuitiv spüren, wie gleich vier Hände von hinten simultan nach seiner Fliegerbrille grapschten, wobei er tatsächlich wundersam einem Zugriff mit Hilfe einer blitzartig, quasi insektilen Kopfbewegung nach vorne entkam, und damit den moslemisches Kisuaheli kreischenden Kreaturen ein Schnippchen schlug, deren Hände sich jedoch weiter an seiner fettigen Haarpracht fest zu krallen versuchten, obwohl der Mann sein Haar mit einem irren Kopfschwenken nach links und rechts eindrucksvoll als seinen Besitz (und eben nicht als Outfit) verteidigte, währenddessen seine Fliegerbrille am konischen Schädel festgewachsen schien, denn selbst als eine der Orientalinnen mit aus dem rechten Arm wachsenden, rostfreien Fleischerhaken aus Edelstahl zwischen Brillengummi und Gesichtshaut zu kommen gedachte, blieb die Brille einfach starr im Gesicht kleben. »Zeugen, Zeugen, Augenzeugen! Bitte notieren Sie alles!«, schrie es aus einer Gruppe Schaulustiger. Tank fühlte selbst, gar keine Frage, als würde man ihn direkt an der Nasenwurzel an einem Fleischerhaken aufhängen, wobei ihm ein weiterer Fleischerhaken dann irgendwie folgerichtig in die Stirn gerammt würde, Konzeptkunst à la Hermann Nitsch fiel ihm ein, möglicherweise würde er selbst ja gleich in immer omphalisch-abgründigere Phasen hineinrutschen, bis er endlich eine Vorstellung von wiederkehrender Transzendenz bekäme. War er es, der da plötzlich hundserbärmlich aufschrie, das fragt sich Tank auch jetzt noch, schrie, ja schrie, dass ihm der Schaum geradezu aus dem Mund herausschoss, während seine Finger ständig siegessicher ein V markierten, das auch den herbeistürmenden Sicherheitspolizisten des privaten Sicherheitsdienstes KnackKnackKnack permanent vor den Gesichtern herum fuchtelte, so dass der grüne Chrysolith an seinem Ringfinger im gelblichen, fast transparenten Neonlicht schimmerte wie die Farbe von Süßholz. Überdies schien die Menschenmenge im Sehfeld von Tank irgendwann nur noch inwendig darum zu beten, dass er neben dieser Universalgeste der Erfolgreichen und Erleuchteten auch die tiefenideologisch inspirierten sowie peinlich blauäugigen, neonarzisstischen und konsekutiven Stakkato-Schreie »Das, das will ich nicht haben« endlich unterlassen würde. Allein für Tank himself glichen die Wurst- und Sandwichbuden der Systemgastronomie in der B-Ebene mit Goldfüllung verplombten, schwimmenden und hypergroßen Molekülen, die mit ungeheuer intensiver Strahlkraft ihm das Fürchten lehrten. Es gab schrille Graffitileuchtreklamen, die über ausgedehnten

Designerküchen mit gusseisernen Herden von Molteni hingen, wobei Tank die riesigen Induktions-Kochfelder, die ultragroßen Woks und Aluminiumspülen, die wie kleine Seen wirkten, und die silbernen Kühlschränke wie mächtige Tresore in Emaille semio-emotional postimmunologisch oder differenziell auf Grausamste zu vereinnahmen schienen. Tank wusste sehr wohl, dass er nicht ganz trocken und auch aufmerksamkeitserheischend nicht bei Sinnen war, wobei sowohl der optische als auch der akustische Perzeptionsmechanismus der Passanten und Schaulustigen innerhalb der ubiquitären Aufmerksamkeitsmaschinerie ihn phasenweise ignorierte oder ganz vergaß, weil das zappelnde Gewicht der Orientalinnen an den abgeschrubbten Mänteln der schrecklich gebeutelten und um ihre Ethik kämpfenden Männer klammernd kurzfristig immer neue, visuell nicht uninteressante Kraftschübe bei den Kämpfenden freisetzte, während ein paar ausgebuffte, mit expliziter und permanent gegengeprüfter Market- und Raumkenntnis ausgestattete Subjekte immerzu »Allah Allah Allah« brüllten, wobei aus der weiblichen Spuckluke eines Subjekts plötzlich literweise Spucke spritzte, und letztendlich fühlte sich Tank von diesem aktuellen State-of-the-Art-Kunsthappening oder dieser Marketingaktion oder was auch immer nicht nur nicht ausgeschlossen, sondern im Gegenteil sogar seltsam involviert, insbesondere als eine rechts neben ihm stehende, junge und attraktive Passantin, die ihm irgendwie bekannt vorkam, nur noch in ihr formidables Dekoletee hinein lächelte, wahrscheinlich, weil er selbst einfach nicht aufhören konnte »Das, das will ich nicht haben« zu röhren. Tanks Mund bewegt sich ultranervös, als würde er in einem Meeting über Werbung für ihm unbekannte Derivate wie CMOs oder Zertifikate und Jelly Rolls sprechen. Er zieht die Jalousien am großen Panoramafenster herab, greift nach einem grünmarmorierten Pelikan-Kugelschreiber und knabbert uninspiriert an einem

Daumenfingernagel. Draußen tobt soeben ein tiefblauer, fast metallisch blauer und scheinbar von unten beleuchteter Himmel, jedenfalls hat Tank das Gefühl, dass der Himmel tobt, wobei er selbst eine Art lustlosesten, ritalinerprobten Pragmatismus ausstrahlt, der sich nur scheinbar vom Interesse zu sich Selbst entfernt (hin zu einer durch und durch abstrakten Äußerlichkeit).

Dieser stinkende Säufer da sei früher ein Spitzenkoch und der alte fette Knacker neben ihm da sei ein Philosoph gewesen, der sich mit dem letzten Geld im Monat immer zwei Pakete mit jeweils hundert Tuben Uhu-Sekundenkleber kaufen würde, um sich dann die klebrige Flüssigkeit in den Mund zu träufeln, damit er weder etwas zu essen noch etwas zu trinken brauche, sagte eine als Stewardess der Lufthansa verkleidete männliche Gestalt, die sich Berufsrock und -jacke verkehrt, das Futter also nach außen gestülpt angezogen hatte, zu einer jungen Schülerin, die einen schwarzen Spitzen-BH auf hellblauem Anorak und weißer Bluse trug, und leicht verängstigt das Ringen zwischen den islamistischen Konnektierern und den Hartz4-Sektierern aufmerksam verfolgte, wobei der smarte Fliegerbrillenträger sogar noch die Zeit aufbrachte, sich während der heftigen Angriffe an seinem Schädel zu kratzen, dessen kräftiges Rot nicht nur einem akuten Reizzustand geschuldet war, sondern weil er, so zumindest die Schizo-Lufthansa-Stewardess, in seiner Mansardenwohnung in der Speicherstraße eines Abends im Spiegel wohl entdeckt hatte, dass Stämme von Blattläusen sowie gefährliche Bakterienstämme dabei waren, ihr Territorium auf seinem Haupthaar abzustecken, worauf der findige Typ eine Luftpumpe, die mit zwei Kilo Mehl gefüllt war, mit einem schwarzen Plastikschlauch an den Jeho-Backofen angeschlossen hatte, um braunes Giftmehl zu produzieren, um mit einem einzigen Großangriff die Viecher wieder loszuwerden, was offensichtlich misslang.

Scheinwerfer, acht Halbkreise grellster Fernlichter, waren auf die nun überraschenderweise um einen kleinen Casio-Fotoapparat streitenden Parteien gerichtet, der unerklärlicherweise von irgendwoher aufgetaucht war – im zeitlichen Intervall zwischen 15:56–16:18 Uhr hatte sich die Zahl der einsatzbereiten Digitalkameras in der Umgebung des Zwischenfalls auf etwa 150 Stück erhöht. Vom Obdachlosenstatus in den visuellen Jetset gestoßen, hieß es in Teilbereichen der Schaulustigen, während diagonal gegenüber des Szenarios unmittelbar vor der Rolltreppe, die zum DB-Center hinaufführt, auf einer mit sechs Projektoren bespielten überdimensionalen Leinwand Fleisch bzw. Fleischbrocken aus der Unschärfe aufgenommen zu sehen war, auf das in Wellenbewegungen kleine Haifische, farciert mit in Saumägen gegrillten Nacktmodels im Maul, zuschwammen. Der Mann ohne Fliegerbrille hob kurzfristig die Faust, was eine der Orientalinnen geschickt ausnutzte, um ihm ihrerseits die Faust auf die Nickelbrille zu klatschen, woraufhin der perplexe Mann erst in die Knie ging, um dann nach vorne weg zu sacken, bis er quasi rein selbstbezogen mit weit aufgerissenem Mund seinen physischen und psychischen Apparat endlich das sein ließ, was nach absorbierender Apathie oder neutraler Intensität roch und vielleicht nur Hilflosigkeit war. Alles schien wie arrangiert für ziemlich fantasielose Leute, die mit ausgestreckten Armen auf den Fliegerbrillenmenschen deuteten und jetzt völlig überraschend unisono mit unbeschreiblicher Lautstärke im Chor skandierten »Das, das will ich haben«, was zumindest Tank in Hinsicht auf standardisierte verhaltenspsychologische oder kognitive Gesichtspunkte der Menge womöglich als Folge einer immanenten Krisenwunschproduktion oder -kommunikation äußerst interessant vorkam, irgendwie wie bei einem Benefizboxkampf für die Opfer von staatlich verordnetem TV-Entzug, dessen auftraggebende Agentur aber unbekannt oder unbenannt bleiben will, obwohl sie insgeheim in Zusammenarbeit mit einem Meinungsforschungsinstitut mit den wissenschaftlichen Instrumenten der deskriptiven Statistik und der Panik- und Turbulenzforschung bestimmte Habitusformen und Merkmalsvariablen der Beteiligten längst am errechnen, evaluieren oder am eruieren ist. Unklar bleibt für Tank bis heute, ob der Zwischenfall der Taxonomie eines zufallsbedingten Zusammenwirkens oder Kampfes von Fliehkräften oder der vorsätzlichen Erregung öffentlichen Ärgernisses zuzuschreiben war, von wem auch immer, was die ohnehin flüchtige/fluide urbane Dekonstruktion von Aufmerksamkeitspotenzialen bei allen Beteiligten in der B-Ebene jedenfalls weiterhin verzerrte oder korrumpierte, und, egal ob hier jemand auf bösartige oder unflexible Weise, politisch fundamentalisiert oder subkompetent, kaum gripsbegapt oder mit mördermäßigen Chemikalien à la Hirnbrei zugedröhnt über eine Störung der betrieblichen Abläufe sich mächtig aufgeregt hatte, oder ob gaffsüchtige und straßentaffe bzw. Privatüberwachung schiebende Passanten den lustlosen Fight sogar inszeniert hatten, wobei es nicht ausgeschlossen scheint, dass die beiden bekloppten Alditütenträger mit einer Anklage wegen Freiheitsberaubung nach § 239 StGB rechnen müssen, es war für Tank letztendlich ein kaum zu klassifizierendes Ereignis.

»Liebeskummer ist etwas, das es einem ermöglicht, auf das Fitnessstudio zu verzichten«, wirft Nicole S. Tank unvermittelt an den Kopf, als sie ihm eine Keramikschale mit gut abgestandenem Birchermüsli in die Hand drückt. Im Lifestyle Magazin *Knowledge* hatte sie von der erstaunlichen These gelesen, dass, je mehr man die Geliebten, mit denen man ins Bett geht, auf Distanz hält, desto stärker wird man schließlich dafür disponiert, die Potenzialdifferenzen zwischen kopulierenden Personen, Spannungen im elektrischen Sinn einer motorischen Ungleichheit, für sich zu nutzen, wobei die Erfahrung dieser Distanzen aus den Geliebten schlichtweg Partner macht, welche sich dann je nach Lust Laune aus der Fluidität der Distanzen Territorien der Intimität herausschneiden können. »Könntest du bitte damit aufhören, dich so absichtsvoll und verzweifelt zugleich durch dein Leben zu vögeln«, schreit Tank Nicole S. nach, die im Weggehen lasziv ihren Kimono wieder nach hinten abwirft, bevor sie erneut im Badezimmer verschwindet. »Ach Baby, alles strebt doch hin zu einer Art absolutem Dialog, denk an die Arbeit des Data Processing Systems, PIX, Project Information Exchange, you know, das einem Regisseur beispielsweise ermöglicht, während der Dreharbeiten seine Ideen mit allen Mitarbeitern beständig auszutauschen.« Tank springt aus dem Doppelbett und folgt Nicole S. und will ihr antworten, aber sie lässt seine Worte geradezu gestisch vernichtend abschmettern, um, kaum will er etwas sagen, mit einer absurden Grazilität in die verglaste Duschkabine zu steigen, als wolle sie ihm die kontrollierte Hirnarealfrau, die sportive Leistungsträgerin oder die kalte, leidenschaftliche Animateuse, das unsagbare Kreativitätsmonster oder die Verkörperung der stabilen instabilen Sensibilität und was weiß noch vorspielen, dieser wahrlich erbärmlichen Gestalt mit exakt getimeten Dreitagebartstoppeln und hochroten Glubschaugen in einem beschissen braunrot geteinten Gesicht, eine Gestalt, die mental krank bis in die Zehen- und Haarspitzen und total unfähig ist, dem Autismus zu zweit bzw. ihrer eigenen affektiven Ungerührtheit etwas Entscheidendes entgegenzusetzen, symptomatisch, wie er sich jetzt beleidigt umdreht, um daraufhin draußen im Wohnzimmer wahrscheinlich stundenlang auf den Tasten des Laptops herumzuklimpern wie er manchmal auf ihren Titten herumklimpert. »Manchmal habe ich das Gefühl, du führst alle Gespräche auf das Niveau deiner Titten zurück.» »Du weiß doch, Baby, dass im Gefühlsleben und im Job Erfolg zu haben, nicht unbedingt weit auseinanderliegt.« Tank schaut sauer und intensiv, aber auch ein bisschen wie ein Trickser auf den Bildschirmschoner seines Laptops, dem Kreisen eines buntschekkigen, glitzernden Zierfischs im Aquarium, während sein Braun Rasierer im Badezimmer Grrr Grrr macht.

Mandy steht da, die rechte Hand ist in die nach vorn gedrehte linke Hüfte gestemmt, sie lässt ihren prachtvollen Oberkörper im Uhrzeigersinn kreisen, während sie den Hintern direkt vor das Gesicht von Dr. Dr. Hanselmann schiebt, dabei ihr Dekolletee wie ein nicht ganz jugendfreies Sittengemälde Barricellos ausstellt, um mit den üppigen Brüsten so nahe an das rechte Blickfeld von Dr. Rütli heranzugleiten, dass dieses herrliche Partialorgan seine Privatsphäre weniger tangieren als vollständig absorbieren kann, vor allem natürlich mittels der auf die Brüste aufgeklebten Body-Strass-Motive. In der Mädchengarderobe verzehrte Mandy vor etwa zwanzig Minuten mit weißem Plastikbesteck eine mittelgroße Pizzahutpizza mit Sardellen, Oliven & Zwiebeln, speiste manchmal sogar mithilfe eines langen schwarzen Kamms, derweil sie sich auch noch genüsslich auf- und abschminkte, während man von ihrer Kollegin Tiffany nebenan nur noch hörte, dass sie Mandy den guten Rat geben kann, das Ding mit Rütli konsequenzlos, d.h. ohne Aussicht auf Wiederholung durchzuziehen. Tiffany starrte dabei permanent in den runden, kleinen Schminkspiegel und schnalzte mit den Fingern scheinbar lustlos vor sich hin und zog selten mal ein mitleidsvolles Lächeln auf, das von blumiger Koexistenz nur so durchtränkt war.

Das zumindest in ästhetischer Hinsicht unterkühlt wirkende Separee der Tabledance-Bar Rough Diamond, das ganz in silbergrau gestrichen, an der Decke komplett bespiegelt und mit weißen Ledercouchgarnituren in der Form eines U, die einen niedrigen, runden Glastisch umrahmen, recht gut bestückt ist, wurde auf eine Temperatur von 25 Grad Celsius hochgeheizt. Wer von den zwei anwesenden Mädchen will, kann sich Champagner der Marke Pommery in beliebigen Mengen in schlanke Sektgläser nachfüllen, denn die polierten Kübel aus Edelstahl, die auf schweren schwarzen Steinfüßen sitzen, werden vom Servicepersonal fortwährend mit neuen Flaschen und frischem Crush-Eis aufgefüllt. In der verglasten Separeewand schält sich im nur leicht gedimmten Licht aus einem hellbraunen Businessanzug von Yamamoto das glatte, einwandfrei designte, milchweiß geteinte Gesicht des dritten männlichen Gastes heraus, das dem Psychiater Dr. med. Fundsung aus Freiburg gehört, der ungefähr alle drei Wochen dieses Etablissement im Herzen des Bahnhofsviertels von Frankfurt besucht.

»... eine unglaubliche Erfindung, die wohlgemerkt seit mehr als zwanzig Jahren in meiner Pipeline lag, und mit der meine Mitarbeiter und ich, Dr. Rütli, vielleicht philosophische Letztprobleme wenn nicht zu lösen, so doch neu anzustoßen imstande sind. Angenommen, wir wissen nicht, wie das An-sich-Sein dieser einzigartigen chemischen Verbindung strukturiert ist, und wir beharren gleichzeitig darauf zu sagen, dass das Sein ist – das, meine Herren, ist logisch einfach unhaltbar; die Vorstellung, die wir vom Sein haben, hat letztendlich nichts weiter als unsere mentalen Zustände zum Inhalt, und nun zitiere ich ausnahmsweise einen Soziologen, denn sieht man von diesen Vorstellungen ab, dann bleibt ja nichts, und deshalb sagen wir entweder nur etwas über diese aus, wenn wir von jenem substanziellen und angeblich unerkennbaren X sprechen, oder wir müssen zugestehen, dass man nichts aussagt, wenn man etwas anderes sagt. Doch wenn jenes

An-sich-Sein des Stoffes im Grunde unserem Sein ähnlich ist, ist es nicht mehr unerkennbar, und somit lässt sich etwas über es aussagen. Meine Herren, was will uns dieser gewisse Tarde damit eigentlich sagen? Wenn wir Gier, Lust und Glauben nicht endlich mit den Dingen teilen wollen, dann hört doch bitte auch auf zu sagen, was sie sind. Entweder spricht oder man schweigt über die Dinge und Stoffe. Doch wir können unmöglich sprechen und sagen, dass die Dinge, über die wir sprechen, nicht in irgendeiner Weise uns ähnlich sind: Sie bringen durch uns eine Art von Differenz zum Ausdruck, die uns als Sprecher zu ihren Besitzern macht. Besitzen ist nur eine andere Art und Weise, von Übersetzung zu sprechen. Und verstehen Sie meine Herren, durch mein neues Präparat lasse ich in einem die Dinge und die Menschen qua Differenz sprechen. Dondatrille XP ist wirklich ein Phänomen. Ein sehr gefährliches Produkt.«

Der frühzeitig schon im Alter von 42 Jahren ergraute Psychiater Dr. med. Fundsung hat seinen Oberkörper beim Zuhören extrem angespannt nach vorne gebeugt, so dass sein eher rechteckiger Kopf mit dem spitzen Kinn im Kontext eines komplett unverkrampften Dauergrinsens auf der Schulter einer Mulattin ruht, die heute mit Zugabe des Pseudonyms Sadie ausnahmsweise sowohl am großen Bartresen im Hauptsaal als auch in den Separees animiert. Das Gesicht des Psychologen wirkt trotz seines akzeptablen oder kompatiblen kosmetischen Designs leicht abgemagert, gleichermaßen zwanghaft, prekär wie gefestigt, und trotz des fürchterlich interessanten Gesprächsthemas der letzten beiden Stunden in gewisser Weise hartnäckig teilnahmslos, besonders als Dr. Dr. Hanselmann sagt:

»Mein lieber Rütli, bitte verraten Sie mir doch einmal, inwiefern diese Substanzgruppe wirklich blendend neu sein soll, neu, wie sonst kein irgendwie geartetes Derivat von Amphetaminen, Alkaloiden oder serotoninverwandten Halluzinogenen ist, und inwiefern jenes Präparat, dessen Zusammensetzung Sie mir beim Golfen in Friedberg beinahe haarscharf verraten hätten, ich habe da nur noch 2-Diphenylmethyl-Sulfinyl-Acetamid oder neoliberales Modafinil im Hinterkopf, von einer derartigen Qualität sein soll, dass bei den Probanden nach der Einnahme Erlösung und Schrecken so nahe beieinander liegen.«

Dr. Dr. Hanselmann hat bisher kaum am wissenschaftsorientierten bzw. diskursintensiven Gespräch der Männer teilgenommen, weil er, von Meinungsverschiedenheiten mit Dr. Rütli in Sachen chemischer Befriedung unvorhergesehener Stressereignisse einmal abgesehen, mit einer extrem voluminösen, gaumenbetonten Stimme, die bei seinem drahtigen oder kantigen Gesicht etwas Absurdes besitzt, der Tänzerin Mandy, deren angeblich schwerkranke Großmutter in Tiflis im Sterben liegt, auf Bemitleidung bedachte, gut getimete Komplimente en gros serviert hat. Als sich der Bildausschnitt der Videokamera vergrößert, die über eine Fernbedienung in den Büroräumen des Rough Diamond steuerbar ist, sieht der Manager des Clubs, wie kleine Speichelbläschen an Dr. Dr. Hanselmanns Mundwinkeln sukzessive größer werden, fast zu blubbern beginnen und schließlich eine Art klebrigen und sehr lebendigen Breis formen, was der fehlenden Akustik des Videobildes zum Trotz einen äußerst skurrilen Eindruck oder den einer verständnislosen Faszination hinterlässt, so dass der neben den (stündlich abgelieferten) schwarzen, stählernen Kassenboxen auf seinem Schreibtisch sitzende Manager unwillkürlich oder unbewusst die platinblonde Berufsperücke seiner Freundin Marion – Tabletänzerin an Stange 4 auf der großen Drehbühne – fortwährend selbst anprobiert oder redundant den Paillettenstaub von der Perücke reibt. Im Separee sagt Dr. Dr. Hanselmann:

»Verglichen mit anderen Substraten, verlief mein Selbstexperiment mit diesem Dondratille doch sehr enttäuschend. Was die Substanz mit mir tat, war nichts weiter als meine zakkige Aufmerksamkeit, ich möchte nicht sagen, mein Roboterhaftigkeit im Sinne einer mimetischen Hypostasierung noch weiter zu verstärken, bis ...»

»Nun lieber Hanselmann, die hat ja nach ihrem bedauernswerten Skiunfall nicht gerade abgenommen«, unterbricht Dr. Rütli, wendet sich mehr oder weniger der vom Gesprächsverlauf doch sehr enttäuschten und gelangweilten Sadie zu, die im Verlauf der beiden letzten Stunden mindestens acht Mal hintereinander ihre goldenen High Heels auszog und wieder anzog, von Dr. Rütli mehrmals die Ferse und die Zehenballen intensiv massiert bekam, währenddessen sie immer persistent ihre Hochfrisur entwirrte und wieder feststeckte, die schwarzen Haarklammern zwischen den Lippen, und dabei unentwegt nicht allzu billig zu lächeln versuchte, was die Anziehungskraft ihres schleierhaft attraktiven Gesichts buchstäblich in eine groteske Schieflage brachte, weil das Lächeln zum entscheidenden Zeitpunkt, als alle schon dachten, es sei kurz vor dem angstauflösenden Schrei, eher den Schimmer des desorientierten oder blamablen Teen-Addicts weiter nach vorne perpetuierte; Dr. Rütli greift nach Sadies ausgestreckter linker Hand, während Dr. Dr. Hanselmann schauderhaft real, also ohne jegliches positives oder negatives Image akzentuierend oder deduzierend in die Luft beißt, wow, um daraufhin wie mit der Stirnlampe eines Speleologen bewaffnet die Augen vertikal über den Körper Mandys wandern zu lassen.

»Lieber Rütli, ich will damit nur sagen, dass zumindest die Gesichtsmotorik nach der Einnahme der Substanz kontrolliert, sehr kontrolliert blieb. Aber ich bin an der Erlangung dieser extremen Aufmerksamkeit gar nicht interessiert, zumindest nicht, wenn ich mathematische Funktionen zu wälzen habe, die sich auf Ungewissheiten in der Zukunft beziehen oder diese bearbeiten. Also bitte nicht vor dem Bildschirm. Okay, das Körpergefühl war nicht unbedingt unangenehm, aber der Fluss meiner Bewegungen wirkte doch sehr abgehackt, und die Augen glitten sozusagen wie scharfgeschwungene Schwerter durch das Zimmer. Die Sensibilität, die Art und Weise, wie ich in ein Problem verstrickt war, ging eher zurück, es war zwar eine subtile Wachheit da, aber gänzlich ohne Euphorie, ohne Schubkraft, nichts, was sich nicht hätte sofort wieder abschalten lassen. Sagen wir mal so: Das Präparat ist sicherlich stärker als Koffein oder andere mildere Pusher und die Fokussierung enger. Nun, vernachlässigt man das durchaus taktil beeinträchtigte Körpergefühl, dann bleibt die Substanz in ihrer psychischen, vor allem aber in ihrer emotionalen Wirkung subtil, wie soll ich sagen, es breitet sich sozusagen eine Fließbandatmosphäre im geistigen Raum aus. Seltsam, dass seit gestern Nachmittag ein ähnliches Gefühl an mir nagt, ja regelrecht zerrt.«

Dr. Dr. Hanselmanns Augen bleiben beinahe traumatisiert geschlossen, während seine Stimme jetzt leise gurrt, womit jeder körperliche Impuls gezügelt oder kontrolliert erscheint, selbst das fast in einem unmöglichen Winkel sich krümmende Bein unter dem Glastisch steht still, insbesondere, wenn die auf einer Parallaxenebene stierenden oder starrenden Augen von Dr. med. Fundsung & Dr. Rütli mit einem Parallelstriptease der beiden Tabletänzerinnen Sadie & Mandy konfrontiert werden (bei dem die Partialorgane der Mädchen auf den Oberflächen regelrecht wie Rasiermesser schneiden), bei dem Mandy vorsichtig und dezent mit beiden Händen den goldenen Stringtanga über die Oberschenkel zieht und ihr Becken rückwärts ausfährt, so dass ihre Pospalte bis zum Rektum sichtbar ist, während Sadie trotz der scheußlichen Klänge eines derzeit angesagten Hip Hop-Medleys aus Chicago beim Entkleiden von Top und halterlosen Netzstrümpfen den Rhythmus etwa einer sonischen Gazelle auf weißer Leinwand gekonnt durchhält. Gekonnt setzt Sadie auch den rechten Fuß zwischen Dr. Rütlis Beine, geht dann ultralangsam in die Hocke und simuliert einen Blowjob, ohne dass sie irgendwelche durch harddating verursachten psychischen Schmerzen zu empfinden scheint. Die Tatsache, dass Dr. Rütli in blassen Aktionsbildern imaginiert, wie er in Hündchenhaltung geduldig aufstöhnt und Sadies Oralsex-Technik leidlich genießt, ist ein weiteres Indiz dafür, dass er den Sex mit ihr niemals in die Praxis umsetzen wird. Er streift sich mit dem Handrücken über die Nasenwurzel, niest kurz und sagt:

»Lieber Hanselmann. Mir geht es nicht anders. Seit Tagen verspüre ich dieses anachronistisch zarte Ziehen in der Gesichtsmuskulatur, das bei Ihnen wohl eher im Zusammenhang mit dem nervenaufreibenden, isometrischen Gesichtstraining steht, aber die beharrliche Fokussierung, von der sie bei Ihrem Selbstversuch sprechen, lässt, um noch einmal darauf zurückzukommen, auf eine besondere Modulation ihres präfrontalen Cortex schließen, die eine Veränderung des Hypocretin-Levels als Ursache haben könnte. Es gibt schließlich Hinweise, dass der Hypocretinhaushalt beispielsweise bei dem Auftreten von Narkolepsie maßgeblich gestört ist. Man muss aber auch die indirekte Stimulation von Noradrenalin und anderen Neurotransmittern am Alpha-1 Rezeptor in Erwägung ziehen. Ich will Sie nicht langweilen, aber die phänomenale Wirkung, die mein Präparat durch die Transformation im Labor inzwischen angenommen hat, und Sie experimentierten ja sozusagen mit der Version B2, scheint mir von meinen Kollegen in Basel bisher wesentlich unterschätzt.«

»…«

»Nun, sehen wir es einmal nicht von der Schnellmacher-, sondern von der Aufhellerseite. Wirkstoffe wie die selektiven Serotonin-Wiederaufnahmehemmer erhöhen zwar in Minutenschnelle die Konzentration des Botenstoffs an den Synapsen der Nervenzellen – der gewünschte Effekt lässt trotzdem wochenlang auf sich warten oder tritt gar nicht ein. Noradrenalin, Serotonin oder Dopamin können längerfristig anscheinend nur auf dem Umweg über weitere Wachstumsfaktoren, meine Herren, sogenannte brain-derived neurotrophic factors, dazu beitragen, die Aktivität bestimmter Hirnareale anzuregen. Im Gehirn tritt meine Substanz in Wechselwirkung mit NMDA-(N-Methyl-D-Aspartat)-Rezeptoren, an denen beispielsweise auch Ketamin angreift, Ketamin ist aber ein Gegenspieler des NMDA-Rezeptors, nun, es blockiert ihn und löst dadurch womöglich ungeahnte Kaskaden biochemischer Ereignisse im Gehirn aus, wodurch spezifische Nervenverbindungen neu geknüpft oder beschädigte wiederhergestellt werden.«

»Hören Sie mir damit auf. Mein Ketaminerlebnis war furchtbar. Ich hatte das Gefühl, mit den Füßen voran in einen langen schwarzen Tunnel gesaugt zu werden und wurde am Ende geradewegs in eine ferne Galaxie geschossen, wo ich von einer Gestalt, groß wie er Commerzbanktower, geblendet und wieder hinab in den Abgrund geschleudert worden bin.«

»Sagen Sie Rütli, ist mit Hanselmann alles in Ordnung?«, fragt Dr. Fundsung. »Er scheint gerade wieder mit seinen irren Muskelkontraktionen zu kämpfen zu haben, oder ... ja nun eine Grimasse des ... wie soll ich sagen, des schieren Vergnügens aufzusetzen. Hat er etwa etwa eine völlig falsche Substanz zu sich genommen?«

»Das glaube ich langsam auch«, lächelt Dr. Dr. Hanselmann mit einer äußerst unschönen, skurrilen Geste des primordialen Gesichtszuckens. »Irgendetwas steigt aus mir auf wie eine der Banalität des Silikons fliehende Transzendenz. Es ist eine vigilante oder euphoriewütige Arbeitslust, meine Herren. Nein, mal ganz ehrlich, es hat sehr wenig mit Selbststimulierung zu tun, es handelt sich auch keineswegs um ein leicht nervöses oder mentales Zucken oder um den üblichen Adrenalinschub beispielsweise während einer wichtigen Sitzung im Aufsichtsrat der Bank, bei der sich wieder mal Cowboy-Mentalität einstellt, wenn ich den Colt nicht ziehe, so zieht ihn der andere und so weiter. Etwas zugespitzt lässt sich doch sagen, dass wir die gegenwärtigen Resonanzkatastrophen etwas ernster nehmen sollten, unsere potenzierte Zukunft nicht einfach nur als Gegenstand von Erwartung und Voraussicht qua Bearbeitung von Wahrscheinlichkeitskalkülen und Feedbackschleifen verstehen sollten, denn die Zukunft wirkt ja geradezu unschön in die aktuelle Gegenwart hinein und diktiert zeitweise sogar deren Verlauf. Haben sich unsere modernen Versicherungsgesellschaften einmal über die Verwandlung von Gefahren in Risiken informiert, um somit nicht nur die Bändigung des Zufalls zu betreiben, sondern ein für allemal zu erledigen, so scheint das Zufällige erst recht als Gefahr auf. Die Bewirtschaftung der Zukunft, unsere auf Differenz basierenden Gelddispositive wären doch neu zu justieren. Ich schweife ab.«

»Hanselmann, man scheint Sie auch psychophysiologisch in einen neuen Zielzustand versetzt zu haben. Sehe ich das richtig? Woher diese neue Substitutionslogik? Oder wollen Sie, dass ich ihre Zweifel ernster nehme als Sie es tatsächlich tun?«

Die vom hochleistungsstarken Lüftungsschacht an der Decke aufgewirbelten Staubmoleküle sowie vereinzelte blonde Haarsträhnen von Mandy wirbeln kontingent vor allem im hinteren Teil des Separees, während die Luft über den mit frischem Crusheis aufgefüllten Champagnerkübeln visuell dem Dunst über einer Gischt gleicht, wobei Mandys Blick auf die saunaähnlichen Schweißausbrüche auf der Stirn des Bankers zumindest für sie das Bild von der Frische eines von Gischt umspülten Strandes extrem unbrauchbar werden lassen. Mehrmal wirft Dr. Dr. Hanselmann einen leicht verstohlenen Blick auf die Brüste von Mandy, die auf der Lehne der weißen Couch sitzend den Handrücken vor die Augen hält, um ihre schwarz lackierten Fingernägel zu begutachten, während Sadie sich die Reste eines giftgrünen Bonbons aus den Mundwinkeln kratzt, um dann zur Abwechslung ihre Fingernägel auch etwas genauer unter die Lupe zu nehmen, gerade als das suizidale Beatgeschepper, zischelnde Hi-Hats & ultratrockene Snare, sowie der donnernde Applaus draußen vor dem Laufsteg simultan einsetzen, so dass die unbewusste Geste des Kopfpressens mit beiden Händen, die Dr. Dr. Hanselmann wohl eher wegen des jäh hereinbrechenden Gedankens an die lauwarmen Alaska-Seelachs-Filets praktiziert, die der Zimmerservice ihm in der Nacht gegen 3:30 Uhr gebracht hatte, eigentlich gar nicht auffällt bzw. seine neuromuskuläre Paraphrasie doch mit einer unerwarteten Zeitpräzision kennzeichnet; eigentlich auch nichts Neues, dass der Banker seine Sensomechanik vordergründig dem Chronos unterstellt, Vergangenheit und Zukunft als nichts weiter als zwei in der Zeit auf die Gegenwart bezogene Dehnungen begreift, aber offensichtlich scheint er für Sekundenbruchteile, womöglich für einen virtuellen Augenblick verwirrt, ist sich vielleicht völlig im Unklaren über seinen derzeitigen Status als Mann, da er auf Mandys im Spreizsitz lasziv dargebotene, furztrockene Muschi mit der Miene schieren Entsetzens reagiert und skurilerweise parallel auf eine mit Wasser gefüllte Mastoid-Schale hin nickt und beinahe übertrieben intim eine Miene des Schlürfens oder Speiens ausführt, um daraufhin das ganze Procedere nur mit einer abwertenden oder entschuldigenden Handbewegung zu kommentieren. (Dr. Dr. Hanselmann weiß, dass das, was er da gerade macht, weniger ein Schweben als der Ausdruck eines halbbewussten Dahintreiben-Seins ist, wobei dieses ausgefranste fraktale Bewusstsein immer an der Oberfläche des Sinns rumort, wie alles seinen Sinn hat, wenn er zugegen ist, verdammt nochmal.)

»Ich bin weder eine pure Zwangsneurotikerin noch ein monomaner Workaholic. Ich will einfach das Glück am Schopf packen oder mich mit dem eigenen Schopf aus dem Unglück ziehen. Es ist schwer zu sagen, ob solch eine Haltung Aussicht auf Erfolg hat oder nicht«, sagt Sadie und bringt das Panga-Panga-Parkett mit Hilfe des Schlürfens der Metallabsätze ihrer High Heels über die Fläche schwer zum Quietschen.

»Ach wissen Sie, vielleicht sollten wir unsere Fachsimpelei auf einen andern Termin verschieben. Rütli und ich sind uns über die Frage, ob wir das Präparat an weiteren Versuchspersonen testen sollen noch nicht ganz im Klaren.« Dr. med. Fundsung ahnt bzw. glaubt wahrscheinlich viel eher als Dr. Dr. Hanselmann, dass sich Mandys Muschi mit einer fünfundzwanzig Jahre alten Flasche Pommery cool bedienen lässt.

»Ich habe Ihnen ja schon von den merkwürdigen Vorgängen in unserer Bankzentrale hier in Frankfurt erzählt. Die deftigste Abweichung von der Normalität, die ich bisher in Frankfurt, und zwar gestern Nacht erlebt habe, war sehr seltsamer Natur. Ich fuhr mit einer Bekannten in einem Taxi den Untermainkai entlang, als sich die Straße unmittelbar vor der Friedensbrücke plötzlich auf einer Strecke von nicht mehr als dreißig Metern in die Champs Élysées in Paris verwandelte. Das ist beileibe kein Scherz. Sie wissen ja, dass ich fast süchtig nach Fahrten auf den Boulevards von Paris bin, und .... Etymologisch geht ja das Wort Sucht, ich erinnere mich, zurück auf Sud und Seuche, und für einen Moment glaubte ich eine seltsam schöne Seuche vor Augen zu haben. Die Seuche, die mir Identifikation versprach und mir zugleich zeigte, dass diese Identifikation von ihrem Zusammenbruch nicht zu trennen ist. So in etwa.«

»Hanselmann, das klingt nicht uninteressant. Der zerbrechliche, magische Bann jener Zeitbruchteile, in denen man das Gefühl hat, man würde von etwas angesogen. Oder sagen wir es umgekehrt: Die Sucht scheint keine Suche nach einer Lust oder Belohnung zu sein, sondern die Suche nach einem Effekt, nach einer Wirkung.«

»Es war definitiv eines dieser Angesogen-Werden-Intervalle, wie ich es in dieser Form bisher selten erlebt habe. Es schien verursacht, durch etwas mir Fremdes ausgelöst. Exogen.«

»Man kann sensibel werden, und ... ich meine eine gewisse Weichheit erlangen, während es zugleich die gewollte Härte ist, die einem die Probleme der Gegenwart vom Hals hält.«

»Die Frage besteht doch darin, ob man den eigenen Sensibilitätsgrad so ohne weiteres bestimmen kann, das heißt bestimmen, wie man in seine Probleme verstrickt ist. Verstrickt, indem man eine Wirkung sucht, die eine außergewöhnliche Stilllegung des notwendigen und zugleich unlösbaren Problems erlaubt. Ich denke, die Chemikalie antwortet nur auf eine Disposition, und nicht umgekehrt.«

»Wichtig erscheint mir die Dosierung, mit der die Betäubung nach oben geschraubt wird, wenn man unter Betäubung den Versuch verstehen darf, das Nicht-Fühlen zu fühlen. Aber Sie haben ja recht, grundsätzlich antwortet die Chemikalie nur auf eine Disposition«, sagt Dr. Rütli und mustert eine mit *D-10-Dosis* beschriftete weiße Packung, dreht die rechteckige Schachtel mit mehrmals komplexen Windungen und Wendungen nach links und rechts, begafft ausdauernd deren Ober- und Unterfläche und rutscht dabei ein wenig ungeduldig auf der weißen Ledercouch hin und her. »In ähnlichen, unter anderem mit SSRI durchgeführten Standardtestverfahren, mit denen ich schon konfrontiert war, kam es zu sehr bedenklichen Niveaus der EEG-Wellen, komplexe Messungen der Hirnwellenaktivität verzeichneten einen Linienverlauf, von dem wir am Anfang sogar dachten, dass er einer musikalischen Partitur ähnelt, aber die gezackten oder erratisch verlaufenden Linien, als ob besoffene Moleküle aneinander stoßen, ja sogar rhythmusversetzt und mit ungewöhnlichen Tiefpunkten und Spitzen, die uns dann doch eher, lieber Hanselmann, an ihre Cash-Flow-Diagramme erinnerten, an Bilderbuchspitzen oder an die Einschläge wie die der Flugzeuge in die Tower. Um es kurz zu machen, Leute, alles schien im ersten Augenblick der von Hanselmann angedeuteten Intervallbewegung seiner, na ja, nennen wir es Tagträume, zu entsprechen, eines paradoxen oder sich verstärkenden Tagtraumes. Aber es war nicht die von Hanselmann so ausführlich geschilderte Ergasiomanie, die freie Assoziationen eines alltäglichen und bildhaften Entrükkens oder Entzückens, es glich eher einer Serie von Halluzinationen, die mit aller Gewalt ihre Nicht-Adressierung der Produktion ausformulierten. Ich erinnere mich an eine sehr lustige Geschichte mit einer Versuchsperson, dessen Nucleus accumbens, um eine gesteigerte Verhaltenssaktivität zu erzielen, wir mit amphetaminartigen Stimulanzien reizten, was in diesem Fall sehr spezifische Belohnungseffekte nach sich zog, und nach der Einnahme geschah auf der kortikalen Ebene Folgendes: Wie wir wissen, bekommen viele der bewusstseinsgestörten Unfallopfer, Hanselmann hören Sie bitte zu, Sie können das womöglich nachvollziehen, gegen ihre Schmerzen über längere Zeit Morphium und entwickeln dennoch keine psychische Abhängigkeit. Unser Opfer erinnerte sich nur noch vage an seinen Autounfall und simulierte wahrscheinlich wegen der hirnstammbedingten Aktivierung des Cortex durch das Präparat eine innere Unruhe, die die Person unmittelbar nach dem Unfall gar nicht hatte und die sich darin äußerte, dass die Person bei seinem täglichen Spaziergang am Starnberger See nun eine Gestalt neben sich sieht, ein sehr großer und hagerer Mann, fast eine Art Strichmännchen mit goldgerahmter

Designerbrille, Jeans und schwarzem legeren Jackett und weißen Cowboystiefeln, beide Hände in den Hosentaschen, eine Gestalt, die lässig oder sogar tänzelnd neben oder vor der Testperson entlang schlendert und ab und zu einen Kieselstein mit der Spitze des Stiefels ins Wasser kickt, und dabei das Bein auffallend durchbeugt, und manchmal scheint das Bein dem Stein nachzusegeln und mit ihm zusammen im Wasser zu verschwinden, taucht aber erschreckenderweise wieder auf und baumelt dann an das Jackett gebunden lose vor sich hin, während die Gestalt weiter auf einem Bein hüpft, wie eben die Mädchen des in seiner Jugend mädchenscheuen Opfers früher auf dem Spielplatz oder auf dem Bürgersteig mit einem Bein diagonal in mit Kreide gemalte Felder hüpften und der Testperson den Stinkefinger zeigten und machten, ›Yo Pisserchen, wo bleibt denn dein Beinchen‹, und dann verpassten ihm die kleinen Mädchen ein paar Kopfnüsse oder traten ihm in die Eier, so dass er sich vor Schmerzen krümmte und heulend nach Hause zu seiner Mom lief. Und immer stärker leidet die Testperson unter dem Gefühl, dieses halbe Gespenst träte ihm permanent in das Geschlecht, während die Gestalt aber weiter nichts macht als auf einem Bein hüpft, der Patient beginnt bei brutal zackigen Ganzkörperbewegungen fast schon zu hyperventilieren, mein lieber Hanselmann, und er wird nervöser und nervöser, erlebt einen seltsam befreienden und zugleich schmerzhaften Dopaminstich, der wie enthemmender Alkohol durch Verstärkung des GABBA-Systems und des Dopamin-Systems wirkt, aber die Gestalt neben ihm weilt weiter superclever in ihrer Neutralität, dreht sich nur ab und zu um und klopft dem Patienten achselzuckend auf die Schulter, worauf dieser immer unsicherer wird und sich langsam wünscht, um Hilfe rufen oder einfach nur noch wegrennen zu können. Wenn die Versuchsperson etwas kommunizieren möchte, dann kommt noch nicht einmal mehr ein Oh oder ein Au aus ihrem

Mund, sie kann anscheinend nur noch so irgendwie masochistisch miauen, als hätte die raue Herbstluft die Stimmbänder eingeschweißt oder als hätte die gespenstische Gestalt ihn zum Epongeur gemacht, der Frauen in öffentlichen Toiletten oder Aborten beim Urinieren beobachtet, sich danach in die Anlagen stürzt, die Flüssigkeit mit einem Schwamm aufsaugt, um sie begierig zu trinken, bis die Stimmbänder komplett übersäuert und ausgeleiert herumbaumeln wie abgestorbene Muskeln und Sehnen, während er noch glaubt mit seinem erbärmlichen Miauen die Frische von abgelutschten Minzbonbons aus Kehle und Mund zu blasen. Manchmal sieht der Geist die Testperson nur noch traurig an und nickt mitleidsvoll, während das limbisch-subkortikale System des Patienten unentwegt amphotere Impulsionen provoziert und bestimmte Hirnstammsysteme zum Eskalieren bringt. Wütend, ohne den Versuch länger stocksteif auf einer Stelle verharrend fortzuführen oder gezielt Schritt vor Schritt zu setzen, tritt die Versuchsperson nach der gespenstischen Gestalt, die jedoch immer geschickt ausweicht, um sich in einer Mathematik der Fraktalen zu verlieren, in der es unendlich lange Wege gibt, die dennoch zu einem Ziel führen – denkt etwa an die Koch-Kurve – und wird in Wege aus Lücken geschleudert, fliegt von einem Loch in das nächste, und ...«

»Ruhig Blut, Rütli«, unterbricht der Neurologe Dr. med. Fundsung den quälend langen Monolog von Dr. Rütli. »Den Fall dürfen Sie im Rahmen meines Projekts Kybernetische Aspekte der Neurobiologie der Sucht an der Universität in Freiburg sehr gerne detailliert schildern. Ich meine, wir haben es hier nicht dem üblichen Fall zu tun, wo der Körper mit Drogen auf den Anruf der Sucht antwortet, sozusagen dranbleibt, wenn ...«

»Wie stellen Sie sich das Untersuchungszimmer eines Versuchskaninchens vor?«, fragt Dr. Dr. Hanselmann, der im

Gesicht schmerzgekennzeichnet erscheint, als Sadie ihre Secondhand-MiuMiu-Handtasche öffnet, einen kirschroten Lippenstift mit Glitzereffekt herausholt und die Metallhaube langsam abzieht, um mit der linken Hand auf beide Wangen von Dr. Dr. Hanselmann ein großes X aufzutragen, womit für sie der Banker nur noch als ein Subjekt der Pose bzw. als Objekt der Poesie des Analtigers in Erscheinung tritt, während Mandy ein »Hübsch Hübsch Hübsch« aus dem Mund flutscht bzw. über die Lippen kommt, womit sie die qualvolle Last ihrer Animation per Entschlossenheit nicht korrumpiert, sondern eben exerziert, wobei sie anscheinend auch das neue Propagandamaterial der Esperanto Bank inspiriert, das unter anderem Dr. Dr. Hanselmann als kerngesunden, aber doch irgendwie gequält dreinschauenden oder inkontinent ernsthaften Mann zeigt, der den Slogan *Spaß am Geld mit ihrer Esperanto Bank* dermaßen lustlos verkörpert (auch weil er auf dem Foto keinerlei Eigenarten seiner individuell hochgestochenen Persönlichkeit geschweige denn Ausstrahlung in Syntax und Semantik preiszugeben bereit ist), dass selbst einer halbwegs gebildeten Tabletänzerin wie Mandy die Hochglanzwerbung der Bank wie eine sorgfältig inszenierte und ostentative selbstironische Ikonographie einer neuen Massenbewegung perfekt qualifizierter Freizeitbanker vorkommt, die über Nacht alle Eigentümer von irgendetwas (also mehr als ihrer eigenen Person) geworden sind und die im Radius von zwei Metern unsichtbare Zäune um sich gebaut haben, die für ihre Eigentumstitel stehen, um milliardenfach Kreditkontrakte einzugehen und Zinsen zu zahlen oder einzustreichen, was in Zukunft die (genetisch übertragene) Stressphysiologie bei den Bankern gehörig anheizen wird, bis die Alpha-Risiken überhand nehmen und entropischer Lärm eintreten könnte (bis wiederum die Verkehrung eintritt, dass aus den Eigentümern Arbeitslose werden – per definitionem Produzenten ohne Arbeit –, die zu Konsumenten werden, zu Käufern von Arbeit, und die arbeitslosen Käufer von Arbeit also ihre eigenen Arbeitgeber sind, eine Phase der Relaxation, bis wiederum aus den Arbeitslosen neue Eigentümer von irgendetwas werden, vielleicht Müll, und so weiter).

»Mein Philosophiekenntnisse mal aufgefrischt, ist es nicht Leibniz, der sinngemäß schreibt, dass jede Seele das Unendliche erkennt, in undeutlicher Weise erkennt, wenn man zum Beispiel am Strand spazierengeht und das gewaltige Rauschen des Meeres hört, sogar ein paar molekulare Geräusche einer jeden Woge hört, aus denen das Gesamtgeräusch sich zusammensetzt, ohne dass man den je spezifischen Sound der einzelnen Wellen jedoch voneinander unterscheiden kann. Könnte es Ihrer Testperson nicht ähnlich ergangen sein? Der Weg ist und ist nicht, er kommt und geht, er verschwindet im Eis oder im Nebel und an unerwarteten Stellen bricht er wieder auf. Ein Weg durch unberechenbares Packeis. Man kann nicht alle verborgenen Falten entfalten und deshalb bleibt auch die Perzeption undeutlich, denken wir an die Falten der Vagina, die ...«

»Fundsung, Sie sind ein Schwein.«

Bei Dr. med. Fundsung setzt seine typisch hypersexualisierte Atemtechnik, die er die ganze Zeit überraschenderweise unter den Teppich gekehrt hat, quasi zukunftsorientiert ein, wobei sein Gesicht kastanienbraun anläuft und leicht erzittert, okay, er möchte mit Mandy und Sadie jetzt offensichtlich stärker konnektieren als bisher, die als professionelle Animateurinnen von bestem lokalem Ruf allerdings beide sehr wohl wissen, warum der Neurobiologe wahrscheinlich regelmäßig nach Frankfurt angereist kommt, um mit einer gewissen Vorliebe die Laufhäuser in der Elbe- , Taunus- und Moselstraße zu besuchen, am liebsten natürlich den Kommunikationshof westlich des Platinums, den er des Öfteren mit keinesfalls ephemeren Handlungen zu überfallen gedenkt, um ihn mit präzisen Trial & Error-Verfahren des Sexuellen einzusauen. Mit der flachen Hand schlägt Dr. med. Fundsung gegen den Champagnerkübel, der leicht erzittert, und wirbelt mit der anderen Hand unaufhörlich vor Sadies Gesicht, während sein seltsam süß-saurer Chicken-Curry-Mundgeruch sich weiterhin markant unter diverse Parfüme mischt, bis auch Mandy einfach ihr kunstseidenes Taschentuch aus dem Pradatäschchen ziehen muss, um ziemlich taff in der Art einer eiskalten Ehebrecherin, die dem ins Büro fahrenden Ehemann zwischen Hass und Genugtuung oszillierend hinterher winkt, das Taschentuch zu bedienen. Dr. med. Fundsungs Koksnase ist wie seine Fischlippigkeit zu 100% ein Fall für den Schönheitschirurgen Dr. med. Schönblick, der sowieso auf den baldigen Ersatz des Knorpels der Nasenscheidewand durch eine Platinprothese drängt, und der darüber hinaus Dr. med. Fundsung vor den physiologischen Gefahren einer Sexsucht eindringlich zu warnen pflegt, wobei nicht ganz klar ist, ob Dr. med. Fundsung zukünftig eher von den Drogen oder von den Prostituierten lassen kann, beide Möglichkeiten scheinen zumindest in naher Zukunft ausgeschlossen, denn er besitzt ein zu starkes Faible für das Öffnen seiner Blockierungspunkte und Schleusen, seien es die Schleusenkammern in seiner Birne, wie er gerne sagt, oder die seines Rectums, was er gerne mal verschweigt.

Mit belustigter, ja fast überschlagender Stimme hat Mandy in der unter den Mädchen sehr beliebten Frühstückskantine des Kommunikationshofs ihrer Freundin Anais erzählt, dass es ihr ein einziges Mal vergönnt war im Dämmerlicht ihres Schminkspiegels, nachdem der nassgeschwitzte Psychologe die Maske abgenommen hatte, um im Spiegel des Badezimmerschränckchens Blick und Augen zu justieren, seine abscheuliche Grimasse etwas länger anzuschauen, die laut intensiver Interpretationsbemühungen ihres Psychologen wohl im sadistischen, antiklerikalen Subkontext zu verorten ist, denn trotz der Katatonie der oberen Parts der Fazialismuskulatur war es Dr. med. Fundsung gelungen, einen expressiven Ausdruck in den befeuchteten Regionen der unteren Fazialismuskulatur, Musculus risorius und Musculus mentalis, zu realisieren und links von der Unterlippe eine minimale Faltung zu aktivieren, während er das typisch knifflig-kantige »Come On« zu jenem verkniffenen sleazenden Ausdruck exkulpierte, höchstwahrscheinlich ausgelöst durch eine neurologische Intrusion, der die dreckige Gier jenseits jeglichen hämischen Grinsens oder abwertenden Lächelns wie eine Transsubstantion oder Auferstehung abfeierte, oder er eben durch Unterbrechungen glänzte, die jede Gleichsetzung von Markierungen und Sinn des Erstarrens immer wieder aufschoben. Sein Gesicht wirkte präkoital bis unaussprechlich fremd. Es hatte etwas objektiv Furchteinflößendes, wenn man den eigentlich komplett unauffälligen Dr. med. Fundsung in dieser Entformung oder Entrückung ohne seine übliche Halloween-Maske mit großem Loch so grinsen sah, wobei sich Mandy nicht zufällig an Dr. Dr. Hanselsmanns natürliche Maske der Begeisterungsfähigkeit für Perversionen aller Art erinnerte, alles an einem Tag, an dem eine Freundin an einem anderen Ort mit rasendem Pulsschlag auf das Handy starrte und darum betete, dass Fundsungs Privatnummer nicht auf dem Display aufklicken würde, der sich schon Tage zuvor in einer SMS nicht als die Figur de Sade, sondern als die des Henkers mit einem schwarzen Kapuzenkopf angekündigt hatte. Mit Dr. Dr. Hanselmann verlief die Sache ganz ähnlich, wobei dieser die Figur de Sade gerne durch die des D'Artagnan ersetzt, so dass Mandy bis heute verzweifelt überlegt, was einen Erfolgsmenschen mit Markengesicht, der im Intercontinental mit die teuerste Suite bewohnt, was einen zudem eher gebrechlichen Menschen so selbstverständlich in die Progression des BSDM inspirierten Sexwahnsinns hinein treiben kann, der wohl keinerlei brauchbare Emotionen hervorruft, dafür lediglich die notwendige Berücksichtigung der Anwesenheit der Mädchen imaginiert, um vielleicht die klassische Illusion der Anwesenheit der ödipalen Vaterfigur endgültig zum Platzen zu bringen. Dr. Dr. Hanselmann wie Dr. med. Fundsung verüben im Laufhaus ihre Sexualakte, als ob es sich bei ihren Partnerinnen um Mücken handelt, die man keines Blickes würdigt, bevor man sie zertrampelt.

Übrigens verdient Dr. med. Fundsung Millionenbeträge damit, ein große Anzahl experimenteller Studien für diverse private Psychiatriehäuser zu organisieren bzw. zu leiten, bei denen unter anderem Speed-Tabletten, sogenannte go-pills sowie sogenannte no-go pills, Sedativa wie Ambien, Restoril oder Dexedrin getestet werden, um sie später zu begutachten und zu kommentieren. Er ist ein gern gesehener Gast in den Laboratorien des Pharmakonzerns Clack und des Sportverbandes U.N.S., wo aus für ihn unergründlichen Motiven heraus selbst die Repräsentanten der oberen Leitungsebenen nichts dabei empfinden, wenn er geschmierte bzw. gekaufte Dissertationen und Doktortitel im Dienst seiner aufgeblähten Reputation und Imageekstase sanktioniert, jedoch immer dem Wahnsinn der experimentellen Informationsgewinnung qua Messung oder Testversuche die Treue hält, d.h seriösen Forschungsergebnissen verpflichtet bleibt, die er vorzugsweise in diversen Artikeln der Fachzeitschrift Biological terms veröffentlicht, wobei Dr. med. Fundsung in Expertenkreisen niemals vorgibt, jemals große wissenschaftliche Entdeckungen gemacht zu haben, und dennoch akkumuliert er fleißig/emsig wissenschaftstheoretisches Kapital und zirkuliert fruchtbar im wissenschaftlichen Mainstream.

Dr. Rütli antwortet Dr. Dr. Hanselmann ziemlich verspätet, dass es so ziemlich das Allerletzte sei, Forschungsergebnisse der Kognitionspsychologie und der monetären Kredittheorie miteinander zu vermischen und damit zwingend den unerfreulichen postpostmodernen Anti-Ausdifferenzierungstrend zu befördern, oder vielmehr den Glauben, man könne mit Hilfe von kruden self-fulfilling-prophecy-Thesen den postökonomischen Menschen als Thema in den Humanwissenschaften stabilisieren, was seiner Meinung nach paradoxalste Kausalitätsketten nach sich ziehe, wenn beispielsweise aggressive Kreditpolitik, die auch im Konsumentenkredit aus einer beständigen Kreditierung seiner selbst hervorgeht, beispielsweise zum bulimischen Verzehr von Designerdrogen, kalorienhaltigen Schokoriegeln oder fetthaltigstem Gouda-Käse führe; wobei Dr. Rütli mit abwehrenden Handbewegungen den jetzt fast tobenden Dr. med. Fundsung in Schach zu halten versucht, der sich – political correct – ganz auf der Seite Dr. Dr. Hanselmanns wähnt, am ganzen Körper bebt und blitzartig mit seiner Stimme einen kaskadenhaft schwirrenden hohen Sirenenton erreicht.

Als der Manager des Rough Diamond, Herr Foll, die linke Seite seines Kopfes schüchtern bis verklemmt in das Separee steckt und sagt: »Meine Herren, darf ich kurz stören? Auf Ihren Wunsch die 26 cm-Pizza mit Zwiebeln, Knoblauch und Sardellen«, scheint der Point of no return des Dr. med. Fundsung endgültig erreicht, denn er psalmodiert mehrmals durch die apostolischen Litaneien von 1888 und wirkt in dieser versplatterten Affektiertheit wesentlich genervt, während der Manager Foll nur ganz vorsichtig eintritt und den großen quadratischen Pizzakarton vorsichtig auf den Glastisch absetzt, die wulstigen Lippen zuspitzt und befreiend gluckst, als sei er mit einem besonders starken Jahrgang irischen Malt-Whiskys abgefüllt, und sich artigst verbeugt, einer Art Höflichkeit, von der man auf den ersten Blick nicht weiß, ob sie aufgesetzt und zielorientiert oder gar konventionell ist, ganz im Gegensatz zu jener Höflichkeitsform, die man sich nicht anmerken lässt, weil der Gesprächspartner sich sofort schämen würde, würde er die Höflichkeit zu spüren bekommen, wohlwissend, dass ihm, egal weswegen oder egal was er auf der Haben- oder Soll-Seite hat, mit bloßer Höflichkeit begegnet wird. Foll beginnt den nächsten Satz, den er nicht bis zum Schlusspunkt ausspricht, mit einem nasalierten Stottern oder Lispeln, »Mei ... Mei ... Mei ... ne Herren, wenn Sie sonst noch Wünsche ...«, während Dr. Dr. Hanselmann ein braunes Fläschchen öffnet, das mit Ginseng Kapseln angereichert mit Hirschhornextrakt zur Potenzsteigerung noch halb gefüllt ist, während Mandy mit dem gekrümmten Zeigefinger der linken Hand auf die Mitte ihres Brustkorbs tippt und sich beim Pirouettieren im goldumrahmten Flachglasspiegel beobachtet, und während Sadie den in kreolischen Vasensimulationen integrierten JBL-Boxen mit Verbeugung und schiebenden Handbewegungen konduliert, als würde sie eine Schallplatte scratchen, wofür sie von Dr. Dr. Hanselmann und Dr. Rütli mit gleichfalls demütigen Verbeugungen supportet wird, woraufhin Dr. med Fundsung vorzugsweise Mandy endgültig wehtun will, die – der Oberfläche der viskösen oder perkolierten Zeitströme nahe – auf der Dreiecksfläche zwischen zwei Bambussträuchern aus Kunststoff und der Designerstehlampe mit Audrey Hepburn-Motiv stehend mit einer unglaublichen Kraftanstrengung, die man ihr gar nicht zugetraut hat, eine zu Michael Jacksons Song *This is it* pulsierende Lava-Lampe von der Decke reißt und auf dem Boden zerdeppert, so dass sanft changierende Blasen, kleine blaue Flammen innerer Brüche auf dem Fußboden blubbern. »Ach du Scheiße«, sagt Sadie, »sieht ja tatsächlich aus wie platzende oder putzige Poren in knirschendem Styropor oder einfach nur wie die Nase Hanselmanns«. Mandy klappt scheinbar unbehelligt die orangefarbene Pizzabox auf, nimmt ein Stück Pizza und beißt zweimal herzhaft zu.

»Fundsung, es scheint mir, als hätten Sie unsere gute Mandy unter Strom gesetzt, oder soll ich sagen um eine Extraportion Dopamin bereichert. Nun wissen wir ja um die Bedeutung des Dopamins als wichtigstem Botenstoff für das Belohnungszentrum des Gehirns, wir wissen, dass das Gehirn die möglichen Ergebnisse jeder Entscheidungsoption im Vorfeld simuliert, das Hirn dabei durchspielt, welche Emotionen nach einer Entscheidung aufkommen könnten, wobei es der attraktivsten Alternative eine Art Etikett mit dem Prädikat *besonders wertvoll* gibt. Je mehr Dopamin, desto mehr Prädikate werden verteilt und Entscheidungsalternativen bevorzugt. Wir sonst könnte die arme Mandy auf die Idee gekommen sein, dieser hundsgewöhnlichen Pizza das wunderschöne Prädikat *toll* zuzugestehen, das sie Ihnen auch schon mehrmals attribuiert hat, und was könnte sie unter Negation der Konsequenzen bewogen haben, sich so hemmungslos ihrer stupurösen Hirnchemie oder emotionslosen Sucht hinzugeben? Geben Sie es zu, Fundsung, dass Sie die Hände im Spiel haben, bei ...« Dr. med. Fundsung steht verlassen oder einsam im sämigen Brei rötlicher Lichttropfen und horizontal zerschnitten von gescheibtem Gelblicht, das Dr. Dr. Hanselmann durch einen kurzen Fingerdruck auf den im Teakholz der Couchlehne verankerten Schalter aktiviert hat, wodurch seine verblitzten Augen gleichgültig sterilisieren, wobei das rechte Auge starr bleibt und glänzt wie ein polierter Kieselstein.

»Heute vormittag drückte ich der Kassiererin bei ALDI das Geld für meinen Einkauf in die Hand, während ich sagte, ich befriede hiermit nur den postmodernen Geist des Supermarkts. Daraufhin weissagte mir die holde Dame, dass ich immer verrückter werde.« Dr. Dr. Hanselmann versucht nun alles, um Dr. med. Fundsung, nachdem dessen chronische Divertikulitis im Mix mit der durch mikrotraumatische Kyphotie ausgelösten frei flottierenden Wut voll zum Tragen kommt, u.a. mit dem ultralangsamen Pendeln eines Feuerzeugs mit Flamme zu besänftigen, bis er sich schweren Herzens entschließt, vor Dr. med. Fundsung einen Bückling zu machen, ein bisschen zu betteln und schließlich nur noch zu jammern, um das wahnsinnige Psalmodieren des Borderline-orientierten Psychiaters endlich zum Stillstand zu bringen, der unglücklicherweise gerade seine Browning X444 gezogen hat, um die Kolbenkappe aus Messing an die Schläfe von Sadie zu halten. Mandy fällt das erste Mal seit ihrem Arbeitsbeginn vor ungefähr sechs Wochen auf, dass es drei große Spiegel im Separee gibt. Wer im Moment nicht im Spiegel auftaucht, ist der auf dem Boden herum kriechende Dr. Dr. Hanselmann. Das einzig ernsthafte Problem bei der Ermordung einer Tabletänzerin sind die Spiegel, sagt Mandy leise, aber nicht zu leise, so dass Dr. med.Fundsung einigermaßen mutlos seinen linken Arm sinken lässt, während seine rechte Hand sanft über den Griff der Browning X444 aus Walnusswurzelholz gleitet. »Gutes Ding, das wolltest du doch haben«, sagt Dr. med. Fundsung enttäuscht, und Dr. Rütli sagt, »dieser Fundsung, ein übler Querulant«, woraufhin Dr. Dr. Hanselmann bemerkt, »Fundsungs Apnoe im Clinch mit Divertikulitis«, und dass er selbst während seines dreiwöchigen Aufenthaltes in Frankfurt vorübergehend auf die Einnahme von Dexedril verzichtet, stattdessen auf ein Spritzfläschchen 4-Methylmethcathinon pro Tag zurückgegriffen, eine nicht irrelevante Steigerung des Betäubungsmittelkonsums vorgenommen, was kontraindikatorische Resonanzen freigesetzt und das d-Morphem seiner Attitude defriktionalisiert und das Sensitive aktiviert hat, eher malatroit als effektiv, was von nun an ein Feedback von nur ungefähr gleicher Informationsmenge ermöglicht, das Unbewusste maschinell ganz in der konjunktiven und disjunktiven Synthese.

Freaky Franky bleibt, den schweren Kopf in die Hände gestützt, ratlos, nahezu fassungslos auf einem Sessel mit schwarzem Leinenüberzug sitzen. Die elektronische Fußfessel von Moulder Industries-Tel Aviv, einer Company, die sich in einem weiteren Geschäftszweig mit der GPS-Verortung von streunenden Katzen und Hunden in urbanen Räumen beschäftigt, in einem weiteren Segment ein Zweier-Paket genetischen Materials von Raben oder hochintelligenten Graupapageien anbietet, plus dem Heisenberg-IQ-Paket sowie dem ricardschen geopolitischen Kontrollgen, die Fußfessel, ja sie bereitet ihm großen Kummer. Freaky Franky trägt unter seinen speckigen, schlabbrigen Camouflagehosen mit vielfältigsten Fleckenarrangements am linken Unterschenkel einen Sender bzw. Transmitter, der in ein kleines weißes Hartplastikgehäuse integriert ist, wobei die exakte Justierung der elektronischen Fußfessel eine junge Technikerin im August letzten Jahres vorgenommen hat, nachdem Freaky Franky von der zweiten Kammer des Amtsgerichts in Frankfurt wegen unerlaubten Waffenbesitzes und Freiheitsberaubung nach §56c des StGB zu drei Jahren Freiheitsentzug auf Bewährung verurteilt worden war. Die Frau mit schwerer Schlagseite in Richtung erodierender oder dysfunktionaler Erotik, wie er heute schmunzelnd sagen kann, arbeitet für die Hessische Zentrale für Datenverarbeitung (HZD) und installierte damals auch eine quadratische Datenbox in Anwesenheit seiner Mom Alma und seinem Bewährungshelfer Dieter Grotte in seiner kleinen Wohnung gegenüber dem Bahnhofsvorplatz, schloss die Datenbox sowohl an die Telefonanlage als auch über die Schnittstelle ihres Notebooks direkt an den Großrechner in Hünfeld an, wobei sie am selben Tag noch die erste Programmierung des Wochenplans ihres sog. Patienten vornahm. Zum Ende des Procederes musste Freaky Franky drei Unterschriften abgeben: die generelle Einwilligung in die Maßnahme, das Einverständnis zur Entbindung der Schweigepflicht der ihn behandelnden Nervenärzte, Therapeuten und Drogenberater, sowie die Einwilligung, dass seine Daten an eine von der Esperanto Bank gesponserte Forschungsgruppe des Max-Planck-Instituts weitergegeben werden können, die derzeit an einer klinischen Studie über die massenpsychologischen Auswirkungen von sequenziellen Paranoiaattacken von Individuen auf Massen arbeitet, an der teilweise bis zu zwölfhundert Probanden teilnehmen. Anders als von den staatlichen Polizeibehörden erwartet, die sich aufgrund der Schnelligkeit, mit der das Strafverfahren gegen Freaky Franky durchgezogen worden war, wohl eine schnelle Abschiebung in die Forensik in der Nähe von Gießen erhofft hatten, stimmten die ihn behandelnden Neurologen und Psychiater weder der Entmündigung noch der elektronischen Fußfesselüberwachung zu. Ohne jegliche Unterbrechung sendet das in die Fußfessel integrierte Dauersignalsystem ein chiffriertes Signal, das in einem Radius von 500 Metern um die Wohnung von einem stationären Empfänger aufgenommen und über den Telefonanschluss an den Computer der Technikerin weitergeleitet wird, wobei bei Unregelmäßigkeiten bzw. Übertretungen des Aktivitätsradius des Probanden bei der Strafvollzugsbehörde in Hünfeld bzw. dem zuständigen lokalen Polizeiamt sofort Alarm ausgelöst wird. Außerhalb seiner Wohnung wird Freaky Franky zusätzlich mittels der permanenten Kontrolle des städtischen GPS-Netzes überwacht, wobei man über die GPS-Koordinaten per Satellitenaufzeichnung millimetergenau seinen jeweiligen Standort feststellen, eruieren kann, ob sich sein Körper in der Horizontalen oder in der Vertikalen befindet, oder ob Freaky Franky mal wieder Megablödsinn betreibt, um beispielsweise mit seinem Near Field Communication-kompatiblen Handy die Fahrkartenautomaten im Hauptbahnhof zu blockieren.

Die Sonneneinstrahlung an der Südseite seiner Wohnung ist ein Pfund. Freaky Franky spürt, wie seine Stirn langsam zu glühen beginnt. Ohne seine Position im Schaukelstuhl zu verändern – der Rücken ist leicht osteoporotisch gekrümmt und die Beine sind im Zuge einer leichten Gewichtsverlagerung des Oberkörpers nach hinten gespreizt, während die rechte Hand einen imaginären Schirm vor der weinroten Tellermütze bildet –, feuert er mit einer giftgrünen Spielzeugpistole auf ein Plakat von Andre Masson – Die Verwandlung der Liebenden –, das eine Vielzahl verschlungener Mutanten und mutierter Krebsgewächse zeigt. Er steht auf, deponiert einen UBS-Stick auf einer Kommode aus Teakholz, exakt zwischen dem kaputten Ipod und einem Backstein, der in silbergraues Geschenkpapier eingepackt ist, der englischen Ausgabe von DFW's Infinite Jest. Freaky Franky muss die Augäpfel unter den weit aufgerissenen Lidern permanent nach unten oder zur Seite drehen, damit die klebrige Schleimschicht auf seiner Netzhaut durch das Sonnenlicht nicht noch dicker oder undurchdringlicher wird, zwar besteht nach der Einnahme von zwanzig Antibiotika-Tabletten keine größere Ansteckungsgefahr mehr, aber die mysteriöse Krankheit ist noch lange nicht ausgemerzt, wobei sich hier die philosophische Frage aufzuwerfen scheint, ob das Auge tatsächlich die Lösung eines Lichtproblems ist. Die nicht weniger wichtige Frage, ob die erste Woche oder die ersten beiden Wochen nach der Entlassung aus der psychiatrischen Abteilung der Universitätsklinik Frankfurt/Main etwas Morbides oder quälend Wartendes an sich hatten (gemessen an einem geregelten Tagesablauf), als ob Freaky Franky bis tief in die Nacht wach gelegen wäre oder mit offenen Augen geschlafen hätte, während er doch wegen der Einnahme von Tranquilizern die Nacht hätte tiefstens durchschlafen müssen, lässt er heute lässigst an sich abblitzen, denn seit gestern kommt ihm selbst das schroffe Erwachen nach einem kurzen Nickerchen zu jeder möglichen Tages- oder Nachtzeit – ein abruptes Hochschnellen – nur noch wie ein leises Klopfen an die Wohnungstür vor, fast nichtexistent. Er möchte ein wenig die Tage und die Nächte formatieren, endlich wieder ins Leben einsteigen und das Sprechen in der Erwartung üben, worin die Dinge und Objekte endlich wieder in jenen latenten Zustand zurückkehren, einen Zwischenraum, in dem weder die Dinge noch die Objekte eindeutig fixiert sind und noch keine endgültige Form besitzen, sondern einzig intensiv werden, insofern sie in der Schwebe oder Differenz persistieren, als die Möglichkeit ihres eigenen Ereignisses. (Ein Sprechen, das diesen Raum eröffnet, in dem es unaufhörlich die Ankunft der Dinge erwartet, ist selbst ein taumelndes Sprechen: Es offenbart eine poetische Struktur unterhalb der sprachlichen Wirklichkeit, eine Art Nicht-Sprechen, das zur Sprache gehört. Vgl. Maurice Blanchot.) Also beschließt Freaky Franky die durch seinen Psychiater Dr. Mandelsohn auf zwei Tabletten pro Tag festgelegte Dosis Akineton auf acht Tabletten am Tag zu erhöhen, ein Anti-Parkinson Mittel, das normalerweise dafür verschrieben wird, um etwaige Nebenwirkungen wie Dyskenesien, hervorgerufen durch die Einnahme von Neuroleptika der ersten Generation, Haldol etc. zu neutralisieren, das aber in dieser von Freaky Franky angestrebten, erhöhten Dosis tatsächlich wie Speed ohne Gesichtstango wirkt.

Vor circa zweiundzwanzig Stunden, nachdem man ihm in der U3 Frankfurt-Oberursel-Hohenmark beim Schwarzfahren erwischt hatte, wurde die Fußfessel mit der Option einer elektronischen Prügelstrafe neu programmiert, so dass ihm das Maschinchen nach einer unzulässigen Grenzüberschreitung seines acht Quadratkilometer großen Planquadrats, wobei ihm das für einen Fußfesselsperrbezirk höchst ungewöhnliche Territorium des Frankfurter Bahnhofsviertels zugeteilt wurde, hochfrequenten elektrischen Strom verabreicht, was von sirrenden hochfrequenten eher taktil wirkenden Geräuschen begleitet wird, die ein in die Box integrierter Minilautsprecher sendet, vielleicht ein irrer Maschinenkuss. Egal ob er die schrecklichen Geräusche gerne hört oder nicht, die Fußfessel bleibt ein Problem, das vor allem auch seine Schamgrenze tangiert, denn, wenn er an die Begeisterung der Passanten denkt, die vielleicht schon im voraus die Geräuschkulisse erahnen, um dann bei zartem Erklingen mit dem Finger auf ihn zu zeigen oder um ihm intellektuellenmäßig dreckige Slogans oder rassistische Sprüche an den Kopf zu schleudern, würde er am liebsten jetzt schon den Kopf entweder in eine hochfrequente Radaranlage stecken, um zu diskontinuieren oder zu Funkwellen zu disseminieren, oder die Fußfessel einfach vom Bein abreißen und bei nächster Gelegenheit dem nächstbesten Fußgänger ins Maul stopfen. Freaky Franky findet, dass dieses zwar biopolitisch höchst effektive, aber in der Öffentlichkeit inzwischen auch höchst umstrittene Überwachungsinstrument für das pathologisierte Subjekt F. A., das seinen jahrzehntelangen Spaß mittels der Interaktion mit allen möglichen Rauschmitteln durch die Diagnose Polytoximanität seiner Meinung nach viel zu teuer erkauft hat, was insbesondere die schleifenförmige Auflösung intrinsischer Motivationen angeht, die ihn zukünftig in nebelhafte Exklusionszonen treiben werden (Mangel an Teilhabe und soziales Vakuum durch inzesiven Geldentzug), ja, dass dieser Fußfesselscheiß eher befremdend bis verstörend auf seinen doch recht integralen Habitus einwirkt, der ja nun mal nicht dem eines lebendig gewordenen Stelleninserats entspricht, das sich von Psychiatern, Personalchefs oder Universitätsprofessoren herumkommandieren lässt. In Gedanken benutzt er gerade analog eine junge Krankenschwester, die in ihrer Küche auf einem Regal über der Mikrowelle vegetarische Fertiggerichte der indischen Food-Company MRT in alphabetischer Reihenfolge stapelt, während er parallel den Gedanken an seine neue Freiheit malträtiert, die ihm – in ein flexibles und äußerst fragiles Überwachungsdispositiv integriert – das nackte Eingeschlossensein und Ausgeschlossensein zugleich verspricht.

Das neu bezogene kleine Apartment im dritten Stock über dem O'Riley's Pub, direkt gegenüber dem Bahnhofsvorplatz, ist im Vergleich zum quadratischen grüngekachelten Raum, den er in der psychiatrischen Abteilung der Universitätsklinik Frankfurt phasenweise bewohnt hat, ein Schnäppchen, eine echte Trophäe, die anders als durch die Hinnahme eines achtundzwanzigsten Klinikaufenthaltes jedoch nicht zu beziehen war. Das Hauptzimmer gewährt einen tadellosen Ausblick auf den gesamten Hauptbahnhofskomplex, die Busanhaltestellen und den durch Tausende von Passanten hochfrequentierten Bahnhofsvorplatz sowie auf die Dachmitte der drei Bahnsteighallen, die 6,3 Meter hohe in Bronze getriebene Figurengruppe des Atlas, der die Weltkugel auf seinen Schultern trägt, begleitet von den schrecklichen Symbolfiguren für Dampf und Elektrizität. Das Zimmer ist eine einzigartige Durchstreichung des Common Sense, ein chaosmotisches Arrangement der Dinge, das verschworen oder verwoben mit einer Praxeologie des total Unpraktischen sowie des molekular Desorientierenden ist, einer Welt voller geheimnisvoller Miniaturen und schrägster Spitzfindigkeiten. An der West- und der Ostwand des 16 qm großen Wohn- und Schlafzimmers hängen kleine Reproduktionen des deutschen Malers Blinky Palermo, vierteilige Bilder aus verschiedenfarbigen hochstehenden Rechtecken, wobei ein Quadrat die Mitte bildet, gewissermaßen eine hydrostatische Ruhe bei vollkommener Windstille ausstrahlend, und, dieser bizarre multifunktionale Hauptwohnraum wird von drei alten Röhrenfernsehgeräten, deren exakte geometrische Anordnung täuscht, rund um die Uhr mit Programmen der privaten TV-Senders 6Live & Anti9 bestrahlt, während das kleine Grundig Fernsehgerät, das ebenfalls bis zum Abglühen im Einsatz ist, ab und an komische Pupsgeräusche von sich gibt und bis auf den letzten Quadratzentimeter Scheibe kleine, unheimliche, grauweiße Miniaugen verstrahlt. Allgegenwärtig ist auch ein funktionsunfähiger Videorekorder Sony TSD, der auf einem großen Eichenholzbett herumlungert, das auf dem Fenstersims liegt, und kurz davor ist, seine Gestalt endgültig aufzugeben, um Freaky Franky hocherregt wie ein rechter Zappelphilipp ins Gesicht zu springen, der selbst endgültig genug davon hat, dass man seine hochwertigen zellulären Strukturen durch E-Smog versaut, was ja breit angelegte epidemiologische Studien wie die Interphone-Studie der WHO zu Mobilfunk oder das EMF-Projekt zur Wirkung elektromagnetischer Strahlung längst bewiesen haben; zwei Hifi-Anlagen, von denen nur noch eine wirklich funktioniert, stehen auf zwei kniehohen viereckigen Glastischen, deren Glasplatten so dick sind, dass man sie tatsächlich mit einer Außenwand für Tresore verwechseln könnte, und die beiden 95db/100hz Antennenkabel des Sony- Fernsehgeräts mit 40 cm-Bildschirm verlaufen an der Wand zwischen den beiden ca. 150 cm hohen und ca. 120 cm breiten doppelverglasten Fenstern so verquer, dass sie von der Verlaufsform an eine Art epileptischer Natter erinnern, die zumindest für den sehr stark berauschten Perzipienten vibriert, bevor das Tier sein schreckliches Gebiss entblößt. Meistens beim gemütlichen Genuss einer islamistischen Wasserpfeife konnektiert Freaky Franky ein neues, einzigartiges Beta-Zentrum seiner Comicfigur-Existenz, das die Verkettung und Verschleifung der elektronischen Geräte in Hinsicht auf sein eigene ultramoderne Bildschirmfähigkeit reflektiert, denn als solche erscheint er selbst als ein (Bild-)Schirm, auf den man Funkwellen sowie elektromagnetische oder ektoplasmische Rachen projizieren kann, bis die Vielzahl von virtualisierten Partikeln als bunte Leuchtpunkte sowohl auf dem Bildschirm des Grundig-Fernsehgeräts als auch auf seinem Kopfbildschirm implodieren. Als eine Art digitalisierter Schirm hängt sein Kopf jetzt doch seltsam aufgebläht in der Luft, und Freaky Franky spürt, wie sein Schädel über den Konvexitäten der Fernsehbildschirme und Computermonitoren zu pulsieren beginnt, und wie all seine Gesichtsmuskeln sich äußerst stark verkrampfen oder straffen, bis der Schädel zum glatten Helm wird, der die Welt der ihn umgebenden Objekte und Dinge in einer seltsamen grauen Unschärfe widerspiegelt. Die Fußfessel-Zeit scheint still zu stehen, bevor das Sony-Ding sich plötzlich superkussiv aufbrezelt und wie ein hitzedetektorgerüsteter Depp durch den Raum heult, woraufhin Freaky Franky nur noch die Hypothese aufstellen kann, dass er soeben einen unerfreulichen Morphin- oder LSD-Flashback erleidet, und das elektronische Gerät solle bloß die Klappe halten und sich um seinen eigenen Mist kümmern, aber keinesfalls vor lauter Verärgerung en masse unschöne Informationen und Daten nach Hünfeld senden, sondern weiter in seinem geliebten Maschinendasein verharren, ansonsten käme er da mal endgültig auf hundertachtzig, und was das heißt, wolle er wirklich niemandem zumuten, wobei er nicht verschweigen will, dass er in so einem fast schon irreparablen psychischen neurogenetischen Komplement sich schon mal überlegt hat, nicht nur den Amtsrichter, sondern auch seine zugegebenermaßen höchst attraktive Anwältin mit komischen platinblonden Haaren im Main zu ersäufen oder dem Amtsrichter zumindest den Kinnbart und der Anwältin die Haare anzustecken, damit sie schnell bis sonstwohin in Flammen stehen, um ihren Schädel ohne Haar dann in der Fritteuse zu löschen, in der gerade herrliche Pommes Frites brutzeln. Auf dem Herd liegen zwei schwitzende Pfannkuchen in der Teflonpfanne.

Freaky Franky wird seine Wohnung, in der er in den letzten Stunden viel zu viel schlechte Visualisierungspatronen, aber auch ein paar gute wie die der Fernsehserie *Nummer 6* nebenbei konsumiert hat, demnächst für eine Zeitspanne von exakt sechs Stunden verlassen, unter anderem wird er das beschäftigungstherapeutische Projektzentrum *Tu Was* der Stadt Frankfurt besuchen, das NA-Zentrum in der Wellritzstraße und später das englischsprachige Kino am Eschersheimer Turm, um sich den Film »Monsterbaby is Visiting you« anzuschauen, bevor er sich einen abschließenden 90 Minuten-Runter-Komm-Besuch im Dreikönigskeller in Sachsenhausen gönnt, wo er gewissermaßen ritualisiert zwei große Gläser eiskalten Leitungswassers trinken, eine warme Brezel essen und ungefähr 300 mg Frischmacher und Downer zu sich nehmen, was wie eigentlich jedes Mal zu zentralen zerebralen Verschiebungen bzw. tetrahydrocannabinolmanipulierter Langsamkeit seiner Körperbewegungen im Slow-Motion-Ragga-Beat führen wird, und hundertpro zum massiven Ausstoß von Achselschweiß und CO2 in hohen Dosen. Die letzten drei Monate habe ich die düstere Aussicht auf weitere fünf düstere Monate wie die vertrockneten Reste einer nicht zu begreifenden Ohnmacht behandelt, denkt Freaky Franky, als er zufällig den für ihn ausgepicht deklamatorischen Satz liest, wonach Geld das Resultat der Übereinkunft zweier Eigentümer ist, wobei der eine Eigentümer Ansprüche gegen sein Eigentum einem anderen Eigentümer kreditiert, wofür dieser Zins und Tilgung zu leisten hat und zumindest einen Teil seines Eigentums verpfänden muss, woraufhin Freaky Franky einigermaßen traurig eine stark verschmutzte 20 Euro-Note betrachtet, dann seine TippTopp-Visa-Kreditkarte und die riesige Verwehung von Telefonkarten um einen Riesenberg von Cent Münzen herum, eine wahrlich grausame Demonstration seiner eigenen Eigentumslosigkeit, die es ihm nicht im Geringsten erlaubt, Geld bzw. Ansprüche zu emittieren oder etwas zu riskieren, das ihm ein Mehr einbringen könnte.

»Muraschus Söhne«, murmelt er. Gefangen im Immanenzfeld der Disziplin, puh, da sitzt der Tod ihm manchmal schon hart im Nacken, puh, dieses unsichtbare Monstrum, das abwechselnd wütend auf ihn ist oder ihn scheinbar überhaupt nicht zur Kenntnis nimmt. Soweit es seinen gedoubelten Schatten betrifft, ist die Fußfessel nur ein technisches Gerät. Als Freaky Franky vor etwa einer halben Stunde eine weibliche Person der technischen Überwachungsstelle auf seinem Samsung Handy angerufen und die pornographische Frage gestellt hatte: »Warum sind Sie schon da?«, antwortete Freaky Franky nur gelassen, dass, falls Gehirne zukünftig nichts als Amalgame aus Schwarzpulver seien, die diensthabenden Personen bitte nicht versuchen sollten, sich ohne Sprengkapsel an ihnen die Nase abzuputzen, und darauf geriet die Dame natürlich in megahypertonische Aufregung und schlug das Mobiltelefon mal dahin, mal dorthin, wobei Freaky Franky noch einen draufsetzte und furchterregend brüllte, dass der von ihm geäußerte Satz als eine Kompliment zu gelten habe, aber er wolle ja nicht verschweigen, wie viel besser die ihm unbekannte Dame doch beraten wäre, schleunigst nach Hause zu gehen, denn was dabei an Kontrollarbeit ungetan bliebe, werde mehr als aufgewogen durch die komplett inkontinenten oder bösartigen Leistungen, die ja vermieden würden, und wenn sie ihm jetzt nicht ab sofort gehorche, würde er mal kurz vorbeischauen, um ihr beispielsweise in die linke Brust zu pieksen oder sie dauerhaft von der Sauerstoffversorgung abzuschneiden, worauf Freaky Franky nur noch ein dumpfes Batsch am anderen Ende der Leitung hörte und herzensfroh war, endlich in aller Ruhe ein schönes Pfeifchen genmanipulierten Sinsemillas rauchen zu können. Ob er will oder nicht, denkt Freaky Franky, er ist ab sofort für immer eine Art hybrid verwalteter Mobilitätsmaschine, welche mittels der elektronischen Prozeduren des Monitorings, des Taggings oder des Verfahrens des Trackings, der exakten Ortung durch Satellitensysteme, die jede seiner Bewegungen im Raum kontrollieren oder akquirieren, auf die binäre Information Anwesenheit/Abwesenheit (IN/OUT) codiert bleibt. Die komplexe Duftmischung von Räucherstäbchen mit den Noten von Flieder und Mandarine plus dem stechenden Essiggastritisgeruch des abgestandenem Erdbeersekts ist der Hammer. Der Spaß mit Ecstasy, MDMA, Aperol oder Dezeptan etc. wurde wegen des kalten und feuchten Tremors für Freaky Franky irgendwann exponentiell immer weniger Spaß, so dass er Personen, die morgens im Bett neben ihm lagen und die nicht die geringste Ähnlichkeit mit einem ihm bekannten Menschen besaßen, noch nicht einmal anzufassen wagte, um sie vielleicht schleunigst vor die Tür zu setzen, so dass ihm nichts anderes übrig blieb, als immer heimlich und leise aufzustehen und seinen dunkelblauen Baumwollknitteranzug noch ein wenig mehr zu verknittern, bevor er ihn endlich anzog, um schnellstens aus der eigenen Wohnung zu verschwinden. Fast unbemerkt stellte sich nach und nach eine ungeheure Disziplinierung bzw. Unterjochung seiner ohnehin defragmentierten Psyche ein, bis die Droge nur noch für Minuten sein teuflischer Freund war, bevor die Zeit in der brutal lichtlosen Hölle seines Kopfes implodierte, die Folge waren schwärzestes Laisse-Faire, paranoide bzw. monopolare Manie, Hämatemesis, Clusterkopfschmerzen plus unwillkürliches Zittern der Hände und Panikattacken, die die *Suchtmittel* zum Schluss überhaupt nicht mehr lindern konnten und schließlich steigerte die Droge seine schwarzen Fahrten ins Unermessliche, ungebeten und knallhart durchdrangen die Substanzen seinen Truncus cerebi und froren jede seiner Emotionen unerbittlich ein und nicht zuletzt der persistierende Schweiß auf seiner Haut brachte ihn an jenen Punkt, an dem man die Drogen längst fürchten oder gar hassen lernen muss, aber man kommt ja nicht ohne sie aus, obwohl die ironiefreie Krankheit einem ins Gesicht springt oder wahlweise aus dem Gesicht herausstürzt, und, sieht man am frühen Morgen oder mitten in der Nacht in den Spiegel, dann weiß man zu 100%, wer der Herr im Haus ist, der einen mehr untot als lebendig hält.

Freaky Franky versucht diese Jetzt-bin-ich-für-immer-Eingeschlossen-Ausgeschlossen-Litanei im Augenblick ein für allemal abzuwenden und geht in die kleine rechteckige Kochnische, um einen grünen Sencha Tee aufzubrühen, geht zurück ins Wohnzimmer und gießt die Flüssigkeit in eine klobige Keramiktasse ohne Henkel, die links neben dem Endlager von Pfeifen, Pfeifenköpfen, Sieben und leeren schwarzen Schnupftabakdosen auf dem größeren runden Glastisch steht, der das unausgesprochene Zentrum des Raumes ist, die Ankathete, wobei die schwarze Ledercouch die Hypotenuse und der schwarze Ledersessel die Gegenkathete (eines rechtwinkligen Dreiecks) bilden. Die unwesentlich flackernde Tischlampe, die von flimmernden Monitoren dicht umstellt ist, taucht das Zimmer im Moment in ein hellgräuliches, cannabisgetränktes, gedämpftes Licht. So unschlüssig wie heute hat Freaky Franky seinen Pfeifenkopf noch nie gesäubert. Er klopft den Pfeifenkopf mehrmals behäbig gegen die Kante eines gläsernen Aschenbechers, stopft eine kaugummigroße Kugel Knaster hinein, drückt ihn mit dem schwarz lackierten Fingernagel bzw. der Fingerkuppe des rechten Zeigefingers nur allmählich fest, tunkt die Flamme des silbernen Feuerzeugs in den Pfeifenkopf und zieht mehrmals kräftig am angeknabberten Mundstück aus Acryl, während er weiterhin über die intrinsische Wertlosigkeit seiner Dingwelt sinniert, die manchmal mit erbarmungsloser Härte ihre Rechte zu verteidigen weiß und erbarmungslos zurückschlägt.

Auf der Düsseldorfer Straße hört Freaky Franky, der kurz vor dem Verlassen der Wohnung noch mindestens einen Liter dampfend heißer Linsensuppe gelöffelt hat, einen schrillen Schrei, der ungefähr westlich vom Südufer des Mains stammen könnte, vielleicht ein paar hundert Meter westlich des Universitätsklinikums, auf das gerade ein zerebrales Wolkenband drückt, horizontal ineinanderfließende Wolken, die sich nach unten hin öffnen, als würden sie bald ihren inneren Müll ablassen. Freaky Franky beabsichtigt seinen Freund Sidney in der Nähe der Multilounge Chalet am Westhafen zu treffen, von der aus in südliche Richtung eine hyperbolische Steinbrücke auf eine Landzunge führt, die mit topologisch modernen Wohnblöcken mit Blick auf die nördliche Skyline und den Main bebaut ist, ein Mekka aszendierender Investmentbankercliquen und Indossatare, die unter anderem durch die permanente Übertragung von Wechselrechten schiere Vermögensberge in Luxus umschichten, wobei er auf diesen exklusiven Stadtteil höchstwahrscheinlich – er hat es noch nicht ausprobiert – keinen Fuß setzen darf, um darüber hinaus auf keinen Fall das Alarmsystem der Fußfessel zu aktivieren, das dann tierisch Krach machen, das GPS-System informieren und Streifenwagen des städtischen Ordnungsamtes in Bewegung setzen würde, dessen Einsatzzentrale an der Nordwestflanke des zentralen Finanzamtsgebäudes liegt, einen Steinwurf weit vom Gleis1 des Hauptbahnhofs nur entfernt, wo er vor ungefähr zehn Minuten an einer schrägen stadtbekannten Figur namens Snaffu vorbeigeschlendert ist, die eine unglaublich zerknitterte zitronengelbe Skihose sowie eine ockergelbe XXL-Snowboardjacke aus DermizaxTM mitsamt tesafilmverklebter hellroter Baskenmütze trug, und die ihm zwar aufgefallen war, aber er wagte es leider nicht, den Typen anzusprechen. Gehemmt und stimuliert zugleich, synthetisch gemacht, Posttraumaticstressdisorder und irgendwie blackholemäßig in seinem linken Schläfenlappen fallen vor allem die Zeiten der Extremgeschwindigkeit in Freaky Franky hinein, wovon die eine Zeit konstant und langsam ist, dass die Beschleunigung gleich null und die Personen und Dinge mit sehr wenig Bewegungsfreiheit in ihr latent konnektieren, während die andere Zeit so schnell ist, dass alles, selbst das Schwerfälligste und das Behäbigste mit einer irren Beschleunigung auf einer kreisförmigen Bahn rasen und vor Geschwindigkeit aufblitzen, allerdings ohne sich vom Hintergrund lösen zu können.

Freaky Franky verlagert sein ganzes Gewicht auf das rechte Bein, als zeitgleich zwei Männer derart hektisch fulminant um die Ecke scheppern, als würden etliche Polizeieinheiten mit Suchscheinwerfern ihnen im Nacken sitzen. Ein relativ fleischloses neben einem knochenlosen Gesicht, aber wo sind die Zähne? wo sind bloß die Zähne geblieben, schießt es Freaky Franky sofort durch den Kopf, wobei er tatsächlich das naturale Äquivalent oder die Äquivokation des Luxus vermisst, um seinen postoralen Albtraum hinsichtlich blendend weißer Callgirlzähne besänftigen zu können. Der ehemalige Philosophieprofessor mit dem fülligen, grüngrauen Gesicht beugt sich nach vorne und bleckt jetzt ein wenig die gelben Zähne, wobei Freaky Franky einen ungeheuerlich abstoßenden Mundgeruch registriert, der ungefähr von der Schleusenstraße bis zum Hauptbahnhof reicht. Willst du uns eine Fresse machen, fragt der Fliegerbrillenträger Freaky Franky höchst aggressiv (das heißt laut Gombrowicz einen Menschen mit einem anderen Gesicht als seinem eigenen zu versehen, ihn ins Schlechte zu entstellen), während sein voluminöser Partner tief Luft holt und im Zuge dieser einigermaßen drastischen Geste überraschenderweise sagt: »Hören Sie junger Mann, wenn Sie hier Fessel sagen, dann kommt die Fessel auch aus ihrem Mund.« Die Fäden der Eleusinien, das bemerkt Alfons zu Alonso, waren wohl nur symbolische Fesseln, von der rechten Hand zum rechten oder zum linken Fuß fließend, durch den sich die Mysten von den Uneingeweihten unterschieden. Vielleicht haben wir hier jemanden vor uns, sagt Alfons jetzt in Freaky

Frankys Richtung, der die Fesselung als eine süsse Last empfindet, etwas Heiliges, oder wartet er doch nur auf seine Wiederentfesselung? Erneut sind bestialischen Schreie und Rufe vom anderen Mainufer aus zu hören, wie scharfkantige gläserne Einbrüche in das gazeartige Brummen des Stadtverkehrs.

Das von Alonso eindeutig als Zeichen hochgehaltene Taschenbuch, Witold Gombrowiczs Roman *Kosmos*, erweckt bei Freaky Franky sofort die Idee und Lust sich den beiden Männern anzuschließen, womit er bei diesen zunächst nur für kollektive Heiterkeit sorgt, so, als würden sie nichts weniger fürchten als diesem seltsamen Kerl zu folgen, der gerade wieder selbst das dumpfe Gefühl bekommt, als müsse er augenblicklich in die nächste Eckkneipe sprinten, weil der Druck auf den Musculus spinter schnell so ungeheuer nachlässt. Direkt hinter Freaky Frankys Rücken klingen die Schritte abgetretener Cowboystiefel wie ein KlongKlackKlong oder als würden Insekten mit hartem Panzer zermalmt. Eine lange Kolonne Polizeigeländewagen der Marke BMW XDF2 schießt mit krawallträchtigen Sounds vorbei, während ein Hubschrauber mit seinen ungeheuer intensiven Suchscheinwerfern fette Fäden blauweißen Lichts am Himmel versprüht, und während das Gebäude mit den großen runden Fenstern wie überdimensionierte Glasaugen und dem halbkreisförmigen, schwarzen Stahldach, in dem sich im Erdgeschoss die hippe Multilounge Chalet befindet, plötzlich auf die Dreiergruppe heranzustürmen scheint. Ein guter Teil von Alonso leidet regelmäßig unter dem Bedürfnis Menschen auszuknocken, die wie Freaky Franky eine Menge schräger Deklarationen und unbewiesener Implikationen zwischen chatartigen Interjektionen absondern à la was wisse denn Alonso eigentlich über diskontinuierliche Energieniveaus, die wie bei einer Treppe Stufen bilden oder was wisse er über die Furcht vor elektromagnetischen Wellen, die sich mit Lichtgeschwindigkeit ausbreiten, wobei die elektromagnetischen Felder mit ihrer körnigen Struktur in einem komplizierten Verhältnis zu den elektrisch geladenen Teilchen und Wellen stehen, aber habe nicht gerade der Radar bewiesen, dass die Theorie von Maxwell bzw. Hertz da vollkommen ausreichend sei (die Tatsache, dass elektromagnetische Wellen wie Licht von Gegenständen reflektiert werden).

»Nun mal ruhig Junge, bist du überhaupt bereit für ein Streitgespräch über das Wesen der Wahrhaftigkeit?«, unterbricht Alfons, der bisher Freaky Franky mehrmals von oben bis unten gemustert und dabei immer wieder heftig oder usurpatorisch den Kopf geschüttelt hat. »Zuviel Wahrhaftigkeit macht dich fertig, führt paradoxerweise zu Fehleinschätzungen und stopft dich mit Dreck voll, aber noch viel schlimmer ist die Ignoranz, die dir wie in einer Unterdruckkammer langsam die Luft entzieht, dass die Kohlendioxidkonzentration unaufhörlich ansteigt, bis du irgendwann ohnmächtig wirst und elendig erstickst.« »Die optimale Relation, in die sie dich hineindrängen wollen, ist die Nullrelation. Aber jede Zahl ist ein Annäherung an eine andere Zahl, ein magische Zahl gibt es nicht.« Freaky Franky schnalzt ganz perplex über die Eleganz seines Satzes einen Zigarettenstummel weg, schüttelt den Kopf und sagt «Ich darf nicht weiter.« Wenn er jetzt fluchtartig aus seinem Planquadrat ausbricht, aber nicht weil er den Ausbruch beabsichtigt hat, sondern weil er mal stinknormal pissen will, und die nächsten Toiletten liegen nun mal in der Multilounge Chalet (es sind zugegebenermaßen im Feuilleton des Frankfurt Journals haushochgelobte Toiletten, die er schon immer einmal durch seine spezifische Entleerungstechnik modifizieren wollte, aber sie liegen nun einmal außerhalb seines individuellen Sperrbezirkes), dann steht ihm wohl die übelste Hirnstammrutschpartie mit nachfolgendem Absturz ins cortexiale Zentrum der sensorischen Deprivation bevor, und nicht nur das.

Einmal saß Freaky Franky zwei sehr angenehme und dann einen weniger angenehmen Monat in der geschlossenen Abteilung der Psychiatrie in Straßburg ein, bis sich schließlich unverhofft die Möglichkeit zum Ausbruch ergab, nachdem er mehrere Stunden im gewöhnungsbedürftigen, schwarz gestrichenen Raucherraum verbracht und mithilfe von seriellen Kettenrauchen von drei Päckchen roten Gauloises einen schönen dichten Nebel erzeugt hatte, bis selbst die Energischste unter den jungen Krankenpflegerinnen ohne einen SureFire-M1-Infrarot-LED-Illuminator den äußerst (beschwerlichen) Weg hin zu Freaky Franky nicht mehr finden konnte und die Sprinkleranlage nur noch auf ihren Einsatz wartete, während Freaky Franky mit jeder weiteren an- oder abgerauchten Zigarette von Stuhl zu Stuhl im Kreis herum wanderte, bis der spezielle Grenzwert, der das zeitliche Intervall von Stuhl zu Stuhl in Bezug zum Nutzen definierte, schnell gegen Null tendierte, was ihn aber nicht weiter aufregte, weil er nach circa weiteren fünfzehn Minuten auch mit vier leistungsstarken und scharf fokussierenden LED-Taschenlampen überhaupt nicht mehr zu orten war –, und schließlich stachen sich zwei ältere Krankenschwester aus schierer Verzweiflung mit ihren LED-Taschenlampen gegenseitig schrilles Licht in die Augen, wohingegen Freaky Franky längst auf allen Vieren zum Ausgang des Raumes kroch und sofort schnallte, dass jetzt endlich sein Stündchen gekommen war (zwei kleine Vierecke, zusammengefaltete Papiertaschentücher, steckten in seinen beiden Nasenlöchern, um das für ihn typische geräuschvolle und extensive Atmen durch die Nase zu vermeiden), um der psychiatrischen Klinik in Straßburg endgültig zu entkommen, zumal er längst den neuralgischen Punkt der (fehlenden) Bedürfnisbefriedigung eines Polytoxikomansüchigen erreicht hatte, wo eben punktgenau die Affirmation des unerbittlichen, rekursiven Zyklus von Bedürfnis und Befriedigung zwingend geboten war und nach einer wesentlichen nonfiktiven Operation verlangte, die präzise fixiert auch durchgeführt werden musste, um Freaky Franky entweder direkt zum Drogenumschlagplatz No.1 von Straßburg oder zur nächstgelegenen Pharmazie zu geleiten, wobei er – ganz im Bann von generalisierten Entzugssymptomen wie schwere Ataxie, Desorientiertheit und soziale Amnesie, die durch die Einnahme von Benzodiazepinen, besonders Diazepam, die schon in der psychiatrischen Klinik kumulativ gesteigert worden war – nicht im Geringsten mit einberechnet hatte, dass der nordöstliche Trakt des Hauptgebäudes mit seinen diversen Verwaltungsbüros im dritten Stock, den Schlafsälen und Aufenthaltsräumen für die Patienten der Stufe 2aa der geschlossenen Abteilung im zweiten Stock, den Fitnessräumen, Duschbereichen und dem zentralen Behandlungszimmer mit u.a. Magnetresonanztranspirator im ersten Stock, dem mit großflächigen Wandbildern aus der Renaissance und stuckverzierten Decken ausgestatteten Souterrain inklusive der elefantenfarbenen Wände des Mammuteingangsbereiches, einem sphärokubistischen Vorbau, der zum östlich gelegenen Blumenpark führt, dessen hinterer Teil aufgrund seiner üppigen Botanoarchitektur mit botanischen Schießvorrichtungen, in die gemeinerweise Kakteen zum Abschuss gesteckt worden waren, plus den elektrischen Installationen, die eine anorganische Hardware benötigen, und den comicartigen 3D Animationen, dass all das, obwohl in seiner Krypta scheinbar eingeschlossen, für ihn als gemeingefährlich zu gelten hatte, und das nicht wegen der existenziellen Gelegenheit für komplizierte Versteckspiele, denen Freaky Franky in geopolitischer Hinsicht ja auch rein gar nichts entgegenzusetzen hatte, sondern weil man ihn nur an der Nase herumführen würde, Freaky Franky, dem also dieses mit pneumatischen Arterienrohren (scheinbar endlose

Flure) durchzogene zerebrale Bazillus ein unüberwindbares Hindernis war, ein unkontrollierbares Netzwerk, das ihn bis an den Rand des Bewusstlosigkeit kriechen und zirkulieren ließ, um ihn immer wieder zurück in den Raucherraum zu schieben. Als er an der großen Stahltür, die im zweiten Stock einen dunklen engen Flur vom Hauptflur trennte, der zum Essensbereich mit dem großen Speisesaal und den Hochtechnologieküchen führte, so mal herumschnüffelte, während nicht nur seiner eigenen, sondern der toxischen Lunge des gesamten Stockwerks langsam die Luft ausging, weil sich die Absauggebläse wieder einmal als viel zu schwach erwiesen hatten, um den Asbestgestank, diverse Miasmen und schreckliche Krankheitsgerüche zu filtern bzw. zu eliminieren, wurde ihm in einem durch jahrelange Stolichnaya-Wodka-Abstinenz hervorgerufenen retrograden Flashback schlagartig klar, dass er keinerlei Chancen hatte, wenn auch das Spannungsmoment des Versteckspiels nicht zu verachten war, den Ausbruchsversuch erfolgreich abzuschließen. Schlussendlich öffnete die Sprinkleranlage ihre Pforten und durchnässte Freaky Frankys grauenhaft graue Anstaltskleidung bis auf den Körper.

Durch das gelbweiße Straßenlaternenlicht, reflektiert vom Rot der Multilounge, hat das Licht auf der anderen Straßenseite am südwestlichen Mainufer des Westhafens die Farbe von Erdbeeren. Für Freaky Franky besitzt diese Farbe plötzlich etwas so Verheißendes wie etwa popoweiche Feigen, die er so extraordinär gerne mag, während ihn zeitgleich der Gedanke an drohenden Durchfall ziemlich anekelt, womit seltsamerweise der Druck des ubiquitären Pinkelbedürfnisses sowie die Hemispasmen seines Mundes sowie des linken Auges un-erbittlich werden. Er schiebt die Pilotensonnenbrille über die bordeauxrote Baskenmütze und fixiert starr den Eingangsbereich der Multilounge Chalet, als erneut Schreie in der Nähe der Universitätsklinik zu hören sind, die von lautem Autohupen auf total verstopften Kreuzungen schroff absorbiert werden. Alles, was er gerade hört, hat jetzt etwas Anaklastisches, vielleicht ein Zurückbiegen von gesprungenem Glas auf Glas, antiasyndetisch, Glas und nochmals Glas, das Licht von Schminkspiegeln interaktiv reflektiert, oha, jede Geschichte aus der Sicht des Schminkspiegels ist eine Geschichte der allgemeinen Austauschbarkeit, der Prostitution. Der Westhafen riecht nach zerspringender (äonischer) Zeit, als sich Alonsos Augen weiten, subakut, aber was zählt das schon. Dennoch ein Grund für ihn zu furzen. Und keine Zeit, sich jetzt ständig den Puls zu fühlen, wenn er halbwegs betroffen oder besoffen mitansehen muss, wie Freaky Franky mit strikt vertikalen Hüpfbewegungen quasi außer sich hüpft, wobei er wie eine genmutierte Version des Roboters Slinky nach einem Kurzschluss konnektiert, während die Impulserzeugung im Robotertorso scheinbar außer Kontrolle gerät, ohne dass der Roboter seine mechanische Leistungsfähigkeit ganz verliert. Alonso erklärt Freaky Franky, er habe da mal etwas von Joydance gegen Depressionen im Fernsehen gesehen, inspiriert von Hava Nagila, einem traditionellen israelischen Kreistanz, dessen Effektivität mit psychometrischen Instrumenten gemessen werde, und das Gehüpfe à la Sprungfeder habe etwas von einer jämmerlichen Karikatur, während Alfons zwischen Alonsos Bemerkung und dem Ausmaß, in dem das Gehüpfe da gerade an Höhe gewinnt, wobei schwer zu beurteilen ist, ob das da stilisiert oder gekünstelt wirken soll oder einfach aus der Not geboren ist oder eine Not offenbart, sich kurzfristig die Zähne auszubeißen droht. Als Alfons das erste Mal an der Technischen Universität in Berlin den französischen Philosophen Michel Foucault beim TUNIX-Kongress im Jahr 1977 getroffen hatte, wurde er von dem Gefühl heim-gesucht, dass in seinem Kopf eine melonige Glocke klingelt, welche ihn informierte, dass dieser Philosoph ein Genius ist, und nun klingelt wieder diese melonige Glocke in seinem hochroten Schädel, aber die Person, die da vor ihm als der non-kathartische Teil einer banalen Lösung vor ihm auf und ab springt, begreift man vielleicht eher mit der Unterscheidung verrückt oder nicht verrückt, aber dieses verdammte Klingeln im Kopf, das ist seltsamerweise dasselbe.

Freaky Franky hält es jetzt in dieser sensiblen Sache einfach nicht mehr aus, und mit dem Aluminiumwaffenkoffer mit Zahlenschloss in der rechten Hand und der schwarzen Uniformjacke der Roten Armee unter dem Arm, also weit jenseits der Bekleidungsvorschriften für seine montagabendlichen NA-Besuche, überquert er die Straße und geht schnurstracks ins Chalet hinein, frotzelt erst zwei drei Takte mit der jungen, schläfrigen Kellnerin, öffnet dann den Aluminiumwaffenkoffer und schraubt mit aller Seelenruhe drei Teile der Luftdruck-Langwaffe Anschütz Ulm 8002 zusammen (die Anschütz Ulm 8002 hat eine Gesamtlänge von 105 cm, einen Rechts/Links-Nussholz-Auflageschaft mit griffigem Pistolengriff und eine verlängerte Auflagebacke sowie eine rutschfeste Gummikappe sowie eine Spitze, der Freaky Franky gerne den Aufbrechhaken abschleifen würde, wenn er denn im Besitz eines Schleifsteins wäre) und richtet die Waffe zu klatschenden Koitalgeräuschen seines schnaubenden Mundes in die Luft, während er Sekundenbruchteile später ein paar exterritorialisierte, spitze und aufmerksamkeitserheischende Geräusche von sich gibt, die an das kontrahierte, elektronisch verstärkte Quäken eines jungen Froschs erinnern, und schließlich macht er ein paar recht zwingende Schussgeräusche, Peng Peng Peng, bis die hauptsächlich jugendlichen Gäste des Chalet nach und nach in Panik geraten und von ihren Tischen aufspringen und schlagartig den Raum verlassen, aber die junge Kellnerin sieht ihn nur fragend an, so dass Freaky stutzt, wobei ihm nichts Besseres einfällt als unter Zuhilfenahme beider Arme, nachdem er die Luftdruck-Langwaffe Anschütz Ulm 8002 am Tresen abgestellt hat, einige der wahrscheinlich obszönsten Überwachungstechniken/Matrix des deutschen Polizeistaates wie Vorratsdatenspeicherung oder Datenhandschuhe anzuprangern, deren paranoides Datensetting ihm wie das Imprägnieren der Gehirne der Massen durch die Logik des informatorischen Task Forces der Kontrolle hindurch vorkäme, und auch das neue Wachstumsbeschleunigungsgesetz sei ja nichts weiter als ein Gesetz zur ubiquitären Verschuldung, oder denke man mal an die Privatisierung der psychiatrischen und forensischen Kliniken im Bundesland Hessen, den breit angelegten Databases oder den neuartigen Samplings von Individuen als molekular-genetische Einheiten, Inklusions- oder Exklusionsverfahren, deren Materialitäten Chipkarten und Biometrie seien, Freaky Franky benutzt die Worte Informations-Gestapo und Stasiguerilla, und weil er annimmt, ein Schamgefühl erweckt zu haben, was er wohl der Reaktion des Personals, gesenkte Köpfe und ratlose Gesichter entnimmt, schraubt er die Luftdruckwaffe nonchalant wieder auseinander, verstaut die einzelnen Teile im Waffenkoffer und geht zum Tisch der späteren Zeugin Giacconella, die gerade in Anwesenheit des befreundeten Inhabers des Fitnessstudios McFITNESS die Reste Tagliatelle al Salmone isst, und zieht vorsichtig, ja beinahe besinnlich die weiße Tischdecke unter dem Geschirr weg, spricht von Indoktrination im Zuge indiskutabler Furzgeräusche, wickelt sich das Tuch beschaulich wie einen faltenfreien Rock um Hüfte und Becken, während hinter seiner Stirn ein Feuerkranz von Phospenen flimmert, bevor der die polizeilichen Behörden oder Staatsapparate denunzierende Wortschwall erneut lossprudelt und Freaky Franky dabei – laut Zeugenaussagen – einen langen Zollstock, von dessen Existenz er später bei seiner Vernehmung im Polizeipräsidium allerdings nicht mehr das Geringste wissen will, auf die Kellnerin richtet und dabei so tut, als würde er sie auf der Stelle erschießen. (Freaky Franky hat exakt zwei Stunden vor dem Überfallinszenario fünf oder zehn, allerhöchstens zwölf Gramm modriges Kat in seiner Wohnung genüsslich und extrem langsam gekaut, das ihm ein ihm unbekannter Araber im Moseleck geschenkt hatte – es war gerade eine ausreichende Dosis, um in eine subakute manische Phase hinein zu rutschen –, wobei er sich beim Zerschneiden der Stengel einer Rasierklinge bediente, die er zwischen David Marksons und Mark Z. Danielewskis nur in englischer Sprache publizierten Romanen Wittgenstein's Mistress bzw. Only Revolution gebunkert hatte. Vor Wochen schon hatten Repräsentanten einer Untersuchungskommission der psychiatrischen Abteilung der Universitätsklinik Frankfurt unangemeldet geklingelt, als er konzentriert mit besagter Rasierklinge organisches Kokain häckselte, das er schnell noch die Nase hochziehen konnte, bevor er die Wohnungstür mit bepuderter Nase öffnete und mit einer tiefen Verneigung zwei Beamtinnen in sein Reich (O-Ton Freaky Franky) hereinbat. Mehrere Wochen lang sprach er mit vorzüglicher Hochachtung von den beiden Madames, um sich am Morgen jeden Tages gegen 10:30 Uhr auf den Beckenrand eines flachen, rechteckigen Brunnens mit zehn niveaugleichen Edelstahldrüsen in einem Linienréseau in der Nähe des Hauptbahnhofs zu setzen, das eher etwas Netzartiges als Rundes hat, und versuchte dann vorbeieilende oder wahlweise ihn weiträumig ausweichende Straßenteilnehmer oder Schaulustige in Gespräche zu involvieren, was aber meistens misslang. Angeblich hatte Freaky Franky laut Polizeiprotokoll nach dem Besuch der Multilounge Chalet den vergeblichen Versuch unternommen, eine RAL-pulverbeschichtete Stahlbank mit Rückenlehne mit einer kleinen Säge zu zersägen, während er ein vergleichsweise zwangloses Zwiegespräch mit sich selbst führte.)

(Laut Insidergerüchten konnte Dr. Dr. Hanselmann im letzten Jahr 4,2 Millionen Euro an Boni mit nach Hause nehmen. Zwei weitere Kollegen der Esperanto Bank, die über ökonomisch undurchschaubare Kanäle mit Mitarbeitern des Hedgefonds Mansfeld & Mansfeld verflochten waren, lagen für viele der hauseigenen M & A-, Sales- und Brokerage-Leute der Esperanto Bank frustrierenderweise auch weit über der 3 Millionen-Grenze. Genuines Ziel der meisten Broker in den mittleren Ebenen/Segmenten bleibt der Einstieg in die Phalanx der Superreichen bzw. der Anschluss an den über Generationen dynastischen Reichtum vererbenden europäischen Geldadel oder die Schaffung von exklusiven Zugängen zu den durch technische, finanzielle und konsumstrategische Innovationen organisierten New Economy Reichtum, wobei auch durch Korruption gefestigte Oligarchien, die Milliardäre des organisierten Verbrechens nicht gemieden werden, alles in allem Geldmachtapparate, deren Repräsentanten gerne einmal ohne mit der Wimper zu zucken auf einer Sotheby-Auktion Picassos Dora Maar mit Katze für 95,2 Mill. Dollar, einen Monet für 5 Mill. und noch schnell einen Erich Kästner für 4,5 Mill. Dollar ersteigern, obwohl sie sehr wohl wissen, dass der Wert eines Kunstwerkes sich so wenig fixieren lässt, wie man mit der Black-Scholem Formel zukünftige Zinsfüße von Anleihen auf das Komma exakt errechnen kann, zu sehr sind die Kunstwerke wie eben die abgeleiteten Finanzderivate, Kreditierungen und Spekulationen innerhalb bestimmter Fälligkeiten der ins Ungewisse der Zukunft kalkulierten Zeit und somit dem fluktuierenden Sekunden-Preiswandel verfallen. Das Geld ist die Zeit als Maßstab, aber diese hat eben keinen Maßstab und deshalb kann das Geld nicht kalkuliert werden.

Wo Rastertunnel-Mikroskopie unter geopolitischen Gesichtspunkten Abhilfe schaffen soll, um subatomare gesellschaftliche Bewegungen in optische Muster zu übersetzen, da versagen des Öfteren die Ressourcen der Mathematik, der Physik und der ökonomischen Wissenschaften vor allem hinsichtlich der (politischen) Bewertung der kalkulierbaren Risiken kybernetischer Systeme. Es gibt Mikro-Märkte über die sozialen Felder hinweg verstreut, die heute für die ökonomische Theorie nur als sinistre Akteure existieren oder als bloße Abstraktionen, als Fiktionen oder als Modelle der Wahrscheinlichkeitstheorie in den Großraumbüros oder den flaumigen Kuschelbüros von Bangalore bis London. Theoretische Sonden, Testverfahren sondieren seit den 1960er-Jahren das von ökonomischen Wissenschaftlern als *Humankapital* gekennzeichnete menschliche Material, inklusive der Totalerfassung der Marktteilnehmer, das heißt von der genetischen Ausstattung bis zu erlernten Skills oder Kompetenzen, von Gesundheitsrisiken über das Liebes-, Partnerschafts- und Beziehungskapital und unzähligen Liebesderivaten, von (un)-heimlichen Obsessionen wie Extremsportarten im Himalaya oder den aus Raketenabwehrstationen abfliegenden bemannten Shuttles ins Weltall, bis zu den diversen (körperlichen) Vermögen, die von der Kreativindustrie als Ersatzstoffe oder Drogenderivate der Wellness-, Fitness- und Psychoangebote der Enhancement Industrien gehandelt werden, und welche konzentriert und gefiltert als Entwurfsstrategeme für lebenslanges Lernen dienen, der Flexibilität und der Auflösung stabiler Identitäten und Reservationen der Zukunft in ein wolkiges, stets wandelbares Ich. Der Identitätszwang ist dem Zwang zum Nicht-Identischen gewichen. Dr. Dr. Hanselmann hat schon des Öfteren gruppendynamische Selbsterfahrungskurse für die Mitarbeiter der lokalen Esperanto-Institute weltweit verordnet, denn so sehr die neue transglobale, elektronische Finanzökonomie das eigenverantwortliche Empowerment der Individuen voraussetzt, so sehr müssen die therapeutischen Avatare aus der Fantasy-Industrie der Post-Science-

Fiction-Company Dalores jene von ihren Expertenteams selbst diagnostizierte geschäftsmäßige Ich-Schwäche der Mitarbeiter der Esperanto Bank kompensieren, das heißt, eine neue Form der Subjektivierung programmieren bzw. installieren, wo eben Liebe und Passion und Wissenschaft und Recht und Gesundheit und postpostmoderner Geschmack nicht nicht Kapitalien sind. Vielleicht ist die andere, technische Seite dieser Mutation jene Veränderung, mit der der Supercode des Geldes durch den Hypercode digitaler Information abgelöst und partikularisiert wird. Wer zahlt, zahlt auf den Märkten immer noch mit Geld – er bezahlt aber Geld immer schon mit Information.)

»Wenn ich dich richtig verstanden habe«, schnurrt Sam Kimberlay sanft, »dann sollte ich dir noch etwas über das Vorsteuerergebnis des Quartalsberichts 3 und 4 des Jahres 2012 beichten.«

»Das sollten wir kurzfristig suspendieren«, murmelt Dr. Dr. Hanselmann.

»Ach Darling, du wirst immer unzuverlässiger.«

»Das darf doch nicht wahr sein. Ruh dich erstmal ungefähr sieben Tage aus, bevor wir nach Zürich fahren.«

»Und was können wir dagegen tun? Was zu tun ist möglich?«

»Müssten wir morgen nicht bei Roomers ein megaopulentes Mahl mit Rütli & Konsorten wahrnehmen? Werde ich konsequenterweise mal absagen, um nicht zu viel Nähe aufkommen zu lassen. Außerdem habe ich gehört, dass uns deine geliebte Busenfreundin Marlen nicht zum Lobsteressen eingeladen hat. Hure.«

»Du bist manchmal ekelerregend.« Sam Kimberlay riskiert ein angedeutetes Winseln mit zusammengepressten Lippen.

»Ich insistiere schon lange auf ausgeglichene Haushalte,

sowohl bei Staatshaushalten als auch bei Privathaushalten, und das ohne Steuererhöhungen und/oder Scheidungen. Das sind Ziele, für die es sich noch einzusetzen lohnt. Selbst wenn man es historisch zurück bis zum Oikos betrachtet, da ging es ja auch um das Zusammenspiel von Ausgleich und Sitten, da...«

»Ja ich weiß, die Antiken hatten wenigstens noch ein Weltbild. Echte Anliegen und Wünsche. Kein verdorbenes Pack wie ...«

«Wie reizend, das sind sie mal wieder, unsere charmanten Gespräche wie damals im Café Unter den drei Linden. Die Leiche einer Coco fand man übrigens auf der illegalen Müllkippe in der Nähe von Hanau auf dem Weg zur US-Kaserne.«

»Wie das nun wieder klingt. So ungefähr wie deine Sprüche bei der letzten Pressekonferenz.« Sam Kimberlay hüstelt pikiert. »Es wird nächstes Jahr sehr viel weniger Banken geben als heute, aber wir stehen ja gut da, weil wir angeblich keinerlei toxische Papiere im Depot haben.«

»Nicht ganz. Meine Liebe, eine Bank ist nun mal keine Modeschau, wo abgekochte Tussis sitzen und von Gästelisten leben, auf denen ein paar Promis stehen, und wo im Vorfeld darüber gefeilscht wird, wer kommt oder nicht.«

»Das hier. Das hier.«

Wesentlich leiser als beim abgegurgelten Befund hört man jetzt Sam Kimberlay sagen, sei es, sei es, wenn in Zukunft selbst das Frühstück in Zahlen übersetzt oder durch Zahlen instruiert werden würde, dann wäre sie am liebsten jetzt schon tot. Dieser Fall bezöge sich wahrscheinlich auf ihn, sagt Dr. Dr. Hanselmann kleinlaut und beißt sich bei dem Versuch, anschließende Gedanken nicht laut werden zu lassen, fast die Spitze seiner Zunge ab. Seine Welt sei gleichermaßen leer, sprich – etwas übertrieben – entleert von allem Unproduktiven außer von Daten, Informationen und Zahlen, die als Knoten oder poröse Löcher in einem elektronischen Netzwerk existieren, und, er sei ja leider definiert und gefesselt von epistemelogischen Konstruktionen und/oder mathematischen Axiomen. (Dieser abstrakte Sinnreichtum könnte tatsächlich von einer Leere herrühren, bei der die Leerstelle des Sinns ständig neu durch die abstrakte Zahl markiert werden muss.) »Es gab mal den berühmten Ausspruch eines Börsengurus, dass die beste Zeit zum Kaufen diejenige ist, wenn das Blut auf den Straßen nur so spritzt, denn nur wenn es Weltwirtschaftskriege, geopolitische Problemzonen par excellence und saftige Wirtschaftskrisen gibt, nur dann fallen die Preise der Aktien und die cleveren Broker, die an diesem Tiefpunkt kaufen, werden jede Menge Geld scheffeln. Oder die Preise steigen, obwohl gar keine Geldnachfrage vorhanden zu sein scheint. Wenn es nur so einfach wäre, dann ... dann könnten wir endlich den Handel mit unseren Klimaderivaten weiter vorantreiben.« Dr. Dr. Hanselmanns Selbstverständnis bezüglich der globalisierten Finanzpolitik der Esperanto Bank, das lange nicht von allen Beteiligten vor allem in der Spitze der Oligarchie des Unternehmens geteilt wird, sieht vor, die Strategien des multinationalen Konzerns auf die Eroberung eines flexiblen und multivariablen Zentrums abzustimmen bzw. zu orientieren, wenn auch auf Tausende von Computeraugen verteilt, die alles Bildschirme und Monitoren sind. Dass alles mit allem in Beziehung steht qua einem universalen Vermittler, der in der Sprache der Theologen Gott, in der Sprache der Ökonomen Geld, Kredit oder Eigentum heißt, Gott und Geld also Universalien sind, Geld, der calculus rationator der Kommunikation, dessen Sprache nun einmal das Esperanto ist, das steht für Dr. Dr. Hanselmann außer Frage/Zweifel, zumindest wenn er mal wieder von bewusstseinsverändernden Stoffen nicht lassen kann, wobei er dann zumeist in irgendwelchen Hotelzimmern der exklusiven Systemgastronomie der Metropolen der Welt versunken in das ist, was er da gerade bilanzierend in sein Notebook einspeist, womöglich primär auf der Suche nach einer (erlösenden) Zahl, die mehr als auf einen Ort, wo nur der Ort statthat oder auf eine Differenz in einem Meer von Differenzen (auf die Überfülle des Sinns) abzielt, so denkt er sich das jedenfalls, wenn er wieder mal ein bisschen größenwahnsinnig und abstrakt-exakt zugleich wird. Wenn er am liebsten das phasenweise aktualisierte Begehren sich zu verstecken, und zwar aus dem tiefen Bedürfnis heraus, Frauen ebenso wie männlichen Geschäftspartnern gegenüber den Anschein zu erwecken, er besäße ja die Souveränität, sich keine Gedanken darum zu machen, welchen Anschein er diesen Leuten gegenüber erweckt, gerne auf ewig umpolen würde, so dass jede seiner eigenen Fehlentscheidungen an Bedeutung verlieren oder sogar zu einer Identifizierung seiner selbst mit Entschlussfreudigkeit und medienwirksamer Präsenz mutieren würde, was im Inneren der Machtzentren ja nun mal auch an der Tagesordnung ist. Dr. Dr. Hanselmann erinnert sich, während er teilnahmslos in einem medizinischen Fachkompendium blättert, das rechts neben seinem Laptop auf dem Schreibtisch liegt, wie er anlässlich der letzten Klimakonferenz der sechzehn experialistischen Staaten vor einem exklusiven ökonomisch interessierten Fachpublikum einen Vortrag hielt, der ungefähr so ging: Sie haben im festen Vertrauen darauf, dass alle prognostizierten und retardierten Klimaziele seitens wissenschaftlicher Fachkreise nichts fruchten und die Erderwärmung unaufhaltsam weiter voranschreitet, klugerweise ein Langfrist-Investment in sibirische oder nordfinnische Ländereien, die in Premiumlagen über ausgezeichnete Permafrostboden verfügen, abgeschlossen, und nun machen sie sich auch angesichts der neu aufkeimenden Multitude von Globalisierungsgegnern ernsthaft Gedanken und wollen sich also über einen Fonds unserer Bank absichern, dass es nicht zu bösen Überraschungen kommt, etwa auch in Form ausbleibender

Hitzewellen oder einem kontinuierlichen, allerdings viel zu geringen Anstieg der Durchschnittstemperatur um vielleicht nur 0,005 Grad Celsius pro Jahr. Oder sie finden warm eben einfach besser als kalt – auch für die ganze Welt? Oder sie glauben, dass die anderen mit ihren Klima-Wetten völlig falsch liegen? Die Bank ihres Vertrauens, unsere Esperanto Bank wird Ihnen so oder so ein maßgescheidertes Zertifikat anbieten können. Einen Climatic Default Swap. Ihm schaudert jetzt bei dem Gedanken. »Mensch Hansi, mach doch nicht so'n Gesicht. I like your face. An die Konferenz kann ich mich jedenfalls noch gut erinnern.« »Ich weiß nicht, ob ich das gut finden soll oder nicht. Jedenfalls war die Verpflichtung dieses Philosophiegurus als Hauptredner, der in jedem zweiten Satz davon sprach, dass man, um sozusagen Land zu gewinnen, zwischen Heterotechnik und Homöotechnik zu unterscheiden hat, wobei die erste Technik angeblich auf Prozeduren der Naturvergewaltigung und der Naturüberlistung beruht, die zweite dagegen auf Prozeduren der Naturnachahmung sowie der Fortführung natürlicher Produktionsprinzipien mithilfe artifizieller Verfahren – okay, ungefähr war der Vortrag ein redundanter Fake. Wir würden angeblich erfahren, was der Erdkörper kann, sobald die Menschen im Umgang mit ihm von Ausbeutung auf Koproduktion umstellen, na ja, die Frage, ob von nun an die Natur als Rechtssubjekt eine eigene Stimme erhalten muss, blieb im Wesentlichen unbeantwortet.« Sam Kimberlay sieht ihren Vorgesetzten fast etwas zu unglaubwürdig an, so scheint es jedenfalls. »Ich bitte dich, die Analyse galt doch der Frage, ob es Objekte gibt, die weder wahr noch falsch sind, sondern im Dazwischen existieren, in die Experimente quasi eingelassen, wenn ich es recht verstanden habe. Dinge, die auf ihr Recht, als Akteur wahrgenommen zu werden, warten oder sogar pochen.« Dr. Dr. Hanselmann tut so, als hätte er Sam Kimberlays letzte Äußerung geflissentlich überhört, sucht in Wahrheit aber verzweifelt nach einer Antwort. »Das klingt alles sehr abstrakt, nein, ich denke fern von dem, was uns als Bank interessieren könnte.«

Normalerweise würde jetzt Sam Kimberlay mit den Achseln zucken, aber die Schräglage ihres Kopfes, der auf der am oberen Drittel zu 30 Grad nach oben gestuften Designerliege in Dr. Dr. Hanselmanns weitläufigem Büroraum bequem ruht, verführt sie nur zu einem kurzen konzentrierten Kopfnicken, während sich der Banker andauernd mit der linken Hand über den kantigen Kiefer fährt und sagt, noch nie hätte er sich mit häuslichen Erinnerungen in epischer Breite anfreunden können oder hätte irgendwann beispielsweise während seines zweisemestrigen Studienaufenthaltes an der European Business School im Rheingau oder während der diversen Praktika in Boston und Vancouver etwa nach Familiensurrogaten oder befreundeten Berufscliquen verzweifelt gesucht, sein Gedächtnis wäre in dieser Beziehung nie besonders freundlich gewesen, sondern ihm immer feindlich gesinnt, und er arbeite ja nicht an einer exakten Nachbildung der Vergangenheit, und dass, indem er das nicht tue, er ganz gewiss in der Gegenwart die vergangene Überlegung eines zukünftigen großen Clous reproduzieren könne, noch nicht einmal das, er arbeite einfach an der kompletten Beseitigung aller Fehler der Vergangenheit, ja, bloß, um ohne jede Zweifelsvermutungen über irgendwelche Hindernisse zum nächsten Plateau voranzukommen, und dabei wäre er schon immer ein heißsporniger Verräter gewesen, wenn es denn auf den exponentiellen Vertikalanstieg überhaupt noch ankäme, aber er sei keiner von der durchschnittlichen Sorte Agent, wie solche nach dem Fall des Sowjetregimes, die plötzlich alle arbeitslos und zu Verrätern geworden wären und jetzt alle wieder Arbeit und mehr zu tun hätten als je zuvor, nur, dass sie jetzt für kriminelle Rackets oder organisierte Banden arbeiten würden, Drogenschmuggler, Fälscher, Geldwäscher, Waffenhändler, Menschenschmuggler. Mörder. Politiker. Sie alle bräuchten Informationen, verlässliche Informationen, und bei dieser Sorte Verräter sei die Loyalität schlichtweg eine Frage des Angebots, ihm dagegen ginge es vielmehr um das exakte Framing oder die gewissenhaft ethisch orientierte Expertise und die verantwortungsvolle Selbstverwertung im Dienst der Sache, ja der Sache selbst, vielleicht sogar posthegelianisch. Er bekenne sich zu den apostrophischen Akten der Befreiung, und er frage sich manchmal, wie es mit Sams Arrhythmie denn so aussehe, denn der Verrat dürfe nicht zur fixen Idee, zur Obsession werden, ah, immer noch deutlich sichtbare Blepharospasmen, aha, ansonsten sei ihre Circumoralmuskulatur ja ganz okay, unausstehlich erotisierend, irgendwie empyreisch, nun ja der Kampf um Anerkennung offenbare sich bei ihr zu oft als die Manie repräsentiert zu werden oder zu repräsentieren, aber darum ginge es ihm ja auch nicht, nein nein und nochmal nein, auch nicht um die blöden Klischees um die Objektivität bzw. Gleichgewichtsfunktionen ökonomischer Prozesse, denn, denn mikro- und makroökonomische Marktmodelle jenseits der Perspektiven der Erlösung seien nie sein Ding gewesen, der Ort der Macht sei nicht leer, weil angeblich niemand die Macht legitimerweise für sich beanspruchen könne, der Ort der Macht sei vielmehr statistisch, berechenbar, Stichproben, Märkte, Banken, nun ja. Mit diesem ihrer Meinung nach komplett stupurösen Monolog verliert Dr. Dr. Hanselmann vollends Sam Kimberlays Aufmerksamkeit. (Alles Geschriebene oder Gesagte muss wie ein Anfang gelesen oder gehört werden und nicht nach den Berechnungen des Gebrauchs, des Nutzens oder der Abnutzung.) Seine Blindfischgesichtigkeit, quasi gefestigt durch sein isometrisches Muskeltraining erinnert sie augenblicklich wieder zähneknirschend daran, dass hier wieder einmal in gewisser Weise eine affektiv/sexuell motivierte Beziehung, die in gewissem Sinn ja gar nicht stattgefunden hat, einfach ausgeblendet werden muss, aber irgendetwas rumort ihn ihr, das bis zum Scheitelpunkt ihrer psychoemotionalen Parabel verhindert, dass geliebte oder ungeliebte Erinnerungen einfach gelöscht oder zumindest retouchiert werden können. Wenn sie jetzt die Wahl hätte, zu wählen ...

Draußen im Flur wartet schon ungeduldig vor der Tür hin und her laufend der firmeneigene Fahrer von Dr. Dr. Hanselmann und sagt andauernd Entschuldigung, wenn er sich eine Zigarette anzündet oder wenn er die Zigarette beim Vorbeigehen eines Mitarbeiters auf der Zigarettenschachtel ausdrücken muss, und senkt dabei kleinlaut den hochroten, fulminanten Schädel, auch was den Radius angeht, nimmt aber zwei Augenblicke weiter schon wieder die dogmatisch starre, ja perfekte Horizontalkopfhaltung eines gewissenhaften Chauffeurs eines Großbankers vom Range eines Dr. Dr. Hanselmann ein. Im gefliesten, quadratischen, großflächigen Hinterhof der Esperanto Bank findet Dr. Dr. Hanselmann gemeinsam mit seinem Chauffeur in der Nähe der drei großen blauen Plastikmüllcontainer zwei stark zerfledderte Kopien des vor kurzem erschienenen neuen Buches von George Soros, dessen Hardcover höchstwahrscheinlich unbekannte Kakerlakenstämme stark angefressen haben, woraufhin Dr. Dr. Hanselmann sicherheitshalber mit dem Iphone das städtische Amt für Sprengstoffüberwachung, Müllbeseitigung und urbane Terrorismusbekämpfung anklingelt, mit der Absicht die beiden dubiosen, ja schon Fragmente von einem Buch in den Laboren des Fresenius-Instituts in Bad Homburg auf Schad- und Kampfstoffe untersuchen zu lassen, um dann unter Umständen ein Verfahren gegen x-beliebige örtliche Hartz4-Anarchisten einzuleiten, und das Gerichtsverfahren unter Umständen durch Korruption oder Bestechung des zuständigen Richters abzukürzen und das möglicherweise in der Öffentlichkeit umstrittene Urteil mit Hilfe einer Powerkampagne der Marketingagentur H.O.M.O. und unter dem Einsatz quasi militärstrategischer Mittel nachträglich noch legitimieren, wenn nicht romantisieren zu lassen. Dr. Dr. Hanselmann geht mit quasimilitärischen Schritten durch den quadratischen Hof, allerdings ohne seinen schwarzen Schicksalsregenschirm, stattdessen mit zwei ausgedienten tubularen Lampen aus der 32. Etage des Gebäudes in der Hand. Die Farbe des Apfels, den er wie ein erstrahlendes Weihnachtsgeschenk im Antlitz seines Hauptes aufhebt, ist leuchtend grasgrün, mmh, seltsam angular ist das Teil und die Pulpa ist beinahe hart wie Stahl. Vor dem breiten Eingang mit automatischen Schiebetorantrieb lungert eine kleine Gruppe X-Scientists (oder sind es Gechippte?) in bis auf eine Ausnahme limonengrünen Mänteln und schwarzen Motorradhelmen herum, auf denen ein großes A in Weiß aufgemalt ist, die Typen feuern wohl total unter dem Einfluss der perzeptuellen Illogik bzw. A-Logik verrückt gewordener Aufständischer handelnd, so wenigstens die Meinung Dr. Dr. Hanselmanns, ein paar Laserguns ab, was die gegenwärtige, eigentlich problemlose Situation auf dem Hinterhof mit einem Schlag sozusagen erheblich komplexifizieren könnte, besonders auch, als der Apfel sich zumindest aus der Perspektive bzw. des Gesichtspunktes des Chauffeurs als billigste Bombenattrappe entpuppt. Ein junger Aufständischer, in dem sich Dr. Dr. Hanselmann irgendwie wiederkennt, weil jener wie er selbst eher groß als untersetzt ist, trägt auf seinem kinnlangen, rechts und links des Kopfes gescheitelten Haar eine schwarze Pudelmütze ohne Bommel, die etwas provozierend Kaffeekannenwärmerartiges hat, dem Typen aber paradoxerweise einigermaßen gut steht. Die politisch korrekte Bomberjacke ist so schwarz wie die aufgeplusterte Kampftrainingshose, und der Typ trägt natürlich Springerstiefel mit Stahlkappe. Der Typ schreit: »Radiert ihm seinen

Kopf weg da, das wollen wir haben.« Es handelt sich bei der Gruppe um harmlose, ultrafunkulare Brillenschlangenninjas, die so schnell sie gekommen, auch schon wieder verschwunden sind. Vielleicht funken die Typen paralinguistisch aus einer hereinbrechenden Zukunft, denkt Dr. Dr. Hanselmann, in dem ihr Körperhirn in einem Schleimschwall die ganze Metaphysik der Weltgeschichte aus sich herausspeit, schutzlos, ohne Nasenlider, dem Geruch der Panik hilflos ausgeliefert. (Das Paradox verweist weder auf Wirkliches, noch auf Mögliches, sondern auf Virtuelles. Weil man ein Ziel verfolgt, aber alles anders kommt, weil ohne das Verfolgen des Ziels alles noch viel anders gekommen oder gar nichts passiert wäre, gibt es anscheinend paradoxale Kausalketten, wo Ereignisse auf andere Ereignisse als ihre fiktive Quasi-Ursache verweisen, angeschoben von einem selbst paradoxen Element, das stets verschoben und als zufälliger Punkt eingreift und für unendliche, nicht im Voraus bestimmte Wirkungsketten sorgt. Nur so kann man erklären, dass einem jungen Rebellen so ziemlich alles auf provozierend-paradoxe Weise unverschämt gut steht.)

Es hat sehr viel Paradoxes an sich (im voraus schon gegeben), als am Montagmorgen, den 23.4.2013 um 10:30 Uhr, als das schwarzgelbe Firmentaxi von Dr. Dr. Hanselmann in einer halbscharfen Linkskurve am Südwestrand der Innenstadt in der Nähe des Mains von einem gepanzerten Geldtransporter der Esperanto Bank geschnitten wird und das rechte Vorderrad des Taxis den Bordstein streift, so dass der Taxifahrer kurzfristig die Kontrolle über das Fahrzeug verliert und exponentiell panisch auf die Bremse tritt, während der Geldtransporter sich verkehrsbedrohend querstellt und prompt ein Lieferwagen der asiatischen Firma Kikoman frontal auf ihn auffährt. Der Aufprall würgt die Motoren der beiden Lieferwagen ab, während das Mercedestaxi nach einem längeren Schleifgeräusch der linken Vorderachse auf dem gepflasterten

Bürgersteig abrupt stehenbleibt. Der langhaarige Chauffeur drischt mehrmals mit der geballten Faust auf das Armaturenbrett, schreit mehrmal »Shit«, ist sich also im Klaren über die Unmöglichkeit, hier mit etwas Fantasie noch etwas ausrichten zu können, schnappt vehement nach Luft und öffnet dann mit Vehemenz die linke Vordertür und steigt abrupt aus, als schon rosagraue Dämpfe unter dem Geldtransporter ziemlich gefährlich hervorwabern. Dr. Dr. Hanselmann auf dem Rücksitz des Taxis reagiert gereizt, sagt sich, dass er jetzt auf keinen Fall ein Risiko eingehen könne und dass das Prinzip, zuerst sich selbst, um dann andere zu belügen, ihm noch nie eingeleucht habe.

An diesem späten Morgen will er noch eine große Summe Geldes bei der Europäischen Zentralbank (EZB) abheben, und er kann gerade jetzt, nachdem er der Marketing Agentur H.O.M.O. im Westteil der Stadt einen Kurzbesuch abgestattet hat, Verzögerungen jedweder Art kaum gebrauchen. Nervös zupft er am Saum der ockerfarbenen Tweedjacke und der schwarzrot karierten Krawatte, in deren Stoff aus feiner Seide drei kleine Tsavorit-Granat-Steine eingestickt sind – sein Geheimnis –, er überlegt zwanghaft, während sich beim sehr tiefen Luftholen der schwarze Vorhang konvex verformt, ob er nicht doch aussteigen soll, um den Weg zum Esperanto-Building zu Fuß zurück zu legen, aber letzte Nacht schon war er in der City allein unterwegs gewesen, unbegleitet, und, obwohl er kaum als Dr. Dr. Hanselmann zu identifizieren, weil er mit einem qualitätslosen, befleckten Regenmantel aus einem Versandhaus-Katalog sowie überdimensionierter Sonnenbrille bekleidet war, fühlte er sich streckenweise disseminiert, zerrissen, verfolgt und beobachtet, wobei ihn praktisch fast jeder herumstreunende Straßenköter vor allem im Bahnhofsviertel besonders aggressiv und wutentbrannt anklaffte, wo ihn auch zu allem Unglück eine Gruppe von Sexworkerinnen um die

Prostituierte Spanien mit ihrer spezifisch aufdringlichen Art der Begleitung, einem flatuleszierenden Erotikservice des monetär induzierten Liebesdienstes, als besonders kreditwürdig bzw. teuer empfand, um ihn kurz vor dem Intercontinental-Hotel aufzufordern, jetzt mal subito drei grüne Scheine rauszurücken, ansonsten würde man ihn wegen Körperverletzung, Beleidigung und so im Polizeirevier in der Gutleutstraße auf der Stelle anzeigen.

Dr. Dr. Hanselmann runzelt mehrmals in hochemotionaler Sorge um den bevorstehenden Geldtransfer zwischen EZB und Esperanto Bank die feuchte Stirn, sagt sich, dass er nicht aus purer Angst hier im Wageninneren etwa wie ein Kaninchen auf den Biss der Schlange warten kann, der katatonische Starrblick vor Todesangst betäubt und die Zerebralbahnen des Gehirns schon längst zerschnitten. Entschlossen greift er nach seinen Pelzmantel, steigt aus und überquert kommentarlos zwischen Lieferwagen, PKWs und Polizeiwagen den Untermainkai und spurtet ein bisschen, bis er die Flusspromenade an der Nizza erreicht, von wo aus die Entfernung zum Esperanto-Building nur noch ca. 200 Meter beträgt.

Aus irgendeinem Grund ihm gänzlich unbekannten Grund weckt der zackig nach vorne schreitende Banker sofort die Aufmerksamkeit eines kläffenden, kleinen Pitbullterriers, der ständig über eine schlaffe Lederleine sowie um das leicht schläfrige Herrchen tanzt, das (unbeholfener) Eigentümer einer kleinen Tabledance-Bar in der Elbestraße ist, wobei das ganz im Gegensatz zum Eigentümer wildgewordene Tier, falls es tatsächlich seiner Intention folgen sollte, den Banker als ein feindliches Objekt zu identifizieren oder zu territorialisieren, im Augenblick für Dr. Dr. Hanselmann fast unmöglich lösbare Komplikationen der Selbstverwertung heraufbeschwören könnte, der Banker, der sofort erkennt, dass seine Person, wenn sie nun im Windschatten anderer Personen geht, die Wahrscheinlichkeit zu 90% reduzieren wird, Opfer eines sicherlich schmerzhaften, wilden – wilden wie Schaum vor dem Mund – Angriffs seitens eines Pitbullterriers zu werden. Weil schon ein paar Mal zwei Männer mit jeweils zwei Alditüten schwingend in seinem rechten Gesichtsfeld aufgetaucht waren, die als Angriffsobjekte für so einen Hund mit Raubtierqualitäten garantiert eher taugen würden als eine Person von öffentlichem/machtpolitischem/biopolitischem Interesse wie er, spinnt er den Gedanken unentwegt fort. Dr. Dr. Hanselmann könnte aber eventuell auch im voraus schon quasi ekstatisch um Hilfe schreien oder etwa einen Filmriss vortäuschen oder sich im Blackout ekstatisch oder suizidal mitsamt dem Pelzmantel in den Main stürzen, denn es macht ja keinen Sinn, sich hier als Machthaber der Esperanto Bank darzustellen, aber all das wäre weder sonderlich originell noch ein Zeichen von ausgebuffter Souveränität, aber wenn rein gar nichts geschähe, käme das im immer dichter werdenden Assoziationsnebel seines Gehirns einem unglaublichen Armutszeugnis für einen prometheischen Menschen im Kampf gegen die parasitären Schmeißfliegen oben wie unten gleich, wobei er at once gerne in einer Art lähmender Depression glasklarer Ätiologie zwei Stunden in seiner Hotelsuite im Intercontinental auf dem Doppelbett liegen würde, um einen Cognac oder Scotch zu trinken, während er mindestens drei immens wichtige Termine in seinem Office verpasst.

Der Pitbullterrier rast im Moment immer wieder böse knurrend bis ans Ende der ausziehbaren Hundeleine, steigt dabei mit den Vorderbeinen steil auf und zeigt den furchterregenden Kiefer eben eines Kampfhundes, dessen potenzielle Bissstärke ein noch furchterregenderes Knurren und Bautzen begleitet, der Hund tatzt mit den Hinterpfoten auf die feuchte Grasfläche ein, bevor er, ohne sich mit der Hundeleine zu verknoten, in Spiralen um die eigene Körperachse dreht, und tatsächlich reißt sich das Vieh irgendwann von seinem Herrchen los, um mit großen Sprüngen sowie lautem Keuchen und wie besessen in südliche Richtung flussaufwärts zu rasen, wo Dr. Dr. Hanselmann im Kontext einer rituellen Aphasie, die einem in Panik ja mal so überkommen kann, direkt hinter einem Alditütenträger mit Fliegerbrille und lehmgelben Strohhut Platz genommen hat, wobei er sich duckt und wie jemand kauert, der tief im Inneren wohl spürt, dass da einer der bisher dunkelsten Momente seines Lebens heranzubrausen droht, während der Alditütenträger Alonso den flachsblonden, hageren Typen weitgehend ignoriert, stattdessen mit einer gefüllten Alditüte in der ausgestreckten Hand auf das Wohnheim hinter der Universitätsklinik bzw. die Glasfassaden der seriell angelegten Allianz-Versicherungsgebäude am gegenüberliegenden Mainufer sowie auf die Museumskette vom Liebighaus über das Städel bis zum Filmmuseum am südlichen Mainufer deutet, dabei den schwarzen Linienbus 14/6 sowie zwei Fahrzeuge des Roten Kreuzes erwähnt, plus die wunderbaren Akkordeonklänge, die von der Fußgängerbrücke am Holbeinsteg kommen müssen, was beweist, wie realitätskompatibel und -konnektiert dieser Mann doch wirklich ist. Das totale Erwachen ergibt sich für Alonso nicht aus dem Quietschen der Vorderreifen eines Geländejeeps und dem anschließenden fulminanten Crashgeräusch, sondern aus der abrupten Plötzlichkeit, mit der ein irre lautes Kläffen eines Hundes seine Haaressinneszellen zu beschädigen und seinen auditorischen Kortex zu konfusionieren droht, so dass er sich mit ein paar großen Schritten von dem inzwischen knieenden und fast betenden Banker löst, um im angezogenen Spurt an unwahrscheinlicher Beschleunigung zu gewinnen und zeitgleich mit dem Pitbullterrier zum Sprung anzusetzen, Mensch und Tier gleiten durch die Luft, wobei der Pitbullterrier mit ausgefahrenen Vorderbeinen und gebleckter Schnauze die parabolische Flugbahn einer Leuchtrakete ansteuert, während Alonsos Körper in der Art eines Taekwondokämpfers mit einer hervorragenden Flugstoßdynamik durch die Luft fliegt, die ihr Qi zur vollen Entfaltung bringt, d.h. er fährt mit sagenhafter Plötzlichkeit die springerbestiefelten Beine aus, um sie in Flip-Flop Bewegung zu versetzen, wodurch sein Flugkörper insgesamt etwas Schattenboxerhaftes bekommt, bis der Stahlabsatz seines rechten Springerstiefels im halbkreisförmigen Bogen pfeilschnell gegen die Genickfalte/Unterleib des fliegenden Pitbullterriers kracht, wodurch dessen Flugbahn geringfügig getriggert wird, während der Hund weiter verzweifelt mit den Vorderpfoten auf die leere Luft eintatzt, um dann frontal mit der Schnauze gegen ein Baumstamm zu knallen, worauf der geschmeidige Körper leblos in eine Pfütze schmutzigen Regenwassers platscht. Die Vorderbeine des Pitbullterriers vollführen noch ein paar nutzlose Paddelbewegungen, während sein Kiefer zittrig ohne sich zu öffnen in seinem Kopf rumzuckt, bevor der Hundekörper endgültig schlaff und echt wie tot daliegt, an einem strahlenden Frühlingsmorgen im April des Jahres 2013. Unbewusst ist Dr. Dr. Hanselmann, der nun im Windschatten des weitaus voluminöseren Körpers des anderen Alditütenträgers kauert, ein leises Gott sei Dank gelungen bzw. entwichen.

Der ganze Uferweg sowie ein Teil der sattgrünen Rasenfläche ist jetzt mit neugierigen Zuschauern, Hartz4-Empfängern, Migranten, Hundebesitzern, Rentnern, Gelangweilten und den Angestellten aus dem quer gegenüberliegenden, futuristischen IG Metall-Gewerkschaftshaus bevölkert, während der Besitzer des Pitbullterriers ratlos vor sich hin keucht, während er vor dem fast reglosen, ab und an leicht zuckenden Rumpf des Hundes steht, wie man eben vor einem Sarg steht, die Hände schlicht gefaltet und das Gesicht voll auf Trauer ausgerichtet, und das ausschließlich für ihn selbst – die Augenblicke dehnen sich –, bis der weitgehend ratlose Besitzer allmählich eine würgende Zitherie/Aphasie am ganzen Körper verspürt und das liebevoll zubereitete amerikanische Frühstück seiner Freundin Lee in rauen Mengen über den (Ex?-)Hund erbricht. Freaky Franky, der die Szene auf einer Parkbank sitzend & in Slow Motion Manier Pfeife rauchend, bewusst aufmerksam verfolgt bzw. beobachtet hat, erinnert sich plötzlich wieder an die seltsame Existenz des Schmerzes in extremsten Paniksituationen, einer fast fiktiven eigenen Welt als schlechte Möglichkeit, in der sowohl der Horror als auch die Ekstase ihre Klingen kreuzen, eine Pathologie, die er oft nur mit einem unglücklichen Mix aus Cannabis, diversen Seditativa und Tranquilizern bekämpfen konnte, um sein zelluläres und zynisches oder sein Remake-Selbst, je nachdem, halbwegs zufriedenzustellen. Freaky Franky sieht wie Dr. Dr. Hanselmann auf den nun hemmungslos weinenden Besitzer zugeht, um ihm kurz und sachlich zu kondulieren und sich sofort wieder abzuwenden und auf einen bis über beide Ohren strahlenden Alonso zuzugehen, der, leicht den Oberkörper nach vorne gebeugt, mit beiden Händen seine Camouflagehose bürstet. Direkt vor ihm stoppt Dr. Dr. Hanselmann und umarmt den armen Kerl, während der singende bzw. schluchzende Hundebesitzer ein paar Meter weiter auf die Knie sinkt und sich nach vorne beugt, als würde er am liebsten in seiner eigenen Kotze baden.

Dr. Dr. Hanselmann tippt wieder einmal seinen Nutzernamen und sein Passwort in die Maske auf dem Bildschirn von Laptop 4/5 ein. Gefährliche Mobilfunkwellen jagen mitten durch das Gehirn des Aufsichtsratsmitgliedes der Esperanto Bank, der ca. 90 Minuten nach dem schrecklichen Zwischenfall am Mainufer selbst für seine Chefsekretärin Arlene nicht ganz so souverän und präsidial rüberkommt wie sonst. Der entschieden aufatmet, als er im elektronischen System der Europäischen Zentralbank endlich drin ist und den Befehl zum Kaufen geben kann. Wie ein waschechter Cyberclown formatiert sich er sich mal wieder, denkt seine Chefsekretärin Arlene beim Hinausgehen und schlägt die Tür unwirsch hinter sich zu. Dr. Dr. Hanselmann gibt den gewünschten Geldbetrag ein, 240 Millionen Euro, eine Zahl mit acht Nullen, und setzt sich selbst mit der rechten Faust eine so übertrieben harte Kopfnuss an die rechte Schläfe, dass ihm für einen Augenblick echt schwindlig wird, während er immer noch bei Allah hoch und heilig schwört, dass er heute in Hinsicht auf schnelle Erkennbarkeit komplexer Situation ein paar wichtige Entscheidungen treffen wird, die der Korrektheit der technischen Analyse von beispielsweise Candlestick-Formationen, eine praktisch unerschöpfliche Datenressource, die die verschiedenen Phasen der Kursbewegung einer Aktie visuell repräsentiert, Schwankungsbreiten von Hoch- und Tiefkursen, in nichts nachstehen wird und nur deshalb lehnt er sich in seinem ergonomischen Ledersessel äußerst gefühlvoll und zufrieden zurück. Die nach Meinung Sam Kimberlays vivisektierenden Ergebnisse einer Studie von Wissenschaftlern der University of British Columbia und der Harvard Business School mit dem Titel »From Wealth to Well-Being? Money Matters, But Less Than People Think«, welche im Jahr 2012 in der Zeitschrift *Journal of Positive Psychology* veröffentlicht worden war, hält er für totalen Blödsinn, wobei die doch höchst ideologisch aufgeladene Aussage, dass die Aussicht auf viel Geld die Genussfähigkeit des Menschen zu 96% einschränkt und die Begierden multipliziert, um damit eine destruktive Dynamik der immer schneller konnektierenden konjunktiven und disjunktiven Wunschmaschinen sowie eben sinkender Zufriedenheitsformung bei den Akteuren freizusetzen (wie eben auch die Geldströme als elektronische Impulse und universelle Bits eben potenziell unendlich sind), nicht ganz von der Hand zu weisen ist.

Um 12:23 Uhr bekommt Dr. Dr. Hanselmann endlich die (erlösende) Nachricht: Das Geld ist bereits unterwegs, tranchiert, 2/3 zur Hauptzentrale und 1/3 über komplizierte virtuelle Umwege in das Offshore Zentrum Cayman Inseln, zu 0,25% Zinsen pro Jahr (840 Milliarden Euro erhalten im Moment deutsche und europäische Banken direkt vom Staat, was ca. 50% der jährlichen Steuereinnahmen des deutschen Staates entspricht, als müsse der Staat wie ein Notarzt mit tausenden Gypergeräten elektrischen Strom in das erschlaffte Megaherz der Banken jagen). Dr. Dr. Hanselmann steht schroff auf, geht zur nördlichen Außenwand seines quadratischen Büroraumes mit Badezimmer im 39. Stock des Esperanto-Buildings, schreitet die mannshohe circa zehn Meter lange Panoramascheibe mit Sicht auf die nordwestlich gelegenen Tower der EZB, der Commerzbank und der Deutschen Bank mehrmals sowohl rigide und als auch zufrieden ab. Unwillkürlich lockert er die Krawatte und exekutiert exakt 7,5 Minuten isometrische Gesichtsmuskelübungen, während Fetzen geschmierten, albernen Moderatorengequatsches auf FFH2 leise aus einem kleinen weißen Radiogerät dringen, während zeitgleich in einem Großraumbüro im vierten Stock des EZB-Gebäudes, das Luftlinie ungefähr dreihundert Meter entfernt liegt, zwei junge Männer wie festzementiert an ihren Arbeitsplätzen sitzen, umgeben von Kinderfotos, Stofftieren und Blumensträußen, wobei Firmennamen & Logos von links nach rechts über die Bildschirme wandern, Westdeutsche Landesbank, Hypo Real Estate, die griechische Bank Emporiki und so weiter. Um kurz nach halb eins drückt einer der beiden Männer einen blauen Plastikknopf und zwanzig Seiten Protokolle für das Präsidium der Zentralbank werden rasch aus dem HP-Drucker geschoben. Das Dokument einer weißen Geldentstehung (ex nihilo?). (Am Beginn einer jeden Geldkette wird eine Summe scheinbar ohne Eigentümer geschöpft. Das

Geld scheint nur gewissermaßen vom Himmel gefallen – für den größten Teil der postexperialistischen Welt ein schwarzes Wunder, für kleinere Teile in den Weltinnenräumen der Kapitale scheinbar ein Geschenk bzw. Souvenir –, für dessen Produktion man keine ratternden Druckmaschinen mehr braucht, denn es genügt ja, den gewünschten Betrag elektronisch bzw. als digitalen Transfer auf dasjenige Konto zu überweisen, das jede Bank der Eurozone bei der EZB unterhält. Zwölf Monate ist es den Banken erlaubt mit dem Geld zu spielen/zu spekulieren, Geld, das sowohl durch das (imaginäre) Versprechen auf eine gewisse Wertsubstanz als auch durch das Fehlen desjenigen Betrags, den es verspricht, entstanden ist. Dieses Geld ist ein stets uneingelöstes Versprechen auf Geld, schiebt die immanente Grenze (Paradoxie von Solvenz und Insolvenz) als eine Zeit des endlosen, des abstrakt unendlichen Aufschubs vor sich her. Als Kreditgeld operiert Geld somit als eine Schöpfung besonderer Art; Geld besitzt keinerlei materielle Wertreferenz und macht die Unterscheidung zwischen realen und fiktiven Werten obsolet. Jede Zahlung ist eine Vorwegnahme von Zahlungen, so dass Zahlungsfähigkeit und Zahlungsunfähigkeit gleichermaßen zirkulieren, insofern jede Transaktion die Aussicht auf nächste Transaktionen eröffnet oder eben nicht eröffnet, wobei gegenwärtige Preise für Nichtvorhandenes nach der Erwartung künftiger Preise für Nichtvorhandenes bemessen, Preise also mit Preisen bezahlt werden. Der hyperkomplexe elektronische Computerhandel ist von materiellen Hindernissen befreit, kulminiert in einer De-Präsentation von Welt, in der Geschäfte durch (mobile) Verträge bestimmt werden, die sich auf Transaktionen mit ungewissem Ausgang, auf ungewisse künftige Ereignisse beziehen. Damit hat sich eine Art Ununterscheidbarkeit zwischen den elektronischen Finanzmarkttransaktionen einerseits und dem Spiel, Wette oder Gambling andererseits eingestellt, eine Ununterscheidbarkeit, die unter dem Titel der Spekulation zirkuliert. Die riskante Wette, das Spiel mit der Zukunft steht im Zentrum der ökonomischen Aktivität. Das Neue erscheint als das Ereignis der Zeit selbst. Wer aber seiner Zeit immer nur voraus ist, den holt sie irgendwann ein, schreibt Wittgenstein. Fiktives Geld entsteht also sowohl durch das Versprechen/Erwarten einer gewissen Geldsumme wie durch das Fehlen derjenigen Summe, die es verspricht/erwartet. Zahlungsketten sind stets Ketten von Zahlungsversprechen und Zahlungserwartungen. Die Zirkulation eines wesentlichen Fehlens und des permanenten Aufschubs inhäriert der kapitalistischen Kreditökonomie. Jede Zahlung erscheint damit als die Einlösung von Antizipationen und zugleich als die Antizipation von neuen Zahlungen und löst den geschlossenen Kreis binärer Gegenseitigkeit, die Gleichung von Tausch und Gegentausch auf.)

Dr. Dr. Hanselmann wischt sich über die graue Seidenhose, wirft einen vielsagenden Blick in den kleinen Spiegel rechts neben dem Hauptmonitor auf seinem Schreibtisch, konzentriert sich wieder auf den Bildschirm links außen, um sich in den Nymex einzuklicken, der größten Warenterminbörse der Welt, klemmt sich das klobige Siemens-Bürotelefon zwischen Kinn und extrem angespannter Schulter, das ihm aktuelle Branchentrends wie Ölkontrakte, Kupfer oder Silber kaufen oder Long-Call-Positionen im DAX kaufen und mit einer Short-Future-Position absichern durchgibt –, auf makroökonomischer Ebene ein Nullsummenspiel; was die eine Partei gewinnt, verliert die andere; acht kleine Fenster öffnen sich auf dem Bildschirm rechts außen, Nachrichten von Großkunden aus den höchsten Managementebenen, ein paar Bitten um Informationen oder Termine am Dienstagabend und Mittwochabend etc.. Hinter jedem der kleinen Fenster verbergen sich irgendwo auf dem Globus Investmentbanker, Hedgefonds-

Manager, Finanzinvestoren, manchmal auch ein Luxuscallgirl oder ein Quasi-Freund, die einen sitzen in London, in Zürich oder Hongkong, die anderen gleich nebenan in New York. Jede Faser seines Bankerkopfes tickert aus, wenn er an die internen und externen Machtkämpfe denkt, die sich zeitweise auf der Ebene des Brokerage und im Eigenhandel in den letzten Wochen in den drei Handelsräumen hier in Frankfurt im EB-Building abspielen, oder wenn er die kompliziert verschachtelten Beziehungen zur Sektion der Wissenschaftler, den sogenannten Rockets, gedanklich überfliegt, oder die derzeitigen Konfusionen in der M&A-Abteilung, die von höchster Ebene durchgeboxten, neuen Controllingsysteme hinsichtlich der seiner Meinung nach vollkommen insuffizienten Cliquengebärden der Controller und natürlich sind die komischen Spiele in den höchsten Konzernebenen nicht zu vergessen, und wie gesagt, gerade die ungewöhnlich stark erweiterten Kompetenzen der Controller verschärfen die Spannungen und Machtkämpfe im internen Firmenkomplex. Er wundert sich über den Boom ausgerechnet auf Öl, da alle kurzfristigen Trendprognosen inklusive der einhelligen Meinung der konnektierten Ratingagenturen in den USA wie Moody's oder Cloudys die Hebelwirkung bzw. die Multiplikatoren der gehandelten Derivate in diesem Rohstoffsegment nur im durchschnittlichen Bereich sehen (mit ihrer selbstbezüglichen Struktur gravitieren Derivate nicht um feste oder reale Wertreferenten. Gehandelt werden Erwartungen, wie sich etwas in Zukunft verhalten wird, wobei die Akteure eine kontingente Zukunft danach bewerten, wie die Marktinformationen und -daten selbst sie gegenwärtig bewerten. Finanzmärkte funktionieren also wie selbstreferentielle Systeme von Antizipationen, die die ökonomischen Handlungen der Akteure auf die Kalkulation dessen verpflichten, wie Zukunft prognostiziert wird, als würde ein Meer von Flammen sich auf undurchsichtige Art und Weise Relationen bahnen und gefährliche Feuerkämme bilden, die man jedoch eindämmen kann, um daraufhin die Flammen zu tranchieren, so dass die gefährlichen Flammen, Risiken, eigene (gewinnbringende) Relationen bilden, wobei die Herausbildung noch gefährlicherer Feuerkämme allerdings nie auszuschließen ist).

In den vergangenen Jahren hatten sich die zu investierenden und zu verspekulierenden Geldsummen der Esperanto Bank extrem multipliziert, so dass an der Universität in Frankfurt in den Seminaren des Chefökonomen Dr. Harrison von einer Geldüberproduktionskrise gesprochen wird, und das nicht nur in Bezug auf das überflüssige Geld, das scheinbar wie vom Himmel fällt, wenn die Zentralbanken weltweit Milliardenbeträge an Privatbanken fast zinslos ausleihen, sondern auch in Bezug auf das überflüssige Kreditgeld, das durch strukturierte Finanzinnovationen wie CDOs, CDSs, Futures, Optionen und Swaps quasi automatisch generiert wird (eine Bank nimmt beispielsweise eine Einlage von 100 Euro als Sicherheit, um 500 Euro zu verleihen, wobei die Bank auf diese Summe einen Kreditausfallvertrag (credit default swap) mit einer Versicherung abschließt und die Summe buchhalterisch hedgt, denn, wenn der Kredit platzt, muss ja die Kreditversicherungsgesellschaft einspringen, und deshalb kann die Bank auf die Einlage von 100 Euro gleich einen weiteren Kredit vergeben, um wieder eine Versicherung auf ihn abzuschließen and so on. Wenn dann in der Kette ein Schuldner tatsächlich zahlungsunfähig wird, erstattet eine Versicherung der Bank den geschuldeten Betrag. Je größer die Wahrscheinlichkeit, dass der Kredit nicht zurückgezahlt wird, desto höher die Gebühr der Bank für die Versicherung, eine Gebühr, die als Rendite für die Versicherung gilt, und je risikoreicher eben die Rückzahlung, desto größer wird der Einfluss des Zufalls sein. CDSs produzieren den Zufall als permanenten Aufschub. Die

Kreditökonomie ist eine Zeitmaschinerie, weil sie die irreversible Zeit des Risikos (die Zahlungsunfähigkeit eines Schuldners ist irreversibel, tritt sie ein, muss ein Versicherungsgeber, der einen credit default swap an den Gläubiger verkauft hat, diesem den vollen Kreditbetrag ausbezahlen) mit der reversiblen Zeit mischt, in der das Risiko aufgehoben scheint, weil die Versicherung als Versicherungsgeber, die einen credit default swap beispielsweise an eine Bank verkauft hat, eine zweite Versicherung als Versicherungsnehmer abgeschlossen hat. Muss der Versicherungsgeber nun an die Bank wegen der Zahlungsunfähigkeit des ersten Schuldners den vollen Kreditbetrag ausbezahlen, wird ihm derselbe Betrag von einer weiteren Versicherung erstattet, womit die Zahlungsunfähigkeit für ihn ein Ereignis der reversiblen Zeit wird, ähnlich beim Konsumgeld, das sich qua Konsumentenkredit wundersam vermehrt, eine scheinbar exponentiell wachsende Geldmaschinerie mit schier anti-substantieller Transzendenz. Das größte Problem derzeit, das weiß auch Dr. Dr. Hanselmann, besteht darin, dass die Leitzinssätze, wenn es um das von Zentralbanken geschöpfte Geld geht, stetig sinken und sie liegen nun fast schon am Todespunkt (der Tod des Rentiers bei Keynes), fast bei Null. (Das Federal Reserve System hat durch den Glass-Steagall Act von 1933 die Institutionalisierung der Verwendung von Staatspapieren für die Geldemission eingeleitet, d.h. die Zentralbank nimmt von nun an Staatstitel an, für die niemand haftet, so dass sie für die Deckung ihrer eigenen Geldnoten bzw. um die Stabilität dieser Papiere zu sichern nur durch die Kurspflege für Staatstitel am offenen Markt agieren kann. Fallen die Kurse der staatlichen Papiere, sieht sich die Zentralbank gezwungen, immer weiter Papiere zu kaufen und damit Geld zu emittieren, womit die öffentlichen Defizite des Staates bzw. die Staatsverschuldung wächst. Dass die Blase mit den Staatsanleihen kurz vor dem Platzen ist, steht für Dr. Dr.

Hanselmann außer Frage. Denn irgendwann kann der Staat selbst die sinkenden Zinsen der emittierten Anleihen nicht mehr bedienen. Nur indem er eine strukturelle Neuverteilung des Eigentums der Staatsbürger vornimmt, die die Haftung des Staates wieder in Gang setzt, ist die steigende Staatsverschuldung zu resorbieren. Scheinbar bleibt in der Krise das Fehlen von verpfändbarem Eigentum eine markante Position des weiteren (Konjunktur-)Abschwungs. Andererseits gibt es immer noch genug seriöse Investoren wie die Esperanto Bank, die Portugal oder Belgien das gewünschte Geld leihen und natürlich eine CDS-Versicherung abschließen, weil die Möglichkeit eines Staatsbankrotts ja nicht auszuschließen ist, aber die Gefahr besteht hauptsächlich darin, dass diese CDS-Versicherung wieder versichert wird, und je größer die CDS-Beimischung bei den Krediten ist, die von Belgien oder Portugal aufgenommen werden, um die eigenen Zahlungskrise zu bewältigen, desto stärker eben die Gefahr des Entstehens von Zufallsketten und Chaoshorizonten.)

Wegen der großzügigen Kreditpolitik der FED kaufen nach Ansicht von Dr. Dr. Hanselmann die Großbanken und Investmentfonds seit Monaten nicht nur panikartig Staatsanleihen, sondern in Kurzschlussattacken auch Öl, obwohl keines dieser Unternehmen Benzin produziert und zudem die großen Mineralölkonzerne kaum sinkende Produktionsergebnisse vermelden, aber der Ölpreis ist heute fast dreimal so hoch wie vor einem halben Jahr. Mit einem kapitalgarantierten Anlagezertifikat auf dem Ölmarkt, das den institutionellen Kunden der Esperanto Bank eine Kapitalgarantie plus eine Partizipation an den Futuremärkten bietet, wird sein Sales Team sehr schnell achtstellige Summen auftreiben, mit denen man beispielsweise in Zucker oder Orangensaft investieren wird, obwohl der Zuckerpreis in den letzten beiden Quartalen schon um 110 % gestiegen ist und der Preis für Orangensaftkonzentrat um 60%. Dr. Dr. Hanselmann, das fünfzehnköpfige Team um A.C. Ross McDonald plus dem marktforschenden Arm der Brokerabteilung um Dr. Waldemann scheint durchaus bekannt, dass die Preise für diese Produkte weiterhin steigen werden und man in ein paar Monaten mit fulminanten Extragewinnen wird verkaufen können, und das hat darüber hinaus extravagant steuerliche Vorteile, da alle Transfers über eine bisher selbst in internen Kreisen geheimgehaltenes Offshore-Zentrum abgewickelt und eventuelle Verluste als externe Aufwendungen abgeschrieben werden.

Beileibe nicht seine Lieblingsbeschäftigung im sonnendurchfluteten Büroraum 39/02, aber wegen der obsessiven Diszipliniertheit und den zu erwartenden Konzentrationsgewinnen doch als eine unerlässliche Begleiterscheinung seines durchschnittlich 14-stündigen Arbeitstages zu begreifen, hat Dr. Dr. Hanselmann die Angewohnheit notorisch oder quasi enzyklopädisch ins Herz geschlossen, eine Reihe von Gegenständen auf dem nierenförmigen Glastisch in der Ecke rechts neben dem Sideboard mindestens zwei Mal am Tag zu polieren bzw. zu putzen, und darüber hinaus auch dem HP-Faxgerät, der Segafredo-Kaffeemaschine und insbesondere den zwei Blumenvasen mit Amphorenform, vier eiförmigen Amphoren mit ovalen Henkeln am Hals sowie einer Vase, deren Korpus mit dem der Vittoriale identisch ist und die zwei kleine rippenförmige Henkel sowie quadratische Applikationen hat, seine volle Aufmerksamkeit zu schenken. Er schüttet eine seiner (leidenschaftlichen) Vorlieben, eine sehr spezielle Jamaicakaffee-Mischung, in das braune Kaffeefilterpapier, ohne gleich heißes Wasser drüber zu gießen und wartet lieber, bis sukzessive jener Ausdruck stur-wilder Entschlossenheit auf seinem Gesicht aufzieht, der infolge von Zufriedenheit seltsamerweise ein eher gequältes Lächeln hervorzaubert, um ihn mit eherner Gesetzmäßigkeit, was Vehemenz und Präzision seiner sowohl erfolgsdeterminierten als auch glaubensorientierten Denkweisen angeht, in der Auffassung zu bestärken, dass die Zeit gekommen ist, auf den computergestützen Finanzmärkten, wobei er die sozialen Aspekte der technischen Rationalisierung im Börsenhandel ja nicht auszublenden gedenkt, das Experiment des Komplementärgeldes im Zuge radikaler Intersubjektivität einer komplementären Gemeinschaft des Mitseins zumindest in lokal begrenzten Regionen und Bezirken auszuprobieren, er denkt da an Gebiete nördlich des Züricher Sees, womöglich auch an Madagaskar und Namibia, wo das bedingungslose Grundeinkommen längst eingeführt ist, was ja nicht ganz unproblematisch ist, wenn man seine Position von vor Minuten bedenkt, als er noch schwer mit den Ergebnissen der zugegebenermaßen milde belächelten psychologischen Studie gekämpft hatte, die für ihn nur den Präventions- oder den Gutmenschentypus anpreist und somit rebellenhafte Anklänge insbesondere für die Multitude von IWF-Gegnern und unangebrachterweise seit neuestem auch für einige Mitarbeiter im eigenen Bankeninstitut anbietet.

Für Dr. Dr. Hanselmann stellte sich kürzlich während eines geschäftlichen Kurztrips nach Hongkong im zentralgelegenen Restaurant Amber bei einem Dinner mit dem gesamten Management der rasant emporschnellenden Hannon & Belt Bank aus Singapur zwischen Dim Sun Häppchen und püriertem Bohnenmus urplötzlich die Frage, nein, eigentlich das Problem, warum sich die Privat- und Geschäftskonten der großen Banken, der Hedgefonds und Versicherungen, die im wesentlichen aus den Vermögen der sogenannten High Net Worth Individuals gespeist werden, einfach nicht mehr leeren bzw. glattstellen lassen und somit selbst hochqualifizierte institutionelle Anlagegesellschaften bzw. Shareholder Cliquen längst nicht mehr zu wissen scheinen, wohin denn nun mit den Millionensummen, weil schließlich abstrakteste Summen

(Aktien, Anleihen, Derivate und Spekulationsobjekte) quasi automatisiert oder in der paradoxalen Form eines determinierten Chaos, dessen kritische Parameterwerte als Bifurkationen beschrieben werden können, in kaskadenhaft turbulenten Strömungen, so zumindest die ökonomische Chaostheorie, durch die elektronischen Börsensysteme in Echtzeit rund um den Globus schießen, womit die digital angetriebene Zirkulation keine Nanosekunde mehr stillsteht, auch noch forciert durch den sublimen Konkurrenzzwang zwischen den Banken untereinander sowie den mikroökonomischen Konkurrenzdruck, den die diversen Anreizsystemen in den Handelsräumen & Sales Abteilungen erzeugen, um die interne Konkurrenz unter den Brokercliquen und -gruppierungen am Köcheln zu halten, größtenteils handelt es sich um substanzlose und fiktive Ansprüche bzw. um Guthaben als Vermögensinflation (asset inflation), die sich als globales Verkettungsprocedere über viele Währungsräume erstreckt, ohne in eine Entwertung des Geldes selbst umzuschlagen. Mit jeder Krise bzw. jedem Crash der Finanzmärkte werden jedoch auf einen Schlag Billionensummen von Dollars und Euros fiktiver Vermögenswerte verbrannt oder aber in Form von wertlosen, aber mittels Staatsbürgschaften besicherten toxischen Papieren in die Banktresoren gesteckt, womit die Vermögensinflation nicht in eine Geldinflation, sondern in eine Vermögensdeflation umschlägt, bis also eine Periode schwarze Löcher der Liquidität greift und phantastische Summen Geld vernichtet werden. Unvorstellbare Zahlenreihen zirkulieren und disseminieren quasi dämonisch durch die künstlichen Arterien der Weltgeldkommunikation, es sind undulatorische Schwingungen im System. Geld, das beispielsweise die Wirtschaftswissenschaftler der Princeton University mit einem etwas blutleeren Satz beschreiben: Es wird nicht konsumwirksam. Dr. Dr. Hanselmann grimassiert erschreckend schlecht, nachdem er das Wort konsumwirksam nun schon zum dritten Mal Buchstabe für Buchstabe durchbuchstabiert hat. In dem sein vorletztes Gedankenfragment begleitenden Halbtraum, der einer leichten Zeitdepression entsprach, spielte eine Frau mit einem Motorradhelm aus kohäsionsstiftendem Filzmaterial die (perverse) Hauptrolle, angeschnitten, halbnah, wobei sie dreieckige Pappschilder mit langen Zahlenkolonnen offensichtlich zähneknirschend vor seine Augen hielt, exakt dieselben, die er heute Morgen gegen 8:30 Uhr auf den Backup-USB Stick des Apple-Notebooks gespeichert hatte, was ihm selbst im höchst unwirklichen Halbtraum derart unheimlich vorkam, dass er in den schrecklich neonbunten Bildsequenzen unverzüglich ein minzgrünes Wassereis unter Einsatz von Bakterien, Pilzen und Glukosesirup zu tiefdunkelbraunem, glänzendem Weizenbier katalysierte, dessen sofortiger Konsum mit kurzen Schüben von Übelkeit, Erbrechen und spastischen Beschwerden im Bereich der Fazialismuskulatur von ihm selbst endete, und als Dr. Dr. Hanselmann aufschreckte, wähnte er sich kurz vor einem lethalen Kreislaufstillstand oder totaler Dizzyness, wähnte sich an- oder ausgesogen von einem kleinen hässlichen Mädchen, das ihn aus unmöglicher Perspektive heraus mit einem Lichtspot beleuchtete. Seine Idee, unverzüglich Gespräche mit der Generaldirektion oder der operativen Geschäftsleitung des genossenschaftlichen Konglomerats M.B.B. in Zürich oder Bern zu beginnen, ist auch historisch gesehen längst überfällig, wobei er während seiner bisher zweijährigen Amtszeit als Aufsichtsratsmitglied der Esperanto Bank mehrmals persönlichen Kontakt zum Präsidenten Puento der Republik Santa Cubara aufgenommen hat, in der fast längst sämtliche Handelsbeziehungen im Landesinnern mit einer Art Komplementärwährung koordiniert und generiert werden. Die Tatsache, dass der brasilianische Präsident Migros den Präsidenten Puento zu seinem Finanzminister ernennen wollte, aber eine umgehende

Absage bekam, deutet Dr. Dr. Hanselmann als ein untrügliches Zeichen für die Jahrzehnte lange mangelnde Kooperationsbereitschaft der Repräsentanten der Schattenökonomie in Hinsicht auf die Integrationsversuche in die majoritären Geldkreisläufe seitens der experialistischen Nationalstaaten. Er wird den Verlauf der Geheimverhandlungen im IWF um die Krise des Kupferhandels in der Region Montanas in Santa Cubara genauestens verfolgen. Kein wichtiger Rohstoff ist in den letzten sechzig Tagen im Preis so stark gestiegen wie Kupfer, was die Verhandlungsposition des Präsidenten Puento normalerweise drastisch verbessern müsste und die des brasilianischen Präsidenten Migros drastisch verschlechtern, was bei diesem jedoch laut Insiderberichten zu verstärktem Konsum von Kokain & Pilzbefall mit candida albicans & Bluthochdruck geführt hat. Dr. Dr. Hanselmanns Position bezüglich der Auseinandersetzungen zwischen dem Präsidenten Puento und dem autokratisch regierenden Repräsentanten des offiziellen Brasilien diffundiert letztendlich in einem postkantianischen subjektiven Konstruktivismus, der sich wenig darüber vergewissert, ob er an entscheidender Stelle mit der Esperanto Bank intervenieren kann, so dass für alle Fraktionen brauchbare Ergebnisse zu erwarten sind. Das Hämmern über dem Büroraum ist bis auf ein gelegentliches Tack erstorben und das Knattern des Faxgerätes klingt nach einem Hustenanfall mit posterotischer Tendenz, als das Gesicht Bankers plötzlich gespenstisch blass und plattlippig mutiert (Killerschlafanfall?).

Alonso döst auf halber Geschwindigkeit. Seit ungefähr 1 1/2 Sunden dämmert er quasi mitgerissen von ablehnender Bereitschaft auf irgendjemanden einzugehen links neben Alfons auf seiner Lieblingsholzparkbank am Südostzipfel des Ententeiches, einer mit Brennnesseln und niedrigwachsenden Ginstersträuchen übersäten fast dreieckigen Graszunge, auf die längere kegelförmige Schatten fallen, als die ersten Sonnenstrahlen durch die Baumgipfel hindurch in einem hohen Einfallswinkel auf das blassgrüne Gras treffen. Die Oberfläche des Ententeiches schimmert im Farbton schlammigen Brauns, wobei lange, silbrige Fäden leicht gewellt oder geringelt über die Wasseroberfläche des Sees gleiten, dessen Uferböschung zu großen Teilen mit Besenginster und überhängenden Weiden zugewachsen ist, dazwischen gibt es einige vermoderte Parkbänke, um die sich überwiegend diverse Gruppierungen von Neoanarchisten über Neomarxisten bis zu Globalisierungsgegnern aus den Untergrundbehausungen im Stadtwald versammeln, die das hier, ein Fleckchen Erde mit nostalgischer Ironie getauft, zusammen mit ihren vielrassigen Hundekötern wie eine Art Potlatch abfeiern, der von jedweden Mischungen gemeiner, kleiner, quirliger Raubtiere und natürlich den obligatorischen Ententruppen mit diamantgrünem Federkleid umrahmt wird, Enten, die zu Land unter den meist mürrischen Blicken der Anarchos in strengen geometrischen Bahnen und Wegen zirkulieren, wenn sie nicht weitgehend unbeobachtet und scheinbar schwerelos über das Wasser gleiten, zeitenthoben. Über dem Ententeich kreisen gegenwärtig Raben, Tauben und Zopilotes.

Alfons befürchtet, dass eine tote Taube unter der Parkbank liegt, wagt aber nicht sich zu bücken, weil dann angeblich seine verfilzte, strohgelbe Perücke verrutscht, die ihm seltsamerweise einen sehr ernsthaften Gesichtsausdruck verleiht. Ein flüchtiger Blick nach links zeigt Alfons, dass Alonso schon wieder einen kräftigen Schluck aus der 1,5 Literflasche Lambrusco genommen hat und damit schon gegen 11:30 Uhr an die Alkoholdosis des gestrigen Tages heranreicht, die ungefähr vier Liter billigsten roten Tütenfuselwein aus Rheinhessen betrug.

Was ihn aber wirklich ein bisschen ärgert ist Alonsos ignorante Antwort auf die Frage nach der Existenz der toten Taube, die im Wesentlichen besagt, dass er sich in Kürze um die Sachlage kümmern wird. Nachdenklich spielt Alfons mit einem kleinen Bündel zusammengerollter Fünf-Euro-Scheine, als zwei Fotohandys eher beiläufig im Windschatten einer großen Buche auf ihn gerichtet werden, die das Sonnenlicht kaskaden- und blitzartig reflektieren, und ein zerfledderter Design & Mode-Versandkatalog von KOTTO, der nur notdürftig mit schlecht gefalteten Zeitungen kaschiert ist, wurfbereit in der Hand eines Antifa-Mitgliedes liegt, die Miene des Typen ist todernst, weil er ähnlich wie Alfons sich von der Zitat jämmerlichen Gleichgültigkeit Alonsos, die sich bis in seine konvex gekrümmte Körperhaltung hinein verlängert, subakut unter Strom gesetzt sieht. Alonsos Gewohnheit, geradewegs, zum Beispiel, nach Westen zu schauen, besteht darin, dass er seinen Kopf so weit wie möglich nach Süden dreht und gleichzeitig seinen rechten Arm so weit wie möglich nach Osten schleudert, dann seinen Kopf so weit wie möglich nach Osten dreht und sein rechten Arm so weit wie möglich nach Süden schleudert, und so weiter und so fort, bis er irgendwann vielleicht sein Ziel erreicht und nur noch starrt, und Alfons sagt, »wohl zuviel Beckett gelesen«, und Alonso sagt, »ist schon ein bisschen komisch mit diesem Beckett«, vielleicht ähnlich komisch wie die Begegnung am frühen Morgen in der Innenstadt in der Nähe des Römerberges südlich der Zeil, als sein Kumpel Alfons erstaunlicherweise nicht einmal für fünf Minuten fähig war, einen ansatzweise flüssigen Diskurs über irgendeinen auch Alonso namentlich bekannten Philosophen, zum Beispiel Leibniz oder Spinoza, zu führen, nachdem die Freunde auf Alfons' ehemaligen Kollegen des Fachbereichs Philosophie namens Breuer getroffen waren, der beständig ein dünnes, abwertendes, schneidendes Lächeln aufzog, wahrlich ein spitzgesichtiger

Angebertyp, wobei dieser Breuer zugegebenermaßen mit rasanter und spitzfindiger Zunge auf gegenwärtige Lehrmeinungen französischer Wissenschaftsphilosophen anspielte, die das Paradoxon ins Spiel brächten, dass in dem selben geschichtlichen Zeitraum, in dem die Naturwissenschaft als Disziplin oder Profession einer Fachgruppe sich herausgebildet, die sich den Objekten und Dingen zuwendet, die Philosophie das individuelle und transzendentale Erkenntnissubjekt konstruiert, das sich seine eigenen Erkenntnisobjekte zusammenfantasiert. Alfons, der selbst im Stehen immer den rechten Ellbogen auf die linke Handfläche gestützt hielt, murmelte wohl als schlagende Antwort gedacht etwas von Thales, Materialismus und der Logik der Proportion, und so wogte oder plätscherte die Fachsimpelei des Philosophenduos zumindest aus Alonsos Sichtweise unaufgeregt und nichtssagend hin und her, wobei Alonso bewusst einen hellroten Kaugummi kaute und große Blasen warf und sich dabei mehrmals unbewusst auf die Unterlippe biss, bis sich der für Alonso grenzwertig debile Dialog langsam anhörte, als könnte dieser Breuer jede x-beliebige Aussage von Alfons vorausahnen oder zumindest gut getimet kontern, denn ständig füllte Breuer die immer länger und häufiger werdenden Leerpausen von Alfons mit provokantesten Sätzen hinsichtlich dessen fachlicher Kompetenz auf, kommentierte bzw. interpretierte sogar die Funktion der Pausen selbst oder kritisierte scharf den Zitat unausgegorenen halbmaterialistischen Nonsense eines allseits gescheiterten Philosophen, wahrscheinlich um das glänzende Gefühl des Triumphes, der Genugtuung und Instandsetzung der Ehre der Wissenschaften auszukosten, und bis Alonso seinem Freund endlich aus der Patsche half verging ein halbe Ewigkeit; kongenial und synkopisiert begann Alonso mit dem Kinn zum gefühlten Takt der Reden des Philosophen Breuer zu nicken und stieß dabei periodisch die Laute »Aaaa Jaaa« aus, besonders intensiv und laut, wenn die schweren schwarzen BMW X5-Geländewagen auf der Museumsstraße beschleunigten oder abbremsten, was für Alonso irgendwie brechreizerregender rüberkam als der minutiöse Hyperpopanz dieses freilaufenden Geistesriesen, der irgendwann auf das Problem der Quadratur des Kreises zu sprechen kam.

Alonso begutachtet exakt und eindringlich das terrakottabraune Totenkopf-Tattoo auf der Innenseite seines linken Unterarmes, als in südwestlicher Richtung mit einem dumpfen knarzenden oder krächzenden Geräusch eine große Bucheiche umstürzt. »Waldschänderguerilla«, sagt Alonso ohne aufzusehen komplett emotionslos, worauf Alfons, der kurz zuvor aufgestanden war, um sich Zitat ein wenig die Beine zu vertreten, nur kurz das Standbein wechselt, vom linken auf das rechte umsteigt und wieder zurück, so bewegt er sich in rasendem Schneckentempo im Kreis, und denkt an Molloy, der ein System zu erfinden versucht, mit dem er Steine auf seine vier Taschen aufteilen und sie zudem noch durch den Mund zirkulieren lassen kann, wobei er jeden Stein gleich viele Male und gleichlang im Mund behalten will, aber wie kann er sich in der Dunkelheit am Strand sicher sein, dass es immer ein neuer Stein ist, den er da in den Mund legt? Wie kann er sich davon überzeugen, das alle Steine gleichmäßig behandelt werden? Wütend kickt Alfons einen Kieselstein weg und trifft einen anderen Kieselstein, der im 45 Grad-Winkel nach oben spritzt und haarscharf an Alonsos rechter Kopfseite vorbeirauscht und in den Ententeich plumpst.

Spielt bei Alfons' derzeitiger intellektueller Stasis etwa die rein zufällige Begegnung mit dem, wie Alfons jetzt sagt, »schrecklichen Pseudodualisten Professor Breuer« eine nicht ungewichtige Rolle, der seiner Überzeugung nach rein vom furztrockenen Standpunkt der Deontologisierung aus argumentiert, nach dem das Transzendentale nicht die wirkliche

Erfahrung, sondern nur die Form jeder möglichen Erfahrung umgreift, apriori, womit das Erkenntnissubjekt seinen Rechtsgrund ausschließlich in Regeln besitzt, die niemals die der wirklichen Erfahrungen sind, eine postkantianische Position, die Alfons ziemlich mundtot, um nicht zu sagen fassungslos macht? Damit Alfons während der Auseinandersetzung nicht komplett die Fassung verlor, musste Alonso ihm wohl behilflich sein, musste Alonso Alfons schon um 9:22 Uhr zu einem Beruhigungsbier überreden, das sich zur Sedierung von Alfons´ Schüben von starken Emotionen und starken Affekten erwiesenermaßen viel weniger eignet als Baldrian, Midazolam oder die gepflegtere Praxis des philosophischen Diskurses. Es war Alonso nur mit Mühe und Not gelungen, nachdem längst drei Streifenpolizisten herbeigeeilt waren, um die beiden wild gestikulierenden und wütend diskutierenden Philosophen ein letztes Mal zu verwarnen, bevor Zitat gesetzliche Zwangsmaßnahmen greifen oder erbarmungslos zuschlagen, seinen Freund Alfons aus dem Pulk von Schaulustigen loszueisen, dann durch den Verkehr in der Nähe der Zeil zu schieben und die steilabfallende Eisentreppe in das Kellergewölbe von Pater Wendelin hinein zu schleppen, wo Alfons allerdings entgegen seiner Gewohnheiten kein einziges Stück der köstlichen Patisserie oder der leckeren Thunfischröllchen auch nur mit einem Blick gewürdigt hatte, geschweige denn mit dem sonst üblichen, zumindest für ihn selbst wohlklingenden Schmatz- und Schlürfgeräuschen die Teilchen zu konsumieren bereit gewesen war. Es wurde im Kellergewölbe viel geplappert, und die anwesenden real existierenden Obdachlosen wurden wieder einmal historisiert oder total verfreakt kontextualisiert, als sie von einer japanischen Touristengruppe auf das Schamloseste fotografiert wurden, die es vor allem auf einen Typen mit Dreadlocks abgesehen hatte, die aus seiner knallroten Zipfelmütze hervorquollen, wobei der Typ die Gruppe periodisch mit sturmbandartig erhobener Hand begrüßte, bis eine junge Bedienung halb leidend, halb belustigt bei ihm mal vorbeispritzte und ihn wegen der ungünstigen Assoziationen, die diese Geste hervorrief, mal verwarnte.

Von Zeit zu Zeit presst Alonso beide Händen auf seine riesengroßen Ohrmuscheln, um das Brausen und Gurgeln der Blutströme wahrzunehmen, und würgt ein leises Würgen, vielleicht weil er nicht richtig weiß, wie er genau im Kontext seines widrigen Atmens weitermachen soll, oder was er weiterzumachen hat, insbesondere nach dem aktuellen Verbrauch von abenteuerlichen Mengen feinsten Marihuanas, vielleicht auch nur, weil der Himmel sich für ihn aktuell als eine bunte, gewölbte nicht euklidische Matrix von Kleeblattschlingen zeigt, in sich verknotete, seilförmige Körper ohne Anfang und Ende, strichdünnes Liniengewirr, das weit entfernt von netzartigen Gebilden erscheint, was seine Konzentrations- und Faszinationskraft kurzfristig dermaßen in Anspruch nimmt, dass unüblicherweise seit mehr als zehn Minuten die Fliegerbrille über der Stirn im Haar klebt, während ausschließlich subtile, enzephalitische Geräusche von ihm zu hören sind, die Alfons aber nicht kommentieren mag. Alonso nimmt jetzt einen kräftigen Schluck Valpolicella aus einer braunen 1,5 Liter-Plastikflasche, streckt die beiden Beine schräg nach rechts aus, um daraufhin sehr leise über die wunderbaren Entspannungsmöglichkeiten im Lichtschein der Flugmaschinen zu lamentieren, und erwähnt noch ein letztes Mal die total stresserfüllte Face-to-face-Konversation des Philosophenduos am Römerberg, bei der man ja nur mürbe werden und leerbrennen konnte, was schließlich zumindest für Alonsos Geschmack so anspannend und borderline wurde, dass er den Betäubungsmittelkonsum auf eine zugegebenermaßen unerträgliche Menge einfach steigern musste, vom billigen Fuselwein und dem Spritzfläschchen mal ganz zu schweigen.

Der blaue, fast metallische und von Flugzeugen durchflogene Himmel trägt dazu bei, dass Alonso sich angenehm sediert fühlt, sogar schrecklich attraktiv sediert fühlt, hypnotisiert vom Entengeschrei, dass er allerdings, wie jammerschade, nicht enkodieren kann. Mehrmals kam Alfons schon auf die Idee, vermutete Fische im Teich zu füttern.

Alfons lag schon seit seinem Berufseintritt in den 1970er Jahren mit diesem schrecklichen Kerl namens Breuer sozusagen im theoretischen Dauerclinch, der, wie gesagt, bis heute als einer der letzten Postkantianer an der Universität Frankfurt gilt und den Begriff des Transzendentalen als Bedingung der reinen Möglichkeit empirischer Erkenntnis durch die synthetisierenden Leistungen des (transzendentalen) Subjekts wohl bis in alle Ewigkeiten hochzuhalten und zu würdigen bereit ist. Für diesen Trottel gibt es also kein (erkanntes) Objekt ohne ein Ich denke, denkt Alfons. Auch die Wittgensteinschen Ausflüchte, dass das Ich denke von einem Du denkst begleitet sein muss, ließ Alfons gegenüber Professor Breuer niemals gelten. » - - - - - - - - - - - Und du willst mir vorwerfen, dass ich ihn nicht zu ignorieren imstande war, dabei stach er mir am Römerberg geradezu in die Augen und reagierte dann bloß seinen Frust mit der Unibürokratie an mir ab, während du die ganze Zeit nur rumgejammert hast, dass du die leckeren Marzipanbällchen ein paar Minuten später nicht mehr requirieren kannst, also bitte. Länger mal nicht überlegt? Wenn du deine Bällchen angeblich nur wegen der netten Serviermädchen im verwanzten Microhouse-Center verzehrst, muss das noch lange nicht heißen, dass der Beobachter zweiter Ordnung deinem geheuchelten Arrangement bezüglich Feelgood-Nahrungsaufnahme in jedem denkbaren Fall Folge zu leisten hat. Das - - - - - - - - - - - Die Nahrungsaufnahme ist ja, na klar, in Wahrheit nur ein geschickter Schachzug, um mit deinen rasiermesserscharfen Augen die Girls zu entkleiden. Du hättest mir den halbintellektuellen Lump viel schneller vom Hals schaffen können, nein, sogar müssen, vor allem als er schon kurz davor war, mit der langen Feuerzeugflamme auf meine Tweedjacke loszugehen, und wahrscheinlich hätte er mich auch noch fast bis zur Taunusanlage gejagt, wo mir mit ziemlicher Sicherheit die beiden Alditüten endgültig verloren gegangen und dann wahrscheinlich im Müll gelandet wären.« Alfons öffnet unwirsch oder mürrisch die viel schwerere der beiden Aldiplastiktüten, um eine geöffnete, halbvolle Dose Linsensuppe mit Knacki-Würstchen von Knorr heraus zu fischen und dann mit Hilfe der Pressbewegungen von Mittel- und Zeigefinger ein blassbraunes Würstchen aus der Dose zu angeln, er steckt den Zeigefinger mehrmals in die dünnflüssige Linsensuppe, so dass eine Wolke säuerlichen Geruchs aufsteigt, als ob ein Calcium-Carbonicum-Patient in einen Katheter reinpinkelt, und diese unsichtbare Wolke zieht mitten in Alonsos Gesicht hinauf und hinweg, wobei seinem ehedem schon schwer angeschlagenen Geruchssinn ungefähr wie einer glücklichen Witwe konduliert wird, was Alonso auf so beunruhigende Weise verdattert, verstört und sogar anwidert, dass er mucksmäuschenstill aufsteht, die Lambruscoflasche direkt neben einen Freizeitgrill stellt und eine Grillzange übermotiviert bedient, um zwei tiefbraungebrannte, leicht verkohlte Rostbratwürstchen zu schnappen, die er, als wäre er stockbesoffen, Richtung Alfons trägt, um diesem die Würstchen buchstäblich in sein absichtlich zugekniffenes Maul zu stopfen, wobei Alonso sich dabei das Zukneifen des rechten Auges nicht verkneifen kann, während Alfons ungewohnterweise durch die Nase zu atmen beginnt und dabei schwer aufzieht, als hätte ihn urplötzlich die Angst vor dem Tod erfasst, aber eigentlich nur solange, bis ihn der herrliche majoranwürzige Geschmack der Rostbratwürstchen, die nicht kross gebraten wurden, überzeugt bzw. von allen insuffizienten oder substanziellen Ängsten befreit, wobei das

Unterwassergeräusch seines Atmens nahtlos in das sublime Wachheit/Klarheit ausdrückende, (be)gierige Schmatzgeräusch übergeht, als würde Alfons mit seinem Geschmackssinn kopulieren oder über die Maßen an einer Geschmacksorgie des Zungenbandes partizipieren, einer generellen Trunkenheit des Schädels, während Alonsos Oberkörper in seltsamste Wippschaukelbewegungen gerät.

»Bei allem Respekt. Der permanente Triebaufschub, den du hier propagierst, wobei du dir nach eigenen Aussagen sicher bist, ich hab es mir genau gemerkt, dass der Trieb entgegen jedem Modell der Sättigung beziehungsweise des Hungers niemals still steht, und das macht mir Angst. Dein Konzept der Antigier, Alfons - - - - - - - - - - - in allen Ehren. Aber wie man sieht, kann man dich ja schnell vom Gegenteil überzeugen.« In Alonsos Mienenspiel paart sich gusseiserne Neutralität mit einer Art höflicher Ablehnung, die fast unsichtbaren Übergange in den Gesichtsausdrücken effektuieren sehr fein akzentuierte Intervalle von Widerstand, was Alfons schließlich zum Anlass nimmt, einen festen Pfiff durch die Lippen zu wagen, wobei ihm das letzte Stückchen Wurst aus dem Mund herausspritzt. (Die teilweise schwer unter der postindustriellen Wettbewerbsintensität leidenden Küchen der meisten deutschen Spitzenrestaurants, die Alonso von innen gesehen hat, waren möglicherweise weit besser als der europäische Durchschnitt, und trotzdem schmeckt seine scharfsinnige und leuchtend purpurrote Zunge inzwischen am liebsten den Industriemüll der großen Lebensmittelkonzerne, wie er sagt, er gibt sich als ein großer Verfechter von Geschmacksverstärkern, insbesondere Mononatriumglutamat (E621) und Adipinsäure (E355), und er plagiiert sehr gerne die Verkörperungen des notorischen aknevernarbten *Common Sense*, die bei den Festessen in den Katakomben der Frankfurter Tafel immer zum Personal sagen, kommen Sie mir jetzt bitte im Zusammenhang mit Spaghetti

Bolognese nicht mit Autopsienummer 456–528, es könnte auch die Diätcola oder die Lektüre der neuesten Auschwitz-Pornos aus den Babelsbergstudios zu Potsdam verantwortlich für unseren zukünftigen Tod gewesen sein. Als Koch weiß er ja, dass das Leben entschieden besser kommt, wenn man (gut) isst, seinetwegen auch versteckte Kohlenhydrate, Transfettsäuren und High-Density-Liproteine –, mit vollem Bauch unterhält er sich einfach besser und seine Gene zwingen ihn ja nicht unbedingt zum Hungerkünstler –, denn sein Hass gegen die Celebrities aller Couleur speist sich ja nicht unwesentlich aus der Konfrontation mit deren bedrohlich offensiv durchgezogenen Werbekampagnen für Fitness-, Sport- und diätetische Ernährungsprodukte, so dass man als Mann heutzutage nicht mehr schimärischen Frauen wie irre disloziert durch die Straßen, sondern eher den überdimensionalen Werbeplakaten der Wellnessindustrie gezwungen zu folgen ist, auf denen die schimärischen Frauen abgebildet sind.)

Alfons sagt: »Gleich einer Maus, die aus ihrem Loch heraus die Situation aufmerksam beobachtet und sich das beste Stück Edamerkäse in einem von den am Eichentisch schlemmenden Personen unbemerkten Augenblick zu schnappen weiß und - - - - - - - - - - - streift der Intellektuelle durch die Dichte des Daseins und kämpft in der Funktion des Parasiten erfolgreich gegen die Wittgenstein zugeschriebene Einsicht, dass jede Erkenntnis eine Beule ist, die wir uns vom Anrennen gegen die Grenzen der Sprache holen, und so behaupte ich, der Intellektuelle bleibt stets involviert und geschmeidig wie eine Yo-Yo-Figur.«

» - - - «

»Die Grenze ist immer auch eine Grenzziehung, Alonso hörst du mir überhaupt zu, eine Differenzierung, mittels derer sich das Sein faltet, wobei die Sprache wiederum sowohl Grenze als auch Sprachmaterie ist, welche sich in die Grenze als einem Schwellenraum einschreibt. Die Oberfläche als Milieu oder Ebene hält das Spiel in seiner eigenartigen Virtualität offen. So wird sich der Denker wie die Ratte beim Zuschnappen niemals Beulen holen. Allerdings gestehe ich dir zu, und ich war davon im Laufe meiner Studienzeit selbst nicht frei, dass dieses permanente Zuschnappen, ich möchte sagen das Schreiben selbst, der Gefahr des Burnout ausgesetzt bleibt, insofern es weder auf ein Ziel noch auf eine Referenz hin schreibt, sondern sich ungefähr wie die Wellen des Meeres im Schreiben selbst schreibt. Schreiben ist Hingabe des Textes zu einem Text, der seinerseits Hingabe zu ihm oder einem anderen ist. Darum ist Schreiben Hingabe zum Text als Hingabe. Schreiben ist Selbstaffektion im anderen ihres selbst. Die Ursache des Schreibens bleibt im wesentlichen immanent, in sich und wirkend. Und ein Schreiben oder ein Sprechen, das diesen virtuellen Raum öffnet, in dem es unaufhörlich die Ankunft der referentiellen Dinge erwartet, ist selbst ein wesentlich taumelndes, stotterndes und fliehendes Schreiben oder Sprechen: Es offenbart eine poetische Struktur unterhalb der Sprache und Schrift, eine Art Nicht-Schreiben oder Nicht-Sprechen, das zur Sprache und Schrift gehört.«

»Ich weiß, was du sagen willst«, sagt Alonso, »das mit dir und dem Schreiben verhält sich wie mit der Zeit. Ich weiß ja von deinen Monologen, dass die Zeit sich der Sichtbarkeit entzieht, Zeit also so etwas wie Verschwinden ist, aber alles Erscheinen Zeit in Anspruch nimmt und deshalb, du Luftikus, kommst du mir vor wie ein Gespenst, das sich als Parasit entpuppt, und - - - - - - - - - - - -«

»Alonso, meinetwegen war ich im Diskurs zu ungenau. Das Wort Grenze ist vielleicht schlecht gewählt, denn Grenzen zeigen sich erst, wenn sie als körperlose Schnitte zwischen zeitlich ausgedehnte Dinge schneiden. Solange du noch nicht tot bist, bist du noch lebendig. Sobald du tot bist, lebst du nicht

- - - - - - - - - - - Die Grenze, der Zeitpunkt deines Todes hat keine Ausdehnung. Verstehst du das? Alonso, es gibt in der Sprache komplett unmögliche Objekte, die rein virtuell sind, aber die es dir erlauben, eine Ratte zu werden, obwohl du ja unmöglich ein Mensch und eine Ratte sein kannst. Alonso, mal was anderes. Okay, wir haben heute wieder ein bisschen Politbewegung im Stadtwald. Aber warum treibt die Hyperakkumulation des Geldes, die auch so etwas wie ein Verschwinden des Geldes ist, nicht viel mehr Leute auf die Straße? Okay, die Zuweisung von Schuld in abstrakten, komplexen Prozessen kann nur über eine gehörige Ressentimentproduktion auf die angeblich gierigen Banker abgeleitet werden.«

»No jo«, sagt Alonso, pult aus der rechten Tasche seines schmutzigen weißen Laboratoriumskittels eine angerauchte Zigarette und eine Streichholzschachtel mit dem Logo des Moselecks heraus. Das Anreißen des Streichholzes lässt Alfons, der gerade erneut wie ein pingeliger Ennui an der Linsensuppe herum schnüffelt, wobei er die Dose seitwärts kippt und seine hochgerötete Nasenspitze fast bis in die braune Soße tunkt, leicht aufschrecken, so dass die Linsensuppe über die grauen Dreitagebartstoppeln rinnt, weswegen Alfons sich sofort seinen alten Braun-Rasierapparat herbeiwünscht, den er vor vier Monaten in die Reparaturwerkstatt des griechischen Elektrohändlers Antrapopolous abgegeben, aber angeblich aus reinem Zeitmangel bis heute noch nicht wieder abgeholt hat. Die Sonne scheint im Moment aus der Perspektive des neben dem Grill kauernden Alonso nur gebrochene, flüchtige Lichtstrahlen abzugeben, so, als sollten sie kostspielig aussehen oder auf ihren Ankauf warten. Ein kleiner Stock stochert und staubt durch den Waldboden. Es schimmern tatsächlich ein paar Kieselsteine wie karamellisierte Lithiumteilchen in einer graslosen Furche. Es fliegen ein paar Flocken und Flausen über die um eine zugeschweißte Tonne aus graffitisiertem schwarz gelackten Stahl tanzenden Männer von Antifa.org.de und Blütenstaub rieselt leise auf sie herab, blütenweiß im späten April, spurenlos. Als regnete es verlorengegangene Zeichen (des Anzeigens).

Der Schatten eines ungewöhnlich gedrungenen, verknorpelten, voluminösen Mannes mit leichten bis schweren Haltungsschäden – eine angemessene Bezeichnung der Person wäre vielleicht aus dem Ruder gelaufener Glöckner von Notre Dame - streicht über Alonsos linke Gesichtshälfte, in die jetzt ein total schielendes Auge involviert ist, und dessen erratisches und zittriges Taumeln auf eine sehr spezifische hirnelektrische Aktivität schließen lässt, als würde das Spielchen diesen Menschen mit schrecklichem Stress plagen, was bei Alonso in Wirklichkeit ja gar nicht so der Fall ist, ferner scheint Alonso nur leicht aufgeschreckt vom kreischenden Aufheulen eines kollektiven Arrangements von rasselnden Kettensägen im Laubwald ein paar hundert Meter südlich der Einflugsschneise zum Airport, das vom würzigem Geruch frisch gesägter Buchenhölzer begleitet ist, der bis zum südwestlichen Uferteil des Ententeiches vordringt. Phlegmatisch heiter lächelt Snaffu das divertikulitische Fleisch des ballonförmigen, ausdrucksvollen, misstrauischen Philosophen-Gesichtes von Alfons an, der erst vorwurfsvoll stutzt, um dann Alternativen abzuwägen, denn Alfons hat ja in Vorlesungszeiten selbst bis zum Überdruss eine breite Palette von ausdrucksvollen bis zu komplett nichtssagenden Gesichtspolitiken fingiert, simuliert oder irgendwie praktiziert, Abstraktion sans phrase included, womit es ihm gelang, seine intellektuelle Überlegenheit auszuspielen oder auch zu verbergen, inakzeptabel oft selbst für seine Elitestudenten, die ihm in den Seminaren zur Headline Torusphilosophie oder zu den perlokurierenden Zeitkonzepten bei Michel Serres oder zum spekulativen Konstruktivismus oder zu einer neuen Geschichte des Kreises usw. meistens dann doch gebannt folgten. Mit einem sehr buschigen, mannshohen Birkenstrauch in der rechten Hand wirkt dieser Neuling Snaffu hier im Stadtwald neben dem großwüchsigen Freaky Franky stehend, der gerade mit dem in Geschenkpapier eingewickelten Buch *Infinite Jest* von David Foster Wallace auf einen Fliegenschwarm einschlägt, wie eine zum Ablachen verdammte Zeitbombe oder wie ein dummer Fehler in der Evolutionsgeschichte, der aber dennoch wie eine kleine Flugdrohne mit einem hohen Potenzial an Zerstörungskraft funktionieren kann. Wie aus anderen Kontexten bekannt, vermag Snaffus visueller Cortex jederzeit detailgetreue skopophile Wahrnehmungsbilder und darüber hinaus sogar ästhetisch hochinteressante Bewertungen hinsichtlich der Form bzw. Formierung von immensen Bilderfluten zu erschaffen, deren Produktion durch eidetische Konstruktionskraft sich des Öfteren auch an immanenten Destruktionsmöglichkeiten beweist, mit denen Snaffu die gesichteten Körper, die für ihn nun mal auch geronnene Bilder sind, traktiert.

Die beiden Neuankömmlinge, die irgendwie herausfordernd vor der Parkbank stehen und Camcorder und Handy in die gleiche Höhe halten, hatten sich vor etwa zwanzig Minuten an der Straßenbahnhaltestelle Zur Wildschweinsteige kennengelernt (wie Freaky Franky gerade einem links neben ihm tanzenden Punkanarchisten bestätigt, der ihm mit einem Flammenwerfer vor dem Gesicht herumfuchtelt), wobei Snaffu und Freaky Franky prompt an eine Gruppe gerieten, die zumindest für Freaky Franky eine Art Unterschichtenelegie erprobte; da rutschten ungefähr acht bis zehn NeoNeoNeopunks sprichwörtlich jedem so was von den Buckel runter und hielten dabei Ausschau nach wehrlosen Opfern, immer entropisch ins Machtgefühl der gelobten Verwahrlosung hinein gerissen, wobei diese seltsamen Exemplare sich ständig den Inhalt von BBQ-Soßenflaschen in die hochtoupierten violettfarbenen

Haarbüschel schütteten, die in keinem erkennbaren euklidischen Raster angeordnet waren, während die Personen gleichzeitig auf jeweils einem Fuß balancierten, möglicherweise infolge der Übermedikamentation von Designer Meth bzw. Tryptophan oder L-Histidin, möglich war aber auch, dass diese Personen infolge oder aufgrund eines in den Fußgängerzonen der City immer häufiger festzustellenden Phänomens von Impulskontrollstörungen handelten, bei denen die kognitiven Module – das Individuum ist mit einem Suchbild ausgestattet, um auf einen gewissen Stimulus, dem Negativ, mit einem entsprechenden Positiv zu antworten – der beteiligten Personen schweren Schaden erlitten haben sollen, wobei in den letzten Wochen tatsächlich seltsamste Affektinkontinenzen und Gesetzesübertretungen auf den Straßen zu beobachten sind, aggressive views from somewhere auf gewiss hydrozephale Passanten oder auf neurasthenische Beschmierer von Schaufensterfassaden, während vom Forschungsinstitut G.N.G. in Bad Homburg auf psychosomatische Hygiene getestete Männer, Prädikat »sehr gut«, seit ein paar Wochen im Zeitraum von 16:20 Uhr bis 17:20 Uhr auf den Straßen rund um den Hauptbahnhof als Quasi-Avantgarde ihre quasiepileptischen Anfälle und körperlichen Exegesen mit hoher thermodynamischer Wirkung auszuleben bereit sind, während notorisch mundwinkelzuckende NA-Anhänger mit Sauerstoffflaschen auf dem Rücken in den Einkaufspassagen auf der Zeil die obercoolen Passanten spielen, die sich aber keines der passierten Schaufenster anschauen; gewohnheitsmäßig starr straight forward blickende Banker suggerieren diesen Passanten wiederum mit hochfrequenten Bewegungen ihrer Extremitäten die Existenz quasi epileptisierender Hartz4-Anarchisten, während hochsenile Menschen auf den Kleinkunstbühnen der Karaoke Bars in der Stadt den infantilen, begeisterungsfähigen Kinderstar spielen, deren adäquate Verkörperungsform der junge Michael Jackson ist, und umgekehrt betreiben infantilophobe jugendliche Peer-Groups die Senilität per se als eine Art Leitgestirn ihres Mienenspiels, während mindestens drei Gruppen von Lesben aus den einschlägigen Postfeminismuscentern rund um den Henninger Turm, deren topologische Gebäudekomplexe tatsächlich an die Vaginalform erinnern, plötzlich auf die Diskurshoheit heterosexueller Frauen im Sinne der diskreten Exzentrik karrieregeiler Galeristinnen setzen, indem sie vor dem Commerzbankhochhaus die männlichen Bankangestellten aus den höheren Etagen mit Sandwichwänden attackieren, auf denen wunderschöne nackte Frauenkörper mit handgenieteten, schwarzen Motorradhelmen auf dem Kopf zu sehen sind, womit sie auf dem besten Weg sind die Ironie des Kunstsystems komplett zu pervertieren. Massen geistig verkrüppelter Handybesitzer mit Internetzugang, geistig geplündert durch die Immersion in die Kraftfelder der Daten & Informationsflüsse hinein, konsumieren seit Wochen anstatt den Zusammenfassungen kruder Sexratgeberliteratur auf www.amazon.de für den Laien schwer verständliche Untersuchungen zur marxschen Ökonomiekritik auf www.text.de, alles scheinbar unter dem Einfluss einer geheimnisvollen Substanz, wie ein von der Landesregierung Hessen hervorgezaubertes Expertenteam von Psychologen, Chemikern, Soziologen und Geistlichen beider christlicher Konfessionen inzwischen vermutet, während in erschreckender Gleichzeitigkeit bei einer quantitativ ernstzunehmenden Menge von Personen Störungen der habituellen Verhaltensdispositionen, Trägheiten und Gewohnheiten in den Bürotürmen der Banken zu beobachten sind, eine derartige Beschleunigung und Verspannung antimimetischer Wiederholungshandlungen, dass man fast gut hegelianisch von einem Umschlag von Quantität in Qualität sprechen kann; eine regelrechte Besessenheit nach Zwangsneurosen oder irgendwelchen Marotten macht sich an vielen Schauplätzen in den Binnenräumen der urbanen Maschinerie breit, als hätte sich eine Gottheit oder ein Dämon der Leute angenommen, insoweit auch das Paradoxon eines hyperpassionierten Suchtverhaltens die Beteiligten in ihrer Begeisterungsfähigkeit, Identitätszuweisung und kommunikativen Fähigkeit greift und mobilisiert, wobei bei den Akteuren eine ungeheure Konfusion zwischen ins Vertikale drehenden Aktivitätsschüben und horizontalen Verhaltensstetigkeiten oszillierend entstanden ist, dass es zu eigenartigen, molekularen Resonanzkrisen, ja fast Katastrophenszenarien an lokalen Orten oder mikroterritorialen Räumen wie beispielsweise Fechenheim-Ost kommt, wo sog. Hyperschaulustige ohne ersichtlichen Grund nur betrachten, wie man sich gegenseitig betrachtet, und das alles erzeugt im Großen und Ganzen so etwas wie einen massenpsychologischen Kick der Extraklasse, was wiederum ein ausgezeichnetes Recherche-Phänomen für die führenden Meinungsforschungsinstitute im Rhein-Main-Raum darstellt, die mithilfe der Anwendung von Wahrscheinlichkeitsberechnungen und statistischen Modellen qua Computersimulationen das merkwürdige Massenphänomen bearbeiten, um quasi derivativ oder deduktiv Individuen als Masse oder Marktanteile unter Markt- und Meinungsforschungsgesichtspunkten zu subsumieren oder zu eruieren, wobei die Masse letztlich eine Durchschnittsmeinung im Spiegel anschaut, der ihr von der Meinungsforschung vorgehalten wird (die die Akteure auf ihre Plätze verweist und sie eben tun lässt, was sie zu tun haben, eingeschlossen in ein System von Diskursen, Regeln und Sichtbarkeiten, dem sie ebenso wenig entrinnen können wie der Legostein dem Legohaus).

Alfons, der den schwer denkenden Kopf in beide Hände vergräbt und dessen rissigen, durstigen Lippen nur ein schwaches, undeutliches Jaulen entschlüpft, als würde er weit auratisch entrückt mit den Tränen kämpfen oder einem extrem stimulativen Faible fürs subtilste Plärren nachgeben, leidet generell unter dem Trial & Error-Verhalten dieses Quadratschädels Alonso oder unter dessen kläglichen Phlegmatismus, aber selbst in den allererbärmlichsten Begegnungen gibt es für den Philosophen Alfons noch eine Maxime: Wenn das Große kritisch betrachtet allzu oft als Grobes erscheint, dann nobilitiert man ganz im Geiste Nietzsches das Kleine, Feine und Sublime, ohne das kein Wille zur Macht fähig ist, über sich selbst hinaus zu gelangen. Nicht einmal eine der drei großen Flaschen Lambrusco/Valpolicella, die jetzt doch langsam zur Neige gehen, ohne dass Alfons einen einzigen Schluck davon getrunken hat – er ist eben nicht wahllos und maßlos wie Alonso –, möchte er in seiner Nähe haben. Die beißenden Plastik- und fleischlichen Wurstgerüche, die vom großen überdimensionierten Grill aus Aluminium herwehen, sind auch noch zehn Meter hinter der Parkbank klar und dunkel wahrnehmbar. Mit der rechten Hand schnippt Alonso andauernd in die Leere, filtriert etwas Unsichtbares mit zwickenden Fingerscheren und malt Monde in die Luft, lunarisch schwebt seine linke Hand, bevor er auf einem kleinen sandigen Bodenstück eine Miniaturplakette mit den Buchstaben E.I.F.F.M. sieht. Das Forschungszentrum für enzephalitische Idiotie in Frankfurt, E.I.F.F.M., hätte herausgefunden, sagt Freaky Franky, dass möglicherweise ein gefährlicher, hypergenerativer Viruskomplex in Frankfurt und Umgebung kursiert, von dem man bisher trotz kostspieligen Einsatzes von Abstrich- und Elektroden-Technologie in der Universitätsklinik Frankfurt weder hinreichende Erkenntnisse bezüglich der Infektions- und Übertragungswege noch der Inkubationszeiten oder der Ansteckungswege, Tröpfchen-, Kontakt- oder Schmierinfektion, gewonnen hat, vulgo die biologischen oder mechanisch unspezifischen Übertragungsmöglichkeiten überhaupt nicht im Geringsten kennt, so dass sich die Gerüchte über gefährliche, biologische Hyperwaffen unbekannter Wirkungsdimension (die sich angeblich im Besitz der hauptsächlich in Telekommunikationsnetzen operierenden Tiqqun-Sympathisanten befinden, die sich auf die Dissimulation und Dissemination der Entfernung zerstörenden Verkehrstelematiken eingeschworen haben oder sich auf die Störung der computerisierten Megamaschinen zur Steuerung der Maschinen erster Ordnung wie Autos, Schiffe oder Flugzeuge konzentrieren), inzwischen sogar in lahmarschigen Tageszeitungen wie der Frankfurter Rundschau und FAZ wie ein Lauffeuer verbreiten. Freaky Franky fällt im ersten Moment keine Beschreibung für den niederschmetternden oder strafenden Blick ein, mit dem Alonso ihn womöglich nicht nur strafen, sondern geradezu geißeln oder killen will, als eine hagere hochgewachsene Gestalt südlich des flachen Kieselsteinweges, der zur Wildschweinklause führt, dahergeschlendert kommt. Die Gestalt trägt in der einen Hand einen neonroten Motorradhelm mit dem großen goldenen Logo X auf der Hinterseite und in der anderen Hand eine Fahnenstange mit schwarzem Banner mit riesigen silbernen X in der Mitte, und verfällt, als sie die Anarcho-Gruppe rund um den Grill bemerkt, in einen militärischen Marschschritt, was Alonso dazu veranlasst, mit der linken Hand vor seiner Fliegerbrille herum zu wedeln, und was Freaky Franky einen gezielten Schuss aus einem Revolver simulieren lässt. Ein grauenhaft monadischer Blick, denkt Freaky Franky dunkel, klar nur in seiner Vorwurfsmarginalität. Freaky Franky stochert mit dem Fuß auf einer verdreckten Matratze mit Waldpflanzenmuster herum, stößt dabei Tabakrauch in Blasen aus, hält inne, um sofort im Text nachzulegen, nachdem eine Boing 747 über den Stadtwald gerauscht und wesentlich tiefer ein Helikopter in nördliche Richtung abgedreht ist, in Richtung Innenstadt. Ein schwarzer Landrover mit silbernem großem Wappenvogel auf dem Heck rollt derzeit langsam auf den Parkplatz des Restaurants Zur Wildschweinklause, spuckt ein paar schwarzgekleidete Gestalten aus, die allesamt riesige Pilotensonnenbrillen und Schlagstöcke am Gürtel tragen; es handelt sich um das Sicherheitspersonal eines privaten Präventionsdienstes, der den quasi-staatlichen Auftrag hat, eine kurzfristig in das Gebäude des Restaurants integrierte Einsatzzentrale der Polizei zu bewachen oder zu beschützen, Sicherheitspersonal, das auf dem großen Parkplatz und auf den Baustellen rund um das Gebäude mit allen juristischen und militärischen Vollmachten ausgestattet ist, um die Zitat heterogene Population, deren stündlich wachsendes politisches Widerstandspotential nicht zu unterschätzen ist, in Schach zu halten. »Das kann niemals die ganze Wahrheit sein. Hier wird schnell der große Satan oder es werden x-beliebige Verschwörungstheorien ins Spiel gebracht, die jedweder halbwegs seriösen Untersuchung von Quellen entbehren. Haben nicht die letzten Hausdurchsuchungen in Sindelfingen und Kelsterbach gezeigt, dass die von den staatlichen Sicherheitsdiensten lancierten Gerüchte, dass das gesamte Spektrum subterroristischer Gruppen den potenziellen Einsatz biologischer Waffen von Ananasserum und - - - - - - - - - - - bis Botilinumtoxin oder Rizin nicht ausschließen möchte, nicht nur frei erfunden oder erlogen sind, sondern geradezu benötigt werden, um den massenpsychologischen Konsensus wiederherzustellen, der kurzfristig verloren gegangen ist, besonders als letzte Woche das Drama um den Gesundheitsminister Dr. Zimmer beim Marathonlauf in Berlin passiert, der wohl ein bisschen mehr als nur aus einer Sänfte gefallen ist. Eine glatte Lüge, dass lokale oder regionale Franchise-Gruppen, wie BQBP oder Lashkar-el-RAFF (LeRA) und Harkari-Tuli-Blaebiliv (HTB) mit der alten Zentrale der Islamisten um Bin Laden zusammenarbeiten.« Freaky Franky ist sich nicht unbedingt sicher, ob das, was er da gerade an Konsistentem und Inkonsistentem von sich gegeben hat, nicht der

Existenz hydrolytischer Antikörper in seinem Fleisch und dem ihn seltsam sperrig um-gebenden Raum zu verdanken ist, wofür auch das typische Zähneknirschen spricht, das filterlose Kettenrauchen und die manische Redefreudigkeit mit außergewöhnlich konfabulierenden, semantischen und syntaktischen Brüchen, beinahe schon suizidalen Cut-ups im blubbernden Textgebräu. Freaky Franky schaut auf seine Uhr und sagt, dass er in exakt 78 Minuten wieder im Sperrbezirk anwesend sein müsse, Fußfessel und so, um nicht mit rasselnden Ketten oder Zwangsjacke in den Bau oder die Forensik einzufahren. »Schon gut«, sagt Snaffu, »aber ist es nicht prinzipiell die Aufgabe der staatlichen Propagandadienste, der Massenmedien und ihren mikropolitischen Armeen das Bedrohungsgezirpe der Ideologie am Laufen zu halten, Religion, Einflusssphären, Neo-Marxismus, Neo-Anarchismus, asymmetrischer Krieg und Weltwirtschaftskrieg? Cyber-Guerilla?«

»Wie wäre es, wenn du Dickschädel dich gefälligst mal vorstellen würdest, bevor du hier, ohne zu fragen, die abenteuerlichsten Politkrimiepisoden und weitere schlechte Anekdoten bar jeglichen allgemeinen Interesses zum Besten geben willst«, sagt Alonso, reinigt einen Backenzahn ausführlich mit der Zungenspitze, bevor er sich den Daumen weit in die Mundhöhle steckt, um mit mikroskopischer Exaktheit an der Säuberung desselben Backenzahnes zu arbeiten. Schrille Rabenschreie über dem Ententeich. Das höhnische Lachen der Crew des Sicherheitsdienstes aus mittlerer Entfernung sowie das sirrende Blätterrotieren eines Helikopters in zweihundert Meter Höhe, die Mixtur aus diversen Sirenengeräuschen aus weiter Ferne sowie das Gejohle und Gekröhle von Waldarbeitern und Neoanarchisten, und derart Vergleichbares komplementiert im Moment den Mischsound im nördlichen Teilgebiet des an die City angrenzenden Stadtwaldsees, um den die Polizei noch in der Nacht nach dem Fund einer Leiche an der

Straßenhaltestelle Zur Wildschweinklause 200 Meter westlich des Restaurants eine breitangelegte Razzia durchgeführt hatte, dabei aber lediglich drei streunende Hunde festnahm, die aus dem Aas eines Rehs die Gedärme zerrten.

»Alonso, in die Gefühlslage des anderen sich wirklich hineinzuversetzen und seinen Schmerz zu spüren als wäre er dein eigener, das ist wahre Empathie. Die - - - - - - - - - - - Die kognitiven und emotionalen Enkulturationsprozesse, das Geben/Hören/Lesen, Spiegelneuronen oder Empathieneuronen hin oder her, sind alles Forschungsinstrumente, um am Leben und an den Erfahrungen der anderen teilzuhaben.«

»Tja, über den Wohlfühlbiologismus hinausgezirkelt. Im antineuralen Nebel der Worte stochern. Im Gemüsegarten der Forschungsspezialisten. Was interessiert mich schon der Geruch von geistigem Napalm am Morgen? Ich versuche lieber meinen Zettelkasten um die Fingerhütchen aus Wort-Kristall zu bereichern. Aber mal im Ernst. Der Wert der Kreditausfallversicherungen für Belgien, wo bekanntermaßen einige der Genossen der Antifa einsitzen, wonder why, hat sich in den letzten fünf Monaten auf 68 Milliarden Dollar verdreifacht. Wenn diese Kreditausfallversicherungen nun immer teurer werden, könnte das Investoren verunsichern, womit es mit ziemlicher Sicherheit zu einem Käuferstreik für Belgien-Anleihen kommen wird. Refinanzierungen passé. Die Bong da mit seinen ulkigen Plaketten von NAPS muss mal gereinigt werden«, sagt Snaffu recht unvermittelt, lacht erstmals seit einer halben Stunde bestürzend freudlos auf, und, als er das Samsung-Handy berührt/aktiviert hat, erstirbt der hohe deformierte, fast lispelnde Tonfall seiner Stimme nur sehr langsam. Eine junge Ente quäkt brutal.

»Als ich 10.000 deutsche Mark im Monat verdiente, dachte ich, ich kann 20.000 Mark verdienen. Als ich 20.000 im Monat verdiente, dachte ich, ich kann 50.000 verdienen. Es war immer eine Person oder eine Stufe auf der Leiter über mir, und ich musste mich allzu häufig fragen: Ist der wirklich doppelt so gut, wie ich es bin, oder macht es überhaupt Sinn die nächste Stufe zu erklimmen?« Alonso hat sich diese Frage in seinem Leben schon x-mal gestellt, und er spekuliert nicht unbedingt auf ein offenes Ohr seitens seiner derzeitigen Gesprächsteilnehmer, während der mit einer hektischen Kreiselgeste zu 90% Verlorenheit simulierende/andeutende Alfons weiterhin fast unbeteiligt oder neutral auf die schimmernde, aber energielose Oberfläche des Ententeichs stiert. Er sagt:

»Ach Alonso. Steige nur immer weiter von den kahlen Höhen der Gescheitheit in die grünenden Täler der Dummheit. Der verzweifelte Wittgenstein war am Ende ein vollkommener Mystiker.»

»Müsste aber die Bekundung des informationsbewussten Elitismus nicht mindestens zu der keineswegs spektakulären Einsicht führen, dass der massiv geforderte massive Rückgang der staatlichen Investitionsnachfrage in Belgien oder der entsprechenden Hilfsmaßnahmen der EU nicht ohne weiteres durch hohe Unternehmensinvestitionen und höheren Konsum sowie eine Verbesserung der Außenbilanz kompensiert werden kann?« Snaffu ahnt kaum die interferente Brisanz seiner Frage, bei deren Beantwortung der Nichtökonom und Philosoph Alfons, welcher durchaus sowohl ein experimentelles als auch ein strikt auf die aktuellen Probleme des Weltfinanzsystems orientiertes Aussagesystem gegenüber den finanzwirtschaftlichen Expertenkreisen der ANTIFA zu generieren pflegt, durchaus scheitern könnte.

»Alles so ungefähr möglich wie die Begegnung einer Ratte mit einem menschlichen Ohr im Versuchslaboratorium«, sagt Alonso und murmelt noch »Diese Schweine, da oben«. Alonsos Ruhepuls ist bequem niedrig, denn er hat die Bong zum dritten Mal innerhalb kürzester Zeit hintereinander exzessiv genutzt, so dass seine neurosomatische Lage voll okay ist, abgesehen von leichten Symptomen wie multiplem Nastagmus oder winzigsten Ausbrüchen von Otto-bis-hyper-clown-mäßigen-expressiven-Mimiken und natürlich äußeren Einflüssen, für die er nun wirklich nicht verantwortlich zu machen ist, derweil Freaky Frankys syntaktische Tendopathien und seine ungenödemistischen Schlürfgerausche an die absolute Bereitschaft gekoppelt sind, irgendjemanden nicht nicht zuzulabern, weil es ihm schlichtweg egal ist, ob dieser jemand die Bereitschaft mitbringt, ihm zuzuhören oder eben auch nicht. Snaffu zieht rundum zufrieden am Acryl-Mundstück seiner Lorenzo-Pfeife, genießt dabei die Vorstellung, dass er ausnahmsweise nicht mehr als einen einzigen tiefgründigen Beitrag auf Höhe der Leitungskapazität seiner beiden Temporallappen leisten muss, um dem netten Philosophen, dessen gelbe Öljackenkapuze zwei Löcher besitzt, aus denen seine übergroßen rosaroten Ohrmuscheln herausragen, ein paar sichtbare Unlustgefühle zu verschaffen.

»Niemand kann geldgestopft und zugleich arm sein, nicht einmal die Möglichkeit ist gegeben. Ein Geldgestopfter kann aber arm werden. Sehen wir es einmal aus dieser paradoxen Perspektive.« Freaky Franky fügt noch hinzu, er sehe das alles im Moment quadratisch gut. Snaffu lässt ihn in dem Glauben. Er, der selbst alles quadratisch gut sieht.

Größere Teile des Waldbodens, dessen organische Patchworkoberflächen zwischen dichten Baumgruppen und leicht erhöhten Hügeltableaus mit staubigen braunroten Flächen liegen, dampfen seit länger als einer halben Stunde mit unverminderter Intensität, und manche Teilgebiete sind von Ameisenvölkern toupiert. Ein Parallelogramm bzw. Linienraster anzulegen, das auf eine strategische Pluralbearbeitung des Waldbodens hindeutet, die von den Antifamaschinerien plus der Brigade N:T:P:S: geleistet werden muss, bleibt das explizite

Ziel der in Rotationsintervallen bis zu acht Wochen arbeitenden Kommandos von zwanzig bis vierzig Personen, bis die Waldoberfläche endlich einer strengen euklidischen Kartographie gleicht, der Kartographie der Verteidigungs- und Versorgungsanlagen, die in den unterirdischen Stollen untergebracht sind und in sehr komplexen Relationen und Verbindungen zu den Wegen und Strömen gefurcht in die Oberfläche des Waldbodens stehen. Die Luft riecht satt ozongesättigt. Aus den sogenannten schwarzen Passagen des Waldes, südöstlich des Ententeiches, tauchen plötzlich Gestalten auf, die orangegelbe leuchtfarbene Motorradanzüge tragen und in den Händen laut knatternde/ratternde Motorsägen und Heckenscheren von bedrohlicher Größe halten, wobei in einigen Händen kranke, weiße Äste und wahrscheinlich Ginsterzweige umspielt von moosiger Gischt zu sehen sind. Freaky Franky glaubt zu hören, wie von entfernt eine Gestalt wutentbrannt und lichterloh erzürnt zur anderen sagt, so es ist getan, Du. Du, denkt er, du darfst jetzt nicht die Nerven verlieren, du darfst jetzt einfach nicht die Nerven verlieren. Alonso merkt ungewöhnlicherweise als erster, dass Freaky Franky unvermittelt in ein rasselndes Räuspern verfällt, mehr oder weniger eine normale Begleiterscheinung seiner diversen Hydrolysen, Geräusche, die bei seinen Frauenbekanntschaften oft einen bitteren Nachgeschmack hinterlassen, weil die Frauen diese plötzlich einsetzenden rasselnden Geräuschattacken mit sexuell motivierten Fitnessindikatoren zu verwechseln imstande sind und daraufhin sozusagen soziopathisch darauf einsteigen, was Freaky Franky in diesen – für ihn schlimmen – Momenten einfach nicht verstehen kann, ja sogar als persönlichen Affront empfindet, um deswegen schlichtweg wieder zu disloziieren. Die Enten schreien, als gäbe es bald Dosen- oder Intensivnahrung von MIGMAG. »Heideggers Ding ist wie die Monade fensterlos«, murmelt Alfons.

»Herrliches Wetter für eine Flächenrodung.«

»Bald Frühling.«

»Ich mag die Abstinenz von den Jahreszeiten.«

»Mudschaheddins der natterhaften Sorte.« Freaky Franky schleudert seinen gebeugten oder eingeknickten linken Arm aus, als ob es sich um einen Bumerang handelt.

»Eher sind es Schattenkrieger auf Tagesurlaub. Akzeptable Genossen, wenn man sie nur in Frieden lässt.«

»Entenmäster.«

»Die herumlungern. Mit der Zeit überlegt man sich's zweimal, ob man je bei einer staatlichen Behörde vorstellig werden sollte, bevor man nicht lieber krepiert.«

»Sei nicht so streng.«

Provokativ versucht sich Freaky Franky mal resümierend, mal kompromittierend in den disseminativen Dialog der beiden auf der Waldparkbank sitzenden Pseudo-Clochards einzumischen, während Snaffu auf ein paar getrockneten Datteln rumkaut und davon redet, wie er im Augenblick auf schmerzhafte Weise zu spüren bekommt, wie sein drittes Auge Models ablichten und später digital modellieren will. Ein scharfer Westwind peitscht Snaffu den kastanienbraunen Tropenhut mit breiter Krempe nach hinten weg. Er hat nicht die geringste Ahnung, warum er nicht längst wieder zurück ins Büro von Mansfeld & Mansfeld im Bahnhofsviertel gegangen ist, wo er gestern bis tief nach Mitternacht radikal komprimiert am Computer ambitionierte Skelette seiner Modelle/Models erstellen und jede Menge Diagramme oder Backup-Dateien sich vornehmen konnte; kontinuierlich arbeitet er seit vierzehn Tagen an einer Troglologie der Hautoberflächen, um noch die feinsten Krater und andere Hautunreinheiten in virtuellen und später in realen Gesichtern auszumerzen, oder er benutzt Beer-Strukturen und gespiegelte Sierpinski-Fraktale zur Darstellung des Kommunikationspotentials bzw. der Vernetzung der

Models in der Mansfeld-Villa untereinander, sagt sich dabei immer wieder aufs Neue, das Kriterium der Mathematik ist nicht Wahrheit, sondern Folgerichtigkeit und lutscht dabei tonnenweise giftgrünes Wassereis. Models, die auch längst mehr das sind, was sie einmal waren, sagt Snaffu unvermittelt, postpubertäre Zickigkeit würde da durch die Dramaturgie bestenfalls SMS-geschädigter Teens ersetzt, deren psychische Batterien, wie schrecklich amüsant, zwischen totalem Kollabieren und euphorischer Aufladung oszillieren, weil sie im Endloscasting wie auf einer Möbiusschleife gleiten, wo die Zuordnung von Innen und Außen nicht mehr möglich ist, weil die Fläche, wie es in der mathematischen Topologie heißt, nicht orientiert ist. Puh, der Popstar, der in eine mediale Schleuse hineingetrieben wird, wo das Ich-bin-ein-Star-Ich a) den vermeintlich inneren Drang bezeichnet, der folgerichtig als Lippenbekenntnis des Kandidaten in den diversen Medienformaten verbreitet und b) als Produkt der Selbstinszenierung von einer perfekt geölten und geschmierten Medienmaschinerie kybernetisch gesteuert wird.

»Das ist kompliziert«, sagte Freaky Franky und greift, wie er sagt, nach der Querstange eines Kleiderständers, der aber nirgends zu sehen ist. Zu seinen Vermutungen über die staatlichen Spioniertrupps, die in den Ausbildungslagern des BND bzw. SEK im Harz und Spessart sozusagen die Arschkarte gezogen hätten und peu à peu in den Stadtwald abkommandiert worden wären, kann Freaky Franky aus angeblich operativen Gründen nicht viel sagen, er mag noch nicht einmal sagen, warum er selbst hier anwesend ist, zu unbedeutend ist sein (unbestimmter) Platz im gesellschaftlichem (Um)Feld der Feldforschung, und sein atopischer Einfluss auf Genossen der neotrotzkistischen Splittergruppe *Was Tun* ist noch unbedeutender, Zweifel Zweifel, weshalb er vielleicht schon schnell vergessen haben, wie er sagt, dass in spätestens sechzig Minuten die für die permanente Fußfesselkontrollüberwachung zuständige Aufsichtsbehörde in Hünfeld ihn wegen dem dringendem Tatverdacht der unerlaubten Entfernung aus dem Sperrbezirk XS festnehmen könnte.

Trotz der Einnahme von wasserbildenden Psychopharmaka und weitgehender Bewegungsabstinenz hat sich Freaky Frankys Doppelkinn nur minimal vergrößert. Gestern Nachmittag hat er im Asia-Shop Sue & Dust zwei Packages Ingwer-Candys gekauft, die er jetzt aufreißt, um Snaffu und den weiterhin auf der Parkbank verharrenden Alfons & Alonso davon anzubieten. Freaky Franky erzählt, wie er in naher Zukunft beabsichtigt, von außen seinen Schädel in den Fahrstuhl zu hängen und seine staatlich angestellten Betreuer aufzufordern, die Fahrstuhltür mit seinem ehrenwerten Schädel dazwischen zu schließen, bis ihm das Blut aus seinen Ohren spritzt. Wenn Zeichen an jeder Ecke lesbar werden, wird Bezeichnung zum kompletten Horror. Ausgerechnet für ihn als Amateurphilosoph ist es manchmal schwierig zu reden, gerade wenn er etwas zu sagen hat, wegen der Wörter, die ihn öfters als ihm lieb ist etwas sagen lassen, wie es die Wörter brauchen und überhaupt nicht, wie er sie gebrauchen will.

Der überdimensionale, ockergelbe Schaufellader, der auf einer kleineren Baustelle hinter dem Hauptgebäude des Restaurants Zur Wildschweinklause steht, stehe, so sagt es jedenfalls Alfons, für das urbane Symbolon, das permanent das Diabolon zu vernichten versuche, wie umgekehrt Viren, Hackerangriffe oder Netzterror in den Subnetzen der Antifa nicht auf Knopfdruck abgeschaltet werden könnten, während die Pager-Netze, von satellitenbasierten Überwachungsfirmen gestützt, daran arbeiten würden, jede From des Netzkollapses in den staatlichen und Mainstreamnetzen präventiv zu bewirtschaften, indem sie Steuerungstechniken für Backup-Systeme, Netzarchitekturen und neue Regeln gegen das Disaster-

Recovery ihrer Netze durchzusetzen versuchten. Die durch das Dekret »Sondermüll 2013« ausgelösten Maßnahmen zur geregelten städtischen Müllentsorgung wird derzeit durch die Stadtverwaltung von den östlichen Industriegebieten noch zielstrebiger im Rahmen einer unreflektierten Standortpolitik, was Kosten und Nutzungspotenziale angeht, in den Norden des Stadtwaldes umgeleitet, so dass die geplante Evakuierung der im Stadtwald lebenden Hartz4-Anarchisten tatsächlich einer Invasion des oder gegen das Diabolische(n) gleichkommt, mit der sie nicht im Geringsten gerechnet haben. Nemesis des Mülls, der sie umzingeln wird. Eine äußerst hybride Raumordnung. Eine Waldfläche von der Größe eines Fußballplatzes wird der Errichtung einer neuen Müllkippe für Computersondermüll zum Opfer fallen, wenn es die Bewegung nicht schafft, die Rodungskommandos – hauptsächlich im benachbarten Neu-Isenburg versammelte paramilitärische Gruppen und bis an die Zähne bewaffnete Bauarbeitertrupps, deren Vernichtungsradius und Resilienz bisher selbst vom Doktorandenteam Bohn/Hardt/Bohn (verantwortlich für Stadt- und Planungspolitiken am Institut für Sozialforschung) kaum einzuschätzen ist – in die Flucht zu schlagen. Ein lärmtösender Schaufellader südöstlich der Gaststätte beginnt gerade mit der Abtragung/Planierung der Spitze eines schroff ansteigenden Lehmhügels, während ein Waldarbeitertrupp gemäß der infrastrukturellen Matrix des städtischen Ordnungsamtes Bäume und Baumstümpfe in der unmittelbaren Nähe des Ententeichs mit weißer Farbe bestreicht, während die Rodungen eines circa 600 qm großen Baumgebietes aus Kiefern und Eichen zügig voranschreiten, und während auf dem Grenzstreifen eines dünn besiedelten Wohngebietes, südlich der ICE Trasse Frankfurt-Kassel-Berlin, das sogenannte Messie-Syndrom, individuelle Pathologien der Vermüllung, in den Konglomeraten total verschmutzter und stark behaarter Personen eines Antifa-

Ablegers sichtbarsten Ausdruck findet.

Freaky Franky sagt, dass man sich ab einer bestimmten Tageszeit überhaupt nicht mehr in der City bewegen könne, er leide ja schon seit längerem unter dem unbequemen Eindruck, was auch lokale Medien wie das Frankfurt Journal und der städtische Internetdienst F.F.M.I. bestätigen könnten, dass im Kontext bakterieller oder virusbedingter Infektionspolitiken, die im Zusammenhang mit auf Prävention abzielenden sogenannten Physical Enhancement Acts staatlicher Gesundheitsbehörden stehen würden, seltsamste Phänomene und schwer zu verstehende kollektive Mediensettings der Außerkraftsetzung der Verkehrssystemsteuerung auf den Straßen Frankfurts zu beobachten seien – ohne jeden ersichtlichen Grund würden Interjektionen bzw. holophrastische Äußerungen von Passanten in Bumerangformaten quer über die Bürgersteige losgebrüllt, worauf von urbanen Knotenpunkten wie großen Straßenkreuzungen ausgehend sowohl »echte« Obdachlose als auch Freizeitobdachlose sich unmittelbar auf den Weg zum südlichen Mainufer begäben, oder hundefüßlerisch trippelnde Dissidentengruppen aus dem asiatischen Binnenraum insbesondere Burmas und Thailands, oder aus dem ostdeutschen Raum um Magdeburg und Cottbus bei der schnüffelnden Untersuchung der Straßenlaternen (auch am Main) und der (überfüllten) orangefarbenen Papierkörbe beobachtet werden könnten, unterstützt Zitat von Flachwichsern der aktuellen städtischen Kunstszene um den völlig gedopten und subtil auf sich selbst projektierenden Guido Braun oder dem aus Ostafrika stammenden Barbesitzer No Ral Chan. Auch als Human Health Acts bekannt, würden bestimmte Risikogruppen, bei denen es sich nach Freaky Frankys Meinung um sogenannte Gechippte handelt – auf immer und ewig Suchtkranke, denen der Konsum jeglicher Formate von Betäubungs- oder Rauschmitteln sowie kalorienreicher Lebensmitteln polizeilich verboten wurde –, ja, diese Risikogruppen würden die letzten Oldskool-Kneipen insbesondere im Bahnhofsviertel abklappern, um dort nach Dissidenten oder sterbenskranken Leuten zu suchen, und diese auszuspionieren, weswegen die auch als Human Health Acts bekannten Gruppen im Rahmen wohlfahrtsstaatlicher Restprogramme von den gesetzlichen und privaten Krankenkassen Abk und TFK unterstützt würden, falls sie sich selbst auf die Dauer von zwei Jahren sowohl drogen- und burnoutresistent als auch reversibel gegenüber jedweder politischer Rekonfiguration erweisen, die die staatlichen Gesundheitsbehörden verschreiben oder anordnen würden, Pet-Scans, DNA-Analysen und Transplantationsmedizin, um letztendlich diese Gechippten mithilfe der Übertragung von Informationen durch Mikrochips als Versuchsobjekte und zugleich Informationsquelle zu benutzen, um empirische Aussagen über sowohl selbst- & fremdgesteuerte als auch territorial definierte und optimal allokierte Akteure und Akteurinnen zu gewinnen und zu archivieren, und um natürlich der biopolitischen Interventionspolitik seitens des Staates sowie der Kommunen, wie Freaky Franky mehrmals eindringlich betont, Tür und Tor zu öffnen. Er hätte, als er sich heute morgen eine Aconiton-Spritze bei seinem Zweit- oder Drittpsychiater Dr. Werner abholen wollte, im Wartezimmer ein süßes junges Mädchen getroffen, das sich von Dr. Werner ein sogenanntes Sexoid-Programm für die Dauer von drei Monaten einspritzen ließ. Das Girl sagte, sie müsse nach dem Spritzen sofort ins Taxi steigen, um nicht direkt auf der Straße über einen Mann herzufallen oder um nicht sofort in Lovestorys oder zu schnelle Identifikationen zu verfallen, aber weil sie ja jahrelang frigide gewesen sei, nähme sie diese Art Unannehmlichkeiten manchmal gerne in Kauf. Manchmal frage er sich, wie denn seine Rendezvous-Systeme letztendlich gepolt wären, nachdem es ihm leider nicht gelungen sei, mit dem Girl zu konnektieren, vermutlich hätte das mit den zeitlichen Sequenzierungen und der Heterochronizität zu tun, zu der ihn die Fußfessel eben manchmal zwinge.

Erst gestern ist es zu einem Zwischenfall auf der Kaiserstraße Ecke Weserstraße im Bahnhofsviertel gekommen, als dem indischen Gastwirt Krishnavurti eine 10 Kilo-Kiste Gambas Chorizo, die er im ASIA Shop Chenzo-Shui um die Ecke gekauft hatte, aus dem Arm weggerissen wurde, wobei die ultramarinblaue Kiste jedoch Minuten später schon ungeöffnet auf einer Holztheke des neueröffneten türkischen Fischgeschäfts Aladins stand, worauf sich sofort eine aufgeputschte bzw. aufgepeitschte Traube von Schaulustigen vor der verglasten Eingangstür bildete, die in ihrer seichten Komplexität kaum zu überbietende Parolen gegen C12H22011-induzierten Mundraub skandierte, dessen Verhinderung in Zukunft nur durch den massiven Einsatz staatlich organisierter Sicherheitskräfte hinsichtlich der korrekten Kontrolle von pathologischen Zuständen innerhalb des Bahnhofsviertels erreicht werden könnte, was dem privaten Sicherheitsdienst ANACONDA KG, der die mikrophysikalischen Normalisierungstaktiken und -strategien im Bahnhofsviertel unter dem Signum der Gerechtigkeit und Gleichheit seit dem Mai letzten Jahres mitverwaltet und organisiert, um damit gleichzeitig den massenpsychologischen Humus isolationistischer/rassistischer Tendenzen am Köcheln zu halten, nicht im ausreichendem Umfang effizient und effektiv gelungen ist (ein Biotop des Kontroll- und des Disziplinarkontinuums), wobei ANACONDA KG bis in die Redaktionsräume der Lokalredaktion der FAZ schon häufiger der Vorwurf gemacht worden war, nicht in ausreichendem Maß unter Umständen auch mit physischer Gewalt gegen Besoffene, Querulanten und Delinquenten vorgegangen zu sein, die beispielsweise harmlosesten Passanten und Bürgern auf den Bürgersteigen einfach mal den Vogel zeigen oder ihnen unverschämterweise einfach nachpfeifen.

Sicherlich hatten sich unter die taff auftrumpfende Clique von Schaulustigen auch einige wenige Gechippte gemischt, und mittendrin, wie sollte es auch anders sein, schwenkte der reichlich lokal bekannte Szenereporter & Kleinkunstpoet S.A.S. seinen geöffneten transparenten Plastikregenschirm durch die Luft und brüllte konsekutiv entschlossen »Vermeidet den Weltwirtschaftskrieg« in und gegen die Menge, als man schon längst mit versammelten und hoch aufgeblähten Kräften begann, die jalousiebezogenen Fenster des türkischen Fischladens mit frischen, knallroten, italienischen Tomaten zu bewerfen, wobei die Menge unter ohrenbetäubendem Protestlärm auf die viel zu hohen Einzelhandelspreise in türkischen Geschäften hinwies sowie auf den brechreizerregenden Geruch von pampigster Fischmasse, der aus den durchlöcherten blauen Plastikkanonen dringt, die im Hinterhof des Aladins stehen, Proteste, die einen grotesk kostümierten Mann einer türkischen Sicherheitscrew, eine Art harlinesker Knochenbrecher, der sich blitzschnell zur Absicherung des Geschäftes vor dem Eingang aufgebaut hatte, nicht daran hinderten, aus einem minituarisierten U-Boot aus Aluminium zähflüssigen, fast violetten, fleischlosen Matsch von Lachs zu löffeln, wahrscheinlich nur um zu demonstrieren, dass selbst der quälend duftende Fischmüll, der tagsüber ein Heer Schmeißfliegen anzieht, ein kulinarischer Leckerbissen à la Bocuse sein kann, wenn man denn als gefühlvoller Konsument in der Lage ist, den stinkenden Lachs in der Vorstellung mit den Ingredenzien von Luxus, Wellness und Fachkenntnissen in Chemie in Verbindung zu bringen. Ein zu 99% Gechippter stupste mit der Schulter rasend schnell vorbeirauschende Passanten immer wieder an, verwies dabei auf Furunkelbildung und seine schwere Adiposis erlitten durch den Konsum von Fischspeisen bei Aladins, die seiner Meinung nach zu 99% mit ranziger alter Sahne eingedickt worden wären, was wiederum erregten Zuspruch bei weiteren Gechippten fand und die Dynamik der Beschimpfungsarien bezüglich Tonlage und sensorischer Qualität noch aggressiver werden ließ und das emotionale Barometer des Aufruhrs schließlich zum Kochen brachte, bis vor allem die Köpfe der Gechippten synchron nach vorne stießen und deren Nasenspitzen nach oben zeigten, so dass die unbehaarten Nasenlöcher sehr gut einsehbar waren; es sei eine elitäre Geste des verfeinerten Duktus, der den Gechippten eigentlich am wenigsten zustehe, die ansonsten mit der Entgiftung ihres kaputten Lebens rund um die Uhr beschäftigt seien, meinte ein Schaulustiger. Die mit Pickeltinkturen, diversen Tranquilizern wie Antisuchtmedikamenten oder Johannisbeerkrautkapseln beschäftigt bzw. bis oben vollgepumpt seien, ohne sich einen Kopf darum zu machen, warum man im eigenen Leben so schändlich ausgespielt hätte und trotzdem nicht den leisesten Anflug von Erschöpfung zeigen dürfe. Kleine bunte Comicfiguren antimeditativer Panik. Zwei blauweiße Lieferwagen mit rotweißen türkischen Flaggen auf den Planen standen links und rechts des Fischgeschäftes Aladins in den Einfahrten.

Freaky Franky stand plötzlich an der Dorsalflanke des Menschenblatts und sagte einem in Statur und Bewegungsformat eher wuchtigen Gechippten, der links neben ihm stand und eine besonders sensibilisierte Motorik in seinem aufgeblasenen Gesicht auslebte, er hätte da so eine Idee, und das aus gutem Grund, weil er ganz gewiss wisse, dass sein Gehirn auch in Extremsituationen, ohne das bestimmte lebensnotwendige Hirnareale gequetscht worden wären, bis hin zur völligen Bewusstlosigkeit weiterarbeiten könne, wie eben nur eine sequenzielle Maschine im Unbewussten das könne; das einzige Problem sei das mit der Sperrstunde (in seinem Kopf). Dabei sah Freaky Franky dem atemverschlagend mundwinkelzuckenden Mann mittels der ihm eigenen typisch emotionslosen, aber auch fordernden Blickfeldtechnik starr ins Gesicht, als ob er sich in der Rolle eines Hauptkommissars mitten in einem Verhör befand, worauf das scheinbar Verängstigte oder zwingend Ratlose des Gechippten komplett irreale und möglicherweise destruktive Züge annahm, zumal der Gechippte, jetzt kurz vor dem Dehydrieren, Sekundenbruchteile zuvor erschreckt gesehen hatte, wie ein anderer Gechippter einem hydrantförmigen sowie im Gesicht mit Sommersprossen übersäten Mann, der rechts neben ihm stand, äußerst hart auf die Schulter geschlagen hatte, so dass dieser Mann wie besoffen nach vorne und in einer Art Parabelflug auf ihn drauf kippte, womit der Gechippte eine fulminante Kettenreaktion mit allerlei Bewegungsvariationen auslöste; quasi automatisch fielen die beiden eng ineinander verschlungenen Personen nach hinten auf eine atemberaubend schöne Businessfrau in hellbeigem Chanel-Kostüm, deren darauf einsetzenden Paddelbewegungen der Extremitäten in diesem Moment niemand zumindest der Gechippten in der Menge wirklich zur Kenntnis nahm, während die Frau mit ihren im Sturzflug verursachten Fallwinden vorzugsweise vor Ängstlichkeit fast sterbende Teens zu schrillen, hohen Schreien veranlasste, deren maximal hohe Frequenzen die halbvollen Biergläser von mindestens fünf Gästen, die aus dem Moseleck gekommen waren, einfach zerspringen ließ, so dass die Gäste nun verstört oder entgeistert auf den Asphalt blickten, bevor weitere Personen selbst in transversalen Routen auf den Boden hinab glitschten, so dass jeder Bezugspunkt auf Ordnung und Harmonie in der Masse schnell verloren ging. Es gab kleine, stürzende Menschenketten, die allesamt vibrierende Stoßquellen darstellten und wie mikroskopische Brownsche Molekülbewegungen besoffen hin und her schwangen, so dass diese Menschenketten quasi sternförmig Energieimpulse an die Umherstehenden weitergaben, wobei die Addition einer großen Anzahl von Stößen und vielen Zugbewegungen hin zu einem komplexen Muster gelang

– die Rotation eines Kegels um die y-Achse –, gerade als ein wahrscheinlich Freizeitobdachloser mit künstlich hervorgehobenem, wabbeligem Bauch und artifiziellem runzligem Akne-Gesicht die Füße in den Boden stemmte, sich vorbeugte, um die feuchte, glänzende Schnauze eines erregt kläffenden Huskys genauer zu besichtigen oder zu beurteilen, der nur noch ein einziges Mal laut knurrte und keuchte, bevor er dem Freizeitobdachlosen die pockige Kunstnase abbiss, worauf dieser mit einem Aktenkoffer aus schwarzem Kunstledermaterial in der rechten Hand lautlos, fast ohnmächtig auf den Bürgersteig sank, wobei der mit Silikonmaterial gefüllte Bauchbeutel sofort platzte, und unter dem grauen verfleckten Baumwollmantel kam etwas hervor, das dem jetzt direkt daneben kauernden Freaky Franky wie ein mit ungeheurer Ätzkraft bewaffnetes Alien vorkam, das ihm sogleich einen Maschinenkuss geben würde, und nach ungefähr hundertachtzig Sekunden glich die Menge Schaulustiger tatsächlich einem horizontalen Irrgarten, dem die Suche nach dem (vertikal) Unwahrscheinlichen vollkommen verlorengegangen war. Die auf dem Boden liegenden und strampelnden Leute wirkten nun sämtlich suizidal gefährdet oder primordial erregt und guckten zugleich irgendwie alle entgeistert in den wolkenlosen azurblauen Himmel, unerklärlicherweise, vielleicht nur um zu zeigen, dass sie überhaupt nicht erregt waren, und längst nicht verlernt hatten, den Selbstregulierungs- und Selbstbestimmungsimperativen von ihnen selbst Folge zu leisten. Ein paar Frauen in der Menge wühlten entsetzt oder subcortal aufgeregt in ihren schwarzen Lederhandtäschchen, die meisten mit dem Daguerreotyp eines ausdrucks- und makellos blickenden Topmodels, während die meisten Männer in der Menge, auf jeden Fall soweit es Gechippte waren, sich mit beide Händen an die Kehlen fassten und ihre belegten Zungenbänder ansatzweise zeigten. Freaky Franky hatte übrigens so viel Dream Matte Powder aufgetragen, dass er in diesem divergierenden und zugleich konvergierenden Umfeld wie eine hohle Tunte wirkte, die auf dem Weg war, sich ins Museum für Zeitgenössische Kunst zu verirren oder die dort schon längst ausgestellt war, aber immerhin war sein wogender Kunstbusen immens aufgebläht, zumindest solange es ihm noch gelungen war, festen Halt unter den Füßen zu finden.

Freaky Franky träumt seit dieser ersten Begegnung mit den Gechippten davon, dass man ihm zukünftig in die laterale Amygdala mithilfe von implantierten Kanülen im 4/4 Takt Ritalin oder andere Enhancement Stoffe injizieren wird, sodass er endlich aus seinem quasi-Stein-Dasein herausfindet, welches sich in strengen periodischen Schüben, sagen wir mal, pentametrisch, mit seiner zügellosen, die Welt überflutenden Manie abwechselt, die einer intuitiven kognitiven Flutung des Hirns mit reichlich zur Verfügung stehenden Daten kongruent ist.

Die grafische Repräsentation von Konjunkturdaten (zusammengesetzt aus den Teilindexen der Waren-, Geld- und Finanzmärkte) beispielsweise in einem hocheffizienten Vierfarb-Diagramm, das durch das EB-interne Epistat gejagt wird, erzeugt bei den Brokern Denis, & Marcus und Dr. Dr. Hanselmann himself im Handelsraum im 19. Stock ein gedehntes und neonlichtdurchtränktes Schmunzeln (direkt unter einer LED-Leuchtenkette im vorderen Teil, quasi dem Eingangsbereich des Raumes), und bei Denis darüber hinaus ein als hoch und heiliger Schwur getunetes »Ein Hoch auf das Hochdruckgebiet«, dass es selbst der Vielzahl der Broker in Hörweite fast unangenehm ist, wobei man nicht so recht weiß, ob Denis mit seltsam veränderter Stimme ins Disloszierende auf die derzeitige Hochdruckwetterlage über Mitteleuropa anspielt (die für die Stabilität einer weit verstreuten Aschewolke in ungefähr zehntausend Meter Höhe über Deutschland verantwortlich ist, die seit zwei Tagen das allgemeine Flugverbot und daraus resultierend den radikalen Absturz der Lufthansa-Aktie ausgelöst hat), oder auf die Beschreibung seiner in den letzten Stunden zugegebenermaßen verschärften, wenn auch nicht in jedem Fall vollkommen rational durchkalkulierten Handelsraumaktivität, die sich im Zuge kurzfristiger Finanztransaktionen, möglicherweise massiven Short-Sellings, dennoch in einem komplexitätsdeduzierenden Allzeithoch seines Portfolios niederschlägt, auf keinen Fall aber in einer allgemeinen Aufwärtsbewegung der Aktienmärkte. Den in der Brokerszene sagenumwobenen, von HTGG Inc. angebotenen Heat Maps, welche die sogenannten Großwetterlagen an Derivat- und Devisenmärkten en detail zu visualisieren imstande sind, was Volumenbewegung, Arbitragen und Kreditrisiken angeht, misstraut Denis schlichtweg, wobei Metaphern wie Turbulenz oder Sturm für die Darstellung genau jener rasant volatilen Kursbewegungen stehen, aber manchmal präferiert Denis in kurzen Intervallen während des Tradens einfach auch lieber das Diskursgelaber, das die Broker Marcus, Denis und Michael verbindet oder gar zusammenschweißt, beispielsweise auch über Kunst und Kunstsysteme, okay, Kurven & Charts sind als Beobachtungs-, Wissens- und Steuerungsinstrumente okay, sie stehen für neue Sichtbarkeiten, möglicherweise auch für Entscheidungsgrundlagen für die Spekulationstätigkeit, aber da interessieren Denis manchmal, blauäugig wie er ausnahmsweise ist, andere, viel raffiniertere Kurven oder deren Entnaturalisierungen in der modernen Kunst. Trotz hervorragender Kenntnisse in den Wissensgebieten der Finanzmathematik und der Wahrscheinlichkeitsrechnung hält sich Denis für einen ziemlich intuitiven, ja affektiven Broker, der irgendwo unter der Sonne einer leuchtfarbenen Brokerexistenz sekundengenau zuschlagen kann, wenn es darum geht, in Sekundenbruchteilen effektive Orders zu platzieren, die je nach Handelsraum zwischen 5 und 150 Millisekunden benötigen, um vom Handelsraum zur Börse gesendet um dort im internen Börsensystem verarbeitet zu werden, wobei er einfach nicht wahrhaben will, dass der Takt bzw. die Rhythmologie des Tradens und Hedgens nicht von seiner zugegebenermaßen brauchbaren Wahrnehmungs- und Entscheidungsfähigkeit, sondern von der Leistungskapazität der Computersysteme der Esperanto Bank definiert wird, und auf der Ebene der Latenzzeit von der Ordergenerierung bis hin zur Verarbeitung im Börsensystem sogar von physikalischen Größen. Im Kontext der für ihn abgegriffenen Börsensemantik des Meteorologischen, untermauert mit Kollektivsymbolismen aus der Welt des Sports und den Diskursen der psychologischen Kriegsführung, welche die algorithmenbasierten irreversiblen Kaufs- und Verkaufsketten von Derivaten, Zertifikaten und Aktien in einer scheinbar chronologischen Zeit und einem scheinbar vermessbaren Raum stattfinden lässt, immer wieder gebrochen von flüchtigsten Turbulenzen, misstraut Denis also rhetorischen Figuren, die das Börsengeschehen noch intentions- und subjektloser erscheinen lassen, als es tatsächlich im konkreten Gefüge der rekursiven, selbstreferentiellen digitalen Börsen-Maschinen tatsächlich schon ist. Sowohl der gegenwärtige aktuelle Finanzjournalismus, vom Börsenkurier bis zum Aktionär, als auch die Finanzdatenforschung des Institutes S.S.P.P. missinterpretieren seiner Meinung nach in wiederkehrenden Schleifen jedes Großereignis an der Börse als genuin anorganische und in Realtime zu digitalisierende Eruption, wobei es vielleicht reiner Zufall ist, dass noch keinem einzigen Wissenschaftsexperten bei S.S.P.P die mathematischen bzw. statistischen Gemeinsamkeiten zwischen dem Kursverlauf der Lufthansa Aktie von 10.00 Uhr bis 16:00 Uhr sowie dem Eruptionsgeschehen des Vulkans Eliventraririri in einem bestimmten Zeitabschnitt aufgefallen sind.

(Ob Wirbel bzw. Verwirbelung oder Turbulenz (wobei der Begriff der Turbulenz in der physikalischen Strömungslehre den Zustand von Gasen und Flüssigkeiten mit statistisch nicht geordneten Bahnen der Teilchen bezeichnet), all diese Termini/Begriffe werden an die Chaos- bzw. Turbulenztheorie der Physik anschließend in Wissensdiskursen zum Börsensystem zur Beschreibung der sogenannten Flussdynamik der Finanzmarkttransaktionen gebraucht. Diese Begriffe dienen also der Beschreibung sogenannter molekularer Kurzzeitschwankungen des algorithmischen Wertpapierhandels an der Börse, wobei gigantische Datenmengen rein maschinell prozessiert werden, während ungefähr fünfundsechzig Finanzmathematiker und Physiker der Esperanto Bank fieberhaft den statistischen Affinitäten von Volatilitätssprüngen – Modulationen von Zinssätzen, Devisen und Wertpapierkursen – und historischen Verlaufsformen von Vulkanausbrüchen, Wirbelstürmen oder Sandstürmen nachgehen bzw. erforschen, indem sie bestimmte Daten bis auf das 17. Jahrhundert zurückverfolgen und diese in die hochleistungsfähigen Großrechner der Esperanto Bank einspeisen, denn auch nach Ansicht des in Sachen stochastischer Statistik und Prognostik oft gebeutelten und deswegen etwas zynisch gewordenen Professors Dr. Kaller zeigen die Kursentwicklungen gerade aktuell, insbesondere an den Rohstoff- oder Devisenmärkten, verdammte Ähnlichkeiten mit den Geschwindigkeitsdynamiken und -verteilungen turbulenter Mikro-Strömungen in ökologischen Kreisläufen oder Netzwerken, also quasi natürlichen Umgebungen, in denen sich die Richtung und Geschwindigkeit der Teilchen und Moleküle zu laminaren Strömungen in unvorhersehbarer Weise rasch verändern können, aufgrund von spontanen, unvorhergesehenen Abweichungen – Ströme der Unordnung und der Gegenströmungen, in denen die Zeit perlokiert; dies alles eher auf der makroskopischen Ebene, während auf der mikroskopischen Ebene die turbulente Bewegung hochgradig organisierte und kohärente Bewegungen der Teilchen aufweist und eben erst bei einer bestimmten Größenordnung, die die Chaosforschung mit Ilja Prigojine als Bifurkationen beschreibt, als Turbulenzen in Erscheinung treten. Die wissenschaftlichen Teams, Mathematiker, Statistiker, Physiker und Molekularbiologen in den Großbanken und im speziellen der Esperanto Bank in Frankfurt, London, Zürich und Basel etc. operieren bzw. jonglieren akrobatisch mit Diskursversatzstücken, Wissenselementen und -fragmenten aus der naturwissenschaftlichen Forschung sowie den genuinen Methoden der statitistischen Analyse wie Potenzverteilung oder Skalengesetz oder die Teams bearbeiten die Konstruktion topologisch extrem bizarrer Räume, um die Struktur bzw. Verlaufsform physikalischer Phänomene wie Sandstürme, Wetterturbulenzen & Wolken in die Dynamik, Schnelligkeiten und Langsamkeiten der Geld- und Finanzströme, ja der extremen Kursschwankungen, zu übersetzen. Auf das Wort eines Dr. Dr. Hanselmann hin, dessen intuitive Auffassungsgabe vor allem in Verbindung mit der Anwendung von Versatzstücken des amerikanischem Pragmatismus à la James & Dewey überzeugen kann, gibt es zumindest eine tiefgreifende Gemeinsamkeit: In den digitalen Finanznetzwerken wie bei Wirbelströmen, z.B. denen eines Flusses, sind eine unendliche Zahl von dynamischen Elementen miteinander verknüpft.

Der Börsenkrieg, der Weltwirtschaftskrieg scheint nach Dr. Dr. Hanselmann selbst in seiner gegenwärtigen publizistischen »Verschönerung«, also der massenmedialen Verbreitung von ideologischen Hirngespinsten, auf Erkenntnisse aus der Grundlagenforschung der Chaostheorie und deren Unterscheidungen von Mikro und Makro sowie den epistemischen Beschreibungen sogenannter anormaler Wahrscheinlichkeiten angewiesen zu sein, um letztendlich immer feinere molekulare Differenzierungen in die finanzmathematischen Modelle einzuführen, weil sich an das Phänomen der Fluktuationen der Geldströme in bestimmten Zeitintervallen nur mittels der Potenzverteilungen angeblich rankommen lässt, wobei selbst negative Rückkopplungen, Panikreaktionen und Nachahmungsbewegungen der Börsenakteure mithilfe von Computersimulationen errechnet werden können, wobei auch die Markteilnehmer und deren Transaktionsaktivitäten, sozusagen die mikroökonomischen Teilchen, als Material/Input dienen, um statistische Zeitreihen zu errechnen, die sich annähernd der realen Kursbewegungen verhalten, bis an einem Peakpunkt tatsächlich unerwünschte Panikbewegungen auftreten und die Volatilitäten in schwindelerregende Turbulenzen treiben –; die Forscher typisieren ganz gerne immaterielle Maschinen, die im Zwiespalt von multipel interaktiven Teilchen (irregulären ökonomischen Bewegungen, die aus Systemen mit wenigen Freiheitsgraden herausgerechnet werden) und semiotischen Prozessen arbeiten, Kartographien, auf denen sich die Semiosis sowie die komplexe Zahlenakrobatik an den Börsen vollzieht. Das Programmieren der Computer schließt maximal schwankende Verlaufsformen von Kursbewegungen und statistische Datenbanken als Bedingung mit ein, um Fluktuationen in bestimmen Zeitintervallen zu errechnen und um Millionen von Austauschprozessen & Interaktionen an einem Tag zu modellieren, die sich in offenen Räumen des Möglichen und Eventuellen oder Räumen der Interferenz verteilen, und wie kaskadenhaft sich auftürmende Turbulenzen sich verhalten, und schließlich dient das Technical Processing im MWS-Zentrum der Esperanto Bank nicht einzig allein der Simulation der Geld- und Derivatströme, sondern auch der Prognosefähigkeit und Risikominimierung der digitalen Informationsströme in der Zukunft. Da die Programmierung von Turbulenzen keinen idealen Gegenstand, sondern die Vielheit und das multiple Finanzdispositiv (das Dispositiv enthält Sichtbares und Sagbares) in Realtime bearbeitet, entziehen sich die nanosekundenschnellen Zirkulationen der Kreditierungen und des Geldes der Programmierung permanent, wobei die Forschergemeinde der Esperanto Bank irgendwann schließlich auch wieder den Mythos und das Literarische bemüht, um sozusagen Land unter den Füßen zu gewinnen. Im Businesslanguage der Forschergemeinde taucht in letzter Zeit wieder verdächtig häufig die vielbeschworene Metapher der Blase auf, die platzt wie eine bunte Kaugummikugel, blumige Kaskaden von Ereignisserien, bis die nächste Blase platzt und der nächste Versuch, bestimmte – die Börse als hypothetisches Objekt mit x-beliebigen möglichen Regeln – Sachverhalte mit Hilfe von statistischen Hypothesentests in den Griff zu bekommen, gestartet wird, exorbitante Transaktionsgeschwindigkeiten, XXL-Risiken und Latenzzeiten der menschlichen Elemente, die sich wie die Finanzwissenschaftler selbst im Kampf mit und gegen den entropischen Lärm von digitalen und physischen Koeffizienten, Funktionen und Variablen befinden. Dem physikalischen Blickregime der Unschärfe erscheint die Stochastik als das Interpretationsmonopol der Märkte kongruent.

Finanzakteure, die per Telefon und/oder Computer auf den (elektronischen) Computerbörsen große Informations- und Datenmengen handeln, also an eine Vielzahl von dezentralen, standortunabhängigen Handelsterminals weltweit über eigene Benutzerschnittstellen angeschlossen sind, scheinen auf zielgenaues Targeting programmiert/trainiert/konditioniert, um im Sekundenrhythmus prozessierende Kursnotierungen & Kursinformationen in Entscheidungen zu jeder Tages- und Nachtzeit umzusetzen bzw. um die minimalsten Verschiebungen der Kursbewegungen sowohl der kontinuierlichen Übergänge als auch die nonlinearen, diskreten Kursbewegungen & Kurseinbrüche unermüdlich zu disseminieren, für die sich insbesondere die Mathematiker der Esperanto Bank so dringend und brennend interessieren, aber für das diese aber noch kein perfektes System korrekter und stabiler Unterscheidungen gefunden haben, um so etwas wie referenzielle Bezugspunkte bzw. Bezeichnungsebenen für ihre Modelle zu finden. Der Mathematiker Karl Erdmann sagt neuerdings, und das bei allen möglichen Meetings, dass man das unkörperliche Börsengeschehen mit Hilfe der statistischen Beschreibung/ Simulation von chaotischen bzw. fraktalisierten Derivatbewegungen nur unzureichend begreifen kann. Er glaubt vielmehr zu wissen, dass es keine Frage der Modellierungen und Berechnungen durch die mathematisierten Finanzwissenschaften oder bestimmter semiotischer Problemlagen ist, die mit ihren referenziellen Beziehungen zum (virtuellen) Börsenraum nicht zurechtkommen, sondern dass vielmehr der Aspekt der semantischen Wucherungen mit einzubeziehen ist, der es erlaubt n-mögliche Aktionen auf Käufe und Verkäufe, Expansionen und Extensionen in einem aleatorisch ungeahntem Ausmaß zu betreiben, um das cantorianische Kontinuum möglicher Käufe und Verkäufe besser zu verstehen, dieses Faszinosum reiner Aktivität, Informations- und Geldströme durch Glasfaserleitungen rund um den Globus gejagt, diese Simulation der Realität durch die Generierung ihres Anscheins, der Simulation von etwas, das nicht existiert oder der Simulation des als ob, und schon von Anfang an simulieren die Banken auf Basis der Kreditierung eine weitaus größere Liquiditätsdeckung, als sie zu gewährleisten imstande sind, und verleihen Geld, das sie gar nicht haben und schöpfen dadurch Geld, obgleich nicht aus dem Nichts, sondern gedeckt durch ein imaginäres Eigentums-Bezugssystem von Gläubigern und Schuldnern bis zur Zentralbank als oberstem Gipfel, was bestens funktioniert, weil sich ja nicht realisieren bzw. materiell einfordern lässt, dass die Masse zum gleichen Zeitpunkt zur Bank geht und Geld abhebt bzw. die Einlagen auflöst.

Die stochastischen Modelle der Finanzmärkte würden die exponentielle Wirkkraft der immateriellen Deterritorialisierungen des Geldes verkennen, die Wirkungen akausal auf Wirkungen folgen lassen, wobei die Regellosigkeit der Strukturierungen als permanent zu verändernde Regel erscheint, also müsse sich, so Dr. Erdmann beim letzten Meeting mit Dr. Dr. Hanselmann, bei dem jener sein wulstige Unterlippe immer wieder über die etwas unterentwickelte Oberlippe legte, was ihm ein echt harlineskes Aussehen und Aktivitätsbild verlieh, zumal, wenn man bedenkt, dass er dabei immer um den langen rechteckigen Konferenztisch herum tänzelte, es müsse sich also die Finanzwissenschaft letztendlich doch wieder der plebiszitären Schönheit maritimer und meteorologischer Metaphern bedienen, so what. So würden die rezenten, vitalistisch argumentierenden Finanzdiskurse keineswegs zu Unrecht das Feld des Mathematischen/Empirischen infiltrieren, in Hinsicht einer neuen Bio-Ontologie, die mit der Metapher des globalen Gefäßsystems arbeite, für dessen optimale Durchblutung/Zirkulation mit der Speisung von Daten und Zahlen eben kontinuierlich gesorgt sein müsse. Quasi wie elektrifiziert, als würde er Dr. Dr. Hanselmann jeden Augenblick um den Hals fallen, schloss der Finanzmathematiker Erdmann in seiner Kritik finanzmathematischer Stochastik von den Metaphern bzw. biologischen Leitbildern der Durchblutung oder Vernetzung direkt auf die Optimierung der Durchblutung bzw. der Optimierung der (kontinuierlichen) Geldströme, ohne ein einziges Wort über Brüche, Unterscheidungen und diskrete Entscheidungen im Finanzbusiness zu verlieren. (Die Steigerung der Produktionstätigkeit des (fiktiven) Organismus entspricht also dem Imperativ der hyperexponentiell explodierenden Geldvermehrung. Weil die Selbstoptimierung bzw. unaufhörliche Steigerung der Lebens- und Produktionstätigkeit als Faktizität gehandelt wird, kann die vitalistische Konzeptionierung/Konstruktion der Finanzmärkte als eine spezifische Denkform wissenschaftlicher Praxis nur die permanente und differentielle Geldvermehrung als oberstes Ziel ausgeben, Vermehrung als Selbstzweck und bulimisches Wachstum, was das Finanzmarktwissen selbst betrifft, Regeln, Begriffe und diskursiven Strategien. Die Plausibilisierung der spekulativen Geldvermehrung bzw. des Versprechens/Erwartens auf Geld.

Zahlungsfähigkeit und Zahlungsunfähigkeit zirkulieren in unzähligen Kreditverhältnissen, in denen Eigentümer Gläubiger-Schuldner-Kontrakte eingehen, derart, dass die Gläubiger ihr Eigentum belasten, indem sie Anrechte auf ihr Eigentum, Geld, den Schuldnern aushändigen, während diese im Gegenzug ihr Eigentum gegenüber den Gläubigern als Sicherheit verpfänden. Geld wird also in und uno actu mit einem Kreditkontrakt geschaffen und damit die Spirale von Zahlungsfähigkeit und Zahlungsunfähigkeit erst in Gang gesetzt. Kommt es zum Vertrag zwischen zwei Eigentümern, so erhält der Schuldner Geld und gewinnt damit neue Dispositionsfreiheit, während der Gläubiger hingegen erst einmal nichts erhält und sich deshalb die verlorene Eigentumsprämie ersetzen lässt – durch den Zins: Der Schuldner erhält mit der Geldsumme Zeit für ökonomisches Handeln, immer in Konkurrenz mit anderen Schuldnern – um mehr Geld zurückzuzahlen, als er im Kreditvertrag erhalten hat. Der Schuldner wird durch die Zeitbindung des Geldes im Kredit, der eben Zeitdruck erzeugt, gezwungen, die Ökonomisierung von Ressourcen und technische Innovation zu betreiben. Technischer Fortschritt entspringt also der ständigen Notwendigkeit der Profitmaximierung geliehenen Geldes, oder anders gesagt, einer Verringerung der Verschuldung von Eigentümern. Er ergreift sowohl die Simulation/Theorien als auch die körperliche Realität, das Framing der dynamischen Beschreibungssprachen, vergessend und auch nicht, dass hinter den Bildschirmen das Reale subjektloser Kalkulation west, dass das 0 und 1 der Bits und Bytes immer wieder ins Unkalkulierbare driftet und in Gespenstergestalt des kreditierten Geldes das abstrakte Begehren vorantreibt, im glatten Schein der Konkurrenz der Kapitale. Mit gegenwärtigen Erwartungen werden zukünftige mögliche Gewinne gehandelt. Die Erwartungen und Antizipationen möglicher Gewinne und Verluste bestimmen den Profit und Verlust von Finanzspekulationen. Die Geschäftsbanken, die als Schuldner und Gläubiger in den Kreditverhältnissen auftreten, bekommen die Unkalkulierbarkeit in der Krise insofern zu spüren, als ihre Verpflichtungen in unveränderter Höhe fortbestehen, die Sicherheiten jedoch im Wert gefallen sind: Sie stellen nun ihre Verbindlichkeiten bei der Zentralbank glatt, bevor sie Geld für neue Investitionen kreditieren. Die Versuche der Zentralbank, die Refinanzierung zu erleichtern (u.a. durch Zinssenkungen) und damit das Kreditvolumen wieder zu erhöhen, scheitern typischerweise daran, dass die Zentralbank keine Möglichkeit hat, die potenziellen Schuldner der Banken mit Haftungseigentum auszustatten, auf dem die Geschäftsbanken natürlich bestehen. So zitierte der Mathematiker Erdmann lang und ausführlich den Wirtschaftswissenschaftler Gunnar Heinsohn, nahm hier und da eine kleine Korrektur an, gab eine Prise Marx und Keynes hinzu, manchmal – beim Telefonieren mit dem Iphone oder beim Zappen mit der Fernbedienung – zeichnete er fast schon manisch geometrische Figuren in die Luft.)

Der Physiker und Kommunikationswissenschaftler namens Hintz, nach Ansicht Dr. Dr. Hanselmanns ein ziemlich kritischer Hund, was das Börsenwissen angeht, der nach ungefähr fünfundvierzig Minuten zu dem Gespräch hinzugestossen war, kam natürlich sofort auf sein Spezialgebiet zu sprechen, und wies ständig darauf hin, dass das E-Empire von Telekommunikations-, Elektro- und Computerindustrie sowie dessen Zusammenschluss mit Kultur- und Unterhaltungsindustrie zu netzabhängigen Kapitalformationen das informationelle, materielle und semiotische Gefüge/Apparate für das Finanzkapital bereitstellt, das die konkreten Maschinen der digitalen Informations-, Geld- und Finanzströme Tag für Tag steuern und kontrollieren, soweit es eben möglich ist (allerdings nur insoweit die konkreten von den abstrakten Geldmaschinen als neue Kristallisationspunkte anerkannt werden). (Das Präfix E bleibt bis auf Weiteres der universelle Signifikant des Machtdispositivs Internet, markiert den neuen Techno-/Informationskapitalismus, der die Hegemonie des Finanzkapitals perpetuiert & assistiert, wobei die neuen Technologien der Wissensproduktion, die Informationstechnologien, der Pool immaterieller Arbeit und die symbolische bzw. Zeichenkommunikation als potentiell unendliche Ressourcen dienen. Der Computer, sagte der Physiker und strich sich mit dem Zeigefinger horizontal unter der Nase hin und her, ist unter anderem eine Apparatur des Unsichtbaren, die ortsunabhängig und zu jeder Zeit eine globale Suchabfrage für profitable Investitionsmöglichkeiten und für den Pool von Spekulationen insgesamt bereitstellt, da rund um die Uhr präzise, sehr präzise Zahlen, Kurven und Charts gerechnet werden können. Der Binärcode ist die semiotische Universalmünze. Medienkulturen, Finanzmarkttransaktionen und Informationstechnologien machen das Internet mit der Idee der Konnektivität zum universellen Paradigma, wobei es kein Außen und keine Freiheit vom Netz mehr gibt. Der Immanenzraum konnektivistischer Fluidität besorgt allen einen Anschluss, die über die Qualifikation der Anschlussfähigkeit und über die entsprechenden Zugänge verfügen. Wobei die Performativität des digitalen Geldes, eine verschlüsselte Zahlenfolge mittels digitaler Codierung, exponentiell wächst, und zu abstraktesten Zeichen- und Zahlenspielen im Immanenzraum medialer Repräsentation mutiert; Impulse, die Geld bedeuten, werden durch Glasfasern verschickt, dessen Prozesshaftigkeit sich nicht durch Referenz, sondern durch die Dynamik im Netzwerk selbstreferentiell ergibt. Relationen, Beziehungen, Serien und Hypertextur von Differenzen. Ein nach allen Seiten offener Raum, scheinbar ohne Grenzen, nur der Rückfall in die Präsenz würde ihn noch begrenzen. Die Akteure sind im Echtzeitmassenmedium der Computerbörsen Schnittstellen von Informationsströmen, pulsierenden Signalcodes und dem Binärcode selbst. Ob Derivate, Devisen oder Aktien gehandelt werden, sie müssen sich als Serien von 0 und 1 darstellen bzw. prozessieren lassen. Der Binärcode macht als reines Zeichengeld Bedeutungen und Zeichensysteme übersetz- und austauschbar, quasi kann er als ein technisches Apriori gelten, das die ubiquitäre Spekulation an allen möglichen Börsen, die längst selbst private Kapitalgesellschaften sind, ermöglicht.)

»Sie haben ihn verletzt, in dem, was ihm am liebsten war, denken Sie doch an sein hervorragendes Image und seine außerordentliche Redlichkeit. Jetzt steht er plötzlich wie ein Analphabet da.« Der Ressortleiter für strategisches Controlling in der Medienagentur W.H.Y. Mr. Lavene fordert mit einem aturbulent körperlosen Lachen und einer erstaunenswert sanften Stimme den Ressortleiter der Marketingagentur H.O.M.O. Tank dazu auf, seinen zuletzt ausgesprochenen Satz doch bitte etwas ausführlicher zu kommentieren, als er das bisher hinsichtlich des kaum durchschaubaren personellen

Interaktionsgeflechts zwischen der pharmazeutischen Gesellschaft Matrix2 GmbH & Co KG und der Marketingagentur H.O.M.O. schon getan hat, Interaktionen, die in einem horizontalen Reaktion-auf-Reaktion-Verfahren derart schnell zu einem Substanz- und Vertrauensverlust des Head of Marketing Thomas Bean geführt haben, dass es die gesamte Controlling Abteilung von Matrix2 GmbH & Co KG schier wahnsinnig gemacht hat, ihrem individuellen Lieblingspartner mit High-Definition-Fulltime-Promotion-Attitude auch in Zukunft zur Seite zu stehen, und bisher hat man es weder durch den Einsatz der Strength & Weakness/Opportunities & Threats-Analyse, abgekürzt SWOT-Analyse, noch durch die Analyse diverser Risikomatrixen geschafft, ein nagelneues Framing zu erstellen, das den Risikofall Thomas Bean von der Überfülle seiner perversen Möglichkeiten, was den dislozierenden Konsum von Spielbank über Spielautomat bis Spieltisch angeht, entlasten oder befreien könnte.

»In das Spiel mit den fixierten Gegebenheiten immer wieder die Abweichung einzuführen, die zwischen dem gewünschten und dem tatsächlichen Verhalten besteht, was wir ja als die Zirkulation von Informationen in Feedbackschleifen kennen, das wurde wohl eher von ihrer eigenen Company sträflich vernachlässigt«, sagt Tank, der schnell erkennt, wie schwindelerregend gefährlich dieses Statement sein könnte, während seine klatschnass geschwitzte rechte Hand, in die das kantige Kinn bisher gestützt war, etwas Krallenhaftes bekommt und zur Faust gefriert. Er schaut auch auf seine ausgestreckte linke Hand, die auf flimmernden diagonalen, aus rötlichen Stoffen gewebten Lichtbahnen zu ruhen scheint, welche die für einen kurzen Augenblick durch den dichten grauen Wolkenvorhang gebrochene Sonne durch das einzige Fenster des Raumes schickt. Thomas Bean, der in Medien wie *Das Marketing* in der Rubrik Randnotizen wegen seiner makellosen Umgangsformen im intrakulturellen Establishment der Marketing-Branche zwar gelobt, aber wegen seiner grob fahrlässigen Spielsucht schon mehrmals schwer abgestraft wurde, täuscht mit einer ruckartigen Kopfbewegung einen Angriff an, weicht aber schnell wieder zurück, den parakinetischen Mund vor Unverständnis oder Entsetzen weit geöffnet. Dabei lag er noch vor gut einer Stunde ziemlich arrogant mit seinen italienischen Designerschuhen auf Mary-Sue Bergers Kaltschaummatratze und speichelte eine ihm bis dahin unbekannte Vagina ein.

»Eine Kritik, schätze ich mal«, sagt Thomas Bean kleinlaut.

»Nein, keineswegs, ich meinte auch nicht deine unbestreitbaren beruflichen Qualifikationen, noch nicht einmal deine Liebe für mathematische Versuchsanordnungen in Sachen Spielbank, die zugegebenermaßen alle kläglich scheiterten, es geht vielmehr um dein neuerdings dahin assoziiertes Gestammel in der Öffentlichkeit, deine letzten Bauchrednereien auf 6Live oder Anti9«, sagt Tank.

Thomas Bean war tatsächlich vor einem Monat so blauäugig gewesen, in Anwesenheit eines Teils der Clique der Marketing- und Medienangestellten von Matrix2 GmbH & Co KG und einigen Repräsentanten der mit 2 Jahres-Verträgen an Matrix angeschlossenen Marketing- und Consultingunternehmen wie H.O.M.O. unter anderem auch auf Bloomberg sinngemäß ein auf dem Markt noch nicht käufliches Pharmazeutikum zu erwähnen, das eine bahnbrechende postimmunologische und psychoaktive Wirkung beim ADHS-Patienten erzeuge, vergleichsweise die Reliefkarte der Euphorie im Maßstab 10:1 im Vergleich zu einem 12-Stunden-Aufenthalt im Cardio-Fitness-Bereich von McFITNESS ausbuchstabiere, womit die Touchpads der Affektivität von Low-Level-Energy auf Highest-High-Level-Energy hochprogrammiert werden könnten, und als Bonus bekäme man noch einen in das Medikament integrierten hyperendoskopischen Psychobeschleuniger verpasst, eine Art Botoxpilz, der die Funktion besäße, die Leute extremst süchtig zu machen, süchtig nach ihren Süchten bzw. süchtig mit ihren Süchten kommunizierend, die sie mit der Zeit als Affirmationsklitschen ihrer Wünsche, Vorstellungen und Halluzinationen immer professioneller bedienen würden, jegliche Muster der Gelassenheit oder des Zögerns und Zauderns total verneinend (dadurch würden sie unweigerlich auch immer komischer), da ja auch das limbische System weiterhin hyperhyperaktiviert werden würde (bis zur grotesken Übersteigerung von zirkulär-neuronalen Abreaktionen oder ubiquitärem Abgenervtsein bei den Probanden, das totale Durchknallen der Selbste, was wiederum zu Kettenreaktionen des Gleichen und des Postiven führen würde) und eine wechselseitig aktivierende Kopplung von Substanz und Nervenzelle hervorbringe. (Ähnlich wie Opiate aktiviert die Substanz das Dopaminsystem, was nichts anderes heißt, als dass das Gamma-Amino-Buttersäure-System gehemmt wird, das wiederum das Dopaminsystem hemmt, womit durch eine Hemmung der Hemmung eine Enthemmung des Dopaminsystems stattfindet.) Aktivitäten, die vom Professor für Chemie und Neurobiologie Dr. Rütli an der Universität Basel bei einem Vortrag im Präventionszentrum des neuropsychologischen Institutes für Sucht- und Zuchtforschung in Freiburg fast zeitgleich zur Sprache gebracht worden waren. Man müsse daher auch in Kauf nehmen, so Thomas Bean, dass etwa die Hälfte der getesteten Probanden nach der Einnahme des Präparats an Zangenzahnverschluss leiden könnten, nur die wenigen, die unter Umständen Prognathie hätten, wiesen einen umgekehrten Scherenverschluss auf.

Die auffälligste Beteiligte des sechsköpfigen After-Work-Meetings ist hingegen erneut die Ressortleiterin des Bezirks Rhein-Main der Agentur H.O.M.O. Nicole S., deren klotziger

Diamantring während des gesamten HK1 Meetings, das auf den Vortrag von Dr. Rütli in den agentureigenen Etagen in der Solmstraße agenturintern folgte, so viele gehässige Blicke auf sich gezogen hatte; sie ist heute Abend quasi bewaffnet mit einem Hutobjekt aus Brokat, Organza und Paillettenstoff, auf dessen breiter Krempe hinten eine Art überdimensionaler geknickter Phallus umhüllt von Alufolie thront, und mit einem hippen Schottenrock von Gaultier und einem ärmellosen Top aus kuscheligem rostrotem Cashmere. Nicole S. kommt gerade direkt von einem Kurztrip nach London zurück, wo sie sich am Canada Square in einem der ultramodernen Bürotürme mit Repräsentanten der Esperanto Bank getroffen hat, um die neue Marketing-Kampagne zur Etablierung einer neuen Welteinheitswährung quasi im Schnelldurchlauf durchzudiskutieren, sie spricht deshalb noch mit leicht englischen Akzent und bemerkt oft zickisch, of course oder why not, kokettiert und pantomisiert, als müsste sie ihre bloße Existenz als Allheilmittel verkaufen, fragt, inwieweit hier denn einer in der schwulen Runde noch insoweit bei Trost sei, dass ihm nicht endlich mal ein Licht aufgehe, dass die aggressiveren unter den Werbestrategen längst ganz gezielt Parameter und Formen der Kunst instrumentalisieren würden, nicht nur, um ihren Geschäftskalkülen zu folgen, sondern um – ähnlich wie die Banken mit ihren Kreditausfallversicherungen Kredite aus den Büchern hedgen und sich die Lizenz zum Geldrucken selber besorgen – ein Schnellballsystem in Gang zu setzen, das quasi in seiner Supplementarität, wie eben das Kunstsystems auch, die Tautologie selbstreferentieller Clips, Advertisements and Mentions vorantreibe, um sich ein süßes Stück vom virtuellen Kuchen zu sichern.

Der klinisch aseptische, staublose, hochdesignete Raum mit Paneeldecke und tiefroten Samttapeten an den Wänden hat etwas von der Luxusatmosphäre einer Yacht vor Nizza. Durch die Wände dringen zyklisch die typischen Systemgastrohedoniegeräusche wie schrillstes Frauenstöhnen oder kunstvolle Peitschenhiebe auf Hintern und weitere Partialorgane, alles beinahe unbezahlbar, was die ästhetische Bedeutung der archaischen Soundorgie angeht. Tank und Nicole S., die beide an der linken Flanke des rechteckigen Designerstahltisches sitzen, schalten so nach und nach nach ihren banalen Streitereien ihre Aufmerksamkeitsrezeptoren wieder ein, schunkeln asymmetrisch mit den Beinen und prosten sich mit schlanken Champagnerkelchen gegenseitig zu, während das hinsichtlich gemeinsamer Besuche dermaßen spezieller Environments wie dem Multifunktionserotikcenter OASIS angeblich noch innerlich schwankende, unverheiratete Paar der Medienagentur W.H.Y. Lavene & Berger, welches auch für die Esperanto Bank tätig ist, im Moment selbst die Hauptspeise Boeuf Stroganoff mit Tartar aus Gänseleber noch unberührt lässt und sich mit dem zähen Konsum von Wässerchen Evian ohne Bubbles begnügt, und während Tomas Bean ein starres Grinsen auf seine Partnerin Candy Jones richtet, die aus reiner Verlegenheit, während sie mit abwehrenden Handbewegungen ihren (noch) ungeklärten Status im Raum signalisiert, von dem Fall eines Richters berichtet, dessen undogmatische Sichtweise speziell in Hinsicht bestimmter Verfahren hinsichtlich Wirtschaftskriminalität, höchstumstrittene Urteile, unkonventionelle Gerichtsverfahren, nahezu drakonische Schuldfähigkeitsprüfungen und Pipapo seltsamerweise nur in gewissen Peergroups des Medienentertainments bisher für Furore gesorgt hätte, jedenfalls bis vor kurzem. In einem Gerichtsprozess, in dem es um eine Steuerhinterziehung in Millionenhöhe gegangen war, war in geschickt getimeten Nebensätzen des Rechtsanwalts des Angeklagten Bauunternehmers Kandler schnell klar geworden, dass der Angeklagte in einer Zitat keineswegs konspirativen Location in Bad Homburg ein sexuelles Verhältnis mit der Ehefrau des Richters auch während des zweimonatigen Prozesses noch weiter unterhalten, und der Richter, der dies im ersten Augenblick noch für einen makabren Scherz begriffen hatte, um dann regelrecht in einem faschistoiden Tonfall loszudonnern, als wären der Angeklagte und die Verteidigung leicht pervers oder überflüssigerweise im Gerichtssaal anwesend oder per se mit allem einverstanden, betrieb oder sonderte eben als eine Amtsperson Rechtssprechung ab, um zuallererst Strafantrag gegen die Verteidigung wegen Verleumdung & übler Nachrede zu stellen, bevor er aufgestanden war und sich mit beiden Händen auf das Teakholz des Gerichtstischs gestützt hatte, ein wenig auf den Fußspitzen hin und her geschaukelt war, ein cleveres Kürbisgrinsen aufgesetzt und dann den Angeklagten mit einem Singsang von Heullauten und dubiosesten Vokaldehnungen zu dreimal lebenslänglich verdonnert hatte.

Mary-Sue Berger, eine Art paradoxaler Freizeitentspannungscoach, der sehr häufig nach dem sensationellen Sekundenereignis eines letzten Zen-Moments am Ende einer Therapiesitzung ihre Gesprächspartnerinnen nochmals mittels einer cleveren, verbalen & nonverbalen Therapiefeistheit in der Art eines nonstop asset strippings des Seelenlebens der Patientinnen überrascht oder überrumpelt, indem sie die rigorose Ausschlachtung traumatischer Erlebnisse wie zum Beispiel die Erwähnung des Stoßes mit dem Messer in das Auge eines Freundes, das beim Täter zu chronischer Emesis führt, mit einem unterkühlten Lächeln betreibt, nun, diese Dame bricht zum zweiten Mal am Abend in schallendes Gelächter aus, um danach, als müsse sie sich schwer zusammenreißen, die Buchstaben ohjeee mehrmals hintereinander zu dehnen und konzentriert, ohne jeglichen Spielraum für etwa lethargische Antworten zu lassen, zu sagen: »Was für ein Ding.« Wahrlich ein Modelkopf mit fast perfekter Symmetrie und schwindelerregender Harmonie, das lebende Modell sehr nahe an den Proportionen des Goldenen Schnitts (ein Punkt muss eine Strecke so teilen, dass sich das längere Stück zum Ganzen verhält wie das kürzere Stück zum längeren), der am wirkungsvollsten im Querformat abgelichtet wird. Insgesamt gleicht das Gesicht einer bioorganischen Maske, vor allem dieser quasi-natürliche Teint, der normalerweise ein Indiz für schönheitschirurgische Eingriffe oder perfektes Make-up ist, zeugt von der perfekten Protein-Fett-Kohlenhydrate-Kombination im Zuge ihrer chronischen Trennkostdiät. Tank hat offenbar vergessen, dass er vor zwanzig Minuten noch soupe de mere mit sehr viel Knoblauch gegessen hat; er vergisst, dass die vielfältigen Miasmen aus seinem Mund einfach noch nicht vollkommen verschwunden sein können, und saugt folgerichtig suggestiv und hart Luft ein und aus – den linken Arm etwas angewinkelt, den Ellbogen ausgestellt –, und küsst ununterbrochen mit offenem Mund die höflich oder ignorant darüber hinwegsehende Mary-Sue Berger auf die Stirn, während Nicole S. Tank daraufhin nur schnippisch ein serviles Schwein nennt. »Deine multiverselle Jagd nach dem ersten Mal oder dem ultimativen Geldkick, verdammt nochmal«, sagt Tank, »ja verdammt nochmal, das macht mich auf beklemmende Weise tierisch krank, das kommt mir vor wie die Existenzweise einer kaputten Monade, in die man tausend Fenster eingebaut hat, Quatsch, das erinnert mich an das totale Gegenteil der Message von Raoul Walshs superbem Kapitalismus-Western *Silver River*, in dem Mike McComb alias Errol Flynn einen Millionen-Dollar-Sold einfach so mal in Brand steckt. Eine Tat, die sein Leben verändern wird, verdammt nochmal.« »Ein oder zwei«, antwortet Nicole S., die besonders gierig klingen will, aber schnell merkt, dass man sie hauptsächlich nur körperlich für anwesend hält und ihre geistige Provokationskraft einfach nicht gefragt oder einfach nur geschenkt ist. Lass die Finger von meiner Handtasche, unterbricht Mary-Sue Berger mit einem indiskreten Brüllen den aufkeimenden Streit zwischen Tank oder Nicole S. jäh, während Thomas Bean in spitzfindigstem Tonfall eine auffallend visuelle Ähnlichkeit Nicoles mit der komatösen Beinahe-Gattin von Mr. Lavene Marie-Sue Berger bemerkt, die seine Partnerin Candy Jones angeblich echt neidisch oder blass aussehen lässt, was aber gottseidank keinen Eklat auslöst, weil Candy Jones schon vor etwa zwei Minuten zur Damentoilette gestolpert war und bis jetzt nicht zurückgekommen ist, weil sie womöglich die total überdesignten Toiletten einfach mag, wobei der technische Aufwand, den man hier betrieben hat, wirklich enorm ist, man denke da an die hochenergetischen Abluft-Ventilatoren, Marmorwaschbecken mit leicht konzentrischem Gefälle und Vollgasspülungen, die die Exkremente geradezu wegschießen, als wären sie gar nicht da, nicht zu vergessen der computergesteuerte Service, der einem per Roboterhand das Klopapier reicht etc., um die Kunden auch zu ihrer vollsten emotionalen Zufriedenheit abzufertigen.

»Ich verbringe jeden Tag, um zu finden jemanden, der, ich glaube, meine Freunde werden ihn oder sie töten, die ganze Zeit erwarte ich die Gelegenheit, meine Freunde zu verraten, und ich komme hierher und rede, um sie zu verraten, und ich sehe diese graziöse Frau, die stark meinem weiblichen Idol ähnelt und ich werde wie sie nicht länger feilschen. Sie bieten wenig, ich fordere mehr, nein, das ist ein Feilschen, das auf dem unterschiedlichen Wert der Freunde auf den Märkten der Verführung beruht, und wer streicht bitte die Dividenden ein, Schluss damit mit den falschen Freunden.« Als Thomas Bean diesen unglaublichen Satz den Anwesenden im Raum anbietet bzw. ins Ohr heult, liegt der Verbrauch maximär einer halben Flasche Scotch auf Eis erst kurz hinter ihm. Mary-Sue Bergers kommentierendes Stöhnen klingt wie der Buchstabe M.

Überhaupt Mary-Sue Berger. Man könnte sie durchaus

auch als hyperattraktiv gemäß dem hohlen Stereotyp der ubiquitären Gina-Lisa-RTL-Kultur bezeichnen. Demonstrativ hat die Freizeittherapeutin bisher während der Unterhaltungen vorzugsweise bei der Erwähnung von Intimitäten oder Anzüglichkeiten schrill aufgelacht, wodurch die Toiletten öfters als normal besucht worden waren. Und plötzlich bekam ihr Resthirn, wie Tank mehrmals bemerkt hatte, ein Schleudertrauma vom Lachen, vielleicht auch, weil sie sich ein paar Mal tatsächlich den Handballen an die Stirn geschlagen hatte. Ihr Partner, Mr. Lavene, nimmt ja an, dass Mary-Sue Bergers zeitweilige Flucht in den von ihm als entropischen Wahnsinn diagnostizierten bzw. bezeichneten und quasi auch pinzettierten Geisteszustand exakt zwei Ursachen haben könnte: Entweder es passierte in ihrer Jugend etwas derart Absurdes, dass die Praxis ihres Wahnsinns gewissermaßen eine Art Bewältigungsritual darstellt, wie dies in der Hebephrenie häufig der Fall ist, oder ihr Wahnsinn verläuft ähnlich einer manischen Depression, vielleicht ein zu tief angesetzter Referenzrahmen, für den es weder im Rückblick auf ihre wohlbehütete Kindheit noch auf die Pubertät zwingende Hinweise gibt, eher schon mit dem Sprung ins Erwachsenenalter, den sie als überbezahltes Model übel gewählt und vollzogen hatte, als sie einen entscheidenden Fehler beging, nämlich, bei einer US-amerikanischen Modelagentur in Los Angeles einen 2-Jahres-Vertrag zu unterschreiben, und, wie viele andere Models auch, begann Mary-Sue Berger sehr schnell mit der Praxis, in den anscheinend nur für Celebrities existierenden Luxushotels in Malibu lange Partys zu feiern. Gewöhnlich endeten die Partys in geräumigen Designerbetten oder in ultradesignten Swimmingpools, wie man sie in Deutschland wahrscheinlich überhaupt nicht kennt, schwarz emaillierte Kacheln, feinste Fliesen-Rosetten und plattgoldüberzogene Treppen, in denen unter anderem Lindsay Lohan, Paris Hilton und Brad Pitt eher seicht plantschten als irgendwelche Versuche unternahmen zu schwimmen, scheinbar zeitenthoben, manchmal splitternackt, manchmal im Smoking oder im Abendkleid, während Mary-Sue Berger anfangs oft nur unschlüssig am Beckenrand stand (während ihre Füße sich gegenseitig massierten), ob der superreichen, stets leicht paranoiden, sexuell ambivalenten und manchmal sogar koprolalisch konnektierenden Cliquen, es ging also um Partys, um Drogen und um attraktive Frauen und Männer, mit denen man Sex haben kann, um all die schrecklich amüsanten Hollywoodstars, die phasenweise in Drogenabhängigkeit, Alkoholismus und Depressionen oder Apathie abrutschen. An ihrem zweiundzwanzigsten Geburtstag, sozusagen am Scheitelpunkt ihrer Karriere, fuhr Mary-Sue Berger zusammen mit einer hochattraktiven, schwarzhaarigen Russin, die sozusagen pures Antineuroleptika war, in einem Cabrio zu dem angesagten VIP-Club Romance, sie war bis über beide Ohren zugedröhnt mit Empirin Kodein, um sich mitten in ein gewaltiges Stimmungstief zu schleichen, so dass auch der Besuch des Süßwaren-Superstores mit den besten Gelee-Bananen in L.A. nicht recht was brachte, und Mary-Sue Berger stand plötzlich in einem weißen Bademantel vor einem mannshohen Spiegel in einem der Dressrooms im Romance hilflos da und starrte quasi als moribunde Schönheit über ihre Schulter hinweg auf eine hinter ihr stehende junge Russin, die ihr die Modelagentur T.A.S.S. als Heilmittel bzw. Medizin gegen eine Krankheit verabreichen wollte, die man Mary-Sue Berger im Kennedy-Hospital als Störung der Hypothalamus-Hypophysen-Nebennierenachse sowie des Wachstumshormon-Systems diagnostiziert hatte, möglicherweise auch eine Fibromyalgie im Zusammenhang mit emotionaler Antriebslosigkeit; es war eine Russin, die, was posterior nicht weiter erstaunlich ist, sich Minuten später in einem schwarzen Marmorbad vor Mary-Sue Berger zielorientiert entblätterte, um sich demonstrativ mit gespreizten Schenkeln auf das zwischen Orchideen situierte Bidet zu setzen, und Mary-Sue Berger, obwohl sie damit rechnen musste, dass man überall Kameras im VIP-Club Romance installiert hatte, und ihr natürlich klar war, dass man in total durchleuchteten Metropolen ungestörten Sex nur noch auf einem überfrequentierten Platz wie z.B. der U-Bahn Station Akabane-Bashi in Tokyo oder auf dem Petersplatz in Rom haben kann, zog nun gemeinsam mit dem Callgirl eine der absurdesten, lesbisch codierten Liebesnummern ab, die das Pornobusiness bzw. die internationale Filmgeschichte in Hollywood bis dato gesehen hatte. Während die Russin am Anfang auf minderjährige Zwangsprostituierte aus der Ukraine machte, deren Hermetik der Hilflosigkeit etwas Ruchloses und Anziehendes zugleich hervorbrachte, wobei sie verzweifelt in einen nierenförmigen Edelstahlaschenbecher zu urinieren versuchte, den sie zwischen die weit gespreizten Beine hielt und dabei eher aufmerksam die Augäpfel rollte, bis die Augen fast nur noch aus Weiß bestanden, kooperierte Mary-Sue Berger mit dem Anschnallen eines schwarzen Strap-On-Dildos, welchen sie der Russin geräuschlos in den perplexen, leicht geöffneten Mund rein und wieder raus schob, was Mary-Sue Berger mit dem wohl ausdruckslosesten Gesichtsausdruck, den Hollywood damals anzubieten hatte, kommentierte, jener komplett affektverdrängenden, weißen, glatten Neutralität, deren Indifferenz, die keinerlei Antinomien oder Abweichungen erkennen lässt, parallel eine Fatalität ausstrahlt, die zudem ein Hauch von Todessehnsucht umwittert, dass sich beim Betrachter sofort schockierende Faszination und das Verlangen nach Intimität einstellt; angereichert mit allerlei inquisitorischen Statements aus der revisionistischen, anti-lacanistischen Therapie-Popelei sowie des Postfeminismus, beispielsweise, dass das, was da gerade stattfand, den immanenten Vollzug der Karikatur des

Penis durch die Praxeologie des Dildo darstellt (der Dildo ist die Maschine, die die Wahrheit des Sexes karikiert), zog Mary-Sue Berger das Ding durch, wobei ihr Steißbein immer stärker zu schmerzen begann, was sie (typisch deutsche Frau, entweder kränklich oder hochempfindsam) irgendwann restlos bis an den semio-emotionalen Nullpunkt ernüchterte, dass sie den letzten Funken Untergrundströmung hinsichtlich sadomasochistischer Sympathie schnellstens in sich vernichtete, um fortan nur noch vollkommen reglos sowie emotionslos zuzusehen, wie die Spitze des Dildos den Augapfel der Russin touchierte, dessen Netzhaut jedoch nicht platzte, stattdessen nur verquirlter, amphetaminangereicherter Speichelsaft über das Kinn der Russin rann, was auf den großen Monitoren im Büro für die Manager wie der materialisierte Atemstrahl eines sabbernden russischen Bären rüberkam, aber die Russin selbst im gegenüberliegenden Wandspiegel zu einem vergleichsweise tollkühnen, ja typischen US-Servicegrinsen inspirierte, das ungefähr dem der bekannten amerikanischen TV-Literaturkritikerin Mandy McDavidson entsprach, deren durch den Konsum von Koks & Botox aufgeputschtes und aufgeblähtes Echsengesicht damals allerdings nur Spott und Hohn in der Mainstream-Medienwelt Hollywoods erntete und auch bei Zuschauerumfragen, die vom Institut für Medienforschung MIT in Kansas durchgeführt worden waren, restlos durchfiel. Der Clou schien schließlich, dass ausgerechnet Mary-Sue Berger, die nebenbei ein Studium für kreatives Schreiben am Pomona College in Claremont bei David Foster Wallace betrieb, wofür der Schriftsteller sie ausnahmslos mit schlechten Bewertungen abstrafte, nun tatsächlich McDavidsons Gesichtsausdruck zu kopieren versuchte, ein typisch co-abhängiges Verhalten, was man Stunden später im Internet u.a. auf Facebook derart klassifizierte und bewertete: 1) Die junge Russin verwegen, verspielt, ein bisschen zynisch … alles eine Frage von peripherer Artistik und Schauspielkunst. 2) Mary-Sue Berger, deren Triangularis wohl nicht mehr recht funktionierte, so dass ihre unteren Schneidezähne zum Vorschein kamen, wobei die blasse Wangenhaut, die sich über ein sehr spitzes Knochengerüst spann, eine nicht unerhebliche Rolle für ihren neutralen bzw. engelhaften Auftritt im Rahmen einer mittelmäßigen Zuschauerbefriedigung spielte, was ihr nach Meinung der meisten Blogger zweifelsohne einen ziemlich grotesken Sexappeal verlieh, den ein Y-Chromosom aufbringen könnte –, Mary-Sue Berger sei letztendlich doch eine verwaiste Hure, deren kosmetische Meditationen womöglich im Dauerclinch mit purer Sophisticateness lägen. Wenn man Mary-Sue Berger heute auf den Zwischenfall anspricht, lächelt sie ein wenig erstaunt, blinzelt ein wenig und behauptet, dass ihre wahren und tiefen Begegnungen mit Menschen niemals sexueller Natur gewesen wären, sondern immer einen sehr persönlichen, sehr plastischen Anstrich gehabt hätten, den Gebrauchsanweisungen der allgemeinen Sozialhygiene zufolge kühn und weise.

»Will I have to suffer?«, fragt Nicole S. scheinbar ängstlich, aber die Stimme klingt auch so pfiffig, so verschmitzt und so pseudoparanoid, dass die Frage einfach nur rhetorisch gestellt sein muss. Keine Gute Idee, antwortet Mary-Sue Berger, die heute Abend erstaunlicherweise im Vergleich zu ihrer ansonsten eher dezenten Performance einen superkurzen schwarzen Minirock und ein hellrotes, fast transparentes Top aus Kunstseide trägt, das vorne mit einem gelben Smiley mit Augen und hinten mit einem orangenen Smiley ohne Augen bedruckt ist. Es hat ganz den Anschein, dass beide Damen seit geraumer Zeit sehr bewusst Worthülsen aus den von ihnen gemeinsam besuchten Rhetorikkurse aneinanderkleben und rein gar nichts unternehmen, um ihre Gesprächsstrategien auch nur um einen Gran zu verändern, vielleicht auch nur, um der Fremdbestimmtheit, die sich bei den Männern cool in co-abhängiger (geistiger) Plünderei von Theorieversatzstücken aus der Marketing- und Kunstbranche ausdrückt, einer Praxis, die auf alles berechtigte und unberechtigte Eigentumsansprüche erhebt, schlichtweg zu entkommen.

Eine Tabletänzerin brasilianischer Herkunft besteigt die kleine Drehbühne am Ende des Raumes, um sofort in das neonrote Discolicht plus in die seichte Chillout Grütze des Labels Dial-Red einzutauchen, breitet die Arme aus und sagt: »Hier bin ich für Sie.« Ausschließlich mit einem bordeauxroten Body mit schwarzem Samtrand und der Aufschrift *Im Schatten der Sieger* bekleidet, trägt die Tänzerin eine gezielte Provokation zur Schau und nicht das, was man von ihr erwartet: Markierungen über Markierungen, bis zu den Ellbogen reichende, schwarze Handschuhe sowie schwarze Seidenstrümpfe, die ihre Beine an den Oberschenkeln cutten, plus eine Art Weltraumtanz, der dem (männlichen) Gast die Vorstellung gibt, die Tänzerin würde beim Entkleiden in einem luftleeren Raum schweben. Sowohl die spirituellen Duftmarken als auch die freizeiterprobten Ready-mades der Marketingbranche, die hier vorgetragen werden, gleichen dem laschen, glanzlosen Striptease, das findet zumindest Nicole S. mit spitzfindischstem Tonfall, den man sich bei ihrer ohnehin schon übermäßigen Betonung der Sibilanten des S überhaupt vorstellen kann, so dass Tank jeden Gedankenblitz auf die Topographie der gefalteten Papiertaschentücher, in die Nicole S. ununterbrochen niest, zu dehnen versucht oder konzentriert und sich dabei weigert, Fakten wie Sätze, Brüste und Emotionen von Nicole S. überhaupt zur Kenntnis zu nehmen. Im Moment hört man in dem T-förmigen, schwach beleuchteten Raum vor allem den getriggerten Pianoakkord und das schakernde Tambourin eines computergenerierten House-Songs aus Chicago, dem die glockenfalsche Stimme eines texanischen Countrysängers hinzugemixt wurde. (Das Workinprogressuniversum vergleichsweise a priori gesettelter und cleverer Leute aus den Führungsebenen der Agenturen ist ein kapitalistischer Kommunikationsbetrieb des Unbewussten.)

Die Sitzordnung der Beteiligten hat die Form zweier Wasserstoffmoleküle, als Tank mit einem feuchten Husten der Windstärke 8 auf der nach oben offenen Hirnerschütterungsskala kämpft, und ein paar Kegel epileptischen Lichts von flakkernden High-Intensity Strahlern über die Bühne huschen, auf der der Striptease ungefähr die Intensität zweier apathisch sich zuwinkenden Mongoloiden erreicht, was zumindest für Mary-Sue Berger Anlass genug ist, um ihre überdimensionierte Gucci-Sonnenbrille mit einem Finger nasenrückenabwärts zu schieben und um diese echt verstörende Erscheinung von halbnackter Brasilianerin auf der Bühne, deren Body sich jetzt knapp über den mächtigen Vorsprung der Hüften spannt, etwas ausführlicher zu betrachten. Ich bin so gut zu Luchsen wie du zu Vögeln, sagt Mary-Sue Berger, eine platte Amphibolie. Merkwürdigerweise wird die physische Abwesenheit Thomas Beans in dieser wirklich aufregenden Atmosphäre despotischer Freundlichkeit, die ihre nepotistischen Umstände/Begleiterscheinungen allerdings nicht verleugnen kann, kaum bemerkt.

Das angeschlagene Selbstbild eines Thomas Bean kann sich derweil in möglichen, freiwilligen und kontraktuellen Verbindungen stabilisieren. Das SM-Spiel in der erstickenden Enge sowie der niederschmetternden Hitze der SM-Sauna, die im Kellergeschoss liegt, ist auch deshalb außergewöhnlich, weil sich das persönlichkeitsprofilorientierte Auspeitschen von Thomas Bean durch eine Domina namens Coll!ja? auch einige Minuten, nachdem das Codewort »Emergency« gefallen ist, weiterhin mit geradezu olympischer Begeisterung an der Schnittstelle von trans- oder posthumaner Phalluskritikpolitik und Fiktion, ohne Tatbestände wie Schmerz und Erektion aus den Augen zu verlieren, fortsetzt und zumindest für Thomas Bean langsam unappetitlich bzw. gesundheitsgefährdend zu werden droht, auch wenn das Procedere der Technisierung des Fantasmas von Schmerz-Lust-Zirkulation den beiden am Spiel beteiligten Personen im Augenblick noch einen gewissen Spielraum gewährt, den das masochistische Vertragsverhältnis ja per se bewusst offen lässt, weniger um die invasiven hirnchemischen Operationen, ausgelöst durch den konkret/abstrakten Schmerz, voranzutreiben, sondern um die Machtrelation beständig im schrecklich aufregenden und hochgefährlichen Suspense bzw. vage zu halten. Thomas Beans Lippen zittern weniger vor Angst oder Lust (im Warten, das sowohl in der geschickt getimeten Fahrt der Lederpeitsche als auch in der instantanen Körperlosigkeit Coll!ja?s zum Ausdruck kommt, verspürt Thomas Bean so etwas wie Faszination, Ekel und Erregung zugleich), als wegen seiner Unfähigkeit, das Wort »Emergency« erneut auszusprechen. Das angedeutete Achselzucken Coll!ja?s sowie die plötzliche Schroffheit ihrer Stimme, die aus dem ovalen Loch der schwarzen Ledermaske dringt und oft Kack sagt, als die Lederpeitsche mit ihren 45 cm langen Rundgummisträngen mit knallendem Zack Zack Zack auf Thomas Beans stark gerötetes, linkes Schulterblatt drischt, sind vermutlich dafür verantwortlich, dass erstmals so etwas wie (unerlaubte) Heullaute aus Thomas Beans weit gespreizten, tiefrotgeschminkten Lippen gelangen, wobei sein hochgeröteter Schädel leicht nach vorne kippt, dass das Kinn auf das Sternum schlägt, während die rotfeuchte Zunge in der Fixationshaltung eines gequälten Individuums bleibt, ganz im Stil eines devoten und introvertierten Mannes, dessen Temporallappen mittels dieses bioneuroelektrischen Szenarios ein gutes Stück zur paradoxen Bestätigung der Selbstunterwerfungsimperative animiert wird, indem die Rezeptoren des Gehirns Sertonin, Endophine und Dopas en masse ausschütten, die

Neurotransmitter der Lust, die das Ritual von Schmerz und Suspense begleiten, wobei natürlich jeder Schritt der Machtunterwerfung freiwillig erfolgen muss. Thomas Bean ist eine gut durchkalkulierte Chemiefabrik. Schließlich nimmt die meistens zum emotionslosen Schweigen und Schwingen verdammte Coll!ja? ein scharfes Tranchiermesser, das auf dem extra für diese Sitzung präparierten kleinen Instrumententisch liegt, und das kurz zuvor noch im Tiefkühlfach ihres Bauknecht Kühlschranks gelegen hat und dessen Klinge eindeutig nach Chlor schmeckt, und streicht mit der Klinge cool über das Zungenblatt des Mannes, ein leises Gurgeln seitens des Mannes ist die Folge und ein paar erstickte, aphone Laute. Schwarze Samthandschuhe befestigen danach Gummisaugnäpfe auf drei eitrigen Quaddeln, die sich auf Thomas Beans linkem Thorus gebildet haben. Nur mit einer weißen Unterhose bekleidet sieht der Werbefachmann ziemlich dürr, ja beinahe abgemagert aus, wenn auch irgendwie recht athletisch.

Aus dem Nachbarraum hört man eine schrecklich laut gurgelnde Toilettenspülung, während hier im Saunaraum anscheinend nur die Heizstäbe leise singen. Die Ost- und Westwand der SM Sauna ist ganz mit Edelstahl verkleidet, was im Kontext der nussbaumfarbenen Hemlock-Paneelen an der Decke und zwei breiten, ergonomisch geformten Holzliegen für den ästhetisch geschulten Betrachter etwas zusammenhangslos erscheint. Das Elektroniksteuergerät BEMBERG CV-31 mit digitaler Vorwahlprogrammierung fährt soeben eine Stufe höher, während eine Streichholzspitze sehr sehr langsam über ein rechteckiges Zündplättchen gleitet und ein erster kleiner Feuerkamm aufscheint, der sofort in ein molekulares Flammenmeer übergeht (fluktuierend und schnell tanzend), das vielfältigste Relationen bahnt, große Farben, der Glanz des Lichts, der Tod des kleinen Holzstücks, ein Abgesang. Die Domina ist jetzt ihr Bild.

An diesem Morgen gegen 6:00 Uhr konsumierte Thomas Bean zwei Danone Fruchtjoghurts Fettstufe 0,5%, wodurch bei ihm eine exzellente Verdauung ausgelöst worden war. Des Weiteren bescherte ihm der Morgen ein zähflüssiges Gespräch mit einem führenden Mitarbeiter der Esperanto Bank, der am Telefon von einer Nullnummer des Private Wealth Managements faselte, auch irgendetwas bezüglich des Structuring des Equity Research Sektors von zwei neuen Produkten, des Marketingsektors vom Kunden X, es waren Zahlen über Zahlen, aber letztlich sehr zum Ärgernis von Thomas Beam quatschte der Typ von keiner einzigen neuen Frau (und genau darin haust ein tiefes Bedürfnis, unter anderem auch den Schmerz neu zu empfinden, und zwar aus dem Begehren heraus, der weiblichen Pose gegenüber den Anschein zu erwecken, er, Thomas Bean, besäße die psychische Stärke, sich keine Gedanken darum machen zu müssen, welchen Anschein er gegenüber seiner derzeitigen Partnerin Mary-Sue Berger und stellvertretend Coll!ja? gegenüber erweckt, indem er den Schmerz offensiv bejaht, ja, sogar mit einem starken Wollen präzisiert und die Lust so weit hinauszögert, bis er sie verneint). Offensichtlich ist es viel zu spät, um das kurzfristig eingeleitete Exerzitium mithilfe des Codeworts »Emergency« abzubrechen. Die Körperhaltung des Marketingfachmanns Thomas Bean ist im Augenblick die eines Menschen, der sich trotz Erschöpfung und Geilheit zugleich weder krümmen noch strecken kann, nur der Kopf kippt ständig entweder nach links oder rechts unten weg – ein harmloser Phantastiker.

Coll!ja? zieht nun ihre Lederhandschuhe etwas straffer und lässt die Peitsche erneut pfeilschnell auf Thomas Beans rechtes Schultergelenk krachen, sie nennt ihn jetzt nach jedem Schlag sanft ihr Afterloch, worauf er nicht nur automatisch seinen Hintern für Sekundenbruchteile kurz gegen eine Noppenplatte aus Aluminium presst, sondern furchterregend schöne

Schreie, die in verschiedenen Diphtongen geschwungen sind, ausstößt, bis es ihm, wie eigentlich auch im Ritual vorgesehen, endlich gelingt, unter den wohlüberlegten Schlägen der rechten Hand der Domina mitten in sein Gesicht die hochgestreckten Arme aus den Plastikfesseln loszureißen. Insofern Coll!ja? disseminieren darf, um ihren Kunden als Masochisten zu bezeichnen, ist Thomas Bean definitiv ein Masochist. Er pirouettiert mehrmals um die eigene Körperachse, um schließlich mit dem nackten rechten Schulterblatt auf eine heiße Edelstahlwand zu knallen, woraufhin seine parotitischen Wangen wie verrückt zu zucken beginnen, was vielleicht so etwas wie Überraschung oder Entsetzen signalisiert, Entsetzen deshalb, weil einerseits das Verfahren mit dem Codewort nicht richtig geklappt hat, andererseits dieser Totalverlust von Kontrolle zukünftig eine schlimme Reorganisierung seiner psychischen Fundamente erwarten lässt. Coll!ja? versucht ihre Wangen an die seinen zu schmiegen, als seitens Thomas Beans ein komprimiertes, ekelerregendes, schmerzerregtes Geräusch ertönt, das einem reinen und makellosen Schrei gleicht, der wohl auf den kleinen Fetzen Dermis seines rechten Schulterblattes, der an der weißen Wand klebt und sofort einen beißenden Geruch verströmt, zurückzuführen ist, wie auch sein Gesichtsausdruck in Flammen wohl oder übel derselben Ursache geschuldet ist. Ein tiefer, heißer und voller Schmerz bildet sich bei Thomas Bean akkumulativ und konstant heraus, während er lange regungslos oder fast leblos auf Coll!ja? starrt, die nur angewidert den Kopf abwendet, derweil sie die Peitsche immer noch lässig in der Hand hält, der Harnröhren-Vibrator am breiten Ledergürtel baumelt und ihre Finger am langen Reißverschluss des schwarzen Lackkorsetts herumzerren, an dem sich ein schwarzer Faden verfangen hat, und während zu allem Elend Thomas Bean jetzt ein selten gutturales Gurgeln von sich gibt und mit dem Oberkörper nach vorne kippt, um sich in die Arme der Domina zu stürzen, woraufhin Coll!ja? blitzschnell ausweicht und Tomas Bean mit Kinnlade und Stirn auf die Kante der Holzliege knallt. Ein l-Zentrum seines Hirns ordnet einen weiteren schrillen Schrei an, aber sein Mund gibt nur ein gehauchtes »Ich, ich will das haben« frei. Emergency, sagt Coll!ja? jetzt reichlich entspannt auf der harten Holzbank stehend, und sagt, er solle ja bloß niemals vergessen, dass die Spielregeln, die Unterwerfung in freier Entscheidung & Suspense vorsehen, auch in Zukunft strikt einzuhalten sind, verdammt nochmal. Von wegen Berührung und so. Und wenn er schon in der Öffentlichkeit ein Firmengeheimnis nach dem anderen preisgeben muss, dann kann er verdammt nochmal auch einen läppischen Schmerz in dieser puren Intensivität & Intensität locker aushalten, Lustelektroden, elektrischer Tripator und Stimulationshebel und so. Hinter Thomas Beans flatternden Lidern mutieren Ameisen zu gentrifizierten Riesenrädern, während der hypovolämische Schock ihn permanent und intensiv mit derart stochastischer Unruhe flutet und mit grandioser Tachykardie bestraft, dass die zeitweise Trennung (und eben nicht Korrespondenz) von Körper und Geist kurz bevorsteht. Blut quillt aus dem beschädigten Gewebe, aus den Gefäßen, ein Meer von Blutperlen überzieht in molekularen Gittern das leise brutzelnde Fleisch. Sieht aus wie verrottetes Chili Con Carne, meint Coll!ja? nur noch gelangweilt, deren Alliterationen jetzt aber immer spitzer und spitzfindiger werden, kodierte Ignoranz, kodiert deshalb, weil die Ignoranz ein Zeichen ist, nicht die Message. Ein letztes Mal klemmt Coll!ja? die Zunge in den rechten Mundwinkel, beugt sich weit nach vorne, um noch einmal in aller Ruhe Thomas Beans blubbernde rotglänzende Wunde in aller Seelenruhe zu betrachten, und sagt lässig und leger, Abendtraining, das geht eben so.

In dem extra für die Nacht angemieteten Raum in der Oase

haben die Marketingexperten der stadtbekannten Agentur den Abgang von Thomas Bean und Candy Jones so gut wie gar nicht bemerkt, nur Nicole S. scheint sich zumindest um die symbolische Aufarbeitung der längeren Abwesenheit der Kollegen etwas zu kümmern, indem sie mit einer Art steinernem Squawgesicht in Richtung Ausgang nickt, vielleicht auch nur, um als eine Art starrer Schwamm den schwelenden Konflikt mit Thomas Bean schon im Vorfeld der Auseinandersetzung gelassen aufzusaugen, wäre da nicht der zyklopische Erinnerungssturm an die letzte Nacht, der andauernd wieder hereinbricht, um ihre Gesichtszüge epileptisch zu verzerren, Bilder & Bildfragmente, wie Nicole S. gemeinsam mit Tank scheinbar rein aus Versehen anabole Stereoide und Amphetamine in großen Mengen einnimmt und dazu Alkohol im Apartment trinkt, und zwei Stunden später im silbergrauen Porsche Boxter unweit von Höchst fahrend sukzessiv in eine Panikattacke gerät, wobei diese für Tank nur im In-die-Schluchten-einer-Glaslandschaft-stürzen besteht, das für ihn sehr bruchstückhaft wirkt, aber für sie einer Zerstäubung von Glasfassaden in Mikrosplitter gleicht, wobei sich Tank viel weniger anmerken lässt, um vielleicht rasant zielstrebig zur stillgelegten Ölraffinerie in der Nähe von Kelsterbach zu fahren, auf deren Gelände nicht nur massenhaft Drogengeschäfte oder Sexhappenings, sondern auch Car-Races verschiedener konkurrierender Gangs, Rackets und Banden stattfinden, die allerdings rund um die Uhr unter Beobachtung der örtlichen Polizeibehörden und deren Einsatzkräfte stehen, wobei es jedoch meistens kaum zu nennenswerten Ein- oder Übergriffen kommt. Der Wagen verlässt also die Straßen des Büroviertels in Eschborn, biegt auf die breite Zubringerstraße zum Flughafen ab, die zu dieser Zeit immer noch so stark frequentiert ist, als wäre der Flughafen in seiner Kapazität über Nacht um ein Drittel erweitert worden, denkt Nicole S., und, es wird ja wohl auf dem ehemaligen Raffineriegelände wieder einmal Ausgänge und Einblicke geben, die aus einem Film von David Cronenberg stammen könnten, Bilder des Zerissenseins, zwischen Ekel und Lust am ge-crashten Fleisch, Bilder, die man nicht nur objektiv neutral wahrnimmt, sondern die einen zutiefst berühren, die an einem haften bleiben und durch einen hindurch gehen, das denkt Nicole S., während Tank den Sportwagen kontinuierlich beschleunigt und das rechte Seitenfenster permanent herunterfahren und wieder schließen lässt, was irgendwann zu einem recht schrillen, gedehnten Aufschrei bei Nicole S. führt, dem ein nicht minder reizvoller, langgezogener Schrei Tanks folgt, was allerdings keinen der beiden im Geringsten darüber nachdenken lässt, woher denn diese kick-orientierte Kathexis gekommen ist, und wie immer scheint der kilometerlange Straßenabschnitt, der durch einen dichten Laubwald führt, *das* Eintrittstor zum Spektakel zu sein, wo vor zwei Wochen in der Nacht von Dienstag auf Mittwoch riesige kreischende Flugscheinwerfer das Gelände absuchten, Durchgangssperren der Polizei mit großen Brennweiten das Gelände weiträumig absperrten, um das pornographische Arrangement von Freizeittouristen, jungen Paaren und wildgewordenen Hooligans oder kriminellen Cliquen auszuräuchern bzw. zu verhindern, nachfragelos horizontal beschleunigt.

Columbus leidet an dem Gefühl, dass der Ball ihn nicht mehr versteht. Deshalb vielleicht das permanente, intime Zwiegespräch des Fußballsubjektes mit dem Ball als Quasi-Subjekt, das Columbus aber immer weniger gelingt, obwohl ihm der Spielerberater des Vereins Kadadopolous vor jedem Training regelrecht einbläut, dass es ausschließlich und allein der Ball ist, der sozusagen ständig über die Stränge schlägt und seine eigenen Bahnen und Wege auswählt, und langsam befürchtet Columbus, dass allein der Ball die Positionen, Laufwege und Plätze, die zu besetzen sind, in jeder Sekunde des Spiels verschiebt, womit das Kontinuum der Unendlichkeiten möglicher Wege und Begegnungen, Berührungen und Relationen, die eben der Ball bahnt, ihm unsäglich fremd wird, dieser Chaosmos der Unendlichkeiten, nur mühsam begrenzt von Strategien, Taktiken, Fähigkeiten und Fertigkeiten – Spieler, Schiedsrichter, Fernsehkameras, Geräuschkulissen und euklidische Geometrie, ja, und selbst das Stadion spielt mit, die Zuschauer mit ihren kollektiven Wahrnehmungen zwischen Event und Ereignis oszillierend – (das Stadion-Panorama erzeugt die Umlaufbahn einer Übersteigerung kollektiver Affekte). Kaum klebt mal die blöde Kugel fast wie angegossen am rechten Fuß, und schon glaubt Columbus, sicherlich unbewusst, der Ball könnte einen Gegenspieler, dessen grauenhafter Grätsche man vor Minuten noch knapp entkommen ist, viel unterhaltsamer finden als man selbst, oder selbst denjenigen plemplemen Mitspieler, der gerade auf Autopilot erneut die falschen Laufwege geht, so dass Columbus den lächerlichsten Pflichtkurzpass noch vermasselt, vom Dropkick, Gassenpass oder dem Tunneln des Gegners ganz zu schweigen.

Talent, sei immer eine komplexe Sache, behauptet sein Manager Loi, wobei dem Spieler- Individuum als einem Objekt autooperativer Krümmungen zugleich das Training der Selbstmodifikation des Subjekts irgendwann dann doch gelingen sollte. Der Tenor des Managers Loi stößt zumindest bei Columbus' Vater Milan auf ein positives Feedback. Ganz im Gegensatz zu den taktischen, tabellenfixierten, problemlösungsorientierten und kreativitätsbasierten Vorträgen von Trainer Michael Lenz hat der Vater Milan bei einem ausgedehnten Waldspaziergang im Spessart Columbus gegenüber zum Thema Passspiel und seinen Fluktuationen immer wieder beteuert, dass das Mannschaftsspiel Fußball mit ziemlicher Sicherheit durch das Quasi-Subjekt bzw. die Quasi-Ursache Ball dirigiert wird, ein wahrlich paradoxales Element, das per se als beweglicher Zufallspunkt in das Spiel eingreift und Wirkungen auf Wirkungen auf einer Topologie der Oberflächen erzeugt; der geschickte Spieler muss einfach wissen, dass der Ball seine Spielchen mit ihm treibt und mit ihm spielt. So was passiert einfach.

Die von seinem Vater Milan mit den Begriffen Schönheit und Magie gekennzeichnete Kuriosität des Fußballspiels kongruent zu dem Trassierer Ball will sich Columbus aber auch heute nicht recht erschließen, vielleicht, weil er sich wiederholt total ausgebrannt fühlt, wie an jenem Nachmittag vor Wochen, als ein sogenannter konspirativer Drogenlieferant ihm unvorsichtigerweise per Handy die kostenlose Lieferung von 100mg Dexys Midnightrunners versprochen, nachdem Columbus ihm für das nächste Heimspiel der Spielvereinigung Frankfurt zwei VIP-Pässe besorgte hatte. Die Lieferung traf gegen 16:00 Uhr auch ein, wobei der Lieferant diese aber sofort in die Toilette spülte, weil er sich verflucht gedemütigt vorkam, als Columbus ihn in dem sonnendurchfluteten Apartment drei Minuten lang ziemlich abwertend seinen Sunnyboy nannte, und, darüber hinaus ihm den visuellen Konsum einer geheimgehaltenen Fußballpatrone verweigerte, es handelte sich um ein Sondertraining tief in der Nacht, auf das der Lieferant als chronischer Voyeurist von allem, was mit Fußball zu tun hat, so scharf war. Die Einahme von Anxyolitika gegen die Symptome von Agrypnie, Schlafstörungen bis weit nach Mitternacht, hilft Columbus momentan kaum, was bei ihm die Appetenz nach leistungssteigernder Chemie nur noch fördert, so dass das Streben nach Höchstleistung an sich immer stressiger wird, zumindest rebelliert die zerebrale Haut ab und zu schon mit parkinsonistischem Zittern oder mit der Erinnerung an (depressive)

Qualen aus der Kindheit, die er eigentlich mit dem Eintritt in den Profifußball endgültig eliminieren wollte. Auch der nicht unbeträchtliche zeitliche Aufwand zur Koordination von Training und der etwas stumpfen Partnerschaft mit der neunzehnjährigen Tochter Monique des Trainers Lenz, der naturgemäß engen Verbindung zu Mom sowie dem Dauerkonflikt mit dem älteren Bruder, der bereit ist, Columbus' Geldgeber, Spielerberater und Sponsoren jederzeit zu konnektieren; all das wird für ihn Woche für Woche unerträglicher. Und wenn einer Columbus in seinem bisherigen Leben keine Gehirnwäsche verpassen wollte, war es sicherlich sein Vater Milan, er bleibt er für ihn neben Mom und seinem kleinen Bruder Mike der einzige Mensch, der seine oft anaklitischen Sozialbeziehungen nicht allzeit bereit ist, mit schwarzem Zynismus oder korruptem Freundschaftsgetue zu kommentieren bzw. zu subvertieren. Der aus Albanien stammende Spielerberater Miroslav Kadadopolous, der im Verein auch die Funktion eines Kommissionsleiters für Spielereinkäufe und -verkäufe einnimmt, hat zusammen mit dem Manager Loi alle Hände voll zu tun, um nicht nur die finanziellen Transaktionen im Zuge von Werbeauftritten & Events, sondern auch die Familien- und Sozialkontakte des hochdotierten Spielers, dessen Preis sich im Moment auf dem europäischen Spielermarkt auf 35,5 Millionen Euro belaufen dürfte, einigermaßen auf Kurs & Sendung zu halten. Fußballspieler sind nun einmal postmoderne Söldner, sagt Spielermanager Loi öfters. Fakt ist, dass die Spieler ihren Produktionsfaktor bzw. ihre Fertigkeit für Millionengagen an eine Vereins-AG verkaufen, die damit hohe Verfügbarkeit über die Person und ihre Freiheitsrechte erlangt. Fußballspieler sind Spekulationsobjekte, die vom inerten Geld abhängen, um gegen exorbitante Ablösesummen gekauft und verkauft, an andere Vereinskonglomerate ausgeliehen oder zum alten Eisen geschoben zu werden. Ein moderner Luxussklavenhandel, bei dem der Eigenname eines Spielers in den Medien immer in Verbindung mit dem Preis-Etikett erscheint, dieser oder jener Spieler ist sein Geld wert oder nicht wert, ist ein billiger oder teurer Einkauf, aber da es dem Spieler in gewisser Weise freisteht, die hohen Gagen anzunehmen oder nicht, bleiben Recht und Faktum hinsichtlich seines Sklavenstatus relativ.

Mike, der Zwillingsbrüder von Mekon, ist wirklich kein Intelligenzbolzen, isst & spielt ungefähr dreimal die Woche zusammen mit Columbus im topologisch modernen Vereinsheim an einer Ausfallstraße zum Flughafen. Als einziges Familienmitglied lebt Mike die fast inzestuöse Familienbande portugiesischer Herkunft komplett pathologisch, insbesondere natürlich die Beziehung zu Columbus, und man muss fast annehmen, dass Mike von Tag zu Tag anhänglicher, ja basilar obsessiver seine letztlich dissoziative Bindung zu Columbus bearbeitet, als traue er niemanden mehr über den Weg außer eben seinem großen Bruder, an dessen virtuos tänzelnden Füßen er auf dem Trainingsgelände am liebsten mit großen Kieselsteinaugen sowie mit Hilfe der sieben prothetischen, an schweren Goldketten befestigten Sony- bzw. Panasonic- bzw. Canon-Digitalkameras dranhängt, auch heute, als die blasinstrumentenbetonte, ja beinahe funkige Vereinsmelodie zum dritten Mal aus den großen Lautsprecherboxen pumpt, die an zwei hohen Stahlmasten auf dem blauen Kuppeldach des Vereinsheims aufsitzen, ein Song, der für Mike einen archaischen Dopplereffekt besitzt, weil er den Trompetensound mit dem Sound von Martinshörnern durcheinander bringt. Mike hat die Angewohnheit fast jede der körperlichen Aktionen von Columbus, sei es auf dem Spielfeld, sei es in den Katakomben oder den VIP-Loungen des Stadions oder in den Fluren zu den Toiletten mit Hilfe mindestens einer Kamera einzufangen und einzufrieren, wobei Mike noch die detaillierteste der

Bewegungen von Columbus, als leide jener unter einem abstrakten Craving-Syndrom, obwohl er kein Craving-Syndrom hat, mit lauten, Columbus unbezwingbar involvierenden Geräuschen begleitet, Plosive, die Mike aus dem Mund kriechen, besonders wenn Columbus fast vornüber gebeugt über den Platz sprintet oder tote Bälle ins Nichts drischt oder wie ein Wildhund drauflosrennt, um durch den Haupttunnel des Stadions noch irgendeine Toilette zu erreichen, weil der imperativistische Harndrang oder die tendenzielle Pollakisurie, hervorgerufen durch Überdosierung von kurzfristig wirkenden Schnellmachern, erneut unerbittlich zuschlagen. Wenn Mike wegen speziell für ihn erlassenen Fotografieverbots auf dem Trainingsgelände mal keine Bilder schießen kann, zersaust er sich gerne wie eine Zeichentrickfigur mit beiden Händen sein schulterlanges, strohiges, blondes Haar und verzieht parallel Mund, Wangen und Augenbrauen hin zu comicartigen Grimassen, pennälerhaft oder semi-vulgär, wahrscheinlich tatsächlich von diesen grausamen Comedy-TV-Formaten geborgt. Manchmal leidet Mike signifikant an Verbophobie, der Angst vor den Worten, aber ganz bestimmt nicht an Optophobie, der Angst, die Augen zu öffnen. Und mit ziemlicher Sicherheit ahmt Mike im Augenblick keine Person aus einem Film Noir nach, sondern befindet sich quasi inmitten einer Diaphorese, womöglich ein Fall für die Endokrinologie, ein Beweis, dass er um seinen Bruder bangt, an dem auch heute wieder sämtliche Trainingsklischees von der Apathie über die Neutralität bis zur fehlenden Performativität zehren und der keine Sekunde länger die Bälle, die am Strafraum wie an einer Schnur aufgereiht ruhen, ins leere Tor schlagen oder vielleicht durch die staubgetränkte Luft des Riederwaldes joggen will, les circonstances, ach vergiss sie. Was sonst, als totalabhängig, würde man einen Bruder bezeichnen, der so aussichtslos verlassen wirkt, wenn Columbus mal eine Woche lang im

Trainingslager in Österreich weilt, wobei Mike dann die Woche über fast nur noch das Bett hütet, um seinen kindsgroßen Teddybären zu massieren, während er in das insektile Headsetmikrofon nuschelt/sabbert oder vollkommen neurotisch seine insgesamt vierundzwanzig Kameras permanent abstaubt, während er auf der UKW-Frequenz 90,07 am liebsten die Kultsendung *Mister Diagnosis hört*, Mo–So 15–18 Uhr.

Mike hat Columbus während des Mannschaftstrainings auf einem Nebenplatz des Stadions bisher keine einzige Sekunde aus den Augen gelassen und dabei ungefähr 4000 Spontanbilder geschossen, stolze fünfundvierzig Minuten nun schon an der Seitenlinie ausgeharrt, ohne seine typisch orgiastischen Geräuschkulissen zu verbreiten, womöglich noch das Standmikrofon vor dem Vereinsheim dafür zu benutzen oder seine Vorliebe für anamorphotische Spots echt zu weit zu treiben und unüberlegt auf das Spielfeld zu rasen. Eben legt Columbus den zerebralen Schalter konsequent um, dribbelt mehrmals im Uhrzeigersinn um den kräftig gebauten, linken Stammverteidiger der Mannschaft, der demonstrativ stocksteif auf der Stelle stehen bleibt, aber Columbus dribbelt weiter, schlimmer noch, er bückt sich und greift die orangefarbene Kugel mit der linken Hand und drischt sie mit dem Spann in einer Art Ellipse in Richtung Tor, wo der Ball gegen die Querlatte prallt und müde auf das Rechteck lehmigen Bodens tropft, auf dem schon lange kein Grashalm mehr wächst, weil der zappelige Ersatztorhüter Kurt Schwarznau mit der Pinzette jeden Grashalm auf seinem ureigensten Territorium entsorgt hat, so dass ein Kunstrasen in Zukunft die einzige Möglichkeit ist, um den seltsamen Fall der gegen jede Wahrscheinlichkeit springenden Bälle vor dem Tor, das in südlicher Richtung an den Stadtwald angrenzt, auszuschließen. Das heutige laufintensive Training verstärkt Columbus' Magenkrämpfe, die gerade sehr ungestüm heranstürmen, obwohl er bei den verhassten 50 Meter-Sprints an der linken Außenbahn längst noch nicht den toten Punkt erreicht hat, an dem man einfach kotzen muss.

Es beginnt zu regnen. Die Wolken hängen matt und tief über dem Platz, erdrücken die Spieler fast, im Norden sieht man ein paar stärker zerschlissene, zu Spinnfäden gerippelte Wolken unter einem mächtigen Band von faserlosen, grauschwarzen Stratoscumuluswolken. Das Licht ist an diesem Tag ein verwässertes Grau, ein Wahnsinn bei diesem Wetter Fußball zu spielen. Eine scharfe Windbrise schiebt einen schwarzweißen Ball über die Tartanbahn, und Mike betrachtet sein geräuschloses Schweben nur kurz, um sofort wieder die Lider weit über die Augäpfel zu ziehen, damit er durch den Sucher der Canon-Kamera den Bildausschnitt exakt fixieren kann, der zeigt, dass Columbus teilnahmslos sowie mit halb gesenktem Kopf die wie auf Schienen hin und herfahrenden Hände des Trainers Lenz zur Kenntnis nimmt, der wie so oft sirrende, zwischen den Zähnen gepfiffene Geräusche zu höchst deklamierenden Aussagen zu codieren bereit ist, die von einer Art kybernetischer Erbostheit zeugen, und der gerade sagt, wenn Columbus später zu seiner Mom geht, um ihr zu beichten, dann soll seine Mom nicht zu der Mom der Freundin, der Ehefrau von ihm gehen, denn dann glaubt diese, wenn Lenz an Columbus so rummacht, dann kommt ihre Tochter Monique in eine immer schwerere seelische Krise, und sie ist doch noch keine zwanzig, und wenn Lenz so weiter mit Columbus dekussiert, dann schlägt die Ehefrau mal andere Seiten im Bett an.

»Gerade hatte ich einen wesentlichen Gedanken. Aber jetzt ist der Gedanke weg, ohne dass er einen Haufen hinterlassen hat. Verstehst du, was ich meine: Einen Haufen. Die Integrität meines Trainings ist mal wieder im Eimer, na ja zumindest, sagen wir kompromittiert, wenn, wie eben geschehen, Bälle sinnlos durch die Luft gebolzt werden. Columbus, ich habe dich heute noch keine Sekunde spielen gesehen. Übel. Übel. Im Stadion bist du seit Wochen eine Wucht. Der Killer in Person. Aber im Training, und das nun seit drei Wochen, markierst du den Versager oder den Neurotischen.«

Ich bin vollkommen. Ich bin dermaßen technisch versiert, dass ich jeden halbwegs sehenden Fan ganz einfach um den Verstand bringen kann. Ich bin technisch so perfekt, dass ich durch meine Technik schon entstellt bin. Ich bin von der Schönheit meines Spiels entstellt. Columbus hat seine Gründe, um nicht mit der Artikulation dieses bedeutungsschwangeren und hochmanifestatorischen Gedankenmaterials dem Trainer Lenz zu antworten, egal ob der jetzt seinen typisch bedrohlichen und akzentuiert kiefrig-zackigen Gesichtsausdruck hochfahren mag oder auch nicht, mit dessen Aufblitzen die Spieler mit ziemlicher Sicherheit die Aktivitäten ihres Neuronennetzes nur noch weiter downen werden, vor allem das Trio um den Mannschaftskapitän Nozsicka, der bei jeder sich nur bietenden Gelegenheit in mittelhohem Bogen eine gewaltigen Spuckfetzen kurz vor die Spitze seines linken, knallroten Adidas-Fußballschuhes speit, bei gemäßigter Verärgerung schon mal ganz in die Nähe des Trainers oder seines Hauptkonkurrenten im Team, dem defensiven Mittelfeldspieler Thomas Thom, einem geschmeidigen, in seinen Dribbelbewegungen fast otterhaft agierenden mittelgroßen, vierundzwanzigjährigen Jungen mit ethnischen Spuren im Gesicht, Mittelmeerküste und Indien, sehr großen zimtgebräunten Füßen und Gesichtshaut, die immer aussieht, als würde sie sich gerade schälen, plus geflatschtem bzw. gegelten dunkelbraunen Haar.

Columbus beobachtet die Interaktion seiner in orangefarbenen Nike-Fußballschuhen tänzelnden Füße mit einem schwarzen Lederball halbwegs interessiert, und kongruent pendelt dabei sein Mienenspiel zwischen anorganischer Neutralität und anaboloider Fassungslosigkeit. Columbus erinnert sich, dass in diversen Blogbeiträgen, deren Links ihm sein Drogenlieferant gemailt hat, auf enge Zusammenhänge zwischen der Einnahme von Amphetaminen und starken Stimmungsschwankungen, die zwischen Manie und bipolarer manischer Depression pendeln, hingewiesen wird. Seine zu Herzen geformten Tabletten mit der Gravur SKF E19 enthalten laut Beipackzettel die Substanz Magnesium des Dextroamphetamins Sulfat 5, Laktosemagnesium 13.8, Saccharose und Tartrazin, wobei Columbus der Einahme des Präparats, die kurz vor dem Spiel erfolgt, hochwertige Mega-Vitamine und Mineral-Nahrungsergänzungsmittel aus Kalifornien oder zwei Päckchen Orthomol Plus Pulver beifügt, ein Präparat, dessen Einnahme ihm der Stadionangestellte Werner Schroedl bei einem der regelmäßigen Kaffeeplauschtermine im indischen Restaurant Taj Mahal innerhalb des Stadionkomplexes am Riederwald dringendst empfohlen hat. Um nach dem Spiel runterzukommen und das zwanghafte Neuronengeschwirr im Kopf wenigstens einen Hauch einzudämmen, versucht Columbus so schnell es geht dann auf der Toilette ein paar Benzodiazepine einzupfeifen, wobei Werner Schroedl längst registriert hat, dass mit den durch die amphetaminen Medikamente ausgelösten Synapsengewittern und den Verkabelungen im Hirn bei Columbus etwas aus den Fugen geraten ist, aber er will den Freund bisher noch nicht zu stark löchern oder die eigene Funktion als Hilfspsychologe zu rücksichtslos ausreizen, um an vertrauliche Informationen des streng katholisch glaubenden Columbus heran zu kommen, der die Regierung seiner Seele immer noch an den Bischof von Mainz Karl Kardinal Lehmann delegiert, ein begeisterter Anhänger der Lehren des Apostel Paulus.

Obschon die Augen ganz auf die Abtastungsfunktion der Kameralinse konzentriert sind, vermag Mike seine kindliche oder kindische Wut kaum zu maskieren, da es ihm plötzlich blitzartig ins Gedächtnis schießt, dass Trainer Michael Lenz mithilfe seiner Sprechakte der deskriptiven Grammatik im Zuge pädagogischer Flachheit ihn heute schon mehrmals aus dem tranceartigen Rhythmus des Fotografierens fast herausgehauen hat, aus einer somatischen Form, die eine sehr spezielle Viskosität besitzt, eine für Mikes Alter untypische Reife, zumindest was die Exaktkeit und ästhetische Hochkarätigkeit seines manischen Fotografierens angeht, als wäre er auf der obsessiven Suche nach dem seltenen Detail eines Snapshots redundant hängengeblieben. Generell ist Mikes Puls sehr hoch: ein überdimensionaler Kopf, der vom Herzen Blut bezieht. Und zu Mikes breitem Grinsen assoziiert man meistens den Geruch von Thunfischsalat.

Es ist fast 11:30 Uhr, als die circulären Nebelblasen über dem Trainingsgelände den trostlosen Farbton von ewig zu verdammenden Aprilvormittagen anzeigen. Mike tut so, als wolle er seine Basecap mit dem Rammstein Logo sowie seine Massageweste Shiatsu leicht zurechtrücken, arbeitet dann aber wieder mit purer Genugtuung an der Entflechtung der sieben ungefähr 40 cm langen Halsketten, an deren Ende in großen Schlüsselanhängern eingehakt die digitalen Fotoapparate baumeln. »Mr. Lenz hier«, ruft Mike dem Trainer zu, drückt den Auslöser und lässt dann die Kamera provokant und schroff hinunter plumpsen, während Trainer Lenz weiter konvulsiv mit beiden Armen auf die Luft eindrischt und die Zuschauergruppe an der nördlichen Seitenlinie des Platzes massiv zu applaudieren beginnt, weil die B-Mannschaft, aufgesplittet in drei Vierergruppen, das Kurzpassspiel zwei gegen zwei – Anführungszeichen perfekte Athletik – äußerst körperbetont durchzieht, während die A-Mannschaft an der Südflanke des Trainingsgeländes auf Platz 81 ein mageres, körperloses Trainingsspiel sieben gegen sieben abliefert. Unklar bleibt, ob Columbus, der sich am Rand des Spielfeldes stehend andauernd mit dem Daumen in den Handballen kneift, eine Art Akupressur gegen Depressionen, noch einmal ins Match der A-Mannschaft eingreifen wird. Das zweite derzeitige Problemkind im Team, Columbus' Stürmerkollege Iwan Abramowitsch ist an diesem trüben Morgen überhaupt noch nicht auf dem Trainingsgelände gesichtet worden. Der Platzwart will ihn letzte Nacht in der Nähe des Hauptbahnhofs gesehen haben, wie er in Begleitung einer »aufgedonnerten Dame« mit schnellen Schritten in Richtung VIP-Club ging. Man prägt sich schnell ein, dass auf dem Gelände viel Gossip geredet wird. Mike hat sich zurück auf seinen leinenbespannten Campingstuhl gesetzt, knipst mit der Canon-Kamera gerade aus allen Perspektiven seine fuchsroten Designer Sneakers von Nike ab, wobei er versucht, die beiden schwartendicken Beine simultan in die Waagrechte zu bugsieren, was bei seinem Gewicht von 109 Kilogramm bei einer Körpergröße von 176 Zentimeter eher nach einem hypertrophen Kalauer als nach einer ernsthaften Bemühung aussieht.

Es sind für Columbus oft diese schlimmen, objektiv furchteinflößenden Morgenstunden, an dem seine Freundin, da er kaum etwas essen kann, ihm den Heißhunger eines schier unmenschlich erfolgshungrigen Sportlertypus andichtet, während vor dem geleasten Bungalow am Rebstockgelände schon der schwarze Audi-Geländewagen Q7 des Clubchauffeurs brummt, aber sie am liebsten ihr Zitat Baby Zitat Ende mit Schwarzwaldschinken, amerikanischem Rührei, Melonen und Birchermüsli halbtot füttern könnte, während Columbus sich nur noch fragt, wie er das anstehende Training denn nun überstehen soll, Stunden, die sich später in das grauenhafte Nachmittagsstraining hinein verlängern. Es ist dann für ihn, als ob ein barbarisches Monster, bestehend fast nur aus schwarzen Zähnen, in der Dunkelheit unheimliche Kraft gesammelt oder aufgetankt hat, um nun unerbittlich die schwarzen Zähne in seine durchgefrorene Haut zu schlagen, während das Monster an harmloseren Tagen nur eine diffuse Angst bei Columbus hervorruft. Es sind gewissermaßen Tagträume, kranke, unberechenbare Fugen. Es ist, als ob seine Psyche durch eine mysteriöse Stauung besetzt oder gelähmt ist, worauf die Welt überquillt und viel zu voll ist, voll vom Müll der Aneignungen und der Begeisterungen, quälend und grauenvoll eng, trotz der Reisen, der Ortswechsel und der Übertragungen, die Larvenegos in lausige Falten gehüllt, kratzend und beißend. Sie alle sprechen nicht Es. Selbst Columbus' berüchtigter, gellender Torschrei, der an dem vorletzten Samstagsspiel mit einem klecksenden Unterton vermischt war, hat etwas subtil Nachäffendes möglicherweise Pongoides angenommen, denn als die Lautstärke der tobenden Masse im Stadion stark anschwoll, wurde der Schrei immer leiser, volumiger und versank ohne Emphase zu hinterlassen, bis der dumpfe, fast mit physischem Schmerz verbundene kompromisslose Sound der Massen im Stadion den Topspieler Columbus komplett einfaltete, womit jede seiner Aktivitäten, die man mit dem Fußballspiel assoziiert – Schießen oder Stoppen, Sprinten oder Laufen, Dribbeln oder Stehen – nicht nur leicht statisch wurde, sondern im wahrsten Sinne des Wortes konfliktuell in Hinblick auf die gehässig und verbissen geführten Zweikämpfe, bevor er in der 83. Minute endlich ausgewechselt wurde. Wie wird es sein, wenn Columbus den Erfolg wie ein – Ich bin erfolgreich gewesen – leben muss, das ihn sowohl von der Zeit, als er es noch nicht war, als auch von der Zeit, in der es geworden ist, trennt und möglicherweise auch von den aktuell Erfolgreichen, denen er schließlich ausgeliefert sein wird. Columbus hofft nicht, dass dieses letzte Spiel der Auslöser für eine bitterböse Depression ist, er hofft vielmehr, dass die glotzäugige Anhedonie der letzten Tage, trotz der literweise konsumierten vitamin- und proteinreichen Drinks angereichert mit Substanzen nicht mehr als ein kleines Ausflugsschiff am Bug des wahren Ozeanriesen ist, des großen Amphibienschiffs der Kriegsmarine. Was die Psychiater als klinische Depression, Dysthimia oder monopolare Störung bezeichnen, ist für Columbus weit mehr als die Unfähigkeit, Gefühle zu empfinden, oder der Verkapselung derselben keinen Einhalt mehr gebieten zu können, die Schaltstelle zwischen der Zerstückelung der (Partial)Objekte sowohl in der paranoiden Introjektion als auch der Projektion mit depressiven Identifikationen zu überdeterminieren, das Über-Ich oder das Ein-Mann-Gefängnis der (Ichbildung) zu lieben wie sich selbst, nein, die bitterböse Depression ist eine schreckliche Emotion, die Columbus wird nicht abwerfen können wie seinen Nike-Trainingsanzug, denn sein physiopsychologischer Status wird zu 100% atropieren und sich anfühlen wie ein schwerer nasser Anzug aus Blei.

»Columbus, was war heute los?«, fragt der lokale Bild-Zeitungssportreporter und hält ihm ein graues Sennheiser MD-46 Mikrofon unter die Nase, worauf Columbus die Nase in das Mikrofon schnäuzt.

»Das Problema besteht darin, dass im Training auch die mitspielen, die am Samstag nicht auf dem Platz stehen.«
Der Reporter hüstelt ungeschickt.

»Und da war nicht mehr?«

»No Sir. Die Fitness stimmt. Die Technik. Alle Levels sind gelevelt. Der Trainer motiviert mich bis zu dem Punkt, wo ich will, was er, Lenz, für mich will. Das ist doch ganz einfach zu kapieren oder? Und der Trainer will den Sieg. Nicht mehr und nicht weniger.«

Columbus macht ein flüchtige, eine abwertende Geste, als der Himmel sich fast zeitgleich unmerklich erhellt, die Fläche jetzt von der Farbe gebürsteten Edelstahls. Columbus hat im August letzten Jahres seinen dritten Rhetorikkurs am Inlingua Institut in der Kaiserstraße belegt, um den unzähligen kunstvollen Fangfragen der Reporter einigermaßen prompt Antworten zu liefern, die zwar nicht die Qualitätsreife eines Mitarbeiters des topinnovativen Marktforschungsinstituts BLUME erreichen, ihm aber wegen ihrer positiven Reaktion vor allem bei den Fans und Fernsehreportern schon den Spitznamen »The Voice« eingebracht haben. Dennoch rät ihm sein Manager Loi seit Wochen zum Besuch des Mentalcoachs Robert Thalmann in Stuttgart, ein ehemaliger Spitzensportler des Tennis, der, so sagt jedenfalls Loi, das glatte Gegenteil zu den Funktionärscliquen darstelle, die sich, nachdem sie die aktive Laufbahn beendet hätten, in einer Art Selbstdemontage zu Kollaborateuren in den korrumpierten Sportverbänden entwickeln würden, um ihren Starstatus, der die Überbelichtung in den Medien voraussetze sowie ein passives Aufmerksamkeitsprivileg besitze – der Star wird sehr viel gesehen und sieht selbst fast nichts – bis ins hohe Alter zu perpetuieren, indem sie die Aufmerksamkeit ziemlich hässlich für Außenstehende bewirtschaften würden.

(Das performative Verlangen nach Überbelohnung ist auch im Fußballsport die aktuelle Form der Gewinnerwartung. Anders als im modernen Theater, wo von Anfang an nur Verlierer auftreten, die über ihre Probleme reden und sich dabei immer weiter verknoten, geht es in der modernen Fußballarena um die Lust an der Urunterscheidung: Sieg oder Niederlage. Die Inszenierung des Ungewissen tritt mit dem Versprechen auf, dass es am Ende zumindest für eine der Parteien zu einer befriedigenden Lösung gekommen sein wird, wobei die Taktik für beide Seiten notwendig ist, um diese befriedigende Lösung im Spielverlauf selbst herzustellen, indem (virtuelle) Abläufe/Wege in molekulare Module und Wege zerlegt und aktualisiert werden, die jederzeit durch blitzschnelle Entscheidungen, Kalküle und Taktikwechsel quasi maschinell rekombiniert werden können. Das Neue ist im massenmedialen

Spektakel immer ein Mittel, um Spannungen auf- und abzubauen oder um einen permanenten Spannungsbogen zu halten, wobei gerade soviel Neuigkeit als Abweichung zugelassen, dass der Effekt des Wiedererkennens der alten Schemata nicht gestört wird. Das Neue soll allein unbedrohliche Ungewissheiten ins Spiel bringen, ohne dass aber die Frische eines Befremdlichen aufscheinen könnte. Dem entsprechen die verschiedensten Strategien sowohl der Immunisierung als auch der Prävention (Prävenire heißt zuvorkommen, ein noch nicht vorhandenes Problem zu verhindern). Immunisierung hat seine Wurzeln im Bereich der Medizin, jedoch wird im postmodernen Spektakel kein bakteriologisches oder virales Abwehrmodell auf der Folie der Prävention konstruiert, wobei das immunologisch Andere, das in das Eigene eindringen kann schon im Vorfeld negiert werden soll, sondern vielmehr das Modell eines positiven kybernetischen Abwehrmechanismus, der fortwährend aktiv das Verhalten des Körpers auf die Umwelt reguliert, der vorausschauend und flexibel auf vorhersehbare, schädliche Einflüsse präventiv reagiert, die jedoch gerade wegen ihrer fettleibigen Gleichheit (auf Fett gibt es keine Immunreaktion) und ihres Zuviel als schädliche qualifiziert werden müssen. Prävention erscheint als ein selbstregulierendes System, das die homöopathisch dosierten Herausforderungen an das System zu bewirtschaften imstande ist, indem prognostizierte Fehlentwicklungen erst einmal konstruiert werden, die ohne die entsprechenden Gegenmaßnahmen eben wahrscheinlicher eintreffen würden. All die gesellschaftlichen Phänomene von Überfülle sind ihrer Form nach ein Paradoxon, denn sie soll ein noch nicht vorhandenes Problem verhandeln, indem eine gegenwärtige Zukunft konstruiert oder fabuliert wird, hinsichtlich dessen, was wir heute in der gegenwärtigen Gegenwart als zukünftige oder nicht zukünftige Gegenwart unterstellen bzw. als wahrscheinliche Zukunft annehmen. Die Diskurse über Sicherheit und Gesundheit sind gelungene oder misslungene Sprechakte, sie erzeugen jedenfalls einen Handlungsbedarf, um in der ihnen eigenen Selbstreferentalität ein Feld von Bedingungen hinsichtlich der Risikoszenarien und Bedrohungen abzustecken, um dann die Strategien und Maßnahmen zu Verhinderung von Störfällen einleiten zu können, ein Risikomanagement, das die Zukunft weniger verhindert denn bewirtschaftet, und das mit einer Störungsverarbeitungskompetenz, die je anders sein kann. Das kybernetische System der Feedbackkontrolle, das Soll- und Istzustände misst, um sich einem Idealzustand totaler gesellschaftlicher Transparenz infinitesimal zu nähern, ist angesichts des Übermaßes an Positivität, der totalen Verdichtung von Überkommunikation und permissiven Vernetzungen, durch das Katechon des Aufhalters hindurch, dem negativitätslosen Raum des ubiquitär Gleichen bzw. dem Raum der Homogenisierung adäquat (der vielfältigsten Mikro-Differenzierungen hervorbringt), wobei das System den Menschen als ein zu schützendes, zu optimierendes Wesen unterstellt, dessen Versicherheitlichung und Vergesundheitlichung x verschiedene perlokutative Sprechakte er- und einfordert.)

Dr. Dr. Hanselmann schnuppert im äußerst klinischen oder hygienetechnisch einwandfreien Sinn prüfend mehrmals an der schwarzen Plastikkappe seines Aftershaves von Tobacco. Minimal abgelenkt durch die Strahlung eines Laserpointers und dem heute ausnahmsweise nicht ganz unintelligenten Nachrichtenblock auf Bloomberg, der sich vollständig auf das Problem konzentriert, ob im Jahr 2013 eine kalte Entschuldung des Staates durch Inflation bei einer stagnierenden Wirtschaftsentwicklung praktikabel oder gar wünschenswert ist (bei einer Inflation von 8% und einem stagnierenden Bruttoinlandsprodukt nimmt die relative Verschuldung des Staates ebenfalls um 8% ab, ohne dass vom Staat auch nur ein Cent Schulden zurückgezahlt wird, da die nominellen Steuereinnahmen ebenfalls durch die Inflation begünstigt werden, während der Schuldendienst gleich bleibt), versucht Dr. Dr. Hanselmann relativ ernsthaft der Frage bzw. dem Problem nachzugehen (als hätte er in diesem Büroraum noch nie den Freeze-Modus erlebt), welche Geldsumme etwa drei Tage seines Lebens kosten könnten, vorausgesetzt, das Dispositiv/abstrakte Maschine des Geldes besitzt die Funktionsfähigkeit, ein Äquivalent für seine Emotionen, Produktionen und Alienationen zu schaffen, ohne sein Leben selbst zum lebenden Geld zu transformieren, was ehedem in seinem (männlichen) Fall auf ein relativ sinnloses Verkörperungsritual hinauslaufen würde. An diesem Zeitpunkt bzw. Scheitelpunkt seiner steil ansteigenden Karriere hat der Banker Euphorie, Entzücken und vielleicht sogar Timing, mit Hilfe dessen unerwünschten Problemstellungen in seinem Leben nachgegangen werden kann, wieder zu schätzen gelernt, denn wie sonst könnte er jetzt den quasi orgiastischen Gedanken stemmen, dass fünf Tage seines Lebens zu 99% das Äquivalent für einen komfortablen zweistöckigen Bungalow am Genfer See kosten, of course mit einem zum Wasser steil abfallenden, mehrere Hektar großen Grundstück, das eine akzeptable Ähnlichkeit mit einem englischen oder venezianischen Garten besitzt, einigen Pappeln, Edelhölzern und einer kleinen feinen Seeadlerzucht à la Dubai Deluxe. Fünf Tage seines Lebens könnten soviel kosten wie eine Weltreise auf der Queen Elizabeth mit Zwischenstopps in Monte Carlo, Viña del Mar und Hongkong und Aufenthalten im Mardan Palace in Kaschmir und im Buj al Arab in Dubai, The Datei, einer kleinen Insel im Nordwesten Malaysias, Bergtouren durch den Himalaya und die

Anden, lange Reisen ins Immer-schon-da gewesen-Sein, und gerade deshalb so sündhaft teuer, ohne ganz auf ein Aus-den-Fugen-zu-geraten zu verzichten, das allerdings nie in ein starkes Wollen, um das Streben die Dinge und ihre Ordnungen zu zertrümmern, abdriften darf. Sein Leben, und Leben ist ja Glückseligkeit, könnte insgesamt viel mehr kosten als der glitzernde Wolkenkratzer namens Petronas Twin Towers mit den größten Einkaufszentren der Welt. Sein Leben könnte doch die Kosten einer Sammlung von alten Lamborghinis oder von kuriosen Kolonnen Rolls Royce mit Chauffeuren in schwarzen Anzügen und weißen Handschuhen, die einem die Tür öffnen, dabei zu Boden blicken und voller Devotheit »Sir« sagen, um ein x-faches übersteigen, aber vielleicht ist sein Leben auch nicht viel mehr wert als Diaphane, dem durchscheinend durchsichtigen Medium der sinnlichen Welt und nimmt in empirischer Neutralität oder Neutralisierung irgendwann zweifelsohne eine gespenstische Form an, die sich der Wahrheit, die geschehen kann oder auch nicht, vollkommen entzieht. Eine unmögliche Fetischisierung. Zumindest weiß er jetzt, dass seine Konsumfähigkeit eine Operation nach dem Modell der differentiellen Zeichenskala der Objekte des Genießens ist, längst ein Akt der Kommunikation.

Dr. Dr. Hanselmann konzentriert sich, während er mit dem Broker Denis, der gerade im Handelsraum im 19. Stock des Esperanto-Bank-Buildings arbeitet, telefoniert, nur ganz ungenügend auf das Anzünden der abgeschnittenen Spitze der dicken Havanna-Zigarre, so dass die Flamme des silbernen Feuerzeugs jetzt die Mitte des Teils fast durchsengt, womit die Zigarre alsbald auseinanderbrechen wird, wenn er das Gespräch weiter mit dieser investigativen Verbissenheit fortführen wird, wobei die Gesprächspartner gerade dabei sind, den Discounted-Cash-Flow des französischen Kreditunternehmens ECB unter die Lupe zu nehmen (dessen radikale

Neubewertung mittels des bisher von einem Expertenteam von Statistikern der EB gewonnenen Datenmaterials und den entsprechenden Computerauswertungen dringend ansteht, ein Unternehmen, das für zumindest für zwei Mitarbeiter aus der M&A Abteilung als ein ausgezeichnet lukratives Spekulationsobjekt gilt), und die beiden Jungs zwischendurch ein paar Online-Skandälchen in der Finanzbranche in das lobenswerte Gespräch einstreuen und weiter transpirieren, unter anderem auch das amüsante CDO-Produkt »Ikarus2012-CD2« erwähnen, ein Portfolio, das aus verschiedenen credit default swaps besteht und von Dorren Tartwise gemanaget wird, einem in London lebenden 32-jährigen Jungstar der Brokerszene, der unter anderem bei der Investmentbank Goldman Sachs sein Handwerk gelernt hat, und vor ein paar Monaten mit diesem unglaublichen Derivatpaket Ikarus über die kostenlose Promotion auf der Daytrader-Plattform Wallstreet Online und JPS Brokers eine Gruppe hochangesehener Investoren aus Asien bis an den Rand des Ruins getrieben, weil er mit dem Produkt Ikarus ausschließlich CDOs mit allerhöchstem Risiko und letztendlich total ruinöse Papiere gebündelt hatte, die aber von der Rating Agentur Merlow nicht ohne Grund mit AAA bewertet worden waren, wobei Tartwise schon im Vorfeld das sichere Scheitern jeder Handelsoptionen und Operationen im Zusammenhang mit diesen Papieren den Klienten bewusst unterschlug. Guter Mann, brüllt Denis am anderen Ende der Leitung. Aus reiner Unachtsamkeit schluckt Dr. Dr. Hanselmann jetzt schon das sechste Korean Ginseng-Candy hintereinander hinunter, packt oder zupft dabei immer recht gewissenhaft seinen sehr beweglichen und spitzen Adamsapfel, um eben das Schlucken zu erleichtern, wodurch aber der immanente Würgereiz noch unangenehmer wird, während er sich in fünf Sekunden Intervallen mit erkennbarer Verlegenheit an die kleine ulkige, leicht dickliche Französin aus Lyon erinnert, die er gestern Nacht in der Hotelbar des Radisson Blu näher kennengelernt hatte und die später im Bett gar nicht so unangenehm war, nachdem er sie schon in der 18. Etage des Zack-Gebäudes mit Multi-High-Altitude auf Frankfurt und Rhein Main auf einer Vernissage der Kaiser & Cream Scala anlässlich der diesjährigen Luminale exakt beobachtet und für fickbereit befunden hatte, eigentlich weil ihm die gar nicht so zierliche Brünette in kniehohen, knallroten High Heels und elegantem weißen Ledermantel unter all den knochentrocken konversierenden Gästen aus der Kunstszene der Region sofort aufgefallen war, der Blick gleich dem Objekt.

Während Denis inzwischen wesentlich Belangloses über die x-Säule des Point & Figure Charts des Biotechnologieunternehmens Medicap Inc. daher quasselt, die einen rasant steigenden Kursverlauf darstellt, wird Dr. Dr. Hanselmann, wohl durch den letzten ideologisch angehauchten Halbtraum inspiriert, der nicht die ulkig schreiende und lispelnde Französin, sondern sein Selbst ins Zentrum des gestrigen sexuellen Killergeschehens stellte (wie sollte es auch anders sein), unsanft daran erinnert, wie er zusammen mit dem Broker Denis am vorletzten Sonntag, einem herrlichen Frühlingstag, mit einem geleasten zitronengelben Maserati zum Golfgelände des Rhein-Main-Golfclubs bei Friedberg fuhr. Beide Banker trugen leger und locker die standesgemäßen Schirmmützen und Spikes des Golfclubs, wobei in der Nähe des 6. Lochs, als sich Dr. Dr. Hanselmann in unmittelbare Nähe zur Fahnenstange begab, um nach fünf Schlägen pari einzulochen, der Broker Denis am linken Oberschenkel, ungefähr zwölf cm über dem Knie, von einem Golfball getroffen wurde und wie bewusstlos oder total gekünstelt auf die stets ausreichend gewässerte, sattgrüne Rasenfläche fiel, dass sofort eine attraktive passionierte Amateurgolferin, die in der M&A Acquisitation der Schweizer Nationalbank tätig ist, zum Tatort sprintete, um neben dem verbissen knienden Dr. Dr. Hanselmann ihrerseits verbissen auszuharren, der Banker, der circa zwanzig Minuten lang so tat, als würde er sich für die höllisch stechenden Schmerzen des Kollegen Denis brennend interessieren, bis endlich der Krankenwagen des Roten Kreuzes eintraf und den, wie sich später nach der Computertomographieuntersuchung herausstellte, mit einer schweren Prellung und Trauma des Oberschenkels davongekommenen Broker in die Universitätsklinik Frankfurt fuhr. Dr. Dr. Hanselmann hatte während der ganzen Zeit seines unbewusst klebrigen Affirmierens & Postulierens dem verletzten und unter leichtem Schock stehenden Broker Denis gegenüber auch darüber gesprochen (während er die Jonglage mehrerer Golfbälle vor den Augen der Amateurgolfspielerin aus der Schweiz betrieb), dass, falls ihn die Logik der vertikalen Übungs- bzw. Trainingsprogramme überhaupt noch interessiere, dass dazu führen müsse, beharrlich eine Sprosse nach der anderen zu erklimmen, bis man endlich die Leiter (Metapher des Emporkommens der Herausragenden) abwerfen könne, was ihn persönlich aus unerfindlichen Gründen weiterhin so megamäßig anturne, dass er vielleicht später auf Profigolfspieler auf Zeit umstellen könnte, um über der Leiter vielleicht noch unwahrscheinlichere Leitern zu entdecken, ansonsten würde man sich ja der Gefahr aussetzen, im Zuge der Evolution des Selektierens und des Wählens doch wieder in einem luftleeren, metaphysischen Raum hängenzubleiben, der ja die Gefahr des radikalen Absturzes in sich berge, was zu unterbinden nun einmal auch einen Kampf, insbesondere der Sätze und Wörter in und um diese Leere und über diese Leere hinaus erfordere, und zwar jetzt schon sei es sicherlich kein Zufall gewesen, der sein Subjekt genau an dieses verflixte 6. Loch geführt hätte, und die attraktive Bankerin aus der Schweiz sah ihn nur noch erstaunt oder wissend an, wenn auch irgendwie mit gelangweiltem, unberührtem und kaum fragenden Gesicht, und gab, gar nichts kaschierend oder kompensierend, trocken und hart zurück: »Sie sehen ja so abwesend aus, lochen, wie ich beobachten konnte, aber ganz gut ein.«

Der wolkenlose blaue Himmel über dem Golfplatz schien den Gesprächspartnern affirmativ zuzuwinken, wie das zumindest Dr. Dr. Hanselmann vermutete und die Bankerin aus Zürich sich zu 99% sicher, auch da oder dass der Himmel ihr untergeben war, um daraufhin tatsächlich zum Besten zu geben, dass auch an ungewöhnlich sonnenintensiven Tagen wie diesem, maskulin getriggerte Männer durchaus mal ein paar Stunden im Hotelzimmer verbringen könnten, es müsse ja nicht unbedingt gleich eine Suite im Hotel Intercontinental sein, wo man den wehrten Banker an der Rezeption wahrscheinlich schon zu konsektiv kenne, und sie wolle ja mit ihm zusammen nicht in die gleiche konspirative Falle tappen, ja, das sagte sie tatsächlich, gerade als der Winddruck vom nördlich gelegenen Taunus kumulativ zunahm und man sich zwanglos und ostentativ darauf einigte, gemeinsam zurück in die Stadt zu fahren, natürlich nur um einem drohenden Gewitter zuvor zu kommen. Zwei Stunden später im Künstlerdesignerhotel Pure in der Nähe des Hauptbahnhofs, wo in der Präsidentensuite Dr. Dr. Hanselmanns zum Teil pudendale Nerven mithilfe der Sexualtechniken einer ziemlich inkongruenten Frau zügig außer Kraft wurden, was die von Dr. Dr. Hanselmann erwartete Verklemmtheit der Bankerin betraf, ging es mit einem Gerät, dem ca. 0,5l-bierdosengroßen, rosa geäderten XXL-Kelly-Highspeed-Vibrator mit geriffeltem Tableau, linksrotierendem Clit-Teaser und rechtsrotierendem G-Punkt-Stimulator, der durchaus auch als Küchenmixer hätte Verwendung finden können, und dessen Besitz Dr. Dr. Hanselmann der Bankerin im Leben nicht zugetraut hatte, unter schreiender oder sirrender Begleitung von dämlichen Kindheitskosenamen wie Pupsi oder Puttie zumindest von Seiten der Bankerin doch ziemlich technologisch/replikantenhaft zur Sache, und circa fünfzig Minuten später, nach x-facher diagonaler Durchquerung des Übungsareals für verschlungene und permutierende Körper, schrie die Bankerin aus dem Badezimmer noch heraus, nachdem sie sich als Hohepriesterin der sexuellen Transgression geoutet hatte, die technische Accessoires, Apparaturen und ihre High Heels beim Sex trägt wie antike Kothurne, schrie sie bis ins Innerste von Dr. Dr. Hanselmanns Semi-Sexpsyche hinein komplett suizidal traumatisierend: »Wenn ich Sexmanagerin wäre, wüsste ich genau, dass man mit dir mordsmäßig Kohle machen kann, so gut wie du einlochst.«

Dr. Dr. Hanselmann ist von seiner derzeitigen extremen Liebenswürdigkeit gegenüber der Kollegin Sam Kimberlay selbst ein wenig überrascht, denn normalerweise zielt die Strategisierung der größeren Anteile seiner semio-emotionalen Potenziale weniger auf die Form als auf die Formel, was natürlich trivialerweise auch heißt, dass die Emotion kaum verschoben hauptsächlich auf das monetäre Operieren bzw. das Training der Effektivitäts- und Effizienzspielräume des Selbst abzielt, welche der Selbstevaluation sowie dem eigens dafür konstruierten Feedbacksystem zugänglich sind, durch das immanent auf den derzeitigen Stand der eigenen Leistungskapazität geschlossen werden kann, Stichwort kontrollierte Ekstase der individuellen und kollektiven Schuldenpolitik, was das Mem bzw. das mnemonische Tableau absoluter Prophylaxe/Prävention der intimen Interaktion mit Derivatpolitik, Risikomanagement und Algorithmenpolitik in Zukunft allerdings auch als nihilistisch ausweisen könnte, letztendlich in einem effizienten *und* ineffizienten Sinn verdorben. 95% aller Katastrophenmeldungen nimmt Dr. Dr. Hanselmann als das, was sie de facto sind, als medial aufgemotzte Störfälle, die (scheinbar?) die Geltungskraft der logischen Deduktionen in den Wirtschaftswissenschaften wie die Prämissen der Modelle selbst äußerst fragwürdig in Frage zu stellen versuchen, und irgendwo im Internet hat er im Zusammenhang mit der Vermehrung & Beschleunigung des (Medium) Geldes durch die Interferenz medialer Netzwerke, Institutionen und Technologien hindurch, von Begriffen wie Parabel oder Gleichnis gelesen, welche als treffende Begrifflichkeiten die Strukturen ökonomischer Systeme besser explizieren oder erklären als die Formeln der mathematischen Finanzwissenschaft, wobei er sich da noch fern/düster an seinen Mathe-Unterricht im Eliteinternat Modest in St. Gallen erinnert, an Teilgebiete wie die abstrakte Mengentheorie, deren Elemente nicht unbedingt Zahlen sind (mit der Cantor das erste Mal nachgewiesen hat, dass das Axiom, nach dem das Ganze größer als der Teil ist, für Klassen unendlicher Mengen nicht gilt, wenn die Elemente/Punkte einer Menge in einem Teilstück eines Geradensegments liegen, oder abstrakter – er kritzelt mit seinem Pelikan Kugelschreiber die Formel P'= Q u R auf ein Stück Papier –, die abgeleitete Menge P' in die Vereinigungsmenge Q und R zerlegt werden kann, wobei Q die Menge aller Punkte ist, die in den abgeleiteten Mengen von P' enthalten ist, und R die Menge der Punkte ist, die in jeder einzelnen abgeleiteten Menge von P' enthalten ist, und so weiter. Der Finanzmathematiker Großmann bezeichnet insgesamt Dr. Dr. Hanselmanns Position, obwohl nicht unweit entfernt von der ihm eigenen Selbstkritik, als neoidealistisch, bedenkt man die unglaubliche Stilisierung des Spekulantensubjektes, das gegen organisierte Interessen, Staaten, Firmen und Fonds wettet. Insofern angeblich in erster Linie die gesamte crowded intelligence der Spekulanten die Selbstregulierungskräfte des Finanzmarktes ankurbelt und kontrolliert, da sie die Boten bereitstellt, die die schlechten Nachricht für das System bringen, kann diese Theorie ihre idealistischen Züge tatsächlich nicht verdrängen).

Das Klingeln des Telefons 27/3 der hausinternen Telefonanlage zerstört Dr. Dr. Hanselmanns klappriges, eklektisches Assoziationsgespinst oder Deduktionsgerüst, derweil ihm erneut ein bisschen fast schon aseptischer Speichel aus dem linken Mundwinkel fließt, ehe er jetzt wieder etwas deutlicher Denis' Stimme am anderen Ende der Leitung vernimmt, die irgendwie voll partymäßig rüberkommt, wahrscheinlich ganz gefangen im Taumel einer dieser echt widerlichen Spiel & Fun-Intervalle in den Handelsräumen, wo meistens eine x-beliebige Wette von einem dysfunktionalen Broker ins Spiel gebracht wird, okay, manchmal schon mit einem äußerst hohen Spaßfaktor, der aber letztendlich all den Strukturen des postmodernen neookularen und neosensitiven Hedonismus verhaftet bleibt, den emotionalen und scheinbar autonomen Erlebnisqualitäten der Broker, die ungefähr so ausgebildet wie neu innovative Produktkreationen sind, welche man wegen mangelnder Marktrelevanz gleich wieder in die Tonne treten kann; wenn der Broker Denis zum Beispiel auf den Todestag eines schwer kranken Prominenten/Politikers wettet, oder darauf, dass der von ihm gehasste Broker Thomas binnen zehn Minuten keine drei Flaschen Champagner leersaufen kann, dann vermag Dr. Dr. Hanselmann seine in sotto voce geäußerten Kraftausdrücke kaum noch zu unterdrücken, zumal das seiner Meinung nach infantilisierende Wettprocedere immer unter dem Einsatz von kleinem Geld oder Spielgeld steht. Denis' schlechter Atem steht Dr. Dr. Hanselmann als konvulsivische Wolke förmlich vor dem Gesicht, er hört am Telefon Geräusche klirrender Flaschen sowie aneinander stoßender Gläser, vereinzelte dünne oder schrille Lachkaskaden sowie das blecherne Gescheppere einer ihm bekannten Spielzeugbox.

Die Demoprofiles mit den persönlichen Daten der zwanzig wichtigsten Händler befinden sich in einem Leitz-Aktenordner auf dem Bücherregal, auf dem Hauptschreibtisch liegt außerdem noch eine Liste mit mindestens zwanzig weiteren Brokern, in denen u.a. auch deren Spiel- und Wettvorlieben vermerkt sind. Dr. Dr. Hanselmann packt jedes Mal das nackte Entsetzen, wenn er sich unter einem fast schon apnoeischen Würgen vorstellen muss, wie Sam Kimberlay oder wahlweise Denis, Marcel oder Thomas, inmitten einer Gruppe äußerst intelligenter und zugleich unter semio-emotionalen Gesichtspunkten vor Albernheit strotzender Derivathändler stehen, deren Gesichtsfarbe ungefähr vom Weiß von Ritalinpillen ist, während sie auf niedrigstem polioerotischen-detectable-Level mit Scherenfingern um die GV-Erlaubnis oder den sexuellen Dienstleistungsverkehr mit Sam Kimberlay oder Marlen Pizarro feilschen, so dass die performative Masse der Schnittgesten der Spieler die Brokerinnen förmlich zur horizontalen Bedürfnisoffenbarung zwingt, als ob die Frauen den größten Teil ihrer Arbeitszeit nicht am Einzelarbeitsplatz, sondern in den Fluren oder auf den Toiletten in stoischer Löffelchenstellung auf hartem Fußboden verbringen, was u.a. auch den affektiven Gehalt der Akquisition blödsinniger Wettspiele betrifft, so dass sich Dr. Dr. Hanselmann, ausnahmsweise mal als Fanatiker des softdates auftretend, was die beiden Damen angeht, ernsthaft Sorgen machen muss, ob die beiden ehemaligen A&M Managerinnen bei ihrem fiktiven Geschlechtsverkehr, den sie ja manchmal tatsächlich als Simulation im Handelsraum praktizieren, ob ihrer klaustrophobischen Tendenzen nicht vielmehr von Bewusstlosigkeit befallen sind oder gerade eine Art Tiefenyoga praktizieren.

Dr. Dr. Hanselmann war schon vor circa zwei Minuten per Email und SMS mitgeteilt worden, dass laut einer Marktmeldung auf Reuters die Eurex um 14:35 Uhr 33% Prozent aller Geschäfte im Future auf den Euro-Stoxx-Index als Folge von Fehleingaben bzw. eines einschneidenden Tippfehlers eines Teilnehmers aufgehoben hat, möglicherweise waren auch fehlerhafte Ordereingaben dafür verantwortlich, sogenannte Mistrades, was aber selten vorkommt, aber die Stressresonanz bzw. Null-Fehler-Toleranz-Bereitschaft der Broker in Sekundenschnelle hochleveln lässt. Die Nonvalenz zwischen Aversion und Bewunderung den beiden Damen gegenüber wird bei Dr. Dr. Hanselmann im Moment mittels eines wahrscheinlich unerwünscht auftauchenden Bewusstseinsfragments des romantisierenden Mitleids gekittet, das auch dafür zuständig ist, dass er jetzt verbissen zu Fantasien einer verzweifelten Sam Kimberlay, die ihm mit der Stimme einer Moderatorin auf N-TV live über das Ende der Welt berichtet, auf einem roten Farbstift herumkaut, wobei Sam Kimberlay lautschluchzend ausschließlich ihm und nur ihm Liebe für immer und ewig zu schwören bereit ist, denn nur Hanselmann und sie bleiben ja übrig, während sie Arm in Arm einen smaragdgrünen Atompilz auf der Dachterrasse des Esperanto-Buildings bestaunen, die sie gerade als Konferenzort für ein Meeting zur Stabilisierung der Firmenidentität der Esperanto Bank benutzt haben, ein Gedanke, der wiederum nicht ganz ungewöhnlich ist, da an den mit transparentem Lack beschichteten Konferenztischen in der Nähe des Swimmingpools unter Leitung des Senior Advertisement Managers Mr. Harrison, zuständig für die Kommunikation zwischen der Marketingabteilung der Esperanto Bank und diversen Marketing- und Werbeagenturen in London, Paris, NYC, regelmäßig weiche Brainstormings oder Clustergespräche stattfinden, die manchmal auch einen Touch von software-dating besitzen. Dr. Dr. Hanselmanns Stressoren anregende Region des Cortex visualisiert im Augenblick nicht zufällig Sam Kimberlay und eben nicht Marlen Pizarro, wie jene vor ihm steht und über ihre Kompetenz mithilfe der exakten Analyse von Candlesticks Charts Beträge von bis zu 500 Millionen Dollar, Hebelzertifikate, Optionscheine oder Futures und so locker zu dealen plaudert (in ihrem weinroten Versace-Kostüm, mit schwarzen Strumpfhosen und schwarzen Stöckelschuhen von Gucci, die sie während der letzten gemeinsamen Shoppingtour in der Goethestraße gekauft und am nächsten Arbeitstag gleich angezogen hatte, um direkt vor seinem Schreibtisch Platz zu nehmen und den fahrbaren Ledersessel mit Ansage um den Schreibtisch zu rollen und ihn mindestens dreimal hintereinander auf die Stirn zu küssen, ohne dass er sich zu einer Reaktion hinreißen ließ).

Die acht inaktiven Computerbildschirme an der Südwand von Dr. Dr. Hanselmanns Büroraum hin zum Main sind auch (jämmerlicher) Ausdruck einer vorübergehenden Substitution seiner psychosomatischen Beschleunigungsspirale in Richtung Geld, deren latente teletopologische und infographische Kraft ihn allerdings ja nicht so ohne weiteres aus der Spirale aussteigen lässt. Die Computersimulationen auf dem aktiven Monitor 6, die diverse inverse Zinsstrukturkurven und mehrere Point & Figure Charts darstellen, wobei ihm einige Parameter gänzlich unbekannt sind, erzeugen bei ihm einen sehr spezifischen Unwillen in der Form von dickem Schluchzschleim aus dem linken Nasenloch, weil er beim besten Willen nicht nachvollziehen kann, wie die Trading-Signale, die ganz auf Verkauf großer Aktienpakete von GPP-Biotechnology Inc. gestellt sind, signalisiert durch die o-Säule mit rechteckigen Kästchenreihen en masse, welche die diskontinuierlichen Kursbewegungen der Aktie fokussieren, dieses unglaubliche Breakout nach unten anzeigen können, paradoxerweise bei äußerst positiven Unternehmensmeldungen von GPP-Biotechnology Inc., und irgendwie schwahnt Dr. Dr. Hanselmann langsam, dass die Funktionen & Kurven das fix und fertige Resultat ihm gänzlich unbekannter Algorithmen und Kalküle sein könnten (ähnlich seinem Gedanken an ein Fertigdosengericht von Bassermann, von dem er nicht im Geringsten weiß, wie es in die Mikrowelle gekommen ist, als plötzlich die Glasscheibe der Mikrowelle aufbricht und das Dosengericht sagt, »Hier bin ich, friss mich«), obwohl dem Banker doch längst klar sein sollte, dass die den diversen Trendfolgesystemen inhärente Daten- und Zahlenflut mitsamt der Kodierungen, die das binäre Funktionieren von Kaufen/Verkaufen an der Börse regulieren, ihn längst wie aseptische Morlocks begonnen haben aufzufressen, und das zeigt vielleicht auch der scheinbar unverständliche Trendausbruch, obwohl doch die letzte dreimonatige Kartographierung der GPP-Biotechnology Inc. Aktie nicht unbedingt eine außergewöhnlich lange Seitwärtsbewegung des Kurses anzeigt, vielleicht hätte man ja wie die Swingtrader, die Geld in engen Schwankungsbereichen der Aktien generieren, oder auf Basis der Bewertungen des Unternehmens sowohl durch die Rating-Agentur Moody's als auch der firmeneigenen Unternehmensanalysen und -meldungen vielmehr die molekularen Differenzen der Aktie traden sollen, wer weiß. Was Denis übrigens immer propagiert hat, so erinnert er sich, und nun dieses Fiasko. Einigermaßen bequem ist er an die etwas zu weiche Polsterlehne gelehnt, und so sind die Körper- und Atemaktivitäten Dr. Dr. Hanselmanns im Augenblick so unerheblich, dass sie anscheinend seine gesamte Rekonvaleszenz-Müdigkeit absorbieren und statistisch gesehen ihn nicht einmal zum Gähnen reizen/zwingen, und selbst das kabellose Telefon, das noch zwischen Schulter und Ohr klemmt, gibt für ein kurzes Zeitintervall Ruhe und kann ihm für diesen einen magischen Moment wirklich nichts anhaben, bevor er, möglicherweise getrieben durch seinen niedrigen Blutzuckerspiegel, jäh aufschreckt und in die Sprechmuschel brüllt: »IWF Konferenz am 23.5. in Washington D.C., sofort Flug nach Sao Paulo buchen, Flip-Flop.«

»Flip-Flop? Hanselmann haben Sie etwa getrunken?«, fragt Mrs. Thompson am anderen Ende der Leitung.

»Ja, Flip-Flop. Noch nichts von der Flip-Flop-Dynamik gehört? Das Ja generiert das Nein und das Nein generiert das Ja. Die zeitliche Dimension der Logik, meine Liebe, die zeitliche Logik, die Zirkularität.«

»Einen Augenblick, bitte. Hier wird ... Ist noch was vom Prosecco über? Und ... aha Rauchverbot aufgehoben. Denis sagt mir gerade, Sie sollten doch mal ein paar Etagen runterkommen und ... Was hat der Kerl gerade neben ihm gesagt? Friss das, Denis, ein für alle Mal. Geld ist Abfall und ... Hanselmann, dem steigt der Höchststand seines Portfolios gerade mächtig in den Kopf.«

Dr. Dr. Hanselmann reißt sich seine filigrane Nickelbrille mit goldenen Bügeln vom Kopf, schleudert sie in Richtung Sideboard, drückt erst die Taste 56 dann die Taste 48 auf der wild und bunt blinkenden Telefonanlage, verlangt nach dem Broker Denis und hört: »Oder hat die ausnahmsweise ordentlich entrostet heute Nacht? Möchte nicht wissen, wer die ... Sex auf ... verzehnfacht die Spasmen. Hanselmann soll ich für Sie ihre Sekretärin informieren, dass ... «

»Dass was?«

»Na dass mit dem Flug buchen ... Wann, reicht gegen fünfzehn Uhr? ... Ja, wenn mir Hanselmann freigibt. Ich hab ihn gerad an der Strippe ... Hanselmann, hören Sie, wir sollten auf die Performance der Nike-Aktien in Singapur in den nächsten drei Wochen einen Put setzen. Der Markt ist zu heißgelaufen dort. Die Performance der Aktien vom Fondsmanager Curtius kaufen, er zahlt uns ne Prämie von 4 Dollar für die Option. Das Ding wird nicht unter 60 Dollar knallen, aber trotzdem hab ich schon nen lukrativen und sicheren Hedge in Sicht. Unser Sonnyboy Williams hat das gerade anhand verschiedener Volatilitätsmodelle kalibriert. Einverstanden?«

»Ich komme gleich runter, um mir das auf dem Bildschirm ganz genau anzuschauen. Wie sieht's denn mit dem Gamma aus? Gegenwertberechnungen?«

»Schon gebongt.«

»Okay, ich gehe vorher nochmal kurz in die Props.«

»Beeilen Sie sich aber, denn Sie könnten etwas verpassen.« Dr. Dr. Hanselmann legt erstaunlicherweise sehr behutsam oder sehr beschaulich den Telefonhörer auf, obwohl er ab & an von dem Telefonat echt enerviert war, abgeturnt in redundanten Mikrointervallen, es gab am anderen Ende der Leitung Geräusche, als ob man nasse Putzlappen auf einen Fußboden, auf dem das Wasser knöchelhoch steht, klatscht oder irgendjemand ein Glas vielleicht mit naturtrübem Apfelsaft oder abgestandenem Prosecco gegen eine der Plastikschiebewände im hinteren Bereich des Handelsraumes schmeißt, ohne dass das Glas zerspringt, okay, trotz seiner exzentrischen Innovationsoffenheit sowie expositiven Fiktionsbereitschaft sieht es Dr. Dr. Hanselmann überhaupt nicht ein, den träge abgesonderten, inzwischen die Schreibtischplatte berührenden Speichelfaden zu eliminieren, quatsch, dem Händlerteam im Handelsraum in der 19. Etage den sehnlichsten Wunsch zu erfüllen, nach jedem Nachweis eines einigermaßen erfolgreichen Trades bzw. der Darlegung erfolgreicher Plausibilisierungsstrategien bezüglich Arbitragen, bei denen die Chartanalyse mit der Antizipation auf die Zukunft eines Unternehmens kongruiert, in Zukunft die Pausen multiplen, virtuellen Koitierens, was Wetten, Glücksspiele und sexuelle Aktivitäten im Handelsraum angeht, den (emotionalen) Vorrang vor dem unverzüglichem Weiterbearbeiten der Quotierungen, Charts und weiterer Indikatoren zu geben, der Beobachtung der Nachrichten-Feeds mitsamt der Analysen der Rating-Agenturen und der wichtigen Investmentfonds, no way, jede Archivbewegung wird er in Zukunft über firmeninterne Netzwerke, die Marktbewegungen exakt abbilden bzw. kartographieren, jederzeit abrufbar machen. 14:00 Uhr: Isometrische

Gesichtsübungen, eingeleitet durch das Einklinken/Einfahren der Rollen seines Lederdrehstuhls in die üblichen Bahnen, parallele Druckbahnen im kastanienbraunen Parkettfußboden, der übrigens mit Pallmann Magic 2K Öl behandelt wird, in westlicher und östlicher Richtung. Die Gesichtsübungen begleitet von dem leisen Gescheppere eines balinesischen Gamelan-Orchesters aus seinem Ipod, die das SoftSci-Synapsen-System seines Gehirns sanft massieren oder modulieren.

Auf dem Flur begegnet Dr. Dr. Hanselmann ein braunsüchtiger, junger Mann in schwarzem Armani-Anzug in Begleitung einer etwa dreißigjährigen Frau mit platinblonder Kurzhaarfrisur und einem mindestens 1500 Euro teuren Chanel-Kostüm aus schwarzem Tweed, und beide ignorieren oder zeigen ihm die kalte Schulter, so dass er sich mehrmals nach den beiden ihm unbekannten Mitarbeitern einfach umdrehen muss, als fühle er sich verletzt oder gar beleidigt, und er versucht nicht einmal im Ansatz zu kaschieren, dass er es tatsächlich auch ist, indem er sich übertrieben laut räuspert. Dr. Dr. Hanselmann durchmisst im Abdomen und Pelvis einen kaskadischen Phantomschmerz, der sich bis fast zum Truncus cerebri hocharbeitet, physikalische, eher noch schwere chemisch induzierte Bestürzungssymptome, die ihn nicht nur in emotionaler oder affektiver Hinsicht wesentlich labil machen, sondern die sogar mit der Intensität eines Schmerzes, der durch eine physische Verletzung hervorgerufen wird, gleichzusetzen sind; er dreht sich mit einem extrem nach rechts wirbelsäulenkrümmenden Ruck um, geht drei vier Schritte und presst dann den V-Knopf des zweiten Fahrstuhls mit einer Vehemenz, dass der Phantomschmerz nun auch in seiner rechten Daumenkuppe angekommen zu sein scheint.

An diesem Abend beschließen Snaffu und Freaky Franky, die gerade einer raffiniert choreographierten rasanten Kampfszene zweier japanischer Aktionskünstler am nördlichen Ende des Bahnhofsviertels beiwohnen, endlich mal gemeinsam zum Hauptbahnhof zu schlendern, um dort zu erforschen, ob in der B-Ebene die neu eröffnete Kentucky Fried Chicken-Filiale mit dem kleinen runden, gläsernen Swimmingpool in der Mitte des rechteckigen Raums auch gegen 0:30 Uhr noch geöffnet hat. Die beiden Freunde spenden ein letztes mal stürmischen Applaus für zwei wirklich fantastische Handstandüberschläge vorwärts von zwei japanischen Aktionskünstlern, die sich gerade in der Luft beinahe vereinigten, bevor die Snaffu und Freaky Franky nun entspannt die Mainzer Landstraße in südliche Richtung entlang gehen, eine Schnell- und Ausfallstraße mit kleinen Eisdielen, Zeitungsgeschäften, Fastfoodketten, Restpostengeschäften sowie Dönerläden und kleinen afrikanischen Speiserestaurants im südlichen Teil, da die Straße dort streckenweise schwer afrikanisiert ist, während im nördlichen Segment eindeutig die Bankentower das Straßenbild bestimmen –; die Freunde biegen kurz vor dem Düsseldorfer Platz irrtümlicherweise abrupt links in die Taunusstraße ab, die von programmkinohaften Tabledance-Bars, Laufhäusern, Nagelstudios, Friseurläden und Eisenwarenläden umsäumt wird, bevölkert hauptsächlich von Leuten mit einem ausgeprägtem Hang zur Hypersexualität oder Kosmetikmanie oder Ferrophilie. Freaky Franky versucht geschwindigkeitstechnisch richtig Stoff zu geben, packt ein sehr spezielles Messer mit konkav-keilförmiger Schneidegeometrie aus einem Lederetui, während Snaffu, der sich verzweifelt immer links neben Freaky Franky auf gleicher Höhe zu halten versucht, manchmal doch ein schönes Stück hinter Freaky Franky hinterher schlurft, wobei Snaffu unermüdlich mit dem imposanten Schlenkern des rechten kranken Fußes Kontrapunkte zum streng linearen

Gang Freaky Frankys setzt, dessen Körperhaltung und -bewegung weitaus stärker im Gleichtakt mit Gelenken, Geraden und Winkeln zu funktionieren scheint. Auf Höhe des derzeit geschlossenen Eisenwarenladens Eisen Beck, der auch schon mal eine hippe Tabledance-Bar gewesen war, hält Freaky Franky einen Augenblick lang inne, die Hände auf den Rücken verschränkt, um mit erhobenem Kopf theatralisch zu schnüffeln, und sagt, 6 Grad Celsius, 150 Meter falsche Richtung. Rechtsseitig seines linken Auges sitzt ein kleines rundes weißes Pflaster, das er sich jetzt verärgert abreißt. Ein kleiner horizontaler Einschnitt über seiner Sonnenbrille. Snaffu stülpt sich die fellbesetzte Kapuze seiner blauen Bomberjacke wieder über das Public Enemy-Basecap und Schädel, dreht den massigen Körper in südliche Richtung und gebraucht ein paar lateinische und französische Begriffe, um irgendetwas wie Zustimmung oder Abneigung kundzutun. Jedenfalls wird Freaky Franky nicht ganz schlau aus den Stakkatolauten. Freaky Franky und Snaffu passieren die auch an der Frontseite ziemlich verwahrloste Redking-Tabledance-Bar sowie die aseptisch cleane und megahippe Designersushibar My Sushi, die in das Central Hotel integriert ist, und bemerken gemeinsam im Trott ihres Gehszenendramoletts schon von weitem zwei circa fünfzig Meter lange Menschenketten, die in entgegengesetzter Richtung rechts und links vor dem legendären VIP-Club stehen, die Freunde überqueren diagonal eine Kreuzung fast im Gleichschritt, nur durch das behäbige Schlurfen Snaffus etwas zeitversetzt, wobei sich Freaky Franky nun umgekehrt der Gangart Snaffus anzupassen versucht. Selbst seinen typisch hohen Nervwert hat Freaky Franky im Moment um einige Stufen zurückgeschraubt, so dass es auch Snaffu mal gelingt, der ja sowohl hinsichtlich juveniler als auch adulter Diskussionen nicht unbedingt auf den Mund gefallen ist, länger als zwei Minuten zu sprechen, kurz bevor Freaky Franky es wieder tut. »Wer bin ich schon, meine geschichtliche Bedeutung ähnelt einem Versehen. Das muss ich nicht definieren, es entgleitet auch jeder Wahrheitsfunktion, obwohl ich den Gedanken bis zur neunten Erkenntnisebene hochschrauben kann. Kausalnexen.«

Die Szenerie vor dem VIP-Club droht in Freaky Frankys Gesichtsfeld rasant zu verschwimmen – verwischte Körper, zitternde Köpfe, wildes Straßenaas –, während er mit circa 30km/h forsch auf die beiden eventuell auch in Kunstkontexten zirkulierenden und dort signifikanten Menschenketten zugeht, bevor er abrupt stehen bleibt und mit der rechten Hand auf die große zitrusgetüpfelte Leinwand zeigt, die an der Vorderfront des ziegelfarbenen Betonklotzes von Spoil Inc. angebracht ist, eine Company, die dafür bekannt ist, seit ein paar Monaten in regelrecht bulimieartigen Dimensionen Warenbestände von Textilien aller Art aus Asien nach Deutschland zu importieren. Freaky Franky ist jetzt tatsächlich nach einigen Happen asiatischem Finger- oder Fastfood, das er hastigst und extrem zerstreut verschlingen könnte. Ohnehin scheinen seine Geschmacksnerven generell lahmgelegt, er konsumiert, er absorbiert, er schluckt quasi genussfreie Materie am liebsten rein industrieller Herkunft. Freaky Franky könnte jetzt bald Teil der Massen sein, die in zwei Menschenketten gegliedert, in einer Art experimentellen Filmszene rechts und links der drei domhohen Edelstahleingangstüren des VIP-Clubs stehen; möglicherweise handelt es sich bei den Leuten um ein Konglomerat oder ein Stratum von Repräsentanten der globalen Softdrink-Plutokratie, Coca Cola, Cadbury Schweppes & Cott Corporation, angereichert mit Personen aus dem Bankenmanagement bzw. dem Portfoliomanagement, den Theory Z Theory & Y Stiftungen plus den Reengeneering Companies Volta & Sokra, plus Robert Camp & Manuel Castells, ganz sicher sind einige A & B Prominente (lateinisch prominere, hervorstehen) vor allem aus der Entertainment & Unterhaltungsbranche anwesend, etliche Internetconsultingakteure, diverse Spitzensportler vor allem aus der Fußball- und Boxszene und ein paar Leute aus der Derivat- und Risikokapitalmarktindustrie. Snaffu schweigt. Das impliziert zumindest phasenweise die conditio sine qua non sowohl seiner neurologischen Infamie als auch seiner transversalen Transeidetik. Im Zuge der seriellen Substitution, Teil des Problems, andere Menschen als austauschbar zu begreifen – Austauschbarkeit ist allgemeine Prostitution –, findet Snaffu die Idee, die das lebende Geld kongruiert, inzwischen steil interessant, wie er sagt, da der theoretische Versuch, das Unaustauschbare der Emotion und das Austauschbare der Potenzialität des Lebens als solches äquivalent zu setzen, ihn bis ins innere Unbewusste berührt, und darüber denkt er jetzt nach. Anschließend glaubt Freaky Franky, was er auch lauthals kundtut, dass eine Sensation ihm sicherlich winkt, und zwar auf eine Weise, die er nicht recht in Worte fassen kann, er glaubt aber tatsächlich, dass hier im Moment ein paar attraktive Schokoladen-Girlies anwesend sind oder ein paar gutgekleidete Technikfreaks mit Palm Organizern ihm zuwinken, er ist halt mal einfach gierig auf tausend Blickkontakte, er sagt das alles, als ihm eine zugegebenermaßen ziemlich fiese Imitation von Boris Becker auffällt – man kennt sich vom Wegsehen –; Freaky Franky schreit »Da, da ist Eva Padberg, die, die will ich haben«, während Snaffu, der sofort angesteckt scheint und auch so ein bisschen verbal rumtoxen will, fast in einem Atemzug Jürgen Ackermann, den Vorstandsvorsitzenden der Deutschen Bank auf Lebenszeit, Gary Hamel und Walter Sinn identifiziert, ein teigiges Gesicht mit den typisch hängenden Lefzen einer Angelika Ferkel plus ihre Busenfreundin Maybritt Brillner, bevor Freaky Franky, um die Effekte verschiedener Lichteinfallswinkel der Extremleuchten über den Eingängen des VIP-Clubs zu testen, den

Kopf sehr lebendig hin und her schwingt, dass die (kompromittierende) Hirnwellenaktivität sowie die quergestreifte Muskulatur den Tonus stetig erhöhen. Toll, Bill Gates hat man auch eingeflogen, und Yippie, Michael Schumacher, Eva Thomalla, Jan Delay und die Crew um Silbermond sind auch da. »Diese Nase«, sagt Snaffu, »diese Nase kenne ich zu 99%, und diese Botoxmanie ist großartigste Systemkongruenz à la sinnkonstituierendes System«. Eine Wahrheitsfunktion, auf die sich Snaffu manchmal bezieht, wenn ihm gerade nichts anderes einfällt, worauf Freaky Franky wild nickt, ein Zeichen, dass er ganz gut informiert ist, denn er hat sich ja neulich im Café Central für gut eine Stunde in Snaffus schönstes schönheitschirurgisches Fachbuch quasi hineingefressen bzw. hineingeschmökert. Während hinter Snaffus Augenlidern wechselweise ätherische Verwaschungen und Pixeleien sich seltsam drastisch konkretisieren, sogar ein paar Making-of-Dokumentationen der Castingshows des privaten Fernsehsenders 6Live mit Models aus der Körperfabrik von Dr. Schönblick auftauchen, rauschen circa tausend Tage Fernsehgeschichte durch Freaky Frankys Gehirn, RTL Explosiv, Casting Shows der privaten TV-Sender Anti9 und 6Live, die Harald Schmidt Show, Charity-Veranstaltungen der großen Kirchen gegen Kindesmissbrauch oder für die stärkere Finanzierung von Fremdsprachenkursen von Migrantenkindern und/oder für Mathematiknachhilfeunterricht für führende deutsche Politiker und führende Repräsentanten des Showbusiness, wobei ihm als ehemaligen IT-Spezialisten in Fragen Networksolutions und Hacking sofort die brisante Passage 01001011101010 1110111011110110001010101011110010110110 1 0110110 durch den Kopf rast, sehr viele Nullen, die nichts repräsentieren oder die er zumindest nicht exakt in Relation zur Politrhetorik von FDP und SSPD setzen kann.

Als Freaky Franky und Snaffu vor einem schwarzen

Blockkasten mit gelben Drainagerohren in der ihnen eigenen magischen Halluzinieren-ist-alles-Manie ausharren, einem unmöglich großen Kasten, der quer gegenüber des VIP-Clubs direkt vor dem Eingang der Frankfurter Sparkasse steht, fällt ihnen plötzlich simultan auf, dass die beiden mysteriös und mystezitös permanent nach vorne wippenden Menschenketten auf jeden Fall einem ausgeklügelten Event beispielsweise des Top Journals, bei dem oft nur wenige Schaulustige einen gierigen Blick auf wichtige Repräsentanten der High Society-Clans aus Frankfurt und Umgebung zu erhaschen versuchen, nicht im Geringsten die Ehre erweisen können, weil unter anderem der obligatorische rote Teppich weit und breit nicht zu sehen ist, nullkommanull Stretchlimousinen oder Phaetons vor dem oder in der Nähe des VIP-Clubs parken, oder wie Freaky Franky sagt, keinerlei hyperagil kamerazückende oder karrolierende Statussymbole à la Pressejournalisten, Pressefotografen oder Profipaparazzis in embolisierter Manier auf Prominente zu stürzend, zu flitzend oder auch gemächlich dahintrippelnd in Sicht sind, er bemerkt lediglich ein kleines Polizeiaufgebot, das sich direkt auf dem Bahnhofsvorplatz in Lauerstellung befindet, das jedoch weniger auf dieses merkwürdige Arrangement der Inklusion von Exkludierten als auf ein paar ausrastende Sportwagenfahrer auf den Straßen rund um den Hauptbahnhof konzentriert bleibt, die mit ihren Ferraris oder Porsches in schierer Regelmäßigkeit vorbeirauschen, als wären sie mit ihren hochfrisierten Hightech-Schlitten auf der Rallye Monte Carlo-Dakar unterwegs oder hätten mit Hilfe auf dem Heck angebrachter, beweglicher Kameras vor allem die energieeffizienten Allianz-Bürohochhäuser, plus deren Solarpaneelen, plus Orchideen und mit Palmen bepflanzte Terrassen, begrünte Dachflächen und doppelverglaste Fassaden im Kontrollvisier. Es gibt auch keinen Champagnerstand von Veuve Clicquot oder Pommery oder etwa schickes vietnamesisches Fingerfood offerierende Hostessen an den Eingängen des VIP-Clubs. Die zahlreichen Displays ultramoderner Videoaufnahmegeräte und Handy-Kameras zeigen und ein paar Arricam-Filmkameras filmen nur zwei gehirnerschütternd fragile und zugleich stumpfe Menschenketten, wobei sich bei näherem Zoom bzw. Objektivsteuerung oder auch Hinsehen ein realhistorisch unbedeutendes Arsenal von Streunerkörpern, vertoxten, konsternierten Panikbodys und Müllmenschen offenbart, deren aufgedunsene, aufgeblähte oder schwächliche Gesichter und Restkörper wie kurz vor dem Ausweiden oder vollkommen organentlastet erscheinen, zumindest akonisch, ungeschmeidig und knochenlos und von sehr träger Gesichts- und Zungenrhetorik, die in phasenweise dann doch schizotige oder schizoide Körperbewegungen aus dem Gleichtakt ausgeklinkter Menschen integriert bleibt, die auch aussehen, als probierten sie im Bannstrahl ihres Unglücks die von ihnen getragenen weißen & schwarzen Smokings und Abendkleider außerhalb der gängigen Umkleidekabinen an und seien äußerst darauf bedacht, den Kleidungskrams so schnell wie möglich wieder loszuwerden, diese schrecklichen knöchellangen Abendkleider von Valentino oder Gaultier, oder auch die seltsam schicken Ausgeburten der sogenannten Aperiol-Mode, normalerweise leichte und fluffige Plastikprodukte, die vor allem im Zusammenhang mit sexueller Ekstase gehandelt werden. Direkt neben dem zentral gelegenen VIP-Club, dem 1A Club unter den Frankfurter Clubs, liegt Dr. Wolffs Praxis, in der eine Gruppe von Neurologen, Therapeuten, Psychiatern und MTAs mittels eines umfassend hochtechnologischen Maschinenparks, dem zig ultramoderne EEG-Maschinen, Magnetresonanz-Tomographieapparate (MRT), Infrarot-Monitore und diverse Messgeräte zur Applikation von Hirnwellenaktivitäten angeschlossen sind, unter anderem auch Leute wie Freaky Franky auf Normen, Standards und Normalisierungen hin testen, sondieren, kontrollieren und überwachen, falls der denn mal seine Termine einhält. Einzelne, eher hochgebildete Schaulustige konnotieren jetzt recht unauffällig Mitglieder in den mittleren Bereichen der beiden Menschenketten, wobei es sich in ihren Augen bei diesen Personen innerhalb der Menschenketten lediglich um so etwas wie durch die Gegend geschleppte oder schleppende lebendige Verkörperungen von Ausstellungsgegenständen, Skulpturen oder Attrappen zeitgenössischer Experimentalkunst handeln kann, krach, manchmal sind die Akteure, welche in die Menschenketten scheinbar integriert sind, auch bunte überdimensionale Lollis oder hysterische Phalli, die man unter 220 Volt Strom gesetzt hat, und bei denen man womöglich austesten will, was an den Probanden da eigentlich intelligenztechnisch dran sein soll, wobei allein schon die Palette seriöser Abendbekleidung von schwarzen Samtsmokings über klackende, goldene Stöckelschuhe bis hin zu azur- oder ultramarinblauen Satinkleidern hier absolut Out of Control vorgeführt wird, als würden diese seltsamen Personen unter einer neurologischen Krankheit leiden, die noch weitestgehend unbekannt ist, so scheint es jedenfalls, und tatsächlich untergraben die ab und zu sogar raffiniert ironischen oder eventkritischen Niveaus von Gesprächsaktivitäten im Dissens zwischen Schaulustigen und Teilnehmern der Menschenkette sogar die lästigen Gesprächsabsonderungen vereinzelter Banker & Prominenter, die hier definitiv zu subtrahieren sind, Klatsch über Geld, Finanzderivate und hippste Brokerage- oder Wertpapiertransaktionen, sexuelle Anzüglichkeiten und gnostisches Publicity-Getue, so zumindest die nur für ihn selbst verständliche, geäußerte Pointe eines Werbers mit großem Eventkinohabitus.

Eine junge Frau mit dem blasigen, rot gesprenkelten Gesicht etwa einer alten indianischen Squaw, durchfurcht von Grausamkeiten bzw. durch die von irgendeinem Quadratschädel Mann bezogenen Schläge & Hiebe schwer verletzt, uriniert in der Hocke etwas ungeschickt neben einem blauen, großen Müllcontainer, so dass der Urin ihr die zartrosafarbenen Netzstrümpfe hinunter läuft und in den supermodischen, schwarzen High Heels von Gucci versickert. Das sieht irreversibel krank aus. Das Wort Society ist definitiv zu groß für diese Frau. Ihr blondgefärbtes Haar wirkt nicht nur leicht struppelig, sondern wie das Gesicht gefurcht, das tief ausgeschnittene, burgunderrote Abendkleid ist mit Mikrostaubfasern, kleinen Polyesterfetzen und weißen Fusseln total übersät und die jetzt vollgeschissenen High Heels verbreiten nur noch lähmendes Entsetzen im Radius von fünf Metern um die Schuhe herum. »Wenn wir hier einzelne Personen isolieren, flüchtige Personen«, sagt Snaffu kommentierend, »Personen, deren Herkunft wir wahrscheinlich nicht nachvollziehen können, dann wird uns schnell klar werden, dass es sehr schwer zu bestimmen ist, wer hier wirklich neurochemisch gestört oder einfach nur gewohnheitsverrückt ist«. Direkt links neben Snaffu dreht gerade ein 6Live-Kamerateam ein sicherlich publicitywirksames Video mit einer attraktiven Businessfrau der Esperanto Bank in der Hauptrolle ab, die kurioserweise nicht ein einziges Wort über die gegenwärtig in der Öffentlichkeit heiß diskutierten neuen oder topinnovativen Finanzderivate ablässt, sondern nur im Modus der hypertrophen Selbstreferenz über sich selbst spricht, und jedes Wort dient wohl der Absicht, sich selbst zu positionieren oder so zu profilieren, dass sie sich selbst in x-verschönerten Spiegelbildern von gottverfluchter Makellosigkeit und Schönheit sieht und nach und nach höchstwahrscheinlich sogar veredelsteinert; ihre verspiegelte Carrera-Sonnenbrille jetzt in Nahaufnahme. »Fantastisch«, sagt Snaffu, »in unserem Inneren regieren nur noch Vagheit und Devianz. Nur Wahnsinnige können noch denken, wir hätten die Logik und Vernunft erfunden, um unsere Triebhaftigkeit und unser plumpes Ich im Zaum zu halten.«

Ein schlaksiger, mittelgroßer Mann, den man im Bahnhofsviertel seit undenkbaren Zeiten den »Schmutzigen« nennt, steht ganz in der Nähe von Snaffu und Freaky Franky unter dem großen Lichtkegel der Leuchtreklame des »Clubs für Muskeldystrophie« und macht ein Handyfoto von seinem Selbst. Er trägt einen dunkelblauen Hugo Boss Anzug und schwarze Schuhe mit roter Ledersohle, und bei genauerem Hinsehen befinden sich noch Splitter von Hundeknorpel, kleinen Thunfischstücken und braunrotem Kalbsbries an seinem ultraspitzen Kinn sowie an den streng gestutzten Oberlippenbartstoppeln. Katzenfutter der Marke M.I.A.U. sowie wässrig-braunschwarze Blutflecken umlagern seine rissigen Lippen. Sein Atem riecht in einem Radius von mindestens drei Metern nach scharf gesäuertem, selbstgebranntem Birnenschnaps. Der Typ namens »Der Schmutzige« streicht sich mit der Hand beharrlich durch sein platinblondes Kunsthaar, eine total träge Masse, die keineswegs in verschiedene Richtungen plumpst, sondern mit tausenden von zusammengeklebten Pullmoll-Bonbons ineinander verklebt zu sein scheint. Der Schmutzige fand es nach eigenen Aussagen ziemlich lässig seitens der Event-Company, dass er extra mit einem Taxi zum Hauptbahnhof gefahren wurde, um nun dem Event beiwohnen zu können. Seine Augäpfel drohen jeden Moment aus dem Netzbeutel von blutigen Adern zu stürzen und sein Gehirn scheint siedend heiß oder zumindest aufgebläht.

Bei einem Treffen der sozialdemokratisch orientierten Sozialdiakonie in der Weißfrauenkirche Weserstraße 6 hatte der Schmutzige schon im Frühjahr 2001 davon erzählt, also zu einer Zeit, als er tatsächlich noch mühelos ganze Sätze auf- und hersagen konnte, die vielleicht nur in vager Äquivalenz zu irgendetwas Bedeutungsvollem standen, obwohl die Zeitstellenkonstruktion der Mitteilungen innerhalb seiner

Kommunikationen noch ganz okay war (das Zeichen, das nicht ortsfrei ist, aber nur in Konstellationen substituierend etwas besagt), hatte er also davon gesprochen, dass er in besseren Tagen um das Jahr 1995 herum nach dem Konsum großer Mengen Ecstasy & diversen Amphetaminen, die er von einer Person namens »Mörder Blike« auf der Taunusstraße zugespielt bekam, das erste Mal mehrere Wochen lang unter dem Frankfurter Himmel gelebt, der sich schlagartig aus einer gekrümmten, blauen, wolkenlosen Kuppel mit Sonne in ein schwarzgraues Spektrum mit erschreckenden Turbulenzen und Wirbelströmen verwandelt, ein schwer komprimiertes Geflecht von Cumulonimben, deren exakte Erkenntnis oder deren präzise Eingrenzung ihm damals sicherlich den Einsatz eines unendlichen Quantums an Negentropie seinerseits gekostet hätte. Während seines Monologs hustete der Schmutzige ständig auf den billigen Plastiktisch des Sozialzentrums ein, wobei die um ihn herumsitzenden Penner und Obdachlosen schnell an dem Gefühl litten, er würde heißes Metall auf die Plastikplatte spritzen und die abprallenden Spritzer würden ihre (offenen) Rachenräume unwiderruflich vergiften. Unter freiem Himmel transportierten damals hinsichtlich des Gesichtspunktes des Schmutzigen stark turbulente Strömungen große Massen an kinetischer Energie und verteilten diese Energie auf unzählige Wirbel, aus denen wiederum kleinere Wirbel hervorgingen, die in noch kleinere Wirbel zerfielen, so dass schlussendlich Kaskaden von Wirbeln entstanden, die erst verendeten, als die Energiedissipation in der Luft zu stark wurde und die Reibung zwischen den Wirbeln die ursprüngliche Bewegungsenergie in Form von Wärme zerstreut hatte. Die Turbulenzen hatten für den Schmutzigen die Farbgebung eines stark flimmernden Plasmabildschirmes, es war ein sehr lebendiges Schwarzgrau mit den verschiedensten Zwischenstufen wie etwa die zwischen Dezimalstellen oder etwa bis ins

Hellgrau gleitend bis hin zu einem projektiven Raster von tiefseegrünem Schmutz in den verschiedensten Abstufungen und voll von pechschwarzen Rissen, was der Schmutzige andauernd abwaschen oder flicken wollte, aber einfach nicht konnte, so dass ihm am dritten Tag richtig mulmig wurde und ihm der Arsch auf Grundeis ging. Schließlich verkroch sich der Schmutzige mit seinem abgewetzten, löchrigen, kotbraunen Tweedmantel in einem Grubenloch hinter dem Bretterzaun einer Großbaustelle in der Gutleutstraße; es war ein mit Mäusedreck übersätes, verschlacktes und sarg-orientiertes Loch, in dem er entweder zwei oder drei Stunden am Stück schlief oder am Stück onanierte, und erst nachdem er nach drei Tagen und Nächten den Lärm riesiger Schaufelbagger und riesiger Luftgebläse wahrnahm, brachte er seinen Oberkörper nach zahllosen aussichtslosen Versuchen wieder halbwegs in die Vertikale, entdeckte in dieser fast aussichtslosen Bewegungsarie durch Zufall eine tote Taube in seiner linken Manteltasche und kroch sehr langsam, so extrem nach seiner eigenen Scheiße stinkend, dass es einer gewissen Geruchsfreiheit aufgrund defizitären Geruchssinns schon wieder nahekam, so in etwa, aus dem Loch heraus auf den Bürgersteig und klopfte sich im turbulenten Schwanken unzählige Staubflusen und eine Menge Mäusedreck vor dem Bauzaun vom Mantel ab, er hörte das Kreischen von Kettensägen, die überhaupt nicht da waren und krachte irgendwann mit einem lauten Knall gegen die Bretterzaunwand, dass ihm fast die Sinne schwanden, obwohl er sich irgendwie aufrecht hielt. Der Schmutzige hatte dies in der Weserstraße 6 alles nicht wortwörtlich gesagt, es waren wohl die kohäsionsstiftenden geistigen und körperlichen Kräfte anderer Zellengenossen im Männerwohnheim, die ihn dahingehend (miss)interpretierten. Der Schmutzige verkörperte seit dieser turbularen Zeit, seiner eigenen Zeit der Turbulenzen, mit denen draußen ganz gewiss ein nichteuklidischer, topologischer Raum korrespondierte, den Ausdruck einer einzigen Demontage bzw. eines subsidären Fettklumpens mit eruptivem Dauerhusten und knallendem Kampferkeuchen, dessen seismische Ironie eigentlich nur wenige begriffen, und später zur Zeit seiner selbstironischen Essensverweigerung ein Hungerhaken grauer Sucht, die ihm ein fahles und sehr kränkliches Aussehen verlieh, bis er nur noch ein dünner Streifen weißer Psychose und eine würzige Prise schwärzesten Todes war. Jetzt, um 2:34 Uhr des 29.5.2013, eingehüllt in ein für ihn nagelneues Dressing, das Werbegeschenk der Firma Hugo Boss, ein dunkelblauer Anzug, dessen asymmetrischer Schnitt perfekt ist, aber dennoch nicht zu 30% mit seiner Figur kongruiert, ein Outfit nicht unähnlich dem eines swapbetäubten Fondsmanagers, der gerade dabei ist, mit Angehörigen der Brokerbundesliga die neuesten innovativsten Derivate & Zertifikate auf dem Over-the-Counter-Markt (OTC-Markt) in einem brandaktuellen Special auf Bloomberg oder N-TV zu verhandeln oder auszudiskutieren, ja jetzt, da knurrt der Typ doch schmutzig wie eine kranke Gems, wobei er sichtlich an dem Gefühl leidet, sein Bauch würde aus allen Nähten platzen, obwohl er doch nur 46 Kilo wiegt.

Snaffu steht relativ regungslos direkt neben dem Schmutzigen rechtsdiagonal gegenüber einem grünen Müllcontainer der Niogas GmbH, welcher eine seltsame Verkörperung eines (misslungenen) Graphikentwurfs der Topkünstlerin Ewa Nowik darbietet, eine Art Kubus aus Edelstahl, der im Vergleich zu den wuchtigen blauen Alucontainern der H.K.I.K. KG im Hinterhof des VIP-Geländes des VIP-Clubs aus der Nähe wie das Gestell eines posttubularen Science-Fiction-Ausflusses von quantengetriebenen Quadranten wirkt. Wahrlich postklassische Architektur. Vermummte Mitglieder oder Sympathisanten der Antifa-Esoterik-Group, die Freaky Franky längst eindeutig als solche identifiziert hat, tauchen plötzlich wie ätherische Schattenkonstrukte oder fast unsichtbare Gespenster aus einer kleinen Seitenstraße auf, die zumindest hinsichtlich der kaputten Bürgersteige eigentlich dringendst generalüberholt bzw. saniert werden müsste, und geben lautstark relativ unverständliche Vokalisationen oder wahlweise stichhaltige Parolen ab, klopfen Sprüche, äffen im Sopran zum Beispiel die rhetorischen Meisterleistungen der Bundeskanzlerin nach oder wühlen mit einer ungeheuren Bewegungsartifizialität vorzugsweise in diversen Müllcontainern herum, so dass es den Anschein hat, hier wären vielleicht nur puerile Modedesigner oder tolpatschige Designerkünstler unterwegs bzw. am Werk, keineswegs aber etwa uncoole Ökopenner & unclevere Ökoschlampen, die Totalabsteiger des postindustriellen Informationskapitalismus oder vielleicht doch gedopte und mutmaßlich künstlerisch signifikante Freizeitobdachlose, die außerdem noch vortäuschen, dass Sensoren mittels Tastsinnsimulatoren und Positionsmeldern ihre Extremitäten und ihre Köpfe überwachen oder kontrollieren, wie sehr die Haltung des Kopfes schräg, wie sehr die Halswirbelsäule gekrümmt ist, obwohl das ja längst zur Standardausrüstung der Gechippten gehört, die allerdings bisher in dem Event keine besondere Rolle spielen. Aus heiterem Himmel behauptet Freaky Franky die Existenz eines kobaltblauen Tresors zwischen dem 5. und dem 6. Stock der deutschen Genossenschaftszentralbank, wobei auf der Ebene 6 des Gebäudes nicht geraucht werden dürfe, und alles spiele sich inmitten hängender orientalischer Gärten mit Ziehharmonikaneonlicht ab, um all die Segnungen der Nanotechnologie zu genießen, diese wunderbaren physikalischen Resonanzen der abstrakten Materie.

Dieser Massenaufmarsch um diese Uhrzeit ist aber ganz bestimmt keine billige Spektakel-Opera oder die Nullnummerndramaturgie der sogenannten Freizeitobdachlosen von Nogly & Nogly, die bei ihrem letzten Event vor den Toren des

VIP-Clubs in Form Lichterketten bildender und stabilisierender Menschen Stellung bezogen hatten, minoritäre-majoritäre Gruppen, die in Frankfurt regelmäßig am Dienstagabend oder am Donnerstagabend auf der Hanauer Landstraße in Höhe der Kingkamea-Suite den somnologischen oder hypererregten Totalausstieg aus den sozialen und privaten Versicherungsnetzen neofeudaler Topiken und Arrangements proben oder simulieren, das Event, das für jeden Teilnehmer immanent gekoppelt an den großen Metaszenenapplaus das Akklamatorische anspruchsvoller Unterhaltung und Entspannung im Kontext totaler Verwahrlosung verspricht, wobei die Teilnehmer vor allem den gewöhnlichen Modulationen der biopolitischen Flexibilisierungspolitiken im Rahmen von Diätetik, Wellness und Gentechnologie zumindest für eine Nacht entkommen wollen, allerdings zugleich der Prämisse der individuellen Selbstkontrolle und Selbstverwertung ideologisch aufsitzen, nämlich, dass niemand tut, was man nicht selbst für sich tut. Diese Gruppen gammeln also während des Events auf den Trottoirs in extra eingerichteten grünen Komposthaufen aus motorisierten Spulen rum, die leicht glühen und einen angenehmen Vibe erzeugen, indem sie elektronische Fäden miteinander verbinden und eine leichte Vibration unter den Hintern erzeugen, und die Leute sind bekleidet mit schwarzen Mülltonnen, die unten offen sind, of course, manche sogar mit blauen Regentonnen, die hinten kein Loch haben. (Das Arbeitsmannequin erlebt seine Schnittstellenanwesenheit als eine paradoxale beschleunigte Zeit des Wartens in euklidischen und nicht euklidischen Räumen, projektiven Räumen der Wünsche, atopischen Räumen der digitalen Netzwerke, offenen und geschlossenen Räumen der Beziehungen, der Sprache, der spirituellen Organisationen und Therapiegruppen mit ihren labilen und festen Punkten. Seine Begehrensmengen sind gestaucht, weil es ja die Konfrontation mit turbulenten Netzwerken, rekursiven Systemen und kollektiven Körpern immer in der Zeit des Wartens verbringt, die seinen (unsichtbaren) Partikelkräften den Druck entziehen.)

Im ersten Geschoss, in dem die große Dancehall of Fame des VIP-Clubs residiert, ist es berstend laut. Es ist 2:58 Uhr des nachts, als aus den mikrofeinen Lichtritzen des Gebäudes Laserstrahlen die Straße vektoriell konfigurieren, wobei insbesondere eine quasi-terroristische Gruppe eingeschlossen bzw. markiert wird, die gegenwärtig mit dem Slogan der Risikobelastung-als-Glücksfall für neoanarchistische Konföderationen im Raum nördlich von Darmstadt kämpft, und deren hyperschnelle, komplex rhythmisierte Kadenzen wie »Totale Mobilität, Totale Mobilität, Totale Mobilität« oder wie »Hyperrückkopplung, Hyperrückkopplung, Hyperrückkopplung« oder wie »Einwohnermeldeamt okay, Einwohnermeldeamt okay, Einwohnermeldeamt okay« – lokales bzw. peripheres Vokabular, um an die Blutsauger bzw. Biester des Kapitals heranzukommen –, ganz offensichtlich dankbare und aufnahmebereite Zuhörer findet, die stark variierend, was die Klatschintensität betrifft, applaudieren, gerade als drei schwarze BMWs mit quietschenden Keilriemen in Richtung Messehalle an den hin und her wogenden Menschenketten vorbeifahren und ein Polizeiwagen mit aufheulenden Sirenen sofort die Verfolgung der Wagen aufnimmt. Das Cheerleadermäßige heißgelaufener oder leergelaufener Stimmen, die von einer weiblichen Gruppe aus den eher düsteren Teilen von Niederrad stammen, hat die Effektivität oder die Sogwirkung etwa einer Ossberg-Turbine, so dass vor allem am Ende der etwas stärker nach vorne schlotternden und der etwas impulsiveren der beiden Menschenketten, auch was den Lautstärkepegel der Gespräche und Zwiegespräche angeht, jetzt vereinzelte Personen wirr hin und her schwingen, woraufhin von Freaky Franky glatt entdeckt wird, dass der Einsatz von ungefähr zwanzig

Laserstrahlern aus dem dritten Stock des gegenüberliegenden Gebäudes der K.H.H.-Holding ein Fiasko der Adrenalinausschüttung und Testosteronzufuhr bei einigen Schaulustigen am Ende der längeren Menschenkette im westlichen Bereich des Events bewirkt, und damit zu 99% eine sublime Hysterie unter Menschen, die immer ganz nahe an den Dingen, allerdings unter dem Diktat der knappen und fliehenden Zeit sein wollen, instantan beflügelt werden wird, während ein paar Sympathisanten der zentralen Stadtwaldantifa, die sich über die Zitat unter dem Diktat der ekelerregenden Simulationsattacken des Todes der aus Teilbereichen der Telekommunikationsindustrien stehenden und stammenden Menschen köstlich echauffieren, sich gegenseitig auch wildentschlossen applaudieren. Es handelt sich bei den angreifenden Personen, die, falls sie überhaupt einem Job nachgehen, um makabre Gestalten, die entweder als Besamungstechniker, Fischverarbeiter oder Klärwerkstaucher ihre Brötchen verdienen, und letztlich als Unterkunftsstätte nur noch karge Schlafstellen benötigen, welche etwa dem Raumkonzept von Kurokawa entsprechen, neonfarbene 6qm große Hotelwaben, aus denen man am Morgen schnell wieder verschwinden will, und Spuren muss man in diesen Waben tatsächlich nicht mehr verwischen, denn es wird kaum gelingen, welche zu hinterlassen. Diese Gruppe labert ziemlichen Bockmist, befindet Snaffu, sie steht nahe und doch entfernt genug am Schauplatz, seltsam respektvoll gegenüber dem Event, immer in der Erwartung einer Sensation. Die Wahl der Bewegungsrichtung der beiden Menschenketten wird nicht nur durch die superhektischen Lichtreize der Laserstrahler, sondern vor allem durch die suggestive Konformität im inneren Kern bzw. im mittleren Abschnitt eingeschränkt und zugleich forciert. Das will auch heißen, dass hier Relationen am Werk sind, die nur durch die abstrakte Fähigkeit, Affekte und Emotionen bei den Leuten auszulösen, anwesend und nicht an-

-wesend sind. Es muss hier eine Reihe von in alle Richtung ausstrahlenden Vektoren geben, die erspüren, was dort oder dort ist, um es in etwas zu verwandeln, das hier und hier ist. Die Körper scheinen aus etwas Aktuellem herausgelöst zu sein, um jenes, was dort ist, in das, was hier ist zu transformieren. Man kann es nur erahnen oder fühlen. Ein dunkelhäutiges, hochgewachsenes Mädchen mit einer verwegenen rotgrünen Tätowierung im Abdominalbereich stöckelt stark vibrierend auf dem gegenüberliegenden Bürgersteig, wobei das Mädchen einen konischen Plastikschädel mit sich herumträgt, von dem man nicht recht weiß, ob er das Haupt eines tollwütigen Tigers oder die gruselige 3 D-Visage eines Teufels ohne Hörner darstellt, so sieht das jedenfalls Freaky Franky. Die überdimensionalen digitalen Ziffern, Zeitanzeigen der Metropolen rund um den Globus, exakt eine Etage unter der begrünten Dachfläche des DVK-Hochhauses südlich der beiden Tower der Deutschen Bank immer im Blick zu behalten, fällt Freaky Franky in diesen Minuten nicht immer leicht, im Moment besonders wegen einer sogenannten Einpeitschergruppe, welche in einem violett angestrichenen Fahrkörper aus südlicher Richtung heranrauscht, eine Art Geländewagen ohne Dach, der bei Freaky Franky unter Berücksichtigung des binokularen Aspekts des Hyperbolischen, das Freaky Frankys Sinnesdatenprozessoren viel öfters mit den an euklidischen Mustern erprobten Sehgewohnheiten der Raumwahrnehmung konfrontiert als dies bei anderen Personen der Fall ist, eine Verkomplizierung von Wirkungen herbeiführt, die wie die der Nanotechnologie fast rein virtuell sind, als hätte eine im Großen und Ganzen abstrakte, subatomare Maschine sowohl physische als auch zeichenhafte Grammatiken an den Fahrkörper der mobilen Einsatzgruppe herangetragen oder eingraviert, ohne dass das Programm der Maschine/des Dispositivs genauer bekannt ist, das sich auf keinen Fall mit den Nullen und Einsen der digitalen Berechnungen von Computern deckt, es handelt sich um eine seltsame *fuzziness*, die sich bei den Wageninsassen ausbreitet, man weiß auch nicht, ob es sechs oder sieben Leute sind, die da simultan aber asymmetrisch ihre Arme nach oben schleudern, als wollten sie zeigen, dass dürre Äste sich bis ins Unendliche eines entvölkerten Himmels erstrecken können. Vielleicht ist dieser Fahrkörper der Vorbote oder die Verkörperung eines Nanobots, der sich in Zukunft wie die seltsamen Insassen unkontrolliert verbreiten könnte, weil man über diese anorganische Maschine, die dazu da ist, organische Materie auf subatomarer Ebene zu gestalten, einfach viel zu wenig weiß. Vielleicht muss man aus den Körpern und den Objekten des Events das Ereignis erst extrahieren. Zwei große Huskys fliehen ohne Hecheln oder Bellen um die Ecke. In ihrem Gefolge scheint Freaky Franky erst die entscheidende Wirkung dieses seltsamen Fahrmobils zu erkennen, ein Film oder ein Materiestrom des Lichts, den ein riesiges Facettenauge, eine überdimensionale Fernsehkamera, die verlassen und beinahe unsichtbar in der Luft kreist, filmt, es handelt sich um das Überfliegen bzw. Filmen einer mobilen Karte, auf der sowohl die affektive Semiosis der Formen des Inhalts und des Ausdrucks stattfindet als auch die biophysischen Energiepartikel schwirren, ununterscheidbar und ansteckend. Panorama, Stereoskopie und Teleskopie bleiben machtlos. Und selbst Snaffus bifokales Organ, soweit wie nur möglich in seinen sinnlich-zerebralen Körper eingesenkt, wirkt hilflos. Selbst Psychasthenie, die optische Verschmelzung mit der Umgebung, würde jetzt nichts einbringen, um womöglich einen schwarzen Raum zu erfinden, in den man keine Dinge stellen kann, wohl aber seinen eigenen Körper, der allerdings vom Raum in Besitz genommen wird. Der Raum definiert den Körper.

Freaky Franky fühlt sich plötzlich von überall gesehen

und beobachtet. Er glaubt, dass die Fußfessel jeden Augenblick piepsen könnte, als er direkt vor einer dreidimensionalen, puddingartigen Körperfettexpansion weiblichen Geschlechts steht, deren katastrophale bzw. katastrophische Fleischwerdung auch von einem pompösen, weiten, weißen Brautkleid nicht wegrecherchiert werden kann, wobei ihr Kopf die Größe eines Megaluftballons hat, der an den Seiten von zwei riesigen Schlaufen gerahmt ist, die mit Hilfe von Haarspangen arrangiert sind, während die Frontpartie des Haars toupiert und mit billigem Sekundenkleber von Uhu fixiert ist. Von Laserstrahlern zeitweise durchlöchert erscheint die Frau nicht nur porös, sondern von einem psychosonischen Sturm der härteren Sorte völlig zerstört. Andererseits gibt ihr die Schwärze eines Sombreros, an dessen Krempe rote und schwarze Sterne baumeln, einen gewissen Schutz in Form eines sehr beweglichen Sombreroschattens, der auf elliptischen Bahnen schwingt, und der füllige Körper bewegt sich mit, bis es Snaffu wirklich zu bunt wird, so dass er flux im gleichen Rhythmus konnotiert und die schlechte Angewohnheit des Kopierens von nicht wenigen nichtsesshaften Freiluftdeppen übernimmt, deren Labilität oder Adaptionsfähigkeit inzwischen äußerst kontrovers unter den Politaktivisten im Stadtwald diskutiert wird, wobei man von Seiten der Antifa-ML inzwischen soweit geht, politisch diffusen oder postideologisch angehauchten, systemaffirmativen Obdachlosen den Zutritt zum Stadtwald bzw. in ein spezielles Planquadrat von mehreren Hektar Fläche endgültig zu verbieten; und wahrscheinlich hat sich eine Gruppe der den letzten emotionalen Kick suchenden Freizeitobdachlosen aus der Entertainment- und Investmentbankbranche irgendwelchen umherirrenden Gruppen von Freiluftspinnern längst infiltriert, indem die Freizeitobdachlosen in der Nähe des Stadtwaldes credebility-mäßig so tun, als würden sie ihren gesamten Haushaltsbestand in großen blauen Müllsäcken mit sich herumschleppen, während sie, vor allem auf der Kaiserstraße oder im Börsenviertel, lauthals ausposaunen, wie unerträglich der Insiderhandel an der Börse und in den Großbanken doch inzwischen sei, wobei sämtliche Compliance-Richtlinien unterlaufen, Depots nicht kontrolliert oder gemeldet und Mindesthaltefristen nicht mehr eingehalten werden würden, um von Seiten der Banken Kriege und Terroranschläge unter der Begleitmusik schwarzer romantischer Konnotationen regelrecht herbeizusehnen, um dann mit Optionen und Futures auf Staatsbankrotts und Auslöschung ganzer Staaten zu handeln/zocken, und was sei das nur eine vergierte und neidische und moralisch toll verkommene Welt und so weiter und so fort, wobei insbesondere die Freizeitobdachlosen aus dem Showbusiness, meistens noch ein bisschen stärker mit Blindness beschlagen, in der Nähe des Stadtwaldes vielfältigsten Miasmen frönen, indem sie den verführerischen Reiz des Achselschweißes mittels des multiplen Einsatzes eines Achselschweißkondensats/-konzentrats – angereichert mit Skunk-Pheromonen – auch in der Nähe der Commerzbankarena als taktische Waffe einsetzen, wo die Freizeitobdachlosen ja schon längst seriell flechtenüberzogene, schweißgetränkte Tuniken und Mieder à la Goethes Frau von Stein oder einfach schwarze Plastikmüllsäcke über die Körper gestülpt zur Schau stellen, wie man sie heutzutage hauptsächlich für Bioabfälle benutzt, um so dann den Outdoorsex zu betreiben und den exzessiven Austausch der Körpersäfte heftig kopulierender Menschen dermaßen eindrucksvoll zu intensivieren (u.a. weil man sich mit einem Duft-Transformator, einem karzinogenen Chemikal, imprägniert hat), dass man in den Bungalows der Freizeitobdachlosen längst Highspeedkameras und Hochleistungsrechner für Computersimulationen einsetzt, um unter anderem Mechanismen des sogenannten Blasenplatzens zu erforschen (zuerst kollabiert der Flüssigkeitsfilm, aus dem die Blase besteht, und schließt dabei erneut Luft ein. Der so entstandene Torus ist instabil und zerfällt im zweiten Schritt in einen Ring aus Tochterblasen. Auch diese können dann zerfallen,womit eine Kaskade entsteht), oder um ungefähr eine Vorstellung davon zu bekommen, was als gelungenes Kombinationsprinzip einer Mischung von Körpersäften denn zu gelten hat. (Wissenschaftshistorisch beruft man sich auf eine in der Deutschen Nationalbibliothek entdeckte Studie von Boissier de Sauvages aus dem Jahr 1746, nach der die Exkremente resultierend aus fünf Pfund Nahrungsmitteln, die der damalige Stadtbewohner zu sich nahm, auf Dämpfe reduziert eine zehn Pfund schwere, acht Fuß und vierzehn Zoll hohe Säule um 7,5 Fuß Hautoberfläche bilden sollten, eine Kennzahl, die im Verlaufe des posthistorischen Siegeszuges der Bio-, Kosmetik- und Wellnessindustrien zugegebenermaßen weit unterschritten wird und nach und nach gegen Null tendiert; aber es bleibt das unausgewiesene und unbewiesene Ziel dieser Sorte Freizeitobdachloser aus der Unterhaltungsindustrie risikoarme Immunsysteme & Institutionen der Dauerversorgung postindustrieller Gesellschaften zum Schein zu unterminieren sowie die Dialektik von Langeweile und Faszination im Showbizz, welche in der Prominenzderivatindustrie exponentiell bewirtschaftet wird und längst eine rein tautologische Form der Prominenzakkumulation erreicht hat, in Hinsicht auf ihren Vorteil zu sprengen.)

Vom Hauptbahnhof her hört man jetzt Polizeisirenengeheul, mindestens drei Polizeiwagen biegen mit imposanten Schlenkern auf die Mainzer Landstraße ab, was zumindest Freaky Franky verwirrt, weil er nicht weiß, ob er sein Kopfgestell nach rechts zum Hauptbahnhof oder nach links zur Mainzer Landstraße hin orientieren soll. Ohnehin steigert sich seine Verwirrung wegen des ohrenbetäubenden Lärms der Masse vor den Türen des VIP-Clubs, wahrscheinlich weil man in der kürzeren Menschenkette tonnenweise genmanipuliertes Gras raucht und ein mit Crack gestrecktes Gin-Seven-Up-Konzentrat aus blauen Plastikbeuteln schnüffelt; der Lärm bleibt umsäumt von wenigen punktuellen Interruptionen, die aber keinerlei wirkliche Stille bringen, nach John Cages Stille auch gar nicht klingen, molekulare Klänge, die letztendlich dem Zufall geschuldet sind, es sind vielmehr die dem Clubdelight entspringenden phonemischen Abfallschauer zeitgenössischer Hip Hop Kultur, die den Lärmenden kurzfristig Einhalt gebieten. Aus einem Gulli steigt plötzlich Dampf auf, bis ein furchtbarer Knall ertönt, ein krachendes und ein sehr spitzes Geräusch, etwa die akustische Kombination eines elektronisch x-fach verstärkten Schlages mit einer Fliegenklatsche auf einen Stahltisch und dem Aufprall eines aus der Höhe von zwanzig Metern heruntergeworfenen Blumentopfes auf den Asphalt. Seltsamerweise herrscht sofort veritable Jubelstimmung, vor allem bei ein paar Schaulustigen bzw. passionierten Gaffern in der Nähe des Eingangs, die allen Ernstes sofort darüber zu diskutieren beginnen, was sie da gerade gehört haben, das Gequatsche orchestriert durch das permanente Gaspedal-Durchtreten eines BMW-Fahrers, dessen Wagen auf der gegenüberliegenden Straßenseite steht, und Snaffu glaubt des Wummern des Spoilers fast zu sehen und glaubt auch zu wissen, dass der Fahrer sich in unmittelbarer Gefahr befindet, denn der Typ ist dafür bekannt, dass er Pennern und Obdachlosen gerne mal den Weg abschneidet, wenn er wie ein Irrer über die planierten/asphaltierten Wege des Stadtwaldes rast und dabei permanent ein Nebelhorn aktiviert, das eine Reichweite von circa vier Kilometern hat, dass es Leuten wie Alfons und Alonso schon ein paarmal passiert ist, dass sie vor Schreck ihre Alditüten fallen ließen und fluchend hinter dem Wagen hinterher gestikuliert hatten. Freaky Franky, der schon immer dem Faible für Sprengstoffconnaisseure aller Art etwas abgewinnen konnte, erkennt sofort, dass es sich bei dem Knall um die Simulation eines Atomschlages durch eine große Anzahl von simultan schießenden Thompson MPs handelte, womit er weniger daneben liegt als eine Gruppe skrofulöser Neopunks mit schwarzen Lederjacken und grünen Irokesenschnitten, die spontan einen Kreis gebildet und sich gegenseitig die Arme auf die Schultern gelegt haben, um ihre schwachsinnige Siegeszuversicht (vorschnell) abzufeiern, wo doch auf eine dem VIP-Club direkt gegenüberliegende weiße, quadratische Hauswand klar ersichtlich in neonlila und burgunderrot eingefärbte, schreckliche Filmsequenzen aus dem Film «The Day After« projiziert werden. Als Teil des Spektakels scheint jetzt geradezu zwangsläufig der Bürgersteig zu beben, während über zahlreiche Megaphone, die meistens von bezahlten Mitarbeitern der Zeitschrift Prinz betätigt werden, insbesondere Schwangere, Drogenabhängige, Freizeitobdachlose, professionelle Gaffer und auch Personen mit Herzschrittmacher aufgefordert werden, die Zitat hochgefährliche und sicherheitsbedrohte XY-Zone rund um den Hauptbahnhof in einem Radius von zwei Kilometern umgehend zu verlassen bzw. zu räumen.

Da seit Neuestem hauptsächlich die Cybersphäre den sozusagen logistischen, destratifizierten Planungsraum für die neue europaweit agierende linksradikale Terroristenszene T.I.q.q.U.n. bildet, so die Stellungnahme des hessischen Innenministers Trampelmann vom 22. 4. 2013, glauben sowohl die politisch Verantwortlichen, die vor den Bildschirmen im Römer aufmerksam das Event verfolgen, als auch die nun weniger zögerlich eintreffenden Sicherheitskräfte des Ordnungsamtes Frankfurt immer noch an eine von langer strategischer Hand geplante Frühlings-Entertainment-Aktion der Zeitschriften Style oder FHM, deren Redaktionsteams sich den Grimme Preis 2012 für die Planung & Konzeption von sensationell wilden Happenings wie The Swarm teilten. Jetzigkeit ist Lichtverschmutzung in Großstädten, die es unmöglich macht, die Sterne am Himmel zu sehen, hört Freaky Franky einen älteren Mann sagen, worauf dieser auf optische Inversionen von konnektierenden Mengen verweist, die durch subatomare, anorganische Nanokräfte zusammengezogen werden und die ganz neue Formen der Verdichtung von organischen Materien schaffen, damit die Menschen mal ganz anders schauen, als sie das ansonsten gewohnt sind.

Nach einer erneuten Explosion kommen aus dem besagten Gulliloch ungefähr zweitausend megafette Ratten hochgeschossen; die schreienden Ratten halten die Vorderbeine nach vorne gestreckt und explodieren Sekunden später auf parabolischen Flugbahnen, was scheinbar einen Audiospalt mit winzigstem Verzögerungseffekt erzeugt, aber das scheinbar schrille kurze Massenquietschen der Ratten, zerspringende Polysilben, *ist* nahtlos der in Überschall-Supergleichzeitigkeit brutale Megaknall ohne jegliches Echo. Ein Teil des Gehirns eines Passanten spritzt aus seinem Schädel und klatscht nach einer parabolischen Flugbahn gegen die Wand des Bürohauses 456, wobei der Aufprall nur ein seltsam flaches Geräusch ist – die akustische Kombination einer auf Stahl geschlagenen Peitsche und eines auf den Asphalt geworfenen Handys, das nicht zerspringt –, das ein direkt neben der Aufschlagstelle stehendes kleines, dickes Mädchen in einem viel zu engen, azurblauen Minikleid so affiziert, dass es die Bierdose erschreckt fallen lässt, um dann die Hände auf die Ohrmuscheln zu pressen und mit rumänischem Akzent eine erst kürzlich in Mode gekommen Phrase in Form ihrer Antiversion »Das, das will ich nicht haben« aus sich herauszuschreien versucht, während fast zeitgleich zwischen dem Hauptbahnhofsvorplatz und dem südlichen Teil der Düsseldorfer Straße eine Art übersteuerter, elektronischer Bienenstocklärm, eine extrem hohe Dezibelzahl tangierend, ausbricht, der jedoch schnell vom Lärm der blauschwarzen Transportfahrzeuge mit Spezialtruppen der Polizeibehörden sowie weißroten Krankenwagen mit professionellen und zivilen Rettungsmannschaften gecuttet und synkopisiert wird. Unter den freiwilligen Helfern befindet sich auch die Landtagsabgeordnete Dr. Erika Steinberg, die in diesen Tagen auf sämtlichen Fernsehstationen den präventiven Einsatz jedes Einzelnen hinsichtlich der Vermeidung kriminogener Konflikte und Situationen propagiert. Dr. Erika Steinberg springt fast elegant und luzide aus einem der Rettungswagen, was dennoch schockierend aussieht, da ihr blauviolettes Gucci-Kostüm von oben bis unten mit künstlichem Blut beschmiert ist; die Politikerin rennt mit einem weißen Aluminiumkoffer in der rechten Hand zielstrebig zur Unglücksstelle, wo ein bärtiger Mann mit Che Guevara-Mütze, Pollenschutzbrille und schwarzen Wollhandschuhen von der Unglücksstelle wegzukriechen versucht, während er irgendetwas Orientalisches vor sich hin jammert und dieses mit einer Art Hundewinseln auch noch kommentiert, wobei er schwer rudernd mit Armen und Ellbogen arbeitet und das linke Bein sukzessive nachschleift, seine Comme-des-Garcons-Maulwurfeljacke und die Camouflagehosen von Armani sind total zerfetzt, was Scanner, die in umherstehende Benzinkanister integriert sind, 1 zu 1 registrieren und Daten senden, die von Mega-Computern im LKA in Realtime in mikrotexturierte Zeichnungen umgewandelt werden (mathematisches Verfahren ist hier nicht die Messung, sondern die numerische Codierung).

»Wir können den Scheiß hier nicht wegputzen und die Ordnung wiederherstellen, bevor wir nicht untersucht haben, ob nicht einigen der Gechippten sogenannte faule Maden ins Gehirn gesetzt wurden, die ihre Einstellungen und Meinungen intoxinieren«, sagt ein Einsatzbeamter in Zivil in unmittelbarer Nähe von Freaky Franky, der gerade, weitgehend unbeteiligt vom schrecklichen Amusement, eine selbstgedrehte, brennende Zigarette mit einem bespuckten Finger löscht, dann ein Absperrgitter zurückzerrt, um gleich auf Augenhöhe mit dem sofort innerlich bebenden Türsteher zu sein, den Freaky Franky wohl sehr gut kennt. Freaky Franky sagt: »Gestatten, Marinekommandeur US Navy. 0151 58 13 18 59. cobald. circumcisor. Ich rauche am liebsten frischgetrocknete Walderde, inkongruent. Atlas Copco. Warum stinkt es aus dem Inneren des VIP-Clubs nur so oft nach Buttersäure? Buttersäure ist ein international anerkanntes Mittel bei Analkrampf. Das, das will ich nicht haben.« »Mach, dass du Land gewinnst«, antwortet der Türsteher erregt. »There was a young lady of starky, who had an affair with a darkie, the result of their sins were quadruplets, not twins, one black, one white. 2 Khaki. Khaki für eierschalengelb, you know, there ... « »Halt die Fresse.« Die stumpfe Wucht der Quadratur eines Türstehers, klotzig, mutant, plus praller Stimme und Prollslang, bekümmert Freaky Franky offensichtlich ganz und gar nicht, denn im erneut einsetzenden Aconiton-Rausch verlangt er sofort nach einer Aufklärungsdrohne mit sampladelischer Funktion zur Simulation von Maschinengewehrquerschlägerschüssen, der Augenblick verharrt, aber Freaky Frankys Sprechelogien/Speeches verharren nicht, und nur Snaffu, der beschleunigend heranschlurft und ein paar staatsfeindliche Rhythms mit gedoubelten Stakkatozischlauten zerziert, kann die drohende Eskalation verhindern, die im Wesentlichen in einem Knockout Freaky Frankys bestehen würde. Snaffu versucht sich bewusst in die Sichtachse des Türstehers zu drängen, indem er sich abwechselnd streckt und zusammenkauert, und das reicht, damit der Türsteher sich angewidert umdreht und im VIP-Club verschwindet.

Laut aktuellstem Polizeibericht, sagt der Nachrichtensprecher auf Radio FFH, gäbe es keine weiteren Toten oder

Schwerverletzten an der Unglücksstelle zu beklagen, nur Hunderte von meist toten Tauben lägen in unmittelbarer Nähe der Explosion umher, manche der schwerverletzten Vögel würden selbst zwanzig Minuten nach dem Unglück noch versuchen mit konfus flatternden Flügel aufzusteigen. Fakt ist, dass aus Anussen von Tauben giftige Substanzen austreten. »My Brain thinks bomblike«, sagt Freaky Franky mit einer als hypersensibel zu bezeichnenden menschlichen Antenne, »alles passiert gleichzeitig«, womit er allerdings recht hat, denn sämtliche gescannten und anschließend in präzise Informationen umgewandelten Daten fluten nahtlos in die Gehirne der einsatzbereiten Gechippten, die sich z.Z. in abzählbaren Einheiten vor allem in den Kellerräumen des BKA-Gebäudes in Wiesbaden befinden und gerade damit beschäftigt sind, zusammen mit einer Gruppe von hochintelligenten Forensikern die Netzwerke des Cisco System Ablegers NetSolution Settlement digital zu durchkämmen.

In einer Seitenstraße parkt ein silbergrauer Daimler Chrysler SEL 500 mit Schiebedach Nase zu Nase zu einem Feuerwehrfahrzeug. Es steigen zwei Repräsentanten des Internetfernsehsenders ATM aus, der sich kurz vor einem Aufkauf durch Google befindet und parallel über eine Fusion mit EMTV verhandelt, die Männer werden von zwei Aufsichtsratsmitgliedern der Deutschen Bank und der Esperanto Bank begleitet. Dr. Dr. Hanselmann, der sich spontan den linken Zeigefinger senkrecht vor den Mund hält, womöglich kurz davor ist, isometrische Gesichtsübungen auszuführen oder sein äußerst bedenkliches, ja sogar indiskutables Talent hinsichtlich der Kommentierung ungewöhnlicher Ereignisse zum Ausdruck zu bringen, scheint nach einem ihm bekannten Toyota DK 345 Ausschau zu halten, der wohl im Vorfeld des Events angekündigt worden war, als eine auf megahip gestylte Frau unmittelbar auf ihn zusteuert, um ihm aufmunternd die Hand zu schütteln.

Die Frau trägt eine überdimensionale Isaac Mizrahi-Sonnenbrille und einen schwarzen Lederanzug von Isay Miyaake, das hennarote Haar ist nach oben gesteckt. Gelassen zündet sich die Frau mit einem silbernen Feuerzeug mit dem schwarzen Logo der Esperanto Bank einen Zigarillo an. Dr. Dr Hanselmann sagt, er habe das Gefühl sie schon einmal getroffen zu haben, aber er könne im Augenblick aber nicht sagen wo, wie und wann, vielleicht beim Mittagslunch im Toha-S-Club, zartestes Rindersteak, das auf der Zunge zergehe und so, aber Erinnerung könne man ja nicht kaufen – lach –, aber zumindest die Sonnenbrille liefere ihm vielleicht einen Schlüssel, wie komplizierte self-appearance, die eben eher an der Marke und nicht an der Brille hänge, um dennoch als kulturelles Artefakt durchzugehen, so eindringlich mit Echtheit oder Authentizität eine Partnerschaft eingehen könne, was in ihrem Falle auf ein faszinierendes Talent verweise, das sich nicht besser darstellen lasse, wie sie es eben gerade tue. »Ich nehme an, Sie wollen damit sagen«, antwortet die Frau, »dass Reisen, Schreiben und vielleicht sogar Sexualität oder gar Traden niemals ihre endgültige Adressierbarkeit finden, also eine hohe Suchtgefahr aufweisen, und vielleicht sind das alles Wege, die nirgendwohin führen, auf die man sich aber dennoch begeben muss, um sich zu verzweigen oder zu verirren, sich aufzuspalten und neu wieder zusammenzusetzen oder um etwas oder nichts zu finden, was auch immer, ein Deal oder ein Buch, ein Lächeln oder einen Gegenstand, den man erobert, oder indem man einfach aus der Wiederholung selbst das Neue macht, aber nicht unbedingt das Neue, das schon immer war, das stupide Kreisförmige, sondern vielmehr das Neue im stets verschobenen Kreis und Kreisen«. Dr. Dr. Hanselmann sucht dringend nach Haltung, als jemand mit einer Altstimme »Action» schreit und dann mit einem singulären Lallen den Satz »Fun ist ein Stahlbad« aus Horkheimer/Adornos Schrift »Dialektik der Aufklärung« zitiert. Es passiert also hier im Moment wirklich nichts Weltbewegendes, weder direkt vor den Eingängen des VIP-Clubs noch an der rechten Ventralflanke des Hotelgebäudes, das im Schatten des von wattstarken Strahlern hell beleuchteten VIP-Club-Gebäudes liegt. Die zeitweise jede Menge pseudophilosophischen Schmalzes absondernde Dame, die nachweislich bei der Marketingagentur H.O.M.O. arbeitet, und hier weiß Gott nicht wegen sentimentaler Reminiszenzen an ihre koffein- und alkoholreiche Zeit bei der Roten Flora in Bockenheim am Event teilnimmt, sondern – und deshalb Dr. Dr. Hanselmann auch ganz gezielt angesprochen hat – um im Auftrag der Agentur H.O.M.O sogenannte Schattenmärkte auf ihre plastische Formbarkeit hin auszutesten, vorausgesetzt natürlich, die nötige Kaufkraft ist bei den potenziellen Kunden vorhanden (und man wird endlich das bedingungslose Grundeinkommen gesetzlich absegnen), damit man zukünftig Oppositionsprodukte auf dem Markt etablieren kann, die sich mit Karacho gegen den herrschenden Selbstperfektionierungswahn entgegenstemmen, der von den Fitness-, Wellness-, Psycho- und Dopingindustrien mit dem Motto »Sei du selbst« befeuert wird, ergo, um dann wieder Produkte wie äußerst fetthaltige Kekse, zuckerreiche Eistees und hochprozentige Starkbiere mit voller Wucht u.a. in der Fernsehwerbung visualisieren und ideologisieren zu können, ohne dass die Konsumenten Gewissensbisse bekommen, wie beispielsweise mit dem legendären Schatten-Riegel von David Foster Wallace geschehen, den er in seiner Erzählung *Mister Squishi* in die Debatte bringt, ein durchaus raffiniertes, kalorienreiches Lebensmittel, das außerordentlich reich an Transfettsäuren, billigen Ölen und Industriezucker ist, möglicherweise mit einer Erdnussbutterfüllung in einem crispen, hartkrokantigen Mantel aus einer Mischung von gehärteten Pflanzenfetten, Polyolen & karamellisiertem Zucker, möglicherweise Haselnuss-Krokant, plus einer kakaohaltigen Fettglasur plus Emulgatoren, Milchpulver und hyper-gesättigten Fettsäuren, alles in allem ein wahres Meisterwerk hinsichtlich der Implosion karzinogener Darminfiltrationen, das total overstyled und absolut am Maximum des noch Genießbaren ist, ein Produkt, das durch den Zusatz von Koffein und Taurin die Marktführerschaft von Red Bull auf den Märkten der Schnellmacher-Lebensmittel sehr schnell ins Wanken bringen könnte; dies ist also der wahre, der hinterhältige Auftrag der Mitarbeiterin von H.O.M.O.. Diese Dame kümmert sich hier um ein Produkt, das allerdings im Laufe des Abends noch niemand zu Gesicht bekommen hat. Diese Frau fasst Dr. Dr. Hanselmann an seine lose nach unten hängende Hand, sagt, man müsse das Leben auch einmal auskosten können, sozusagen als Entzug des Entzugs, Entzug von all den beschissenen Vernissagen, Cocktailbar- und Clubbesuchen, der sich in dieser Nacht ja als eine äußerst gelungene Kolportage auf existenziell grässliche Armut großer Bevölkerungsanteile erwiesen habe, wobei sie allerdings nicht ganz genau wisse, ob die Synthese des Events in der (armseligen) Crux *Armut ist der neue Reichtum* oder *Reichtum ist die neue Armut* bestünde, jedenfalls verliere Nietzsches Unterscheidung zwischen Vornehm und Gemein hier endgültig ihren Sinn, weil sich sowohl zwei Sorten gesellschaftlicher Leistungsträger, sprich die Qualifizierten/Tüchtigen als auch die Dekadenten, sprich die Enthemmten, von nun an unter den Armen in der (nicht existierenden) Gesellschaft befinden könnten, wie eben umgekehrt die Faulen oder Sozialschmarotzer unter den Reichen; wobei die liebenswerte Frau mit einer total gekünstelten Offerte des Über-den-Kopf-Streichens sowie inweglos falschem Kichern auf eben diejenige Ausweglosigkeit hinweist, dass ein Spektakel wie dieses natürlich von der Problematik des Paradoxons kaum getrennt werden kann, okay okay, sagt sie, da zeige es sich ja mal wieder, und wer wolle das nicht hören, die Intelligenz des weiblichen Geschlechts, na ja, so dick wie eine Illustrierte, das verstehe sich ja von selbst, aber wie bitte soll man anders als mit Hilfe einer tricky verlumpten Niedergangsrhetorik so etwas wie Pessimismus, Unzufriedenheit und Ratlosigkeit vortäuschen, um eventuell die wundersame Transformation vom Looser zum Oscar-Preisträger zu schaffen, anders gesagt, die kulturpessimistische Vorstellung, allein im Leiden mache sich ein unausgesprochener Anspruch auf schrankenloses Glück geltend bzw. in der Trauer darüber, dass sich der universelle Glücksanspruch noch nicht verwirklicht habe, nicht wahr, sei, wie man hier gerade sehe, in der eventmäßigen Überschreitung des Schlechten zum Schlechtesten wundervoll in die Humoreske oder Ironie gedreht worden, anders gesagt, die wundersame Simulation eines kollektiven bzw. multiplen Interesses an Jahrgangschampagner & dicken Premium-Zigarren sei hier so weit getrieben worden, dass man sogar diejenigen für perverse Luxusspielchen à la Bonheur benutzen könne, denen das Wasser buchstäblich bis zum Hals stehe, womit man natürlich diejenigen, die noch ernsthaft politisches Interesse jenseits der kleinen Konsumfreiheiten anmelden würden, auch dem Generalverdacht der Lüge unterstelle, womit at once das Gefühl von Lächerlichkeit bei allen Beteiligten evoziert würde, das man vielleicht emphatisch auch ansteure, Beckett um 180 Grad gedreht, um von der Neutralisierung der Objekte zu ihrer Hyperstilisierung zu gelangen, ein letztes Mal ein Hochsexen von Hummer- und Austernscheiß, kotz würg, um den (virtuellen) Lebensingredienzien wie Glück, Liebe, Reichtum und Erfolg einen persönlichen Anstrich durch die Aktualisierung des Ereignisses selbst zu geben, ach sie wisse ja auch nicht, ihr Leben sei von der Seite der passiven Rezeptiviät her gedacht ein einziges Beruhigungsmittel, einfach todlangweilig. (Langeweile besitzt den Aspekt der Dauer bzw. des Zeitverlustes; wenn etwas lange weilt, dann gegenüber einer

Frist von verfügbarer Zeit. Langeweile empfindet man, wenn man nichts zu tun weiß, obwohl sehr viel zu tun ist, aber gibt es denn überhaupt noch etwas zu tun?) Dr. Dr. Hanselmann, sichtlich genervt von den langatmigen Ausführungen der jungen Frau, die sie ständig durch exaltierte Paddelbewegungen ihrer dünnen Arme orchestriert, wobei er ihr doch in den letzten sechzig Sekunden seine Aufmerksamkeit fast komplett geschenkt hat, wahrlich eine Leistung, die man nur aufbringt, wenn man etwa einem Strahl Pisse zuzuhören bereit ist, wird angesichts ihres nur schüchtern vorgetragenen Einwandes, sie wolle ja hier nicht das traurige Alternativpüppchen spielen, mit einem sehr weichen Blick seinerseits rückfällig und besteht nun mit stoßzähniger bzw. Schneidezahn zeigender Vehemenz darauf, die Frau morgen gegen 14:00 Uhr in seinen Büroräumen zu meeten, um das Gespräch nachhaltig zu vertiefen. (Was unter anderem zur Debatte steht: Der Siegeszug von Produkten, welche die Paradessenz des Produkts (Entspannung und Erregung zugleich, beispielsweise durch den Genuss von Kaffee), verschärfen und entschärfen, ergo eine Metaparadessenz mit sich führen (alkoholfreies Bier, entkoffeinierter Kaffee, fettarmer Joghurt etc), implementiert eine adversative Struktur des ubiquitären Genießens: Verfolge durch Mehr-Essen konsequent den Weg zur Bulimie, um das Ziel, das Anorexie verspricht, zu erreichen bzw. iss mehr, um schneller abnehmen zu können, womit einerseits die Teilnahme am Genuss imperativistisch zugesichert, andererseits das exzessive oder sogar suchtbringende Moment, das dem Konsum mancher Produkte anhängt, zugleich entschärft wird. So dass man sich schuldig fühlt, wenn man sich nicht mit dem Surrogat begnügt, sondern den süchtig machenden Alkohol, Nikotin, Zucker konsumiert, um unter Umständen zum singulären Krankheitsfall zu regredieren.)

Eine Einstellung der Hauptkamera von 6Live zeigt, wie

eine fünfköpfige Gruppe des städtischen Ordnungsamtes ein Dutzend verschließbare, blaue Plastikbeutel mit kleinen Löchern über rote metallene Benzinkanister stülpt, um dann die Plastikbeutel mit schwarzen Elektrokabeln zu umwickeln, während die Kamera langsam zurückfährt und in der Halbtotalen Snaffu einfängt, der lustvoll wie immer Junkfood von Burger King, das ihm von einem Unbekannten in die Hand gedrückt wurde, laut schmatzend verzehrt, wobei er natürlich nicht erkennt, dass die hochauflösenden digitalen Mikrokameras & Scanner, die in die Benzinkanister integriert sind, Daten und Bildinformationen, die eine weitaus höhere kartographische Genauigkeit besitzen als die üblichen GPS-Navigationssysteme – numerisch codiert, programmiert und gesteuert –, in Echtzeit an die Großrechner des BKA schicken, Bilder, deren Detailgenauigkeit erahnen lässt, was Snaffu da alles verzehrt, Ritalin Tabletten plus doppelten Cheeseburger plus Jelly Bean Bonbon, wobei auch ziemlich schnell sichtbar wird, dass Snaffu während seiner insektilen Kaubewegungen, die den Cheeseburger mikrotechnisch zermalmen, unbewusst festhält, obwohl er doch wegen der konzentrierten Problembewältigung bezüglich multipler Nahrungsaufnahme abgelenkt ist, was seinem ausdruckslosen Gesichtsausdruck zu entnehmen ist, wie rechts von ihm drei hydrantengroße Asiaten, die Maschinenpistolen über den Rücken gespannt tragen, blindfüßlerisch vorbeitrippeln, als würden sie von hinten vorangeschoben. Die gescannten Bewegungsmuster triggern die körperlichen Ausdrucksformen in eine scheinbar unangestrengte Empfindung, mit der die Asiaten vorankommen, was auf eine gewisse elitäre Spitzfindigkeit zurückgeführt werden kann, aber vielleicht auch den eleganten Sprung in die Selbstauslöschung vorbereitet, mit der Betonung auf Selbst, wohl wissend, dass hinter dem Selbst keine Substanz oder opake Tiefe zu finden ist, die das Selbst zur Selbsterscheinung bringt, denn das Selbst ist ja nichts weiter als sein eigenes Sich-Erscheinen, aber gerade dieses Selbst erscheint Snaffu jetzt ganz als simuliertes Selbst oder Fiktion, obwohl er ja kein Buddhist ist, um Himmels Willen, wobei er auch gar nicht abstreiten will, dass die Subjekte und Objekte mit ihrem Selbst in der Weise interagieren, dass das Selbst sich immer auch auf die Beziehung als solche mitbezieht, aber ist das nicht furchtbar, sein eigener Prozess und zugleich eine furchtbare Antwort auf das Reale zu sein, ein Paradox, dem er in Zukunft lieber aus dem Weg zu gehen gedenkt, nicht nur weil die Illusion, dass da ein Selbst vielleicht etwas sucht, das schon da ist, und nur darauf wartet entdeckt zu werden, und die Illusion, das da etwas da ist, nachdem gar nicht gesucht wird oder nachdem es nie eine Suche gegeben hat, sich gegenseitig eins ins die Fresse schlagen, wow – es ist, als würde Saffu in jedem Augenblick jünger und älter zugleich, als er so über das Selbst dieser Asiaten und sein eigenes so nachdenkt.

Die Scanner erkennen auch, dass Snaffus Gleichgültigkeit oder Ignoranz (beispielsweise gegenüber minutiöser Gesichtshygiene und opiatem Augenschutz) ihn zu einer jener seltenen Erscheinungen machen, die ihre eigene Verstörung in bestürzender Neutralität vorzutragen vermögen oder vielleicht sogar das subjektive Gefühlserlebnis kaum kennen, wohl aber die kalte Emotion eines durchgestrichenen Subjekts. —///— (Dieser Mann ohne Gesicht/Eigenschaften schläft sehr selten. Die zwischen Laptops, Büchern und halbfertigen Reinzeichnungen durchwachten Nächte erscheinen Snaffu weder wirklich noch ungeschehen, existieren also nur bis zu einem gewissen Grad bzw. mit einer spezifischen Wahrscheinlichkeit. Es sind so viele Nächte, dass er sich nur mit einer gewissen kakanischen Gleichgültigkeit an ihre Ähnlichkeit erinnert, die kaum noch von ihrer Serialität abzugrenzen ist, und sogar die nächtlichen Uhrzeiten schieben sich ihm in der Erinnerung wie glatte reibungsarme Gesteinsschichten übereinander, bewohnt von einer stochastischen Ereignismasse, die dahinfließt und dennoch keinerlei Singularitäten kennt, etwa Ereignisse, die geschehen sind und geschehen sein werden. Snaffu bedeutet: vierundzwanzig Stunden. Aus den eigenen Disziplinierungsbemühungen heraus – Operationen der Kontrolle des attraktiven Los-lassens – vermag er allzu gut das in allen Zeitzonen des Planeten gleichzeitig exekutierte Online-Business zu denken, weshalb er natürlich auch darüber informiert ist, dass Investmentbanker und Broker den sogenannten Leninschlaf wählen oder bevorzugen, einen Wach-Schlaf-Rhythmus, beispielsweise im Turnus von zwei Stunden Schlaf nach fünf Stunden Wachsein. Anscheinend führt diese Form sterblichkeitsverdrängender Flucht zu einer stets changierenden Artikulation des Lebens zwischen Krankheit und Gesundheit, zu einem prekären weder-noch und sowohl-als-auch, womit sowohl das durch Wellness-, Psycho- und andere Enhancement-Industrien zu bewirtschaftende Gesundheitsdiagramm bzw. der Kursverfall oder -gewinn der Ware »Selbst« stets zur Korrektur oder zur Disposition steht, als auch die populäre Krankheit des Aufmerksamkeitsdefizitsyndroms (ADHS), hervorgerufen etwa durch Vigilanz. (Der psychische Infarkt, der Krankheiten wie ADHS und BS kennzeichnet, geht aus einer immanenten Überforderung des Neuronalen hervor, auf ein Zuviel des Gleichen, das bei den Selbsten zu permanenter Hyperaktivität und Überhitzung führt.) Die quasi medikamentöse Erregung bleibt wie die Neutralisation des Lebens per se an Netzwerke konnektet. In der Zwischenzeit haben sich sowohl die (subalternen?) Aktivitäten der Menschenmenge im Kern als auch die der jetzt schon fieberhaft hinzugestoßenen Schaulustigen leicht beruhigt, so berichtet zumindest die Lieblingsnachrichtensprecherin Snaffus auf N-TV auf einer Großleinwand, wobei im Hintergrund ein Reporter über ein

Headset-Diktaphon live vom Event berichtet, der sagt, dass es sich bei dem Explosionsopfer um den Betreiber von Webseiten wie Flirtcredits, Bookmark your friend und Join me handelt, da man in der Hosentasche seiner Jeans, die an einem Fetzen Fleisch ohne Knochen hing, der auf der Kühlhaube eines ausgebrannten Mercedes SLK klebte, erstaunlicherweise den unversehrten Verifikations- bzw. Identifikationsnachweis für den Zugang zu der Internetseite Join Me gefunden hatte sowie eine inzwischen total aus der Mode gekommene Savonnette, auf deren Ziffernblatt der Name Thomas Neumann in goldenen Buchstaben eingraviert worden war. Seit mehreren Minuten fordert ein über dem Katastrophen- bzw. Eventort kreisender Polizeihubschrauber die Menschenmenge mit ultralauter Lautsprecheranlage auf, unverzüglich und gewaltlos den Ort in Richtung der Bushaltestellen südlich des Hauptbahnhofes zu verlassen, wo mittlerweile Busse und Kleintransporter bereitstünden, um die möglicherweise verletzten oder traumatisierten Teilnehmer des Events in die umliegenden Klinken und Krankenhäuser zu transportieren, während Snaffu weiterhin mit völlig ausdruckslosem Gesichtsausdruck die Liveübertragung von N-TV verfolgt, und während hinter ihm stehend Freaky Franky hektisch sein Mininotebook nach Emailadressen und MMS-Messages durchforstet, weil er eigentlich immer noch vorhat, auf Skype eine Konferenzschaltung mit zwei schnittigen Schnitten aus Nairobi und Lagos zu führen, möglicherweise auch unter Einsatz seiner beiden Webcams. Auch bei Freaky Franky hat heute der Tastsinn den Vorrang, er glaubt einfach an die neuen Technologien, die ja eine Externalisierung der Kognition ermöglicht haben, und findet das unglaublich spannend und erholsam, da er ja deswegen schon lange keine Bibliothek besuchen musste, wo er ganz gerne mit feuchten Fingern dicke Bücher berührt und beblättert hat. Er blättert durch diverse Dateien seines Handys, liest unkonzentriert über ein paar Namen hinweg, die ihm wenig bis gar nichts sagen, bis er auf den Namen Adele Nyaigbu stößt, die er zwar nicht für besonders schlau hält, aber ab und an, seit sie ihm in einem Webcamchat Mäuserich genannt und ihm ihre Möse gezeigt hat, flippt er beim Chat regelrecht aus und schickt ihr einen Flammenwerfer-Icon nach dem anderen – oder schlimmer noch, Knutschküsse, die wahlweise aus Handgranaten oder Maschinenpistolen schießen –, top auch das Scharfschützengewehr, dessen Spitze aus dem Fenster eines Hotelzimmers in Mexiko-City lugt. Gewöhnlich verbindet Freaky Franky die mitunter exotisch anmutenden Scharfschießereien mit einer wahren Salve von Komplimenten à la gegen dich können alle deutschen oder französischen Schulmädchen abstinken, of course in englischer Sprache vorgetragen, was Adele dennoch kaum verstehen dürfte, weil er das deutsche Worte Abstinken mit to be bone idle übersetzt. Der Reiz der Heiterkeit, nicht die reizende Heiterkeit, welche die menschliche Eigenschaft zu einem Ding macht, das empfunden werden kann und das empfindet, schrieb Freaky Franky neulich im Chat, auch das verstand Adele nicht ansatzweise. Ziemlich viele verschiedene Avatare lässt Adele seitdem mit der linken Hand winken und schreibt dann anstatt Mäuserich auch mal widerlich frech Fleischklops, kaum dass Freaky Frankys muskulöse Schulterpartien und seine schwarzrote Che Guevara Mütze in ihr Webcamblickfeld kommen. Schaltet demonstrativ ihr Lagos-Map ein, schickt Flugdrohnen von einem Park im Luxusviertel Lagos, die exakt im Hinterhof des Irish Pub O'Rileys landen, über dem Freaky Franky ja wohnt, um eine fürchterliche Explosionswelle auszulösen, die Freaky Franky nicht überlebt. Im Gegensatz zu Freaky Franky kennt sich Adele sogar mit Scripting-Sprache aus, die man zur Erstellung eines Maps braucht, und hat eine Textur konstruiert, bei der das MAP aus einem kleinen unscheinbaren Floß besteht, indem sich ein Trupp Guerilleros der einheimischen Terrororganisation S.W.A.M.I. verschanzt hält, unheimliche Typen mit Panzerfäusten im Anschlag, Pumpguns und Leuchtspurgeschossen.

Gegen 13:35 Uhr sollte im Handelsraum in der 19. Etage des EB-Buildings normalerweise ein blasses, montones, gedämpftes Gemurmel das dominante Geräusch sein, hervorgerufen unter anderem durch die permanente Bearbeitung der in allen möglichen Farben blinkenden Telefonanlagen, wobei sowohl die privatesten als auch sämtliche Business-Gespräche – unter anderem zur Kontrolle der Rechtmäßigkeit von Kaufhandlungen – ausnahmslos mitgeschnitten werden, wobei der ein oder andere Seufzer oder der bebende Lustschrei die binnen von Sekundenbruchteilen ausgeführten Voice-to-Voice-Trades kommentieren oder akzentuieren, bevor die Scripte der Deals vom Front-Office per digitaler Übermittlung in das Back-Office fließen und am Ende der Kette an die juristischen Abteilungen, welche die Koeffizienten der Transaktionen vertraglich fixieren. Im Moment herrscht eine fast schon beunruhigende Stille im hellerleuchteten Handelssaal, vielleicht weil das Messenger-System von Bloomberg kurzfristig ausgefallen ist, und auch von eklektischen Partygeräuschen, die Dr. Dr. Hanselmann noch vor ein paar Minuten während des Telefongespräches mit dem Broker Marcus vernommen hat, ist rein gar nichts mehr zu hören, wahrscheinlich sind auch die Spekulationen über die Funktion des Tricks, bei dem der Broker Denis eine fette, kranke Taube aus seiner Hosentasche gezaubert hat, grundlos verebbt. Wahrscheinlich sind sämtliche Voice-Broker sprachlos in den elektronischen Interdealer-Markt gewechselt. Aufgeschreckt vom schrillen Klang der gelben Schiedsrichterpfeife Dr. Dr. Hanselmanns, einem seiner vielen basilären Fetischobjekte, schaut als erster der ungefähr 70–80 anwesenden Broker der hochbegabte Marcel wie gebannt in seine Richtung, Marcel, der die letzten drei Minuten ebenso gebannt auf den großen Fernsehschirm von NT-V rechts schräg über seiner neunteiligen Monitorwand geschaut hat, auf dem immer noch eine beflockte grauweiße Rauchwolke zu erkennen ist, die ihm schlichtweg nahelegt, dass die erneute Eruption des Vulkans in Island anscheinend phänomenal sukzediert, das mediale Ereignis hier gebrochen durch ein Fünf-Sekunden-Intervall Stille mit Ausnahme eines einzigen Schreis des Brokers Michael, der für seine spontaneistisch orientierten Entscheidungslaunen und für die komplex verminderte Selbstkontrolle im Rahmen seines Self-Managements durchaus bekannt ist, bis endlich aus der Ecke des Arbeitsplatzes 432 der für alle anwesenden Broker im Handelsraum erlösende Satz *Short Put auf Lufthansa* quasi eruptiv aus dem Broker Denis herausbricht, eine Kampfansage, die die millisekundenschnelle Partizipation am technology-generated-data der Informations- und Kommunikationskanäle der Computernetzwerke der Esperanto Bank einfordert, so dass at once alle Teilnehmer im Handelsraum noch einmal in ein kurzes, schallendes, kollektives Gejohle ausbrechen, begleitet von einem kollektiven Klopfen von x Handknöcheln auf Aluminiumtischplatten oder gegen die eigenen Schädel, bevor die Broker kollektiv im fairen Wettkampf ihre Körper vor die multiplen Monitorsysteme & Monitorwände pflanzen, binnen Minuten werden große Short-Positionen im Eurex-Future aufgebaut – die Märkte vor allem im Luftfahrtbereich werden ja gewiss zu 99% rapide einbrechen –, und ein paar wenige Telefonate beginnen wie ein symphonisches Mash-Up-Konzert neuer Musik zu klingen, während die meisten Broker weiterhin konsequent die elektronischen Orderrouting-Möglichkeiten zu den weltweit angeschlossenen Handelsplätzen benutzen, so dass Ordereingabe, Weiterleitung der Zahlungsverpflichtungen und Gegenpositionen mittels numerisch kodierter, diskreter Einheiten weiterhin vollautomatisch erfolgen; der Handel an der Londoner Börse verdoppelt innerhalb von zehn Minuten das Volumen, das wird auf Bloomberg um exakt 14:03 Uhr gemeldet, und Denis, Top Broker der Esperanto Bank, setzt sofort blind darauf, dass der DAX binnen sechzig Minuten weitere 6% Prozent seines Wertes verlieren wird, Milliarden an Marktkapitalisierung werden in kaum neurogenetisch erfassbaren Geschwindigkeitsdimensionen vernichtet, woran die Esperanto Bank und natürlich er selbst kräftigst verdienen werden, weil Denis einen zu 99% sicheren Instinkt dafür hat, wann der sogenannte Scheitelpunkt einer Panikkurve auf den Märkten erreicht ist, worauf er, auf eine steigende implizite Volatilität der Aktien von Luftfahrtgesellschaften wie Swiss Airlines oder Lufthansa spekulierend, über diverse Optionsscheine Volatilitäten in großen Quantitäten zu Höchstpreisen verkaufen wird, um am nächsten Morgen wieder Volatilität zu kaufen, aber wahrscheinlich zu weitaus günstigen bzw. niedrigeren Preisen. Mit jedem neuen Katastrophenszenario, seien es technisch bedingte Störfälle in Atomkraftwerken oder terroristische Anschläge auf militärische Einrichtungen der experialistischen Staaten, seien es asymmetrische Kriege in den Peripherien oder Naturkatastrophen wie Tsunamis, Erdbeben oder Vulkanausbrüche, ja sogar revoltierende Menschenmassen in Lagos, Bangkok oder Teheran als bedeutsame Drittvariablen, die in den Informationsgewässern der Medien und sämtlichen aktualitätsverseuchten Medienformaten wie TV, Internet sowie im Mikro-Computertrading in Sekundenschnelle den resonanzerzeugenden, verrauschten Schlamm aufwirbeln, steuert in den Börsenzentren weltweit das Dispositiv des computergestützten Financial-Processing auf immer höhere Modulationsebenen hoch, ein Dispositiv, dessen Märkte im Medium selbst prozessieren, an den Screens und Enduser-Interfaces ihre Eingabe- und Ausgabestellen besitzen, und die Masse der Trader & Broker auf Basis der Flussfähigkeit der universellen Bits, die die elektronischen Netzwerke, Telekommunikations- und Rechenanlagen steuern & instruieren und selbst Geld sind, miteinander kurzschließen, dabei die üblichen Volatilitäts-Spiele, Bearbeitung der Alpha-Risiken sowie der Kalkulation/Framing der Zukunft – Angriffe auf die Zugriffe der Zeit als Angriff auf die Wahrnehmungsbegrenzungen – mit der Tendenz zum entropischen Lärm testend und damit die akute Erklärungsnot jeglicher Form von Köharenzverfahren aufzeigend. Der Störfall materialisiert den Zufall in Sekundenbruchteilen, während die Finanzderivate umgekehrt den Zufall durch Aufschub erzeugen. Die Störung wird Stimulus in der Ökonomie, wobei es nicht um Balance geht, sondern um einen Chaosmos jenseits der Lesbarkeit, dessen ideologische Muster die Ereignishaftigkeit des Partikularen als aufblasbar und blasen-artig, in manischer Zahlenpulsation inkludierend aufzeigen.

(Der Händler verkauft Wertpapiere, die er zum Zeitpunkt des Verkaufs noch nicht besitzt (und später billig einkauft), um von fallenden Börsenkursen zu profitieren: Wenn die Vola steigt, teuer verkaufen, und billig eindecken, wenn die Vola gesunken ist. Easy. Formate der Beratungskommunikation, die sogenannten boundary roles, welche Ratingagenturen wie Cloudys oder Moody's an den Knotenpunkten der diversen Nachrichtensysteme besetzen und besitzen, indem sie die Kreditwürdigkeit von Staaten und Unternehmen (für die sie arbeiten) durch Buchstabenkombinationen bewerten, die von AAA (der besten Note) bis D reichen, haben endgültig den Nachweis erbracht, dass die Beobachter auf die beobachteten Transaktionen massiv einwirken, wobei Störungen/Krisen, also generell die Eskalation oder die Resonanz von Gleichgewicht und Ungleichgewicht, den Beobachter auch absorbieren und ihn kurzfristig in die Stasis treiben können. Die spezifischen Ermöglichungs- und Akzeptabilitätsbedingungen der informellen, wissenschaftlichen und institutionellen Diskurse über Börsenmärkte & Börsenbewegungen sind inzwischen auf breiter Front bei allen Beteiligten in den Handelsräumen der Esperanto Bank angekommen, die ihren institutionalisierten Glauben an die Automatik der Tradingsoftware, die wiederum die Echtzeit-Automatik der Geld- und Derivatströme visualisiert, an den Glauben an Neutralität und Unbestechlichkeit des Risikomanagements koppeln, bis die Risikomanager selbst eingestehen müssen, dass die Preise der Liquiditätsrisiken einmal mehr nicht richtig kalkuliert wurden.)

»Tja, so kann man die Leute verscheißeiern, wenns das Wort überhaupt gibt«, sagt Denis und nimmt einen kräftigen Schluck Coca Cola aus der 1,5 Liter-Plastikflasche. »Für das kurzfristig eingespielte Sümmchen kaufe ich mir endlich den Unknown Cubus von Henry Börksen. Stehe nämlich schon sehr lange auf das Ding, das eine nicht sichtbare Anzahl von Mond- und Sonnenzyklen zeigt, die stetig ineinander fließen, so ähnlich jedenfalls, als würde man in einem heftigen Schneesturm auf dem Zugspitzblatt stehend dem Szenario durch eine gelb getönte Skibrille zusehen.«

»Na toll, so'n bisschen immanentes Diesseits, und ... kaum was gelesen«, sagt Marcus behäbig beleidigt, dessen Performance auf dem Handelsdesk in London nach neuesten internen Effizienzkriterien der Esperanto Bank doch sehr zu wünschen übrig lässt.

»Wohl so'n bisschen zuviel FAZ-Feuilleton gelesen, weil bei deinem Lieblingsschreiberling auf der Innenseite seines Intellektualismus so'n bisschen Infantilismus zum Vorschein kommt. So'n bisschen Eierkopfprosa für unreife Mädchen oder onanierende Revoluzzer-Gymnasiasten, oder?«

»Zumindest wesentlich ungefährlicher, was die juristische Seite anbelangt, als Kontakte zu minderjährigen Prostituierten, wenn ich mich da nicht täusche.«

»Konzentrier dich lieber auf den Reuters Ticker«, sagt Denis, der hyperkonzentriert, beinahe abstrakt geradeaus schaut, mit der Stirn fast an der Computerwand klebt, wobei das eine Augenlid etwas tiefer herabhängt als das andere, und für ganz kurze Zeit geht Denis mit seiner schweißperlenbesetzten Stirn tatsächlich auf Tuchfühlung mit dem Glas, als hätte das Material so etwas wie eine didaktische Qualität, bevor sein Schädel mit kleinsten Intervallschüben wieder zurückweicht, das Gesicht bleibt im Wesentlichen weiterhin starr, infinitesimal flexionsgehemmt, wie kurz vor der Garottierung, auf jeden Fall schwer zu beschreiben, wie Denis da vor seinem Multiplen-Monitor-System (MMS) im Drehstuhl sitzt, während das blinkende & blitzende Panorama charttechnischer & epistemologischer Informationssysteme, Grafiken & Datenbanken seinen Blick ganz kapriziert, innehat.

»Klasse. Und ... wie war ich? Das Börsenbarometer in Realtime quasi voll gelinkt. Transaktionskosten gleich null. Wunderbar. Charles Henry Dows Charttechnik kann mich mal. Pah, von wegen jede Information ist via Preis auf dem Markt im Kurs reflektiert. Dass ich nicht lache. Die entscheidende Aufgabe des Barometers ist die Prognose, na ja. Pah, ich bin's Daddy, nicht der Preis der Aktien, ich bin's, der den Markt konfiguriert, pah, Preise.« Denis leitet die Transaktion mit seinem Dealer in London mit den Worten »Confirm, I sell 0.6 Vega« ein.

»Na ja, die Verläufe der Kurven und Charts täuschen dir vielleicht einen eleganten Plot vor, eine kontinuierliche Linie, die meistens nach oben zeigt. Dennoch echt erstaunlich für deine wirren Aktivitäten, was da dabei so raus kommen kann, und ... «, sagt Hartmut, der neben Denis sitzend das Rauschen oder Gurgeln einer Toilettenspülung sowie das Quietschen einer Kabinentür imitiert, einer seiner unsensiblen, audiophilen Spleens, die Denis immer mit einem müden Lächeln quittiert bzw. abqualifiziert, wobei er sich daraufhin im Uhrzeigersinn auf seinem Drehstuhl herumdreht und mit ausgestrecktem Finger auf das kleine quadratische Plakat mit absteigender Kurvenverlaufsform auf schwarzem Hintergrund zeigt, das an der rechten Seite seiner Monitorwand klebt, wobei das Plakat im Kontext einer pars-pro-toto-Synekdoche nicht nur zyklische Finanzkrisen symbolisiert, sondern womöglich auch Hartmuts persönlichen Trader-Abstieg als zweidimensionales Kurvendiagramm visualisiert. Die Goldmann Sachs-Jungs haben auf dem Bloomberg Messenger gerade ein Video mit EZB-Analysen zur aktuellen Börsenlage am Eurex gestreamt, das im Handelsraum kaum noch jemanden überrascht, hatten die meisten Broker das Video doch schon auf Reuters gesehen. Die Börse ist alles andere als ein Präsenzraum, vielmehr ein Knotenpunkt in einem virtuellen Finanznetzwerk oder wenn schon, eine Schaltstelle im Satellitenraum der orbitalen Geldströme, sagt Denis. Seltsamerweise diktiert die postmoderne Semantik der Gelegenheitsapokalyptik, mittels derer der durch computersimulierte, sequentialisierte Bildketten visualisierte Vulkanausbruch kommentiert wird, an einem gewöhnlichen Donnerstagnachmittag in den Handelsräumen der Esperanto Bank das Primat des Ökonomischen über das Politische, um die Aura der totalen Desintegration, die angeblich bestimmten Naturszenarien inhärent ist, zu instrumentalisieren, da angeblich ja eine erschreckende Ähnlichkeit der Diskursivierung von Naturkatastrophen mit den Wissensdiskursen von außer Kontrolle geratenen Finanzströmen zu verzeichnen ist. Die kinetische Vision des In-Bewegung-

Setzens macht die Beschleunigung sichtbar. Börsensoftwareprogramme, die x-mögliche Entscheidungsfindungsprozesse simulieren, können schwerlich über die Unsicherheit und zugleich die Faszination der Händler hinwegtäuschen, die ihre Stressoren tough und clever korrigieren oder balancieren. Unterhalten wird sich in diesen Stunden nicht viel, nicht einmal Denis reißt jetzt mehr als einen Witz pro Stunde, stattdessen schiebt er kontinuierlich den Kopf starr wie auf einer Schiene hin und her, wenn auf einem seiner Monitore ein Kaufsignal aufblitzt, das sich aus dem Aufwärtstrend des Kursverlaufs einer Aktie in Echtzeit ergibt, dargestellt durch die Verbindung zweier Kursspitzen in einem bestimmten Zeitabschnitt.

Auf Bloomberg TV erklärt ein im Foyer des Studios 78 des Bloomberg-Buildings unter Fernsehlampen stehender Experte, dass isländische Geologen zur Zeit eine Inhaltsanalyse der Substanzen der Vulkanasche in den Laboren in Reykjavik vorbereiten würden, die der Vulkan immer noch Hunderte von Metern hoch in die Luft spucke, wobei die Wissenschaftler im Volcanic Ash Advisory Centre (VAAC) in London diese Daten in ein (simulatorisches) Ausbreitungsmodell ihrer Computersysteme einspeisen würden, das, unterstützt mit aktuellen Daten der Wetterbeobachtung, mittels spezifischer numerischer Programmierung die Ausbreitung der Wolke über Europa berechnen und parallel zur Wettervorhersage auch für fünf Tage vorhersagen könne, supported von Messungen speziell ausgestatteter Messflugzeuge in einer Höhe von 3000 bis 8000 Metern, die schließlich auch eruieren würden, welche chemischen Substanzen sich da in feinsten unsichtbaren Eispartikeln im Luftraum ausbreiten könnten. Anschließend erläutert der Moderator mit leicht heiserer Stimme, dass, wie die Deutsche Bundesbank heute am 12.5.2013 mitteilt, der Schuldenstand des deutschen Staates am Ende des Jahres 2012 auf ein allerdings zu erwartendes Rekordhoch angestiegen sei (Schuldenquantitäten als pulsierende Zahlenreihen werden auf Kurstafeln mittels des statischen Blicks einer Kamera auf der Rückwand des Fernsehstudios eingeblendet). Nein, nichts, rein gar nichts hätte sich jedoch an der internationalen und nationalen Lage geändert, zumindest was die Form des Weltwirtschaftskrieges angeht, beteuert dieser Moderator mit knallrotem Jacket und schütterem Haar, nur der Maastricht-Schuldenstand sei auf 1,968 Billionen Euro angestiegen, was 82,2% des deutschen Bruttoinlandsproduktes entspräche.

(Elektrizität, Telegrafie, Digitalisierung, elektronische Netzwerke, Fernsehen und Internet haben die Finanzmärkte seit den Deregulierungsprozessen der 1970er Jahre mit dem Fall von Bretton Woods neu konfiguriert, wobei die internetgestützten Logistiksysteme der Finanzwirtschaft, deren Leitbilder Metaphern des Fließens und des Strömens sind, ein dezentralisiertes und delokalisiertes und in Echtzeit operables Netzwerk von Transaktionen, Kauf- und Verkauf allererst ermöglichen. Obgleich die visuelle Darstellung von Aktienkurven eine kontinuierliche Bewegung nach oben oder unten oder umgekehrt vortäuscht, zeigt der Einsatz der Chartanalytik seit Dow, vor allem aber die charttechnischen Analysemodelle von John Murphy, inzwischen Chef der Abteilung Technische Analyse bei StockCharts.com und Präsident des Murphy-Morris ETF Funds, dass die Oberflächen der Charting Software, statistische Indikatoren und Muster, ein Prognosewissen erzeugen, visuell basierte Wissenstechniken bzw. Blendwerke, mithilfe derer sich die Brokergemeinschaft innerhalb der Börsenmaschinerie temporärer Verdichtungen und delokalisierter Verzweigungen permanent gegenseitig zu übertrumpfen oder zu unterbieten versucht. Die deterritorialisierten Finanz- und Geldströme bleiben in der Black Box der finanziellen Transaktionsbewegungen sichtbar und unsichtbar zugleich; die Syntax der Reihung von Variablen plus ihren Funktionsbeziehungen, die für die Händler als Daten und Informationen auf ihren Monitoren sichtbar sind und die sie mithilfe von Analysesoftware für kontrollierbar halten, wobei die Geld- und Finanzströme immer auch geschnitten und diskret, sogar von informatorischen Einbrüchen gestaut, fehlgeleitet und transformiert prozedieren, zeigt aber nicht die Geltungsregeln des charttechnischen Wissens selbst, die nach Meinung vieler Finanzwissenschaftler viel komplexeren non-kausalen Ungleichgewichtsdynamiken von Kursbewegungen folgen, einer Kinetik, die keine der Kräfte und Ursachen ist. Zahlen, Formeln, Funktionen, Charts, Tabellen und Kalkulationen erweitern dennoch nicht nur die kalkulatorischen Praktiken auf den Finanzmärkten, sondern beschleunigen und strukturieren die ökonomischen Derivatbewegungen selbst, dabei sind die Expertencrews, Statistiker, Mathematiker und Physiker permanent unter den Druck von Fiktionsbreitschaft und Innovationsbelastbarkeit gesetzt. Die Spekulation mit der Spekulation wird zur Versicherung, die Zukunft ist bereits verrechnet. Stabilität wird erreicht durch Instabilität. Es gibt keine Balance, sondern nur noch ein dynamisches Ungleichgewicht ohne festen Referenten. Die Akteure operieren mit unbekannten Größen, Projektionen machen unverkennbar den Markt. Transversale Kreditströme in Netzwerken ohne Anfang und Ende, die gleichzeitig in die eine und die andere Richtung gehen, wobei die Macht der Ströme in einem determinierenden Verhältnis zu den Strömen der Macht steht.

Die Struktur der digitalen Netzwerke bedarf der immateriellen Arbeit als Konstituens von finanzwissenschaftlicher Wissensproduktion und elektronischer Infrastruktur, die von nun an qua Beratungsfirmen, Telekommunikations- und Consultingunternehmen immer im Überfluss vorhanden ist und niemals knapp wird. Diese Art von Cyberunternehmen, eingebunden in Machtdispositive und Kräfteverhältnisse, sind stets bereit ihre Beteiligungschance am weltweiten Börsenhandel oder der Strukturierung der Finanzderivate wahrzunehmen. Diese Märkte saugen quasi die informativ-kreative Arbeit unter der Aufforderung zur Selbstverwertung der kreativen-virtuellen Klasse auf. Geld in seinen Eigenschaften des Bewertens, Bezahlens und Speicherns wird um die Funktion des Entgrenzens erweitert, die den Individuen ein fiktives und wunderbares Panorama kalkulierbarer Optionen für zukünftiges Handeln hinsichtlich sozialer und räumlicher Reichweiten, Liebesbeziehungen und Wunderbarkeiten des Imaginären vorgaukelt, in dem die Daten nur scheinbar die Subtraktion der Individuen nahelegen und die Metaphorik von der räumlichen und zeitlichen Freiheit des Individuums in seiner Ausformung als Marktteilnehmer oder Onlinebörsenspekulant den Sieg davonträgt. Ein absurder Verwöhnhorizont, der die gegenwärtige sachliche Kaufkraft angeblich lässig übersteigt. Aus der Gier=Freiheit ist aber nur ein System von Neid und Angst geworden, so sagen die Kritiker, das Geld in den Sphären des Börsenspiels identifiziert nur die Rolle von Teilnehmern im Spiel, es bedeutet mehr als der andere zu haben oder weniger, es bedeutet immer auch die Gefahr bzw. die Angst im Nacken, überrollt zu werden, übertroffen zu werden, erniedrigt zu werden. Als abstraktes Medium eines hochspekulativen Imaginären scheinen die entsemantisierten und deterritorialisierten Kreditgeldströme in allen Zeitzonen und transnational die letzten, individuellen, sozialen und kulturellen Kodierungen niederzureißen, was transversal eine Vielzahl von verschiedenen ethnoscapes, finanscapes und mediascapes hinterlässt, wobei die technologische Infrastruktur der Rechnernetzwerke, der Satellitentechnologien und der Kommunikationsmedien als materielle Basis den Raum für die alles bedingenden Informations- und Geldströme aufspannen. Die digitalen Technologien ermöglichen das Netzwerk der sozialen Interaktionen und ordnen die räumlichen Verbindungen der wichtigen Funktionen. Die Modi der Gleichzeitigkeit – jeder Marktteilnehmer kann im 24 Stunden-Online-Business jederzeit mit dem Zugriff auf alle weltweit simultan verfügbaren Kursnotierungen und Kursbewegungen ortsunabhängig, d.h. in allen Zeitzonen des Planeten Transaktionen mit Finanzderivaten in Echtzeit vollziehen, mit den für die teilnehmenden Individuen bekannten Folgen der Formierung einer ADHS-Persönlichkeit, also in einem extrem flexiblen Zeithorizont, wobei die Kursbewegungen die absolute Vorherrschaft des Hier und Jetzt suggerieren, das Paradox der ewigen Aktualität, die allerdings von künstlichen Dispositiven gemacht, gesiebt und performativ gedeutet und zusammengezimmert wird, was zu einer permanenten Vigilanz, Dauerwachheit und Daueraufmerksamkeit bei den Brokern und Daytradern führt, gebrochen und gecuttet durch die rigide Strukturierung der Pausen und der Schlafrhythmen.

Echtzeit ist also jene Zeit, die durch Nutzung der digitalen Übertragungsgeschwindigkeiten in Annäherung an Lichtgeschwindigkeit die Gleichzeitigkeit der Verfügung über Daten und Informationen in allen Zeitzonen weltweit herzustellen in der Lage ist. Sender, Kanal und Empfänger bedürfen einer Netzwerktechnologie, die diese Zeitkonstruktion in einen virtuellen Übertragungsraum aufzuspannen vermag, wobei alle Informationsströme gleichzeitig zu sein scheinen, so dass leicht vergessen wird, dass das kapitalistische Zeitmanagement abstrakte Zeit zu einem unter Effizienz- und Effektivitätsgesichtspunkten zu bewirtschafteten Quasi-Produkt vieler Kapitale transformiert, die mit Ungleichzeitigkeiten operieren. Dieses operative Zeitkonzept kennt Zeit nur als lineare, qualitätslose und abstrakte Fluss-, Mess- und Steuergröße, das scheinbar ohne Brüche, Verschiebungen und Setzungen auskommt. Anders gesagt: Geld ist Zeit, und, weil diese selbst keinen Maßstab hat, bleiben alle Kreditbewegungen und monetären Kalkulationen risikobehaftet und als Erwartungen an noch nicht vorhandene Gewinne in der Zukunft, die mit nichtvorhandenen Werten in der Gegenwart gehandelt werden, systemisch und potentiell unsicher. Das Echtzeitregime der Finanzmärkte bleibt zwischen die objektivistische, operationable Zeit der vielen Finanzkapitale und das subjektive Zeiterleben der Akteure und Beobachter an den Screens eingespannt. Zugleich betreibt die globale Echtzeitökonomie (Telekommunikations-, Informationsmedien und Unterhaltungsindustrie) eine Geldschöpfung, bei der die Instantaneität der Datenübertragung, z.B. Zeitspannen von der Order über das elektronische Netzwerk bis zum Backend und deren Bestätigung zurück zu Kunden, die Zeit zu einem Parameter/einer Variablen der Zahlungen selbst machen. Allerdings sind die Spreads (Differenzen zwischen Zinssätzen und Preisen), Abrechnungen und Abschlüsse von Börsengeschäften, die in Bits und Bytes stattfinden, ja der Cash-Flow selbst nicht nur durch die scheinbar kontinuierlichen Fließbewegungen des Geldes überdeterminiert, sondern singuläre Einbrüche wie Naturkatastrophen, Spektakel und Großereignisse setzen auch immer wieder neue Voraussetzungen.

Beschleunigung, Flexibilisierung und Selbstverwertungsimperative erzeugen/verweisen auf einen fluiden Machttypus. Globalisierung der Informationstransfers und Kapitalspekulationen vollziehen sich in einem Zeitraum der Extensitäten und temporär verdichteter Wirkungen (Steigerungen der Transaktionszahlen pro Zeiteinheit aufgrund der Beschleunigung der Datenübertragungsraten innerhalb einer Zeiteinheit in einem Kanal). Manuel Castells hat in seiner Netzwerkanalyse den elektronischen Netzwerken der Börsen einen sogenannten space of flow attestiert, der in einem interaktiven Bezugssystem mittels dezentraler Verzweigungen und temporärer Verdichtungen Aktivitäten und Akteure innerhalb einer unendlichen Zahl von diversen Knotenpunkten miteinander verknüpft. Bei der dynamischen Organisation der Finanzmärkte hat er eine Dreiteilung eingeführt: a) die materielle Ebene der technischen Infrastruktur für Kommunikation in Echtzeit, b) hierarchische Knotenpunkte im Netz, c) die machttechnologische Ebene der räumlichen Organisation, die durch Steuerung der Eliten im Raum die Flüsse und Ströme infiziert und kontrolliert.

Preise, wenn man annimmt, dass jede Zahlung einer Preisfeststellung entspricht, sind Indikatoren oder Informationen, die Rückmeldungen über die Funktions- und Wirkungsweisen der Börsenmärkte liefern, um wiederum auf Preise zu wirken, womit Wirkungen Wirkungen erzeugen; jeder Output des Systems ist ein Input desselben Systems und jeder Input in Zukunft ein Output in einem schwingenden und per se instabilen Finanztransaktionssystem, wobei das Barometer als Instrumentenmetapher in den Börsendiskursen seit dem 19. Jahrhundert (anders als das Thermometer, das in der Kybernetik die Steuerung gegenwartsbezogener Zustandsgrößen anzeigt) die Vorhersagefähigkeit von Aktienkursen in der Zukunft abbildet, die eben kontingent bzw. unsicher bleibt und mittels mathematischer Finanzmodelle nur vage errechnet werden kann, weil gegenwärtige Preise für Nichtvorhandenes immer künftige Preise für Nichtvorhandenes bemessen. Das Barometer als technisches Bild der Kontrollierbarkeit der Finanzmärkte zeigt Markttrends an, Auf- und Abschwungbewegungen der unsichtbaren Finanzströme, reflektorische Aktivitäten der Händler und die täglichen Fluktuationen auf den Echtzeitmärkten. Charts und Kurven gelten bis heute als Barometer für Börsenlage. Als Beobachtungs- und Steuerungsinstrumente produzieren deren Verläufe scheinbar Ordnungen der Sichtbarkeit und induzieren Entscheidungsgrundlagen für die zukünftige Spekulationstätigkeit, während die Meteorologie der Börse als öffentlich ideologischer Diskurs die ökonomischen, sozialen und technologischen Konstitutionsbedingungen der Börsen substituiert. Die Semantik der Naturalisierung und des Szientismus erzeugt im wesentlichen die Figur einer im Durchschnitt stetigen Aufwärtsentwicklung, die auch für die kleinen Shareholders zunehmend attraktiver wird, gestört zwar durch panikartig verlaufende Turbulenzen, die vor den Bildschirmen verhandelt Teil des universellen Medien-Spektakels sind. Der Störfall oder der Börsenskandal ist Teil des finanzpolitischen Börsenspektakels als Datenevent. Die gigantischen in Realtime bewegten Datenmengen von Finanzprodukten, Derivaten und Transaktionen sprengen die Kategorien der chronologischen Zeit und der Vermessbarkeit des Raums. Die Dyschronie der Börse lässt also die Zeit flirren. Die Zeit wird rhythmologisch hyperkomplex, obwohl der Rhythmus in den Grundtakt des 0 und 1 integriert bleibt. Die Zeit der Börse ist eine molekulare Zeit und komplett atomisiert.)

Sie waren vorhin am Kontakthof vorbeigelaufen, auf dessen Veranden schon seit einiger Zeit sowohl die Gipsfiguren der Patchouli Brothers als auch der Mahogoni Brothers langsam im Taubendreck ersticken, und plötzlich fuhr eine weiße Stretchlimousine gemächlich vor, aus der ebenso gemächlich zwei fette Mafiabosse krochen, ineinanderverhakt wie faules, dampfendes Gedärm. Alonso konnte die Typen noch von weitem debattieren hören, weil deren Stimmen hell sirenten und wie silberne Fäden nach oben stiegen. Im selben Moment, als sich eines der Fenster des Kontakthofes öffnete und eine junge Afrikanerin herausschaute und ihren rechten schwarzen, schlanken Arm wie den Hals einer Giraffe schaukeln ließ, kam aus dem Eingang eine Latina mit blauem Cheerleader-Rock und schwarzen Netzstrümpfen herausgestürmt, begann von weitem gegen Alonso zu gestikulieren und beklagte fast heulend ihren scheußlichen Überdosiszwischenfall in der Frühstückskantine, dessen Auslöser angeblich Alonsos Schmatzen gewesen wäre. Es waren danach ungefähr acht Stunden gewesen, die Alonso im Gehen verbrachte, das von blauen Flecken und Prellungen übersäte rechte Bein ähnlich wie Snaffu nachschleppend, auch war Alonsos Gesicht wie das von Snaffu vom gelbmehligen Tau einer ehemals weißen Wand, der Alonso nur schwer durch die Nase atmen ließ, während Freaky Franky, dem das Auge mit dem Ellbogen fast ausgehauen, das linke Jochbein zermatscht und die rechte Schulter ausgekugelt worden war, beim Gehen andauernd kotzte, nachdem sich die Jungs urplötzlich mitten in einer Auseinandersetzung zwischen Polizeikräften, Bauarbeitern und Antifas im Stadtwald befunden hatten, um erst sehr spät den Stadtwald wieder verlassen zu können, den sie heute natürlich etwas später als sonst erneut betreten.

Alfons sagt: »Es sind nicht die Leute, die dich belügen, bekämpfen oder betrügen, es sind systemische Funktionsweisen, an die sich die Einzelnen unbewusst anschmiegen, an die Politik der Schlagfertigkeiten, des targeting unter dem Diktat einer knappen und fliehenden Zeit. Und wenn die Leute nicht wichtig sind, simulieren sie .... simulieren sie eben Wichtigkeit. Alle anderen, die nicht mitmachen, setzt man in die Deppenanstalten oder man befiehlt ihnen den Arbeitsdienst. Insofern hat die vielgepredigte Politik des Zauderns, I prefer not to, oder selbst die Langeweile, die von der Melancholie ja nicht zu trennen ist, heutzutage ganz schlechte Karten. Das ist es, was beispielsweise Momentum will und auch tut, auf alle Fälle mitmachen oder mit-dabei-sein. Erinnere dich an das Nietzsche-Zitat: Im Verlaufe der höheren Bildung wird dem Menschen Alles interessant, er weiß die belehrende Seite einer Sache rasch zu finden und den Punkt anzugeben, wo eine Lücke seines Denkens mit ihr ausgefüllt oder ein Gedanke durch sie bestätigt werden kann. Zitat Ende. Dabei verschwindet die gute Langeweile, auch die übermäßige Erregbarkeit des Gemütes. Das Motto I prefer not to .... von Bartleby drückt übrigens nicht das Verlangen nach purer Passivität aus, sondern die Möglichkeit der Wahl zwischen Wollen und Nicht-Wollen.«

»Ja, verstehe. Ein Freund sagt immer, er löte sich gerne zu, sitze alles aus und verkaufe seine Passivität als Widerstand.« Alonso, der schwer angetrunken, aber noch nicht ganz unzurechnungsfähig im Sinne des §323a des StGB ist, murmelt leise etwas von steinglatten Wörtern, die in der längst nicht mehr hippen Diskurswelt philosophischer und literarischer Essayistik verweilen, wobei deren breiteste Streuung und Weitschweifigkeit eine quälend lange Spur gargantuesker und höchst geheuchelter Projektionen und Sentimentalitäten bis sogar in die superteuren Restaurantbetriebe hinein hinterlassen hätte. Wahrscheinlich ist Alonso selbst viel zu sentimental, zu naiv und zu neidisch, ja zu feige, und ganz allgemein zu erbärmlich, um seinem unfreiwilligen Existenzial, das in einer sehr zerbrechlichen Deckung der Wörter lebt, ein Ende zu bereiten, und selbst seine überschwänglichste Sinnkonstitution muss die Fiktion, es hätte in seinem Leben anders gewesen sein können, immer wieder auf seinen jetzigen Realitätskern herunter rechnen, der viel weniger ist als die Essenz/Quintessenz, die man emphatisch von einem misslungenen oder lebbaren Leben aussagt, und das macht ihn echt fertig, ohne dass er es selbst richtig weiß; seine Realitätsindizes sind zusammengeschmolzen auf eine Fliegerbrille mit großen, feuchten Augen dahinter, cannaboider Haut, die Lichtjahre von der Glätte eines Porzellanengels entfernt ist, und sein Sprechorgan ist das eines verwahrlosten Murmeltiers, dem belangloses und zugleich manchmal gieriges Geschwätz über Hummer und saure Rahmsoßen entweicht.

»Alonso, ich fühle, quasi als ein Vektor, der dort etwas verspürt, um es in etwas zu verwandeln, was hier ist, ja ich spüre, was du denkst und wie du nachdenkst. Aber - - - - - - - - - - - Man muss einfach die Frage stellen, ob man noch lebt, und wenn nicht, wann alles zu Ende gegangen ist, und wenn ja, wie lange es noch dauern wird, und dabei muss man gleichgültig bleiben gegen alles, was einen daran hindert, den letzten Faden des Traumes zu verlieren - - - - - - - - - - - Alonso, man darf auch mal übertreiben können, um dahin zu gelangen, worauf Beckett eigentlich hinaus wollte, nämlich, das Überschreiten des Schlechten zum Schlechtesten zu erproben, alles in allem ein ausgesprochen aggressiver Impuls gegen alles, was noch Interesse erwecken könnte. Aber ich höre zumindest deine Langeweile noch knirschen.«

»Was du nicht sagst.«

»Ich will dich nicht langweilen. Vor allem mit Zitaten langweilen. Aber - - - - - - - - - - - Aber eins will ich doch noch loswerden: all diese Leben, die dazu bestimmt waren unterhalb jedes Diskurses vorüberzugehen und zu verschwinden, ohne jemals gesagt worden zu sein, haben Spuren – kurze, einschneidende, rätselhafte oft – nur am Punkt ihrer plötzlichen Berührung mit der Macht hinterlassen. Ich denke, das sagte ein gewisser Foucault.«

»Alfons, du wiederholst dich.«

»Ich weiß. Ich weiß. Die Zeit steht fast schon still. Nur die Schwärze der Gläser deiner Fliegerbrille vermag die blinde Zeit noch widerzuspiegeln.«

»Alfons, wir werden hier nicht alt. Im Moseleck serviert man heute Schweinebraten in dunkler Biersoße.«

Da haben sich zwei gefunden, nicht am Konstruktionspunkt des Komischen, sondern dort, wo das Gefühl von Lächerlichkeit nur noch weitere Lächerlichkeit evoziert, tatsächlich ganz im beckettschen Sinn der Übertreibung des Schlechten hin zum Schlechtesten. Der Gedanke lässt Alfons zwei Mal bis in die Knie erschaudern. Wir sind ja tolle Seelen. Die Enten im Teich schreien brutal, was für Alonso eine geradezu abnormes Zeichen dafür ist, sich schleunigst bis fast infinitesimal an den Bedürfnispunkt der primären oralen Befriedigung herangerückt zu finden, hungrig, aber kryptischerweise kann er das schlicht dastehende Faktum seinem besten Freund erst am kritischen Tangentialpunkt äußern, an dem das Bedürfnis jeden Augenblick zum echt gierigen oder vergierten Hunger mutiert. Alfons wird seine Zustimmung, den Stadtwald zu verlassen, erst geben, wenn er, wie abgesprochen, mit seiner funktionsfähigen Taschenlampe mehrmals direkt auf Alonsos Fliegerbrille gezielt sowie den in der Stadtwaldszene bekannten Slogan *Plunder for Wonderland* herausgeschmettert hat, manchmal ersetzt er dabei das harte p durch das weiche b, um die rhetorische Figur der Paronomasie zu erreichen, der pure Wahnsinn in der Leere des Seins der Literatur, um schließlich Alonso an der Fliegerkappe zu packen, bis dieser sich ungewöhnlich schnell aufrichtet, die Fliegerbrille fixiert & Gewehr bei Fuß meldet oder in ein Kleenex Taschentuch schneuzt, ohne nachzuschauen, was er da geschneuzt hat, oder konzentriert Richtung Wildschweinklause lächelt, als ob dort jemand hochauflösende Polaroid Schnappschüsse macht, die ihn selbst in ein maßlos exklusives Licht stellen.

Unter seiner dunkelblauen Bomberjacke trägt Alonso das abgewetzte, das ehemals dunkelgraue, aber jetzt fast schon hellgraue Jeanshemd, dessen rechte Brusttasche abgerissen ist. Alfons versucht aus der rechten Sandale etwas zu entfernen, das ihn schon seit geraumer Zeit stört. Ein Kieselstein kann es eigentlich nicht sein. »Die Bauarbeiter haben hier beileibe keine, wenn man es mal aus unserer Perspektive betrachtet, zufriedenstellende Arbeit abgeliefert. Weder die Asphaltierung der Gehwege rund um den Ententeich noch die Müllentsorgung in umfassendem Ausmaß stehen hier anscheinend auf dem Programm.« Alonso zuckt mit den Achseln, auf eine Art, die Alfons schier halb wahnsinnig machen kann, wäre da nicht Alonsos kompensierende Geste, invers, ein martialisches Auf-die-Schulterklopfen, das Alfons regelrecht einknicken lässt, aber irgendwie mag er es trotzdem. Ein kleinwüchsiger Straßenverkäufer schiebt seinen zweirädrigen Karren an der Parkbank vorbei, grüßt Alfons und Alonso freundlich mit einer Art Militärgruß, der Mann verkauft Brezeln, Dosenbier, Hotdogs und dutzendweise Graf Völsinger Rindswürste, bei denen vor allem Alonso besonders gerne zugreift. Von existenzieller Armut kann hier keine Rede sein, da Alonso sich heute morgen schon drei Gramm genmanipuliertes Skunk aus Amsterdam gegönnt hat. Verdammt noch mal, es gibt hier draußen tatsächlich ein paar Leute, die die Not zusammenschweißt und die nicht im billigsten Ressentiment enden, indem sie der Regierung oder dem großen symbolischen Anderen die Schuld in die Schuhe schieben. Alonso schaut auf die träge entlang der Auffahrt zur neuen Sondermülldeponie 4/67 rollenden Bagger und markiert eine ratternde und knatternde orangenfarbene Müllwagenkolonie mit dem Zeigefinger, die sich ungefähr 500 Meter südöstlich des Parkplatzes der Wildschweinklause befindet, wo auch ein verwaister Court des Tennisclubs Niederrad e.V. liegt, der das unsichere, prekäre Gebiet im Stadtwald längst aufgegeben und ganz in der Nähe der Commerzbankarena ein Tipp Topp Trainingsgelände gekauft hat, das zwölf Courts mit Asphalt- oder mit Hartru-Mischbelag beherbergt, plus einem unter topologischen Gesichtspunkten Clubheim vom Allerfeinsten, Marmorfußboden, breite, verglaste Wände und einer weitläufigen Sonnenterrasse mit kleinem Swimmingpool.

»Die örtlichen Bautrupps mögen für die auf sie zukommenden Mammutaufgaben auch unvorbereitet sein. Wer weiß, in - - - - - - - - - - - - hast du gestern das Event im Moseleck mitbekommen? Da saßen zwei greise ehemalige Prostituierte an der Theke, zahnlos, und sangen Ganz Paris träumt von der Liebe. Mit dieser Anouschka würde ich niemals durchs Altersheim flanieren wollen. Andererseits würde ich es auch nicht als Niederlage empfinden, Anouschka auf einer Kirchenbank kauern zu sehen, wie sie zur Heiligen Mutter Gottes betet. Dass man ja nicht in Versuchung kommt, dann ein intelligentes Gesicht zu machen.«

»Schachgroßmeister analysieren ihre Partien vom Ende aus, damit sie zu Beginn schon weise Entscheidungen treffen, also Alonso, du hast noch Zeit offen. Oft habe ich Liebende ums Zahlen sich prügeln sehen, man muss tricksen.«

»Woher weißt du das? Am Ende schlugen sich die beiden Damen tatsächlich fast die Köpfe ein.« Alonso nimmt einen tiefen Zug aus seinem Bong. Er hat offensichtlich in den letzten Minuten vergebens daran gearbeitet, Gesten und Gesichtsausdruck in Übereinstimmung zu bringen oder zu intellektualisieren, Gesten, die eine freie indirekte Rede begleiten, wie es manchmal Alfons gelingt, wenn er etwa in Logik referierend mit knockentrockenen, vorgereckten, stoischen und bis zur Stasis konzentrierten Gesichtszügen arbeitet, die für Alonso den optischen Effekt einer Entzerrung besitzen, welcher der Magie des »als ob« ganz entsagt und der Imagination des Blicks wenig Spielraum gewährt, gleichwohl scheint Alfons dabei mit dem ganzen Körper zu sehen, als ob er darüber hinaus die Fähigkeit besitzt – ganz ähnlich manchen Insekten –, Farben, Muster und Formen der Umgebung anzunehmen, eine leichte Form der Psychasthenie, bei der sich der Raum in den Körper einschreibt, währenddessen der Sehende sich ständig neue Punkte im Raum suchen muss, von denen aus er erst sehen kann, bis er schließlich, überflutet vom Gleichfluss von Wahrnehmung und Repräsentation, nicht mehr weiß, wo er sich denn im Raum hinstellen soll. Alonsos letzter Rauchausstoß gleicht einer kleinen Explosion. Das kleine Privatarrangement zwischen ihm und Alfons bezieht sich jedenfalls nicht auf den Drogenkonsum, wobei es Alfons in letzter Zeit besonders stört, dass Alonso, wenn er mal wieder einen Joint oder eine Mentholzigarette in den Räumen sozialer Einrichtungen und Kneipen raucht, alle Aschenbecher ignoriert, um regelmäßig den Fußboden unter dem Tisch vollzusauen, was schließlich ja ein schlechtes Licht auf beide wirft. Je näher der Zeitpunkt ihres Abfluges aus dem Wald rückt, desto abstrakter wird er.

»Wenn also die freie Liebe nicht allgemein sein wird, so wird es irgend eine Anzahl von Mädchen geben müssen, die die Funktion der jetzigen Prostituierten vollziehen, schreibt Simmel, soweit ich mich erinnere in seinem Essay über die Prostitution in Gegenwart und Zukunft. Fortgeführt in aller Denkschärfe wird dies bei Klossowski, die lebende Münze.«

»Alfons, jetzt geht aber der Gaul mit dir durch,« sagt Alonso, der gerade vollkonzentriert auf den knallgelben Schaufelradbagger schaut, der aus der Sehperspektive Alonsos nur zu erkennen ist, wenn er sich mit den Zehenspitzen auf den nassen Balken der Parkbank stellt, wobei er neben dem Schaufelradbagger dann auch noch den steilen Berg Sondermüll, Computertower, Hi-Fi-Stereoanlagen und alte Röhrenbildschirme zu sehen bekommt. Der Schaufelradbagger sondert schnurrende Geräusche ab. An der S-Bahnhaltestelle am Roten Mund in der Nähe zur Zubringerstraße zur Autobahn Richtung Flughafen hatten mehrere Unbekannte vor exakt vier Tagen genau dieses ungestüme technische Objekt »schwer« beschädigt und laut Polizeiberichten einen Sachschaden von rund

12.000 Euro verursacht. Die Täter, die die Polizeibehörden in Frankfurt im Umfeld der Stadtwald-Antifa vermuten, beschädigten laut einem Bericht der Hessenschau zwei Außenspiegel, die Motorklappe sowie zwei der Monsterräder, durchtrennten funktionstüchtige Kabel und beschmierten die Frontfläche unver- schämterweise mit pornografischen Slogans und Graffiti. Alfons beobachtet schon seit mehr als zehn Minuten die insektilen roboterhaften Bewegungen dieses Schaufelradbaggers, die komplett unkrakenähnlich einen für seine Sichtweise winzigen neuartigen topolographischen Raum markieren oder freigeben, in den hineingerissen zu werden, er wohl kaum mögen kann (insofern der nichteuklidische Raum dem glatten Raum von Deleuze/Guattari entspricht (allerdings entgegen der gängigen Vorstellung, die das Glatte mit dem euklidischen Raum assoziiert), der glatte Raum ist der des Nomaden, der Wüste, der Meere mit ihren vielfältigen Krümmungen ... siehe Riemann, nichteuklidische Geometrie sozusagen auch als Methode einer Mathematik des Realen oder Konkreten). Der jähe Lichteinfall der Sonne, die gerade durch ein Band von Cumulus-Wolken bricht, gibt dem Sondermüllberg das flackerlichtinduzierte Antlitz eines unendlich gefalteten, barocken, silbernen Baukörpers, der leicht zittert oder bebt. Alonsos Blick bleibt vektorial und monokular, auch so eine persönliche Note, die mehr an Umwelt erfasst, als man gemeinhin annehmen könnte.

»Nicht dass die Jungs dort drüben zu übermütig werden,« sagt Alfons gelassen und fährt sich mit der Spitze des Zeigefingers über die Nasenwurzel.

»Okay, Hunger verschoben. Das Schauspiel lassen wir uns nicht entgehen.«

Zwei große Planierraupen mit U-Schilden zur Bewegung von großen Mengen Erdreich, die vom Bahndamm südwestlich Neu Isenburgs über einen breiten Weg mit Kieselsteinbelag herangekrochen kamen, werden plötzlich von einer achtköpfigen Gruppe vermummter oder wahlweise mit knallroten Motorradhelmen bestückten Personen umstellt, die es anscheinend wirklich ernst meinen, denn mindestens drei Hände halten Maschinenpistolen sowjetischer Bauart in die Höhe, wie man es bei einem hundsgewöhnlichen Kunsthappening auf den Straßen in der City bestimmt nicht tut, eher schon sieht das Procedere zumindest nach Alonsos Meinung nach einer militärischen Aktion von Mitgliedern der Rhein-Main-Resistance (RMR) aus, die auf ihren Propagandavideos, powered by YouTube, mit der linken Hand Universal-Spritzschutz-Pistolen und mit der rechten Hand Kalashnikovs in die Luft recken oder stoßen, während sich im Hintergrund die Elitestrategen der Organisation den Kopf über dies und das heiß reden oder einfach nur klugscheißern, wobei sie den sogenannten Revolutionärsunteroffizieren andauernd Befehle erteilen, deren Bezug auf Handlungen, die durch Verpflichtung mit spezifischen Aussagen verbunden sind, unverhohlen ist, Befehle, die die Mitglieder in der Tat sofort in die Praxis umsetzen, wie im Moment eben das furchtbar furchteinflößende Herumfuchteln mit schweren Waffen ohne jeden ersichtlichen Grund. Der langangezogene und langanhaltende Schrei eines der Mitglieder von RMR hat etwas Bedrohliches oder Beunruhigendes. Alonso glaubt die unglaublich hohe Frequenz des Schreis förmlich körperlich zu spüren, mitsamt den unangenehmen ionosphärischen Frequenzspitzen des Schreis. Mit beiden Händen umklammert Alonso die Bong und nimmt wohl den tiefsten Zug seines Lebens (was kein bisschen übertrieben wirkt), während Alfons erst nervös in einer Alditüte herumwühlt, um dann den Reißverschluss der linken Brusttasche seiner dunkelblauen Windschutz-Jacke Air Brush aus Polyester und Polyamid auf und ab zu ziehen, und »Autsch« sagt. Der Waldboden ist aus der Perspektive eines Eichhörnchens garantiert ein moosfarbenes Gebilde, ähnlich einem nassen Farnstrauch. Alonsos Bong als archimedischer Punkt am Gürtel hoher Gelassenheit. Alfons binokulares Augenpaar wie Höhlen in die Knochen getrieben, keineswegs starr fixiert.

Alfons rollt die Augen. »Auftragsarbeit für die Antifa? Was meinst du? Alonso, nun sag schon.«

»Ich sehe Mr. Rooney. Den Vorstandsvorsitzenden der Firma Efonik, der für die Entsorgung des Sondermülls in der Rhein-Main-Region zuständig ist. Nicht, dass du denkst, ich wollte damit behaupten, die Jungs von der Antifa seien etwa Sondermüll.« Alonso streckt die Arme empor, entfaltet die Handflächen und verbeugt sich tief, als wolle er aus der Ferne um etwas Anerkennung bitten. Alfons sieht kritisch zu ihm hinauf. Bei dieser Pseudo-Terror-Angelegenheit wird seit drei Minuten mit bloßen Fäusten auf die Kante des V-förmigen Stahlschildes des Flachbaggers gehämmert, während die Spitze des Laufs einer TMP immer wieder gegen ein zweites Stahlschild knallt, bis es dem Fahrer, dessen Gesicht frontal auf der mit weißen Taubendrecktupfern übersäten Windschutzscheibe klebt, offensichtlich zu bunt wird, so dass er jäh hochfährt und den Schaltknüppel aktiviert, bis die Planierraupe langsam anfährt und in nordöstliche Richtung rollt und die maschinengewehrbewaffneten Personen hastig zur Seite spritzen. Eine vermummte Person mit Baseballschläger und Gummiknüppel spaltet sich bewusst von der Gruppe ab, umkreist die krächzende Planierraupe im Uhrzeigersinn, während eine andere Person, die das paraboloide, anarchosyndikalistische Logo von ACT auf dem Rücken der Bomberjacke trägt, mit einem Thompson- Maschinengewehr wild in der Luft herumrudert und ab und zu den Lauf des Maschinengewehrs gegen den schwerfällig kriechenden Flachbagger schlägt, was ihn zu pirouettierenden Luftsprüngen oder zu übertrieben ekstatischem Röhren und zusätzlich zum Wurf einer vollen Becksbierdose gegen die Seitenscheibe der Fahrerkabine veranlasst. Das Schreien des RMR-Mitglieds wird langsam hypertroph, als ob sein Kopf seekrank ist, und auch psychopathogenetisch besitzt das alles eine bedenkliche Note, denn schon im Resonanzraum seiner Mundhöhle vibrieren die Satzfetzen im Sprachbrei und dringen fast unchoreographiert durch das Gehirn nach draußen, versuchen den Zustand höchster Erregung in der Rückkopplungschleife zu verwalten. Der Rhythmus ist die horizontale/vertikale Kommunikationsform des Schreis. Drei flatterhafte Enten schreien zeitversetzt, fast herrisch wie Raben, während sie an die Uferböschung des Teichs steigen und sich zwischen feuchten Grasbüscheln niederlassen. Der Fahrer des Baggers legt plötzlich den Rückwärtsgang ein, hämmert daraufhin wieder seinen quadratischen Schädel gegen die Scheibe, als ein undefinierbares Geräusch zu hören ist, wobei der Fahrer minimal zeitversetzt die Geste eines wahrlich entsetzten Guerilleros wahrnimmt, der sich gerade die Hände über dem Kopf zusammenschlägt, weil er mitbekommen, wie das rechte Hinterrad des Flachbaggers den bestiefelten Fuß eines Genossen buchstäblich zermatscht hat, der auch sofort wie vom Blitz getroffen in eine Wasserpfütze gefallen ist und immer noch reglos danieder liegt, während größere Teile der Gruppe sofort einen Halbkreis um ihn bilden und sämtliche der bewaffneten Personen ihre Maschinengewehre, wobei es immer noch nicht ganz klar ist, ob es sich um Attrappen handelt, mutlos in den Sand fallen lassen, deklamierend dunkel und resigniert. Alonsos Meinung nach eine rührend hilflose Geste. Aus seiner eigenen Perspektive sieht die Gruppe aus wie eine lebende Zelle/Blume, böse in sich perlokiert und in ständigem Austausch mit sich selbst. »Das Dreckschwein« wird mehrmals kollektiv geschrieen, und zwischendurch dreschen einige Leute mit den Fäusten gegen ihre Motorradhelme, während der Bagger fast unbemerkt von der Gruppe einer 16 x 16 Meter großen ovalförmigen Mulde entgegentuckert, wobei der Fahrer im letzten Moment noch ein Ausweichmanöver in einem 45 Grad Winkel durchzuführen versucht, das aber scheitert, so dass der Flachbagger in das Loch ab- und hinunterkippt und nur noch ein pfeifendes Zischen zu hören ist, das schnell verblasst, bevor der Bagger im Leerlauf monoton dahinbrummt, esoterisch.

Alonso schafft es auf die Frage von Alfons, was zum Teufel hier für diese seltsame oder unglückliche Verkettung von Umständen & Aktionen gesorgt hat, nicht ein einziges mal anders als mit einem karnivoren »Wow« zu antworten; sein Mund schnappt andauernd nach Luft, jedoch scheint das Sprechorgan außerstande, etwas sorgsam gepressten Sprechdurchfall zu entlassen, um etwa das kohäsionsstiftende sensorische Spektrum von Alfons zu strangulieren, so dass dieser nur noch wild den Kopf schütteln kann, wie er das während seiner Vorlesungen oft zu tun pflegte, wenn ein Student besonders unqualifizierte Fragen stellte oder ontologisch orientierungslose Debatten in Gang setzte oder gar nach dem fundamentum inconcussum suchte, das die wahren Abgründe der Philosophie verschleiert, bis Alfons schließlich in den Seminaren manchmal regelrecht losbrüllte und diejenigen Studenten verschmähte, die ohne die Zuhilfenahme von Touchpad, Mouse oder Scroll Button keinen einzigen klugen Gedanken auf den Weg brächten; es waren damals schon die hochgerüsteten Speicher- und Hochgeschwindigkeitssysteme der digitalen Technologien, die Alonso zumindest zeitweise als Angriff auf seine dreidimensionale Souveränität empfand, er schien doch ungedoubelt und so souverän. Alonso zuckt mehrmals die rechte Schulter in Richtung Mulde und sagt: »Da kommt doch bei mir unversehens der Appetit zurück.« »Ich wusste es. Die primäre Organ-Maschine meldet sich zu Wort.« »Ich weiß, du verstehst dich auf Vexierspiele. Sieh dir das an. Die Spielzeug-

Anarchos laufen um den Verletzten herum wie im Comic. Meiner Meinung nach sind das Gefakete oder Gechippte. Dummbeutel oder schlechte Schauspieler.«

Aus dem Waldstück tauchen diesseits des Ententeichs die Antifa-Genossen Georg, Micha, Baldiun Waldt und Keeman Trox auf, die alle vier an der üblen Angewohnheit leiden, ihre ausgefransten, schwarzen, überlangen XXL T-Shirts niemals in die ebenfalls schwarzen Jeans zu stopfen, die Typen diskutieren heftig gestikulierend und doch tief im Innersten total negativ besetzt die hundserbärmliche Aktion der Splittergruppe Rhein-Main-Resistance durch, als ständen sie unter dem Blick eines Kameraobjektivs, das sie gleich kastrieren wird, und zwei von den Antifa-Typen schießen mit ihren wolfsgrauen Springerstiefeln Kieselsteine in der Größe von Trauben andauernd vor sich her, stoßen sich dabei ab und zu gegenseitig in die Hüften und wagen ab und zu einen hohen Sprung, während aus einer halb asphaltierten Seitenstraße auf der Höhe der Baugrube, in der der Flachbagger vor sich hin döst, mindestens zehn Leute der echt härteren Sorte von Antifas auftauchen und lauthals über den Verrat, den Feind in den eigenen Reihen, Revisionismus und so weiter reden, was ihr Anführer Klivinji dermaßen aus der Fassung bringt, dass er seinen schlanken Arm auswirft, um den ausgestreckten Zeigefinger emphatisch auf die Gruppe um den schwerverletzten Genossen der anderen politisch befreundeten Splittergruppe RMR zu richten, der immer noch wie tot in der Wasserpfütze liegt, denn Klivinji möchte im Gegensatz zu RMR endlich die abstrakt gewordenen Diskussionen über Recht und Unrecht des Baus der Sondermüllkomponie konkretisieren, sozusagen verlebendigen, wie er sagt, das konkret Fiktionale, das von der Wirklichkeit nie ganz abzutrennen ist, anti-axiomatisch und nicht im Nebel des nebulösen, abstrakten Denkens sozusagen in Angriff nehmen. Fake oder Verrat? Alonso sagt sich, höchstwahrscheinlich ist der Zwischenfall nicht der Rede wert, denn zu 100% wird er sich an ihn zwei Tage später schon nicht mehr erinnern, und aus dem organischen Speicher wird der Zwischenfall dann für immer gelöscht sein, er sagt sich, dass man sich langsam gemeinsam auf den Weg in die Innenstadt machen sollte, um die potenzielle Unendlichkeit des Zyklus, Uhrzeit 12:30, der hier eigentlich jeden Tag dahinschwappt, als scheußliche Lüge zu entlarven, wenn das so mal ginge. Alonsos Fliegerbrille ist leicht verrutscht und gibt Alfons die Sicht auf einen drüsenförmigen Pickel unter dem rechten Auge frei. »Drei männliche Top Models starrten gestern im Moseleck stundenlang gegen die weiße Wand und überlegten, ob man nicht mal Callgirl CD anrufen könnte, um das ganze Kneipenprocedere sozusagen performativ aufzumotzen. Einer sagte, der Frühling öde ihn jetzt schon an.« An dieser Stelle Unverständnis seitens Alfons ob der Gedankensprünge seines Freundes.

»Geht es dir um die 3 Objekte oder um die Zahl 3? Und sind nicht alle unsere Willensanstrengungen, wenn sie überhaupt jemals an den Rand des Bewusstseins drängen, nicht längst in den unbewussten Hirnvorgängen, die weitaus schneller als die reflexiven Vorgänge oder die Sprache funktionieren, entschieden, so dass Freiheit und Ich-Identität Schimären sind, die wir aber brauchen, um zu überleben?«

»Danke. Du bist ne tolle Seele.«

»Tolle Seele. Tolle Seele. Das kathartische, meditativ schwebende, allmächtige Erwachen. Ich bin da emphatisch gescheitert.«

«Was ich nicht abschließend behaupten will. Aber für viele Formen des Selbsthasses gibt es doch Pseudo-Erklärungen.«

»Axiome, die keine sind. Um genau zu sein.«

»Darf ich fragen, warum du so schlecht drauf bist? Am besten wärs, wenn wir hier beim Mondschein unsere Ideenfäden spinnen.«

»Ich bin nicht hier, um es mir so einfach wie früher zu machen.«

»Jetzt hätt ich beinahe vergessen, warum wir uns eigentlich hier im Stadtwald treffen und nicht im Westend.«

Der siebenjährige Mike, der weiterhin ungeduldig auf der Stelle tippelt, lichtet mit seiner Canon-Digitalkamera den bierblasengetriebenen Hedgefondsmanager Mansfeld gleich mehrere Male im Profil ab, der vor dem weißen, firmeneigenen Bus der Spielbank Bad Homburg Wicker & Co KG am Hauptbahnhofsvorplatz steht; Mikes Klotenfüße stecken in gelben kniehohen Gummistiefeln, deren Stahlabsätze den unverkennbaren Klang des Tapp Tapp Tapp erzeugen, der schon allen in der Familie um den jungen Fußballstar Columbus mächtig auf den Keks geht, wobei dieser Sound oft von Mikes nasalierend vorgetragenen Schimpfwörtern übertönt wird, die sich häufig auch gegen ihn selbst richten, während dann sein fleischiges Gesicht zwischen mürrischer Unaufmerksamkeit und bemühter Gespanntheit oszilliert oder perlokiert, insgeheim Mikes ganz persönliches Psychohygieneritual, das er ständig mit schier unglaublichem Detailreichtum durchführt, wenn er nicht gerade am Fotografieren ist. Die schlimmste ernstzunehmende Krankheit heißt für Mansfeld jetzt wohl hypertrophe Blaseninkontinenz, der hier sofort kapiert, dass er entweder auf die Toilette des Burger King Restaurants im Hauptbahnhof rasen oder eben die Busfahrt nach Bad Homburg mit einem ablenkenden, herrlich tönenden Gedicht im Kopf (vielleicht Hölderlin oder Gottfried Benn) durchhalten muss, ohne im Shuttlebus peinlicherweise eine Urinpfütze zu hinterlassen, mit der Mansfeld als bekennender NS-Fetischist eigentlich je nach

Lust und Laune ja keine besonderen Probleme hat. Mansfeld sah sich heute Nacht das erste Mal seit längerem vor allem als Subjekt in einem seiner vielen kleinen, inkontinenten Träume bestätigt, träumte also im Traum wie ein Geist dem Subjekt zuflüstert, Geld ist Magie, damit kannst du jeden anderen jederzeit und überall, atopisch quasi, dazu bringen, zu tun, was du dir vorstellst, um dein Subjekt vor dir selbst zu affirmieren. Da schien sich ein (unbewusster) Wunsch zu artikulieren, und zwar durch das Übersetzen eines latenten Traumgedankens in den selbstreflexiven Text des Traums. Die zeitlupenhafte Halbtotale auf das Gesicht von Mansfeld, das eigentlich ohne jeden ersichtlichen Grund vor Abscheu stagniert, während er seinen Penis an der linken Hinterachse des Kässbohrer-Busses doch relativ entspannt auf den Asphalt pinkeln lässt, demonstriert vorzüglich die glänzende Auffassungsgabe des in die Geschichte & Technik der Fotografie vernarrten Mike, der kurz davor ist, mitsamt der Canon-Kamera aufs eigene fleischige Gesicht zu stürzen, weil sein Oberkörper – rein zur Objektivsicherung – die Ankathete zum Winkel alpha, kurz vor dem Zusammenklappen bildet, um dann mit der Hypotenuse eins zu werden, während Mansfeld dabei ist mit einem ultrasauren Urinstrahl sorgfältig die kümmerlichen Reste eines halben Cheeseburgerbrötchens sowie eines seltsam blassen Wurstzipfels zu vernichten. Den Oberkörper weit nach vorne gebeugt, die Epistemie einer konvexen Krümmung (gewiss ist bei Mike eine neurologische Erkrankung im extrapyramidalmotorischen System nicht auszuschließen), wirkt die Bewegungsmotorik des Jungen nicht etwa zurückgeblieben, sondern eher schon degenerativ, aber irgendwie schafft es Mike trotz der stolpernden Schritte auf beiden Füßen zu bleiben, um sogar eine blitzschnelle Drehung, die man ihm wegen seiner ungünstigen kinetischen bzw. Gewichtsverhältnisse gar nicht zutraut, zu wagen, nur um ein typisches Bild von Mansfeld zu fokussieren, bevor Mike mit der CANON IXUS 860 IS an das Gesicht des Hedgefondsmanagers heranzoomt, wobei optische Bildstabilisatoren die Linse bewegen und mechanische den Aufnahmesensor, der das flexionsenthemmte, leichte Handzittern Mikes beim Knipsen bis zu einem gewissen Grad ausgleicht. Besonders bei starkem Zoom sowie bei schummrigem Licht, wenn also eine längere Belichtungszeit nötig ist, bekommt Mike sein typisches athropisches Verwacklersyndrom. Mike sieht, wie ein hochgewachsener, schlaksiger, eigentlich schmukker Mann dicht an Mansfeld vorbeihastet und seinen Körper hastig in den Bus katapultiert. In der Schweiz litt ich noch unter dem Gefühl, mein Körper würde sich in einer perfiden Intimität mit sich selbst zunehmend sedieren, denkt Dr. Dr. Hanselmann, phasenweise war ich sogar drauf und dran, bradyphrenisch und/oder enzephalitisch, ja sogar multisklerotisch zu regredieren, und immer wenn ich dachte, jetzt bricht endlich wieder der Prototyp des knallharten Managers oder CEOs in meinem Körper durch, kam es zu einem intuitiv kaum auszubalancierenden Stau hinsichtlich meiner Gieraktivitäten, hmmm, es gab sogar eine Tendenz zum Anorganischen, und erst im Februar des Jahres 2013 spannte sich vor allem der psychoemotionale Bogen hinsichtlich der Postimmunisierungsstrategien aufs Neue – die semantische Komponente der Hyperdifferenzierung von exaltierten Arbeitsabläufen immer im Auge –, und das vollkommen zu Recht, wie er sich gerade beim Einsteigen in den Shuttlebus nach Bad Homburg erinnert (und worauf in seiner typisch hypertrophen Manier schon Dr. Rütli in der Tabledance-Bar Rough Diamand im Zuge des exakt auf Dr. Dr. Hanselmann zutreffenden Schützenmotivs im Kontext der Metaphorik des Zielens hingewiesen hatte). Auch ein Pfeil kann sein Ziel nur dann erreichen, wenn er vorgängig, klautisch, den Bogen verlassen hat. So müssen also sämtliche Handlungen sowie insgesamt die Sprechakte wie der

Bogen schon in der Anfangsphase über- und gespannt sein, um schließlich ihr Ziel in einer unterhaltungsenzephalitischen Gegenwart zu erreichen, in der selbst die Mitarbeiter der Esperanto Bank das Subjekt des Genießens viel zu häufig gegenüber ausreichender Selbstdisziplin und Sorge um sich selbst präferieren, Subjekte, die eingeschraubt in die lächerlichsten Erfahrungsrudimente sind, welche sich nicht mehr zu anderen Erfahrungen durchstellen lassen. Zu den wenigen Ausnahmen zähle ich natürlich auch Sie, lieber Hanselmann, sagte damals Dr. Rütli. Und wenn man sieht, fuhr Dr. Rütli fort, wie junge Menschen heutzutage zu psychischen und kognitiven Wracks umgestylt werden, wenn sie ihre Vermögen verlieren, wenn sie nicht mehr ernsthaft denken und arbeiten können, um ihre Vermögen zu entfalten, dann fühlt man sich selbst verloren, alleine gelassen. Für ihn als Chemieprofessor an der Universität Basel sei es deshalb selbstverständlich im Vertrauen auf die Leitlinien des amerikanischen Pragmatismus sowie der Erfahrungen, die aus einer langjährigen Mitarbeit beim Pharmakonzern Roche resultieren, präzise vorbereitet in Vorlesungen oder Seminare zu gehen, oder beispielsweise Bücher und wissenschaftlichen Beiträge für das Wissenschaftsmagazin Science noch selbst zu schreiben oder sehr ausgedehnte Grundlagenforschung in dem Laboren von Nestle oder Roche zu betreiben, letztere eine Company, die ja bekanntlich stark an der Entwicklung der Diagnostika, Pharma, insbesondere bei Krebspräparaten involviert ist, mit einem Reingewinn von 8,6758 Milliarden Euro im Jahr 2012.

Weg von den falschen Abstraktionen, denkt Dr. Dr. Hanselmann, setzt sich in die dritte Reihe links hinter dem Busfahrer (welcher schon vor Fahrtbeginn betont lässig auf Totalbeherrschung des großen Buslenkrades macht), weg von den falschen Sublimationen, weg von allem, was sich innerhalb eines kontinuierlichen Systems von reizlosen Modulationen fortbewegt, Schluss mit dem stumpfen Warten auf die nächste große Welle oder den nächsten Crash – 80.000 Updates in der Sekunde im großen Handelsraum der Esperanto Bank, 99% aller Transaktionen computergesteuert, 3500 Bankprodukte –; klar das Traden ist auch eine Art Vergnügungsspiel, auch heillos abstrakt in seiner undurchschauten Wirkung gegen die fliegensummende Langeweile, diesem authentischen und zugleich quälenden In-der-Welt-Sein, vielleicht ist es auch nichts weiter als ein Ausdruck totaler Hilflosigkeit, um immer weiter wie gestört die Algorithmen zu justieren oder die Software zu pflegen oder seine ureigenen Risikoaversionen zu bewirtschaften, den unvorstellbaren Sprint der Zahlen, Daten und Informationen irgendwie zu begleiten, Geld von einem ortlosen Ort zum nächsten ortlosen Ort gebeamt, alles zu flüchtig, zu kometenhaft, um überhaupt irgendwie noch wahrgenommen oder kognitiv bearbeitet zu werden, aber zumindest hilft dieses hic und nunc-Procedere, der Gefahr eines melancholischen Aus- oder Einbruchs immer wieder zu entgleiten. Den Sinn anzugreifen, indem man sich gegen die gewöhnlichen Sätze und Klischees auflehnt, heißt nicht, ihn zu zerstören, sondern im Gegenteil ihn dadurch zu bewahren, dass man die Pfade der Sätze auf einen anderen Sinn hin öffnet. Für den Banker ist das alles so, als ob er sich in oder gegenüber zwei oder mehreren entgegengesetzten Diskursen befindet, die wohl nichts als Satzverknüpfungen sind, von denen vielleicht jede dieselbe Überzeugungskraft besitzen, wobei ihm nicht immer klar ist, wie es weitergehen soll, auch wenn da eindeutig definierte Zwecke des Unterscheidens und/oder des Überzeugens gegeben sind, die einen Kampf in und um oder gegen das Grauen der Leere verlangen. Daraus ergibt sich für ihn noch viel zu oft die Unmöglichkeit, den einen Diskurs gegenüber dem andern privilegieren zu können, so dass die Herrschaft des Sinnes im und durch den Satz ständig hinausgeschoben wird.

Das Ungedachte wäre von nun an die Verschiebung, nicht die gegenseitige Aufhebung zweier widersprüchlicher und letzter Gedanken.

Einige der fünfzehn Personen, die in den hinteren Segmenten des Busses auf speziell orthopädisch ausgetesteten, roten Schalen Platz genommen haben, hören ziemlich angespannt zu, wie im mittleren Segment eine jüngere Frau in weißem Kostüm, die ihr langes blondes Haar zu einem Zopf geflochten hat, nonstop auf einen jüngeren Mann einredet, wobei es für das schrecklich identifizierende Ohr und Hirn eines Mansfeld klar ist, dass es sich bei der Frau um eine PR- oder Marketing-Managerin, vielleicht eine Schauspielerin handelt, dass die Frau jedenfalls eine komplette Nervensäge ist, deren neobuddhistisch inspiriertes Marketing-Gequassel bis in ihren Monolog über Ernährungstechniken und die richtigen Praktiken eines modernen Herz-Kreislauf-Trainings im Fitnesscenter McFITNESS am Goetheplatz hinein eminent fortwirkt, und dass die erbärmlichen Ereignisse, die sie da aufzählt, Events jedweden Unterhaltungswertes und Couleurs, zu nichts weiter dienen, als ihre lokalen Seinsordnungen zu sedimentieren oder zu fundieren, um ihre eigene Company in das rechte Licht des Wahns narzisstischen Popoputzens zu rücken. Mansfeld genießt nur für einen kurzen Moment außerordentlich die Vorstellung, dass seine Person in der Spielbank in Bad Homburg mit dieser Frau garantiert nicht involviert sein wird, obwohl er deren Sprechattacken gegen die totale Verteufelung von Convenience-Food ganz okay findet, sogar sexy, er, der gerade im Stil eines akademischen Zuhörers agiert, der vorgibt, aus rein interessenloser Anteilnahme dem Diskurs seines Gesprächspartners Dr. Dr. Hanselmann zu folgen, obwohl er unbewusst mit seinen Gedanken ganz woanders ist.

Mansfeld, den Dr. Dr. Hanselmann flüchtig anlässlich der Jahrestagung des Verbandes der deutschsprachigen Wirtschaftswissenschaftler im Frankfurter Hilton Hotel kennengelernt hat, arbeitet derzeit mit energischen Ganzkörperbewegungen in Fahrtrichtung, soweit das Sitzplatz und Sitzhaltung überhaupt zulassen, folgt nebenbei weiter dem Monolog der PR-Managerin, welcher jetzt selbst das vordere Segment des Busses fast bis hin zum Busfahrer beschallt, der nach Insiderinformationen Mansfelds ein solipsistisches, ein lausiges emotionales Leben in der Vakuumfalle seines Selbst führt, gefaltet in eine schwarze Oberfläche, die seine Person mit Haut und Haaren aufsaugt, wenn er nicht den großen Shuttlebus zur Spielbank nach Bad Homburg oder den satten BMW des Managers der Spielbank nachts fast allein auf parallelen Schnellstraßen der Autobahn Frankfurt-Basel lenken darf, wobei er oft, wenn ihm ein Wagen entgegenfliegt, an die angewandte Relativitätstheorie denken muss, und daran, wiche der Wagen nicht gleich aus, er ihn vermittels einer kleinen Rakete zur Verdampfung bringen könnte. (Hirnforscher lokalisieren die Fähigkeit, sich intensiv zu konzentrieren, in einer bestimmten Gehirnregion, dem ventrolateralen, präfrontalen Cortex (VLPFC), wo man, ein paar Zentimeter hinter der Stirn, eine ganze Reihe von kognitiven Fertigkeiten vermutet, wobei gerade auch bei depressiven Patienten diese Region hyperaktiv ist, und wie die Forschungsgruppe um Dr. Curator wissen will, wurde der Busfahrer einmal für eine KMA (Kognitive Modul Analyse) ausgewählt, mit dem wirklich bahnbrechenden Untersuchungsergebnis, dass der gute Mann, befindet er sich in seiner Wohnung in Niederrad, eine selbstvernichtende Depression von der feinsten Sorte ausbrütet bzw. schiebt, falls er dagegen mit dem Lenkrad des Bussess ringt, eine Kognitionsleistung der Extraklasse abliefert.) Mit rotierenden Ganzkörperbewegungen, die vielleicht auf eine überschüssige Anwesenheit sowie den Genuss des Mehrwerts derselben hinweisen sollen, auch, als wolle der Busfahrer den häuslichen Frust sowohl körperlich als auch symbolisch redundant vom Tisch fegen, erzeugt dieser Fahrer eine psychische und physische Sogwirkung bei den Fahrgästen, was wiederum seine außergewöhnlichen Multitaskingleistungen nur noch beflügelt, was den konzentrierten Kampf mit dem Lenkrad *und* die Beobachtung der Fahrgäste im Rückspiegel angeht, wobei einige Personen, wie er gerade hocherfreut feststellt, mit seinen eigenen Oberkörperbewegungen fast synchron mit ihren Oberkörpern im Walzertakt (3/4) kreisen. Vor einer Ampel auf Höhe der Miquelallee ist es schon einmal zu einer Spontananzeige wegen Erregung öffentlichen Ärgernisses durch einen Passanten gekommen, der die Polizei wegen des seltsamen kollektiven Kreisens der Fahrgäste benachrichtigt, was dem dickköpfigen Busfahrer die Augen bezüglich selektiver Wahrnehmung (der Balken-vor-der-eigenen-Stirn-Geschichte) erst so richtig geöffnet hatte. Seitdem hat es sich der Busfahrer während der Fahrt zur Pflicht gemacht, nebenbei noch eine Tageszeitung, die links neben dem Fahrersitz am Fenster klebt, zu überfliegen, ab und zu auf einer kleinen Casioorgel, die auf dem Chipautomaten oder Münzautomaten steht, einfache Melodien wie den Flohwalzer oder sogar ein paar melodische Fetzen aus Jean Sibelius, Valse triste op 44 Nr. 1 zu spielen.

Wie des Öfteren in den letzten sechs Wochen befinden sich im Kässbohrerbus eine Handvoll Werbemanager der Agentur H.O.M.O (aktueller Slogan: Gute Unternehmen befriedigen Bedürfnisse, großartige Unternehmen aber schaffen neue Märkte) sowie eine Gruppe um das Knowledgemanagement des Instituts für Zukunftsforschung in Aalen, die sich in ihren letzten Studien beharrlich oder zäh auf die 7 S des Managementforschers Richard Tanner Pascale beruft – Struktur, Skills, Staff, Shared Values, Strategie, Systeme, Stil –, plus einige Bankiers der russischen Privatbank Rubel Hoch Zehn sowie mindestens fünf Profiroulettespieler, ehemalige Mitarbeiter der Kirch Media-Gruppe, die gemeinsam mit ihren Aktivitäten experimentell nachgewiesen haben wollen, dass durch den Gebrauch stochastischer Strategien beim Roulettespiel eine Rendite von 5–7% durchaus möglich ist, vorausgesetzt, der Spieler ist in der Lage, ein zufallsbedingtes System wie das Roulettespiel über längere Perioden zu spielen und die auftauchenden Reihen statistisch auch zu berechnen und zu seinen Gunsten zu instrumentalisieren. Die pausbackige These besagt schlichtweg, dass das Roulettespiel eine gewisse mathematische Beschreibbarkeit aufweist. Und eine zugegebenermaßen noch unbewiesene Hypothese in diesem Kontext besagt, dass die Nichtmathematiker unter den Roulettespielern eine geringere Suchtanfälligkeit besitzen als die Mathematiker, denen man ja allzu gerne das Klischee oder das Zeichen einer diffizilen Nähe zu Geisteskrankheiten zuschreibt, und beispielsweise litt der große Mathematiker Cantor tatsächlich an einer manisch-depressiven Störung, was aber eher als eine Randerscheinung in seinem Ringen um das Theorem des Unendlichen zu betrachten ist. Der ehemalige Mathematiker an der Universität Gießen, Dr. Gueros, zupft sich einen Zigarettenkrümel von der Unterlippe, sagt mürrisch, wahrscheinlich infolge leichter Pankreasbeschwerden, zur allerdings quietschfidelen Nachbarin, die einen Lehrstuhl für Portfoliotheorie an der Universität Gießen innehat: »Professionelle Spieler sind leider rar geworden, wie man sagt, rarissime.« Die Geschäfte des Aussteigers Gueros, der in Bad Homburg und anderswo gerne in Begleitung ethnischer Mädchen gambelt, laufen unter Berücksichtigung der entscheidenden Risikogesichtspunkte gar nicht mal so schlecht, denn er weiß ja haargenau, dass die Wahrscheinlichkeitsrechnung letzten Endes alle auf Permanenz setzenden Spielstrategien oder Systemspiele bestenfalls als sinnlose Spielereien aufzeigt, schlimmstenfalls führt die Perpetuierung dieser Strategien zum *problem gamb-*

ling im Kontext hochgradiger Volatilitätsstörungen oder gar zu Störungen der exekutiven Funktionen in der Spielbank selbst, und dennoch hat er selbst in mehr als zehnjähriger Praxis vor allem in den Spielbanken in Wiesbaden und Bad Homburg doch oft das exakte Gegenteil bewiesen, angeblich unter Anwendung der Paradoxa der Philosophen bzw. Logiker Whitehead und Russell sowie dem Unvollständigkeitssatz des Mathematikers Gödel und dem Folgesatz von Tarski (es besteht ein Unterschied zwischen der Wahrheit und dem Teil der Wahrheit, der sich beweisen lässt), um mit der Zeit auch jenen Zustand emotionaler Nichtinvestiertheit zu erreichen, den der Spieler Dostojewski zwar eingefordert hatte, aber nach dem Tod seiner Frau nicht einhalten konnte, bis er schließlich hemmungslos der Spielsucht verfiel. (In der ICD-10 Klassifikation wird das pathologische Spielen unter Störungen der Impulskontrolle geführt).

Die Professorin namens Kant mit schwarzer Kurzhaarschnittfrisur und weißem Armani Kostüm artikuliert rhetorisch sehr geschickt und präzise, aber auch mit Unterstützung einer gewissen taktilen Grobheit, was die fuchtelnden Handbewegungen vor den Augen ihres Gesprächspartners angeht. »Gehen wir doch mal von einem fairen Spiel ohne die grüne Null aus. Die Wahrscheinlichkeit eines Verlustes beträgt dann in jeder Runde 18/36, also 1:2. Die Wahrscheinlichkeit, dass einmal die falsche Farbe kommt, beträgt 50 Prozent. Die Wahrscheinlichkeit, dass zweimal hintereinander die falsche Farbe kommt, ist 50 Prozent mal 50 Prozent, also 25 Prozent. Die Wahrscheinlichkeit, dass viermal hintereinander die falsche Farbe kommt, beträgt 0,5 mal 0,5 mal 0,5 mal 0,5. Das sind 6,25 Prozent. Heißt im Klartext, mit ihrem System, erst 1000 Euro zu setzen, und, falls Sie verlieren, 2000, und nach einem neuerlichen Verlust 4000, und dann 8000, und dann 16000, um 1000 Euro zu gewinnen, und mit der Erkenntnis, dass so gut wie nie fünf Mal hintereinander die falsche Farbe kommt, können Sie dennoch im Durchschnitt an jedem 16.Tag mit 6,25% von Hundert, ruiniert werden, wobei natürlich jeder Tag so ein Tag sein kann.«

»Hören Sie mir bloß damit auf. Je höher meine Reserven sind, desto geringer wird die Wahrscheinlichkeit sein, alles zu verlieren, desto höher aber der Verlust, wenn der Tag X eintritt«, sagt der ehemalige Professor für Mathematik Gueros, murmelt etwas von potenten, aber unerklärlichen Phobien, die er im Zusammenhang mit dem Roulettespielen er- und durchleidet.

»Nun, wie Sie wissen hängt alles von der Null ab. Wenn nämlich die grüne Null fällt, dann erhält man nur die Hälfte seines Einsatzes zurück. Die Wahrscheinlichkeit zu verlieren ist also nicht 18/36, sondern ungefähr 18,5/36,5. Teilt man 18,5 durch 36,5, wird aus einer Fifty-fifty-Chance eine etwa 50,7-prozentige Verlustwahrscheinlichkeit.«

»Ach was, lassen Sie diese Albernheiten. Sie wissen genau, dass ich ein außerordentlich schneller Spieler bin. Ich versuche, meinen Gewinn mit wenigen Zügen zu erreichen, weil ich bei jedem Spiel ja etwas an die Bank abgeben muss. Je länger ich spiele, desto mehr wirkt sich diese Ungerechtigkeit gegen mich aus.«

»Die Idee, den Gewinn in wenigen Zügen zu realisieren, ist of course richtig. Nur ihre Begründung scheint mir falsch. Nicht weil Sie etwas an die Bank verlieren, sondern weil sie einfach die Spirale der Verdopplungen nicht mitmachen dürfen, da die Rendite nicht zum Risiko passt: Wenn Sie zehnmal verdoppeln, ist die Rendite 1 Promille bei ca. 50 % Wahrscheinlichkeit eines Verlustes – das ist die Wahrscheinlichkeit.«

Das Dauerlächeln von Nicole S., die der ihrer Meinung nach total öden Fachsimpelei der beiden Akademiker, die ihrer Meinung nach auf einen üblen infiniten Regress hinausläuft, nur mit einem Ohr zugehört hat, demonstriert dem links neben ihr sitzenden Tank deutlich, dass ihr rechter Schneidezahn Lippenstiftspuren trägt, eine Geste, die Tank überhaupt nicht leiden mag, erinnert sie ihn doch an das oft begleitende, degoutante Geräusch ihres leisen notorischen Aufziehens und hauptsächlich an die Schrägstellung ihrer Beine im Hotel Boomers, wo Nicole S. vor einem wandgroßen Fenster der teuersten Suite im 6. Stock verharrend die Körperform eines X einnahm, während Lippenstiftspuren auf ihrer oberen Gebißreihe fast so hell wie die Dächer der vorbeifahrenden Autos im durch das Fensterglas reflektierten Licht aufblitzten, während sie in der rechten Hand einen kleinen Zeigestock hochhielt, als würde sie einen Tennisaufschlag mit voller Wucht spielen wollen, und das sogar mehrmals hintereinander, dass es Tank richtig mit der Angst zu tun bekam oder er der Verwirrung huldigte, ob der latenten Vorwärtsbewegung von Nicole S., bis die fließende Aufschlagbewegung tatsächlich in ein spitzwinkliges Nach-Vorne-Fallen ihres Oberkörpers überging, bevor sie sich überraschenderweise mit echt hähmischem Grinsen im Gesicht wieder aufrichtete, um dann forsch an ihm vorbei zu gehen, dass er sogar den Rückenwind erfuhr, bevor sie nur noch patzig sagte: »Pah, dass die Zufuhr von Geld direkt zur Ausschüttung von Glückshormonen führt, Opioiden und Endorphinen, das halte ich in letzter Konsequenz für ein Ammenmärchen. Glotz nicht so romantisch.« Nicole S. hatte da mit ihrem fiesen, glanzlosen Grinsen ganz sicher auf das Easterlin-Paradox hingewiesen oder angespielt, mit dem Tank Sekundenbruchteile zuvor ziemlich ziellos rumgeprahlt hatte, ein Paradox, das besagt, dass, wenn die grundlegenden Bedürfnisse gestillt sind, mehr Reichtum nicht unbedingt zu mehr Glück führt. Nicole S. sagt: »Weißt du, ich habe nicht das Gefühl, dass ich gerade mit einem erfahrenen, beziehungsweise reifen Mann spreche.« »Deine Liebe ist nur ein Autismus zu zweit, du solltest wieder einmal deinen Psychologen konsultieren. Und spuck mich in bestimmten Situationen bitte nicht immer so an, ja?«, antwortet Tank und macht mit den Fingern Anführungszeichen, was Nicole S. total hasst, weil sie nur allzu gerne selbst zum Gesagten die Finger beugt und streckt, nach Tanks Meinung eine total blöde, feministische Attitude, mit der die Frauen dem Gesagten die Ehre verweigern oder das Gesagte auf Beispiele von irgendetwas Allgemeinen reduzieren, nur um sich bilderbuchartig selbst in Szene zu setzen oder ein spleeniges Aufhebens um die eigene Person zu machen.

»Rasier dich lieber an Stellen, an denen es gewünscht wird, ja? Eine Frau wie ich ist wie ein seltsam sanftes Vibrieren in der Luft, das hin- und her wogt und auf Empfang geht. Und nicht die misstrauische, misstönende, misogyne Vibration, die ständig auf Sendung geht, wie du mir immer unterstellst.«

»Der Zungenpolyp am Arsch eines schwulen Engels.«

»Ich heiße Nicole, meine Name ist meine Bestimmung.«

»Ich glaube, dein Ich ist immer noch der schönen Seele verleimt.«

»Wie Cantor der Astralvision vom Kontinuum verleimt ist? Um mein psychisches Chaos zu verkennen? Ja?«

Mansfeld lässt auf der gegenüberliegenden Sitzbank an der Fensterseite die Knie einknicken, Rauchbläschen stieben in die Luft, als er sich gegenüber Dr. Dr. Hanselmann in Beschreibungen einer dreißig Meter langen Motoryacht von Aguti vor Monaco ergeht, deren Schlafraum (die Wände aus glänzendem Kirschbaumholz) von Reymond Langton designt, wobei eine Topstereo-Anlage von Bang und Olufsen in die Kopfseite des ultrabreiten Komfortbettes integriert wurde, und Mansfeld sogleich noch über die Untauglichkeit seines MacBooks jammert, das von den Pinkelattacken des Luxuscallgirls Cinderella während einer Kreuzfahrt nach Sizilien hämisch grinsend außer Kaft gesetzt wurde, dass ihm im Vollzug selbst endlich klar geworden wäre, dass das Paradigma des Informationswertes des Konsumenten als verkörperte Nachfrage, die sich über einen Kaufakt definiert, selbst das Callgirl, dieses scheußliche Arbeitsmannequin miteinschließt, das die nicht vorhandene Arbeit nur noch simuliert, um in diesem Fall mit dem Urinieren auf digitale Geräte vielleicht Rache zu üben, insofern der Computer dem Callgirl, das immer nur wartend auf etwas wartet, ja selbst den Schweiß missgönnt und sogar die mögliche Befruchtung durch die durch den Computer ermöglichte Klonung ersetzt (erworbener und genetischer Informationswert sind das Grundkapital der Existenz, dass die Informationsverarbeitung des eingekauften Wissens beim Selbstverkauf decken muss). Erst vor kurzem wurden im Londoner Office des Hedgefonds Mansfeld & Mansfeld zwei Statistiker, drei Biochemiker und drei Mathematiker eingestellt, alle mit hervorragenden Abschlüssen entweder in Cambridge, Harvard oder Oxford, und nun sucht Mansfeld noch einen fähigen Physiker, den er in einer ganz bestimmten Abteilung der Esperanto Bank vermutet, und Mansfeld wird Dr. Dr. Hanselmann im Laufe des Abends ein für beide Seiten lukratives Austauschgeschäft vorschlagen. Irgendwie hat Mansfeld Lust auf eine gehörige Portion NS, vielleicht sogar mitten auf dem größten Roulettetisch in der Spielbank, egal mit welcher Frau, aber sexuell angehauchte oder gefärbte Kommentare und Äußerungen wirft er hier im Bus nur sehr vorsichtig ein, zu sehr ist er noch mit den denkbaren schlechten Ergebnissen des heutigen Arbeitstages noch beschäftigt. Mansfeld erhebt eine Dose Pepsi-Cola und sagt ihn Richtung Dr. Dr. Hanselmann, dass man die neuesten Arbeitsmarktdaten aus den USA oder die Inflationsrate in China getrost vernachlässigen könne, aber die Eruption der Staatsschulden in den EU Ländern sei sehr wohl zu beachten, Statistiker aus seinem Team >4.5 hätten einen Großcomputer mit diesbezüglichen Daten gefüttert, u.a. auch mit Daten der Hausse in Europa vor dem ersten Weltkrieg, in der Hoffnung ein Muster für das Hedging für die nächsten drei Wochen zu simulieren.

Eine ältere Dame mit bleicher Haut und runzliger Stirn von der Oberfläche und Konsistenz eines zu lange gebratenen Rindersteaks oder vielleicht einer leibnizianisch gefalteten Papierserviette, mit schlechtgeschnittenem Deckhaar oder Perücke, versucht im mittleren Segment des Busses mit zittrigen Händen den Roman von Nathalie Sarraute *hier* in französischer Sprache zu lesen. Das gedimmte, leicht rötliche Licht der kleinen runden, beweglichen Deckenleuchten über den Sitzplätzen erzeugt die gewitterschwüle Atmosphäre einer Lounge im Südwesten von Texas. Bisher von kaum einem Fahrgast beachtet, steht Mansfelds Buchhalter & Intimfreund Snaffu gegen die Fahrtrichtung im Flur des Busses, schiebt seine überdimensionierte Carrera-Sonnenbrille wie eine Entschuldigung für seine infektiöse Sehsucht auf dem leicht angeschwollenen Nasenrücken auf und ab, wobei er vor allem die Gesichter der Fahrgäste im hinteren Segment mit der gewaltigen Einbildungskraft eines Transeidetikers sondiert, bis er endlich ein stark geschminktes, milde lächelndes Gesicht konfundiert, dessen parodistische Wangen sich bei jedem Atemzug ein wenig aufblustern, wobei Snaffu an mehreren Stellen des weiblichen Gesichtes kleine schönheitschirurgische Kunstfehler wittert, was er liebend gerne mal aus allernächster Nähe im Kontext seiner extraordinären Kenntnisse über Modelle & Ideale abendländischer Schönheitsideale beurteilen und bewerten würde, denn zumindest weist die Nase eine minimale Überlänge auf, womit die mathematischen Gesetzmäßigkeiten des unteren Gesichtsdrittels, das vom Nasensteg bis zur Kinngrenze reicht, auf jeden Fall eine minimale Abweichung besitzen, Winkel, Gradianten, vertikale und horizontale Bezugslinien, aber bei so einem flauschigen und flaumigen Gesichtsausdruck ist wohl noch kein Schönheitschirurg auf die Idee gekommen, den Nasensteg gründlich bzw. grundsätzlich abzuschleifen. Man hört ein glucksendes Geräusch. Snaffu schließt fest die Augen, eine Geste, die die Dermis seiner Stirn in exakt vier horizontale Falten legt, er zählt monoton bis vierzig, wobei die mittelalte Frau, eine bekannte TV-Schauspielerin, jetzt vielleicht sogar spürt, dass Snaffu ihre Person in skopophober Hinsicht auf die Winzigkeit eines Wurmfortsatzes oder einer welligen Sandbank en Miniature reduziert, d.h. seine messerscharfe Waffe der Wahrnehmung in aufgedunsen-schwammiges Gemurmel stößt.

Snaffus Theorie ist ja, dass wir äußerst selten denken, möglicherweise nur wenn etwa ein Blitz in uns fährt und uns quasi zusammenfaltet, um den Lärm unseres (inneren) Deliriums oder unserer Gewohnheiten zurückzudrängen. Wenn Snaffu manchmal schon am frühen Nachmittag in die Spielbank nach Bad Homburg fährt, nimmt er in seiner Laptoptasche kein Laptop, dafür aber einen Stapel Kopien mit, auf denen die Daten aktueller Carry-Trade-Geschäfte von Mansfeld & Mansfeld festgehalten sind, bei denen es sich um antisubstanzielle Transaktionen abgekoppelt von jedweder Produktion handelt, z.B. der Aufnahme von Millionenkrediten des Hedgefonds Mansfeld & Mansfeld bei diversen europäischen Banken, die dafür im Moment 1,5% Zinsen verlangen, und der anschließende Wechsel dieser Summen in Dollar und die Anlage auf Konten in NYC, wo diese Woche 3,8% Zinsen gezahlt werden. Zwar ein Tropfen auf den heißen Stein auf den internationalen Währungsmärkten, denn dort werden täglich ca. 4200 Milliarden Dollar gehandelt, aber einfach ein paar Pips für Mansfeld & Mansfeld mitnehmen oder Kleinvieh macht auch Mist. Heute morgen machte Snaffus Computer 4.2. einfach Click und verkaufte irgendeine Position, Snaffu war richtig unlustig danach und gab es auch an irgendeinen Broker weiter, der dann Gegenpositionen aufbauen und die Risiken hedgen sollte.

Mansfeld, der vorgestern in der Bank Street in Canary Wharf, ganz in der Nähe des Büroturms von Morgan Stanley in London, hektisch einen doppelten Cheeseburger gegessen hatte und dann mit ketchupverschmiertem Kinn in das Foyer der Credit Suisse eingelaufen war, wo ihn eine aparte Empfangsdame mit den Worten »Mister Mansfeld, Sie haben es aber unübersehbar eilig« begrüsst hatte, sucht jetzt ganz bewusst die Fachsimpelei mit seinem Sitznachbarn Dr. Dr. Hanselmann, fragt, warum die großen Pensionsfonds in Japan oder USA so leichtfertig auf Staatsanleihen aus Portugal gesetzt hätten, die heute nichts weiter als Junk seien, und, warum nicht durch den Kauf neuer Anleihen der Schuldner Portugal gestützt würde, und Dr. Dr. Hanselmann sagt, wirtschaftlich sähe es in Portugal echt finster aus und das spräche gegen einen Kauf, da würden die Spekulanten die Verzinsung von portugiesischen Staatsanleihen auf den Märkten lieber ansteigen lassen, ja sie würden die Zinsen sogar nach oben traden, dennoch würden die bisher gekauften Anleihen der Banken der EZB immer noch als Sicherheit dienen, womit man ja an billiges Geld an der Theke der EZB käme, und Mansfeld wirft ein, ja die EZB, die mache ja das Sichern der Papiere anscheinend doch bis zum bitteren Ende mit, egal wie die Rating-Agenturen wie Moody's das bewerten würden, und auch ihr Bankhaus, Herr Dr. Dr. Hanselmann, stecke ja mit circa 48 Milliarden in dem Schlamassel drin, und da müsse man Portugal letztendlich doch stützen, wolle man nicht selbst in die Pleite schlittern, ist es nicht so, Dr. Dr. Hanselmann, Baseler Weltzentralbank oder ihre Pläne fürs neue Weltgeld hin oder her, nichts fische oder greife – Mansfelds lange Fingernägel kratzen mit unauffälligen, fließenden Bewegungen über sein gerötetes Kinn –, und sehen wir es uns einmal etwas genauer an, geforderte Steuererhöhungen der EU um 5–7 %, was den Binnenmarkt dort komplett abwürge und das Wachstum hemme, das werde in Portugal mit ziemlicher Sicherheit zu einer Neuverschuldung von ca. 20% des BSP führen, ganz sicher, und Spekulation unsererseits hin und her, das Risiko, dass Portugal in zehn Jahren seine Schulden zurückzahle, lautet eiskalt 12,5677%, und Dr. Dr. Hanselmann spürt wie das Pochen der rechten Halsarterie kumuliert, spürt den Blutpuls im Hinterkopf. Zwischen 19:46 Uhr und 19:56 Uhr franst die Fahrt, dem Eindruck der meisten Gäste nach zu urteilen, relativ still aus, bis auf das monoton surrende Hintergrundgeräusch, das von der Unterseite des Busses kommt, plus dem abebbenden Hintergrundtosen des Stadtverkehrs, und allenfalls das ephemere Lachen eines männlichen Gastes fällt noch auf, der schon vor seinem in Spielerkreisen bzw. dem Kasinopersonal gefürchteten Besuch der Lounge in der Spielbank einen zuviel gezwitschert hat. Ist wie bei seinen Auftritten in Literaturlesungen, sagt der Busfahrer, im übrigen ist er ein gern gesehener Gast im Frankfurter Literaturhaus.

Über den beiden Handgelenken trägt Snaffu zwei aufgeklebte Tattoos, rudimentäre Schaltpläne eines Golf4 mit Zentralverriegelung. Direkt über den Tattoos kleben ein paar hochdosierte Nikotinpflaster, und man sieht winzige Hautrisse am rechten Arm, die sich Snaffu beim Brennen von Jelly-Popcorn auf dem Campingkocher zugezogen hat, als er mit einem preisgünstigen Hama-Desktop-Mikrofon den knackigen Sound des Ploppens einfangen wollte. Snaffu besitzt die gedankliche Hybris, er sei schon durch die Hölle sämtlicher Kartographierungen gegangen, Dampf sei auf der Scheibe seines Haut-Ichs. Nachdem die eidetischen Grundkonfigurationen anscheinend erledigt sind, nimmt Snaffu auf einer Sitzbank direkt hinter dem Busfahrer Platz, um mit dem Taschenmesser an einer kleinen Orange zu schnippeln, während sein Blick auf die dunkle Öffnung einer Glasröhre an der Decke fällt, Autsch, und noch bevor er analysieren kann, welche Funktion der Röhre denn zukommt, liest er die vierseitige Gebrauchsanweisung für das Präparat Cyprexil innerhalb von dreißig Sekunden durch. Bei der geringsten Veränderung seiner Sitzposition hört man noch zwei Sitzreihen hinter ihm ein zischendes Pfeifen durch die schlechten Zähne sowie das Pitch-Shiften eines Mini-Sequenzers, den Snaffu über einen kabellosen Übertragungsweg rein zur Resequenzialisierung seiner Nervenbahnen bedient. Über sein fleischiges Gesicht huscht ein Blitz voller Selbstzufriedenheit. Dann steht er auf, um sich im Flur des Busses in die Hocke zu begeben, als ob er gleich kacken müsste, während sein Hirn neurochemisch den Befehl kodiert, endlich der düsteren Wahrheit ins Auge zu sehen, dass nur eine Dosis von exakt sechs Aspirintabletten und 10ml des Enzyms COX-2 dem Roulettespiel eines Transeidetikers den ultimativen Kick geben kann, und fast zeitgleich erinnert er sich an die goldbraunen Doc Martens Schuhe aus dem legendären BOY-Shop in der Nähe der Konstablerwache. Er geht übrigens total ungern Schuhe einkaufen. Die verkrüppelte große Zehe plus Furunkel- oder Karbunkelbildungen an den Fußballen und Fersensporn, und last not least der traumatisierende Geruch von Käsefußparasiten machen vor allem den Akt des Anprobierens zur reinen Tortur, weswegen er sich Schuhe fast ausnahmslos aus dem Internet zusenden lässt. Wie furchtbar, das verstörte Gesicht der jungen Schuhverkäuferin zu imaginieren, als er mit seiner unverfrorenen Gestikulierei, die fast schon kafkaesk anmutete, sowie seiner Enzephalitis der magnetischen, hochauflösungsblauen Pupillenstochastik für ihr Verständnis warb, und dabei immer wieder betonte, dass der Geruch von Entzündungsschweiß, Tabak-Original-Spray und irländischem 50%igen Chester zu 50% kein Zeichen von Unhöflichkeit oder Arroganz sei, denn eigentlich hätte er sich noch nie so dermaßen unattraktiv und so grandios schamlos gefühlt, aber er wüsste ja selbst nicht, wie er ansonsten an die Dinger da rankommen solle, deretwegen er gestern den ganzen Tag über tachykard gewesen sei, obwohl ihn das lasche Sekretärinnen-Gebrabbel im Foyer der Mansfeld & Mansfeld Büroräume über Gott und die Welt bei Gott nicht sonderlich berührt hätte, im Gegenteil hätte er sich über das pseudowissenschaftliche Geschwätz – Wellnesstherapien, Homöopathie und kosmetische Wiederaufbereitung – bestens amüsiert, die blasierte Gefühlsduselei bzw. die übertriebene Affirmation der damit verbundenen Sexualisierungspraktiken durch Mrs. Anger, der irgendwann das Blut in die glatten teintlosen Wangen gestiegen wäre, hätte er insbesondere am Ende ja noch verteidigt, dennoch hätte es in Verbindung mit Bluthochdruck bei ihm eben diesen tachykardischen Schub gegeben, im Bereich der Hirnnerven seien es die isokoren Pupillen gewesen, die ihn fürchterlich schmerzten, das Gesichtsfeld fingerperimetrisch normal, keine Enuresis oder Enkopresis, Babinski bds. negativ und so weiter, aber als die Chefsekretärin von Mansfeld immer krasser abgegangen sei und fingerschnippend immer wieder gesagt hätte, sie mache mit ihren Haaren, was sie wolle, und ihr hingen diese schrecklichen Leben, die immer alles so schrecklich aussehen ließen und zugleich von Glückseligkeit schwafeln würden so was von zum Hals heraus, und er, Snaffu, solle sich achtkantig verdrücken, dieser umgedrehte Spießerknallkopf, der immer so tue, als ob in allem, was er mache, etwas Professionelles läge, aber in Wirklichkeit sei er ja nur ein herumzappender Simulant, jaja, die Augen verdrehen wie ein hassbesoffener Prediger und dabei blöderweise total rational Formeln von Euler, C.F. Gauß bis zur transfiniten Mathematik Cantors wälzen, na schön, und ohne Punkt & Koma reden & delirieren, Schwallinkontinenz oder wie sich das immer äußere. Langsam schließt Snaffu die Augen, öffnet das große eidetische Auge, das oberhalb der Nasenwurzel liegt, schaut systematisch und kongruent auf den Roulettetisch No. 6, ganz versunken in die Tiefe des Roulettekessels, der im Zentrum seines okularen Energiefeldes überraschenderweise goldgelb erstrahlt. Die Glasbedeckung im Foyer der Spielbank, irgendwie eine gigantische Zirkuskuppel, gibt den Anschein, als würde sie bald einstürzen. Einige Sekunden konzentriert sich Snaffu magisch in einer Art omphalisch-kreisenden Wachtraums auf die kreisende Roulettekugel, lächelt ausnahmsweise feinsinnig oder leicht betäubt, ja beinahe kommerzkinoartig, schlingt die Arme emphatisch um die gepolsterten Schulterblätter seines Smokings, malt dann mit der rechten Hand schräge Kegel in die Luft, ästhetisch undefinierbare Lufträume, als wären seine Aktionen die Verkörperung eines im mathematischen Sinne nicht diskreten, indifferenten Raumes, Nullpunkt der Topologie (wobei der Nullpunkt für den Topologen ein offener Beobachter-Standpunkt ist, von dem er über die Kontingenz der eigenen Positionierung reflektiert), und plötzlich wird Paranoia zum force des parcourts in seiner Welt, in der die Gewissheitsverluste der x-fachen Weltbeschreibungen immer wieder auf ihn selbst abgewälzt werden, und Snaffu fragt sich, ob er die Wörter wie Placebos schlucken darf, die Tranquilizer seiner oralen Impotenz, als seine rechte Hand antennenartig zu zittern beginnt – sicherlich das Resultat seines permanenten Fluoxetin-Konsums gegen die ihm schwer zusetzenden bulimischen Fressattacken, die er mit der oralen Aufnahme von Kalium zu kompensieren versucht, weshalb er ja täglich mindestens zwei Kilo Bananen verzehrt, womit er ein trügerisches Gefühl von Macht über seinen Körper bekommt, aber vielleicht ist das Zittern auch die Folge des Einsatzes eines Anti-Schlaf-Wandlers, der von vier Elektroden, die unter der Haut seines Stiernackens angebracht sind, gesteuert wird. Steigt Snaffus Introspektionsfähigkeit über einen bestimmten

Wert, so steigt der Hautwiderstand so hoch an, dass der A-S-W at once reagiert, so dass Snaffu sich sofort dem Laptop zuwendet, um seine grapheologischen Abfallprodukte manisch zu traktieren, was dem autistischen Eventualismus kombiniert mit höchster Effektivität im intelligenten Umgang mit Datenmüll gleicht, der im Kontext digitaler Medienkunst des Instituts für politische Schönheit in Emmendingen unter Störung oder Störfällen subsumiert wird, not only technologically, but also technologicopoetically, wie man dort an Anlehnung an Jacques Derrida in diversen sehr ansprechend gestalteten Readern schreibt; bis aufs Blutkörperchen gereizt reagiert Snaffu gewöhnlich auf die Frage, warum er diesen so starken Bildfimmel, der einer immensen Faszination auf das kulturelle Imaginäre kongruiert, um nicht das Wort Sucht in den Mund zu nehmen hat, besitzt, oder ist er vielmehr nichts weiter als das Resultat eines Äskulapsus?

Vor seinem geistigen Auge sieht Snaffu, wie Dr. Dr. Hanselmann an Tisch No. 6 sitzt, aber noch keine Tendenzen im eigenen Spiel erkennt, als die Kugel von einem schlanken jungen Croupier mit schlohweiß gefärbtem Haar, silbernem Spitzbart und mit müden Augen, deren vertikale Iride fast starr bleiben, in einem inzestuösen Spiel der Wiederholung und Variation von turbulenten Gestiken in den Roulettekessel gefeuert wird, als im letzten Moment jemand einen Stapel Jetons auf die Zahl 6 platziert, das schmale Lautzeichen des Croupiers eher reine Umwelt als Signal. Snaffu sieht, wie dieser ewige Quartalsdenker Mansfeld, diese Gestalt mit Chauvi-Sonnenbrille, der für einen Financier eine ungewöhnliche kraftvolle Feinmotorik pflegt, rudernde Armbewegungen, die in ihrer sensoriellen Wirkung bis zum Roulettetisch in zwanzig Meter Entfernung reichen, einen widerlichen Whiskysabberfaden, der fast den gebohnerten Parkettboden berührt, mit $C_{10}H_{15}N$-induziertem Übermut absondert. Uvulare und velare Laute stehen für Snaffu soeben im Businneren wie Töne von Oboen aus Tulpenholz im Raum und warten in der Zeit, als setzten sie ein Potpourri aus Matrizen und Bildern vor seinem geistigen Auge in Gang, Spektralwissenschaften und postnietzscheanische Philosophie. Snaffu glaubt, dass er vielleicht der einzige Mensch hier im Bus ist, der nicht bemitleidenswert ist, denn selbst nach seinem schrecklichen Unfall im Alter von sieben Jahren, der ihn zum Transeidetiker gemacht und ihm eine lebenslange Narrenfreiheit in Aussicht gestellt hatte, von der er bis heute zehrt, hasst er so etwas wie viszerale Innovationsfeindschaft, und das, obwohl der eidetische Wahnsinn in seiner Dunkelheit für ihn wesentlich unbekannt und innovationshemmend bleibt, weil er ja nicht weiß, ob er den Schlüssel zur Sprache dieser Narrenfreiheit bisher je gefunden hat oder jemals finden wird, obwohl er sich selbst stets das Wort gibt, das Leuten wie ihm im Allgemeinen verweigert wird, und obwohl er weiß(?), dass das Unbewusste ihm keinerlei Probleme impliziter Bedeutungen und Implikationen stellt, sondern höchstens die Probleme des eigenen Funktionierens, wie es bei ihm läuft, wie es mit seinen beschädigten oder gestörten Wunschmaschinen läuft. Jedenfalls geht ihm diese Natter Nicole S. schräg gegenüber, angeblich die Tochter eines im Gesicht hochvernarbten, schwulen Automanagers, gewaltig auf den Keks, diese Natter hockt wie angeklebt oder wie eine gierige Krähe auf dem Sitz, goutiert ihren Körper und Intellekt, bezeichnet Snaffu wahrscheinlich gleich mit ekelerregender Arroganz einen schwanzlosen Lurch und will dann wahrscheinlich auch noch wissen, wann er endlich in die Psychiatrie oder besser Forensik einfährt. Nachdem Snaffu zum dritten Mal hintereinander das eidetische Abbild dieser Giftschlange präzise in der auditorischen Cortex & dem Hippocampus eingefroren hat, macht sich bei ihm eine Tendenz breit, heute nur bis 0:30 Uhr zu spielen, um später noch einen

Absacker im Moseleck zu trinken, vielleicht gegen 2:30 Uhr ins Mansfeld & Mansfeld-Büro zu wanken, ein bisschen Sensemilla zu rauchen, um dann doch nicht mit dem analogen Photoshoppen aufzuhören.

Gegen 2:30 Uhr verschaffen sich Snaffu und Freaky Franky mit Hilfe der Zahlenkombination 65737453 Zugang zu Mansfelds von D & G designten Büroräumen im Walter-Beyer-Haus, um in erster Linie mal einen ordentlich zu paffen, wie Freaky Franky sagt, bevor Snaffu gezielt im Aktenordner xxx/4.3. die Seiten 10–14 aufschlägt, auf denen die Dokumentation von Zahlen, Tabellen und exakten Uhrzeiten von Telefonmitschnitten zwischen Mansfeld und wichtigen Consultants der Esperanto Bank festgehalten sind. Natürlich ist Snaffu längst klar, dass Mansfeld & Mansfeld ganz legal über eine Zweckgesellschaft (SPV) in der französischen Schweiz Millionenbeträge in einen Hedgefonds auf den Cayman Islands oder wahlweise eine Kapitalanlagegesellschaft in Singapur investiert, Summen, die in keinen Bilanzen der Company in Europa auftauchen, wobei die Esperanto Bank immer wieder einen sehr günstigen Index für die von Mansfeld & Mansfeld strukturierten synthetischen Derivate berechnet, worauf Moody's zu 99% auch in Zukunft ein AA-Rating abgeben wird und somit Mansfeld von der Zweckgesellschaft nur noch die Optionen, die auf den Index laufen, kaufen muss. Die Esperanto Bank wird das Procedere mit der deutschen Finanzaufsicht BaFin zumindest für Deutschland gütlich regeln, die Zweckgesellschaft in Genf, die natürlich selbst ein Hedgefonds ist und im Moment hauptsächlich mit chinesischen Anleihen und Kredit-Derivaten aus Hongkong spekuliert, bleibt von Wirtschaftsprüfern somit weitgehend unberührt.

Freaky Franky zeigt sich von den Ausführungen Snaffus faktisch beeindruckt, was er dadurch dokumentiert, dass er mit der Pfeife asynchron zu den leise klickenden Drumemotionen eines Native-Instruments-Synthesizers auf den weiß lackierten Designer-Schreibtisch tippt und Snaffus Sätze, vor allem die kleinen Pausen zwischen den Sätzen, mit Geräuschen akzentuiert, die klingen, als würden sie von Stromschlägen in seine Hoden herrühren. An irgendeinem Punkt erzählt Freaky Franky über seine vierfach genehmigten Tagesausflüge über sein Planquadrat hinaus, beim zweiten Ausflug traf er ein paar Antifa-Anhänger der Splittergruppe S.L.J.F., die gefakete Magnums und Luftgewehre in großen blauen Plastiktüten mit sich herum trugen und einen Verkehrsstau ausnutzten, um das FAZ-Gebäude in der Mainzer Landstraße zwei Stunden lang mit selbstgebastelten Flugdrohnen zu bombardieren. Die Gestalten standen physisch nicht weit vom Tatort entfernt (an der Galluswarte) und demonstrierten dort in postamerikanischer Manier des Mit-Schildern-im-Kreis-Gehens vor dem neuerbauten fünfstockigen Ärztehaus gegen das Verbot von You-Tube-Videos, welche Drohneneinsätze der US-Streitkräfte in Pakistan dokumentieren, wobei die Anarchos andauernd die Parole *war porn is no porn* skandierten. Trotz beschlagener Sonnenbrille und schwer laufender Nase zeigte sich Freaky Franky grundsätzlich beeindruckt von der Logistik der Aktion, was die Gruppe vor allem einem CCC-Mitglied und dessen neu geschriebenen Algorithmen zu verdanken hatte, welche die herkömmlichen GPS-Navigationssysteme um eine kartographische Genauigkeit erweitern, Cyberwaffen, die bisher noch niemals in der Hand von oppositionellen Kräften in der BRD gelangt waren. Freaky Franky war auch recht angetan von den radikalen Aussagen der Gruppe, mittels derer grundsätzlich moniert wurde, dass das leere Allgemeine der (nicht existierenden) Gesellschaft immer durch partikulare Interessen vertreten würde, wenn irgendein partikularer Inhalt die Rolle eines Doubles für das leere Allgemeine zu spielen begänne, und es sei beileibe kein Zufall, dass man ausgerechnet ihre Gruppe, die nun mal absolut keine Lust hätte zusammen mit irgendwelchen Schneeschipp-, Toilettensäuberungs- und Friedhofreinigungskommandos, ausgerüstet mit Spaten, Toilettenbürsten, Schubkarren, Hacken und Schaufeln in die immunologisch abservierten, aber total durchkontrollierten Randgebiete einer künstlich herbeifantasierten Arbeitsgesellschaft zu ziehen, deren Ende der US-Theoretiker Jeremy Rifkin ja schon vor zwanzig Jahren vorausgesagt hätte, dass man ihre Gruppe also als typisch oder stellvertretend für das abgefuckte System der sozialen Wohlfahrt ansehe, wobei die Gruppe doch nur dabei wäre, auf ihrer Singularität und Einzelheit dringlich zu bestehen.

Snaffu hört Freaky Franky zwar aufmerksam zu, kann aber dennoch nicht von einer seiner vielen Lieblingsbeschäftigungen lassen, nämlich x-beliebige Modelfotos aus ein paar Modezeitschriften wie Vogue oder Maggie analog mit starren Augen zu scannen, wobei er, während er auf weißem Papier aus den Papierablagen der HP-Faxgeräte kniet, asymmetrisch den Kopf kreisen lässt, als ob er über eine Art Cyberhelm verfügt, auf dessen Display die augmented reality der Topmodelkörper aufscheint, während Freaky Franky bezüglich des von Snaffu erwähnten hypothetischen Objekts Finanzblase, das in den Forschungsergebnissen der finanzmathematischen Turbulenzforschung stets überexponentiell wächst, nicht locker lässt und selbst ein paar Informationen im besagten Aktenordner überfliegt, um dann fast wie bewusst um Sachlichkeit ringend dennoch ziemlich dumme Fragen zu stellen, und nur deshalb frischt Snaffu Freaky Frankys Halbwissen in Volkswirtschaftslehre & BWL noch ein weiteres Mal auf und informiert ihn über die asubstanziell millisekundenschnellen Flüge von Derivaten durch Glasfasern & Computernetze der Hedgefonds und Banken, Ereignisserien, die die stochastische Analyse angeblich nur nachvollziehen bzw. begleiten kann, ziemlich das genaue Gegenteil des Dogmas der Neoklassik, das das rational handelnde Individuum auf Tauschmärkten exkulpiert, wobei das Geld hier nur die Funktion eines effizienten Tauschvermittlers besitzt, welcher sich als Geldschleier über die realen Tauschgeschäfte aufpropft, oder Snaffu schwadroniert vom Markt-Fundamentalismus der Schule von Chicago, deren Dogma der Efficient Market Hypothesis, nach der die Finanzmärkte das Marktgeschehen in größter Reinheit und unbelastet von Transportkosten spiegeln, wirklich eine tolle Finte ist. »Total falsch, wenn die Leute immer glauben, dass der einzige Grund, warum Leute Fett absaugen lassen«, erwidert Freaky Franky unvermittelt, »der ist, dass sie ihrem Körper, der selbst ein riesiges Projekt ist, zuviel Kohlehydrate und Fette zuführen. Wenn das Essen für den gesundheitsbewussten Verbraucher hinsichtlich des Verbrauchs hochkalorienhaltiger und industriell gefertigter Produkte jedes Mal aufs Neue eine schreckliche Quelle der Besorgnis, der Scham oder gar des schlechten Gewissens ist, das es zu domestizieren gilt, um die Herrschaft über sich selbst zurück zu gewinnen, dann sind es letztendlich die Psychopharmaka und Neuroleptika, die ... okay, Body-Mass-Index, Bluthochdruck, pathologische Glukosetoleranz, alles im roten Bereich ... «, fügt er hinzu und wischt mit einem riesigen Batzen Fladenbrot scharfe marokkanische Paprikasoße vom Papierteller Snaffus. »Lepone oder Zyprexa, Präparate, die man in Auschwitz noch längst nicht kannte, sonst hätte man damals schon mit ihrem Einsatz tonnenweise Fett produziert, ohne dass die Leute selbst etwas zu fressen gehabt hätten.«

»Apropos Fett«, sagt Snaffu und wischt mit seinen gelblichen Wurstfingern auch Soße vom Teller, »ohne den ausgiebigen Genuss des Embonpoints besitzt noch der allergröbste Körper, der scheinbar in unzerstörbarer Materie erstrahlt, eine Tendenz zurück zum skelettalen Gerüst, gepolstert nur mit ein paar Gramm Fett, was einem jederzeit die eigene Sterblichkeit vor die Augen schleudert. Man kann es ja nun in dieser verspiegelten Welt leider nicht vermeiden, seinen eigenen Körper zu sehen.« Daraufhin frischt Freaky Franky Snaffus Halbwissen in Biochemie etwas auf und unterrichtet ihn darüber, dass die Zick-Zacklinien der Fettmoleküle das genaue Gegenteil der multivalenten, molekularen Maschinen von Proteinen seien, und dass er folgerichtig selbst nicht die Absicht habe, zu einem einzigen gigantischen Fettmolekül zu mutieren, wobei es ihm nicht im Wesentlichen auf die sexuelle Attraktivität gegenüber Frauen ankäme, er missbillige einfach das unschöne Zyanoseton der Lippen aufgrund des Sauerstoffmangels im Blut, was bei ihm ganz einfach die Folge der durch die Einnahme von Olanzipin oder Clozapin ausgelösten Adipositas und Wasseransammlungen sei, und schließlich sei das unschöne Taubenblau in einem Gesicht, das aussehe wie ein Stein, den man in einen dahliengemusterten Kissenbezug gestopft habe, nicht unbedingt *tricky*. Es dauert ein paar Sekunden, bis sich die beiden neuen Freunde liebevoll umarmen und sich abschließend darauf einigen, dass zumindest unter zerebral hirnrissigen Gesichtspunkten die Adipositas nicht restlos zu verachten ist. Sie klatschen sich gegenseitig wie Fußballspieler in die Hände und dann schlürfen sie den letzten Rest Paprikasoße gemeinsam vom Pappteller. Snaffu steht auf, schiebt den Aktenordner, der für ihn Anlass für den fruchtbaren Dialog war, zurück ins Regal und sagt: » Ich denke nur ganz selten über meine Drüsen nach.« Er wirft Freaky Franky einen großen roten Apfel zu und gemeinsam beißen sie ihn wechselseitig an. Schuld, pah, sagt, Freaky Franky, der Affekt gefiele ihm so gut, dass er mit einem millionenschweren Portfolio in ihn investieren werde.

Gemeinsam verlassen sie das Walter-Beyer-Haus, aber wagen sich im ersten Moment nicht, nach links oder rechts weiterzugehen, bleiben einfach wie angenagelt stehen, während hinter ihnen verstohlen ein riesiger Bobtail vorbeigleitet, der einen schwarzen Schatten entlang der X-Achse des Bürgersteiges wirft, wobei sein Schwanz unruhig rotiert, was Snaffu genauso bemerkt wie das sehr Ozonhaltige und Unverbrauchte in der Luft, eigentlich nur darum lohnt es sich ja jetzt noch auf der Straße zu stehen, befindet er, während für drei Minuten das Schweigen Freaky Frankys in unerhörten Tröpfchen fließt, und dabei hat er seine gelbe Pollenschutzbrille aufgezogen und schaut auf den Eingang des Kontakthofs, der seltsamerweise gänzlich unbewacht und unfrequentiert ist. Körperlose Freundschaft und absprungbereite Nacht falten die beiden Männer für Minuten zu bloßen Gesichtspunkten. Das Rucken der beiden Köpfe hat etwas vom liebevollen Picken zweier Rotkehlchen durch den Dunst. »Lass uns gegenüber im Elbe-Café noch einen zwitschern«, sagt Snaffu, die kurzfristige Stille mit seltsam hoher Stimme zersägend, »die Thais dort sind überhaupt nicht zu verachten.« Die Männer klatschen sich erneut ab, überqueren diagonal die Elbestraße.

Das sofort in das Auge des geübten second-order-Beobachters springende simultane Bewegungsmuster des Beinübereinanderschlagens von zwölf verdammt hübschen Thai Girls, dessen plotloser Plot in letzter Konsequenz immer nur der eigenen Geldvermehrung dient, ironisiert zugleich, dass die sexuelle Inspiration oder Transpiration Freaky Frankys sozusagen hammermäßig, die Snaffus dagegen eher fatal ist. Seltsamerweise an ausnahmslos allen Ledergürteln der Thais baumeln Gürteltaschen aus Neopren mit Rüschen, bemerkt Freaky Franky, der erneut Mac Graig Royal Snuff Schnupftabak schnupft, um entweder gleich furchtbare Niesattacken zu erleiden oder in die leere Dose Red Bull zu spucken. Im hinteren Raum der Bar sitzen zufälligerweise der Sales Manager der Deutschen Bank Jon Berry und ein Broker der Esperanto

Bank namens Denis Rölli auf hohen Barhockern und unterhalten sich über Dies und Das, über die anaklytischen Tendenzen bei Sam Kimberlay, gespickt mit ihrer einzigartigen Klaustrophobie, der Angst vor dem Ersticken, wenn Sam zum Beispiel basslastige Musik wie Deep House oder Hip Hop aus Chicago hört oder üppigsten Käsekuchen frisst, ja frisst, und schließlich unterhalten sich die Banker über den historischen Fall des Werwolfs von Hannover, dessen Mordprozess am 4. Dezember 1924 begann und zum vielleicht größten Medienspektakel der Weimarer Republik geriet und dessen Geständnis durch dubiose Praktiken der Gefängnispolizei regelrecht erzwungen worden war. In den zwei staubübersäten Rechtekken im hinteren Teil der Bar stehen mehrere ausgedorrte Bambussträucher, und gegenüber einer Batterie von Spielautomaten und digitalen Jukeboxen hängen rechteckige Wüstenbilder aus Arizonas oder Texas, vielleicht sind es auch ausgestorbene Indianerreservate wie Turtle Mountain oder schamanistische Gebiete. Der Angeklagte Fritz Haarmann hatte innerhalb von sechs Jahren zwei Dutzend Männer im Bahnhofsviertel, mit denen er vorher Sex gehabt hatte, die Kehlen im Alkoholrausch durchgebissen, die Leichen zerlegt, die Knochen gereinigt und schließlich die Knochenpakete gründlich verpackt in den Fluss geworfen. In der Gefängniszelle starrten ihn nachts vier menschliche Schädel an, die rotes Papier in den Augenhöhlen trugen und in deren Innerem Kerzen brannten; es waren unruhige kleine Lichter oben in den Ecken seiner Gefängniszelle. In einem Winkel stand ein Sack mit menschlichen Knochen; die Seelen der Toten, so hatten ihm die Gefängniswärter leise eingeflüstert, würden ihn nicht eine Sekunde mehr zur Ruhe kommen lassen, bis er endlich gestanden habe. Mit einem Ohr bekommt Snaffu die ihm im ersten Moment unbekannte Geschichte über Haarmann gerade noch mit, gleichzeitig das Süßholzraspeln einer ca. 180 cm großen Thai mit glänzendem schwarzen Haar bis zu den Pobacken, die sich für Freaky Frankys ultramodischen silbernen Kinnbart brennend zu interessieren scheint, der die Form eines V hat, und großzügigerweise gibt Freaky Franky sehr wagemutige Komplimente hinsichtlich ultralanger Beine in Leggings zurück, wobei die Beine seiner Meinung nach allerdings eher wie zusammengerollte Autofussmatten aussehen (der ganze Müll/Aussatz der Warenwelt), und nebenbei konnotiert er noch wissentlich über das Problem der versickernden, der geknitterten Zeit bei Michel Serres, bietet der Thai namens Korea an, dass sie durchaus mal für längere Zeit drumlastige Musik der Drum & Bass Heroen A Guy Called Gerald oder Peshay über seinen Sennheiser-Kopfhörer hören könne, wenn es ihr nur gelänge, simultan und synchronisiert zum asynkopisierten Takt der defriktionalen Messingbecken komplexe Poems von Ernst Jandl zu rezitieren, als Snaffu schließlich auf dem Höhepunkt eines synaptischen Optimierungsprocederes sämtlicher Cortexbänder das zum Gespräch der beiden Banker passende Gedicht einfällt: Warte, warte nur ein Weilchen / dann kommt Haarmann auch zu Dir / mit dem kleinen Hackebeilchen macht er / Hackefleisch aus Dir (das er aber leider nicht aufsagt). Snaffus linke Gesichtshälfte fühlt sich plötzlich seltsam aufgedunsen an, als er mit der rechten Hand über seine linke Wangenpartie gleitet, und alsbald erstirbt Snaffu an dem (trügerischen) Gefühl, er hätte gerade die aufgequollene Pappendstufe einer siebenstufigen Silvesterrakete berührt. Die Endmoräne eines viel zu kurzen Lebens. Snaffu betreibt schon wochenlang Multitasking der synaptisch optimalen Sorte, was bei ihm durch eine funktionelle Magnetresonanztomographie (fMRT) vor zwölf Tagen eindrucksvoll bestätigt wurde, aber Snaffu gibt rein gar nichts auf dreidimensionale Computerbilder, denn die Bilder zeigen seiner Meinung nach ausschließlich die Gebiete mit relativ hoher Aktivität in seinem Hirn an, lateralisiert, obwohl doch das gesamte Gehirn bei ihm permanent in vernetzter Aktion ist. Snaffu zieht den keineswegs geistesabwesend in das linke Nasenloch geschobenen Zeigerfinger der rechten Hand gemächlich wieder heraus und beobachtet die Fingerspitze aufmerksam wie eine seiner vielen abwaschbaren Tätowierungen. Vielleicht einen halben Meter rechts von der Wand, auf die Snaffu zeigt, hängt eine Spielautomat, der das Tschka-Tschaka-Bum eines Magnetrons abspielt.

Das Licht im Büroraum hat einen senfgelben Farbton angenommen, der vorzüglich mit den Farbtönen von Ocker des rechteckigen Ölgemäldes eines Nachwuchskünstlers aus Polen korrespondiert, das wohl ein sanft im Wind wogendes, pointillistisch durchkomponiertes Kornfeld darstellt, welches von ineinander fließenden Farbtönen der Abfallschlacke einer Sonderabfall-Verbrennungsanlage für alte Atari Computer und für große Hokkaido-Kürbisse überdacht ist. Die krassgelbe Sonne steht schon tief über dem Messeturm. Wegen seines hochemotionalen Hangs zum extremen Stromsparen, der fast schon Suchtcharakter besitzt, schaltet Dr. Dr. Hanselmann immer erst im letzten Moment des ausklingenden Tages oder erst wenn das USB-Disco-Laptop-Licht für das Lesen von Akten, Berichten und Büchern nicht mehr ausreicht die ÖKO-LED-Leuchten ein. Die Zeit scheint blind zu werden, während sie langsam versickert, und selbst die schlechtesten Angewohnheiten des Bankers dösen jetzt in ihrer stumpfen Normalität vor sich hin. Die ganze Zeit flimmert auf einem Laptop die in vages ultraviolettes Licht getauchte Mikroskopaufnahme eines Transmissionsbeugungsgitters und dieses wehrt zumindest aus der Perspektive des Bankers ein paar durch die getönten Fensterscheiben hereinbrechenden Lichttropfen ab. Dr. Dr. Hanselmann entschuldigt sich gegenüber Sam Kimberlay höflich für seine kurze Denkpause, worauf die Bankerin mehrere Schritte zurückgeht und das antike Sideboard an der südlichen Wand ansteuert, über dem ein grau-blaues Stoffbild von Blinky Palermo hängt. Was Dr. Dr. Hanselmann nicht merkt: Plötzlich steht Sam Kimberlay wieder hinter ihm, einen schlanken Zigarillo rauchend, und überlegt, ob sie ihm mit ihren wieselflinken Fingern nicht doch seinen lateralen Subscapularis-Muskel, Rückenmuskel und/oder seine Nakkenmuskeln massieren soll, während er lächerlicherweise nur damit beschäftigt ist, den Kinnriemen seines Headsets etwas loser zu schnallen. Nach seinem Skiunfall erkannte der behandelnde Arzt auf dem Röntgenbild bei dem Banker parietal rechts eine deutliche Schwellung, wobei die subperiostale Volumenvermehrung des Gesichtsfleisches doch erstaunlich schnell zurückging, wobei im Laufe mehrerer Operationen die ehedem schon schmale Parietalbreite des Gesichts noch schmaler wurde. Sam Kimberlay sieht förmlich, wie über dem Kopf des Bankers eine deutlich dunkle Glühbirne auftaucht, eine blöde Idee von ihr, deren Aktualisierung noch ausharrt, ansonsten würde die Glühbirne ja aufleuchten. Dr. Dr. Hanselmann loggt sich nach mehrmals erfolglosen Versuchen endgültig auf Skype ein, scrollt die Freundesliste nach unten durch, klickt den Namen Walter Suarez an, der jedoch nicht als online erscheint, öffnet das PC-Actionspiel GeoEconomicWar, ein Ego-Shooter, nach dem er langsam aber sicher süchtig werden könnte, weniger wegen der (abstrakten) Antworten, die das Spiel auf seine psychosomatischen Dispositionen anbietet, und noch weniger wegen der neorealistischen Physik-Engines oder den phonofiktionalen Soundprogrammen und komplexen 3D-Grafiken geovirtueller Umgebungen im Himalaya oder Kaukasus, sondern vor allem wegen der komplexen KI Features und Levels, obwohl auch die Objekte der meisten 3D-Modelle bezüglich der Semantik äußerst ausdrucksstark visualisiert sind (und deshalb auch brauchbare Alternativen für seine Dispositionen abliefern); man nehme da zum Beispiel das IWF-Building in Houston, das mit dem kristallinen, spitz zulaufenden Tower, der auf einer Höhe von 250 Metern aus dem Parietallappen des weiß gekachelten Hauptgebäudes quasi als »tricky« Dachkonstruktion des Architektenteams Hoch & Hoch ins Orbitale herausbricht, das oberste Stockwerk des Towers ein pyramidaler Raum, dessen Glaswände mit horizontalen und vertikalen Schlitzen überzogen sind, schwarzen Linien, begradigten Gehirnfurchen und -windungen, die jedoch insgesamt eine Übermacht des Vertikalen vorführen, was den Gesichtseffekt des Hauptgebäudes auf den Hirneffekt hin destabilisiert, den gewölbten Schädelrand aufspaltend, womit das Hauptgebäude, dessen Fassaden und Innenräume in den mittleren Stockwerken mit animistisch okularen Strukturen ausgestattet sind, während der truncus cerebri entfesselt in Hochgeschwindigkeitsfahrstühlen nach oben rast, um die linguistischen und intentionalen Strukturen des Gehirns mit Hochgeschwindigkeitsrotation zum Explodieren zu bringen oder zu verflüssigen, durch den kristallinen Tower entjungfert wird.

Sam Kimberley reibt Dr. Dr. Hanselmann mit der Handfläche sanft über das linke Schulterblatt, schluchzt und wimmert im Slang eines typisch weiblichen Sehnsuchtsgetues, das beim Dazwischenfunken seitens eines Mannes endgültig total kirre wird, dabei weniger auf biochemischen, zerebralen Lustgewinn erpicht zu sein scheint als auf die digitale Aufzeichnung der durchaus sexuell motivierten Laute, guttural langgezogene Phoneme wie x oder c, vielleicht auch nur mit analogen Medien aufgezeichnet (sie liebt alte Kassettenrekorder), oder ausschließlich dem Gehörorgan von Dr. Dr.

Hanselmann gewidmet, ein Mann, der ihren subliminalen Stöhnattacken oft schutzlos ausgeliefert bleibt, womit die Widerstandsmöglichkeiten seines Presbyacusis atypisch umgekehrt und die Haarsinneszellen hypersensibilisiert werden, bis schließlich die Schallschwingungen das Finetuning seiner Cochlea ganz kollabieren lassen, womit hier ein Krieg zwischen Hören und vegetativer Dissemination tobt, konnotiert mit der Todesdrohung einer Art sehr befremdlicher, untypischer Meniere-Krankheit, so dass für den Banker Sam Kimberlays Stöhnen oft zur Stimme Donald Ducks mutiert. Dr. Dr. Hanselmanns Drehsessel fährt mindestens zehn Zentimeter diagonal nach rechts. Der Banker beugt sich nach vorne, berührt mit den Fingerspitzen sanft die vordere Stahlkante seines Schreibtisches, während er sekundenlang Freundschaft mit einer eher viszeralen als zerebralen Unschlüssigkeit schließt, dass allein schon der schreckliche Gedanke, dass seine Hautmoleküle nicht nur von Luftteilchen, sondern auch von Hautpartikeln Sam Kimberlays nicht trennbar sein könnten, auf so affektive Weise stressig werden könnte, dass Stasis oder eben die ungezügelte Hyperaktivität am Laptop die einzigen Auswege wären, um den unliebsamen Emotionen Sam Kimberlays zu entkommen, ausgerechnet jetzt, wo er es im Netz mit einem wirklich intelligenten Gegner zu tun hat, was ja meditative Intelligenz voraussetzt und seine Rezeptivitätskapazitäten restlos aufbraucht. Wie nebenbei sind seine Gedanken in Richtung Philosophie abgedriftet, allerdings kann er die Aussage, nach der eine Affektion nichts anderes ist als die Idee einer Wirkung, eine notwendig verworrene Idee, denn der eigene Egopunkt hat ja keine Idee der Ursache, denn die Idee ist vielmehr die Rezeption einer Wirkung, keinem ihm bekannten Philosophen zuordnen.

»Ich habe den Eindruck, es läuft bei dir immer nach demselben Muster ab. Denn sobald ich von dir, wenn ich das mal so nüchtern sagen darf, etwas einfordere, scheint für dich die emotionale Eiszeit einzusetzen, als wäre ich von einem Drang oder Hang besessen, dich mit Anzüglichkeiten zu überhäufen, die einer stillschweigenden Übereinkunft widersprechen, womit mein Engagement, wie soll ich sagen, ja, diskreditiert wird«, sagt Sam Kimberlay.

»Diskreditierung, gegen die man sich bis ins Unendliche hinein zu versichern hat. Aber ich betreibe dieses Spiel ja nicht umsonst, denn ich bin es ja, der hofft, dass der Schuldner zahlungsfähig bleibt. Obwohl ich sagen muss, dass es mich nachdenklich macht, nicht die Art, wie du das jetzt sagst, sondern dass du es sagst.« Sam Kimberlay lässt in Folge dieser plemplemen Aussage des Bankers abrupt den Anflug von asignifikanten lautmalerischen Despektierlichkeiten, die Dr. Dr. Hanselmann nicht unbedingt schmeicheln, komplett fallen und steckt dem Banker eine Zigarette in den Mund und hält ihm ihr Feuerzeug hin. Dr. Dr. Hanselmann zieht an der Zigarette, inhaliert den Rauch tief und sagt leise »Danke«. Zum Glück kann er in dieser Sitzposition keinen Blickkontakt mit Sam Kimberlay aufnehmen, die aber auch gar nicht erst versucht sich in seine Sichtachse hinein zu drängen, sie grätscht stattdessen drei Schritte nach rechts, so dass ihre linke Körperhälfte im Spiegel an der gegenüberliegenden Wand erscheint. Weiterhin beben Dr. Dr. Hanselmanns Schultern, obwohl die Hände der Brokerin nicht mehr aufliegen. Sam Kimberlay scheint tatsächlich ein leuchtendes Beispiel für sein ureigenes Versagen bezüglich des Theatricums des auf die engsten Mitarbeiter des Unternehmens abzielenden Kontingenzmanagements zu sein, wobei sein chronischer Flexibilitätswahn nicht nur das »objektive« Netzwerk der zu besetzenden Plätze & Positionen sowie der Relationen, die zwischen diesen Positionen herrschen, ankratzt, sondern auch das Identitätsgefühl der die Plätze besetzenden Individuen. Das sagte ein von ihm sehr geschätzter Professor der New Economic School in Langen.

Sam Kimberlays schöne Wut, die dem Versuch der Indokration des Anderen mit Hilfe des Ausplauderns von detailliertesten Einzelheiten über Crashnachrichten innewohnt, dieses für Dr. Dr. Hanselmann geradezu sinnentleerte Zappen zwischen Gegenwartsflash und Gegenwartsvergessenheit, nervt ihn bisweilen abgrundtief; es sind die unglaublich versteckten Andeutungen oder Spekulationen, z.B. wann denn nun endlich das nächste Bankinstitut kollabiert, obwohl man doch beispielsweise im Fall des Zusammenbruchs der Lehman Brothers von vor fünf Jahren genau weiß, dass dem amerikanischen Finanzministerium schon Monate im Voraus der steile Fall von Lehman Brothers bekannt gewesen war und dennoch nichts zur Rettung des Institutes unternommen wurde, weil Lehman Brothers unter allen US-Banken über das größte Filialnetz weltweit verfügte, so dass sich nach der Pleite schnell der Koinzidenzeffekt einstellte, dass die amerikanische Finanzkrise sich zur weltweiten Krise ausweitete. Voraussehbarkeit erzeugt strategische Optionen. Für Sam Kimberlay, der partiell suchtgeilen Karrierefrau, die beim Spekulieren wirklich kein Kind von Traurigkeit ist, fühlt sich der Konsum der virtuellen Klänge, die den Handel mit exotischsten Derivaten und giftigsten Papieren umhüllen, das ganze Drama um Hochspekulatives, vielleicht wie der Dauerkonsum virtueller Fickvideos in 3D an, das glaubt jedenfalls im Moment Dr. Dr. Hanselmann, und überlegt daraufhin ernsthaft, ob er nicht einen passwortgeschützten Hardcoreporno auf seinem Laptop anklicken soll. Was sich anhört, wie Sam Kimberlay beim Vorspiel zum Geschlechtsverkehr, ist Sam Kimberlay, die, wohl um die klappernden Lattenzäune der psychischen Konstitution von Dr. Dr. Hanselmann doch noch zu erschüttern, ein Harddating-Stöhnen versucht und zeitgleich am Zigarillo ziehen will.

Dr. Dr. Hanselmanns Kabelverbindung liefert normalerweise einen Ping von 40 bis 60 Millisekunden, was sowohl für das Realtime-Traden als auch für das Gameplay T.V.T., ein verteiltes Netzwerkspiel, bei dem die Teilnehmer ihre Game-Maps auf ihren eigenen Computern hosten, um sie anderen Spielern über das Internet zur Verfügung zu stellen, vollkommen ausreichend ist. Er wundert sich immer wieder über die billige Scriptin-Sprache dieses Spiels, das Maps hervorbringt, die ungefähr der Logik zwölfjähriger Jungen oder vielleicht der blühenden Fantasie Sam Kimberlays entsprechen, was vor allem die virtuelle Architektur oder Konstruktion von Bewässerungs- und Besamungsanlagen auf dem afrikanischen Kontinent angeht, um die ein Konglomerat von multinationalen Konzernen, Staaten und der Esperanto-Bank, unter Anwendung bzw. Ausreizung von Swarming-Taktiken und ausgereiftester Cybertechnologie, erbittert kämpfen. Dr. Dr. Hanselmann fühlt jetzt sehr stark die sensorielle Anspannung im Raum, weswegen er mit dem Kugelschreiber schwarze Löcher in Richtung Sideboard sticht, auf dem das HP-Faxgerät steht und im Sekundentakt knatternd Papier auswirft. Bei der Qualität der Textur eines Games/Maps könne man gut erkennen, sagt Dr. Dr. Hanselmann, wie Kulturen, ja Subjekte von unvorgesehenen, äußeren Stressoren angegriffen, bis paranoide endogene Stressoren erzeugt würden, die selbst einen Faradayschen Käfig ins Schlingern brächten. Durchaus könne man das Wort Stressoren durch die Worte unkalkulierbarer Feind ersetzen, der einem das Verlangen nach Idiorrythmic vermassele. Dr. Dr. Hanselmann beugt sich leicht nach vorne, deutet sein vagstes Lächeln an, das er im Moment aufbringen kann. Eine Zeitlang wusste er quasi monothematisch aus dem Bauch heraus, wo Sam Kimberlay hinter ihm im Raum sich befand und was sie gerade machte, obwohl es meistens rein gar nichts Sexuelles an sich hatte, was ihn da fesselte, es waren die bedauernswerten Effekte ihres Tuns, die gewöhnlich in einer Art Wilsonkammer stattfanden, bei der das Unbewusste, Versprecher, Fehlhandlungen oder Träume an die psychische Oberfläche gespült wird, wo es dann auch registriert werden kann. Er weiß wirklich nicht, ob er es ausgerechnet jetzt aussprechen soll, dass er davon ausgeht, in einer gedoubelten offenen Beziehung mit sich selbst zu leben, um gedoubelt emphatisch Lächerlichkeit anzusteuern, oszillierend zwischen Polemik und Idiotie, zumindest was die Einschätzung ihrer Person angeht. Diese Aussage fühlt sich tatsächlich etwas sarkastisch an, als würde der Banker mit aller Gewalt zu eskamotieren versuchen, dass er in Sachen emotionaler Intelligenz viel durchschnittlicher ist, als er es sich das selbst einzugestehen wagt. Mit dem Handrücken überprüft Sam Kimberlay ihren dünnflüssigen Speichel (im Hinblick) auf sexuelle Erregbarkeit. Der bekommt nämlich bei jeder x-beliebigen sexuellen Spannung einen gurkenartigen Geschmack. Sam Kimberlay hat seitens postadoleszierender Mitarbeiterinnen der Esperanto Bank schon einiges von den unbedingt sexuell motivierten Ausflügen Dr. Dr. Hanselmanns ins Bahnhofsviertel gehört; es waren ziemlich saftige, widerliche Detailschilderungen, und sie bedauert es deswegen nur partiell, dass die angeblich entropischen, seelenentkräftenden, subjektzersetzenden, pornografischen Orgien ihre Person exkludieren, denn durch den Projektor ihrer Psyche gespult, würden diese perversen Lustmaschinenkombinationen im Bahnhofsviertel bei ihr doch nur zu signifikanten psychischen Funktionsstörungen führen. Unter ihrem linken Zeigefingernagel befinden sich Reste vom Mittagslunch.

»Mr. Smart, du hast die ganze Zeit noch kein Sterbenswörtchen auf meine Frage herausgebracht, ob meine vorherige Frage, die lautete, ob du manchmal nicht ein bisschen zu sarkastisch bist oder ob du einfach nur einen kleinen Knall hast, zu verletzend war.«

»Ob deine Fragen wirklich den richtigen Abnehmer finden? Ich weiß es ehrlich gesagt nicht. Du denkst wohl, stochern wir mal ein bisschen in seinen Überheblichkeiten rum, die von seinen Minderwertigkeitsgefühlen nicht zu trennen sind, und schon wird es bei ihm sozusagen panoptisch zum Totalzusammenbruch führen, und so vor Hilflosigkeit entstellt ... gib mir bitte mal zwei Aspirin ... schüttle ich ihn ein bisschen durch, mache mit seinem Freiheitsdrang im Schnitzlerischen Reigen eine Karussellfahrt durchs Gefühlskorsett, und dann ...«

»Also, ich versuche hier Dinge zu erarbeiten, ich lasse mich auf was ein, meine Freiheit, wenn du so willst, und wenn du dazu sagst, ich soll das nicht persönlich nehmen, fühle ich mich verarscht, sorry. Beachte doch bitte den Stand der Dinge, Mr. Smart. Schau in den Spiegel und seh zu, wie aus deiner Selbstkolportage und deinem Selbstmitleid heraus die Sehnsucht erwächst, nicht die Miene hinter der Miene zu spielen, sondern die Miene neben der Miene, mit der es sich flankiert zu flanieren lohnt.«

»Zeit fürs Skypen, es wird mir gerade zu heiß und zu kalt. Du bringst mich in Teufels Küche.«

»Ich werde mir einen analogen Mann suchen, wenn du nichts mehr mit mir zu tun haben willst. Wir können ja weiterhin konversieren. Außerdem will ich, dass du mein Zeug liest, demnächst. Ich hoffe, dass entspricht jetzt deinen Vorstellungen von Freiheit besser.«

»Mag sein. Ich bin wieder mal anakonstruktiv, ich weiß das nur zu gut.«

»Wie sagte doch sinngemäß Lichtenberg: Wer in sich selbst verliebt ist, hat wenigstens bei seiner Liebe den Vorteil, dass er nicht viele Nebenbuhler erhalten wird.«

»Das narzisstische Subjekt ist narzisstisch-depressiv. Es

bietet sich an. Es spielt an sich rum. Es leckt seine Wunden. Und es hat erstaunlicherweise großen Erfolg damit. Weil es sich eben doch etwas wert ist, oder eben nicht, meine Liebe?«

»À la sei du selbst, das lohnt sich immer. Ich weiß nicht. Du kommst mir wie jemand vor, der sich in einer Art Todesspirale ins diesseitige Jenseits dreht, bei dessen Höhenfahrt oder Talfahrt, je nachdem, Komplott, Delirium und klares Denken eine seltsame Freundschaft mit sich selbst eingehen.« »Geben wir unserer Zweierbeziehung doch eine persönliche Note.«

»Siehst du, schon wieder so eine zynische Randbemerkung. Anstatt nur ein einziges Mal eine gewisse Ernsthaftigkeit, zumindest im Umgang mit mir, an den Tag zu legen, treibst du es mit deinem Ein-für-allemal-Ich-selber-sein sarkastisch unklug auf die Spitze, dass es mir echt wehtut.«

»Ich weiß nicht, ob du das überhaupt merkst. Du bekommst immer eine schrille Stimme, wenn du so über empirische Dinge, oder soll ich sagen, persönliche Dinge redest. Und dann versteckst du echt dein grundlegendes Bedürfnis, nämlich, dich zu voyeurisieren, und ich weiß nicht, wieso und warum, und welches Bedürfnis dich da treibt, indem du mir gegenüber den Anschein erweckst, es ginge nur um uns beide, und du würdest dir keinen einzigen Gedanken darüber machen, welches Bild du bei anderen Leuten abgibst, eine köstliche Patina deines eigenen grenzwertigen Narzissmus.«

»Der bei dir vielleicht noch etwas grenzwertiger ist, während du unter dem Deckmantel der extremen Kontaktfreudigkeit und Kommunikationslustigkeit deine leckeren Wunden pflegst. Aber lassen wir das.«

Sam Kimberlay hat beim vorläufigen Abschluss des intimen (Streit-)Gesprächs nicht wortwörtlich Schätzchen gesagt, aber Dr. Dr. Hanselmann kann es sich lebhaft vorstellen, obwohl er das Wort aus ihrem Mund wahrscheinlich überhaupt nicht hören will. Er erinnert sich noch lebhaft an das unfreiwillige zwangsweise physische Konnektieren während ihres anaphylaktischen Anfalls in ihren eigenen Büroräumen vor ungefähr drei Monaten, bei dem dieses dubiose behaarte Jelly Bean Bonbon involviert war, wie sich inzwischen bei einer Untersuchung des Bonbons in einem chemischen Labor des Fresenius Instituts herausgestellt hat, und seitdem nagt er an dem dumpfen Gefühl, dass da in der Stadt weit über diesen singulären Vorfall hinaus, der auch die seitdem wie durch methoxilierte Amphetamine getriebene oder enthemmte Sam Kimberlay sichtlich involviert hat, wenn man ihren heutigen Auftritt einmal außer Acht lässt, eine Mannigfaltigkeit von dysfunktionalen Gehirntrollereien bei den verschiedensten Personen aufblitzen, die inzwischen singulär und kollektiv in den verschiedenen privaten und öffentlichen Räumen einer Art Topographie der unmöglichen Objekte huldigen. Es gibt wirklich etablierte Leute, die – seit ihrer neuesten offenen Beziehung – täglich extrem hohe Dosen Zyprexa, MDMA, STP, PRS, Fluothane, Cylert, Ritalin etc. zu sich nehmen und daraufhin umnebelt von paradoxaler obsessiver Betäubung oder in seltsamen Raumzeiten zerebral total zerstreut die Love-Hotels vor allem am südlichen Stadtrand aufsuchen und dort wüste Sexorgien feiern, oder es gibt saftlose asexuelle Langzeitarbeitslosenkontingente beiderlei Geschlechts, die sich plötzlich den Arsch für experimentale Sexeskapaden aufreißen, um High-Impact-Stimuli-mäßig mit einer Kiff- oder Haschisch-Pfeife im Maul im Bahnhofsviertel auf orale Turteltouren zu gehen, wobei das gesamte abgespulte Enthemmungsprogramm zwar einem sukzessiven Fortschreiten zur Selbstvergessenheit entspricht, einem Movement der Ekstase im batailleschen Sinn nicht vollkommen unähnlich ist, das wie eine kosmische Musik in rutschende Turbulenzen gerät – kleine Brandherde eines molekularen Aufstandes verstreut in Zeit und

Raum, denen es gelingt, dem Rhythmus ihrer eigenen Schwingungen zu folgen und kräftige Resonanzkörper zu erzeugen, bis die Rückkehr zur Normalität nicht mehr wünschenswert oder gar denkbar ist –, aber manch einer der Teilnehmer stellt doch ziemlich schnell fest, dass die postfeministisch angehaucht-orientierte Sexfrage ihn mit wirklich Substanziellem in seiner Grundüberzeugung konfrontiert, so dass das ständige Brausen und Sausen der Hirnanhangdrüsen bzw. das Herumhopsen auf ausgeleierten Matratzen oder teuren Wasserbetten, die kollektive Angst vor dem sexuellen Mittelmaß und vor der Suchtgefahr im Allgemeinen und letztlich die ganze Swingerentropie jeden Einzelnen vor eine schwere Belastungsprobe (seiner Psyche) stellen.

Am Mittwoch, den 3.5.2013, wurde Freaky Franky von einer flüchtigen Bekannten, die er in der Bar Helium kennengelernt hatte, bei einem Kurzfilmfestival anlässlich des neuen spanischen Avantgardefilms im Hörsaal VI der universitären Anlagen in Bockenheim zu einem Abendessen in ihrem Apartment gegenüber des Osteingangs des Palmengartens eingeladen, wobei es sich laut Beschreibung Freaky Frankys um eine ungefähr 30jährige, äußerst attraktive Frau mit schwarzen, domestizierenden, langen Locken handelt, wohlproportioniert, allerdings mit im Vergleich zu ihrer üppigen Körperstatur völlig unpassenden Gesichtszügen einer Charlotte Gainsbourg. Die Frau arbeitet entweder im Salesbereich der Esperanto Bank oder im Organisationszentrum des Museums für Moderne Kunst. Auf jeden Fall gilt sie zumindest in den Dunstkreisen der hiesigen Kunstszene als überaus prestigeträchtig und gilt bereits als sozusagen etabliertes Ding und kassiert zudem ein üppiges Gehalt.

Während des Essens – es gibt eine etwas zu versalzene und etwas zu fettige Hähnchen-Paella mit einem allerdings ausgezeichneten Rioja, Jahrgang 1998 – bringt Freaky Franky Marlen Pizarro, so der Name der Frau, ein klares, den Gedächtnisapparat schonendes Ritual bei, dass ihn selbst mit großer Genugtuung erfüllt, nämlich: Man füllt ein schlankes 0,2 Liter Glas bis zum Rand mit Mineralwasser auf und sieht sich daraufhin kurz nach links und rechts um, bevor man das Glas mit der rechten Hand bis auf Höhe des Kinns anhebt und einem imaginären Partner zu prostet, um daraufhin das Glas Wasser mit einem Zug auszutrinken. Freaky Franky trinkt nacheinander fünf Gläser kaltes Leitungswasser, reibt sich nach jedem Schluck die Nasenlöcher mit einer Prise Schnupftabak der Sorte Gletscherprise ein, streicht langsam mit der Zunge von rechts nach links über seine angefeuchteten Lippen und sagt dabei lispelnd, er sei sich nicht mehr sicher, woher dieser plötzliche Durst denn nun komme, weshalb er eben Marlen Pizarro im Nebel seines unscharfen Atems der unanständigen Lüge bezichtigten müsse. Als Marlen Pizarro auf Freaky Frankys Frage, ob sie nicht an Schuldgefühlen leiden müsse, wenn er ihr nicht nur unterstelle, sondern ihr inständig nachweisen könne, dass sie ein Amphetamin in die Paella gemixt habe und er sie deshalb mehr als nur verdächtigen müsse, mit dieser traumatisierenden Aktion seinen physischen Stromkasten auf das Semantischste manipuliert zu haben, eindeutig mit Ja antwortet, beginnt er, erneut in einer Manie kryptogener Ötiologie gefangen, pausenlos um den runden Esstisch zu marschieren, während Marlen Pizarro sich in ihrem degoutanten Sessel langsam wie ein Mongo mit Muskelhypotonie vorkommt, dem die Zunge ein Stückchen aus dem Mund steht. Freaky Franky spürt deutlich, dass sein Zentralnervensystem durch die Wirkung von schädlichen bzw. gefährlichen Molekülen angegriffen worden ist, was er ansonsten meistens den Strahlen der Steckdosen zuschreibt, weswegen er sofort wieder anfängt einen soldatischen Ton anzustimmen, mit dem er die Gastgeberin immer wieder der Lüge bezichtigt und dabei einen nach Benzin oder Sulfamid riechenden Stoff raucht. Bisweilen steht er minutenlang auf dem rechten Absatz der Synthetikgummisohle seines gelbweißen Joggingschuhs und spricht davon, dass Marlen Pizarro sich schleunigst ihres violetten Bikini-Oberteils unter dem blumengemusterten Top entledigen solle, um ihre solariumsgebräunte Haut zu zeigen, und wenn nicht, solle sie einfach nur aus ihrer eigenen Wohnung *verduften*.

Solange Freaky Franky spricht, ist er noch lebendig. Sobald er aufhört zu sprechen, ist er tot. Und je länger er redet, mit desto egohedonistischerem Touch gewinnt seine Unfähigkeit zur Identifikation an Brisanz, dass er sich letztendlich zur Empathie völlig außerstande fühlt bzw. mit einem lebenden oder toten Objekt keinerlei emotionale Verbindung mehr aufnehmen kann, und je heroischer dieses sehr spezifische, manisch delirierende Verweisungssystem der supplementären Verschiebung des Signifikanten fortschreitet (was der Gesprächspartner meistens als komplette Verwirrtheit wahrnimmt), desto dringender wird das Bedürfnis, der Homöostase des Gespräches ganz zu entkommen oder zu entwischen. Tatsächlich fliehen die Wörter in diesen Phasen ihrer Bedeutung. Und je länger Freaky Franky wie unter Stromschlägen taumelnd interpretiert und kommentiert, allem Geschehen und allen Umständen da draußen einen Sinn mittels des Gebrauchs von ausgedehnten Sätzen und Parataxen abgewinnt, bei denen die Form der Bezeichnung von Objekten auch mal komplett ausfallen kann, umso mehr können auch die Bedeutungen entweichen, wobei der (noch zu bestimmende) Sinn der Sätze oft ins Absurde kippt, egal ob es sich bei den Sätzen um ein permanentes Augenzwinkern, ein wiederkehrendes Stampfen mit dem Fuß, ein ständiges Aufziehen oder um Sätze hinsichtlich seines manischen Redens handelt. Das psychische Perpetuum Mobile, welches das Unmögliche als Ausdruck einer elektrifizierenden Intuition begreift, der die Welt mit unglaublich vielen unmöglichen Dingen und Objekten bevölkert – runde Vierecke, wasserlose Seen, fleischlose Kälber –, belebt und unbelebt in ihrer wunderbaren Sterilität und Neutralität (ohne Bezeichnung und Bedeutung), und gleichzeitig qualvoll voll, überquellend von Essenzen des Sinn/Unsinns, wird von Freaky Franky immanent abgefeiert und bis in die unbeschreiblichsten Dimensionen hinein auch ausgedrückt, um die Welt in ihre bunten Falten zu zerlegen oder einzufalten sowie das eigene Universum absolut auszufalten, bis eine zwingende, trockene Co-Einheit mit der Welt erreicht wird. Die Sprache ist ein molekularer Strom. Selbst die Metonymie, bei der einer losen Kopplung von Zeichen, so far, durch eine Hinzufügung von Zeichen, from now on, eine Bedeutung nachträglich zugeschrieben wird, macht bei Freaky Franky manchmal Pause, ja selbst diese aufgeschobene Präsenz kann zerfleddern, bis die Wörter zu gleiten, zu sprudeln und zu schäumen beginnen, ohne dass der Unsinn/Sinn im Satz insistieren und an den Oberflächen der Dinge weiter kleben kann, bis also Sprache und Sinn an der Grenze zu flimmern beginnen (eine Grenze differenziert zwei Gebiete, wobei es ohne eine Grenzlinie diese Gebiete gar nicht gäbe. Die Grenze, ein reines Differential, existiert aber nicht im Raum oder einer verräumlichten Zeit, hat also keine Ausdehnung. Obwohl die Grenze Dinge und Sätze trennt und damit konstitutiv für die Dinge und Sätze ist, ist sie kein Ding oder Satz, sondern bleibt rein virtuell, diesseits eines Modells oder einer Form, die sich einer Materie aufprägen könnte).

Marlen Pizarro kann der Artistik dieses seltsam narrativen Rauscherlebens rein gar nichts abgewinnen. Auch hat sie nicht bemerkt, dass der für Freaky Franky total normale Redeschwall durch ein unkontrolliertes Zucken seiner Unterlippe wenn nicht motiviert so doch begleitet wird, er scheint sogar körperlich befallen von seiner Manie und fortgerissen, nicht zuletzt von einem untoten Partialobjekt Lippe, dessen Bewegungen ihn ins Schwitzen bringen und deren Effekte er weder vorausahnen noch kontrollieren kann, aber die Gewalt der Aktion erscheint ihm seltsamerweise nicht furchtbar im Sinne eines Erzwingens. Früher half Freaky Franky in dieser Situation die Einnahme von Benzodiazepinen, da sie die Wirkung von Gaba verstärken, aber dieser Mechanismus funktioniert in der Manie nicht mehr. Selbst bei rechtzeitiger phasenprophylaktischer Einnahme von Lithiumsalzen wie Lithiumcarbonat oder Carbamazepin, Valproat oder Lamatrogin (sie verringern die Wahrscheinlichkeit des Auftretens erneuter Krankheitsschübe), bleibt seit einem ähnlich unglücklich verlaufenden Candlelight Dinner der radikale Schlafentzug, Megalomanie und exzessive Logorrhoe an der Tagesordnung, bei der er jedoch weder Angst noch Gewissensbisse verspürt. Wissenschaftler nennen diesen Zustand monopolare Manie, jedoch im Fall von Freaky Franky spricht der Psychiater Dr. med. Rushid Achmed von der Universitätsklinik Frankfurt sogar von purer Manie, von schizoaffektiver Psychose im maniformen Formenkreis, oder schlichtweg von einer unipolaren Euphorie. Während bei der raubtierhaften Depression sämtliche Handlungsalternativen in einer Art auswegloser Situation buchstäblich zusammenschrumpfen, scheinen bei Freaky Franky die Alternativen, was das Sprechen und die körperliche Mobilität angeht, exponentiell zu wachsen, um den hedonistischen Affekt der Übermotilität/Logorrhoe zu einer schieren Gewissheit werden zu lassen. Im Gegensatz zur bloßen Unfähigkeit, mit dem Sprechen aufzuhören, ist die Giersorte der Manie bzw. des manischen Sprechens, die Freaky

Franky in die Wiederholungen hineintreibt, die unter anderem auch dem Singulären oder den Differenzen frönen können und ihn in sicherlich attraktive Perseverationen treiben, ein paradoxales freies Wuchern der Rede im endlos manischen Tjost (mit sich selbst). So überflutet das Ich die Welt & die Libido stürzt auf die Objekte ein, und was auch immer an Objekten auf dem kognitiven Radar des Manikers erscheint, wird aufgesogen, aber gleichzeitig wieder freudig ausgespuckt, falls die Objekte mehr als nur für einen kurzen Augenblick bei sich behalten werden; der Maniker, der zumindest jegliches der gehassten Objekte in der Introjektion längst beerdigt hat. So gebiert das traurige und zugleich heroische Gesicht der Manie einen Punkt, wo die guten Objekte (Partialobjekte und organloser Körper), ES und Selbstidealisierung einander berühren, aber überhaupt nicht und nichts verbinden (eine Verinnerlichung des guten Objekts findet nicht statt), um vieles quasi wie ungefiltert nach außen zu projizieren. Das Ich ist sehr reich und zugleich in sich selbst am weitesten entfernt vom reinen Objekt und dem reinen Ichideal. Im thymischen Dauerzustand der Erregung verblasst zuletzt das Anderssein und wird zerquetscht auf einer Ebene, der oneselfishness, wobei Normen und Normalisierungen und Sexualität flachgedrückt werden, bis Ich und Idealich (wo Triebe und Idealisierung sich begegnen) im only my business sich kurzschließen. Sadistischer Genuss in Aktion, hilflose Versuche sich vom Würgegriff des Über-Ich zu befreien, starke Objekte und präskriptive Normen zählen nichts mehr, noch weniger die Normalisierung, das Differential von Normalitäten oder kontinuierliche Selbstadjustierung, denn das Über-Ich legt dem Maniker höchstens noch die Pflicht auf, im Einklang mit sich selbst sich selbst zu genießen, ein (psychotischer) Hypernarzissmus, der sowohl das Über-Ich als auch das ES, die miteinander verbunden sind, um sich gegenseitig subkutan Genussströme zuzutransportieren, vor sich hertreibt, wobei der Grausamkeit des Über-Ich, wenn es dem Ich befiehlt beispielsweise ein Fitnesstraining auf dem Crosstrainer für zwei Stunden durchzuziehen, koste es, was es wolle, der Kopf abgeschlagen und das ES scheinbar verhöhnt wird, bis das Ich quasi hysterisch wird bzw. als infinite metonomy des Begehrens voranschreitet, was nichts anderes heißt als in der Endlosschleife gefangen zu sein, damit beginnt das Über-Ich das Ich zu verlachen, eine höchst interessanter Ausdruck der Desillusionierung der Illusionen, der da in einem zwanghaften Modus erreicht wird (wobei die imaginäre Identifizierung mit dem Idealich nach Lacan die symbolische Identifikation mit dem Ichideal fast eliminiert und somit dem manischen Subjekt das Gefühl der totalen Autonomie verleiht).

Der Schizo kennt sich trotz der imaginären Identifizierungen selbst nicht mehr, hat sich möglicherweise noch nie gekannt, hat in hyperkubischen Dimensionen den Überblick und die Kontrolle über seine Ich-Bestandteile verloren, worauf Freaky Franky sich das erste Mal in seinem Leben echt oder glaubwürdig als Schizo erkennt, was er nachweislich oder empirisch belegen kann, denn wer anders, wenn nicht er selbst, hat dem Leben ein vor ihm her irrendes Ziel gesetzt, dem er kontinuierlich nachstürzt, auch um den Kollaps des Signifikanten durch die permanente Ankurbelung eines unaufhörlichen Redeflusses zu entkommen, der Schizo also als ortloser Ort eines Exzesses, der ganz und gar nicht auf Verwirklichung hinstrebt, sondern auf die Intensivierung oder vielleicht irgendeinen grauenhaften Endpunkt, der das Leben doch noch nachträglich als Mehrwert oder Gabe aufzeigt, indem der Schizo unablässig in Form spinnengewebter und kommunikatorisch verfehlter Verknotungen im erratischen Kurvenverlauf der misslungenen Vernetzungen die zyklothyme Persönlichkeit bzw. den manisch-depressiven Psychotiker in sich zu vernichten versucht, was er jedoch apres coup tut, er, der monopolare

Maniker, dessen Extremkörperaktivität, begleitet von extremer Übermüdung und geistigem Permanent-Zapping – begleitet von Redseligkeit, Redeschwall und Euphorie –, beständig fließt und perlokiert, für den fast alles, ganz im Gegensatz zum Depressiven, eine Quelle antiphlegmatischster Inspiration und unabgestumpfter Intuition ist, die ihn aber keineswegs mit Weltfülle umwogt oder absorbiert, so dass wie bei der Depression eine qualvolle Einheit mit der Welt erreicht wird, sondern umgekehrt überschwemmt sein fiktionales gleichwie funktionales hysterisch erregtes Hyperego, das sicherlich auch disconnected sein kann und manchmal keine Welt mehr kennt, die Welt mit sämtlichen ihm zur Verfügung stehenden Optionen und Möglichkeiten, ohne auf die Andersartigkeit des Blicks (der Anderen) zu achten, so, als würde es unaufhörlich in Honig oder süssestem Safrangel baden gehen.

Nach dem abrupten Rausschmiss von Marlen Pizarro geht Freaky Franky heute zu dem kompetentesten der drei ihn derzeit behandelnden Psychiater, Dr. phil. Werner, beteuert in dessen Praxis im Westend zum wiederholten Mal, ohne irgendwelche konkreten Schuldzuweisungen zu geben, dass er in seiner kleinen Wohnung am Hauptbahnhof radarmäßig überwacht werde, was gar nicht vom eigenen blindem Fanatismus oder gar der Paranoia herrühre, denn die seit geraumer Zeit quirligen oder katastrophal einsam klingenden Stimmen in seinem Zimmer (ja das sagt Freaky Franky tatsächlich), die mit den Radarstrahlen irgendwie in einer stillschweigenden Übereinkunft ständen, wären sicherlich keine Halluzination oder seine ureigene Erfindung, und chemische Psychose falle bei ihm Moment ja auch weitestgehend aus, okay, die Stimmen hätten etwas extrem Gespenstisches und wahrscheinlich gäbe es die hochfrequenten, harten und extrem langgezogenen Töne doch nur in seinem Schädelinneren, ein G und ein klebrig schluchzendes Cis, und, selbst wenn er das alte dreckig sophistische Grundig-Radiogerät anstelle und auf höchste Lautstärke drehe, würden die Stimmen ununterbrochen weiter nölen, ja nölen, und zu allem Unglück hätten unter der alten Schlafcouch auch noch ganze Armeen insektiler Kleinlebewesen Stellung bezogen, und genau dort, wo seine Füße am frühen Morgen eigentlich hingehörten, würden sie hausen und toben, um ihre schrecklich beißenden Angriffe zu konzentrieren. Manchmal wundert ihn, dass seine Füße am Morgen nicht auf den Fußboden anstoßen, und er denkt, sieh mal an, die Insekten oder Ameisen werden den Boden wohl aufgefressen haben, und es könnte doch sein, dass er beim Aufstehen mal in der Spüle des Irish Pubs landet. Dabei stellt sich also bei ihm manchmal eine Gelassenheit oder Passivität also ontologisches Konstrukt einer leidenschaftlichen Idiotie ein, die ganz im Gegensatz zu den Phasen seiner Hypermanie steht. Als ihn Dr. phil. Werner nach den Rhythmen, Zeiten und Umständen befragt, die für diese perfiden Halluzinationen verantwortlich sein könnten, antwortet Freaky Franky, dass es seit acht Tagen überdurchschnittlich oft passieren, insbesondere in Momenten, in denen er mit einem seiner acht Handys die Außenwelt konnektieren würde, worauf Dr. phil. Werner ob der konsequentiellen Logik des Drinnen und Draußen (der Barre, die den Unterschied macht) von Freaky Frankys paradoxaler Denkweise geradezu ins Schwärmen gerät, um ihm daraufhin eine Extraportion Dezentan in den Arsch zu schießen.

Nach ungefähr zwei Minuten Bedenkzeit sagt Freaky Franky: »Ich habe mir neulich einen Hamster gekauft. Einen lebenden Hamster. Ich habe ihm ein Vorderbein herausgerissen, einen Herzschrittmacher und drei Chips eingesetzt. Seitdem spricht er Esperanto mit mir. Er trinkt gerne Hibiscus-Likör, während ich ihn den Stromschlägen eines Defibrillators aussetze, worauf er zu hyperventilieren beginnt. Danach spielen wir immer Würfelpoker. Er verliert fast immer, reißt mir deswegen ein Stück meiner Leber aus den Lenden und kaut es langsam mit seinen scharfen Zähnen.« Nach dieser bezüglich ihres Wahrheitsgehalts eher unwahrscheinlichen Ansage schweigt der Psychiater lange fünfzehn Minuten lang, streift sich dabei beharrlich und behaglich über seinen mausgrauen Spitzbart, wobei ein Gedankenfragment mit zäher innerer Kopfgeschwindigkeit an Prägnanz und Konturen gewinnt. Freaky Franky, sagt Dr. Phil Werner, du bist in deiner Manie eben weniger der typische Narzisst, der jegliche Zeit für sich selbst beansprucht und durch die endlose Belieferung von Infomaterial für sich selbst in die Manie hineinfährt, sondern vielmehr und viel mehr bleibst du im Fluss deiner redundanten, kompromisslosen und radikalen Überflutung der Welt mit Maximalinformationen der (trockene) Narkoist, dem sich als Maniker die Welt unter Umständen in Rauch auflöst, während der Narzisst doch ständig an dem nie abgeschlossen Job des Aufschubs arbeitet, der er selbst ist. Dem Narkoisten ist das Sein eine unerträgliche Schwere, während dem Narzissten das Leben im permanenten Aufschub gefriert (beide sind vom Werden gleich weit entfernt).

»Der Mensch«, fahrt Dr. phil Werner fort, scheinbar befreit oder erleichtert, während er sich ausführlich mit seinen sehr langen Fingernägeln am Kinn kratzt, »der ja die Realität mittlerweile wesentlich durch das Fernsehen oder Internet vermittelt bekommt, beginnt in all seiner Verzweiflung daran zu glauben, dass die Wirklichkeit tatsächlich so aussieht, wie er sie durch diese Medien modelliert bekommt: als eine fortwährende Kette von stimulatorischen Höhepunkten, die jedoch meistens einen faden oder seichten Nachgeschmack hinterlassen. Der schöne Ausdruck der Erregungsrelais zur Beschreibung unserer gegenwärtigen Medienrealität trifft den Sachverhalt recht genau; der Mensch ist bald nur noch in der Lage, wahrzunehmen, was bei ihm eine bestimmte Erregungsschwelle in der Matrix struktureller Hedonie überschreitet. Damit scheint die Wahrnehmung der realen Welt selber auf Oberflächeneffekte reduziert und zugleich wird ein ungeheurer Erwartungsdruck aufgebaut, dem zwangsläufig eine Frustration folgt.«

»Bei der Bewegung Abendrot heißen Brandsätze Himmelslicht oder Himmelfahrtskommando – das ist kein Neologismus«, antwortet Freaky Franky ohne jeden Gedanken an die Anschlussfähigkeit im kommunikativen Dickicht der Mitteilbarkeiten, des Verstehens und der Information zu verschwenden, worauf der Psychiater für einen Augenblick stutzt, seinen kastenförmigen Kopf leicht nach links fallen lässt, während er mit halber Konzentration einen Text auf dem Blickfeld, dem gesteuerten Display seines Ipads liest, das er auch zur Informationsgewinnung für monopolare manische Erkrankungen benutzt. Je langsamer der Psychiater das Ipad nach links schiebt, desto stärker scheint sich seine Konzentration auf eine Textpassage über angeblich im Genom codierte psychische Latenzen zusammenzuziehen. Im Jahr 2002 untersuchte Freaky Franky für ungefähr 3,5 Monate bei der Computerfirma HACK Programme auf Viren und Selbstzerstörungssequenzen, und das bei einem IQ von angeblich 176, den ein firmeneigener Intelligenztest ihm tatsächlich attestiert hatte, und zusammen mit seinem Kollegen Mark Randoll, der damals für die Planungsabteilung von Datenbank-Managementsystemen bei der Computerfirma Kellocks Inc. verantwortlich gewesen war und in seinen Aussteiger-Jugendjahren eine Datenbank von S.U.U.P. gehackt hatte, verübte er einen Unicode-Directory-Traversal-Angriff auf die Company HACK, bei dem die beiden Nerds einen Backdoor auf deren Webserver installierten, um Administrationsrechte zu erlangen, und das alles über einen Zombie-Rechner in Thailand und eine gehijackte Wi-fi-Verbindung in Düsseldorf. Freaky Franky war beeindruckt, weil, nachdem die Computerspezialisten von HACK den Datei-Transfer zur Ziel-IP-Adresse getract hatten, sie in der Wohnung in Düsseldorf niemanden fanden, der ihnen irgendwelche Informationen hätte übermitteln können, um sie auf die Spur des Täters oder der Täter zu führen. Erst nachdem Freaky Franky, nach eigenen Angaben, fast störrisch oder fast besessen für die wesentlich stärkere Berücksichtigung seiner IT-Vergangenheit während der »objektiven« psycho-klinischen Beobachtung seiner Verhaltensstörungen in der psychosomatischen Abteilung der Universitätsklinik Frankfurt plädiert hatte, ging dem damals schon parallel behandelnden Dr. phil. Werner ein Licht auf, so dass er sich seitdem etwas eingehender und weniger schläfrig um eine brauchbare bis exakte Diagnose und Analyse bei Freaky Franky bemüht, wobei die hauptsächliche Therapietätigkeit während der Sitzungen in der Auflistung diverser Methoden zur Selbstdisziplinierung besteht, deren Praxis in Zukunft zumindest die forensische Inhaftierung Freaky Frankys verhindern soll, um so schließlich auch ohne Fußfesselbegleitung seinen Pathologien Herr zu werden; es handelt sich um eine Liste, die der Psychiater mit einer Radiostimme vorträgt, die der einer audiogetuneten synthetischen Stimme nicht ganz unähnlich ist, und einen Textstream in Gang setzt, der sich fast sklavisch an seine Vorgaben hält, was Tonlage, Semantik und Syntax angeht. Beispielsweise rät Dr. phil Werner, dessen Schreibtisch übrigens ein unüberschaubares Chaos ist, übersät mit medizinischen sowie psychiatrischen Fachlexika, Kopien publizierter Zeitschriftenartikel, Computerausdrucken von Zahlenreihen, graphischen & mathematischen Darstellungen und handschriftlich vollgeschmierten Papieren mit faszinierenden Zeichnungen von Rotkehlchen, seinem Patienten mit tröger oder träger Kontinuität an einem Experiment der Marketingcompany H.O.M.O. teilzunehmen, dass ihm zu mindestens 75% bei der Beurteilung des eigenen Werts bzw. des Selbstwertgefühls, nicht nur, um sich der semio-emotionalen Kompetenzen zu versichern, einen entscheidenden Schritt in der Bearbeitung seiner furchtbaren Schizo-Logik voranbringen könnte, ohne gleich auf die Verbesserung seiner Leistungen bezüglich exogener Faktoren/Variablen wie Einkommen, Erfolg oder Karriere schielen zu müssen.

Spärliches Licht fällt vom rotierenden Blaulicht eines langsam vorbeigleitenden Polizeiwagen in das eher kalte, schummrige Behandlungszimmer hinein, dessen ca zwölf Meter langen Seitenwände mit Kunstdrucken aus der Renaissance und Bilder aus dem Film Blade Runner gepflastert sind. Neben seiner etwas widersprüchlichen Kunstliebhaberei ist der Psychiater Dr. phil. Werner auch ein ausgezeichneter Videogame-Spieler mit schnellen Reflexen, der die Tastenkombinationen fürs Springen bezüglich Waffeneinsätze aller Art sowie geographischer Erkundungen des Spiels Hongkong Lullaby auf seinem Flatscreen-Monitor quasi im Traum oder traumhaft sicher beherrscht und dabei gerne ein Anregungspfeifchen schmaucht oder zwischendurch gerne mal die Hände hinter dem Kopf verschränkt, um sich auf seinem ergonomischen Sessel bequem so weit zurückzulehnen, dass er es dann doch manchmal verpasst, die Befehlstaste zu drücken, um einen Avatar in Bewegung zu setzen, woraufhin er aber meistens sehr schnell wieder sehr organisiert wirkt, um ruckzuck anstatt fast gekrümmt aufrecht da zu sitzen und hyperkonzentriert die Tasten zu bedienen, was nicht heißen soll, dass er das Therapiegespräch mit Freaky Franky nicht konzentriert genug fortführen würde, allerdings ist es Freaky Franky schon mehrmals aufgefallen, dass der Psychiater in der letzten Zeit, vor allem während er den Pfeifenrauch in der Form einer Spirale ausstößt, deren Verlaufsform er äußerst diszipliniert und prüfend begutachtet, die Shouts einzelner Avatare des Computerspiels mit Textpassagen bzw. Kommentaren beispielsweise zu psychiatrischen Abhandlungen wie *Der sensitive Beziehungswahn* von Ernst Kretschmer aus dem Jahre 1927 so schwer durcheinanderbringt, was fast schon parodistische Züge trägt und was Freaky Franky als sehr angenehm, weil viral anstekkend empfindet, so schwer einen an der Klatsche zu haben, wobei er selbst maximalinformationsinnovativ konnektiert ist, was ihrer beider analogische Einbildungskraft tatsächlich ostentativ befeuert, mit der sie von nun an die instantanen Bildsequenzen und Satzverkettungen wie blöde variieren und kombinieren, nicht nur um das Verbindende, die Anschlüsse und die Aufschiebungen, was Syntax & Semantik angeht, zu bewahren, was ja meistens misslingt, sondern um sich zu gestatten, quasi als Lohn für die Abstinenz, einfach nur mal extrem gut drauf zu kommen, ohne die laminare Sprechlogik des Therapeuten-Patientenverhältnisses aufrechterhalten oder die äußerst seriöse Radarproblematik plus gefühlte Paranoia ausdiskutieren zu müssen und sich dann doch nicht zu einigen. Als auf dem Flatscreen schwere Leuchtspurgeschosse aus allen Richtungen an seinem Lieblingsavatar vorbeipfeifen und der Psychiater »Mir reichts« ruft und sagt, »abortive Paranoia oder paranoide zyklothyme Psychose gehen mir langsam, das ist jetzt vielleicht etwas zu vereinfacht dargestellt, aber grundsätzlich nicht falsch, so was von am Arsch vorbei«, und Freaky Franky sagt, »genau, mein Gehirn war schon immer auf der richtigen Überholspur und konnte nur noch nicht die letzten Abjekte der ödipalen Gefangennahme abwerfen«, da müssen sie beide prustend lachen. Das große Buchenholzregal mit wirklich stimulierenden Büchern, wie Freaky Franky findet, das also mit einer großen Anzahl von Nachschlagewerken zu Begriffen und Materialien der Psychiatrie, belletristischen Werken von Tolstoi bis Dostojewski und unzähligen Ratgebern gepflastert ist, vibriert ganz leicht, während die medizinische

Arbeit an den medizinischen Geräten und Maschinen in den das Behandlungszimmer flankierenden Räumen B und C weitestgehend störungsfrei abläuft. Dr. phil. Werner wird erst gar nicht recht bewusst, dass draußen südöstlich des Gebäudes vor zwei Wochen eine Großbaustelle eröffnet wurde, bis er es endlich schafft aufzustehen, das Fenster aufzumachen und den Kopf rauszuhängen und »Scheiße« zu schreien. Unwirsch schließt er das Fenster und gibt Freaky Franky kund, bei diesem Baulärm könne man unmöglich therapieren und er solle sich doch umgehend an die Marketingagentur H.O.M.O. wenden, um sich dem sicherlich ganz heilsamen Experiment als Testperson zur Verfügung zu stellen.

Der Eingang zu den Studioräumen der Agentur H.O.M.O. liegt am südlichen Zipfel der Mainzer Landstraße in Richtung Höchst. Nirgends ist ein Plakat oder eine Leuchtreklame an den Außenwänden des Gebäudes zu sehen, die auf die spezifische Form der Nutzung des handballfeldgroßen Raumes durch die Marketingagentur H.O.M.O. hinweisen würden. Schauplatz des heutigen Experiments ist das ganz in schwarz gestrichene Studio 5/5 (es ist 10:00 Uhr Vormittags), in dem eine exakte geometrische Anordnung zumindest bezüglich der Probanden herrscht, die in sechs Reihen mit jeweils acht Personen auf schwarzen Holzstühlen vor kleinen elektronischen Pulten sitzen, deren Buttons bedient werden können und sollen. Zur Crux des Experiments gehört es, einen Mann, der in einer Art 4x4 Meter großen elektronischen Duschkabine eingesperrt ist, unter Strom zu setzen, falls dieser eine Frage der Moderatorin Nicole S., die sie x-beliebigen Themengebieten aus der Naturwissenschaft, Filmwissenschaft und Kunstgeschichte entnimmt, falsch beantwortet. Unverzüglich wird der Mann dann von den Testpersonen Stromschläge auf der Skala von 30 Volt bis 420 Volt verabreicht bekommen, wobei die Elektrizität über die an den Hinterkopf des Mannes angeschlossenen Elektroden per Neurotransmitterübertragungen auf die Neuronenprozesse in seinem Hippocampus wirken werden, der verantwortlich für die langfristige Speicherung von Erinnerungen ist. In den hin und her schwingenden Lichtkegeln schwirren winzige Staubkugeln und Textilfasern, einige Flusen senken sich sterbenslangsam auf Nicoles S. Kopf hernieder und auf ihre Handflächen ab, was bei hellem LED-Licht je nach Position und Lichtwinkel zu einem dramatischen Supergau der subemotionalen Software von Nicole S. führen könnte, denn jede noch so winzige Staubkugel oder beispielsweise minimale Unebenheit des Betonfußbodens kann ihre kristalline oder hygienisch zu 100% keimfreie Schöner-Wohnen-Fantasie ins Wanken sowie die neurotischen Anteile ihrer psychischen Konstitution zum Kochen bringen. Laut Aussagen Tanks ist Nicole S. jederzeit bereit, in die Kühltheke irgendeines Rewe-Supermarktes zu urinieren, um spektakelorientiert auf eventuelle hygienische Dysfunktionen im betrieblichen Organogramm der Supermarktkette hinzuweisen. Überraschenderweise vermag Nicole S. nach wie vor trotz leichter Tendenzen zur Amatophobie, Ablutophobie und Rupophobie sowohl das externe Arbeitsverhältnis zu dem alten Ferkel Tank produktiv zu gestalten als auch dem feuchten, lautstarken Geschlechtsverkehr (Sex ohne Intimität) mit ihm etwas abzugewinnen, aber während des aufreibenden Beziehungsverhältnisses gibt es immer wieder strukturelle Löcher (die normalerweise an den Verbindungspunkten zweier Netzwerke entstehen, wobei keinerlei strukturelle Zwänge vorliegen), und exakt diese Form des Sexual Processing führt nachweislich zu jener Distanz, die denjenigen trifft, mit dem Nicole S. gerade sexuellen Kontakt hat, und die damit Tank vom Geliebten definitiv zu einer Art beziehungsfähigen Partner macht, der sich deswegen auch häufig grämt oder bei dem Gedanken sich gerne mal in die Unterlippe beißt. Nicole S., bordeauxrotes knielanges Samtkleid, schwarze Strumpfhosen von Gucci und purpurrote Highheels, plus kongeniales Make-up (Miniaturkunstwerk des Malers Konwitzisch) und der blonden Frisur einer Pamela Anderson, gleitet zur Bühne und gibt auf dem beleuchteten Tastenfeld eines Mischpults, das auf einer leicht erhöhten Fläche an der Frontseite des Saals steht, einen Zahlencode ein, der die Bearbeitung der Matrix sowie die Skalierung des Experiments ermöglicht. Die Show mit dem Namen *Die Tabuzone* ist keineswegs eine x-beliebige Quizshow eines ortsansässigen privaten Fernsehsenders, wie man den Testpersonen auch jetzt noch von Seiten des Promotionteams vorgaukelt, sondern eine Art Trainingsprogramm, dessen sozialtechnologischer Impuls darin besteht, die Akzeptanz bestimmter Leitbilder in den Medien, die allesamt kreative Vervollkommnung und Verherrlichung des Selbst verheißen (von der Hyperventilisierung des Selbst kaum zu unterscheiden), bei den Probanden hinsichtlich der ideologischen Verinnerlichungskapazität zu testen und auch in Frage zu stellen, nämlich, wie weit man mit seinen Handlungsweisen bereit ist zu gehen, um den sozialen, ökonomischen und psychologischen Wettbewerbsvorteil gegenüber den persönlichen Konkurrenten zu stabilisieren oder gar auszubauen. Das Experiment der Marketingagentur H.O.M.O., das unter Beteiligung bzw. Beratung von Forschern aus dem Max-Planck-Institut in Berlin stattfindet und finanzielle Unterstützung durch die Esperanto Bank im Rahmen ihres großzügigen Sponsoring post-positivistischer Wissenschaftsforschungsprojekte erfährt, wobei die Finanzierung über die Stiftung »Zentrum für Gegenwartsdiagnostik« in München abgewickelt wird, dieses Experiment steht also im Zentrum der Konzeptualisierung von Selfperformancepsychologien, die mit subtiler Suggestion die Vorstellungswelten und Freiheitsbestimmungen des Individuums zu testen versuchen. Stromschläge werden in Wirklichkeit nicht ausgeteilt, den der als Hauptakteur engagierte Michael Meinert ist nur ein stinknormaler Schauspieler, der den simulierten physischen Schmerz mit Hilfe äußerst fantasievoller Gesten und Gesichtsmimiken zu orchestrieren weiß. Auf der leicht erhöhten Fläche zwischen der großen Duschkabinenbox und der breiten schwarzen Eingangstür drehen sich Nicole S. und Tank auf ihren Drehstühlen nach rechts herum, die Gesichter simultan dem großen gesplitteten Bildschirm hinter dem Mischpult zugewandt, auf dem sie die Reaktionen des Schauspielers auf die virtuellen Stromstöße bzw. das volle Körperverhalten von Michael Meinert, das gleich aus mehreren Blickwinkeln gefilmt wird, sehr genau beobachten können. Gerade stöhnt Michael Meinert nach der sechsten falschen Antwort hintereinander vor Schmerz bei jedem neuerlichen Stromstoß markerschütternd laut auf, schreit wie ein abgestochenes Schwein, bittet irgendwie maßlos übertrieben und wimmernd darum, dass das Spiel doch schnellstens beendet werden möge, und sinkt im Ledersessel plötzlich in sich zusammen, der Kopf knallt auf die Brust, während dem leicht blubbernden Mund kein Laut mehr entweicht. Davon einfach ungerührt drängt die Marketingexpertin Nicole S. die 48 Kandidaten, eine bunt zusammengewürfelte Truppe, die nach ein paar x-beliebigen Straßeninterviews nach ziemlich undurchsichtigen Kriterien zusammengestellt worden ist (und in der sich auch Freaky Franky befindet), eiskalt zur Fortsetzung des Spiels, wobei sich fast ausnahmslos alle Kandidaten, die bei einer erneut falschen Antwort seitens Michael Meinerts die elektronischen Hebel immer hocherfreut synchron umlegen, tatsächlich in der Testsendung für die neue Quizshow *Die Tabuzone* wähnen. Auch nach Freaky Frankys Auffassung schweift oder driftet Nicole S. bei der Frage, wer denn nun der Erfinder der Elektroschocktherapie zur Behandlung von Depressionen, und ob diese Behandlungsmethode – normalerweise bei Vollnarkose ausgeführt – im psychiatrischen Diskurs noch zeitgemäß ist, so weit ab, dass geradezu raffiniert eine Antwort seitens des Schauspielers verhindert wird, so dass Meinert tatsächlich komplett entnervt von seinem verkabelten Drehsessel aufsteht und laut »Aufhören mit diesen krummgeschissenen Drecksfragen« ruft, während er mit beiden Händen seinen Schädel wie eine Glaskugel feinfühlig befühlt, vielleicht um der Moderatorin einen weiteren die Frage begleitenden Kommentar zu entlocken, der für ihn jetzt plötzlich die Minimalvoraussetzung darstellt, um den Test regelkonform fortzuführen, was aber nicht at once zu Reaktionen bei der Moderatorin führt, zumal sie schon über drei Minute hinweg, was ihr völlig unzumutbar erscheint, mit verzerrten, ins Verächtliche gleitenden Gesichtszügen der impertinenten Person, die da unverkennbar in der elektronischen Duschkabine Bockmist baut, folgen oder wahlweise entzückt auf die Monitorwand hinter der Bühne starren muss, wenn es denn endlich mal wieder Stromschläge setzt, solange geht das Ganze, bis Freaky Frankys nächster unrhythmisch vorgetragener Schrei *Aber das Irrsal hilft* folgt (und die Fußfessel nicht). Die Wörter Irrsal und Hilft keineswegs in der Nachfolge von Hölderlins Versumbruch akzentuiert ausgesprochen, das erste Wort beinahe schon ein Obsölezismus, was dazu führt, dass Nicole S. ihr Hirn sekundenlang auf Autopilot stellt, bildschön sogar, während ihr von einem schwarzen Hut mit Krempe bedeckter Kopf in wellenförmige Bewegungen gerät. Freaky Franky streift sich mit dem rechten Finger horizontal über das Philtrum.

Wie die große Monitorwand anzeigt, gingen bisher 39 der beteiligten Probanden jede Stufe der Bestrafung durch Volterhöhung bereitwillig mit, waren einfach bereit, dem Befehl ihrer Gehirne, das Procedere bis zur x-ten Belohnungs- oder Gierstufe hochzuschrauben, Folge zu leisten. (Gemäß der sogenannten Anreiz-Sensitivierungs-Hypothese der Biopsychologen Berridge und Robinson kann der Konsum einer süchtig machenden Substanz oder Verfahrens, das zu Veränderungen in den Netzwerken bzw. Schaltkreisen des Gehirns führt, auf Faktoren hinweisen, die eben nicht Lust oder Belohnung, sondern Gier und Verlangen signalisieren.) Falls der Schauspieler Michael Meinert, der sich gerade auf dem Weg der kurzfristigen Rekonvaleszenz befindet, eine weitere falsche Antwort gibt, um daraufhin erneut wie ein grotesker Clown in schrecklicher Ekstase den Oberkörper konvulsivisch hin und her zu schütteln und die Dynamik der artistischen Gesichtsverzerrung von jener Extremkrümmung zwischen Schmerz und Ironie zu perpetuieren und dabei die Augen nach oben zu rollen, dass das Weiß den gesamten Binnenraum in den Augenhöhlen einnimmt, also die Körperaktivität insgesamt einen spasmoiden, epileptischen Anfall tangiert ober eben eine Art Ekstase, bei der der Ekstatisierende z.B. mit cannaboidem DDT-Pulver und Wasserstoffperoxid überstreut bzw. übersprüht oder durch Digitalisvergiftung dessen Körperrhythmologie nachhaltig beeinflussen wird, ja, dann wird die Wahrheit seines leichten Tanzes, der Seeadler, der Sturmvogel, der Pelikan, der die Lüfte mit seinen Flügeln schneidet, aufscheinen, nur um die durchaus heiteren und günstigen Prognosen hinsichtlich der Erregungsstufen der Fieberkurven der Probanden zu performieren, die jetzt schon wie Kirchturmzeiger schwingen, na klar. Es geht ja für die Probanden darum, in die Tabuzone einzudringen, um ihre Giersysteme zu aktivieren und hochzufahren, indem sie mit dem ideal ego einen Akt der Identifizierung vollziehen, aber was ist mit Michael Meinert denn jetzt los, der den Blicken der Probanden gleichermaßen als ein Objekt der Angewidertheit wie der Faszination erscheint, und vielleicht sieht er sich deshalb gezwungen eine Position einzunehmen, von der aus er sich als liebenswert oder eben gehasst gespiegelt sieht.

»Wunderbar!« tönt Nicole S., während mindestens drei Probanden, unter ihnen dieser wuschige J.T. Prewo, zumindest kurzfristig innehalten, einer von ihnen sogar ins Schluchzen gerät und offensichtlich überlegt, ob er dieser impertinenten Person Nicole S. nicht gehörig mal die Meinung geigen soll. Ihr mal richtig den Rücken blau schlagen, während sie schon deftigst am Flennen ist, oder der Tussi mit den scharfkantigen Zinken eines Kleiderbügels die feinrückige Nase aufreißen oder aufschlitzen oder mal mit einem heißen Dampfbügeleisen ihre makel- und faltenlose Gesichtshaut weiter glätten, verdammte Scheiße, wie es eines weiblichen Creative Directors von ihrem Format einfach würdig ist, deren blauäugige, sadistische Fantasien ständig entweder die Probanden oder Michael Meinert als Opfer markieren, um sich selbst erneut als diejenige zu sehen, die sich als begehrenswert über Maßen sieht, und die sich allen Ernstes ernsthaft mit der Frage befasst, auf was sie die Kandidaten, die direkt von der Straße aufgepickt wurden, noch alles wird einschwören können, und der eine tolle Idee nach der anderen in den Sinn kommt, um den Aktivitäten von kleingeistigen Spielernaturen höchstwahrscheinlich total unbrauchbares Datenmaterial abzuringen, deren Suchtpotenzial nach dem Unerlaubten oder Verbotenen doch eher als mäßig einzuschätzen ist, oder um das Experiment letzten Endes vielleicht irgendwie doch noch in der Fascination Appeal Matrix weiter oben ansiedeln zu können. Effekte von Desorientierung und Schmerzsteigerung werden in der elektronischen Duschkabine mittels der Zugabe von wattstarken Stroboskopen, höllisch lautem Technosound und flüssigem Sauerstoff so heftig intensiviert, dass beim A&R-Team von H.O.M.O., das in einem Nebenraum vor Computerterminals ausharrend die Veranstaltung beobachtet, die Informationsverarbeitungsmaschinerie der Selbste umgehend wieder anspringt, diese Form der Lokalisierung perfider glatter Cleverness durch den

Versuch hindurch das Delokutivum zu aktualisieren, die Grundbedingungen des Geredes (als Möglichkeit, alles zu verstehen ohne vorgängige Zueignung der Sache, vgl. Martin Heidegger) brauchbar zu machen und dabei extraweiche Cheeseburger und Caipirinhas zu schlabbern – je performanceträchtiger der soziale Kontext, desto hysterischer die Beteiligten –, Marketingspezialisten, verdammt zu der verdammt nüchternen Erkenntnis, dass die Konstruktion der lebenslangen Kontaktaufnahme, der aufgehypten Selbstverwertung und Reputationssucht auf einem einzigen banalen Konzept gründet, nämlich, die Idee des *Wahrscheinlich ist alles möglich* auf Sparflamme zu halten und nur bei passender Situation zum Großfeuer aufzublähen, um dann möglicherweise die gesamte Konkurrenz in der Marketingbranche in die Knie zu zwingen. Der redundante Befehl lautet, den Befehl zur Reduktion der Kontingenz (der Todfeind des Lebensentwurfes) mit den Imperativen der Flexibilisierung, Globalisierung, Mobilisierung und permanenter Erreichbarkeit zu verknüpfen, und fragt man nach den Gründen dieses putzigen Erfolgskonzeptes, wird man von den Managern von H.O.M.O. auf die Bedeutung der Fitnessindikatoren innerhalb der Evolutionsgeschichte verwiesen, und fragt man, welche spezifische Konstellation denn die wichtigen Fitnessindikatoren herausbildet, wird man auf die brachiale Existenz des ubiquitären Erfolges verwiesen. Die Mixtur zweckrationalen Handelns und experimentellen Lernens als Management des self-fashioning in der Art einer unkonventionellen Konvention zu betreiben, um einen Apparat/Maschine in Gang zu setzen, die heute kein Mensch mehr beherrscht, also das Ausflaggen eines Handlungssystems zu betreiben, innerhalb dessen sich die Akteure ganz bewusst selbst Handlungen zuschreiben, obwohl ausgerechnet sie, die innovativsten der innovativen Kreativen hauptsächlich als Wasserstandsmelder bzw. Barometer in einem selbständig zwecksetzenden System fungieren und funktionieren, ist ein faszinierender Trick, der noch viel besser funktioniert, wenn man in Zukunft die neuesten Forschungsergebnisse der Neurotechnologien noch konsequenter zur Rate ziehen wird, um die Verbindung zwischen Maschinen und Gehirn zu perfektionieren, die Interaktion zwischen Elektroden und Nervengewebe mittels des Brain-Machine-Interfaces, das den wechselseitigen Austausch bioelektrischer Signale ermöglicht, der sowohl die Hirnaktivitäten als Information liest als auch mittels der Information Hirnaktivitäten generiert, diese Interaktion also steuert und lenkt, wobei man sich hier jetzt nicht unbedingt vorstellen sollte, was die mittels eines Elektroenzephalogramms gewonnenen Daten & Informationen im Falle eines Michael Meinert mit dem von ihnen gesteuerten Computercursor alles anrichten könnten, der jetzt schon erratische Verlaufsformen von Wellen und Linien mit dramatischen Spitzen und Tiefen und phasenverschobenem Frequenzjaulen zeichnet, die an keinen noch so chaotischen Kursverlauf im Zuge finanzieller Totalkaputtheit erinnern, zu verwegen ist also jetzt schon das gezackte, zittrige Hirnvibrato bzw. der Tremor der besonders explosionsschwangeren Sorte infolge eines nervenbedingten Muskelchaos, der Umkehrung des Locked-In-Syndroms ein für allemal, und das im klinischen Sinn, die Karikatur hohler Ideologie, die besagt, dass jeder selbst für seine Wahrheiten verantwortlich ist, seinem Delirium präsens, um das Selbst, koste es was es wolle, zu (ver)handeln, obwohl das Verschwinden der Cheffunktion jede nuanciertere Wirklichkeit in der Company auch leerer machen könnte, auch für die Mitarbeiter von H.O.M.O., und das im Sinne der paradoxen Visualisierung einer Verzerrung, die als (verzerrende) Operation eine Bedeutung ganz anders repräsentiert als sie ist, nämlich als Projektion einer Zufriedenheit und Selbsttransparenz der Mitarbeiter, wo doch sämtliche Funktionsträger brauchbare Angestellte sind, die versuchen – das Toilettenpapier des Sklaven unter den Sklaven im Kopf – so illusionslos wie erregt weiter zu machen, um in der Funktion von Trägern hochwertiger Ich-Aktien ihr ausdifferenziertes Portfolio-Denken und Nase-im-Wind-Getue und andere unerfreuliche Sachen zu verwerten, eine einfache Wahrheit, mit der auch die Marketingabteilung von H.O.M.O. unverbrauchte Selbstbetrugsformeln als universelle Bekenntnisse zum Wünschenswerten vorträgt, das Durchsetzungsvermögen als Führungsqualität im Spiel to have lunch or to be lunch, was womöglich die erratischen Kurvenverläufe der Gehirnströme eines Michael Meinert ideologisch untermauert, um im nächsten Phasenschub schon wieder Entideologisierung zu betreiben.

»Ich tue, was du willst, wenn du tust, was ich will«, sagt Freaky Franky.

»Der Raum für authentische Versöhnung ist ein anderer, oder hier schlicht fehl am Platz. Versprechen kann ich Ihnen aber eine Erlösung von ihren schlechten Impulsen, wenn sie der Darstellung hier im Studio weiterhin folgen«, sagt Nicole S..

»Ihr individuelles Leben ist eine serialisierte, neokapitalistische Minikrise, die wahrscheinlich einen unschönen Namen trägt. Wenn Sie wissen, was ich meine«, antwortet Freaky Franky.

»Sie wollen wohl doch nicht allen Ernstes in die Rolle des Gefolterten hinein kriechen?« Diesem Satz folgt ein kurzes Schweigen. Eine sublimierte Wut. Freaky Franky rülpst nur leise, während Nicole S. als eine der obersten Kreativen von H.O.M.O. weiter schweigt, obwohl sie sich doch vorzüglich, und das rund um die Uhr, auf das Trend- und Issuemanagement versteht, denn gemeinsam arbeitet sie mit dem derzeitigen Beziehungspartner Tank sowie drei weiteren Kollegen an einem Archipel verknüpfter Handlungen und Aussagen, was sie aufgrund der sterilen Konzeption des Lebens als Multiple Choice

Test sehr gut kann, wobei sie fast gesetzestreu der Maxime folgt, niemals nur eine Möglichkeit anzukreuzen; sie fungiert gerne als Sprecherin der Gruppe, obwohl sie in den verschiedenen Brainstormings immer wieder erklärt, Hierarchien seien durch adhocracies zu ersetzen. Der drückbereiteste Teilnehmer des Experiments (24 Bestrafungsknopfdrucke in einer Zeit von 28 Minuten), der die ganze Zeit das Public-Enemy-Basecap verkehrt herum auf dem Kopf getragen hat, zieht das Cap jetzt endgültig ab, um sich mit der rechten Hand ungeduldig über den kahlen Schädel zu reiben. »Können wir nun endlich fortfahren?«, mault er. »Vielleicht bis zu einer gewissen Stufe«, wirft ein noch jüngerer Proband unwirsch ein, der sein linkes Fußgelenk auf das rechte Knie ablegt, um dann so weit auf dem Stuhl nach hinten zu rutschen, dass sich das Kinn unter dem angewinkelten Knie befindet; ein Proband in einem unauffälligen schwarzen Sakko reißt gerade die Hände aus den Taschen seiner schwarzen Jeanshose, steht auf und tut, als würde er trampen oder vielleicht einem Sattelschlepper wütend nachwinken, der ihn beinahe an der Ventralflanke mitgenommen hätte, woraufhin der Typ jetzt total ausflippt, sich mit beiden Händen auf die Schultern schlägt, parallel grunzend und schnuppernd mit reflexhaften Lippenbewegungen sein Sakko angeblich nach Ingredienzien und gefährlichen Toxinen untersucht. Die verdrehten Augen, die verflucht hässlichen Stirnrötungen sowie die Flusen/Fäden aus dem Nasenschleim über der Oberlippe sind in Großaufnahme auf der Monitorwand hinter der Bühne zu sehen, bevor diese impertinente, dissente Person scheinbar von Kränzen von Orgasmen oder elektroorganischer Kopula geschüttelt auf den Fußboden plumpst, dass der Schauspieler Michael Meinert in der elektronischen Duschkabine nur aus dem Motiv der Eifersucht heraus händeringend darum bittet, ohne natürlich auf die scheußliche Performance des Probanden näher einzugehen, im Programm weiter fortfahren zu können, was er mit einer bedeutungsschweren, antifeministischen Kunstgeste unterlegt, deren Implikation allen im Studio anwesenden Frauen mit ihren entweder total begeisterten oder insektenhaften, gesichtslosen Gesichtern verschlossen bleibt, außer natürlich der hochkonzentrierten Nicole S., was dem Symptom von induktiver Potenz sowie der Potenz für Mehrstimmigkeit entspricht, das von gedanklicher Bewegungsfähigkeit, aktualisiert im jeweils zündenden Satz, nicht zu trennen ist; die frivole, introversive Geste des Schauspielers, die auch etwas Expressives hat, inhäriert nichts weiter als Michael Jacksons Griff in den Schritt. Wer wird gewinnen? Die sofort neu aufgenommenen, aber anders wiederholten Gesichtsspasmen und Mundwinkelzuckungen des Michael Meinert, nachdem er die Frage nach dem Autor des zweitausendseitigen philosophischen Mammutwerks »Das Zeichen, die Maschine und das Subjekt als Effekt« mit dem Namen Kaimon Punter im verzerrten Vocoder Effekt des Audiotunings beantwortet hat, werden von taumelnden Pupillen in aller Strenge kommentiert –; alle Gesten von Meinert sind jetzt weitaus weniger konventionell als die von Stromstößen mit einer Stärke von 320 Volt hervorgerufenen Spasmen, deren Signifikat schon das schlüssige Delirieren war, angeschoben von frei flottierenden Signifikanten, gutturalen Phonemen und äußerst stimmhaften Friktionsgeräuschen, die durch einen gewaltigen pulmonalen Luftstrom erzeugt wurden, der schon einem Normalsterblichen fast die Lunge aus dem Leib reißt. Zugegebenermaßen verfügt der Schauspieler Michael Meinert über eine dreijährige Ausbildung am Institut für Psycho-Physiognomik, dessen Grund- und Hauptkurse zu Theorie und Praxis der Klassifikation und Phylogenese emotionalen & affektiven Ausdrucks er immer mit der besten Note abgeschlossen, wobei er nebenbei an der Steigerung der Vitalkapazität seiner Lungenfunktion gearbeitet hat, um heutzutage das unglaubliche Volumen zu erreichen, das er bei maximaler emotinonaler Inspiration maximal ausatmen kann, bisweilen schwindelerregend für ihn selbst. Es sind gierige, elektrifizierte Finger, die am schütteren silberfarbenen Deckhaar zupfen, und in Begleitung eines heißhungrigen, gefolterten Schreis, der die Equalizer-Amplitude an Nicole S.′ Mixdeck nach oben schießen lässt, dem Event das Auratische eines mythischen Pharmakons verleihen, und es steht auch fest, dass selbst Nicole S. im Moment keine Ahnung hat, wo Michael Meinerts Hammelbeine stecken, denn er durchlebt anscheinend eine Art grauenerregender Schüttelfrostekstase, geschüttelter Ausdruck von geständigen oder fehlgeleiteten Wahrheitsprozeduren en masse sowie Katharsis in einem, bei der sich der Kopf des Schauspielers immens aufbläht und hin und her federt, es ist ein stark aus den Fugen geratener, robotisierter Tanzkörper beim Zucken und Anschwellen, wobei Freaky Franky jedoch eher an einen intentional gestörten Pongoiden denkt. Ein Muntermacher für Flexibilisierungsimperative.

Vor lauter Verzweiflung über das aus dem Ruder laufende Testprogramm schlingt Nicole S. ihre Arme um die Schultern, um dann mit einem gespielten Zittern der tiefroten Lippen ihre eigene Körperaktivität zu beflüstern, als das Bühnenlicht abrupt zu flackern aufhört und die LED-Leuchten langsam nach unten gedimmt werden, bis das Einspielen des Songs »Forever Never« die Studiozeit endgültig normalisiert, damit auch Nicole S. nervöses Schaltbrett endlich Ruhe geben kann, noch bevor ein fulminanter paranoider Donnertrommel eingespielt wird, ein bisschen 0,05 Sekunden verzögert, während Nicole S. von einem Produktionsassistenten in einem krass hippen, weißen Lederanzug gefühlvoll, fast intimisierend von der Bühne begleitet wird und trotzdem beinahe auf die Fresse fällt. Alles schien wie entfesselt und doch präzise, verspielt wie unerbittlich, brechend und berstend vor miesen Slogans und doch rein in der Funktionalität eines auf Testergebnisse orientierten Verfahrens eingeschlossen, in dem die Probanden der Fratze ihrer Selbstsucht des Bewertens, Belohnens und Verlangens vorgeführt wurden. Nicole S. hebt stolz den Kopf, bestaunt das mittlerweile arglose Antlitz des Schauspielers Michael Meinert, der seinen Kopf in der Glaskabine jetzt sichtlich entspannt zurücklegt und die Füße ausstreckt, bis endlich der Clou des Experiments trotz leichten Lampenflackerns und leichter Druckveränderungen in der Kabine auch für die Testteilnehmer an Sichtbarkeit gewinnt, während Konfetti aus aufgeklappten schwarzen Boxen von der Decke regnet. Auf der großen Leinwand wird der Slogan *Unendlicher Spaß ist Todesmutigkeit* eingeblendet, und auf einem Bild unter den schwarzen Buchstaben berühren sich Lippen im Großformat, bis endlich der zweite Slogan hochgefahren wird: *Vermeide Gewalt gegen dich selbst und andere e. V.*

Durch den eher lahmarschigen Abschluss des Experiments fühlt sich insbesondere Freaky Franky besonders bzw. gründlich verarscht. Wenn jemand ihn in diesem Augenblick bei diesem verhaltenspsychologisch total uninteressanten Event sähe, hielte man ihn ausnahmsweise einmal für deprimiert. Dass Mythos, Zynismus und Dummheit einander ausschließen können, hat sich im Fall des Experiments für ihn überhaupt nicht bewahrheitet, der, weil er ja nicht blöd ist, auch nicht übertrieben enttäuscht ist, vielleicht nur resigniert ob der Erkenntnis, dass Dummheit bei den einen so nahe an Naivität andoggen kann, während sie bei anderen mit der Bösartigkeit der Ironie verschweißt scheint, verschwistert mit dem puren Schein von Hedonie unter der Ägide der Plastizität der Gehirnkraft. Das Problem ist nicht, dass alles Teil eines Problems ist, für das es keine Lösungen gibt, sondern dass überhaupt nicht der geringste Ansatz für eine Problemstellung/Konstellation vorhanden ist. Somit wird die Wahl zwischen (falschen) Lösungen nicht nur riskant, sie bleibt auch naiv, denn der Modus der Verantwortlichkeit für die Risikoübernahme als Beigabe ständigen individuellen Entscheidens, wobei man daraus entspringende Nachteile sich selbst zuzurechnen hat, ist unter informationellen Gesichtspunkten vom Modus des Glücksspiels nur unscharf zu unterscheiden, auch wenn hier noch so umfassende Diversifizierungsprogramme gefahren werden, um die falschen bzw. nachteiligen Folgen einer misslungenen Lösung zu neutralisieren. Das Territorium grenzt nicht eine Lösung, sondern ein Problem ein. Die Maschine ist ins Herz des Unbewussten eingegangen.

Marcus, der über die Zugänge zu x verschiedenen Echtzeit-Online-Diensten an den Computerbörsen der Welt verfügt bzw. immer mittels der hippsten Analysesoftware mit seinen Dealern beispielsweise in London kommuniziert, gibt im Handelsraum im 19. Stock des Esperanto-Buildings auf Platz 97 schon die nächste Order ein, die vollautomatisch, Zahlungs- und Lieferverpflichtungen inklusive, an das Backoffice der Esperanto Bank weitergeleitet wird. Die Analysesoftware CDE hat für ihn in Sekundenschnelle diverse Angebote auf dem Markt für Katastrophenderivate abgesucht bzw. gescannt und blitzartig ein paar lukrative Gegengeschäfte gefunden. (Das Handeln der Futures und Optionen ist seit den 1990er Jahren ein Handeln mit Daten und Informationen, die nicht in jedem Fall der Visualisierung bedürfen, obwohl die Benutzeroberflächen, Suchmaschinen und Browser das schiere Gegenteil suggerieren. Es sind die unsichtbaren universellen Bits, die die Marktteilnehmer als sogenannte Interfaceverwalter an ihren Screens und Terminals zusammenführen. Die räumliche und zeitliche Entgrenzung der Börse im Rahmen der delokalisierten und echtzeitorientierten Verstreuung der Finanztransaktionen ist durchzogen von transversalen Bewegungen, es sind Ströme ohne Anfang und Ende, die die Ufer unterspülen und in der Mitte immer schneller fließen. Vgl. Deleuze/Guattari.)

Die Esperanto Bank arbeitet ähnlich wie die Full-Service-Retail-Broker-Internet-Plattformen von Goldman Sachs oder Morgan Stanley hauptsächlich im ultraluxuriösen Brokerage, deren Mitarbeiter sogenannte Discountbroker im unteren Segment der Börse regelrecht verachten, weil sie u.a. mit Dumpingpreisen und niedrigeren Zinssätzen operieren, auch was die Transaktionskosten etc. angeht, jedoch nimmt man bei den Händlern der Esperanto Bank im Gegensatz zu amerikanischen Investmentbanken eine ungünstigere Modulation von Zinssätzen und eine Lockerung des Gläubiger-Schuldner-Machtverhältnisses zeitweise in Kauf, auch wenn es darum geht, die Finanzmärkte auf Basis der aktuellsten und leistungsfähigsten Speichertechnologien, z.B. des Unternehmens Cebas, und schnellster Übertragungsverfahren, Bit pro Sekunde (bit/s), für die von Dr. Dr. Hanselmann präferierte Befeuerung der sog. soziale Dienste und sozialen Dienstleistungen im globalen Maßstab zu nutzen, eine Art Leitgestirn, eine Wunderkerze, für das die Marketingagentur H.O.M.O. derzeit das passende Konzept/Konstrukt entwickelt, wobei die fortstürzende Zirkulation des Geldes, ermöglicht durch digitale Netzwerke, Institutionen und mediale Dispositive im Zuge einer breit angelegten Werbekampagne in einer Kosmologie der schönen Sternchen visualisiert werden soll, die um das (virtuelle) Zentrum eines rastlosen Proteus kreisen und reisen, eine Art Großsignifikant für die EB.

Aber wie das Gute und Positive realisieren, wenn sich die relativen Preise von Devisen, Zinssätzen und Kreditierungen in Millisekunden verändern oder wenn beispielsweise eine Order von Marcus, die durch das elektronische Netzwerk zu seinem Händler Davidson in Hongkong gejagt und bestätigt wird, wegen der schwindelerregenden Datenübertragungsraten der Glasfibernetze regelrecht hin und her schießt, womit den Brokern nur ein minimalstes Zeit-Intervall zur Intervention zur Verfügung steht, der Deal also die clevere, sekundengenaue, schlagfertige Entscheidung seitens des Brokers erfordert, die letztendlich von der Entscheidungsqualität des behavioristischen Reiz-Reaktion-Modells kaum noch unterschieden werden kann (vgl. digitale Datenmenge pro Zeiteinheit in einem Übertragungskanal), womit Zeit selbst zum Zahlungsmedium und zur Verrechnungseinheit wird; also ist das perfekte Targeting gefordert, und die Frage, ob z.B. der Spread (Differenz zwischen Kaufs- und Verkaufspreis) einer Option auf Kupfer oder Zucker oder auf einen Vulkanausbruch hier und jetzt okay ist, in diesem Bruchteil von Sekunden, bevor schließlich das Clearing erfolgt, gleicht tatsächlich einem Gambling der hypernervösen Sorte; ja, wie das Gute realisieren, wenn Marcus eigentlich schon in den nächsten Trade inkludiert ist, wenn innerhalb des entgrenzten Zeitregimes des Internet implosionsartig deterritorialisierte Derivat- und Kreditströme über den Globus stürzen.

Marcus' Börsensoftware implementiert gerade die Eingabe einiger Parameter, u.a. Varianz und Vola, bevor der Programmalgorithmus den Deal über 200.000 Millionen Euro in der SETS (der elektronischen Handelsplattform der London Stock Exchange) selbsttätig abwickeln wird. Sekunden später benutzt Marcus den Server der Esperanto Bank, der im Rechenzentrum der Deutschen Börse steht, um sich ins deutsche XETRA System einzuloggen, wobei er sich ziemlich sicher ist, dass sechs Millisekunden später sämtliche Daten auch an der Börse in London und dreißig Millisekunden danach in New

York zur Verfügung stehen. Marcus vertraut einfach dem technischen Entwicklungsteam der Esperanto Bank voll und ganz, das ständig die schnellsten Rechner, die leistungsfähigste Software und die effizientesten Rechnernetze bereitzustellen versucht, um die maßgeblichen bzw. maßlosen Finanz- und Geldströme zu evaluieren bzw. in kybernetische Feedbackschleifen einzubinden, die wiederum Beobachtungen auf n Ebenen in Gang setzen. Der Algorithmus bestimmt die Strukturierung und das Timung der Order anhand bestimmter Parameter, allerdings bedarf es gewisser Handelsstrategien seitens der Akteure, mit denen man zum Beispiel die Orders auf bestimmten Märkten verteilt, was wiederum das permanente Testen von mathematischen Finanzmodellen, die Analyse von Marktdaten sowie die Aggregation von Realtime-Kursen voraussetzt. Marcus ahnt allerdings etwas von seinen menschlichen Beschränkungen bzw. Defiziten, denn das algorithmisch operierende Handelssystem gibt ihm eine, für ihn unüberschaubare Anzahl von Kaufs- und Verkaufssignalen für Derivate und Aktien vor, diktiert dem eigentlich eher verschlafen wirkenden Broker das Timing, der dennoch schon einmal richtiggehend austicken kann, wenn er sich total gesteuert und kontrolliert von den Zeitreihen fühlt, die Marktpreisbewegungen abbilden; so geht die automatische Ordererfassung und Vermittlung der Transaktionen nahtlos in die Generierung der Handelsentscheidung über, wobei in den Handelsräumen der Esperanto Bank 800 Order pro Sekunde generiert und an die Börsen in aller Welt weitergeleitet und dort verarbeitet werden.

Alles eine Frage von physikalischen und digitalen Größen, seufzt Marcus leise in sich hinein. Die Maschinen dirigieren Marcus und nicht Marcus die Maschinen, und sie führen ihre Handelsspiele untereinander durch, die Marcus aber auch mal nach Belieben unterbrechen kann, wie eben jetzt, als er entdeckt, dass die Boolean Daten (eine Kette von Nullen und Einsen, die die Kombination von Regeln von durch genetische Algorithmisierungsverfahren gewonnenen Tests darstellt), die über die hausinterne Kursdatenbank mit Konjunkturdaten aus dem Jahre 2012 gefüttert wurden, falsche Verkaufssignale für die Aktie der Nigerian Airlines gaben, weil wahrscheinlich irgendetwas im genetischen Procedere schiefging und wahrscheinlich beim Kreuzungsprozeß zweier Regelketten Chromosomen entstanden sind, die einen Selektionsprozeß in Gang setzten und sperrige Indikatoren ausspuckten, so dass die visualisierten Zahlen und Summen nur noch eine vage Spur hinterließen, ein Amalgam aus ansteigenden Kurven, pulsierenden Zahlenreihen und Charts, die sich auf seinen Screens in Sekundenbruchteilen ständig veränderten, dass die Beobachtung oder das Interpretieren der monetären Spuren ein reines Glücksspiel war, jedenfalls für Marcus, obwohl er sich das im ersten Moment nicht eingestehen wollte und auch im Nachhinein nicht eingestehen will. (Die Wertschöpfungsketten an der Börse, von der Erfassung der Aufträge bis zu den Transaktionen, Kursentwicklungen, Verträgen und Lieferungen, also das gesamte Geschäftsabwicklungssystem inklusive der Marktinformationssysteme, Finanzanalysen und Technologien wird aufgrund der konstitutiven Automatisierung targetingmäßig vorangetrieben, u.a. seit 1977 an der Toronto Stock Exchange das Computer Assisted Trading System (CATS) installiert wurde. Es entstanden unter den Rahmenbedingungen der ökonomischen Deregulierung nicht zufällig die ersten finanzmathematischen Modelle, mit denen man die Preisbildung bei Derivatprodukten (Futures, Swaps, Caps, Swaptions etc.) erfassen konnte, deren Preise selbst von den Preisverläufen sog. underlaying assets (Aktie, Zinsrate etc.) abhängen, von auf dem Markt schon etablierten Produkten.)

Marcus, Michael, Denis und Mike schaudern. Der Freizeitpark YEAH in Hassloch-Ost, den Jahr für Jahr hunderttausende von Gästen aus der ganzen Welt, vornehmlich jedoch aus Japan, China und den USA frequentieren, eine Art Hightech-Multifunktionsspielwiese auf großem Gelände, an dessen ästhetischem Komplement bisher auf der Welt nur noch in Dubai gebaut wird, wollte sich vor Wochen, unmittelbar nach den ersten gemessenen, signifikanten Aktivitäten des Vulkans in Island gegen einen finanziellen Schaden, der aus dem eventuell bevorstehenden Vulkanausbruch und der daraus resultierenden Schließung des europäischen Luftraumes entstehen könnte, umfassend versichern bzw. im Vorfeld den Schaden kompensieren. Marcus, Michael, Denis und Mike zauberten während eines achtstündigen Meetings zusammen mit Sam Kimberlay, den Mathematikern Urs und Alf, plus dem Physiker Wolfgang für das Management des Freizeitparks YEAH ein neues, ein fantastisches Derivatprodukt aus dem Ärmel. Und unbegreiflicherweise zog man fast im gesamten Expertenteam der Esperanto Bank überhaupt nicht in Betracht, dass die Verlaufsform der Naturkatastrophe ihren Spekulationen einen gehörigen Strich durch die Rechnung machen könnte, während für andere Cliquen in der Branche, die volle Kanne auf den Vulkanausbruch wetteten, eine Superperformance auch drin war, was sich im Hirn eines vulgärmarxistisch denkenden Bankers manchmal sofort assoziativ verzahnt mit einer Yacht vor Cannes, den scharfen Schnitten eines Luxusescortservices, massig geilen Kunstevents und weiten Luftreisen, die meistens in einer computergestützten Sandburg am Strand enden, wo die Swing-Banker wie herumpurzelnde Kleinkinder im Laufstall, die man mit Rasiermessern bewaffnet hat, damit sie einander die Tonsillen oder die Milz entfernen, in einer Realtime-Show panischer SM-Sexualisierung um die gegenseitige Anerkennung der Folgen toxischer oder transhumaner Wildheit im hybriden Sensorium kämpfen, die von den Produkten der Ready-made-Märkte der neospirituellen Romantik allerdings nicht dezidiert unterschieden werden kann – strukturell also ähnlich wie die Broker um die Kontinenz ihrer Marketperformance kämpfen, wobei die Transaktionshandlungen der Kollegen das eigene Ergebnis immer überdeterminieren –, oder um dem Anschluss an die Panik-Finanztransaktionen buchstäblich ringen, rein und raus, rein und raus, und das zwanzig Mal in der Minute, wobei der Derivathandel, der auf dem Level der operativen Sekundenaktivität stattfindet, die morphische Passivität des Brokers rekombinabel macht = operativ optimiert & übermaßen begehrenswert, und ihm immer auch den absoluten Burnout als Kode für non-optimales Arbeitsverhalten vor Augen führt, vielleicht analog der Fiktion, dass im Herzen der Romantik immer eine gewisse Empfänglichkeit für den Tod aufscheint, also immer um die Alternative entweder des Konsums einer Flasche Zyanid-Limonade oder der Simulation des bataillesehen Sonnenafters ringend, so dass letzten Endes schwarzer Zahlen-Thanatismus und Chipnihilismus mit dem Aufruhr parodistischen Sexes kongruieren; Händlerkörper gehen aufgrund des chronischen Konsums des 24-Stunden Monitorings, der mit einer gewissen Fiebrigkeit, welche die freie Verschwendung von Libido verspricht, einhergeht, permanent auf die Suche nach dem »Alltime«-Remake des algorithmisch bzw. genetisch gesteuerten Exzesses, dessen Gewinne und Verluste jeden nächsten oder übernächsten Moment zu einem toten Punkt auf den Monitoren implodieren können, der den radikalen Fortsturz der Zeit in die befristete Stasis anzeigt, und manchmal nagt einzig und allein Sam Kimberlay im Expertenteam der Esperanto Bank am Gefühl, sie könnte für einen höchst fragilen Augenblick aus ihrem Leben laufen, um diesem fortwährenden panischen Stalker-Liebesbeweis des Finanzbusiness zu entkommen, dessen Träger ihr in pulsierenden Ladungen Daten und Marktinformationen ins Gehirn brezeln.

Als Entschädigung, bei einer Anlage von 120 Millionen Euro durch YEAH, insofern die in einem 94-seitigen Vertrag/ Appendix exakt definierte Naturkatastrophe nicht eintritt, avisierte Marcus einen Zinssatz von 7,5%, den die extra für das Geschäft mit der Company YEAH neugegründete Kapitalgesellschaft EBSD locker erwirtschaften würde. Nach Ende der Laufzeit von sechs Monaten erhält der Vergnügungspark YEAH für den Fall, dass der Vulkanausbruch nicht eintritt, das eigene Kapital plus Verzinsung zurück. Allerdings hatten Marcus & Co. nicht mit den unfassbaren geologischen Aktivitäten des Vulkans gerechnet, und so trieb ihm der zweite viel massivere Ausbruch des Vulkans exakt am 14.5.2013, 14:36 MEZ, regelrecht die Tränen in die Augen. Die folgerichtige Auszahlung der Summe an YEAH durch die Esperanto Bank war für ihn schlimmer als der Tag seiner Scheidung und der Tod seiner Mutter zusammen. Denis hatte bisher mit Katastrophen Bonds immer ein gutes Händchen gehabt, so waren in seinen Deals z.B. Luftdruck-Werte nie in der Nähe jener Trigger-Werte, bei denen ein Sturm als Katastrophe gilt bzw. definiert wird, und die Regenmassen auf dem Gelände des Frankfurter Flughafens überschritten nie das Intervall von 38 bis 68 Zentimeter in den Monaten April bis Oktober nach oben oder unten, und so strich er beim Trading von Teilrisiken satte Gewinne mit obskursten Finanzpapieren ein, weil die Katastrophen bzw. Abweichungen von fixierten Werten und Größen eben doch ausblieben, und wenn es eben Probs gab, gab er das sog. Katastrophenrisiko an den Kapitalmärkten locker weiter, Hagel, Erdbeben, Wassernot, Regen auf Kubikmeter bemessen etc.. Sein eigener Körper war bisher nie dermaßen radikal von Massen von Datenfluktuationen invadiert, zerfetzt und gepiesackt worden, dass Körperorgane wie Gewinne oder Verluste an der Börse rekursiv implodierten, und selbst, wenn er die

Funktionsweise seines hypertrophen Zentralnervensystems den stochastischen Rhythmen der Finanzmarkttransaktionen anzugleichen versuchte, die immer die Entropie mit sich führen, blieb sein Körper vergleichsweise kompakt und fiel nicht auseinander.

Sein Intimfreund, der Finanzmathematiker Herlin, unterstützt Marcus so gut es geht mithilfe von Wahrscheinlichkeitsverteilungen (und spieltheoretischen Erwägungen des Zufälligen), beispielsweise der Berechnung von T-Verteilungen aus dem Datenmaterial meteorologischer Institute, um den Verlauf von (katastrophischen) Naturereignissen exakt vorherzusagen, ohne allerdings die Injizierung einer Dosis stimmungsveränderter Panik-Meldungen seitens der Medien im Setting ganz zu vernachlässigen, und je nachdem welche Orderströme in den Handelsräumen hinsichtlich Struktur und Volumen gerade »geplant« sind, geben die Daten laut Herlins Berechnungen zu 87% entscheidungsfähige Informationen an die Hand, die Marcus seinen Kunden aus verschiedenen Tätigkeitsfeldern, die sich gegen Naturschäden jedweder Art absichern möchten, mit dem Gestus des amerikanischen Pragmatismus und einer geradezu hellseherischen Marktkenntnis, was Prognosefähigkeit und verkabelte Panikmache zugleich angeht, gerne aufdrücken möchte. Dabei setzt er auch gerne Sam Kimberlay als sozusagen menschliche Variable ein. Zwar verletzt Sam Kimberlay manchmal auch nach 6-jähriger Berufspraxis noch die Grundregeln des Hedgens, z.B. wenn sie wieder einmal eine kreditfinanzierte Anlage vergeigt/verkackt, deren Wert bei positiver Marktentwicklung steigt, also mit Short-Positionen zu verknüpfen ist, welche wiederum positive Ergebnisse bringen, wenn sich der Markt negativ entwickelt, das heißt, die Anwendung der bekannten von

Alfred W. Jones (der 1949 den ersten Hedgefonds in den USA gründete), zur Absicherung von Wertpapiergeschäften entwickelten Formel,

$$\text{Market Exposure} = \frac{\text{Long Exposure - Short Exposure}}{\text{Capital}}$$

bis aufs Blut zu negieren in der Lage ist, oder die Fremdkapitalfinanzierung im Rahmen ihres finanziellen Budgets manchmal bis aufs Blut überreizt, seien es Kredit- oder Sales-Aktivitäten. Das Set theoretischer Darstellungen, Formeln und Kurven, Datenmodelle und Feedbackschleifen/Auswertungen und darüber hinaus medial gesteuerter Wahrnehmungsweisen und ästhetischer Strategien, Kalkulationstools, die Sam Kimberlay bedient oder die sich ihrer bedienen, Formate wie Listen oder Zahlzeichen, die sie in Routinepraxen ausführt, der Schwall von Marktgeräuschen, der sie als zu vernachlässigende Drittvariable bzw. als menschlicher Bedienfehler ins Spiel bringt bzw. mit den Datenströmen verknüpft, und der sie trotz ihres extraordinären emotionalen Gestaltungsvermögens und der Syntax der kleine Dinge, die ihre Individualität und Ausstrahlung in der Esperanto Bank ausmachen, auf die Diskursfigur einer menschlichen Fehlleistung im Kontext objektiver Informationseffizienz herabstuft/reduziert, dieses Set kann ihr, fast eine Dekade nach dem Abschluss in BWL und Mathe an der Cambridge University, letztendlich zumindest in psychischer Hinsicht anscheinend doch nichts anhaben, denn ihre knallhart – im ökonomischen und emotionalen Steuerungssinn – attraktiven und lukrativen Auftritte, die die peinlichsten Momente ihrer vergleichsweise eleganten und luziden Egomanie bei den Betroffenen eher in ein Objekt der Faszination als in ein solches der Abscheu verwandeln, substituieren oder kompensieren durchaus die Wissens- und Evaluationstechniken, derer sich immer noch zumindest zur vollen Zufriedenheit von Dr. Dr. Hanselmann bedient, was ihr natürlich schmeichelt. In der Versicherungsmathematik, kommentiert Sam Kimberlay manchmal mit den Worten Dr. Dr. Hanselmanns, kommt ebenso wenig wie in der stochastischen oder wahrscheinlichkeitstheoretischen Diskussion des Zufälligen die Perspektive der Gruppen vor, denen da durch Formeln und Formalisierungen der Pelz über die Ohren gezogen wird. Tatsächlich hält das Bernoulli'sche Gesetz der großen Zahl und vor allem seine Anwendung in der Versicherungsmathematik (je größer die Zahl der versicherten Personen, Güter und Sachwerte, die von der gleichen Gefahr bedroht sind, desto geringer der Einfluss des Zufalls) der Empirie nicht unbedingt stand, und deswegen gerät auch Dr. Dr. Hanselmann häufig in erbärmlich heftigen Streit mit dem Finanzmathematiker Herlin, nicht nur über die Grundlagen der Mathematik, denn in hohem Maße wird das Verhalten der Finanztransakteure nicht nur durch die Mathematik als eine Art Kollektiv-Unbewusstes kontrolliert, wie der Mathematiker Yuri Manin immer sagt, sondern eben auch durch die empirisch-transzendentalen Doublette der Einführung des Weltgeldes.

(Die Esperanto Bank verfügt über ein globales Netzwerk an Hochleistungsrechnern. Die virtuelle Kartografie der Daten – auf täglichen Backups eingefroren – klassifiziert/dokumentiert die ökonomischen Praktiken der Esperanto Bank mit Hilfe diverser Berechnungsmodelle, die von den Managern bis zu den Mathematikern oder Physikern, den Biotechnologen und Neurowissenschaftlern im Haus rund um die Uhr bewirtschaftet werden. Finanz- und Geldströme werden in maschinenlesbare Zeichen gerechnet, welche als numerische Kodes immanent und permanent operationabel sind und sich den Geldströmen als Daten- und Informationsströme aufpfropfen. Virtuelles Emissionshaus Esperanto Bank. Der Börsenticker zeichnet kontinuierlich und in Echtzeit die Bezeichnungen der Finanzpapiere, WKNs, Preisbewegungen und Handelsvolumen auf, arbeitet an der Homogenisierung der Preisstruktur der Finanzmärkte und koordiniert die Preiskommunikation, indem er eine Vielzahl von Preisvariationen und Transaktionen in Echtzeit abbildet, zudem eine Reihe von Praktiken an den Märkten wechselseitig bedingt, Wissenstechniken, Jargons und Denkweisen, die ihrerseits soziale Praxen sind. Eine Computertechnologie, die mehrere Tausend Transaktionen in der Sekunde rechnen kann, steht z.B. der Eurex, der weltgrößten Terminbörse für Finanzderivate, zur Verfügung.)

Dr. Dr. Hanselmann spreizt mehrmals seine papiertrokkenen Hände, als die Starre seines Gesichts schnell der fluiden Flexibilität weicht, die durch das isometrische Muskeltraining hervorgerufen wird, das zuerst die Kinnmuskelpartie und nach exakt 360 Sekunden seine gesamte Gesichtsstatik grausam verflüssigt. Der Banker verkörpert das geheime autoprogrammierte Gesicht des Unbewussten des Kapitalismus. Wie kaum ein anderer in der Branche hat Dr. Dr. Hanselmann derart intensiv an der Neugestaltung seines Gesichts gearbeitet, was sowohl sein konsequentes und täuschendes Lächeln als auch seine sichtbare Praxis des visuellen Befehlens angeht, die wiederum seine verschiedenen eigenen Selbstkorrekturen ständig bei Laune hält (einer Ontologie des Selbst, dessen Innen sich durch die Faltungen des Außen bildet, einer topologischen Beziehung, insofern der Bezug zu sich selbst homolog der Beziehung zum Außen ist, die durch die Vermittlung vor allem des Finanzwissens und des Sexlichts hergestellt wird.) Wenn jemand im EB-Kader, dann scheint Dr. Dr. Hanselmann fit für die Zukunft, fit wie ein hochleistungsfähiger Prozessor, der mit multidimensionalen Netzwerken verkabelt bleibt, die ihm seine Selbstprogrammierungen vorschreiben als auch seine Identität stabilisieren.

Der digitale Krieg ist ein sanfter und sanft fanatischer Krieg. Der Trick dabei ist, so glaubt Dr. Dr. Hanselmann, die eigenen paradoxalen Ketten zu denken, wobei er natürlich ein Ziel verfolgt, aber manchmal kommt ja alles ganz anders als man denkt. Aber eben nur, weil man ein Ziel verfolgt hat, denn hätte man kein Ziel verfolgt, käme es noch ganz anders, und meistens kommt es noch viel schrecklicher als man gemeinhin annimmt. Um Himmels Willen. Er ist doch kein Buddhist. Es einfach mal so kommen lassen und deshalb gewinnen oder verlieren. Wenn überhaupt einer im Building der Esperanto Bank, dann weiß er, dass das Geld längst die wertlose Welt verlassen hat, wobei es in ungeheuer fantastischen, unentzifferbaren Summen in Echtzeit-Zirkulation um den Globus schießt, um sich irgendwo für Sekundenbruchteile auf dem Display eines Tafel-PCs wiederzufinden, wobei man phasenweise nicht einmal mittels der komplexesten finanzwissenschafts-mathematischen Modelle errechnen kann, was mit der Geldsumme in diesem Augenblick zu tun ist. Der suizidalen Obdachlosigkeit der Kredit- und Derivatwirtschaft wird sich Dr. Dr. Hanselmann mit der Affektionskraft all seiner persönlichen Vermögen entgegensetzen, er wird sich dem hysterischen und zugleich erschöpften Zynismus konkurrierender Bankercliquen nicht ergeben, und wenn doch, wird er einfach nur noch erbarmungslos losheulen. (Die Rechen- und Speicherkapazitäten der Hochleistungsrechner der Esperanto Bank können es mit denen der Eurex fast aufnehmen. Auf dem Gebiet der Finanzmathematik hat Dr. Dr. Hanselmann Fachkräfte aus der ganzen Welt engagiert bzw. zusammengezogen, hauptsächlich jedoch aus Indien und den USA, die in den Bereichen des Portfolio-Managements, der Unternehmensfinanzierung, der Wertpapierstrukturierung und des Risikomanagements »Außerordentliches« leisten. In den Bewerbungsgesprächen kommt es häufiger vor, dass der Banker mit einem Kugelschreiber pfeilartig oder überfallartig horizontal in die Luft stößt, um einen eigenen Gedanken zuzuspitzen oder die Gedanken des Bewerbers zum swingen zu bringen, wie er sich ausdrückt. Ihn an das anpassen, was am besten passt.)

Allerdings kann Dr. Dr. Hanselmann der These, die dennoch im Moment dabei ist, ihn bis in sein total überreiztes Zentralnervensystem zu überfluten, dass es ihn fast in die komplett unwirkliche Ritalin-Welt zurückschießt bzw. ihm gänzlich den Verstand raubt, nicht ohne weiteres zustimmen, nämlich, dass – wie Dostojewski angeblich vorausgesehen hat – der Geist über das erschöpfte Fleisch triumphiert, sich im Medium der gespenstischen Formwerdung sowohl des Panik-Polytheismus als auch des Geldes repliziert bzw. sich seine Kinder macht, wobei man die Körper mit Make-up beschmiert, mit probiotischen Nahrungsergänzungsmitteln mästet und zugleich dynamisiert, kauterisiert und sie im tableaux vivant der Fetische ihre Stasis wiederfinden lässt, der zu entkommen die Filmindustrie in Hollywood einst angetreten war, bevor die komplex strukturierte Invasionsmaschinerie der Ratten sie erstmal erledigt hat, um dann mit tragikkomischer Ironie in die Galaxien von Postproduktionsstätten auszuwandern, um Himmels Willen, jetzt heult Dr. Dr. Hanselmann einfach nur noch von Panik getrieben drauflos, setzt seine Carrera-Sonnenbrille auf, dass die schwachen Sonnenstrahlen durch die getönten Scheiben hindurch seine Augen endgültig nicht mehr tangieren, streicht sich über das derzeit sepiabraune Haar und beginnt zur komplett falschen Uhrzeit=Unzeit ultrahektisch mit isometrischen Gesichtsübungen, und fühlt, ja begehrt nun die kleinen Muskelstränge, die seine Augäpfel mit dem Gehirn verbinden, bis es schlussendlich so tierisch schmerzt, dass das authentische Leben auf seiner elfenbeinfarbenen Stirn verglüht, und er beginnt die prickelnde Hohlheit einer Expertenkultur symbolisch mit ein paar wirren Hieben durch die Luft zu zerhacken oder zu zerstückeln, steht auf, geht zur Toilette und onaniert in das ultraflache, nierenförmige Waschbecken aus Edelstahl, das kunsttechnologisch sowieso der Outperformer der Luxus-Penthouse-Kabine im 33. Stock des Esperanto Bank Buildings ist. (Die Jagd nach individuellem Glück ist als allgemeines Recht anerkannt.)

Beim letzten Kongress der Stiftung Anti-Panik AK, der sich mit formalmathematischen Wissensformen sowie mit stochastischen Prozessen im Börsensegment beschäftigte, wiederholte Dr. Dr. Hanselmann vor einem ausgewählten Publikum von Ökonomen, Medienberatern und Finanzmathematikern zum x-ten Mal die Auffassung, dass die pure Antizipation möglicher Gewinne oder Verluste auf den Finanzmärkten das Procedere bestimmt, wobei Geschäfte in Futures, Optionen und Derivate in der Gegenwart erfolgen, aber deren Erfüllung erst in der Zukunft geschieht, was das Finanzbusiness unglücklicherweise, bedenkt man auch die Medienstrategien der großen Finanzzeitschriften, in Krisenzeiten immer stärker in die Nähe von Lotterien oder Glücksspielen rückt. Auch die unreflektierte Distribution von Softwareprogrammen, die die Sequenzialisierung von Entscheidungen zum Nonplusultra machen, ist in jeder Hinsicht überdenkenswert, da Verträge über in der Zukunft liegende Zahlungen das telemetrische Risikomanagement per se in den Bereich extremer Unsicherheit stellen, weil Derivatprodukte fiktive Konstruktionen sind, referenzlose Zeichen bar jeder Substanz und bar jedes Subjekts, Konstruktionen, die nicht unter allen Umständen sich in Zahlungsgeld verwandeln und deshalb immer wieder mit politischen Bedeutungen aufgeladen werden, um etwa breitere Zustimmungen qua differenzierter Medienhologramme bei der Bevölkerung zu erzeugen, allerdings ist kaum zu übersehen, dass die Indifferenz und Kaltschnäuzigkeit der politischen Systeme Lakonie und Erschöpfung bei breiten Bevölkerungsteilen perpetuiert. Der marxistisch argumentierende Professor Dr. Hagelkorn, der derzeit an der Universität Bremen lehrt, stellte Dr. Dr. Hanselmanns Argumentation die schlagende Argumentation entgegen, dass es sich bei den abstrakten Finanzströmen immer um fiktives Kapital handelt, der Handel mit fiktiven Wertpapieren, also der Anspruch auf zukünftige Wertschöpfung, erst die Kapitalakkumulation vorantreibt, indem der Handel den Zugriff auf real noch gar nicht existierende Quantitäten simuliert, den Anschein erzeugt, von etwas, was nicht ist, und damit ein Kartenhaus aufbaut, das dann im Zusammentreffen von Kredit-, Börsen- und Bankenkrise, wie von Marx eben weise vorhergesehen, aber heute in einer schwindelerregenden Dynamik, die Marx sich hätte nicht träumen lassen, dann auch tatsächlich zusammenbricht. Daran ändere auch der Einsatz von noch so komplexen Chartsoftwareprogrammen, die die Darstellung aller relevanten Daten und Informationen hinsichtlich maßgeblicher Indikatoren wie Preisbildung und Transaktionsvolumen auf einem uniformen Tableau suggerieren würden, nicht das Geringste, so behauptet er jedenfalls, im Gegenteil, die computergestützte technische Analyse, die im Bereich der Prognose zukünftige Kursverläufe von Aktien, Indizes und Derivaten diagnostiziere, der Chart in seiner visuellen und mathematischen Dimension, sei nur ein allzu billiges Heiligtum, ein Fetisch oder eben ein lukrativer Markt für die Beratungsfirmen bis hin zum Fernsehen, Bloomberg TV etc.. Wutentbrannt stürzte daraufhin der Chefredakteur des Börsenblattes Der Aktionär zum Rednerpult und sagte, dass die beat the market-Strategien in seinem Börsenportfolio ausgezeichnet funktionieren würden, was man an der Performance nachlesen könne, die Kauf- und Verkaufssignale, generiert mithilfe der multifaktoriellen Intermarket-Technical-Analysis von Murphy, seien in den letzten beiden Monaten zu 90% treffsicher und 20%ig rentabel gewesen, Signalbearbeitung wunderbar, woraufhin der marxistische Wirtschaftsprofessor Dr. Hagelkorn gelassen einwarf, dass nur die Komplexität des Würfelwurfs, sprich der Zufall für den Erfolg verantwortlich gewesen sei oder eben die unkalkulierten Effekte der Analysesoftware, die über die Black Box der realen Transaktionen und makroökonomischen Indikatoren auf den Märkten wenig aussagen würden, bloße Userkompatibilität, und zudem würden Gipfel und Täler der Zackenideologie (Liniencharts) fälschlicherweise auf ein kontinuierliches Auf und Ab in der Zeit verweisen, visualisiert durch einen durch Verbindungslinien konstruierten Graphen, der den Anschein von Homogenität der Marktbewegungen und von eindeutig erkennbaren Aufwärts- oder Abwärtstrends erzeuge. Interpretationen der Chartmodelle seien wie deren Konstruktion selbst Fiktionen. Die Kurvenmorphologie verweise auf ein ziemlich ärmliches binäres Modell des Aufwärts und Abwärts, das zum Kaufen oder Verkaufen veranlasse, Seitwärtsbewegungen, die zur Unentschiedenheit führen, einmal ausgenommen.

Die Tower aus Glas und Stahl, in denen die Finanzmärkte als Knotenpunkte verschmelzen, sind Hochsicherheitstrakte der Risikokalkulation. Permanent Access, schneller Zugriff. Beschleunigungs- und Verlangsamungszumutungen kalkulieren die Broker & Sales Manager normalerweise in monetären Größen, klar ein Risiko ist bei jedem nur denkbaren Trade dabei, jedoch kein gänzlich unkalkulierbares bzw. keines jenseits der zu bewirtschaftenden Kontingenz, dafür stehen bezüglich der Subjektivierung sowohl die obsessive Manipulation subjektiver Beschleunigungstechniken à la zen-orientiertes Konzentrationstraining als auch die hingebungsvolle

Ökonomisierung der eigenen subjektiven Zeit, und nicht zuletzt experimentieren einige der Broker der Esperanto Bank mit klinischen Nachfolgepräparaten von Xanax wie Ciprexilex oder Zanosar, ohne dass allerdings exakte Diagnosen mentaler Störungen bei den meisten Akteuren vorliegen; die in Eigentherapie rekursiv produzierte Selbsterkenntnis, dass Broker zu Recht einem possessiven Individualismus frönen, der sie grundsätzlich von anderen Brokerkollegen unterscheidet, denn jeder ist in der Tat einzigartig, einzigartig im Sinne der zynischen Selbstverwertung, die den eigenen Zensor auf Autopilot stellt, wenn es um die sadistische Vernichtung der Vorstellung geht, man könnte etwas mit den narzisstisch induzierten Klischees bzw. Stereotypen von ihm Selbst zu tun haben, bis man drauf und dran ist, der Absorption des Selbst durch die soziopsychologischen Imperative der Kontrolle durch die telemetrischen Finanzmärkte gänzlich zuzustimmen, mit all den Prozeduren der Individualisierung und der Modulation, die die Finanzmächte errichten, was einem wiederum mittels Projektion das In-das-Zentrum-Stellen seines Selbst in der Jobwelt möglich macht.

Marcus hakt den verschissenen YEAH-Deal jetzt kategorisch ab, verlässt den Einzelarbeitsplatz an seinem Multi-Monitor-System, durchquert den mittleren Flur und begibt sich auf den fujigrünen Kunstrasen, ein 8 x 8 Meter großes Quadrat im Westteil der Halle – Territorium Fantasieland –, lässt sich dermaßen raffiniert & choreographiert auf den Rasen fallen, dass er wie ein schockbehandelter Einzelorganismus erzittert, während das Licht des Schminkspiegels von der über ihm stehenden Sam Kimberlay nur noch das Weiße in seinen Augen zeigt, und während die Fazialismuskulatur ihres dezent rougegetönten Gesichts automatisch bzw. blindlings zu kontrahieren und extrahieren beginnt; ihr Gesichtsausdruck ist beileibe nicht postkoital, sondern konnotiert, als ob er sich permanent

Küsse aus seinem (dysfunktionalen) Gesicht schluchzen müsste, Hitzezone ist gar kein Ausdruck, Fieber, Sahara, Raketenantrieb /…./ (Marcus hat Sam Kimberlay einmal gesagt, den besten Blowjob hätte ihm eine Prostituierte in Hongkong verpasst, die am ganzen Körper geglüht und mindestens vierzig Grad Fieber gehabt hätte); und vermutlich flattern Sam Kimberlays Lippen in ihrem derzeitigen eskapistischen Postfummelgesicht wie ein seidenes Kleid, das in seiner ganz eigenen Welt atmet. (Warum auch nicht?) Ein anderer Atem, eine andere Haut, eine andere Wärme. Kaskaden von Erregungen eines partiell funktionsuntüchtigen limbischen Systems, die nicht Marcus' Lust ausdrücken, auch nicht die ihre.

Durch die getönten Scheiben eines Nebendachs des Handelsraumes hat der Himmel die Farbe des Displays eines IPads, dessen Akku kurz vor dem Kollabieren ist. Sam Kimberlay findet immer häufiger in den letzten beiden Wochen den elektronischen Bildschirmhandel echt gruselig, was sie mit gestotterten Worten gerade wieder äußert, während an der unbeobachteten Bildschirmwand von Marcus auf zwei Bildschirmen der dritten oberen Reihe eine Serie schwarzer Candlesticks, die den sinkenden Dow-Jones-Index signalisieren, im Einminutentakt aufblinken. Um 16.28 Uhr steigt der Nachbar Denis in eine Longposition ein, da, wie wer sagt, steigende Highs und Lows dies mehr als überdeutlich anzeigen, wobei er blitzschnell im Candlesticks Charts Einstiegspunkte und Stopppunkte markiert, um dann wieder einmal seine Eleganz und Luzidität zu rühmen, seine Gewinnfähigkeit, 370 % im Jahr 2011, denn schon im Jahr 2000 und erst recht nach dem 11. September 2001 hätte er als Daytrader auf sinkende, nach dem Irakkrieg wieder auf steigende Kurse gesetzt, Rohstoffe, Devisen, Hebelzertifikate auf Indizes, alles mitgenommen, er wisse ja als geübter Spieler den Beschleunigungszumutungen der Börse den Genuss abzuringen, um im Zuge der Selbstverwertung und Selbstdisziplinierung als Stratege und Spieler, der Optionen und Risiken bewirtschaftet, einfach nur noch zu glänzen. Bei seiner derzeitigen Face-to-Screen Position wartet Denis äußerst angespannt auf einen Ausbruch der Sweeneys Aktie, während neben ihm Martin darauf lauert, wie Denis in den nächsten Minuten sein Multi-Monitor-System nutzen wird, um zu handeln. Auf Denis' Bildschirm links unten erscheint die Message eines Brokers, der sich vom Spot Desk der Esperanto Bank in Paris meldet, der die DFCs französischer Unternehmen sowie Deviseninformationen wie immer in englischer Sprache durchgibt, während Sam Kimberlay auf dem fujigrünen Kunstrasen inzwischen ohne jeden ersichtlichen Grund auf den Torso des Brokers Marcus gesunken ist, der sie perplex, um nicht zu sagen völlig von der emotionalen Rolle mit beiden Armen umklammert, beide Gesäße senken sich synkopisiert auf und ab, ohne dass Sam Kimberlay und Marcus das Stadium der Kopulation im Zuge eines fast schon blinden Glaubens an die Poesie der Liebe erreichen, eine Poesie, die frühere Liebende mittels Seufzen, Stohnen und Mandolinen hergestellt haben. »Deine Hände sind zu langsam, produzieren zu viele Tippfehler, sie sind zu eliminieren. Hände sind DAS Organ menschlicher Fehlleistungen neben den Gehirn.« Marcus unsichtbare Machtanordnung reguliert sorgfältig die Möglichkeitsfelder für mögliche Handlungen im Raum. »Ich hab einen guten Chiropraktiker, aber brauch ich irgendwie nicht«, äußert Sam Kimberlay. »Das ist ein groß-artiger Satz, könnte von Wittgenstein sein, à la Fakten traurig machen.«

Showtime. Samstag, der 14. Juni, 15:21 Uhr. Dr. Dr. Hanselmann öffnet eine Red Bull Dose (etwas, an dem er am liebsten seine langen, gerollten, krallenartigen Fingernägel abbricht), und schüttet 50% des Inhalts in ein halbvolles Sektglas. Bis zum Anpfiff des Spiels Fortuna Frankfurt – Bayern München sind es noch exakt neun Minuten. Durch die mannshohe, verglaste Wand der VIP-Lounge, einem weitläufigen Raum, der vom Zigarettenfabrikanten Hennessy gesponsort wird, sieht man, wie die Kapitäne der beiden Mannschaften im Zentrum des Anstoßkreises die Vereinswimpel austauschen, wie der Mittelfeldregisseur Monsana ganz in der Nähe einen auftropfenden Ball mit einem Dropkick dem Torhüter direkt in die Arme schießt, und wie ein nigerianischer Spieler versunken im stillen Gebet an der Eckfahne steht, oder auch wie Columbus, der möglicherweise unter dem Einfluss eines psylocibin- oder meskalinähnlichen Präparats das Spiel beginnt, kurze Ausfallschritte nach links und rechts macht, die Arme dabei anwinkelt, um dann mit zackigen, maschinellen Bewegungen die rechte Außenlinienbahn entlang zu spurten. Das Dach der Commerzbankarena besteht aus einer Stahl-Seil-Membran-konstruktion ohne Stützen im Innenraum, ist zerebral gewölbt und von einem trendigen, metallic-hellblauen Farbton, was aus der Luft wie eine virtuelle, gleichmäßig geschwungene Schneelandschaft aussieht. Die transluzent durchscheinende gläserne Membran des Innendachs ist faltbar und zentral über dem in der Spielfeldmitte platzierten Videowürfel geparkt. Überdimensionale Segelbahnen sind am schwebenden Zentralknoten um das Mittelhirn eingehängt und über spezielle Seilschlitten lassen sie sich ein- und ausfahren. Die Dachstruktur zeigt exakt vierundvierzig Felder, ausgerichtet auf Stahlstützen, die auf der obersten Tribünenstufe des Oberranges stehen. Ausgehend von einem vorgespannten Speichenrad, bei dem die Felgen zur Narbe gespreizt werden, wird der äußere Druckring durch ein Stahlelement gebildet, und am inneren Dachrand sind zwei Zugseile angeordnet, die durch insgesamt vierundzwanzig jeweils zehn Meter lange Spreizstäbe auf Abstand gehalten werden. Zugringe und der äußere Druckring werden durch achtundachtzig Radialseile verbunden, durch Hängeseile unterstützt bilden sie die Seilbinder. In der Mitte des Seiltragwerks wird das zusammengefaltete Innendach geparkt. Von einem Außenring, der das große hohle Hirn des Stadions umläuft, ziehen sich konzentrisch Seile bis ins Zentrum des Ovals, das tonnenschwere Riesenrad eines Fahrrads aufgehängt am chiasma opticum.

Auf dem rechteckigen, mit weißen Papiermaterial bedeckten Tisch stehen Obstschalen aus Glas und Keramik in verschieden großen Ringformen, in denen die sattgrünen Äpfel und Birnen, blaue Trauben, Brombeeren und frische Erdbeeren liegen, zwischen den Schalen liegen auch ein paar weiße Rosen und Tulpen. Esoterischer Schrott à la Hundertwasser und seltsamste Exemplare oder Beispiele zeitgenössischer Malerei hängen an den weißen Wänden, Konstrukte, die sich genauso gut im Foyer der Deutschen Bank oder in den Ausstellungsraumen des Museums für Moderne Kunst an den ihnen zugedachten White-Cube-Plätzen befinden könnten. Die silberne Oberfläche des großen Samsung-Kühlschranks, der Eiswürfel für Softdrinks, gecrushtes Eis für Cocktails und Eiswasser zu Verfügung stellt, glänzt im spinnfädigen Nachmittagslicht astral. 1000 by Jean Patout verdichtet empfindlich die Luft. Es ist wahrlich kein digestiver Geruch, der im Raum hängt. Dr. Dr. Hanselmann hat wirklich Mühe, sich auf das Geschehen auf dem Spielfeld zu konzentrieren, obwohl er schon ganze Zeit ein hochinteressiertes Fußballgesicht zur Schau stellt, selbst noch als der Kulturredakteur der Frankfurter Rundschau ausdauernd und explikativ auf ihn einredet und ihn fragt, ob dieser Sound, der sich da durch fast die gesamte deutschsprachige Literatur, durch das Feuilleton, die Politik und selbst einen nicht unwesentlichen Teil der Wirtschaftspresse derzeit zöge, nicht auch der Ausdruck einer infantilen Disposition deklamierender Journalisten sein könnte, und ob Schriftsteller, Journalisten und Populärwissenschaftler letztendlich nicht den Hang zum besonders infantilen Menschen pflegen würden. Zumindest besäße doch deren self-fashioning oder Selbst-Recycling die tragikomischen Züge eines kräfteaufzehrenden und solipsistischen Prozesses, der die kalkulierende Allokation der eigenen Ressourcen parallel zur (unbewussten) Reinfantilisierung betreibe, welche jedoch als Regression schwer zu erkennen sei. Alterlose Kids, mit all ihrem Enthusiasmus und ihrer Trägheit, permanent zwischen weinerlich und entschlossen changierend, adulte Kinder und infantile Erwachsene würden ja langsam zur Tatsache im Sinne ihrer klonischen Fabrikation, er selbst fühle sich ja beengt und eingeschnürt von infantilisierten Consumern, die mit der Bevorzugung des Leichten vor dem Schwierigen, des Schnellen vor dem Langsamen, des Einfachen vor dem Komplizierten, mit all der unverschämten Komplexitätsreduktionsproblematik hausieren gehen, Konsumabhängigkeit und Konsumlust am virtuellen kommunikativen Schnuller betreiben würden, Prozesse der Desubjektivierung gekreuzt mit denen der Subjektivierung, der strikten Identitätszuweisungen; Adornos Überlegung, dass man als zoon politikon, das seines Selbst vollkommen entäußert sei, um damit vielleicht dem Bann der Selbsterhaltung zu entkommen, der die Brave New World zusammenhalte, womit reine Fungibilität den Kern von Herrschaft zersetzen und Freiheit versprechen könnte, so das ungefähre Zitat, diese interessante Überlegung Adornos hätten die Regime der Subjektivierung längst als ungehöriges Freiheitsversprechen gebrandmarkt und schwer enttäuscht. Auch insofern stimme es, was er gestern im Feuilleton auf S. 28

geschrieben hätte: Konsens hergestellt von endlich vielen Replikanten.

Pünktlich zum Anstoß schnippt die Marketingexpertin Mary-Sue Berger mit dem Zeigefinger an ein Champagnerglas, macht sich damit ernsthaft lustig über die Ernsthaftigkeit, mit der die größtenteils männlichen Zuschauer in der VIP-Lounge anlässlich der ersten Ballkontakte im Spiel sich unverzüglich quer durch den Raum vor die rechteckige Glasscheibe begeben und den Blick scheinbar gierig auf das Spielfeld richten, was der Marketingexpertin nicht nur total kindisch vorkommt, sondern so etwas wie verblödet hoch zehn. Eins ihrer besten Geräusche ist das quiekende oder beunruhigende Kichern, das womöglich einen psychoästhetischen Bogen spannt, der die Herausbildung einer Art Unpersönlichkeit durch die Arbeit an ihrer Person komplementiert, das heißt konkret, wenn sie kichert, ergreift eine sarkastische Unbarmherzigkeit ihr Gesicht. Wie viele Karrierefrauen besitzt Mary-Sue Berger eine ungewöhnlich akzentuierte und fast masculine Sprechstimme, die selbstreflexiv einfordert, dass sie ununterbrochen reden und die Stimme von jemand (Einzigartigem) spielen kann. Den einzigen Mann in der VIP-Lounge, den Mary-Sue Berger im Moment, auch wegen ihres exzessiven Champagnerkonsums, noch halbwegs beobachten kann, trägt einen ockerbraunen Helmut Lang Anzug, rostrote und spitze Lederschuhe und sorgfältig gewelltes, schwarzes Haar, wobei er es wie kein zweiter hier im Raum beherrscht, so zu tun, als höre er gar nicht, was da in seiner unmittelbaren Umgebung gesprochen wird, und doch scheint der Typ allzeit bereit, blitzschnell in ein Gespräch einzugreifen, folgenreich zu protestieren oder die Drastik fremder Sätze abzumildern oder zu kolportieren, je nachdem, wie aufregend oder wie dumm Themenwahl, Sound und Mitteilungsgesten seiner Gesprächspartner sind. Der Rhetorikexperte der Controversy Language School in

Hanau, ein langjähriger Freund von Dr. Dr. Hanselmann, fragt die Marketingexpertin Mary-Sue Berger mit hervorgezauberter Gütigkeit oder Liebenswürdigkeit, ob es ihr hier nicht etwas langweilig sei, als auf dem Spielfeld ein langhaariger und absolut reizloser Gegenspieler, was die Ballbehandlung und Motorik seiner Laufbewegungen angeht, von Columbus getunnelt wird, aber der Versuch, die Lachnummer ein weiteres Mal beim linken Außenverteidiger der Gästemannschaft zu wiederholen, scheitert kläglich, weil dieser einfach die Beine zusammenklemmt und Columbus frontal auflaufen lässt. Das Wetter an diesem Frühlingstag im Jahre 2013 ist ausgezeichnet, über dem Stadiondach herrscht eine wunderbare blaue Ferne. Akustisch bebt der große Stadionpilz in seinem eigenen Hypermurmeln, wobei Columbus' Körperaktivitäten in den Anfangsminuten des Spiels der wichtigste Seismograph für die Stadionereignisse sind, bis der Lärm der Menschenmassen eine zunehmende Spiralisierung der Geräuschexplosionen auf einer Skala mit Dezimalstellen darstellt, die ständig nach oben rutscht. Columbus Spiel beruht auf einer Taktik der schnellen Stiche. Im Spiel gegen den VFL Bochum, so heißt es zumindest aus Insiderkreisen, musste sein unmittelbarer Gegenspieler in der Halbzeitpause wegen nachhaltigen Orientierungsverlustes von einem Psychologen erstbehandelt werden.

Direkt aus dem Mittelkreis schlenzt die Nummer 10 der Fortuna Frankfurt den Ball in einer Kurve zweiter Ordnung zu dem diagonal an der Strafraumgrenze stehenden Columbus, der den Ball mit der Brust annimmt und den Ball lässig auf den Rasen tropfen lässt, bevor er den Ball dropkickt, der dann wie an einer Schnur gezogen fliegt und haarscharf an der Schulter eines gegnerischen Abwehrspielers sowie dem Kopf des hochsteigenden Stürmerkollegen Maris vorbeirauscht und mit 123 Km/h gegen das rechte Lattenkreuz knallt. Der Aufschrei des siebenjährigen Mike geht im Tosen der Masse unter, gerade als der hochgewachsene, rechte Außenverteidiger herangeflogen kommt und im Sturzflug den abgeprallten Ball mit dem Kopf hinter die Linie drückt. Mike, der auf der Haupttribüne auf Platz 324 das Spiel aufmerksam verfolgt, hat die Flugbahn des Balls keine Millisekunde aus den Augen gelassen, dabei das Lämpchen an der Seite seiner Sony-Kamera, das den Zoom anzeigt, praktisch vergessen, einfach nur noch geloost. Normalerweise ist Mikes zerebrales Nervensystem sowohl mit der Kamera als auch mit den Laufwegen, dem Timing und dem Rhythmus, den quantenartigen Ausfallschritten und den zeigestockartigen Handbewegungen, den verbalen Phrasierungen seines großen Bruders quasi synchronisiert. 16:12 zeigt die große Stadionuhr: nach rechts geschlagener Haken, lateraler Nachschwung des rechten Fußes, parabelähnliche Flugbahn des Balls, das Aaah und Oooh der Menge kurzzeitig angebrochen oder verflogen mit dem Kohlendioxid im Auftrieb, aber sofort türmt der Sound sich wieder auf und konsolidiert zum amniotischen Puls reinen Lärms und Sekundenbruchteile später, quasi in Realtime, sieht Mike auf der riesigen Anzeigetafel im Süden des Stadions Columbus' mundverzerrtes und zugleich erleichtertes Gesicht, für einen Moment können dem Fußballstar alle gestohlen bleiben, vor allem die verblödete Zuschauermasse, die weiterhin gegen ihren eigenen Lärm anbrüllt, während Mikes Sony-Kamera mit einem Qualitätsobjektiv an Columbus heranzoomt, wobei Mike in letzter Zeit die Navigationssoftware Wikitude Drive einsetzt, welche Routeninformationen direkt ins Display einblendet. Parallel ist auf dem Displays seines Samsung Handys das aktuelle Realbild des jetzt eher nüchtern und konzeptuell nachjubelnden Columbus zu sehen, das Handy, das es Mike erlaubt, je nach Laune Columbus' aktuelle Torausbeute oder Informationen wie Ballkontakte, Fouls und Laufleistung als kostenlose Applikation abzurufen, eines von vielen Apps, mit denen sich

Mike teils gegen Geld in geschlossene, exakt auf seine Bedürfnisse zugeschnittene (virtuelle) Mini-Räume teleportieren kann. Es gibt da Projektionen, die man von Head-Up-Displays in Flugzeugen kennt. Da Mike keinerlei Gespür für die kollektive Motorik der Masse aufbringt, geschweige denn sich als Fansubstitut ins Stadiongeschehen einschreiben lassen will, kann es ihm eigentlich scheißegal sein, asynchron zu dem thespio-sportiven Backbeat der Masse zu schreien, zumal tausende von offenen Mündern mit u.U. starkem Mundgeruch die Luft/Atmosphäre nicht nur mit schlechtem Kohlendioxid anreichern, sondern bald für den miasmatischen Massen-Supergau sorgen werden. Senta-Sentamentalität derzeit in der VIP-Lounge ergibt für Dr. Dr. Hanselmann im Moment nicht das Anzeichen einer Dynamik. Eine dem Banker nicht unbekannte Frau, Mary-Sue Berger ihr Name, hantiert mit einem schlanken Cocktailglas so kühl und kalkulierend, wie er es selbst nur vom Hörensagen von x-beliebigen Hollywoodpartys kennt, wo, wie man weiß, fast jede Bewegung für die öffentlichen Kameras inszeniert wird. In ihrem engen knallroten Minikleid sieht Mary-Sue Berger verflixt sexy aus, eine abgedroschene Ansicht, denkt Dr. Dr. Hanselmann, aber vielleicht muss dieser Gedanke auch in den imperativen Kontext einer sekundären Bezugnahme gestellt werden, um heute einmal ausnahmsweise auf scheinbar spontan oder als tote Abstraktion zu konnektieren, was sein Ego die Abwehrfunktion gegenüber diesem Subjekt erst richtig ausfahren lässt, um dann erbarmungslos zuzuschlagen. Das Subjekt trägt eine überdimensionierte Carrera-Sonnenbrille, vielleicht damit es so gut wie niemand sieht (aber gesehen wird). Direkt neben Mary-Sue Berger quietscht RA Zieglers vorderes linkes Stuhlbein, das hell glänzendes Cashewkernmaterial in mindestens fünf Vektoren verstreut. In seiner Eigenschaft als ratgebender Entertainer, vor allem wenn sexuell motivierte Konflikte anstehen, ist der Rechtsanwalt blitzschnell auf den Beinen, zischt knapp am Manager des Vereins Mr. Hölzenstuhl vorbei und versucht Dr. Dr. Hanselmann für eine Weile mit penetranten Shortstories über belanglose Gerichtsskandale einzudecken, psychologisch gesprochen den Banker in Richtung Projektion oder Introjektion zu treiben, was seine virtuelle Kontaktaufnahme zu Mary-Sue Berger angeht; RA Ziegler berichtet da in etwa vom aufsehenerregenden Fall des wegen Steuerhinterziehung in Millionenhöhe angeklagten Staranwalts Tolstoi und auch von seiner Frau Simone Tolsky-Tolstoi, Richterin am hessischen Staatsgerichtshof von 2001 bis 2005, beide hatten in den Jahren 1999-2004 keine Steuererklärungen abgegeben, wobei das Finanzamt sie auch jahrelang gewähren ließ, auch noch, als sich das Gerücht weit, fett und fast gewalttätig in der Stadt verbreitet hatte, das besagt, dass beide als Freizeitobdachlose am Wochenende schwunghaften, illegalen Handel mit Aktivkohletabletten und aus Thailand importierten Stereoiden bzw. Thai Tablets hauptsächlich im Frankfurter Bahnhofsviertel betreiben. Diese Scheißrichter, denkt Dr. Dr. Hanselmann, sie hätten das Ding mit der totalen Selbstaufgabe verdient. Der Banker greift nach einer halbvollen Flasche Becks-Gold, während er eine Zigarette in einer leeren Bierdose ausdrückt, was beides nicht besonders gut funktioniert, da er meterbreit in Richtung Mary-Sue Berger grinst. Für seinen inoffiziellen Status in diesem Eventhappening lässt der Banker einen beachtlichen Rülpser. Ein zähneknirschender kollektiver Aufschrei der Zuschauer/Hooligans in der Nordwestkurve peitscht über die TV-Anlage glasklar in die VIP-Lounge. Columbus hat aus einer fast aussichtslosen Position, circa drei Meter von der linken Eckfahne entfernt, mit einem gezirkelten, linksfüßigen Spannschuss den Ball erneut ans Lattenkreuz bugsiert, wobei der Ball vom gegnerischen Torwart mit der linken Faust noch leicht touchiert wurde, und Columbus wischt sich nun halbwegs verärgert mit dem linken Ärmel des durchgeschwitzten Trikots über seine gegelte Durcheinander-Frisur, die selbst den schärfsten Gegenwind ohne jeglichen Formverlust aushält. Seiner Starwenigkeit ist jetzt fast zum Heulen. Und der Scheißlärm im Stadion regt ihn jetzt echt auf. Seltsamerweise schießt Columbus ausgerechnet jetzt das Bild einer Fanpostkarte durch den Kopf, ein Schwarzweißfoto aus den 1960er Jahren, das ein Rodeo oder eine Arena zeigt, wo im Hintergrund eine Gruppe von Cowboys Pferde zähmt und im Vordergrund ein Cowboy in einer Art Zweikampf einem Pferd in die Oberlippe beißt. Schon beim letzten Auswärtsspiel bekam Columbus intervallartig, am stärksten direkt am Tunneleingang zum Stadion, zu spüren, dass das von Dr. med. Fundsung verschriebene Präparat Mugoloid, das chemisch einem Tragelaphen aus Ritalin und Mulflalin ähnelt, in seiner Wirkung exakt von der räumlich bzw. optisch-zerebralen Komponente stärker auf die zeitlich-zerebrale Justierung des Subjekthirns umorientiert, um zugleich eine aufmerksamkeitsinduzierte Hochregulation der neuronalen Aktivität im motorischen Kortex zu bewirken, die sowohl zu erhöhter gedanklicher als auch motorischer Schnelligkeit führt, während zur gleichen Zeit die Aktivität in visuellen posterioren Kortices herunter reguliert wird. Aber da ist noch etwas anderes. Insbesondere seine konjunktiven und vor allem disjunktiven Synthesen bezüglich den eigenen Mannschaftsteilen, was weniger die einstudierten Laufwege oder die systemischen Verschiebungen im taktischen Bereich, sondern das eher zufällige Moment betrifft, werden in seinem Wahrnehmungsfeld andauernd überlagert von bruchartigen Zeitverschiebungen, sei es, dass er viele zu viele Aktionen der Mitspieler vorauszuahnen vermag, sei es, dass jede seiner eigenen Aktionen – minimal verschoben – von einer Art gestauchten euphorischen Affekts begleitet sind, den man analog zu supplementären motorischen Aktivitätsschüben zu verstehen hat, etwa kinetisch 1A und elegant neurostimulativer Tenor, so dass die Bälle fast automatisch zu ihm kommen oder die Spieler in Form von Gischt und Staubkugeln von ihm fortspritzen. Trotzdem könnte er wie gesagt jetzt gerade aufheulen oder den Schiedsrichter in den Boden treten. Columbus hat sich eine Stunde vor dem Spiel 300 mg Schnellmachersubstanz gegönnt, denn Dopingkontrollen finden mit 99% Sicherheit nicht statt, dafür hat MAN (Geld als das alles durchdringende Medium) gesorgt. Um ehrlich zu sein, niemand hier in den Räumen der VIP-Lounge begeistert sich wirklich ernsthaft etwa für Fußball oder lebt wie der Plebs bzw. Fanmenge da draußen im Stadion für das Spiel, das mit fast ontologischer Gewissheit (Ontologie verstanden als konstruktive Tätigkeit. Man macht das Seiende univok; Univozität behauptet, dass die Mücke dasselbe Sein ausdrückt wie ein Mensch), das eigene Interesse hintergeht oder auf beispielsweise Stimulierungen von l-Zentren verschiebt, obwohl die unbewussten kognitiven Module der anwesenden Repräsentanten aus der Wirtschafts-, Kultur- und Kunstszene der Stadt das Verwöhnprojekt Fußball, für sie selbst oszillierend zwischen gähnender Langeweile und unendlichem Spaß, durchaus auch zu schätzen wissen, wenn etwa die Leitfigur des Athletikers bzw. des Sportlers medial in Redundanz hochgefahren wird, ein Typus, der während seiner Hochleistungsphase die Fitness sans phrase im Spektakel vorführt. Niemand hier liest zum Beispiel das Massen-Entertainment-Heft KICK mit seiner Tampongrütze aus Fußballfrontberichterstattung, hochdesignten Spielerhalbnacktfotos und doofen Meinungsbonbons, so der O-Ton Dr. Dr. Hanselmanns, der die Zitat journalistischen Konstruktionen umnachteter Mietvisagen der prominenzorientierten Medienarbeit, über deren Kanäle panisch die Anbiederung des Sports an die Zombiewesen aus Politik, Kirche, Kultur und Wirtschaft erfolgt oder die Vereinnahmung des Sports Zitat Ende, total verabscheuungswürdig findet, und das macht ihn fast bis zur Besinnungslosigkeit fertig. Böse Zungen aus der lokalen Medienindustrie behaupten sogar, dass sich in den Luxuslounges des Stadionkomplexes all diejenigen treffen würden, die dafür bekannt wären, bekannt zu sein für zusammenfassend betrachtet das Allergewöhnlichste, was man sich überhaupt nur vorstellen könne. (Vermarktet und kapitalisiert wird die Eventindustrie im Fußballsport von einem korruptionsbereiten bzw. korrupten Konglomerat, das von der FIFA organisiert wird, gesponsert von Großbanken, Versicherungen, Stiftungen sowie den als Kapital- oder Aktiengesellschaften organisierten Vereinen selbst, und natürlich den neu-wichtigen Funktionärseliten, deren Aktivitäten komplementär denen in der Finanzindustrie durch monetäre und ehrgeizpolitische Anreizsysteme und fürstliche Boni getrieben werden. Eliten, deren Nettowert gar nicht vorhanden oder negativ ist, der aber infolge der permanent kalkulierten Einnahmen in der Zukunft, die aus der Spekulation mit Schulden in einer zukünftigen Gegenwart entstehen, als wohlhabend und gesellschaftspolitisch unentbehrlich gilt.) »Huch, die kämpfen ja richtig!«, sagt Mary-Sue Bergers ehemalige Mitbewohnerin in der Hochstraße in Neu-Isenburg, Maggy Mae, die während ihres Studiums in Oxford und ihrer beruflichen Anfangszeit bei der Werbeagentur Ogly & Ogly in London sowohl Kricket als auch Golf gespielt und nach ihrem beruflichen Wechsel nach Frankfurt/Main, wo sie zuerst für die empirische Untersuchung neuer Brainstorming-Verfahren bei der Werbeagentur W.H.Y. zuständig war, ihre sportlichen Aktivitäten, natürlich neben dem exzessivem Besuch des Fitnesszentrums McFITNESS, rein auf das legere Golfspiel in der Golfanlage in der Nähe von Friedberg/Taunus reduziert hat. Eine Kollegin der Agentur H.O.M.O., die direkt unter einem von der Deckenisolation herabhängenden Mikroscheinwerfer der Firma B.V.C. steht, versucht Mary-Sue Bergers Aussage synthetisch oder philosophisch zu kommentieren, indem sie behauptet, dass das ganze Getöse um diesen Columbus doch nur eine Farce sei, wenn man schon aus Insiderkreisen höre, dass die gute Mama ihm zum Frühstück noch die Brötchen mit Schwarzwälderschinken belege, die Thermoskanne mit warmer Milch fürs Training bereitstelle und ihm wahrscheinlich noch beim Masturbieren oder Kacken behilflich sein müsse, worauf Malius Mahl, der Pressesprecher der Fortuna Frankfurt, schroff entgegnet, schauderhafte Gelegenheitsmenschen in geistiger Zwangsjacke und Casual-Friday-artigen-bequemen-Hosen, Menschen, die ihre sequenziellen oder sekretionellen Ausdünstungen nur in Verbindung mit Angst vor den Vorgesetzten, den Anzeigenkunden und dem common sense der Feuilletonisten absondern würden, sollten sich hier mal bitte etwas zurückhalten. Was wiederum Mary-Sue Berger zu der scharfsinnigen Bemerkung veranlasst, dass ausgerechnet er als die ehemalige H.O.M.O.-Tophure, ja ausgerechnet er, wo doch allgemein bekannt sei, wie zähflüssig er seine Profilierungssucht quasi als Wettkampfsport in fairer Konkurrenz mit der Generation XY im Dunst neophober Reflexe betreibe, mal ganz still halten solle, und sein postheuchlerisches Ablästern lasse ja nun einmal tief blicken. Wie sich nämlich bei ihren zweiwöchentlichen Besuchen in der Commerzbankarena allmählich herausdestilliere, wirke hier doch ein sehr primitiver Mechanismus, total primitiv, wie bei jemandem, der sich, bevor er seine Freundin umbringe, noch ein paar Bier reinkippe oder eine Zigarette rauche oder so, ach sie wisse ja auch nicht, jedenfalls laufe hier doch alles darauf hinaus, ganz gewiss, dass, je mehr der Fan zu einem funktionalen Trottel degradiert würde bzw. je stärker das männliche Subjekt allgemein sich im Stadion mit Blick auf seinen fiktiven Sportkörper konstituiere, desto folgerichtiger entstünde so etwas wie eine homosoziale Männergemeinschaft der heterosexuellen Männer, die endlich wieder-mal-kleiner-Jungesein spielen dürften, aber nichts weiter als eine schwitzende Masse im Zuge der Romantisierung patriarchaler Dominanz und so weiter seien, mit der unausweichlichen Folge einer kontrollgesellschaftlichen Karnevalisierung der Eventpolitik. Dennoch, gibt die leitende Praktikantin der Agentur Marquardt unmittelbar darauf zu verstehen (und das mit einem kultivierten Stottern als Einleitung sowie den ultrazackigen Armbewegungen eines Prothesenträgers), dennoch suche ja auch Mary-Sue Berger wie der Fußballfan diese, nichts als diese eine multimediale Form der Öffentlichkeit, und verstehe ja wie der Fußballfan keinen Spaß, okay okay, schon klar, ein Kotzmilieu, aber wenn schon im Fußballspektakel glasklarer wie sonst nirgendwo zu erkennen sei, wie der Eventkapitalismus sein Personal zu evaluativen Konsumentengruppen ab-gerichtet habe, zu statistisch erfassbaren Zielgruppen, zu Lätta-Frühstückern und Maggi-Suppenfiguren, die ja in unwahrscheinlicher Relation zu den Figuren der heimlichen Drogen- oder Geldjunkies in Königstein/Taunus ständen, den wirklich wahren Subjekten des Konsums, die bis in den Hyperluxus hinein, der ohne weiteres auch ihren physischen Tod bedeuten könne und ihren intellektuellen Tode definitiv bedeute, in ihrer grenzenlosen jouissance das Selbst-Recycling des Selbst konsumieren würden, Trüffel, Kaviar, Champagner und Austernberge als orale Stimulanz und zur Delikatesse hochgesext, um diese Waren schließlich, nachdem man ihrer überdrüssig geworden sei, als Ramschprodukte in den 1§Discountern zu verhökern, okay, dann frage sie sich doch allen Ernstes, warum sich Marry-Sue Berger nicht um ein Minimum an Fairness und Takt gegenüber den hier anwesenden Personen bemühe, eine Aussage, die wiederum einer befreundeten Praktikantin in schmetterlingsförmigen, violetten Designerkleid leicht pervers/lesbisch oder irgendwie heuchlerisch vorkommt. »Aber bitte vergessen Sie nicht, sich gegen ekliges Brackwasser in Klobürstenhaltern zu engagieren, wenn Sie hier einen auf Neunmalklug spielen«, antwortet Maggy Mae, worauf die Praktikantin seelenruhig erklärt: »Hör Mal, ich will hier ganz ruhig ein Sorbee zu mir nehmen, und das kann ich nicht, wenn du hier bist, das ist mir viel zu viel Stress.« Eine Frau aus der M&A Abteilung der Esperanto Bank pickt aus einer probiotischen Cremesüßspeise mit Pink-Lady-Apfelschiffchen und französischem Acidus-Bifidus-Joghurt gerade(zu) pikiert eine Himbeere mit einem Zahnstocher. Merkwürdigerweise naschen daraufhin fast alle der circa sechzig anwesenden Gäste plötzlich auf ihren Plastiktellern von derselben Cremespeise, wobei der Managing Director für Creative Innovation and Strategical Positioning (CRISP) von H.O.M.O. einen für den Verzehr von Süßspeisen nicht vorgesehenen, großen Keramikpizzateller von einem weiß gedeckten Tisch nimmt, um einen vergleichsweise kleinen Klacks Creme auf den Teller zu schaufeln, aber dann überhaupt nichts von der Cremespeise isst, dafür fast schon ein bisschen obszön würgt; viele Personen naschen bedenklich schnell viel zu viel von der Cremesüßspeise, nur Sam Kimberlay ziert sich etwas, vielleicht zerstritten mit sich selbst, aber ihr Diätplan enthält nun einmal klare Vorschriften, welche Fettanteile ein Gericht haben darf und was im Einzelnen von ihr nach dem Konsum an sportlichen Kompensationsleistungen zu erbringen ist, um das in Besitz genommene Idealgewicht zu halten. Kaum haben sich die Redakteure und Journalisten im sogenannten Brain-Cube im Südtrakt der Commerzbankarena zur zweiten Halbzeit des Spiels eingefunden, fliegt eine Erdbeertorte krachend gegen die Polyäthylen-Wand. Dr. Dr. Hanselmann fühlt sich nach der Fressorgie, an der er gar nicht teilgenommen hat, auf undefinierbare Weise angewidert oder disloziiert. Auf diesem Event ist man anwesend, ohne richtig anwesend zu sein, denkt er, während all die anderen Gäste scheinbar immer intensiver anwesend werden, zumal er auch noch hört, wie Maggy Mae ihrer Busenfreundin über Handy pikante Details über ihre neueste Liebeseroberung anvertraut, also über einen sexuell entfachten Wissenschaftsingenieur am Moskauer Institut für KfZ und Verkehrswesen quatscht, der unter der neurotischen Vorstellung leidet, dass es zu jedem gegebenen Zeitpunkt einen sexuellen Kontakt auf der Welt gibt, der seiner Reputation entweder schadet oder sie erhöht, daher kann eine extraklasse Fellatio schon einmal durch das Sieb fallen, weil zwei Häuser weiter vielleicht eine Frau sitzt, die mit einer zweitklassigen Fellatio seine Reputation nachhaltig zu steigern imstande ist, so dass er selbst mitten im Akt von Zweifeln geplagt oder richtiggehend gequält wird, obwohl sicherlich sowohl ein hypermultiplizierbares Erregungspotential als auch eine gute Potentialdifferenz in dem Wissenschaftsingenieur steckt, was einerseits bei seinen biologischen Gegebenheiten zu erstaunlichen nichtlinearen Höhepunkten führen kann, andererseits aber auch fast zuverlässig zu in die Melancholie abdriftende Intuberanzen, was bei der Marketingleiterin ihren eigenen Aussagen nach zu Wellen ungeahnten Hasses führt.

Die zweifelhaften jüngeren Damen mit üppigen Brüsten, prallem Hintern und oralen Dispositionen hier in der VIP-Lounge, die bei den alten Geldsäcken, wie sie sagen, sofort für unilaterale Aufmerksamkeit sorgen, machen bisher kaum den Mund auf, was entweder auf Verlegenheit oder auf einen Zustand äußerster Anspannung hindeutet, und was wohl auch damit zu tun hat, dass hier nicht nur der Reichtum sich als Zeichen und Faktum selbst genießt, sondern die anwesenden jüngeren Damen sich ihres Preises durchaus bewusst sind, auch weil sie knappe Mittel zur Verfolgung (konkurrierender) Ziele einsetzen, wobei ihre körperliche Präsenz natürlich in intimer Verbindung mit dem Geld steht, indem man z.B. bei einem Toilettenbesuch ganz locker mal die Toilettentüren nicht mehr absperrt oder nach einem gemeinsamen Besuch der Toilette den Gesprächspartner beiläufig fragt, ob man sich morgen in die Innenstadt mal zum Frühstücken treffen könnte oder einfach mal nur beiläufig Bye Bye sagt. In eine Lücke zwischen zwei Buffettischen eingezwängt stehen zwei Banker und kauen jeweils auf einer halben Graf Völtins Bockwurst mit ordentlich Senf rum, präejakulatorische Blicke gehören zu ihren Standards. Dr. Dr. Hanselmann, der Mary-Sue Berger leider ganz aus den Augen verloren hat, ist schlau genug zu wissen, das in der VIP-Lounge die Axiomatik des Marktes unmaskiert vor allem mit der Anwesenheit von hochattraktiven Girls & Frauen individualisiert wird; es handelt sich wohl um Verkörperungen des Giffen-Paradoxons, Objekte, die umso stärker nachgefragt werden, je kostspieliger und wertvoller sie sind, übertroffen nur noch von jener Sorte Luxuscallgirls, die ironischerweise durch den Luxus hindurch den Sachverhalt maskieren, dass die Welt nicht wegen des Luxus an sich, sondern wegen der allgemeinen Austauschbarkeit der lebendigen Luxuswaren prostitutiv ist. Der Stendhalsche Satz, es will sie keiner geschenkt, sie muss sich schon verkaufen, bringt es auf den Punkt. In ihren Gesichtern steht geschrieben, was sie sind. Einige der Damen haben bei einem Cocktailempfang der Esperanto Bank gehört, dass das optische Schneidelabor eines gewissen Dr. med. Schönblick über ausgezeichnete computergraphische Programme, Satz- und Manipulationsgeräte, Positron-Emissions-(PET), CT und Kernspinresonanz-Tomographie zur Erzeugung von errechneten, synthetischen Gesichtsbildern verfügt. Eine Vollschlanke im weißen Minikleid erzählt, dass ihre Company zur Zeit eine Star Treck Special Edition launcht, mit achtzig verschiedenen Ringtones via neuester Polyphonie-

Technologie, MMS-Grußkarten, Leia-Pin-Up, Ewok-Anime, Pocket-Handy am liebsten auf Vibro-Alarm. Der Schrei eines schwarzgelockten Designerkopfs geht in eine Keuchen über, das nicht enden will. Dr. Dr. Hanselmann hat einmal einen ähnlichen Schrei bei einer Bankerparty in Lausanne gehört, die unverhofft in eine Art Südseeparty abglitt, wo Männer plötzlich blumengemusterte Hemden und die Frauen Blumenhalsbänder und Hawaiihüte trugen, und alle an Drinks mit kleinen Sonnenschirmchen nippten, eine Gruppe von Escortgirls der Marke Michelle in Baströckchen und Bikini-Oberteilen zu krassem Latin-Hip-Hop-Beats oder klassischem Merengue die Tipp-Topp-in-Schuss-Hüften schwangen und die Männer mit angewinkelten Armen, nach vorne gebeugt und streckenweise höchst einfältig grinsenden Gesichtsausdrücken um die Callgirlgruppe schlawänzelten, als ob sie sehr seltsam auf einem Surfbrett surften oder im Boxring einen Gegner fixierten. Dr. Dr. Hanselmann hatte sich anfangs unwohl bzw. total fehl am Platz gefühlt, bis eine attraktive Mitvierzigerin der Esperanto Bank ihm näherkam und ihm einen Bastrock in die Hand drückte, den er sich flugs über seine graue Polyesterhose zog, damit die Bankerin ihn auf eine provisorische Tanzfläche, ein aus Marmor gefertigtes Schachbrett, schleppen konnte, wo er fasziniert und tranchiert von ihren anzüglichen Hüftbewegungen kurzfristig tatsächlich die motorische Kontrolle über seine Körperbewegungen verlor, dass er, wie sein damaliger Begleiter Mansfeld, mit komplett fehlinterpretierten Merengue-Tanzschritten – die Füße abwechselnd bis zu 50% belasten, Fersen nicht anheben, die Oberkörper auf gleicher Höhe, das eine Knie nach hinten durchgedrückt, das andere nach vorn und die Hüften kreisen auch weich nach vorn, die Arme in einer Ebene entgegen dem Hüftschwung vor dem Bauch – auffiel, dabei prosteten sich die beiden Männer dezibelstark gegenseitig zu und zerrten wie Kleinkinder schräg am Saum ihrer Anzugjakken und vergaßen irgendwann so jimmymäßig die bilaterale Koordination ihrer Beinpaare, was auf neuraler Ebene einem glatten Ausfall der kommissuralen Interneuronen (CINs) gleichkam, deren Neuriten oder Axone die Mittellinie des Ganglions wahrscheinlich gar nicht mehr überquerten, und zuletzt klatschten die Männer simultan mit dem Kopf gegen eine Säule aus poliertem, grünem Marmor, überstrapazierten also bei weitem die Geduld ihrer gemeinsamen Tanzpartnerin, bis diese sich zu dem Spruch hinreißen ließ, wie übel es doch sei, wenn Männer mit ihrer uneleganten Marke den Raum bekoten würden, und nun ja, es ...

Der mit verzweigten Rosentattoos (konkave Intervalle sich berührender Wirbel, die eine gewisse Kohäsion bewahren) bedeckte Rücken von Nicole S. befindet sich in maximaler Wellenbewegung, während sie mithilfe zweier imaginärer Rasseln in vertikalen Eruierungen ihrer beiden Arme Exotik oder wahlweise Erotik andeutet, um sich beim Rumbatanzen in einem mannshohen Spiegel selbst zuzusehen, dessen Anwesenheit fast alle Männer im Raum bisher ignoriert haben (die Welt ist ein Kreis, der eine Reserve von Ereignissen bereithält). Nicole S., die Ressortleiterin der Marketingagentur H.O.M.O, ist also wieder einmal auf E, das glaubt zumindest ihr derzeitiger Partner Tank eindeutig zu erkennen, eine Total-Out-Droge, die ihr einen weit aufgerissenen Mund beschert, so dass man aus der Nähe am elliptischen Punkt sogar das Zäpfchen erkennen kann. In ihrem Privatleben quäle sie Katzen und töte Hunde, sagt Nicole S., warum ihr es denn hier in diesem Abfuckschuppen kein Mensch glauben wolle (ähnlich wie in einer Gruppe psychomotorisch & psychosomatisch entgrenzter Kinder bestimmen in der VIP-Lounge diejenigen auf lange Sicht das Geschehen, deren Mut zur Devianz am größten ist). Wenn Nicole S. ihrer Stimme das helle und quietschende Soundmonstrum einer Zeichentrickfigur hinzumischt, am liebsten das eines japanischen seiyuu, scheint ihr Begehren das Objekt räumlich näher zu rücken, so dass das Begehren sie also nicht nur zum Gegenstand treibt, sondern auch eine bessere Erreichbarkeit durch größere Nähe vortäuscht, während das Objekt meistens antikonfliktorisch entweichen will. Nicole S. lächelt niemals cool, denn extreme Coolness in allen Lebenssituationen besitzt heutzutage einen Out-Faktor von 100%. Digitale Bilder von Regattenschiffen und Dschunken auf den kleinen Bildschirmen der Galerie Bestregarts an der Westwand des Raums tanzen seltsame Reigen. »Ich will den Mond umarmen!«, schreit Nicole S. kehlig in den ihrer Meinung nach durch Entertainment total verstänkerten Raum, wie sie es ja immer wieder am gleichen Orten betont hat, brüllt quasi den raubkopierten Gleichmut aus sich heraus, bis ihre raue Soundcard antiverbrauchergesteuert total glüht und jegliche Revisionsfunktion ausgeschaltet bleibt, mit der man ihre schrillen und unerfreulichen Sätze vielleicht noch löschen könnte, und bis man endlich glaubt, ihre schneeweißen Zähne würden herunterbrennen, während ihr Atem ohne dass sie sich bewegt fast seitenstechend und scheibenweise geht. Am entscheidendsten von ihrer Performance scheint noch RA Ziegler beeindruckt zu sein, der inzwischen mit all der ihm eigenen Vehemenz einer interessierten Runde von Bankern von dem Fall erzählt, bei dem ein junger, angeblich islamistisch infiltrierter und infizierter Gotteskrieger mit einem äußerst lebhaften Interesse nicht nur an Sprengstoff und Waffen im Allgemeinen, sondern auch an der spezifischen telemetrischen Logistik westlicher Sicherheitsbehörden und Geheimdienste, höchstwahrscheinlich im Jahr 2009 in die akademische Kreise dissidenter Taliban-Gruppen an der Universität in Hamburg geraten war. Dieser keineswegs hydrozephale Junge, was seine geistige Verfassung anging, so jedenfalls RA Ziegler, verfügte also über ein gehöriges Faszinationspotential für jenen selten elitären

Spin der Heroisierung einer wohl auch nietzscheanisch inspirierten Hinaufpflanzungsdoktrin, den die gesellschaftlichen Systeme immer nur denen gewährt, die das am eigenen Leib Erlebte & Erfahrene in Pathos und Propheterie für höhere Menschen zu fassen vermögen.

Und der Junge war ein äußerst vorsichtiger Mensch. Selbst der Wackelkontakt des digitalen Radioweckers morste dem jungen Rebellen namens Mohammed Cantario angeblich geheime oder intransparente Zeichencodes westlicher Geheimdienste, der Wackelkontakt inhärierte scheinbar ein komplexes Frühwarnsystem, was natürlich auch ein Vorstadium zur delirierenden Paranoia anzeigte, das ironischerweise seinen sich selbst immer wiedervorgetragenen bzw. sein Selbst befeuernden Anti-Passivitäts-Appellen merkwürdig kongruierte. Auf die Straße ging Mohammed Cantario meistens nur in einem bis auf die krassen Sonnenbrillen eher gewöhnlichen Styling/Outfit, das er fast jeden Tag wechselte, sehr oft in unauffälligen beigen Sommerjackets mit Krawatte und Einfaltenhosen, oder, wenn er mal nach dem exzessiven Konsum von imperialistisch verseuchter Erdnussbutter so etwas wie Kampfstimmung an den Tag legte, dann ging er in mit antiamerikanischen Parolen beschmierten Nike T-Shirts, Redhead-Kappen und Camouflagehosen, dies und jenem auf die Straße, aber immer trug er die schlimmsten Augenringe, die man in Frankfurt je gesehen hatte, mit sich herum, so dass er aus diesem Grund sehr häufig auch nachts mit Sonnenbrillen im Bahnhofsviertel zu sehen war und diese auch häufig wechselte, Carrerasportbrillen oder karikatureske Glitterbrillen oder Pornobrillen, diese allerdings meistens nur, wenn er für ein paar Stunden mit einer Art hilflos zusammengebastelter Kinderwagen unterwegs war, der verschiedene Logos, unter anderem das der World Smile Foundation und der World for Africa Inc. auf dem rostigen, grauen Stahlgehäuse trug, einen Wagen, den er immer aus einem Versteck tief im Stadtwald aus einem der kleineren Tunnelsysteme der Antifa heimlich holte, meistens nachts, um genüsslich den Kinderwagen vor sich herschiebend die asphaltierten Wege Richtung Neu-Isenburg entlang zu schlendern und um dabei einen toten Raben die ganze Zeit in der linken Hand mitzuführen.

Bei einem seiner ausgedehntesten Spaziergänge bekam Mohammed Cantario plötzlich von hinten einen Wahnsinnsschlag in die rechte Kniekehle gesetzt, dass er zuerst für Sekundenbruchteile ratlos auf dem Waldboden kniete, um dann mit seinem Oberkörper mitten in eine große Regenpfütze zu fallen, wobei er sofort den kalten Lauf einer .44er an seinem Hinterkopf spürte, bis er von einem 5er Trupp spröd maskierter Killertypen endgültig umzingelt wurde, die schwarze Wollschals um die untere Gesichtshälfte trugen, plus tief in die Stirn gezogene Baskenmützen, deren Farbkompositionen in Variationen dem Hundertwasser Werk 897 Silver Spiral nachempfunden schienen. Keine Handschuhe, keine Kreppschuhe, keinerlei anspruchsvollere Masken. Mohammed Cantario hörte ein klickendes Klack oder ein kurzes Knack, um sich daraufhin umgehend sogar sichtbar in die Camouflageunterhosen zu pissen. Der über ihn gebeugte Anführer der Gruppe H.A.MA.N. sah aber höflich darüber hinweg und bemängelte auch kaum, dass der junge Mann hier so wenig Mut aufbrächte und seinen Detrusor auch nicht besser unter Kontrolle hätte, was für ein Ding, was sofort ein paar urige oder ulkige Lachsalven seiner Begleiter nach sich zog, H.A.M.A.N. machte Mohammed Cantario sogar ein paar Komplimente ob seiner superben Eleganz, Luzidität und Wagemutigkeit, was die terroristisch motivierten Inspektionen und Auskundschaftungen der Strukturen von öffentlichen Gebäudschaften und Veranstaltungsorten wie der Messehalle oder der Commerzbankarena betreffen würden, zu der man ihn nun auch umgehend mit einem schwarzen Volvo-Kombiwagen karren wollte. Ein weiteres Mitglied der Gruppe H.A.M.A.N. teilte Mohammed Cantario in herrischstem Befehlston mit, nun läge es nur noch an ihm, den Ernstfall eiligst abzuwenden und sofort Auskunft und Informationen über die Aktivitäten und Struktur der Gruppe B.A.T./No. 34, insbesondere über ihren Mastermind Halal Altintop zu geben, dessen monolaterale Friedensverhandlungen mit den experialistischen Staaten der EU und USA nur ein geschicktes Ablenkungs- oder Tarnmanöver gewesen wären, um in aller Ruhe die massiven konspirativen Truppenverlegungen in die Westsahara fortzuführen, und der damit seine plebiszitäre Führungsrolle im Terrornetz der Al Qaida eindrucksvoll bestätigt hätte. Der Führer des wahrscheinlich BND-nahen Kommandos namens H.A.M.A.N., ganz im Fluss seines symbolischen Kontrollslangs gefangen, klagte Mohammed Cantario an: Plumper Versuch durch paradoxales gesprächsbereites Leugnen jeder Involviertheit die Vorspiegelung falscher Tatsachen perfide vorangetrieben zu haben. Das schwerfällige und bewusst gefälschte Kartographieren des unterirdischen Tunnelsystems im Stadtwald, über das seine Karten, die man in seiner Wohnung gefunden hätte, nur sehr ungenau oder eben völlig falsch Auskunft geben würden. Das undurchsichtige oder nicht vorhandene Beziehungsnetz seiner Splittergruppe zu keinesfalls äquivokatorisch inspirierten Gruppen der (angeblich) linken Metaebene wie der Antifa/Rhein-Main-Risk (ARMR), dessen Matrix für den Staatsapparat in besorgniserregender Weise unbekannt/unerforscht sei, durch seine Aktivitäten noch undurchsichtiger gemacht zu haben. (ARMR organisiert sich seit Monaten gegen Prozesse der Refeudalisierung durch superreiche Cliquen und Banden, in dessen Verlauf sich immer mehr Menschen, die aus den offiziellen Arbeitsmärkten herausfallen, in einer Klasse von neuen Leibeigenen wiederfinden, deren physisches Überleben nur dann garantiert wird, wenn sie ihrer Reichsarbeitspflicht nachkommen.) Mit jedem fast unhörbarem Wimmern twisteten die Zerebralbahnen des immer wieder scheußlich zusammenzuckenden Opfers Mohammed Canatrio immer weiter auseinander, und die Landkarte des Stadtwaldes schien nun in seiner Vorstellung ganz das Land und zeitgleich schien er selbst sowohl die Speisekarte der Erde als auch seiner Gedanken zu essen, es waren Maps, die nicht mehr so ohne weiteres auf andere Maps im Gehirn verwiesen, obwohl sie zweifellos da waren, oder war alles umgekehrt, und die verschiedensten Vorstellungen und Gedanken begannen ihn aufzuessen. Der abrupte Tritt eines für diese Fälle auf jeden Fall bewährten schwarzen Doc Martens Schuhs mit Stahlkappe in die Eingeweide des jungen Rebellen entspannte dessen psychischer Notlage kaum, stattdessen brachte der ungeheure Druck auf seinen Solarplexus konsequent den fragilen Magen zum Kollabieren.

Von hinten hörte Mohammed Cantario auf dem Catwalk des Stadiondaches den ziemlich schnurrend dahergeplauderten Befehl *Umdrehen.* »Zum letzten Mal«, sagte der Chief der BND-nahen Gruppe H.A.M.A.N. jetzt in einem etwas differenzierteren Tonfall, »wir sind rein geschäftlich hier, no pleasure please, und ich möchte nicht von Wahrheit sprechen, ansonsten würde ich dich ja zum Lügner degradieren, nein, es geht hier ausschließlich um Wirksamkeiten oder Konsequenzen der von dir angewandten und erfundenen Praktiken, Begriffe oder Kartographien, das hier ist nämlich kein Ausflugsspaß.« Ihm wäre nicht im Geringsten daran gelegen, das böse Spiel auf die Spitze zu treiben. No way. Nur manchmal klickten im Windschatten des Führers der H.A.M.A.N. die Cocktail-Eiswürfel in einem Wasserglas, die im Tauen langsam zerliefen bzw. ineinander fielen und dabei als winzige Reste ständig gegen die Glaswand stießen. Die geriffelten Konturen des bibbernden Mundes des jungen Opfers Mohammed

Cantario wurden von hinten von einem rauen, geriffelten Handschuh sorgfältig und unbetrauert abgetastet, etwas später dann auch von der vom patinierten Überzug befreiten Pistolenspitze, bis diese Art komischer Liebkosung schließlich intensiviert, ja regelrecht bolschewisiert wurde, als wäre die Unterbindung des Versuches seitens des jungen Rebellens, etwa der Kopflosigkeit des Zentrums des Angriffes zu entkommen, jetzt das einzige und alleinige Ziel der Aktion. Die Lippen von Mohammed Cantario bibberten aus reiner Angst, selbst bei dem lächerlichen Versuch, mehr als zwei oder drei Silben hintereinander zu bilden, die sich aber niemals zu Sätzen verketten konnten, scheiterten die Lippen kläglich – (waren es überhaupt maxillofaziale Sprechbewegungen, die innert ad exitum andeuteten oder wollte Mohammed Cantario nur noch in weiser Vorausahnung ein letztes Mal seine Lieblingssätze des griechischen Mathematikers Philolaos aufsagen, der glaubt, dass, wenn jede Zahl (außer der Eins, die heilig und gar keine Zahl ist) gerade oder ungerade ist, dann erst Ordnungsprinzipien in die Zahlen eingeführt werden können, weil man ja nicht mehr mit einzelnen Werten rechnet (acht Gurken oder drei Spiegeleier oder Zwerge; so hat logischerweise jede gerade Zahl eine bestimmte Struktur und jede ungerade hat eine andere, aber was ist mit den Primzahlen?), das wollte vielleicht der junge Mann mit abgeschlossenem Mathematikstudium möglicherweise rein aus seiner Verzweiflung heraus ein letztes Mal herausschreien oder mit den vollkommen unwillkommenen Peinigern vielleicht sogar erörtern, wer weiß. Straffe Finger tippten mehrmals unerbittlich an seine glühendroten Wangen und justierten bzw. rückten seinen Kopf leicht nach rechts, bis seine indisponierten Augen sehr nahe am schwarz glasierten Lauf der .44er vorbei auf die Spitze des Messeturms im frühabendlichen Dämmerlicht schauten, zurechtgeschnitztes, gespaltenes Speermaterial mit blassböser Spitze, eine optische

Täuschung, als das Geräusch eines libidinösen Fingers am Abzug der Pistole ihm eine letzte archi-ästhetische Klarheit verschaffte, so dass das metaphysisch Unsichtbare als oberer Rand des Sichtbaren des Messeturms selbst als Fake situiert werden konnte. Mohammed Cantario erinnerte sich noch einmal an seine frühe Jugend in Garmisch-Partenkirchen, fast immer gab es dort Schnee auf den schroff fraktalisierten Bergketten, die erste Skiausrüstung, ja, sie wärmte den letzten Babyspeck, er sah noch einmal, wie die grotesken Rauchwolken über den auf Retro designten Hotelbauten zirkulierten, und vielleicht zehrte er damals schon einen weißen Moment lang an der Hoffnung, dass, wenn er später die Jugendzeit immer gut würde rekonstruieren können, samt ihren Wundern, psychisch vermeintlichen Wunden und ihren reversiblen Potenzialen, die möglicherweise sich gar nicht entfaltet haben, immer schon gestorben und stets gerade eintretend, die aber doch in theoretischer, physikalischer, sozialer und mathematischer Hinsicht hätten eintreten können, dass ihm dann eine andere Zeit oder Geschichte gegönnt worden wäre, in der seine Wünsche wenigstens adressierbar, wenn nicht in Erfüllung gegangen wären. Als Mohhammed Cantario das furchtbare Knacken an seinem rechten Ohr hörte, fühlte er sich wie auf einer steilen Wasserrutschbahn in die Hölle gleitend, nur das höhnische Parallelgelächter von zwei Begleitern des Führers der H.A.M.A.N. ließ noch einmal das Leben aus allen Poren seiner Existenz explodieren. Irgendwo ein Car-Crash. Nach Norden hin körnigeres Licht am Himmel als nach Süden. In der lethalen Tränenflüssigkeit des traurigen jungen Rebellenboys schwammen noch einmal die letzten schwermütigen, wasserunlöslichen Bilder seines viel zu kurzen Lebens, gefror das lautlose Blöken bayerischer Kühe zu Eisblöcken und das fast lautlose Wiehern wilder Pferde geriet zu einer Horde brüllender Megaphone. Dann Stille, bis auf das undulatorische

Rauschen des Stadtverkehrs von sehr weit weg.

Es waren gepflegte, manikürte, weiße Finger, die ihm von hinten zum zweiten Mal den Mund öffneten, ihm den trockenen Mund nur so weit öffneten, dass die Spitze des gezogenen Laufes einer Browning 9mm sich aufreizend langsam tief in seine Mundhöhle schieben konnte - die Spitze schmeckte nach einer Mischung aus Lakritze und Teer, dann nach weißem Entsetzen ohne jeglichen Geschmack -, bis die Browning 9mm sanft an sein Zäpfchen stieß, langsam wieder zurückglitt und nochmals sanft in die Mundhöhle hineingestoßen wurde, hinein und hinaus mit sehr arhythmischen Stößen, bis Mohammed Cantario die Chromlegierung eines Laufs aus Kohlenstoffstahl rechts neben seinem Schädel auftauchen sah und die Spitzen zweier Pistolenläufe seine Ohrmuscheln berührten und brutal pressten, und alles um ihn herum wurde plötzlich schwarz, als der stumpfe Aufprall der Polygonläufe der Glocks 18C seine Augen prellten, und er offensichtlich keine Chance mehr besaß, so dass sich die angstgeweiteten Pupillen im Mündungsblitz verengten, während Glock-Pistolen 32C seine beiden Nasenlöcher aufspießten, dass profuses Nasenbluten (Epistaxis) sofort eintrat und die roten Blutfontänen auf die seidige Polycarbonatfläche des Stadiondaches klatschten, und Blut Mohammed Cantarios Zähne und Zunge umspülte, bis sich kleine schöne Strudel bildeten, während andere Pistolenläufe mit Wucht auf den Scheitelpunkt sowie den Fossa Cranii posterior seines Schädels hämmerten, während noch ein paar leise Gurgellaute von ihm zu vernehmen waren, noch bevor die gigantische Symphonie einer Knallkörperfabrik zu spielen begann. Im Rhythmus seines Todeskampfes schaukelten rote Quasten ähnlich der Troddeln am Saum seines schweren, schwarzen Anoraks vor seinen müden und erschöpften Augen. Vögelschwärme versahen den Winterhimmel mit verschnörkelten Linien. Langsam nur schien Mohammed Cantario nach unten zu sinken und sah noch ein letztes Mal entsetzt oder entgeistert, das Gesicht konisch verzogen, auf die sich langsam bildende Blutlache auf dem glatten Polycarbonat. Hoch, dachte er, verdammt nochmal hoch. Die Abendsonne hing am Himmel wie ein Werbeballon der Firma Apres Ski Sun Creme kurz vor dem Zerbersten, als sein Schädel zum Spielball ungeahnter Fliehkräfte wurde, erst die Stirn und dann der ganze Schädel explodierten, und ja, die akustische Untermalung der Lazerationen und Quetschungen seines Gesichts, der Gewebekompressionen mit Bildung einer sphärischen Schockwelle, war dröhnendes Gelächter, Unfug. In explodierendem Abendrot sich explosivst entladender Hirnbrei, Hirnschwammmaterial spritzte aus dem durchlöcherten und geborstenen Schädel und kaschmir- oder korallenrote Blutwirbel aus dem zahnlosen Maul wie ein Blütenregen in der Urwaldstadt Kisangani, Fleischpartikel stoben durch die Luft, während sich in seinen Boxershorts warme und schartige Seen aus Scheiße zügig bildeten. Als von weitem der Lärm um exakt 16:13 Uhr an der Kreuzung Kennedyallee-Nibelungenallee anschwoll, konnte das Blut des jungen Rebells/Terroristen nicht in den Stadiondachboden aus Polycarbonat versickern. Es gab einen Tag später auch keinen kreidigen Umriss auf dem Stadionrasen, obwohl der Körper Mohammed Cantarios mit loser gebrochener Halswirbelsäule und fehlendem Kopf auf dem Rasen der Commerzbankarena in der Nähe des Anstoßkreises aufgefunden wurde.

Sein Körper war eine Todesfalle. Der Versuch mit der Aussicht auf ein paar Singularitäten gut zu leben, ein paar weitsichtigen Perzeptionen, dem Buch des Koran, den Buchstaben AFR, die er auf seinen linken Oberschenkel tätowiert hatte plus den invasiven Hetzreden des Islamisten Mahmud, der ihm auf den Kopf zugesagt hatte, dass etwas Bombastisches in ihm stecke, war aufs Furchtbarste gescheitert. Vielleicht hatte er sich am Ende seines Lebens das Stadion als eine gewaltige Pyramide, die nur aus Spitze besteht, im Zuge äußerst kalorienarmer Denkanstrengungen gedacht, eine Spitze, die aus unendlich vielen kleinen Wohnungen besteht, von denen jede eine Welt ist, ein architektonischer Traum, den Leibniz am Ende der Theodizee im Anschluss an Theodorus denkt. Der Leibwächter des Vizepolizeipräsidenten schnupfte das in seinen Pistolengriff eingeschweißte Heroin. Dann spreizten sich seine Finger zu einem Victory Zeichen, wobei er den 30 Grad-Winkel der Finger in Begleitung eines elektronischen Surrens nach und nach verringerte, bis er einen Zigarillo halten konnte, den man ihm zugesteckt hatte. Als der Leibwächter endlich mit dem Rauchen fertig war, schob er dem etwas blässlich gewordenen jungen Angestellten des Sicherheitsdienstes S.A.S.A., der bis in die Eingeweide zitterte und fror, eine Desert Eagle Kaliber .60 Magnum zwischen Ledergürtel und Jeanshose. Er sagte, seine Aufgabe in den nächsten Wochen sei es, für die Sicherheit von Mister Magritta, dem inoffiziellen Auftraggeber des Mordes zu sorgen, und dabei er müsse er mindestens mit zwei Leibwächtern eines höherrangigen Politikers zusammenarbeiten, die er selbst noch nicht kenne. Dann setzte er sich im Yoga Sitz auf den Stadiondachboden, rauchte genüsslich eine weitere Zigarette und lutschte zwischendurch an einem Jelly Bean Bonbon, aß aber den ihm angebotenen Marsriegel nicht. Man hätte dem armen Jungen auch schon im Stadtwald eine Brennkapsel in den Mund stecken können, sagte er, den Schweißbrenner aufdrehen, um ihn abzusengen oder abzufackeln, aber a) galt es ein radikales Exempel zu statuieren, b) war man sich seiner Sache sehr sicher, und c) wollte man die imaginären Früchte der Aufmerksamkeitsindustrie mitnehmen, um praktisch Fungibilitäten und Automatismen der gesellschaftlichen Matrizes anzuprangern, die sich bis zum risikolosen Morden ohne jegliches Irritationspotential inzwischen in das gesellschaftliche Leben eingeschlichen hätten. Es schien, als wollte er eine Bockwurst rülpsen, aber es war nur die Nachwirkung einer geschwätzigen Verzückung.

Im Überraschungsei des Chisma opticums ticken schon die ganze Zeit zwei Megabomben, während RA Ziegler im Beisein des Richters Morrissey und mehreren leitenden Angestellten der Esperanto Bank die Story um den ermordeten Islamisten ins Uferlose fortspinnt. Wie gerne würde RA Ziegler jetzt seine Eichel selbst mit Kokain bepudern, die nicht nur toxisch bedingte Enthemmungssituation in der VIP-Lounge ausnutzen und mit seiner ohne sein Wissen verseuchten und zudem noch schmatzenden Zunge die Schuhspitzen von Nicole S. lecken, er, der auf Nächte mit Damen, die im Latex-Leder-Fetisch-Look auf High Heels im geysirhaft schweflig brodelnden Spülwasserschaum stehen, total steht bzw. abfährt. Vielfach schon hat sein Kehlkopf mit seinem Penis kommuniziert. Mit der chirurgischen Präzision von wärmegesteuerten Gefechtsköpfen finden die Speichellecker aus den Beständen der örtlichen Sicherheitsbehörden seltsamerweise immer wieder zu den rosigen Arschlöcher ihrer Auftraggeber zurück, sagt er.

Schon als Jugendlicher zeigte Alfons starke philosophische Anklänge, indem er der Figur des Idioten, einer Figur, die sich gegen jede konsensuelle Art des Urteilens zur Wehr setzt, huldigte, weil es ihm einfach nicht gelang wie die anderen zu denken, Schlüsse und Urteile misslangen fast auf Kommando, er liebte es, sich auf seltsame Umwege zu begeben, die ihn dann auch zwangsläufig zum Denken zwangen, ohne dass er das damals alles so richtig wusste. Alfons war gerade sechzehn geworden, er lag bäuchlings auf einem schwarzen Handtuch mit großen weißen Punkten ganz in der Nähe des quadratischen Sprungbeckens, wo junge Mädchen in Bikinis auf die Wasseroberfläche schlugen und Kronen aus Schaum hochgeschossen kamen und die Wellen sich stets vorschoben, um wieder in verheilende Bewegungen abzusinken, und Alfons wartete, starrte auf die Wasseroberfläche, der Mund harrte im trockenen Gras und die gierigen Augen versuchten den orbitalen Bewegungen des Wasserspiegels zu folgen, der meist aber glatt und ruhig war, Alfons starrte in die Perspektive, aber erst sehr viel später begriff er, dass das nicht genügt, dass es nicht einmal genügt die Perspektiven zu vervielfältigen, er musste etwas schaffen, was womöglich einen außergewöhnlichen (absurden) Sinn besitzt, die Quadratur des Kreises oder die Dezentrierung des Kreises oder die Vorstellung von tälerlosen Gebirgen, aber in diesem Moment verschwamm in seiner Vorstellung nur das stark chlorierte Wasser mit der heißen Luft zu einer Membran, und mehr war da nicht, und da musste wohl der Horizont sein, der noch süßer war als der kleine Kreis kreischender junger Mädchen, die mit zusammengerollten orangenen Tüchern um die Lenden geschwungen unverschämt leicht in sein Gesichtsfeld eindrangen; seine Umgebung schien korrumpiert, geschnitten/fraktalisiert zwischen Wasserluftschaum und Horizont und da waren die vorbeischlendernden Höschen, die sich sanft über den Vorsprung der Hüften von Mädchen spannten. Die Schnittlinien (oder waren es Parallelen?) seiner Perspektivierungen schmerzten Alfons wie empfindliche Berührungen, weil er damals schon überall Unsicherheiten vermutete, wobei es ihm irgendwie schon klar war, wie schwierig es in Zukunft sein würde, die verschiedenen Perspektiven und Positionen inmitten all dieser Unsicherheiten in Worte zu fassen und damit perfekt geformte Sätze im Kopf auszuhalten, er ahnte etwas Inkongruentes, während die flirrenden Luftströme sich über das Wasser beugten. Alfons wollte nicht auf das kalte blaue Tuch aufschlagen, dessen Härte ihm damals schon zuwider war, und die Sonnenstrahlen knallten auf seinen Rücken und verbrannten seine Haut, weil u.a. die Augen, die er damals zur Verfügung hatte, wieder einmal viel zu lange auf Mädchenjagd waren, und manchmal ließ Alfons beide Medien, Philosophie und Mädchen, die sich später in seinen Denkbildern manchmal mächtig bekämpften, köstlich nah an sich herankommen; plötzliche Hitze spuckte an seine Hirnhaut, Alfons genoss die Empfindung und den Aufbruch, der er selbst war. Sein Blick verfing sich in einem Wald von materiellen Begehrlichkeiten und/oder höchst metaphysischen Gemälden, die das Vier-Uhr-Nachmittags-Schwimmbad in eine erdkrümmende Hitze hüllten, und beim Aufstehen fiel er plump zurück auf die Erde, die ihn damals schon zu oft zu unsanft wollte. Es wäre ein Euphemismus zu behaupten, dass für magische Augenblicke Alfons Augen ertranken, entweder im blau schimmernden Wasser, das weich nur war, wenn man drinnen war, oder in den Grüppchen von Bikini-Mädchen, die ihn meistens kaum beachteten, vielleicht zum Schluss in einem Typen mit dem Yogi-Gesicht und dem schwer zu lesenden Code, und im Grunde wusste er damals schon, dass er seine Augen würde nie überholen, nie einholen können, die Jagd der Augen only, Erfahrungen maybe, die sich aber selten aufs Erleben bezogen.

Alonso kickt für seine heutigen, echt tranigen Verhältnisse einen Kieselstein fast hyperaktiv, ja fast wütend, um das Ding mal beim Namen zu nennen, mit den durch die zahllosen Scharrbewegungen abgelatschten Sohlen seiner Adidas-Sneakers über die stark aufgeraute Oberfläche des trockenen Stückes Waldbodens in unmittelbarer Nähe des Ententeiches, der mit filterlosen Zigarettenstummeln, Propagandabroschüren der ANTIFA, alten Kanülen und allen möglichen Arten von Müll übersät ist und im Sonnenlicht an den letzten noch freiliegenden Stellen eine karamellfarbene Note besitzt, die besonders Alfons gefällt, der wie entfernt, aber doch mit einem zielgerichteten Navigieren der Hände auf drehenden Knien oder Schultern die in seinem Gedächtnis koexistierende Jugendwelt, hirnwarmes Wasser, heiße Luft und Bikinis auf hellbraun funkelnder Haut, leidlich zu verdrängen versucht. Alfons bricht die Hitze von seinen Lippen und sagt: »Die Sprache war schon immer ein Instrument zur Untersuchung von Denkvorgängen, für den Schriftsteller war die stumme Sprache zuweilen eine Sache der Aufpropfung und Verschiebung seiner im Schreiben ihn mit aller Gewalt tangierenden Vorstellungsschranken, und - - - - - - - - - - - Schließlich entfernt sich der Text von sich selbst und gestattet Brüche, die Existenz stummer Zwischenräume. Alonso, der Philosoph muss oft schlecht gelaunt, kontraintuitiv und sogar böswillig sein, er muss den gewöhnlichen Begriffen misstrauen, um neue Begriffe zu erfinden, verstehst du, vielleicht sind es ja auch nur die Signaturen, etwas, das einen Begriff markiert und überschreitet, um einen bestimmten Bereich anzuvisieren, aber eben ohne einen neuen Begriff zu erfinden. Jedes Mal, wenn ich früher einen überschreitenden, also gefährlichen Gedanken ausheckte, wohlwissend, dass er nicht von meiner freien Entscheidung oder Willenskraft gar von einer Logik/Methode abhängig war, sondern von einer Gewalt, der ich irgendwie begegnete, wie dieser Deleuze sagt, an der ich dann wirklich kirre und närrisch wurde, bekam ich es tatsächlich mit der Angst zu tun, überhaupt jemals zum Semiotischen gelangen zu können.« Was Alfons nicht sagt oder erläutert, ist, dass ein den gewöhnlichen Sinn verletzender (paradoxaler) Satz niemals wahr oder falsch beziehungsweise begründet oder unbegründet sein, sondern nur in einem rein kausalen Sinn durchschlagen kann oder eben auch nicht. Man kann den schwer verdaulichen Satz als Rezipient nur schlucken, oder, wenn man ihn nicht zu kosten vermag, ausspucken. Alonso antwortet nicht so, als ob das, was er da gehört hat, eine besondere Überraschung für ihn wäre, sondern sagt nur wieder mal kurz und trocken »No jo«, so dass auch Alfons' Redefluss abrupt versiegt. Alonso handelt heute mit außergewöhnlich flinken Extremitäten, die, wenn sie denn etwas herstellen würden, Werkzeuge tangierten, das heißt er schwingt die Arme parabelförmig und bearbeitet mit Hilfe dieser seltsamen Akrobatik eine Packung Fertigschlagsahne, solange bis sie endgültig platzt und er den langsam rausklekkernden Saft genüsslich schlürfen kann. Etwas sehr Köstliches, das Alfons zwar Industriedreck, Alonso aber seine köstliche Mirabelle nennt. Die ganze Zeit schon sondert Alonso referenzlos oder anschlusslos abgelutschte Aphorismen ab oder äfft im Sopran seinen Freund nach, der darin jetzt eine ernsthafte Provokation erkennt, die darin besteht, die durch Konvention oder Phraseologie bei Alonso längst zum Stillstand gebrachte Arbitrarität der Zeichen in einer Weise reaktiviert zu glauben, die Alfons ihm in keinem der zukünftig möglichen Fälle je zutgetraut hätte.

Gestern gegen 14:00 Uhr in der Donnerstagsküche der Marienkirche in der Gutleutstraße trafen die beiden Kumpels auf einen ziemlich munteren Burschen, den wie Alfons ebenfalls geschassten Ökonomieprofessor Andrew Samuelson, dessen gebürtige Herkunft aus der südlichsten Ecke von New Orleans ihm überhaupt nicht anzusehen war, eher hielten Alfons und Alonso den Professor für einen typischen NYC Nerd, der gut situiert und aufgeklärt und welldone seine Tage vor dem Computer verbringt, wäre da vielleicht nicht seine weißgraue, schulterlange Haarmähne gewesen, auch das eigentlich kein Problem für einen Nerd, aber die äußerst unkonventionelle Art, auf der Mähne einen entsetzlich detailgenauen Börsenticker aus Plastikmaterial als Hut zu tragen, mutet wahrscheinlich selbst für einen Nerd etwas seltsam an.

Der Ökonomieprofessor Samuelson saß direkt rechts neben Alfons an einem langen, rechteckigen Holztisch und nuschelte die ganze Zeit irre geistesabwesend etwas Hochabstraktes aus den neuesten Forschungsgebieten der Wirtschaftswissenschaften wie Modern Monetary Economics vor sich hin, während er lange Spaghettifäden ziemlich pueril mit einer alten, fast rostigen Eisengabel manipulierte oder traktierte, bevor er die mit fettiger, dunkelbrauner Tomatensoße besudelten Nudeln extrem teilnahmslos oder neutral verschlang. Nicht das Unsichtbare des Sichtbaren aufzuzeigen, sondern das Unsichtbare des Unsichtbaren des Sichtbaren oder gar den körperlosen Leib der unsichtbaren Sichtbarkeit zu denken, dachte Alfons, dafür gibt dieser Mann hier ein prächtiges Beispiel ab. Dessen schwarze Anzugsjacke saß so dramatisch eng, ja, fast wie angeklebt auf dem Oberkörper, dass Alfons wirklich kein Unterhemd unter dem schwarzen Seidenhemd vermutete. Alonso, der das Outfit des Ökonomieprofessoren dagegen lächerlich, ja schier peinlich fand, schien den Mann gleichwohl um diese wahrscheinlich äußerst teure Anzugsjacke zu beneiden, die ihn tatsächlich auch an seine lange zurückliegenden Auftritte in der Talkshow *Morgens um halb Sieben* erinnerte. War diese sehr feine, sehr dünne Anzugsjacke eher ein Ding, ein flüchtiges Ding, beinahe unberührbar, geräuschlos und geruchlos, ein wesentlich Neutrales, was den Ökonomieprofessor nach eigenen Aussagen des Öfteren heimsucht, gar sinnlich übersinnlich? Jedenfalls gefiel Alfons der von dem Ökonomieprofessor unbewusst hergestellte Bezug zum Marxschen Warenfetischismus sehr, so sehr, dass er sich, um ganz im Bilde zu bleiben, in der anschließenden Diskussion unter anderem mit dem Terminus der allgemeinen Austauschbarkeit nicht mehr zufrieden gab und irgendwie intensiver mit dem Ökonomieprofessor zu konnotieren begann, weil ihm auch einfiel, hatte doch die Diskussion einen nicht unerheblichen

Nerv getroffen, dass man innerhalb eines geschlossenen Systems von Gleichungen die Funktion der Kapitalvermehrung nicht zu denken vermag, und ein bisschen fühlte sich Alfons jetzt selbst wie das (Subjekt?) Kapital, auf dessen Zirkulation und Akkumulation eben der Begriff der Gleichung nicht zutrifft, um möglicherweise in den metaphorischen Raum dessen abzudriften, was man Gleichnis nennt. Der ehemalige Philosophieprofessor weiß sehr genau, dass der nonäquivalente Austausch sowie die Geldvermehrung nur im Gleichnis dargestellt werden kann.

»Darf ich deinen neuen Freund, den Ökonomieprofessor, auch mal ein bisschen näher kennenlernen? Heute gibt's schwäbische Maultaschen und Karamellpudding in der Sozialstation. Echt lecker«, sagt Alonso und packt den in Plastikfolie eingeschweißten Speiseplan in die rückseitige Tasche seiner abgetragenen Lieblingscamouflagehose, rückt die Fliegerbrille zurecht und zieht mehrmals kräftig an der total verdreckten Schlauchspitze der Bong, was unter psychoästhetischen Gesichtspunkten Alfons leicht bedenklich erscheint, und bedenkt er z.B. die unappetitlichen Geräusche, die sich im kräftigen Ausatmen durch Alonsos schlechte Zähne vage artikulieren, deren gelbbraune Beläge im derzeitigen Lichteinfall wie heruntergekommene Knastwände schimmern, und bedenkt er die gründliche Katastrophe einer skopophoben, okularen Freigabe von Alonsos Mundhöhle, die Alfons eher an eine exkrementelle Pfütze erinnert als an ein Organ zur Nahrungsaufnahme (der Mund ist ein Loch, durch den die Seele hinaussickert), dann könnte er jetzt gut und gerne anfangen mal zu beten oder die Existenz von Menschen auf der Erde für immer und ewig verwünschen. Die Typen von H.O.M.O. oder Ovigly & Ovigly können sich in Zukunft echt an Menschen wie Alonso halten, denkt Alfons, nur um ihre unsäglich aufdringliche Powerpromotion für Zitat mit einem peitschenden Wasserstrahl den

Plaque wegsprengende Mundduschen von Delta K., deren sagenhafte Massagefunktion garantiert zu rollenden Augen und Orgasmuszuständen im Hirn führt, zu veranschaulichen, ohne die angeblich gesundheitsgefährdenden elektronischen Extras der Mundduschen bei einem Typ wie Alonso nur ansatzweise berücksichtigen zu müssen.

Ereignislose Pausen zwischen den Gesprächen zwingen Alonso immer wieder zu Einschüben wie »Was für ein schöner Vormittag zu hochinteressanten Diskussionen« worauf Alfons so rumgaukelt, Alonso habe es wohl eher mit vielfältigsten oralen Stimulationen. Alfons steht auf, während er sein ganzes Gewicht auf den rechten Fuß verlagert, und so sieht die Körperhaltung bei ihm tatsächlich am Waghalsigsten aus, keine Ahnung warum, jedenfalls fern ab von einer reflexhaften oder unbewussten Verkörperung seiner philosophischen Grundhaltung, die er im Stadtwald am liebsten auf der Parkbank sitzend und schwadronierend südöstlich des Ententeichs bei klarem kaltem Wetter darzustellen pflegt, den linken Ellbogen in die rechte Hand gestützt und die Hand gekrümmt, die Augen auf die geöffnete linke Handfläche gerichtet, als würde er auf einem imaginären Display lesen, une petit bonheur philosophe, der wissbegierig nach Wissbarem und Diskursivem verlangt und sich heutzutage gerne ein synthetisches Auge zulegen würde, wenn man ihm noch einmal die Gelegenheit gäbe, mit Studenten an Computerschirmen so ein bisschen zu lernen und zu lehren. Zum Beispiel den historischen Wandel vom Eigentum zur Lizenzierung zu diskutieren, den er partiell ja sozusagen live miterleben darf, wenn er sich beispielsweise mit alten Freunden des Karl Marx Zirkels in einem Internet Café in Bockenheim trifft, denn wer sich heutzutage wie viele seiner Kumpels ein elektronisches Buch auf das neue Ipad von Apple herunterlädt, der »kauft« nur noch in Anführungszeichen, stattdessen erwirbt er an dem unkörperlichen »Werkstück«, wie ein E-Book in der Sprache der Jurispondenz heißt, einen Zugang, und das durch eine Lizenz, die ihm die Nutzung des Werks ermöglicht. Und vielleicht noch einmal mit letzter Energie die Spektakeltheorie des Guy Debord dahin gehend aktualisieren, um zu zeigen, wie sich damals wie heute das Spektakel als herrliche und herrschaftliche Akklamation des Konsenses in der ununterbrochene Rede seinen galanten und perfiden Ausdruck findet, die das gegenwärtige System über sich selbst hält, der lobpreisende Monolog der Regierungsgewalt, die sich wie ein behäbiger Pseudostar verhält, um sich als der alleinige Repräsentant der durchschnittlichen Dienstleistung und Meinung vom passiven Publikum der Rezipienten akklamieren zu lassen. Die Gleichsetzung und Gleichschaltung von Ökonomie und Regierung by consent als spezifische Leistung der Demokratie. Das mediale Spektakel noch ein letztes Mal unter die antidoxologische Lupe zu nehmen, entsakralisierte, gemeine Doxologien, die sie hier im Stadtwald ja ganz handfest abbekommen, insofern die sogenannte öffentliche Meinung rund um die Uhr ein kontrollierendes Auge auf die disziplinarmaßnahmenmäßig eh schon schwer gebeutelten Kumpels hier wirft, um im gleichen Atemzug magersüchtig und monströs zugleich das Leben auf den Straßen in der City zu verherrlichen, vor allem in der Nähe des Börsenviertels, was Alfons wie die Beglaubigung dessen erscheint, dass die spezifischen Leistungen der Demokratie und ihrer konsensuellen Regierung in nichts weiter als der Parallelisierung von Börsenökonomie und Doxologie besteht, einer Regierung, die tatsächlich mittels einer hoch und heiligen Akklamation des Konsensuellen da angeschlichen kommt.

Im Stadtwald herrscht heute fast Windstille, als die Sonne über dem Kamm einer Sequenz von Zwergtannen aufscheint. Flugenten, wenn sie aus dem Wasser wackeln, steigen irgendwie prometheisch auf und singen irgendwie. Es gibt Geräusche von Baumaschinen und es gibt wahrscheinlich hohe Netzwerkaktivitäten im untertunnelten Untergrund, die sich derzeit wie ein Rhizom ausbreiten, kongruent dem unterirdischen Tunnellabyrinth, das bisher noch kein Mensch exakt kartographiert hat. GPS-Hacking und Boykott des Datentransfers via IPad. Der SMS Ton des neuen Samsung Handys von Alonso, ein berstendes Geräusch, als würde ein polyparadoxer Drumcomputer explodieren, nervt Alfons immens, er, der Handys genau so wenig wie synthetische Drogen mag. Diagonal gegenüber der Parkbank liegt eine dermaßen verdreckte, mit Haaren aller möglichen Menschen- und Tierarten zugekleisterte Matratze, dass ein DNA-Abgleich wahrscheinlich Tausende von ehemaligen Benutzern des Teils identifizieren könnte. Unwirklich bleibt eine Lufthansamaschine mit ohrenbetäubendem Lärm in 1000 Metern Höhe stehen, um sich dann in einem erschreckend spitzen Winkel zur Erde hin in Richtung Airport abzusenken. Auf der Straße zur Commerzbankarena rattern schwere Lastwagen, deren Geräusche man bis zum Ententeich hört. Alfons spürt einen Stein direkt an seinem Fussbett, als wäre die Sohle seines in China kopierten und hergestellten weißen Nike 567 Sneakers überhaupt nicht mehr vorhanden. Alonso steckt Alfons präventiv zur Beruhigung ein Jelly-Bean-Pfefferminzbonbon in den Mund, als drüben hinter dem Zaun der Wildschweinklause eine riesige rechtekkige Reklametafel von einer Gruppe schwer schuftender Bauarbeiter installiert wird. In schwarzen großen Buchstaben liest man den Slogan *Nehmen Sie sich, was Ihnen zusteht, Kaufen Sie Mc Spoony*, ein Slogan, der nach Alfons detaillierter Meinung perfiderweise unter der Hand den ubiquitären Geschenkcharakter eines Bio-Mandel-Riegel-Produktes dem ahnungslosen Konsumenten suggeriert, ein Riegel, dessen hochgepixeltes Bild Alonso in einem Anzeigenblättchen von

Aldi im Moseleck bei einem alkoholfreien Weizenbier gestern Nachmittag minutenlang bestaunt hat, der Scheiß da, O-Ton Alfons, mit Inhaltsstoffen wie Vitamin B, Calcium, Magnesium, Fructose, Folsäure, plus Zutaten wie Mandeln, Maltosesirup und Rohrzucker, das Produkt ist außerdem angeblich zu 100% lactose-, cholesterin- und glutenfrei. Ein leuchtendes Beispiel für Soft Snacks gepowert mithilfe der Dumpfblödsprüche der Marketing Agentur H.O.M.O., die sowohl mit ihrer Ballaststoff-Hypothese als auch der Powerpropaganda von ihrem angeblich durch C6 H8 (OH)6 induzierten Feelgoodfeeling bei Müsliriegeln beim Konsumenten/Verbraucher schon so oft megamäßig gescheitert ist, dass es interne Rauswürfe noch und nöcher hagelte -, wie die Agentur übrigens auch mit vielen anderen hochpromoteten, innovativen Biogourmetprodukten gescheitert ist, beispielsweise auch mit der silbernen Metalldose »Rund Small«, in der sich Bio-Crispikugeln Cappuccino der Marke B.I.O.T.O.P. befinden, deren angeblich nussig-würziger Geschmack eine Testgruppe von vierundzwanzig Probanden, unter ihnen auch Alfons & Alonso, von Anfang an für ziemlich fragwürdig hielt und deshalb auf der Skala 1-6 auch durchweg mit der Note 6 bewertete, außerdem löste das Produkt schon in der GFDS-Phase insofern einen Eklat aus, als über die extrem süss und knarzig schmekkenden Bio-Crispikugeln ein Streit zwischen zwei männlichen Testpersonen darüber entfachte (wonder who & why?), ob von Seiten des Unternehmens hier ohne wenn und aber dem Trend zur Secondhand-Fitness Folge geleistet, dem Gesundheitsterror ein weiteres Argument oder Waffe hinzugefügt werden würde, oder ob der Wahnsinn des Konsums dieser Art von Nahrungsmittel nicht auf den Konsumdruck bzw. Präferenzkoeffizienten des durchschnittlichen Verbrauchers zurückzuführen sei, der seine Unterwerfung unter Trendbewegungen eben liebe wie sich selbst, und im übrigen endete der Streit dann mit der Wette, wer von den beiden Probanden innerhalb von zwanzig Minuten mehr von diesen eigenartigen Kugeln wegputzen könne, der habe das Recht zuzusehen, wie der Verlierer noch weitere zwanzig Minuten das eklige Süsszeugs in sich reinstopfen, was garantiert zu purpurroten Flecken im Gesicht, zu Gastritis oder zur Überproduktion von HCI durch die Magenschleimhaut oder einfach nur zu langanhaltendem Erbrechen führen müsse.

Alonso bekommt vom Studieren der Lebensmittelwerbebroschüren von Discountern, das hauptsächlich im Moseleck durchgeführt wird, oft einen leicht glasigen Blick, und heute erinnert ihn diese überdimensionale Werbewand an der Wildschweinklause wieder einmal an sein extensives Studium der Broschüren von gestern Nachmittag, er lässt einen fahren, hält sich beide Hände vor die Fliegerbrille und wünscht sich schnellstens einen Eimer für hygienische Bedürfnisse, erst zurückhaltend und dann immer energischer, so dass ihm Alfons vorsorglich schon mal die Bong aktiviert. Im Schnitt nimmt Alonso in den letzten beiden Wochen sechzig bis achtzig Bongzüge am Tag zu sich, was einer Steigerung von 30% gegenüber dem Vorjahrestagesdurchschnitt entspricht, er weiß ja auch nicht warum, er schlägt deswegen die Arme ratlos und mürrisch um sich herum, denn an seiner unmittelbaren Umgebung kann es ja nicht liegen, insbesondere nicht an Alfons, der in den letzten Tagen zuvorkommend und höflich und streckenweise sogar höchst belustigend daherkommt, und sich gar nicht als die grauenhafte Spaßbremse erweist, die er zu Beginn ihrer Bekanntschaft war, als er in Alonsos Zweizimmerwohnung andauernd vor dem Fernseher bloß herumnörgelte, wenn Alonso Kultfernsehserien wie Emma Peel, Nummer 6 oder Flipper auf DVDs oder Videobändern oder auf Arte ganz gerne auch über längere Phasen hinweg konsumierte, während er große Mengen Marihuana rauchte und eiskaltes Pepsi-Cola dazu trank, um daraufhin im Laufe des Abends immer stärker zu Schwarzweißfilmen mit extremen Überlängen überzugehen, bis er, langsam in einem Speziallehnstuhl dösend und ins Marihuanadelirium hinübergleitend oder versinkend oder einfach nur sanft einschlummernd noch nicht einmal mehr die Fernbedienung bedienen musste, um u.a. sein Abfallszenario oder die Seuchengefahr in seiner Wohnung zu vergessen. Vielleicht war Alfons auch nur gekränkt gewesen, dass Alonso seinen ewig langen Ausführungen zur Ontologie und Metaphysik bei Aristoteles bis Jacques Derrida oder Richard Rorty nicht die Bohne folgte oder folgen konnte, nur zwischendurch immer »Kenne ich schon« oder »Ach, wie interessant, das ist jetzt aber neu für mich« sagte, bis Alfons relativ verärgert den fernbedienten Nacht-TV ausklinkte und selbst zum Joint griff, und das beharrlich für mehr als drei Wochen, bis der Gedanke, man könnte durch ein gewisse Maßlosigkeit eine Heilung unter anderem auch von extremer Theoriemanie oder dem Trompe-l'oeil der Denksucht erlangen, zunehmend verblasste, und stattdessen der Gedanke sich verfestigte, dass man bei intensivem Drogenkonsum immer von einem Medium abhängt, das einem langsam die Autonomie raubt, um einen in einen Kokon einzuschließen, der eine immanente, harte Gegenwart erzeugt, mit der man die Realität da draußen auf Distanz hält. Der Gebrauch der Droge scheint ganz ausgerichtet auf den Effekt. Alfons ist zwar weiter scheiße tolerant, was den Marihuanakonsum von Alonso angeht, aber für seine Person beansprucht er ganz andere, ja komplett gegenteilige Effekte wie Selbstdisziplin und radikale Intersubjektivität in der dritten Person, jenseits auch des Dialoges mit Alonso, über den hinaus er eine Vervielfältigung der Personen durch Kommunikation im Auge behalten will.

Der kunstvolle Übergang vom Denken zum Sprechen besteht bei Alfons im Moment darin, erst den kleinen Teller mit Karamellpudding bewusst grimmig und halsverrenkend wegzuschieben, um daraufhin ekelerregend neutral »Hochglanzhotel am Meer« zu sagen. Quasi automatisch antwortet der Ökonomieprofessor Samuelson, dessen schulterlanges, weißgraues Haar heute eher gelblichweiß glänzt, mit der ganz nicht unfassbaren Bemerkung, unter glykämischen Gesichtspunkten seien die Speisen in der Sozialstation eine einzige Katastrophe, da ja anzunehmen sei, dass der Blutzuckerspiegel unmittelbar nach dem Mittagessen hier extrem hochschnelle, wahrscheinlich hätten die Köche noch nie etwas von glykämischem Index gehört, den die Spitzenköche in den Hochglanzhotels am Meer garantiert zur Rate zögen, das könne er wegen seiner Beratungstätigkeit für MC Powell Coaching & Unternehmensberatung aus eigener Erfahrung berichten, of course auch wegen seiner vielfältigsten Begegnungen im eigenen Bungalow (Blick auf das Meer inklusive) mit gespenstisch gut zubereitetem Soulfood sowie Ayurveda-Food, wo der Verzehr nicht unbedingt Effekte gespenstischer Müdigkeit und indifferenter Nervosität erheische. Nach einer kurzen Pause gerät das semiprofessionelle Management-Gesicht des Ökonomieprofessors ins Träumen. Alonso reagiert auf das verbale Schmachten bzw. Auskosten des Professors wie ein pingeliger Dandy, der so tut, als hätte er nichts gehört, und sich trotzdem sichtlich nicht entspannt; Alonso muss die Anrede, Gestatten Samuelson, ehemals Johann Wolfgang Goethe Universität und European Business School, kurz EBS genannt, einfach neidlos über sich ergehen lassen. »Dort studiert die sogenannte Elite des Landes. Auf dem 28. Symposium dieser privaten Schule in Oestrich/Winkel wurde, laut offizieller Pressemitteilung, als Stargast beziehungsweise als ehrenamtlicher Referent unter anderem Altkanzler Gerhard Schröder angekündigt. Und noch ein Superunternehmer nahm an dem Symposium teil. Es handelte sich um Oleg Deripaskaja,

Chairmann von Basic Element. Oleg Deripaskaja gehörte, was nachweislich von Zeugenaussagen vor der 5. Großen Strafkammer des Landgerichts Stuttgart bestätigt wurde, der kriminellen Organisation Ismailovskaja an. Das Urteil (6 KLS 202 Js89757/36) ist voll von Informationen über die Morde und Raubzüge der Ismailovskaja«, sagt Professor Samuelson mürrisch und zupft verbissen an ein paar Haaren seines Kinnbarts, an denen zwar eine Vielzahl von saftigen Tröpfchen Tomatensoße kleben, der ihm aber immer noch etwas spitzfindisch Lausbubenhaftes und Hochintellektuelles zugleich verleiht. »Sie wissen ja, es heißt da immer Vertikalspannungen ausnutzen, üben üben und nochmals üben, um das Unwahrscheinliche wahrscheinlich zu machen, inklusive der Prononciation der Eschatologie eines feschen Vulgärdarwinismus, Survival of the fittest. Ich wurde mit Walther Leisler Kiep, dem damaligen Direktor und Schatzmeister der CDU gegangen. Einfach rausgeschmissen, inklusive aus den Hörsälen der Deutschen Bank und Daimler-Chrysler. Unschöne Geschichte, das kann ich Ihnen sagen. Für einen wie mich, der mehr als zwei Jahrzehnte in allen möglichen Medien lang ausposaunt hat, dass für die meisten Studenten Leistung einer Körperverletzung gleichkommt. Sprüche, die heute tatsächlich im Vergleich zu denen der Repräsentanten unserer Expertenkulturen, deren Originalität je schon Kopie oder Resultat einer Gewaltanwendung ist, jeder Imbissbudenbesitzer besser hinbringt. Experten, die immer von Innovationsdruck, Enkulturierung durch Leistung und Lernen schwafeln, was aber bei ihnen selbst am seltesten ankommt, denn mit sozusagen genetischer Konsequenz vererben sie ihre Jobs, Stellungen, Zugänge und Prämien weiter, und die Aussage Krieg ist selbsterzeugter Innovationsdruck trifft sie seltsamerweise am wenigsten. Die, die den Sieg ohne Krieg und Feindkontakt davontragen.«

»War es nicht Nietzsche, der sagte, aus Übung könne

Glauben werden? Konnte er jedoch vorausahnen, dass der Mumpitz Jesus für Manager: Frei sein im Job und im Leben oder Zen für Manager, Sun Tzu für Manager oder Fernöstliche Kriegsstrategien für westliche Manager oder wie die Ratgeber alle heißen, bahnbrechend werden konnte? Komplexitätsreduktion für Arme.«

»Sie sagen es. Werde ich erfolgreicher Manager eher mit Zen oder mit Jesus, oder ist das irgendwie so piepegal wie ein möglicherweise herunterfallender Dachziegel in einem Kloster? Mit dieser Frage habe ich mich in letzter Zeit viel beschäftigt.«

»Sie hatten wahrscheinlich nach ihrem Rausschmiss auch genug Zeit«, bringt sich Alonso in den Dialog ein, nippt am großen Glas dunklen Andechser Biers, bedeckt mit der Unterlippe die Oberlippe, was ihn wie einen leichtgläubigen Pongoiden erscheinen lässt. »Wissen Sie, wenn ich mich recht an den gestrigen Nachmittag zurückerinnere, dann war unser kurzes, aber erfrischendes Gespräch der Auslöser für meine nächtlichen Gedankenschwärme. Nur metaphorische Ersetzungen können den erweiterten Tausch kongruieren, Gleichnisse tragen ihn, überhaupt geht es nicht um Gleichungen, wie bei den Tauschtheoretikern fälschlicherweise angenommen, oder gar um Gleichheit oder Äquivalenz, die den Tausch konstituiert, wobei die Tauschenden allerdings so etwas wie Wertäquivalenz beim Tausch mitdenken müssen, ohne es zu wissen.«

»Ich erinnere mich vage. Als Philosoph haben Sie natürlich einen ganz anderen Zugang zur Geldfrage als ich in meiner Funktion als Ökonom. Wissen Sie, für mich ist das Geld etwas Abgeleitetes, Sekundäres. Die aus dem Gläubiger-Schuldner Kontrakt resultierende Möglichkeit, dass das Eigentum des Gläubigers verpfändbar und belastbar ist und er als Ausgleich Zins und Tilgung kassiert, das ist wohl der entscheidende immaterielle Faktor, durch den Wirtschaften entsteht.«

»Ich will mich ja nicht einmischen«, sagt Alonso etwas spitzfindig, pickt mit der Gabelspitze eine quadratische, bäuchige Maultasche auf und schlürft an der Kante entlang. »Aber soviel ich weiß, kommt Geld von Geltung, und ... mmh, köstlich diese kleinen Dinger hier. Ich kann natürlich nicht sagen, es ginge hier nur um so etwas Banales wie Nahrungsaufnahme, natürlich interessiert mich auch die Konversation. Aber bei diesem Lärm.«

Die Lautkulisse dieser Art von einer hauptsächlich durch soziale Transferleistungen gestützten Systemgastronomie besteht aus dem Scheppern und Klappern der Töpfe und Pfannen in der Großküche sowie einem relativ erregten Gesprächsbrei älterer und armer Menschen, bestehend aus Rufen, Beleidigungen, Befehlen und Schmeicheln, Zurechtweisungen und dem lauten Gegröle der sich in Wochenschichten abwechselnden Köche. Links neben dem Eingang versuchen drei stark betrunkene Obdachlose einen mit vollgestopften Alditüten bestückten Einkaufswagen durch die geschlossene Glastür zu schieben, worauf unmittelbar als sie den Zwischenfall bemerkt eine ältere Küchengehilfin heransprintet und mit zerhackenden und wuchtigen Gesten der linken Hand klarstellt oder verifiziert, dass die Herren der Schöpfung a) erst die Eingangstür aufmachen müssen, damit einer nach dem anderen hereinkommen kann und es b) nicht erlaubt ist, sozusagen die mobile Wohnung hier im Speiseraum abzustellen, was zu erregtem Widerspruch des an der östlichen Fensterfront sitzenden ehemaligen Vorsitzenden des Boxsportclubs Rödelheim K.O. führt, der den Zwischenfall mit einem Ohr mitbekommen hat. (In seinen Recherchen/Artikeln für das Obdachlosenmagazin Obdachlos, benutzt dieser Mann bisweilen eine mittelprächtige Poesie, insbesondere um die Teilnehmer an Tafeln oder freien/sozialen Küchen ziemlich pietätlos, wie der Manager der Sozialstation sagt, per se mit den mit dem Judenstern Gebrandmarkten und anderen Ausgeschlossenen im Nationalsozialismus zu vergleichen.) Der circa 200 qm große Saal riecht jetzt stark nach Achselschweiß sowie nach der fettigen, scharfen Gulaschsuppe, mieft sogar, und auf vielen Gesichtern liegt vielleicht auch gerade deswegen eine gewisse Ratlosigkeit oder Lethargie. Ein älterer Mann mit grauem Stoppelhaar und Hornbrille sagt: »“”-»„« ›fiÿ «· ‘-›« ‚«·ÿfiÊ”‚Ê«·-“«. Mehrere der älteren Speisegäste tragen dicke Hornbrillen, einige der Gäste sind fast blind oder schwer netzhautgeschädigt. Viele Teller sind noch halb voll, egal ob mit Maultaschen, Spaghetti oder Karamellpudding, dennoch trägt eine Frau mit einer hellblauen Schürze mit roten Tulpenmustern schon fleißig die Teller, Gläser und das Essbesteck ab. Das Lochmuster der Deckentäfelung durchzieht ein langer Riss wie der Verlauf einer kontinuierlich aufsteigenden Chartkurve, was Alonso aufgrund seines medikamentös instruierten, visuellen Gedächtnisses an die Struktur der Decke eines Restaurants mit gutbürgerlicher Küche in Bayreuth erinnert, das schon im Oktober 2007 kurz vor der Insolvenz stand und durch eine mediale Rettungsaktion des 2-Sternekochs Michael Hohmann im Rahmen seiner Sendung »Ab jetzt geht's bergauf«, die damals jeden Samstagnachmittag um 15.00 Uhr auf RTL lief, zu einem postmodernen Mixrestaurant mit indischer, italienischer, amerikanischer und mexikanischer Küche ummodelliert worden war, eines der vielen positiven Beispiele für die erfolgreiche Strategie, die den 2-Sternekoch und seine PR-Spezialisten in die Sphären der medial durchkonstruierten Celebrity-Cliquen hochgeschossen haben, quasi als *die* Verkörperung einer egozentrischen Wellness-Postmoderne im Rahmen der Ernährungswissenschaften; in Zeiten von Junk News, Junk Food, Junk Money und Junk Selfishness verkörpert Hohmann tatsächlich eine neue Art von Prominenten, von denen man nicht mehr weiß, warum sie eigentlich berühmt geworden sind. Allein schon die stark gesalzenen Suppen in diesem kaputten Gourmettempel waren schrecklich, denkt Alonso, wahrscheinlich um auf trivialste Weise den Getränkeumsatz gehörig nach oben zu pushen, und nicht minder schrecklich waren die verbilligten Sparerribsabende, bei denen er selbst zweimal als Gast teilnahm, wobei er selbst als Kochexperte, der, nur durch ein manuelles Schiebewandsystem von der Küche getrennt, nicht nur exakt riechen kann, was da an Ingredienzien in der Küche benutzt wird, sondern auch spezifische Zutaten wie Kräuter oder Synthetisierer identifizieren, selektieren oder olfaktorisch herausfiltern kann, ziemlich ratlos am Tisch saß, denn die Spareribs waren ungewöhnlicherweise mit extrem scharfem Currypulver gewürzt und verströmten zugleich den typischen Geruch verbrutzelten bzw. angekokelten Schweinefleischs, und zudem konnte er einfach den ubiquitären Geruch von Kidney Bohnen nicht negieren, es fehlte nur noch, dass die Spareribs in Olivenöl mit minderer Qualität gebraten worden waren, womit sich die Ideologie des postmodernen Mixes an einem einzigen Gericht sich schrecklich verifiziert hätte. Wenn man es genau nimmt, ist selbst der Fraß hier in der Sozialstation noch eher zu genießen als der ungeheuerliche Luxusfraß im Luxusrestaurant Tapin in Bayreuth, auch wenn die üppigen Maultaschen heute wieder hundertpro zum Wegnicken oder zum hochgereizten Gähnen verführen, aber er hat damit keinerlei Probleme, weil er dem horizontalen Verdauen schon immer etwas abgewinnen konnte, denn er legt sich nach dem Konsum der Tafel in der Weserstraße 5 auch direkt mal auf den Rasen flach, wie er mittlerweile gerne einräumt, dabei sowohl emotional als auch homöostatisch das Suchtpotential der Industrieprodukte austarierend bzw. ausbalancierend, auch um mal ein längeres Nickerchen zu halten, wenn der Fraß mal wieder einen extrem hohen Fett-

und Proteinanteil hatte, denn dies ist ja eine überaus insuffiziente und extrem schlechte Kombination von Stoffen laut des Ernährungsberichts des deutschen Verbraucherschutzes vom 6.9.2012, der darin regelrecht Alarm schlägt, wenn es um die Essgewohnheiten von ca. 90% der deutschen Bevölkerung geht, die ein Jahreseinkommen unter 100.000 Euro im Jahr beziehen und die angeblich laut den Ergebnissen des Meinungsforschungsinstitutes OFFENBARUNG regelrecht unreflektiert und balancedefizient minderwertige Nahrung drauflos fressen, wenn man sie nur lässt oder wahl- oder zwangsweise in Massenpanik versetzt, um etwa den oikos des Volkskörpers nahrungsmitteltechnisch zu schwächen. Kurze Zeit, nach dem das Erinnerungsbild in seinem Hirn erloschen ist, hämmert Alonso mit der Faust zweimal mächtig auf den Tisch, so dass der Ökonomieprofessor Samuelson rechts neben ihm sitzend umgehend reversiblen Schluckauf bekommt und Alfons die Fortführung seiner Satzkette bezüglich der Synthesis des Geldes und dem Unding Wert, das noch kein Mensch je gesehen hat, aber beim Kauf oder Verkauf immer mitgedacht werden muss, regelrecht in den Wind blasen kann.

»Alonso, offensichtlich ist dir langweilig. Halbwegs kultivierte Bayern machen trotzdem nicht einen Aufstand, und genießen es leise, einem Gespräch wie diesem aufmerksam zu lauschen.«

»No jo.«

» … «

»Ich weiß nicht mehr, ob ich selbst einen Vortrag darüber gehalten oder nur davon geschrieben habe. Die Wirtschaftswissenschaften sind auf dem besten Weg, ihre ungelösten Rätsel vor sich herzuschieben wie der Kapitalismus seine immanenten Grenzen. Ich will ja nicht unken, aber die vielbeschworene Autonomie des Wissenschaftlers ist doch viel eher die seines vorauseilenden Gegenstandes, der sich wiederum durch die Anwendung der dynamisch-stochastischen Modelle des Allgemeinen Gleichgewichts hindurch verändert, so dass die Theorie permanent scheitert oder immer neu korrigiert oder justiert werden muss, ein endloses Spiel, das auch durch die seltsamsten Aprioris, beispielsweise dem umfassend über die Märkte informierten und rational entscheidenden Akteur, nicht geframet oder im Zaum gehalten werden kann.«

»...«

»Wissen Sie, der Szientismus ist ein Problem, das wir in der Philosophie zu Genüge kennen. Die Monopolstellung der Szientisten führt auf jeden Fall zu einer Verarmung der Ideen und der Erfahrung. Wer einen Pragmatiker wie James anführt, der glaubt, ja geradezu beseelt davon ist, dass die Wahrheitsdefinition der Szientisten mehr abtrennt, als dass sie Anschlüsse an neue Erfahrungen und neues Wissen erzeugt, der scheitert heute kläglich. Anderseits befassen sich die Sozialwissenschaften ausschließlich mit der sozialen Welt, als tappten die sozialen Gruppen ohne Bezug zur Materie und den Dingen im luftleeren Raum herum. Nun ja, ich würde mal so sagen: Der Begriff ist ein Experiment, aber eines, das nicht unbedingt nur im Labor durchgeführt wird und der Kapitalismus decodiert jeden gesellschaftlichen Code und schafft damit auch enorme Vorteile für die Philosophie.«

»Nun ja, in den Wirtschaftswissenschaften kehrt man periodisch wieder zur klassischen Ökonomie zurück, die man nun seit Jahrzehnten neoklassisch nennt, weil man sie mit mathematischen Wahrscheinlichkeitsmodellen ausgeschmückt beziehungsweise gut bestückt hat. Die Wirtschaftswissenschaften laborieren an ihrem zyklischen Rhythmus, man könnte fast sagen, mal gibt die neoklassische Schule den Ton an, mal wieder die postkeynesianische, es mag sich vielleicht letzten Endes auch nur um eine Säkularisierung der ökonomischen Theologie handeln.«

»Trotz der Distanz gegenüber dem angeblich unerhört Neuen, die es heute stets zu halten gilt, gibt es dennoch nichts Interessanteres als das Neue zu kaprizieren, nun sagen wir mal besser zu finden oder zu erfinden. Für die Wirtschaftswissenschaften, so hört es sich jedenfalls für mich an, schwankt man eher zwischen überkommenen Modellen hin und her, favorisiert die absolut glattgeschliffenen Diskurse und Wissensmodelle, die eben deswegen auch so reibungslos zu zirkulieren scheinen.«

»Es gibt aber auch vernünftige epistemologische Einschnitte. Den von Keynes zum Beispiel, was mir erst in meinen letzten Lehrjahren bewusst wurde, bevor ich gegangen wurde. Systemische Unsicherheit macht die Ökonomie per se instabil. Die Märkte sind niemals rein und effizient und reagieren massiv auf Schocks, die zur Unterinvestition und Arbeitslosigkeit führen, und zurück bleiben die schwarzen Löcher an Liquidität. Jede dieser Bewegungen verstärkt die Schwingungen im System, und da gibt es niemals einen automatischen Weg heraus. Und Keynes hat gezeigt, dass wir eine makroökonomische Politik brauchen, die darauf abzielt, ein hohes Level von wirtschaftlicher Aktivität zu generieren: durch öffentliche Investitionen oder durch Umverteilungen, die eine stabile Nachfrage aufrechterhalten.«

»No jo.«

Alonso stützt seinen scheinbar ultraschweren Kopf, der für ihn jetzt fast selbst schon karzinom wirkt, hyperdemonstrativ in beide Hände, die die Form eines auf beiden Schenkeln/Vektoren leicht konvex gebogenen Vs haben, worauf die beiden unglücklich wirkenden ehemaligen Professoren unwillkürlich an ihren graumelierten Kinnbärten zu zupfen beginnen, wahrend sie sich fragende Blicke nonchalant gegenseitig erwidern, die zu knacken oder zu perforieren nicht unbedingt Alonsos Job ist, und worauf er glatt auch keinerlei große Lust hat. Um die Szenerie subakut zu entspannen, schlägt Alonso vor, dem Moseleck zum Nachmittagsbier einen kleinen Besuch abzustatten, denn dort könnten die beiden Professoren mühelos ihre für ihn durchaus hypernervige Diskussion über die Basics einer neuen Wissenschaftsanthropologie fortführen, falls die Musik der digitalen Musikbox dort nicht wie allzu oft in der letzten Zeit ohrenbetäubend laut, manchmal sogar bassmiasmisch die Schädel sprengt, oder etwa einer der Gäste mit hypertheatralischen Herumzuck- oder Delirium-tremens-Trash den derzeitig arbeitenden Wirt ganz unsanft dazu auffordern und veranlasst, ihn endlich vor die Tür zu setzen, was nach seiner Erfahrung zu einem nicht ungefährlichen Konflikt für beide Kontrahenten ausarten könnte, siehe den Fall der gewalttätigen Auseinandersetzung am 12.4.2013 gegen 14:32 Uhr, als auf den Gastwirt Peter, der sich selbst schon im leichten Alkoholfieber befand, zum wiederholten Male ein total betrunkener, freischaffender Medien- und Finanzberater der Deutschen Bank zueierte, worauf Peter, nach dem Konsum des ungefähr zweiundzwanzigsten Jägermeisters, wie gesagt, selbst nicht mehr im vollen Besitz seiner Wahrnehmungsfähigkeit & okularen Kräfte, dem Gast einen satten Nierenhaken verpasste, so dass der Medienberater, Coach und Slogan-Beschleuniger der Deutschen Bank wie vom Blitz getroffen oder im devot skoliotischen Halbbückling auf die Knie sank und sein Kopf auf die Brust fiel, bevor er dann auf den harten Steinfußboden knallte, wobei dem Mann die trendy Basecap mit dem Logo der Gruppe Ich & Ich nach oben wegflog, was einer seltsamen Umkehrung der Gravitationskräfte glich, und man hörte (die digitale Musikbox ausnahmsweise nicht in Betrieb) sein Nasenbein mit einem entsetzlichen Knacken brechen, und als der Wirt Peter mit Hilfe eines involuierten oder athropierten Stilletts nachsetzen wollte, stand der bisher nur streng beobachtende Husky-Dieter langsam auf, kriegte den in total psychoemotionale Fahrt gekommenen Gastwirt von hinten noch an der Schulter zu fassen, um ihn auf seine typisch sanft-bayrische Brotzeit-Art zu beruhigen, dass selbst das männliche Topmodel Pablo, das an einem Tisch an der Südwand der Kneipe saß, sein halbvolles Bierglas erhob und schrie: »Eine Runde Obstler für alle.«

(Nach bzw. während des Zwischenfalls gab es weder einen massiven Polizeieinsatz des SEK noch eine Strafanzeige des Medienberaters der Deutschen Bank, der einen doppelten Abschluss/Diplom in Medienwissenschaften und Finanzmathematik besitzt, wegen Körperverletzung nach § 223 StGB vielleicht, weil er dem Besitzer des Mosolecks Harry W. einiges noch schuldig ist, um es einmal ganz salopp auszudrücken.)

Dr. Dr. Hanselmann liegt ganz alleine, mit weißem Hemd und faltenfreier, beiger Cordhose bekleidet, und definitiv schmachtend und zurückgelehnt in einem Liegestuhl auf der Dachterrasse des Esperanto-Buildings und liest ziemlich unaufmerksam in der Samstagsausgabe der Financial Times. Worum ging es in den letzten Tagen? Es ging um Wiederholungen und Einschnitte. »Esse gerade Mottensuppe und habe dabei wortkarge und bange Minuten im Kopf«, smste ihm Sam Kimberlay noch vor wenigen Minuten, und der Banker befand, das ewige, halb auf sarkastisch getrimmte Gesabbel von Sam Kimberlay zu lesen, sei ab sofort gar nicht mehr witzig. Unwillkürlich erinnert sich der Banker, der jetzt ganz Hirn seiner unerheblichen Operationen ist, an ein emeritiertes Vorstandsmitglied der Esperanto Bank, das z.Z. in Davos lebt und dort immer stärker in Demens versinkt bzw. die Demens ihn ertränkt, erinnert sich, dass das Vorstandsmitglied im Zuge von mehreren experimentellen Hormonoperationen in Markenkliniken der südlichen Schweiz aufgrund der Abstoßungsreaktionen seit ungefähr Anfang dieses Jahres nur noch naivsten Nonsense von sich gibt, welcher durch das bloße Gewicht, das der unermüdlichen Wiederholung inhärent ist, ihm langsam, aber sicher bis in die Gedärme hinabsinkt. In diesem hohen Alter ist die Praxis der schlechten Wiederholung für einen Menschen per se das Todesurteil, und dieser Mann ist quasi schon gestorben oder zumindest in die Leere von angrenzenden Wiederholungsorgien verstrickt, die längst aufgehört haben, nur noch den Versuch zu wagen, die Variation oder die Differenzierung zu wiederholen. Dieser Mann ist für Dr. Dr. Hanselmann jetzt schon die Verkörperung der Quasi-Leiche, welche bei den seltenen Besuchen des Bankers nur noch sehr müde die Augen aufschlägt, um dann mit ihrem fachierten Gesicht ganz nahe an ihn heran zu rücken und ihm zu insunieren, dass die Quasi-Leiche ihm gleich wie eine lebendig geschluckte Kröte mehrmals den Ösophagus hinabsteigen und wieder hinaufsteigen wird, bis kumulative und total bedeutungslose Gewichtungen die Kröte endgültig tief in Dr. Dr. Hanselmanns Gedärme, in jene tieferen Regionen des kardiopulmonalen und kardiovaskulären Systems hinabdrücken, und von ferne ahnt Dr. Dr. Hanselmann, dass er irgendwann selbst die Kröte im Hals eines anderen sein könnte, der dann im Esperanto-Building längst seinen herrlichen und herrschaftlichen Platz erobert hat. Dr. Dr. Hanselmann hat nur eine vorübergehende Ruheposition eingenommen, die Zeitung ist längst auf den gefliesten Boden gefallen, auf die hellvioletten Noblit-Steinplatten an der Längsseite des kleinen quadratischen Swimmingpools, der Banker lässt das Rückenteil des Liegestuhls in die dritte Kerbe der Arretierung einrasten, der Neigungswinkel viel zu klein, er spürt, wie die hektische Aktivität seines vegetativen Nervensystems langsam zurück geht, das ihn die ganze Zeit schon viel zu schnell atmen und schwitzen ließ, und er beugt sich gemächlich nach vorne, um die Zeitung wieder aufzuheben, und dann befeuchtet er ab und zu einen Finger, um weiter zu blättern, überfliegt einen Artikel, der den Budgetentwurf des Office of Management and Budget der USA (OMB) für das Jahr 2013 zitiert, laut dessen bis zum Jahr 2024 die Schulden der USA auf mehr als 15,5 Billionen US-Dollar ansteigen werden, und er befeuchtet abermals den linken Zeigefinger mit seinem extrem salzig schmekkenden Speichel, um schnellstens auf die Feuilletonseite zu blättern, er überfliegt dort die Tageskolumne des Soziologie- und Literaturprofessors Thomas Ruprecht, der seit dem 25.2.2013 über die Existenz einer bisher allenfalls in den Fantasiewelten von geistig quirligen Schriftstellern vorgekommene Droge schreibt (es könnte allerdings auch ein Virenkomplex sein), die angeblich hauptsächlich das Sprachzentrum angreift und darüber hinaus die Süchte nach mehr als nur normalen Drogen, nämlich nach Tele-Shopping, Sex, Poker, Nahrung, Jogging, Daytrading und sogar Chatting usw. an- und befeuert, ohne jedoch die psychosoziale Autonomie des Individuums anzutasten. So dreht sich die Spirale auf der n-ten Suchtebene nach oben, allerdings sieht sich Dr. Dr. Hanselmann hier nicht wesentlich tangiert, weil er das Moment des Glücks, das sich im Genießen verwirklicht, einfach im Moment nicht sucht. Dr. Dr. Hanselmann liegt im leicht wippenden Schatten einer Archontophoenix cunninghamiana (Bangalowpalme), als er zwei Aspirin-Tabletten in einem Glas Evian auflöst, wobei er sich bei diesem Vorsommerwetter erneut etwas zu dick fühlt bzw. wie in einen viel zu engen Anzug hineingezwängt, ungenügend eingewebt in Raum und Zeit.

Es ist kein Zufall, dass in empirischen Studien des Instituts für Sozialforschung in Frankfurt/Main aufgrund der Auswertung von Testfragebögen mit ca. 400 Probanden im Alter zwischen 18-56 Jahren bei 62,8% der befragten Personen

Symptomatiken oder erste Anzeichen einer universellen multipolaren Sucht festgestellt wurden, wobei die Testpersonen sich meistens dahingehend äußerten, dass man zwar keine Drogen konsumiere, aber dogeninduzierte Symptome innerhalb der letzten drei Monate schlagartig aufgetreten wären und sich auch drastisch verschärft hätten, ohne dass man die Spur einer Ahnung besäße, welche Dinge, Methoden oder welche chemischen Stoffe die Symptome eigentlich ausgelöst haben könnten, die nicht nur nicht verebben, stattdessen manchmal fast eskalieren würden, wobei sich laut Aussagen des Instituts für Sozialforschung bei den meisten Probanden die Typologie einer fraktalisierten Innerlichkeit feststellen lässt, die in Falten implodiert, vielleicht weil man Dinge oder generell das Außen nicht mehr erreicht, und deshalb die Dinge und Äußerlichkeiten ganz weit von sich wegschiebt, was aber letzten Endes dann doch nicht gelingt. Die Maschinensprache der (vergifteten) disjunktiven Nervensysteme, so das Institut für Sozialforschung. Bis man endlich wie im Schlaf oder schlafwandlerisch süchtig wird, ohne dass man von dem Trieb, der einem da süchtig macht, auch nur halbwegs etwas ahnt. Dass man gewöhnliche Dinge, Sportwagen, Fastfood, Spielautomaten, Kosmetikartikel etc. libidinös besetzt, ohne dass sie einen ganz zerstören oder die Autonomie des Individuums per se vollkommen auflösen, und damit ist nicht die scheinbare (libidinale?) Autonomie des Drogensüchtigen gemeint, der einfach mal so ins Gras beißt. Dr. Dr. Hanselmann zweifelt. Ohne dass da eine Chemikalie oder eine pharmakologische Substanz im Spiel ist, die Gehirnchemie, Endorphine oder Testosteron aktiviert oder informiert, vielleicht auch nur in flüchtigster Form, was dann ein Benommenheitsgefühl oder einen extraeuphorischen Sog erzeugt, der glücklicherweise zumindest bei ihm immer zur Beruhigung zurückführt, um das Gewöhnliche, den Alltag zu betreiben, kann er das Suchtproblem zweifelsohne nicht denken. Der Sinn einer anderen Form der Wiederholung ist die Explikation der süchtigmachenden Sinnmaschine, der keine Struktur der Dejektion von süchtigmachenden Signifikanten inhärent ist, um den typischen Wegwerfkörper zu erzeugen, sondern um stattdessen den vernünftigen süchtigen Körper zu erschaffen, der sich permanent in die selbstreferentielle, automobile und tautologische Selbstsucht schleudert. Vielleicht sind seine isometrischen Gesichtsübungen doch Ausdruck bzw. Symptom genau dieser Art von Sucht.

(Der gemeinsame Punkt nur ein Ahnen, vielleicht ein rein Virtuelles. Wenn die Sucht keine Suche nach der Lust oder Belohnung, sondern nach der Wirkung ist, wobei der Platz des Objektes, das diese Wirkung ermöglicht, leer ist, damit von allem Möglichen eingenommen werden kann, Liebe, Geld, Alkohol, Drogen etc., dann ist die Sucht ineins das Objekt, der Objektverlust und die Struktur dieses Verlustes in einem zusammenwirkenden Zerstörungsprozess. Worin besteht die Wirkung? Deleuze identifiziert diese Wirkung mit einer außergewöhnlichen Verhärtung der Gegenwart, die sich als doppelte erfährt. Es gibt beim Süchtigen ein weiches Zentrum des anderen Augenblicks, indem sich der Süchtige mit seinen Objekten der Liebe und des Hasses identifiziert, während die gelebte und gewollte Härte des gegenwärtigen Augenblicks ihm die Wirklichkeit auf Distanz zu halten erlaubt. Die Gegenwart ist jedoch nur insofern verhärtet, verkrampft, damit der Weichheitspunkt besetzt werden kann, der ständig zu platzen droht, ja, um diesen Punkt einzufassen oder zu umhüllen. Die beiden Augenblicke fügen sich in einer Art zusammengesetzter Vergangenheit zusammen. Ich habe das und das getan, sagt aus, wie der Süchtige den einen Augenblick im anderen empfindet, wenn seine manische Allmacht ihm das selbst suggeriert. Nicht jede Suchtstruktur ist manisch, aber die alkoholische Struktur ist manisch. Der gegenwärtige Augenblick ist der des Verbs haben, während das ganze Sein im anderen simultanen Augenblick, im Augenblick der Partizipation schon vergangen ist. Eine Spannung, die sich in etwas anderem auflöst kann, wenn der gegenwärtige Augenblick Wirkung einer Wirkung wird und der weiche Augenblick unterschiedslos all die imaginären Identifikationen, die nahe Vergangenheit des Gerade-Getrunken-Habens und die weit zurückliegende nüchterne Vergangenheit beinhaltet. Die Gegenwart ist in ihrer Härte verblichen und bringt zugleich alle Aspekte des anderen Augenblicks auf Distanz. Eine neue farblose Gegenwart hält diese immer stärker in die Ferne sich abwendende Vergangenheit auf Distanz. Alles gipfelt in einem has been. Dieser Fluchteffekt, der Objektverlust, macht den depressiven, sekundären Aspekt einer zerstörerischen Form der Sucht aus. Alles ist gleichermaßen weit entfernt und zwingt dazu, wieder und immer wieder süchtig zu werden oder erneut getrunken, geliebt, gespielt etc. zu haben, um diese verhärtete und farblose Gegenwart zu empfinden, die allein subsistiert und den Tod bedeutet. Die Differenz von Identifikation und Verlust taucht unvermittelt auf, unwahrnehmbar, sie verschiebt sich und differiert in sich von sich, mit sich, wenn die Form des Sich die Identität mit sich meint. Auch hier ist das Sein identisch mit der Differenz, wie auch die Differenz in allen anderen Differenzen wiederkehrt. Jede Differenz ist folglich alle anderen, mit einem kleinen Unterschied. (Vgl. dazu Gilles Deleuze, Die Logik des Sinns). Der Sinn der Sucht ist hier nicht mehr die Dissemination und Zerstreuung oder Zerstörung (von Sinn), sondern die Erzeugung von Sinn, den die Sucht verlangt. Die Sucht bleibt sozusagen im Prozess intakt, insofern sie die Zerstörung des Süchtigen gerade nicht herbeiführt, denn die Berührung von Weichheit und Härte ist immer ihre Entfernung, sie stoßen sich gegenseitig ab. Das Virtuelle der Sucht, das seine Differentiation immer unmittelbar empfängt, differenziert sich als aktuale divergente Ausbreitung der virtuellen Singularität in ihrer Alterität, im Sinne einer minimalen Referenz (von Sachen und Qualitäten). Das Sich fährt in die Differenz zu sich. (Vgl. Deleuze mit Jean-Luc Nancy.) Die Aktivität der Sucht besteht in ihrer Verwirklichung. Wie das Denken ist die Sucht in gewissem Sinn aber auch ohne Bezug zum Wirklichen, andererseits badet die Sucht im Wirklichen, bis sie sich vielleicht darin verliert.)

Abwarten, bis die individuellen Erinnerungen & Erfahrungen aus dem Gehirn ausgewandert sind und das Wissen ganz auf externen Festplatten gespeichert ist, denkt Dr. Dr. Hanselmann, vielleicht, um dann zu registrieren, was und wie das den Kopf endlich frei macht. Frei macht für die Sucht? Der Chat, das Roulette, das Traden, der Sex, eigentlich kann alles irgendwann ganz gut in euch drin sein, um euch nicht nur von außen zu drohen, ja, das Innen im Bezug zu sich selbst macht euch fit für euer je individuelles Berauscht-Sein. Der automobile Kern der Sucht, die Selbstsucht der Autonomie, für die das Über-Ich nicht oft genug den Befehl geben kann. Das Ich als etwas, das mit ungeheurer Geschwindigkeit ins Virtuelle abzudrehen scheint, als wäre nirgends mehr ein Anstoßen oder Andoggen möglich, wobei man doch überhaupt nicht alleine auf der Welt oder autonom ist. Zugleich erwägt der Angriff des Ich auf das Über-Ich die Versprechungen der Exteriorität oder eines Außen, für das die Drogen eine Möglichkeit des Verschwindens anbieten, während das Ich jedoch auch als eine Gesamtheit von singulären Positionen über die Oberflächen prozedieren kann, um sich mit dem Sagbaren und Sichtbaren, den Mächten und dem Leben selbst zu verstreben. Dennoch ist und bleibt das Ich auch Zustandsform, wie das Subjekt zu allererst ein Unterworfenes ist, dem allenfalls das Erhabene offen steht, indem sich seine Spaltung/Erniedrigung anzeigt.

Dr. Dr. Hanselmann grübelt. Er hat nicht vor, von dem

alkoholfreien Fruchtpunsch zu trinken. Er schaut hoch zum blauen Himmel, dann und wann. Die Skyline Frankfurts sieht heute so aus, als wäre jeder einzelne Tower ein von einer elektromagnetischen, flimmernden Haut umhülltes Zentralnervensystem, das nicht pulsiert, da alles friedlich und besinnlich und autonom erscheint, es herrscht ein sehr leichter luftiger Südwestwind, eine Brise, die wieder einen Zeitungsfetzen der Financial Times in den Pool weht, wo die Wasseroberfläche, funkelnde Pailletten eines sehr hellen Blaus, den Papierfetzen freudig in Empfang nimmt. Nordwestlich sprießt der Messeturm mit der stählernen Pyramidenspitze in die Höhe. Dies ist, der 22.6.2013, ein ziemlich ruhiger Tag, so unbefleckt wie der Horizont über dem Kamm des Taunus wiegt, scheinbar am Ende eines säkularisierten Himmels, der leicht und freundlich da ist. Es ist, als kehre der Himmel der submolaren Stadtfläche den Rücken zu. Über Frankfurt hat der Himmel heute die Festigkeit, wie man sie in den Bildern von Cezanne sieht, denkt der Banker. Selbst die Wasseroberfläche des Swimmingpools ist fast glatt und still. Die Fehlzündungen epidemischen Handelns glattgestellt spannt Dr. Dr. Hanselmann jetzt in einem unbestimmten Intervall einfach nur noch träge und zufrieden aus. Das ist das eigentlich Überraschende. Hier oben auf dem Plateau hat der Banker am heutigen Tag bisher Ruhe und den vollen Durchblick. Und an diesem Punkt fängt er an, sich selbst die Konzentration zu verklickern. Das ist das Problem. Natürlich muss er fast jeden Tag mindestens zwölf Stunden hochkonzentriert arbeiten, er hat ja gar keine andere Wahl, aber das hier oben ist manchmal auch phasenweise Konzentration pur, Konzentration sans phrase, Konzentration, die nicht unbedingt mit der Sprache verdrahtet ist, und man folgt auch nicht jedem eigenen (körperlichen) Impuls oder dem der anderen, vielleicht schnatternden Stimmen, vielleicht krankhaften Selbstbildern oder gar, vernaivten Dialogen und und

und, aber auch die wortkargen bangen Minuten sind im Kopf ade, zerstoben, zerstäubt und zerpulvert von einer ätherischen Kette frei ausgeübter Konzentration. Wissen, das ihn nicht knebelt. Zen?

Während in seriellen Ketten Maschinen der Lufthansa über die Südstadt gleiten und den Airport ansteuern, sieht Dr. Dr. Hanselmann vor seinem inneren Auge in einer Maschine ein Potenzial unverhoffter Begegnung sitzen, Mrs. Anger. Eine Dame um die Dreißig aus der Sales Abteilung, die geschmeidig wie eine Schlange von einem Termingeschäft zum nächsten gleitet, um am Ende jeden Trading-Tages in ihren Portfolios lauter schwarze Zahlen vorzufinden, weil sie sich eben niemals von irgendeiner Atmosphäre, wie sie verächtlich sagt, im Handelsraum oder sonstwo auch nur im Geringsten anstecken lässt, um stattdessen viel lieber störrisch Candlestick-, Balken- oder Kerzen-Charts oder Tickerdaten zu analysieren, Mrs. Anger also, die des Geldes wegen eher gebannt als entbrannt im Tradingsprocedere ist, um fingerfertig die Tasten zu bedienen und kunstlichtsüchtig von einem Trade in den nächsten zu taumeln. Andere Kolleginnen können nicht einfach mal so aus den Handelsräumen fliehen, obwohl sie jederzeit gehen könnten, aber fliehen, das hieße im Fall von Mrs. Anger auch vor sich selber fliehen, weil Mrs. Anger ihre Existenz zumindest in den Handelsräumen der Esperanto Bank in FFM kontinuierlich mit meditativer oder tranceartiger Selbstzufriedenheit punktet, wenn sie nicht gerade in der Business-Class zwischen den Handelszentren/Knotenpunkten Tokyo, Hongkong, Frankfurt, London und New York travelt, wobei sie auf ihren Reisen oft klassische Texte zur Börsenideologie studiert, die nicht das Minimum wissenschaftlicher Redlichkeit bzw. Logik besitzen, aber die atheologisch stornierte Konsequenz bergen, das nächste Morgenmeeting erneut wie einen Gottesdienst zu begehen. Irgendwie hat sich Dr. Dr. Hanselmann in den Kopf gesetzt, dass der erstaunliche Absturz des Handelsvolumens an der Rohstoffbörse in Chicago mit den Friedensverhandlungen im Nahen Osten nicht das Geringste zu tun hat. Dass, wenn man ihn fragen würde, die Zahlen der OPEC hinsichtlich der Ölvorräte stark geschönt sind, die Reserven (zu denen nicht die Teersand- und Ölschiefervorkommen gehören), wie er gerade in der Financial Times liest, nicht, wie in den meisten Quellen angegeben, 1.150 bis 1.350 Milliarden Barrel, sondern nur 850 bis 900 Milliarden Barrel umfassen, was bei derzeitiger Förderung von rund 86 Millionen Barrel pro Tag einer Reichweite von maximal 29 statt 43 Jahren entspricht. Dr. Dr. Hanselmann wagt sich ganz bewusst nicht intensiver an den Artikel heran, in dem es auch wieder um die Billionen auf den Weltfinanzmärkten flottierenden Geldes und Staatsschulden geht, dieses verfluchte Spiel der in Nullen metastatisierenden Summen von einer Enormität, die einfach unfassbar bleibt, Summen, bei denen selbst die Stellen hinter den Kommata mit vielen Nullen angereichert werden, so dass (wie schon Mallarmé bemerkt) die Summen geistig genauso viel wert sind wie nichts, beinahe nichts. Das Zahlenspiel wird niemals beginnen und niemals enden. Dr. Dr. Hanselmann hatte vor siebzig Minuten unten im Kraftraum sehr schnell das Lauftraining am Cross-Sprinter aufgegeben, denn neben ihm am Laufband bagatellisierte ein muskulöser Fitnessfanatiker aus dem Aufsichtsrat schnaubend und schnaufend die gerade stattfindenden Unruhen vor dem anstehenden G-20 Gipfel in Kapstadt und die darauf zu erwartenden Entscheidungen des IWF und der EU, um beispielsweise Portugal aus der europäischen Währungszone endgültig auszuschließen, was allerdings hundertpro zu weiteren Unruhen in der südeuropäischen Hemisphäre führen wird, und er, Hanselmann hielt entgegen, dass es sich hier um ein infantiles Erzeugen von Krisenherden seitens der Mächtigen handelt, kam aber bei diesem imperialen Extremismus des

Fakten spuckenden Klugscheißers einfach nicht durch und verschwand schnell.

»Ah, da sitzt er ja«, sagt Marlen Pizaro gutgelaunt. »The Unlimited Boy of winning situation. Was für ein wunderschöner Tag. Allerdings auch abscheulich langweilig heute auf den Märkten.«

»Bevor CNN nicht irgendetwas Weltbewegendes in den Nachrichten bringt, können wir den Handelsraum für heute schließen. Ich persönlich hasse nun mal Seitwärtsbewegungen. Wie armselig diese durchschnittlichen Daytrader doch sind, die sich auf so etwas einlassen«, sagt Melody Manshed, die zusammen mit ihrer Kollegin Marlen Pizarro gerade aus dem Handelsraum im 19. Stock mit dem Fahrstuhl zur Dachterrasse hochgefahren ist und nun auf dem Weg zum Swimmingpool mit einer Hand fortwährend deren schwarzen Minirock hochlupft, während sie in der anderen Hand einen Hefter festhält, dessen schwarze Beschichtung die Sonnenstrahlen auf sich zurückbiegt/aufsaugt. Das schmale Gesicht sorgfältig geschminkt und ein wenig taumelnd, geht Marlen Pizarro strikt auf den unbesetzten Liegestuhl links neben Dr. Dr. Hanselmann zu, fläzt sich in ihn hinein, um dem Banker demonstrativ ihre frisch rasierten Waden zu zeigen sowie die neuen roten Chevreaulederschuhe und zwei unglaublich moderne Kupferschmuckketten um die Knöchel, wobei sie einen Schatten wirft, dessen elliptische Form der Banker ganz genau registriert, bis Marlen Pizarro schließlich fast die gleiche Liegehaltung wie jener einnimmt, die Beine leicht gespreizt, die Knie nach oben gestreckt, dass Dr. Dr. Hanselmann, würde er jetzt direkt vor ihr stehen, leicht einen Einblick auf die Innenseiten ihrer Oberschenkel und auf den Rand ihres hellroten Satinslips bekommen könnte. Diagonal gegenüber den Liegestühlen steht auf den marmornen Fliesen ein goldrotes Rolls Royce-Modell ohne Räder aus dem Jahr 1906, mit fuchsroten Ledersesseln und

Armaturenbrett aus Eichenholz, für dessen tägliche Reinigungsmaßnahmen die Firma Blitzblank extra eine Reinigungskraft abstellt, exakt diejenige, die während des anaphylaktischen Anfalls von Sam Kimberlay nichts Besseres zu tun hatte, als über die Beseitigung einer feinen Staubschicht hinaus, dort, wo der kleine Schrank mit dem HP Faxgerät normalerweise steht, Sam Kimberlays Erbrochenes mitsamt des Jelly-Bean-Bonbons ohne jedes Feingefühl für die Situation rigoros wegzusaugen.

Marlen Pizarro kommt gerade aus dem Aufnahmestudio der Esperanto Bank, wo für den Fernsehsender Bloomberg die tägliche EB-Sendung zum aktuellen Börsengeschehen in Frankfurt aufgezeichnet wird, Prognosen, Trends und mikroevolutionäre Innovationsdynamiken, Infogewitter, Börsennotizen und so weiter. Oft moderiert Marlen Pizarro die Sendungen unter der Anwesenheit von permanentem Lumbalstress, Rückenschmerzen und anderen objektiven Wirbelsäulenschredderungen und kommentiert so gut wie es eben geht die sogenannten intelligenten Anlageprodukte der Esperanto Bank, indem sie die zugegebenermaßen differenzierten Produktanalysen der hauseigenen Geieranalysten, wie sie gerne sagt, häufig mit satirischen Randnotizen unterlegt, die auch ihre unreifen, kaum zu evaluierenden körperlichen Beschwerden betreffen können, oder indem sie ein paar witzige Anekdoten zyklenweise einbringt, beispielsweise, dass die Einführung des bedingungslosen Grundeinkommens in Deutschland zu einem Niedergang der Discounter-Ketten und der damit verbundenen gesellschaftsaffirmativen Maxime des exzessiven Ausgebens vermittels der Gier nach Rabatten führen könnte -, man konsumiert heute nämlich übermäßig qua Konsumentenkredit, nur um letztendlich zu sparen. Kauft man z.B. vier Hosen im Angebot für 59,- Euro anstatt drei Hosen für 50,- Euro, so glaubt der aufgeklärte Konsument, er hätte ein

Schnäppchen gemacht -; oder Marlen Pizarro glänzt mit la-la-unterhaltsamen Meldungen, wie, die Überflutung des Rheins im Frühjahr ließe auf komplett neue Trends im Wassersport schließen und so weiter. Seit ihren letzten dämlichen Auftritten im Fernsehen steht Marlen Pizarro allerdings unter strengster Beobachtung von Print-Journalisten, Bloggern und Aktien-Analysten, die sie u.a. an öffentlichen Orten und zu den unmöglichsten Uhrzeiten mit Anrufen oder Anfragen der übelsten Sorte quälen, was die Offenlegung des hausinternen Bonussystems, die Höhe ihrer eigenen Bonizahlungen bis hin zu ihren sexuellen Vorlieben angeht, wobei man sich bei letzterem Anathema angesichts ihrer chronischen Rachitisbeschwerden oder Spondylolisthesis noch am wenigsten etwa eine Mammutstory erwartet. Derzeit verscheucht Marlen Pizarro konsequent ihre nicht ganz gelungene Performance auf Bloomberg wie einen etwas zu anzüglichen Barkeeper, den man mit winzigen Seitenblicken hartnäckig ignoriert. »Bei der Bekanntgabe der Quartalszahlen erinnerte mich dein Auftritt auf Bloomberg an jene unsäglichen Heidi-Klum-Werbesentenzen, bei der die Begegnung des Dreikäsehoch hinter der Theke mit dem sogenannten attraktiven Objekt der Begierde zu einer scheußlich emotionalen Überlegenheit der Werbeikone führt, indem diese die kindliche Verlegenheit des Verkäufers aufgrund seiner Attraktivitätsdefizite mit einem kräftigen strahlenden (schneeweißen) Biss in einen doppelten Cheeseburger auf die Spitze und damit die Kastrationsängste des Jungen in schwindelerregende Höhen treibt, als würden jeden Augenblick seine Hoden an wattstarke Elektroden angeschlossen«, sagt Melody Mashed. Tatsächlich gelangen Marlen Pizarro ein paar atemberaubende Bissbewegungen des Kiefers während der Sendung, wobei es ihr gleichzeitig fast gelang, dem diensthabenden Redakteur den Atem zu rauben, während ihr Gesicht in so was wie Monde und Sonnen beim Servicelächeln zerfiel, um ausnahmsweise sogar Spuren von Empathie zu zeigen. Wie angefixt begann die Bankerin ungefähr mit den Pickbewegungen eines amphetaminisierten Seeadlers zu glänzen, so dass sie exakt 163 Minuten nach der Sendung noch immer fast zwanghaft mit den atemlosen Verrenkungen beschäftigt war; es hätte gerade noch gefehlt, dass ihr Kopf mit ultraschnellen Hackbewegungen sukzessive ins Vibrieren gekommen wäre, wie etwas, das an der Spitze einer Nadel klebt und plötzlich mit einer so schwungvollen parabolischen Flugbewegung davonfliegt, was quasi einem Köpfen durch sich selbst gleichkommt, dass man das Hirn, gepolstert in einem starken Schädel, swingen und kreischen hört, während der Kopf einen feinen Riss oder Linie durch die Luft zieht, oder als bestünde der Kopf aus einer schwingenden Saite, die sich vom Violinkörper losgerissen hat. Ansonsten ist und bleibt Marlen Pizarro nicht nur *das* Objekt langfristiger Spekulationen und Investitionen seitens der Banker, sondern betreibt selbst das Top-Marketing für innovative Anlageprodukte mit der Eleganz und Luzidität eines bürokratischen Engels, dessen Sprachorte allerdings in den Gipfeln eines machtpolitischen Apparates gefangen bleiben, der sich in ihrem Schädel dreht, um letztendlich als bloße Assistentin des machtpolitischen translatio pecunii zu funktionieren, na ja, das behauptet wiederum Sam Kimberlay. Zum wiederholten Mal schmollt Melody Mashed mit Hilfe des furchtbar ansteckenden Instrumentes von Lolita-Lippen und lutscht dabei scheinbar gierig an ihrem Lippenstift, beugt sich über den Banker und hält ihm ein halbvolles Cocktailglas vor den Mund, zeigt sich auf schnellen trippelnden Füßen geradezu geil, ihm die Story über den Broker der amerikanischen Investmentbank TBC Inc. zu erzählen, den sie im Cocoon bei einer Quartalsparty des deutschen Börsenvereins hat gehörig abblitzen lassen.

»Psychose dritten Grades. Brisset-Phänomen. Die Sätze

dieses inweglosen Spinners sprangen schneller als seine Zahlenakrobatik so dermaßen schnell von einem Thema zum anderen, dass seine absurden Geschichten rasant ins Uferlose abglitten. Es gab x-Bedeutungen oder gar keine, ich weiß es einfach nicht mehr. Teufel Teufel. Sein sexuellen Gesten hatten etwas von einem lahmen Aufwärmtraining. Jedenfalls brummte mir irgendwann enorm der Schädel und irgendwann war ich mir sicher, dieser gespenstische Typ mit Tommy Hilfiger Hemd und Kashmiranzug will mich entweder auf der Tanzfläche kotzen sehen oder mich für nen kommenden Quickie auf der Toilette mit Wortschwall und hochprozentigen Cocktails betäuben. Jedenfalls war er einer der ziemlich überdrehten Angebertypen aus London. Wurde dann kurzfristig wieder realistisch. Marathon, Golf, Immobilien, Kunst und natürlich Koks. Dann die dämliche Frage Gerhard oder Daniel Richter, na ja, und dass er nicht recht wisse wohin mit seinen Millionen und so.« Dr. Dr. Hanselmann möchte jetzt nicht antworten, kann einfach nicht und simuliert eine nachdenkliche Miene. Es ist eher eine Grimasse.

»Du armes Ding. Wo man doch im Westhafen direkt neben Michael Skibbe in einem zweistöckigen Loft mit sogenannter Traumterrasse mit Blick auf die Skyline residiert, sorry, ich meine wohnt. Und angewiderter tut, als man es wirklich meint. Um seine ureigene Unabhängigkeit und Souveränität zu manifestieren, die einen schon längst geformt und umzingelt hat, ohne dass man etwas davon bemerkt. Oder liege ich da falsch?« Marlen Pizarro macht ein paar Dehnübungen mit den rechten Zehen, winkelt dabei die Knie an und spreizt die Beine, und nicht zufällig erinnert das Procedere volkommen unfair unverrucht an spiritualistisches Kamasutra, aber oft sitzt die Bankerin auch zuhause in dieser extremen sexuellen Körperhaltung auf der schwarzen Ledercouch und knabbert ein paar Erdnüsse, während sie sich einen alten Hollywoodschinken mit James Dean oder Greta Garbo reinzieht.

»Ich weise dich nur auf deine sensationellen Auftritte beim Afterwork im Living oder Rough Diamond hin, wo ich ja leider das Separee bis heute nicht mitbesuchen darf. Aber du nimmst es ja in Bezug auf synthetische, pyretische Substanzen oder Transformatoren auch nicht aufs Genaueste«, sagt Melody Mashed, die wegen der hochstehenden Sonne ständig blinzeln muss oder einfach nur blöde grimassiert.

»Danke, mein Schätzchen. Aber es gibt ja genug Typen, die du aufs Abscheulichste abservierst und die trotzdem für ein ewiges Plus auf deinem Konto sorgen. Wenn ich nur wüsste, wie du das hinkriegst. Ich meine ....«

»Nichts meinen. Mach mich nicht zu einer mieseren Schlampe als ich in Wirklichkeit bin.« Melody Masheds Lächeln grassiert auf der Dachterrasse des Esperanto-Buildings wie ein außer Kontrolle geratener Zahlenalgorithmus, was Marlen Pizarro, die ihren Hintern auch auf einen Liegestuhl mit Südblick auf Sachsenhausen geschoben hat, mit einem dermaßen weitgedehnten, künstlichen Lächeln kommentiert, dass Dr. Dr. Hanselmann, der sich von den beiden entblößten Luxusgebissen buchstäblich in die Zange genommen fühlt, eher ein trauriges, pflichtbewusstes Lächeln aufsetzt, gefaket und scheinbar voller Schmerzen. Im Geist überblendet der Banker die beiden Brokerinnen mit problematischen Bildern von zwei Prostituierten aus dem Kontakthof. Melody Mashed macht ihrer Kollegin in aller Kürze eine immanente Bonusanalyse für ihr Selbstbewusstsein auf, überschüttet sie mit Fakten und Funktionen, nix mit langfristigem Aufwärtstrend oder potenziellen Doppelboden, dessen Nakkenlinie einen wichtigen Widerstand bildet. »Ich meine, so ganz unrecht hat Marlen nicht. Pure little boy. Bei unserem unreifen Geschwätz bekommst du manchmal bestimmt posttraumatische Symptome, bei denen du ab und an transmarginal psalmodierst und natürlich nur zu Akutüberbrückung den psychiatrisch verordneten Spinner spielst. Aber du, liebe Marlen, solltest auch noch erzählen, wie die Geschichte im Cocoon tatsächlich weiterging, nämlich ....«

»Ach ja. Eigentlich ganz unsensationell, wenn ihr es genau wissen wollt. Was lese ich da? Das DFX-Gitter der Monochromosomatic-Psyche, und manche Experten halten die Standard-Definition 2 von date für konventionell verbunden mit date; vgl. Verwendung des Worts bei 20C-Prostituierten, etwa bei der Akquisition einer Genital-finanziellen-Schnittstelle unter Umgehung strafrechtlicher Konsequenzen. Hansi, solltest du etwa entscheidende Fortschritte in deiner Lektüreauswahl gemacht haben? Oder willst du selbst eine, wie hieß das nochmal, monochromosomatic-Performance hinlegen, und ah, was lese ich da, als hätte ich es nicht gewusst, aha, maschinenassistierter Sex. Vielleicht ist deine exklusive Zurschaustellung persönlichster Autonomie nichts weiter als ein ziemlich verwegener Ausdruck einer fehlgeleiteten Wunschdisposition, die womöglich nach totaler Unterwerfung verlangt?«

»Bitte lenk nicht ab.«

»Okay Babs. Marlen, sie stand ja die ganze Zeit direkt neben mir und ... Also der Typ schwankte meiner Ansicht nach tatsächlich zwischen Freizeitpsychose und allernormalstem Freizeitbankerentertainment. Was mich selbst in keinerlei Double-Bind-Situationen brachte, um etwa zwischen seriöser Businessfrau und dem Nutte-Ding changieren zu müssen, da ich ja auch seinen individuellen semiotischen Code besser lesen konnte als er selbst, seine angeblich außergewöhnlich deduktiven Kapazitäten und Leidenschaften, pah, dass ich nicht lache, und das Ganze noch untermauert mit einem subversiven Freudschen Seufzer aus dem Unbewussten. Ich bin ja darüber informiert, dass die allernormalsten Prozesse Täuschungen unterhalb unseres Bewusstseins sein können, und davon gab es wirklich genug.«

»Nun sag schon. Spann uns nicht auf die Folter. Wie ist es Madame gelungen, gewisse Inkompatibilitäten der Kommunikation praktisch aufzulösen. Doch wohl nicht nur, indem du den Spieß umgedreht und den Typen mit deinen gefürchteten postfeministischen und paradoxen Zeichen bombardiert hast?«

»Ach Hansi. Komm mir bloß nicht mit Logik als dem starken, dem stärksten Trumpf der Species Mann. Siehs mal so: Die Verweigerung einer Lösung, die die Befreiung zum Guten oder Schlechten oder zu Plus oder Minus verspricht, entzaubert auch das Tragische des Mannes: Er ist nur noch langweilig.«

»Exactly. War aber auch schon in der Postmoderne ein alter Hut. Und nicht nur die Frau ist mit permanenter Bodysculpture oder Massage oder Jogging und Fitnesscenter so intensiv mit dem Vorspiel beschäftigt, dass nach und nach nicht nur die Attraktivität des Ziels der Aufwendungen dahinschwindet, sondern der konsumistische und sexuelle Genuss selbst, der da an jeder Ecke gepredigt wird, generell in Frage gestellt wird. Und so wird der postmoderne Mann zur Farce seiner selbst, um sein abgrundtiefes Gelangweiltsein mit langanhaltendem sexuellem Missbrauch zu bekämpfen.«

»Melody. Wer steht denn nun hier nun auf SM, dass selbst ich innerhalb von fünf Minuten ein Trauma erleiden würde, wenn ich die Schmerzen aushalten müsste, die du anscheinend auszuhalten bereit bist. Schmerzen ungefähr von der Intensität, als ob man mir ohne die Verabreichung von hochdosierten Schmerzmitteln einen Finger absägen würde.« Während Dr. Dr. Hanselmann eine schmerzverzerrte Grimasse zieht, wippt sein Oberkörper seitwärts unruhig hin und her, bevor sein Gesicht schroff an das von Marlen Pizarro heranfährt, um sich schleunigst wieder zu entfernen.

»Was für ein schöner Tag. Beruhige dich doch mal, Hansi.

Zur quasi medikamentösen Beruhigung kann ich dir ja die Geschichte im Cocoon zu Ende erzählen. Aber nur, wenn du ganz artig bleibst.« Marlen Pizarros Mundhöhle wird nicht gerade massiv von Speichel geflutet, als sie an den unrühmlichen Quickie in einer dunklen Ecke der achteckigen Raucherbar im Cocoon zurückdenkt, denn wie damals schmeckt sie jetzt eine fast schon aseptische Hyposalivation mit leicht quecksilbrigem Geschmack, der an das Aroma von Mundsoor heranreicht, was bei ihr immer dann auftritt, wenn sie mit der zusammengestotterten Konfluenz gierig herausgestoßener lustvoller Laute und Geräusche, die für sie selbst eher beunruhigend als stimulierend wirken, im Sex konfrontiert wird, worauf sie gerne mal mit einem archaischen Stöhnen antwortet, das zwar spontan wirken soll, aber es nicht ist, um letztendlich jeden Gedanken an die Beseitigung der psychischen Flatulenz durch Oralsex schon im Keim zu ersticken, was eben exakt zu dieser schrecklichen Mundtrockenheit führt, von der sie wie gesagt ein Lied singen kann.

»Es ging alles sehr schnell. Vielleicht wurde es nur getan, damit es in Zukunft niemals ausformuliert werden möchte. Sprachloses Unglück. Mit anderen Worten, das Ganze war nicht unbedingt dazu angetan, eine Selbstbestätigung in dem Sinne hervorzubringen, dass es das Ich, in diesem Fall meines, ermutigt hätte, die Aktion gewinnbringend zu wiederholen.Ich fasse mich kurz.«

»Arme Marlen«, unterbricht Melody Mashed.

»Ja, aber ging es zum Beispiel Monique gestern im Kingkamea besser?«

»Ein neutraler Betrachter, der neugierig genug wäre, die beiden Fälle miteinander zu vergleichen, müsste wahrscheinlich langsam aus seiner dreidimensionalen Umgebung herausgelöst und in eine Zweidimensionalität eingepackt werden, die aber wiederum einem grassierenden Realismus der akklamatorischen Verherrlichung des Status Quo huldigt, von dem wir alle nichts wissen wollen, weil wir schon viel zu viel davon wissen.« Dr. Dr. Hanselmann verwechselt offensichtlich den weiten Bogen der Themen mit seiner großartigen Fähigkeit zur selbstreflexiven Mammutflexibilisierung.

»Medientheorie Deluxe. Derart fortgeschritten, macht es für dich wahrscheinlich keinen Sinn mehr, wenn ich erzähle, dass der Typ, nachdem er es mit dir, liebe Melody, in der Raucherbar getrieben hat, gleich danach zu mir ins Apartment fahren wollte, während wir schon längst in der Damentoilette waren, wo ich mich in der Kabine stocksteif auf den Toilettensitz hinsetzen sollte, während aus den Lautsprechern eine schwule Stimme *You make me feel like dancing* säuselte, und ich dachte natürlich an so ein Top-Bottom-Spielchen und tatsächlich schlug der Typ schon den nächsten Schritt vor, nämlich, dass ich die Arme anheben sollte, damit er sie mit Kreppband an der Kabinenwand befestigen kann, um mich daraufhin, na ja, wie unappetitlich, zu Zitat einer Fellatio à la quasselnde Säule aufzufordern. Dann kam es zu einem Moment vollständigen Schweigens, bevor ich schließlich aufstand, um dem Typen mit dem Knie so eins zwischen die Beine zu knallen, dass er miaute wie eine Katze, die gerade ohne Betäubungsmittel kastriert wird.«

Es ist 12:46 Uhr. Der Pool gibt für die Bankangestellten wahrnehmbar einen leicht milden, einen leicht säuerlichen Geruch ab, obwohl ein milder, aber holziger Gestank von polyzyklischen aromatischen Kohlenwasserstoffen herrührend über und in der Stadt liegt. Das schulterhohe Wasser schlägt sanft gegen die aquamarinblauen Kacheln.

»Und dieser Gelaber über den ewigen gesellschaftlichen Aufstieg.«

»Melody, bist du jetzt endgültig in eine neue Empfindsamkeit hingewachsen?«, sagt Marlen Pizarro, deren Stimme jetzt rauer, jetzt sandiger klingt als vor drei Minuten noch, ohne allerdings die gefürchteten Oktavensprünge zu eskamotieren.

»Diese im Feuilleton verbreiteten Hassattacken gegen sogenannte riskante Gieraktivitäten, deren ausführende oder sie beschleunigenden Akteure natürlich wir die bösen Banker sind, hat bei mir tiefe seelische Narben hinterlassen, wenn du verstehst, was ich meine. Als wären wir die bösen Teufel, die rund um die Uhr nichts weiter zu tun haben, als die Bereitschaft unserer dämlichen Klienten, sich in die Spirale von immer offensiveren kreditbasierten Genussbeschleunigungsspielen zu begeben – offensiv für spekulative Investments -, gehörig anzuheizen, nur um bei der nächsten Boniauszahlung vor Freude überzukochen oder überzulaufen, obwohl man unserem Hanselmann, nachdem man das Briefchen mit der Zahl drin in Empfang genommen hat, noch nicht mal um den Hals fallen darf, offiziell, versteht sich.«Dr. Dr. Hanselmann fällt gerade ein, dass er um exakt 14:00 Uhr mit dem Geschäftsführer der Marketingagentur H.O.M.O zum Businesslunch im Living verabredet ist, um dort das neue dreiphasige Marketingkonzept I.B.B.-123 – vor kurzem schon einmal vorgestellt in einer achtwöchentlich erscheinenden wissenschaftlichen Zeitschrift für spezielle BWL-Thematiken – zu besprechen, das hinsichtlich der zweiten Phase, was Wettbewerbs-, Marktparzellierungs- und Marktstimulierungsstrategien betrifft, noch nicht zur allgemeinen Zufriedenheit des Aufsichtsrats der Esperanto Bank ausformuliert worden ist, jedoch in Bezug auf die Realisierung der I.B.B.123-Ziele, vor allem bezüglich der Angebotsseite bzw. der Optimierung der Kostenstruktur, keinerlei Wünsche offen lässt, wobei bei der dritten Phase des sogenannten Marketing-Mixes (Leistungs-, Preis-, Distributions- und Kommunikationsstrategien) das Konzept einen langfristigen Rahmen zur operativen und strategischen Positionierung der Esperanto Bank auf den internationalen Märken anbietet, so dass sich die Fantasie der Aufsichtsratsmitglieder exponentiell steigert, wenn man ihnen das 64-seitige Papier in Permanenz als E-Mail auf ihre Computer schickt. Dr. Dr. Hanselmann tendiert dazu, den Termin umgehend abzusagen, denn bei seinem derzeitigen, zumindest in Bezug auf geschäftliche Angelegenheiten miesen Konzentrationsvermögen lassen sich seine Analysen um die Frage, ob die Marktarealstrategien nicht ganz bewusst aus dem Papier ausgeblendet werden, weil man ja kein zufriedenstellendes hypergeometrisches Regressionsverfahren à la AVONA zur Hand hat, um die Marktareale und Testmärkte zu testen bzw. zusammenzustellen, nicht mit der gewohnten rhetorischen Präzision bzw. Gerafftheit vortragen, Rhetorik hier im Sinne einer Wissenschaft vom guten Reden. Auch die Darstellung der internetbasierten Werbestrategien lässt seiner Meinung nach in dem Papier noch sehr zu wünschen übrig, wobei die interne Marketing-Abteilung der Esperanto Bank hier längst von Arealbesetzung qua Anzeigen und Web.2.0.-Promotion auf Datenspionage umgestiegen ist, sozusagen also der Erfassung jeder Klickentscheidung der Konsumenten auf wichtigen Einkaufs- oder Bankportalen mithilfe spezifischer Codes und Softwareprogramme auf der Spur ist, die entweder intern oder von der Firma AS-Koehnen-Horse&Co entwickelt werden.

Dr. Dr. Hanselmann fällt mit einem schroffen Plumps in den Liegestuhl zurück, dessen Plane jetzt bis fast an den Boden nach unten abfedert, während die beiden Brokerinnen sich im Augenblick ihrer schwarzen Röcke und weißen Blusen äußerst lasziv und leger entledigen (was der Banker, ganz außer Frage, ganz verwegen findet), um nur noch mit schwarzen Seiden-Dessous von Chantelle bekleidet mit über den Kopf ausgestreckten Armen in den Pool zu springen und hart auf der Wasserfläche aufzutreffen. Vier gewaltige Fontänen schießen ungefähr einen Meter hoch und zerfließen wieder zu vielen kleinen Wirbeln, bevor das Wasser sie löscht. Weit unter der Dachterrasse hört man quietschende Reifen und einen Aufprall. Der Lärm in den Straßen unten am Main hat sich seit einer Stunde permanent gesteigert und wird von mehreren Autounfällen immer wieder neu akzentuiert. Er ist ja eher ein Augenmensch. Von der nicht ganz glücklichen Insinuation seines Affekthaushaltes angetan, durchzuckt Dr. Dr. Hanselmann plötzlich ein messerscharfes Stechen, das ihn den Zahnschmelz plötzlich spüren lässt und durch seine Speiseröhre fährt eine pinzettenspitze Magensonde, durch sämtliche Eingeweide, um erst im Enddarm gemächlich mit ihrem bösen Sound auszuklingen. Der Banker bearbeitet das Gefühl, oder das Gefühl ihn, dass er gleich onanieren muss, wenn er nicht zu den Frauen in den Pool springt.

»Hansi, komm doch mal planschen«, ruft Melody Mashed und Dr. Dr. Hanselmann ruft zurück »Soll ich?«, bevor Marlen Pizaro ein zweites Mal mit fest über dem Kopf zusammengepressten Armen aus dem Wasser nach oben schnellt, um sofort in der Art eines Delphins wieder einzutauchen. »Nun komm endlich«, ruft Melody Mashed erneut, sie steigt dieses Mal mit dem Oberkörper wie eine Kerze aus dem Wasser und sinkt stur senkrecht nach unten. Die komischen Begleiterscheinungen der Kooperation mit dem Hedgefonds Mansfeld & Mansfeld schießen dem Banker durch den Kopf, wobei gemeinsam Aktien von strauchelnden US-Banken, wie etwa der Citigroup und der Bank of America gehandelt werden sollen, während institutionelle Anleger gerade massenhaft Papiere dieser Finanzinstitute abstoßen, aber es besteht ja kaum Zweifel, dass die strategischen Entscheidungen der USA andere market states zu schwächen oder in den Staatsbankrott zu treiben, nun auch mal implizieren, dass man nach der Megapleite der Investmentbank Cancer Brothers nicht noch weitere Großbanken pleite gehen lassen wird. Dr. Dr. Hanselmann findet es im übrigen ein bisschen sehr merkwürdig, dass in den sogenannten kreativen Milieus des Hedgefonds Mansfeld & Mansfeld eine Art von Neomarxisten ihr Unwesen treibt, wobei der Auftritt von Marcus Les Rouche, Absolvent der Goethe Universität in Frankfurt und Maler, bei dem letzten von der Esperanto Bank gesponsorten Kongress zu Fragen der aktuellen Finanzwissenschaft den absoluten Höhepunkt insofern darstellte, als er über mehr als zwanzig Minuten seinen Senf à la Marx ablassen konnte, wonach jede Summe Geld den Gebrauchswert hätte, mehr zu werden. Den Gebrauchswert, den man sich mit einer Summe kaufen könne, um daraus mehr zu machen. Der Preis für dieses Mehr hieße Zins. Und die gesellschaftliche Leistung des Bankkapitals bestünde von Anfang an in nichts anderem als der Schaffung dieses neuen Gebrauchswerts des Geldes durch Zugriff, wobei mit der Verleihung von Geld an irgendjemanden eine zukünftige Größe antizipiert werde, damit der Kreditnehmer heute schon die Mittel hätte, damit sein Kapital diese zukünftige Größe erreichen könne. Geld erzeuge den Schein, von sich aus zu wachsen. Unglaublich. Und der Banker schreibe es dann seinem unglaublichen Geschick zu, mit Leihkapital geschickt umgehen zu können, um z.B. den richtigen Wechsel zu diskontieren und so weiter. Die Banken eigneten sich Zugriffstitel auf Geld als Schwemme von mehr Geld an und Eigentum bedeute nichts als die Zugriffsmacht auf gesellschaftliches Kapital, um es gewinnbringend weiter zu verleihen. Unglaublich. So verspräche die Bank zum Beispiel jedem, der ihr Geld gäbe etwa eine 5%ige Beteiligung bzw. Zinsen. Geld wäre da noch lang nicht da, aber eben das Versprechen, und somit mache sich die Bank zum Subjekt der Schöpfung eines Vermögenswertes durch reine Verzinsungsversprechen. Unglaublich. Auch die Aktie wäre nichts weiter als ein Anteilsschein mit einem Verzinsungsversprechen. Und wenn schon. Mit jedem Wertpapier, das die

Bank generiere, stärke man nur die Macht Kredite zu vergeben. Und mit jedem Wertpapier, das die Bank kaufe, erhöhe sie ihren Vermögensbestand, auf den hin sie wieder Kredit vergeben könne. Dieses Denkgelage nannte der Absolvent dann tatsächlich Dialektik. Unglaublich. Und dann kam der böse Witz, und er, Dr. Dr. Hanselmann will ja nicht leugnen, dass der Witz auf simple Weise komplexe Fragestellungen zur Sprache bringen kann, aber war da überhaupt ein Witz? Durch gegenseitigen Kauf und Verkauf von Wertpapieren würden sich die Banken die Seriösität ihrer Verzinsungsversprechen bestätigen, ihre Kreditwürdigkeit, also ihre Macht Leihkapital zu generieren, ja die Banken würden sich wechselseitig ihren Reichtum beglaubigen, der in der Sache nur aus Schulden bestände, denn hinter jedem Wertpapier-Emittenten stände ja nur das Versprechen Zinsen zu zahlen, und wenn ihm das Versprechen bzw. das Wertpapier abgekauft worden wäre, dann hätte die Bank eigentlich nichts weiter als Schulden bei dem, der es ihr da abgekauft hat. Und wenn schon ... Der Stoff der Bereicherung bestände bei den Banken nur aus Schulden, die sie gegenseitig machen würden, und Wertpapiere seien ja nichts weiter als Verzinsungsversprechen, generieren eine Schuld bei dem, der sie emittiert hätte. Gewinne wären Verzinsungsversprechen auf die Zukunft, indem eine Verwandlung von Schuldtiteln in handelbare Vermögenstitel auf Permanenz gestellt worden wäre und die Rücknahme von Wertpapieren würde bezahlt durch neue Ausgaben. Dr. Dr. Hanselmann möchte diesen unappetitlichen Theoriekram, und das besonders jetzt in diesem quengeligen Augenblick, aus seinem Hirn genauso radikal ausradieren wie auch das langnasige, schlaksige und dünnhäutige Callgirl mit glanzlosen Augen und osteuropäischem Akzent, das Dr. Dr. Hanselmann gestern Nacht abzocken und in das Badezimmer seiner Hotelsuite einsperren wollte, nachdem ihm das freche Ding aus einem 50-

mg-Fläschchen K.O.-Tropfen in den Rotwein geschüttet, den er aber glücklicherweise nicht angerührt hatte, stattdessen zerrte er das Callgirl, nachdem es ihm gelungen war, einen nackten Fuß zwischen Tür und Wand zu setzen, was verdammt wehtat, schnurstracks auf das Bett, wo das Callgirl plötzlich verlegen schlaff und kohärent empfangsbereit da lag, und das er dann in ihren Spitzendessous auch voll nagelte, in ihren Dessous, die die Farbe von angebräuntem Spargel hatten. Ihr Name war Monique und sie erzählte Dr. Dr. Hanselmann, bevor sie ohne Entlohnung und ziemlich unbefriedigt nach Hause ging, dass sie es am liebsten mit einem mindestens zwanzig cm langen Dildo aus Glas mag, woraufhin Dr. Dr. Hanselmann zum wiederholten Male an seinen genitalen Protuberanzen zweifelte und erst einmal zwanzig Minuten kalt duschen ging.

Nicht einmal sein weißes Seidenhemd zieht der Banker mehr aus, er nimmt schnurstracks Anlauf, während ein Melder am Eingang zur Dachterrasse andauernd piepst, was ihn aber nicht im Geringsten stört, er taucht mit einer furiosen Wasserbombe, das linke Knie fest gegen die Brust gepresst, ins Wasser ein, stößt heftig mit beiden Füßen gegen den gekachelten Beckenboden, während ein V aus Schaum hoch schießt und in sich zusammenfällt und die beiden Frauen klatschen/spenden schier außer sich bzw. total begeistert mit vier platschnassen Händen Beifall. Wenn das dezentrierte Kreisen der Differenz von heterogenen Zeitreihen Rhythmus ist, dann scheinen Zeit und Rhythmus für einen Moment blind zu sein. (»Der Rhythmus liegt nie auf derselben Ebene wie das Rhythmisierte«, sagen Deleuze & Guattari, oder: »Die Differenz ist rhythmisch und nicht etwa die Wiederholung, durch die sie allerdings erzeugt wird.«). Es ist möglicherweise ganz okay, in diesem engen Kontroll- oder Disziplinarrahmen, den die Angestellten hier selbst bestimmen, mal etwas Außergewöhnliches zu tun, ohne sich groß das Hirn zu zermartern, aber man sollte sich schon alle Mühe geben, dass das Außergewöhnliche nicht gerade im Nichtdenken (über die Folgen des Tuns) seinen zweifelsohne brillanten Ausdruck findet. Melody Mashed ist inzwischen zwischen die Beine von Dr. Dr. Hanselmann getaucht, als ihre Zunge beharrlich sein linkes Hosenbein hoch gleitet und ihre Zähne wie ein Rabenschnabel an seinem schmalen Ledergürtel zerren, an seinem Reißverschluss, als ob die Zähne darauf aus sind, ein paar sagenhafte Verdienste einzusammeln, bevor Dr. Dr. Hanselmann endlich zwei Schritte zurücktritt und sich nichts sehnlicher als eine Taucherbrille wünscht, um vielleicht selbst ein bisschen konzentrierter das Vergnügen da anzugehen, das sich im supernassen lecker Schleckspiel manifestierten könnte. Das Kontinenzverhalten der Kombattanten ist definitiv mangelhaft.

Der leicht alkoholisierte Hausmeister des Esperanto-Buildings brummt oder röhrt in seinen Kopf immer noch die Summe, die er erst vor kurzem auf dem monatlichen Gehaltsscheck gelesen hat, ein Zeichen für Geld, das die Bank garantiert längst schon weiterverliehen hat, ein Kreditzeichen, wenn er das Sümmchen nicht schnellstens abhebt. Ungefähr alle vierzehn Tage, wie es nun schon wieder der Fall ist, fährt Karl Bauknecht völlig wutentbrannt und rechtsäugig nystagmisch mit dem Fahrstuhl in den 45. Stock des Buildings, encodiert mit seinem Chip eine automatische Schiebetür und steigt keuchend die Wendeltreppe zur Dachterrasse hinauf, um ohne jegliche Vorankündigung die breite Glastür wutentbrannt aufzureißen, aber dieses Mal kommt es für ihn zu einer obskuren, ja fast desavouierenden Ansicht des desiderablen Wasserplantschens eines hochkarätigen Esperanto-Bank-Managers mit zwei Brokerinnen, es kommt zu echt schrägen oder strengen Blicken, die die Selbstsicherheit des Hausmeisters wesentlich affizieren oder subvertieren, gewählt von Frauen, die gerade dabei sind

Dr. Dr. Hanselmanns Unterhose zu entfernen, was dieser echt leicht daneben findet und eben deshalb verlegen und heftig mit beiden Fäusten auf die Wasseroberfläche trommelt und frustrierenderweise selbst für das Machogehabe des Hausmeisters Hilfe! Hilfe! ruft. Karl Bauknecht fühlt sich jetzt schon ein bisschen wie der inoffizielle Oberaufseher im Kindergarten. Sein mausgrauer Kittel ist übersät mit Rotweinflecken sowie vielgestaltigen oder heterogenen Bratwurstfetttupfern und seine dunkelgelben Gummihandschuhe haben die Konsistenz von verharztem Leder. In der Funktion eines seelsorgenden Hausmeisters spürt Karl Bauknecht natürlich instinktiv, dass er Teil einer dankbaren, im übertragenen Sinn nahrhaften, vielleicht für ihn sogar ertragreichen Situation geworden ist, er keucht jetzt noch nicht so einmal schwer wie sonst, wenn er beispielsweise schmiedeeiserne Gartenmöbel oder selbst leichte stapelbare Armlehnstühle auf die Dachterrasse schleppen muss, und spuckt stattdessen nur einen satten Klecks Speichel auf die moosgrünen Bodenfliesen. Auch spürt er einen Fetzen fettiger Blutwurst in der Kehle, den er zum zweiten Frühstück zusammen mit bayerischem Meerrettichsenf zu sich genommen hat, er will das Blutwurststück aber nicht bis in den vorderen Teil des Rachens aufsteigen lassen, während ausgerechnet jetzt Marlen Pizarro im Pool ihre außergewöhnlich üppigen Brüste zu entblößen bereit ist, auf die Karl Bauknecht natürlich sofort hinabstarren muss; er sieht die Brokerin im strahlenden Sonnenlicht immens offenherzig, wie er es von einer Frau in dieser Funktion mal nicht erwartet hat, ein bisschen kommt sie ihm auch wie eine durchgedrehte Marionette vor, die es toll findet, sich den autoritären Fingern des Puppenspielers zu entziehen, jedenfalls sind es konvulsivische Gesten, die seinen eigentlich erschlafften, rosazarten, speckigen Gesichtszügen im Nu eine hochrote Straffheit verleihen. Sein schütteres, graues Haupthaar, das ungefähr bis zum Kinn reicht, die Verzerrung eines

Bobs per se, klebt zäh auf seiner gelblichen Kopfhaut. Nachdem Karl Bauknecht eine Strecke von ungefähr zehn Metern poolwärts nur ganz leise röchelnd mit einer selbstgedrehten Zigarette im Maul hinter sich gebracht hat, lassen die beiden Brokerinnen ihre Schultern auf Höhe der Wasseroberfläche kurzfristig simultan zucken, so dass kleine Wellen aufschäumen, sie schnäuzen mit Daumen und Zeigefinger ihre Nasen, dass auch bei Dr. Dr. Hanselmann automatisch antennenartig der Rotz fließt, der in Form zweier dicker, dreister Fäden sanft Kontakt mit dem Wasser aufnimmt. Die akustischen Überbleibsel der jetzt abrupt abgebrochenen oder abgeschalteten Begegnungsarie im Pool wie seelenverbrühte Ahs seitens Melody Mansheds oder hochgekünstelte Kommentare Marleen Pizarros à la Sex in the City bzw. GSZS sowie das leise unappetitliche Naserümpfen Dr. Dr. Hanselmanns lässt Karl Bauknecht ein drittes Ohr wie einen fleischlichen Umbrella aus der faltenvollen Stirn wachsen, welches vielleicht die Bedeutungen der ausgesendenten Signale zu enkodieren versucht, die womöglich auch als Kollapsare oder Vorboten einer kurz bevorstehenden Konfrontation zu interpretieren sind. Scheinbar ohne die Anwesenheit der Leute im Swimmingpool weiter wahrzunehmen, geht Karl Bauknecht zielstrebig auf die Ostflanke des Pools zu, schließt die Augen wegen der unverschämt summenden Fliegenschwärme um seinen Schädel herum nur kurz, hebt dann wie ein Unteroffizier befehlsgebend exakt dreimal hintereinander die rechte Hand, während eine Webcam quasi als autorenloser Bildautomat von einem Kandelaber aus, der über der Eingangstür an der weiß getünchten Wand befestigt ist, geduldig ein Bild nach dem anderen aufzeichnet und bisweilen gütlich das Geschehen verfolgt. »Ich will Ihnen ihre Angst nicht wegnehmen, Sie dürfen sogar mit ihren beiden Damen auf der Zeil oder am Mainufer spazierengehen«, sagt Karl Bauknecht und lacht atemberaubend laut auf; da er aber sowohl in nervenphysiologischer als auch cortexmäßiger Hinsicht von den Frauen ganz schön Bescheid gestoßen kommt, zeigt er sich sofort reumütig, indem er etwas von der schrecklichen Wirkung actinomyziner Antibiotika auf sein Hirn faselt. »Sie da, in ihrem jugendlichen Leichtsinn, nehmen Sie die Dinge nicht zu leicht«, ruft Melody Mashed mit der sagenhaften Koketterie, die man vor ihr gewohnt ist. »Entschuldigen Sie, Sie haben das Wort Angst ausnahmsweise mit Fun verwechselt, aber das wird nicht wieder vorkommen.« Sicherlich nicht. Karl Bauknecht stutzt noch für ein Weilchen, aber damit das nicht für längere, ja wertvolle Zeit so bleibt, schlägt er sich mit der flachen linken Hand mehrmals hart an den Hinterkopf, ungefähr wie man einen einen Schüler weckt, der während des Unterrichts mal wieder träumt. Jedenfalls hat Karl Bauknecht in seiner Funktion als Hausmeister wieder einmal etwas gesehen, was ihn in seinen (Vor-)urteilen über die Dekadenzgelage oder die aklinisch extrem infantilen (transversalen?) Neigungen der unternehmenseigenen Bankercrews bestärkt. Dieser seltsam anmutende Rückdrift des schlichtweg unwirtlichen Hausmeisters verstärkt bei Dr. Dr. Hanselmann wiederum den Eindruck von dessen emotionaler Beschädigung durch Daueralkoholisierung und Kettenrauchen, ausgerechnet bei einem Mann, den er schon mehrmals vor dem Rauswurf aus der Esperanto Bank bewahrt bzw. gerettet hat, der ihm jedoch von Tag zu Tag untragbarer oder unerträglicher erscheint, nicht zuletzt wegen der fragwürdigen Aktivitäten wie zum Beispiel der unbeholfenen Aktivierung des neuen Entlüftungssystems vor etwa zwei Monaten, die unerklärlicherweise mit dem anaphylaktischen Schock von Sam Kimberlay fast zeitgleich zusammenfiel, und längst nicht zu vergessen ist und bleibt die unsägliche Aktion während der Geburtstagsfeier von Sam Kimberlay im Handelsraum No. 6, wo er mit einer Holzkiste Veuve Clicquot auf der Schulter in den Saal hineinstürzte, um in etwa den hessischen Showprofi des privaten Fernsehsenders 6Live zu mimen oder zu pantominisieren, der ausgerechnet zu Besuch in die Esperanto Bank kam, wobei Karl Bauknecht kurz zuvor das Gebläse der Klimaanlage im Building wieder dahingehend frisiert hatte, dass im Saal No. 6 im Nu eine Temperatur von nur noch fünfzehn Grad Celsius herrschte, womit die sich zusammenrottenden Broker sich lauthals über fehlendes Aufwärmmaterial, wie Denis sagte, beschwerten – auch dieses Erinnerungsbild schießt in Dr. Dr. Hanselmanns derzeit ziemlich gedächtnisloses Gehirn -, und als Karl Bauknecht reflexhaft und speichelspritzend auf die Äußerungen des Brokers Denis mit der Frage antwortete, ob er denn nun wirklich für alles in dem Scheißbuilding verantwortlich sein solle, bevor er sich wieder in die Rolle des Showprofis hinein versetzte und erklärte, dass er ja nur das Fünfjährige der wichtigsten Arbeitskraft im Haus, nämlich Karl Bauknecht himself, hier gebührend feiern wolle, und wo der denn sei, verschollen oder beschäftigt, da wurde es vor allem Sam Kimberlay fast zu bunt und sie schrie und schrie Unartikuliertes, was erneut eine Speichelspringflut in Karl Bauknechts Mundhöhle auslöste, weswegen er den Kasten Champagner auf den Boden knallte, und sagte, Da, das könnt ihr haben, bevor er eine heilgebliebene Champagnerflasche öffnete, deren Korken in einem Parabelflug fast bis an die zehnmeterhohe Decke flog, um Zitat den lecker sauren Saft zu kosten. Der Hausmeister lächelte die grüne Flasche erwartungsvoll an, machte dabei eine so unkontrollierte und so weit ausholende Geste mit der rechten Hand, dass die Flasche in einer elliptischen Flugbahn in den Bildschirm 3/4 der Bildschirmwand des Brokers Martin knallte. Es war ein ziemlich unerfreulicher Schnappschuss, den Martin mit seiner Canon-Digitalkamera just im selben Augenblick einfror, mit der für ihn schlimmen Folge einer Kreiselgeste der Wirrnis im Kopf, bevor der Broker schließlich aufstand, sein ganzes Gewicht auf das linke Bein verlagerte und sich dabei mit der rechten Hand auf der Schreibtischplatte des Kollegen Marc abzustützen versuchte, was eindeutig misslang, da er mit der Handfläche über das glatte Kunststoffmaterial rutschte, um äußerst kontingent mit dem Kinn gegen die Schreibtischkante zu knallen, was bei Dr. Dr. Hanselmann sofort zu isometrischen Gesichtsmuskelbewegungen und bei Denis zu mindestens zwei dislozierten Zähnen und einer Orbita-Jochbogenfraktur führte, diese allerdings hervorgerufen durch den frontalen Sturz seines Kopfes auf die Bodenfliesen, als er auf Karl Bauknecht zustürzen wollte und dieser sehr geschickt auswich. Seitdem pflegt Dr. Dr. Hanselmann ein durchaus inniges semio-emotionales Verhältnis zu dem in der Hierarchie der Bank einige Etagen niedriger rangierenden Broker Denis, ein typische Männerfreundschaft, die blitzartig durch die nackte Not oder den gemeinsam erlittenen und als abscheulich interpretierten Schmerz zusammengeschweißt und für zweckdienlich befunden wurde. Seitdem arbeitet der Broker Denis aber sehr oft, womöglich traumageschädigt und digital vernetzt zu Hause. Und seitdem wünscht sich Dr. Dr. Hanselmann manchmal sehnlichst einen noch schlimmeren Unfall des Hausmeisters Karl Bauknecht als dessen Crash mit einem schwarzen Renault am Untermainkai herbei, bei dem das Gesicht des Hausmeisters für drei Monate grauenhaft disseminiert worden war, eine Kombination aus frontobasaler Fraktur, Gesichtshämatom und etwas, für das er keine Fachbezeichnung gibt, und das die kostenintensivste Unfall- und kosmetische Chirurgie zuerst vor unlösbare Rätsel stellte, aber dann kam alles ganz anders und das adipöse Fleisch überwucherte die Verwundungen und Verschiebungen ausgezeichnet. Karl Bauknecht, der geradezu süchtig die Live-Schaulust, d.h. die lumpige Spektakilisierung seines ganzen Lebens vor allem vor dem TV-Bildschirm, aber auch vor etlichen digitalen Displays und Kinoleinwänden gerne auslebt, oder bei Live-Events wie Demonstrationen, Verkehrsunfällen, Fanaufmärschen oder Gasexplosionen oder bei den derzeit immer häufiger auftretenden, visuellen Bissen der Antifa mit vektorialem Drift in die posturbanen Protuberanzen untertunnelter Wälder südlich von Sachsenhausen hinein den typischen Schaulustigen spielt, fällt just in diesem Moment frontal in seine Schaulustmanie zurück und macht eine 180 Grad Kehrtwendung, kurz bevor er die Glastür zur Wendeltreppe fast schon erreicht hat, die übrigens sperrangelweit offen steht. Mit vollem Ernst könnte er jetzt mit den beiden Damen ein paar nette Gedanken austauschen, womöglich über das, was er da gerade gesehen hat, was sich beim ihm allerdings sofort insofern entspannt, weil Melody Mashed ihren Büstenhalter doch nicht ausgezogen und Marlen Pizarro den Swimmingpool schnell verlassen hat, um sich mit einem weißen Frotteehandtuch ihr blondes, schulterlanges Haar trockenzureiben und zu glätten, begleitet von einem leichten Pfeifen des Windes, der das Haar ab und zu über ihre Schultern nach hinten wirbelt. Der, man möchte sagen, unspezifizierte Dienst Karl Bauknechts lähmt aber im Moment insbesondere Dr. Dr. Hanselmann, der immer noch reglos, indisponiert und wie von allen guten Geistern verlassen im Swimmingpool kauert, während das leicht trompetenhafte Baggergeknatter aus der quadratischen Baugrube des neu entstehenden Buildings der AMEKA-Hotelkette jetzt auch ganz deutlich auf der Dachterrasse des Esperanto-Buildings zu hören ist und vor allem bei Melody Mashed zu leicht hysteroiden Turbulenzen/Defragmentierungen ihrer Psyche reversibler Art führt. Der Wind bläst jetzt etwas stärker und die Fahne mit dem Wappen der Esperanto Bank flattert in großer Höhe wie ein Zeichen. Und das Meeting mit Dr. Werner Zink von der Deutschen Bank ist für Dr. Dr. Hanselmann ein zweites Mal geplatzt.

Das letzte Treffen Dr. Dr. Hanselmanns mit Dr. Werner Zink im japanischen Kabuki Restaurant in der Kaiserstraße war begleitet von einer Schlägerei zwischen zwei mehr als nur angetrunkenen Sales Managern der Commerzbank, worüber die ganze Bankerszene in Frankfurt immer noch spricht, spirituell sogar etwas davon entfacht ist, u.a. weil die gewalttätige Auseinandersetzung nämlich auf einem Teppan stattfand, einer 3x3 m großen heißen Stahlplatte, auf der die beiden Kontrahenten, deren Socken tatsächlich schnell glühten und dampften, in der Manier schwergewichtiger Sumo-Ringer versuchten – sehr zur Freude der japanischen Gäste –, sich gegenseitig von der Stahlplatte herunter zu stossen oder zu schieben, bis besagter Dr. Werner Zink, wahnsinnig unbeliebt in Bankerkreisen, auf die Zubereitungsfläche für hochwertiges Miyazaki Wagyu Rind stieg und die inzwischen wutschnaubenden und tobenden Banker auseinander zu bringen versuchte, mit einer Faust einen hammerharten Schlag direkt gegen die Stirn einfing, so dass er für Sekunden benommen stehenblieb und dann nur noch wirr den Kopf schüttelte, um nach etwa zwanzig Sekunden endgültig zusammen zu sacken und in embryonaler Schutzhaltung auf der kochend heißen Stahlplatte zu kauern, bis ihn drei japanische Köche des Kabuki endlich asynchron von der Fläche hievten, um sich mit japanischer Gründlichkeit/Stasis/Stoa um seine inzwischen erlittenen Brandwunden zu kümmern. Den Konsum diverser Liter Saki sowie beachtliche, fast schon pointierte Stunts um die Kochplatten herum, torkelndes Halbkreisen der Oberkörper von Kabarettsäufern und plötzliches uninspiriertes Aufspringen im Mallorca-Rudel-Stil hatten die Broker bisher als einvernehmliche Zeichen ihrer Kommunikationsfähigkeit gesetzt.

Man sollte die Szene auf der Dachterrasse schleunigst abhaken, sie hätten doch beide schnell gemerkt, dass Bauknecht entweder rotzbesoffen oder mit irgendwelchen Psychopharmaka zugedröhnt gewesen sei, und er himself habe auch nicht gerade seine Sternstunde bezüglich seines ansonsten vorzüglichen Self-Managements aufgeboten, beteuert Dr. Dr. Hanselmann gegenüber Marlen Pizarro, die immer noch außer sich ist, okay, es war komplett ingeniöses Verhalten seitens dieses Prollaffen von einem Hausmeister, okay okay, aber es könnte doch sein, dass die ungewohnt starke Sonneneinstrahlung der letzten beiden Tage einen kurzfristigen Blackout beim Hausmeister verursacht hätte, okay okay, er hätte doch auch über den leicht infantilen Ausflug ins Planschbecken hinaus, wo sich alle drei Beteiligten letztendlich webcamkonform benommen hätten, keinerlei Veranlassung gesehen, semioemotional mittels der Akquisition körperinduzierter Schnittstellen (sic!) in die Kerbe der Quickiefanatiker zu hauen, Sex under water und so weiter, der unter Garantie immer mit einer hochgradigen emotionalen Enttäuschung enden und beruflich unsteuerbare Konsequenzen nach sich ziehen würde. Und Bauknecht solle sich endlich schleunigst verpissen. Karl Bauknecht merkt jetzt schnell, dass er eigentlich keinen einzigen verstandesmäßigen Trumpf in der Hand hat, u.a. auch, weil seine Sprechbewegungen wie ein Affengähnen aussehen. So ein Affengähnen, sagte ihm sein Hausarzt neulich in dessen teakgetäfeltem Sprechzimmer, würde normalerweise einen olympischen Marathonläufer oder Judoringer binnen Wochen bis zur Stasis entkräften. Und beim gemeinsamen Pokerabend in der Kneipe Deutscher Michel würde seine nicht vorhandene Sprachkompetenz den Schwapplauten eines halbbetrunkenen Pavians kongruieren, der in den Weinbergen Südafrika viele zu viele überreife Trauben zu sich genommen hat.

Alfons, Alonso laufen gemeinsam mit dem Ökonomieprofessor Samuelson heute exakt um 15:21 Uhr in das bahnbrechende Entertainmentprodukt Moseleck ein, wo gerade Marianne Rosenbergs Song »Ich bin wie du« aus den beiden kleinen Lautsprecherboxen scheppert, die über der digitalen Musikbox aufgehängt sind, während seit mehr als fünf Stunden schon obszön cooles, interaktives Komasaufen im Gang ist, das im Moseleck durch ein sehr spezifisches diskursives und nichtdiskursives Arrangement, den primären Ästhetiken der Stratifikationen geregelt wird, was die Sache natürlich umso spannender macht. Es handelt sich hier um eine sehr wilde Einteilung. Tatsächlich besitzt der Inhalt eine Form und eine Substanz: Die Kneipenform Moseleck zum Beispiel und ihre vielfältigen Praxen, plus diejenigen, die als Gäste in Erscheinung treten (wer, wie, warum und vor allem wie oft). Und sehr wohl besitzt hier auch der Ausdruck eine Form und eine Substanz: Die ungeschriebenen (unbewussten) Regeln der (Des)artikulation und der diskursiven Brüche bzw. der spezifisch alkoholinduzierten Artikulationen und der Suff und die Kommunikation als Gegenstand von Aussagen und Konversationen, die in concreto mit sehr rigiden Serien des Getränkekonsums durch die meist männlichen Gäste orchestralisiert wird, was sowohl die kleinen und großen Einheiten (vom Hütchen-Pils bis zum 1,5 Liter-Pils) als auch die äußerst beschränkte Getränkeauswahl angeht, existenzieller Bierkonsum gebrochen von blindmachenden Whisky-Cola Attacken oder dem obligatorischen Begrüssungsjägermeister sowie Hochprozentigem aller Art, insbesondere Obstler, Wodka und Gin, und seltener bringt sich eine Flasche Champagner ins Spiel, Champagner, den beispielsweise die Ehefrau eines Brokers, die als Nymphomanin im Bahnhofsviertel ausgewiesene Marlies P., während ihrer unregelmäßigen Besuchen gerne auch mit der Platin-Kreditkarte zahlt.

Alonso bittet die beiden Begleiter mit einem simulierten parkinsonschen Bückling zur Frontseite des Tresens, um ihnen zwei Sitzplätze auf am Boden festgeschraubten, drehbaren Barhockern aus Holz anzubieten, und winkt ganz entspannt dem derzeit arbeitenden Schankwirt zu, dem ehemaligen Berufsboxer und Weltmeister im Mittelgewicht namens Boxer-Dieter, und ruft: »Nichts für ungut, aber erstmal drei kleine Pils.«

Boxer-Dieter sagt nichtssagend nur kurz »Okay«, was er anscheinend gar nicht wahrnimmt, wobei er aber instinktiv zu merken scheint, wie die Gedanken an ein paar leckere Bierchen Alonsos Mundhöhle mit einem wasserfallartigen Speichelfluss überschwemmen lassen, gerade als schon eine in die Wechseljahre gekommene Tabletänzerin konsequent auf Alonso zusteuert, um ihn unverblümt nach einem Longdrink zu fragen, und weil Alonso weiß, dass es zu 100% anstrengender ist, die Tänzerin mithilfe einer doch sehr abweisenden Geste oder eines abstrakten Neins loszuwerden, als ihr den Longdrink schweren Herzens zu spendieren, gibt er Boxer-Dieter ein ubiquitäres Zeichen in Gestalt eines weit gespreizten Vs von Zeige- und Mittelfinger. Direkt über dem großen Plasmabildschirm, unter dem der Stammgast Husky-Dieter und der neue Schankwirt Peter nachhaltig mit dem chilenischen Model Pablo über die Zubereitung eines Zitat sauguten bayrischen Schweinebratens in dunkler Biersoße lebhaft diskutieren, meldet ein elektronisches Laufband »Vulkanasche-Wolke über Deutschland/Einbruch des DAX um 8,54%«, was der Bankerhasser Alonso, der seine Fliegerbrille aus dem zweiten Weltkrieg bewusst hoch auf die braungebrannte Stirn gezogen hat, geradezu freudestrahlend begrüßt, als ob man ihn auf der Stelle veredelsteinert hätte, wobei er andauernd mit ausgestrecktem Arm auf das Laufband hinweist, während zeitgleich hinreißender oder wahlweise enthusiastischer Beifall im gut gefüllten Kneipenraum aufbrandet, der um circa zwanzig Dezibel die Megahymne der Jonzun Crew »Space is the Place« übertönt, die quasi als repetitives, psychotisches Angriffsmuster aus der digitalen Musikbox dröhnt, gerade als wie auf den besonderen Wunsch von einem verwaschenen Geisteszustand oder wie vom zirkadianen Östradiolrhythmus beseelt, der aber komplett durcheinandergeraten ist, die ausgewiesene Nymphomanin Marlies P. direkt hinter dem Ökonomieprofessor Samuelson, dessen schulterlanges, weißgraues Haar subakut an Hygienedefizit leidet, ihren Stammplatz einnimmt und halb sanft, halb vulgär sagt »Hey Schatz, spendierst du mir nen Drink und dann fahren wir ab«, worauf der Ökonomieprofessor Samuelson ernsthaft überlegt, ob er nicht auf der Stelle die Kneipe verlassen oder ob er sich gegen jegliche Gewohnheit auf ein Risiko-Targeting der besonderen Art einstellen soll, und nach dem Herumdrehen seines Barhockers bemerkt er, dass diese Marlies P. so umwerfend lecker und hinreißend in ihr Mega-Dekoletee sabbert, dass er es einfach nicht übers Herz bringt, etwa willkürlich oder schroff aufzustehen und die Kneipe umgehend zu verlassen. Boxer-Dieter hastet mit flinken, zackigen Ausweichbewegungen seines Oberkörpers hinter der Theke hin und her, zapft dabei ein Bier nach dem anderen und tänzelt elegant und luzide mit seinen extra für den heutigen Arbeitstag (als hätte er eine Vorahnung gehabt) schwer geschrubbten schwarzweißen Adidas Boxstiefeln mit atmungsaktivem Netzeinsatz. Die Boxstiefel gleiten so leicht über den Fußboden, dass sie sich wie auf kleinen Rädern zu bewegen scheinen.

Auf der Suche nach ein bisschen Entspannung hocken der jungdynamische Schauspieler M. Halberstedt, der derzeit bei der Kleinkunstbühne TOFFEL in Darmstadt arbeitet, und der Dreimonatsjobber Merculis, der in der lokalen Filmbranche entweder als Regieassistent oder als Wasserträger bzw. als Mädchen für alles im Set permutiert, an einem langen, rechteckigen Tisch, während quer gegenüber Husky-Dieter unentwegt lauert, dessen zischendes Luftholen ein deutlich hörbares, signifikantes Zeichen für seine Abneigung gegenüber der derzeitigen seiner Meinung nach deutlich zu empathischen Stratifikation des Raumes ist, vielleicht lauert er auch zynisch auf einen intellektuellen Faux Pas der beiden konversierenden creative worker, was sich auch daran zu bewahrheiten scheint, dass er seinen Husky namens Milwaukee nur wie nebenbei mit einem mehrmaligen sanften Ohrenzwicken zurechtweist, wobei er seinen typisch alterierenden Blick manchmal eiskalt auf die Ehefrau eines Bankers aus der mittleren Führungsebene der Esperanto Bank richtet, die inzwischen sowohl vor eskalierender Nähe als auch lexikalischer Untersuchungsbereitschaft am ganzen Körper vibrierend direkt neben dem Ökonomieprofessor Samuelson auf einem Drehstuhl vor dem Tresen klebt, um vollkommen affektiert in den in den Sprungdeckel integrierten Spiegel ihrer Pariser Art Deco Schminkdose zu schauen, die sie natürlich schätzt wie nichts anderes auf dieser Welt, außer ... Alfons tageslichtbedingter Schattenvektor zielt oder zieht währenddessen wie ein Dolch haarscharf an der im Chi-Quadrat des L-förmigen Raumes stehenden jungen Stammgasttrinkerin Melissa P. vorbei und reicht fast bis hin zur neu installierten Slotstop-Geldspielautomatenbox, vor der, na bitte, die Ausschankkraft Immanuel mit frisch frisiertem und gegeltem Haar steht, die ja auch an seinen freien Tagen das Moseleck regelmäßig besucht; unmittelbar rechts neben ihr, im Zuge einer Nervenmobilisation des Rückens in Form einer konvexen Dehnung leicht nach hinten gelehnt, befindet sich der hochgewachsene Technofreak Dr. Walker, dessen muskulöser Torso mit pumpenden Oberkörperbewegungen andauernd den Spielautomaten touchiert, er ist aber trotzdem irgendwie ganz bei sich, als wolle er im Moment rein gar nichts kommunizieren. Insider aus der Musikbranche identifizieren Dr. Walkers

Tätigkeit für das französische Elektronikunternehmen RHIZOME auf der Frankfurter Musikmesse à la professionelle Recherche, mit dem (hilflosen) Versuch, sich unablässig selbst zu promoten, wobei er doch als Testkandidat in seinem eigenen Leben, das ihm als permanente Testsituation gilt, andauernd in Konflikt zu seiner Identität als verflüssigter Künstler gerät. Dr. Walker trägt eine flatternd luftige Camouflagehose und schwarzrote Nike Sneakers, deren Spitzen just weit auseinander stehen, wobei die Spitze des linken Nike Sneakers einer ihn permanent bedrängenden Gruppe von vier Tabletänzerinnen zugewandt ist; er hält einen quadratischen Yamaha-Drumcomputer in der rechten Hand, während die Finger der linken Hand flink auf den Buttons herumtippen bzw. schnellen, so dass der Drumcomputer einen posthumanen, nervenkollabierenden und spastische Pulse sendenden Beat erzeugt, den aber kaum jemand in der Kneipe hören kann, weil aus den beiden größeren Lautsprecherboxen rechts neben dem Plasmabildschirm mit Höllenlautstärke zuerst das Intro und darauf folgend Synthesizerrückkopplungen von Public Enemys Song *Can trust it* dröhnen, bevor die Schankkraft Boxer-Dieter, der inzwischen von dem Getöse abgrundtief genervt zu sein scheint, mit der Fernbedienung das psychotische Soundgewitter auf Lautstärke Plus4 runterpegelt. Die schwarzhaarige Tabletänzerin Monique, Sie wissen, die mit den schicken perlgroßen Sommersprossen im Gesicht, dem üppig ausgestatteten Torso und zwei abgrundtiefgründigen wilden Augen, wilder und tiefer als der See Genezareth, hat sich weitgehend unbemerkt an den Gästen vorbeigeschlängelt und sehr dicht an Dr. Walker herangeschlichen, um, ja, nur um jetzt auf dem linken Fuß zu balancieren und komplex gesnieft »Hey, du Süßer« zu stöhnen, worauf Dr. Walker bewusst eigensinnig bzw. ostentativ einen seiner selbstgebastelten Verse mit der Stimme eines Stimmentransformationscomputerprogramms Monique ge-

genüber ins Spiel bringt:
fein, da freut sie sich!
da freu ich mich!
da freun wir uns und spluntz!
kippen wir ein bier drauf
aber nicht ins wohlgeformte glas
sondern mit vollgas
von der flasche in den mund
in den weit
aufgerissenen schlund!
prost!
fein! da freut sie sich.
da freu ich mich.

Weil Dr. Walker, der vor zwei Tagen aus Berlin angereist ist, nicht weiß, ja nicht wissen kann, dass der Gastronomiebetrieb Moseleck Gbr. unter einem dauerhaftem finanziellen Würgegriff leidet bzw. als Schuldner im kreditorischen Gläubiger-Schuldner-Spannungsfeld der ortsansässigen Brauerei Radeberger GmbH/Henninger taumelt, und nur rein aus Imagegründen, die von der PR Abteilung der Brauerei unter dem Rubrum Lifestyle und High-Impact-Fun subsumiert werden, mehr oder weniger unter der Hand das Bier der Company Heineken in Flaschen und Dosen führen darf, bekommt Dr. Walker nach der zweiten, nun etwas lauter und unermesslich dramatisierend vorgetragenen Rezitation des Gedichtes vom phonetischen Typus monopolarer Wahnsinn vom herbeistürzenden Gastwirt Boxer-Dieter mit der rechten Handkante eins in die linke Kniekehle gewischt, dass sein glockenförmige Torso kurz zu zittern beginnt, seine Knie vielleicht wie die eines spillerigen Schlagzeugers von der Dimension des Clash Drummers Topper Headon schnell einknicken, was eigentlich wegen seiner hünenhaften Körperstatur normalerweise überhaupt nicht gehen kann und deswegen auch irre komisch aussieht, bevor sein Schädel im Turnaround einer gravitätskonstanten Körperbewegung gefangen die Glasplatte der Slotstop-Spielautomatenbox nur mit leichtem Effet touchiert.

Am rechten hinteren Teil des Tresens sitzen seit einer halben Stunde – von der Stammkundschaft weitgehend unbemerkt – rechts und links neben Alonso, der derzeit durch die Fenster seiner überdimensionalen und total verdreckten Fliegerbrille wohl nur in eine schwarze Leere zu starren vermag, die beiden konsequent schweigenden Professoren Mattick und Samuelson, während sie kleine 0,3 l Biere wie Speiseeis schlürfen, wobei sich für Professor Samuelson die Gegenwart dieser permanent fusionierenden und dabei Genital-Schnittstellen akquirierenden Marlies P. langsam wie eine Art mysteriösen Glücks oder Unglücks anfühlt, er weiß ja nicht so recht, weswegen er rein im Zuge lauwarmer Unentschiedenheit jetzt sogar ein großes 0,4 l Pils bestellt, als eine drastisch korpulente Latina mit wirklich viel Holz vor der Hütte mit einer einzigen schroffen Handbewegung & einem klatschenden Koitalgeräusch ihr leeres Bierglas direkt vor ihm auf dem Tresen abstellt, vielleicht wie vor einem Probanden, dem sie die Option auf ein intimpersonelles Testtraining in Hinsicht eines wunschgetriebenen Sexualverbrauchers oder -täters schmackhaft oder rausleiern will. Die große Diskokugel, die diagonal gegenüber dem Tresen hängt, blitzt und blinkt ziemlich irreal, ja sogar orchestral, was an der gelblichen Decke ein Feld von Verschwommenheit und Unschärfen erzeugt, tantrisch.

Die meisten Gäste im Moseleck scheinen momentan recht glücklich Bier zu saufen, und glücklicherweise weit entfernt von der ideologisch verbrämten oder artistischen Figur des Trägers eines freien Willens zu verweilen bzw. zu sein. Die Kneipe scheint zu lachen oder zu weinen, so sicher kann man sich da nicht sein, jedenfalls tut sie so, als ob sie permanent von etwas Unsichtbarem furchtbar übel gekitzelt wird, was eine permanente Ausdehnung und Aufpropfung im Raum in Gang setzt, die sowohl mit Einfaltungen als auch mit Ausfaltungen konnektiert, was von einem blitzschnellen Erstarren und Versteinern der Gäste gecuttet werden kann, und ganz wenig auch von deren Fortsturz ins akkumulierende Gefüge des Vertikalen, insgesamt ein relativ plotloser Plot. Zwischen Alonsos Netzhaut und seinen abgedunkelten Fliegerbrillengläsern muss im Moment eine kleine Welt neonrot oder hellblau aufblitzen oder im Sud von erstklassigem, zitronengelben Aioli schwimmen, was sein Brother in mind Alfons wohl ahnt und deswegen unternimmt er keinerlei Anstalten, den mal wieder unmöglich oder unwahrscheinlich cannabisinduzierten Alonso ausgerechnet in diesem wunderbaren Augenblick seines ansonsten sauerbärmlichen Lebens zum Aufstehen und Gehen zu bewegen.

Als wäre nicht aller Tage Abend kommen soeben in einem Pulk u.a. Snaffu, Freaky Franky und dj Lars durch den Hintereingang ins Moseleck hereingestürzt, worauf zwei Investmentbanker der NISG reflexartig und quasi geschockt ihre gelockerten Krawattenknoten zurechtrücken, um bei Boxer-Dieter inständig & involuiert oder aufgeschreckt nach der Rechnung zu verlangen, was kein Wunder ist, da Freaky Franky statt seiner obligatorischen schwarzen Kappe mit Che Guevara Emblem ausnahmsweise mal ein kleines quadratisches ausgeweidetes Grundig-Bildschirmgehäuse älteren Baujahres aus silbernem Kunststoff, das mit Kreppband am Haar befestigt ist, als eine Art Hutersatz auf dem Kopf trägt, wobei auf dem Bildschirmgehäuse ein Nodalpunktadapter und darauf wiederum eine kleine Canon-Kamera aufsitzt, die sich um eine frei wählbare Achse dreht; Freaky Franky begibt sich, während er seinen schwarzen, knöchellangen Stalin-Ledermantel der Sowjetarmee und seine schwarzen Springerstiefel ganz offensiv und narzisstisch zur Schau stellt, direkt in Richtung des derzeitigen Sitzplatzes von Husky-Dieter, und klopft dabei mit den Handknöcheln, wohl begeistert, wohl mit der Absicht, sich umgehend im sozialen Feld der Kneipe zu positionieren, permanent auf die Vorderseite des Grundig-Bildschirmgehäuses, auf dessen Glasscheibe er mit einem Permanentmarker edding 1 rot einen Smiley mit Loch auf der Stirn, aus dem Blut sickert, gepinselt hat. Tatsächlich schafft es Freaky Franky bis auf 78 cm an den rechteckigen Stammtisch an der Ventralflanke des Raumes schwergewichtig im Thrill oder Spin seines manischen Verhaltens heranzurücken, um den längst schon kontaminierten Eindruck eines Statthalters des hyperexzentrischen bzw. verwilderten Programmkinohabitus bei den Gästen zu bestätigen oder gar zu verstärken, selbst Husky-Dieters Husky namens Milwaukee scheint im ersten Moment leicht beunruhigt, dreht sich mehrmals ultraschnell um die eigene Körperachse, nur um ja keinen Blick auf Freaky Franky zu erhaschen, bis sich RA Ziegler mit erhobener Hand ohne allerdings etwas zu sagen, warnend von der Holzbank erhebt, während der links von Freaky Franky stehende Snaffu, der heute einen schwarzroten, leicht klebrigen Eintracht Frankfurt-Blazer trägt, nur insistierend und markant den Kopf anhebt, als ob er seiner Leaderposition Referenz erweisen müsse, um starr auf das Laufband über dem Fernsehapparat zu schauen, das eine Teil-Sperrung des deutschen Luftraumes sowie einen weiteren Absturz des DAX um 3,42 Prozentpunkte verkündet/anzeigt, worauf Snaffu sich hocherfreut zeigt, während er zugleich nachdenklich mit der Handfläche waagrecht unter der leicht entzündeten Nasenspitze hin und her streicht, ja sogar bezweifelt, ob er jemals wieder von dieser tollen Geste lassen kann, ja damit aufhören kann, ohne dass es ihn sein Leben kostet, während dj Lars, der Linksextremist mit der gegelten Popperfrisur, der heute ein weißes T-Shirt mit fetten, schwarzen Buchstaben *Woher kommen die Ideen?* trägt, den dandyistischen Robby Dangerblood spielt oder mimt, ein smarter Boy, der sich auch gerne Mal öffentlich auf Kneipenparkplätzen mit Polizeikräften rumprügelt, mit den Coaching- und Marketingexperten der Firma H.O.M.O. interaktivstens sowieso, und das deutet er eben auch für sich selbst schmerzlich bewusst mit einem heißeren »Wow, das, das will ich nicht haben«, an, weswegen Husky-Dieter demonstrativ den stark verschmutzten bzw. fast lichtdichten, hellbraunen Vorhang neben dem Spielautomaten zurückzieht, um leicht stoisch oder total angesäuert aus dem Fenster zu schauen und etwas von ungezählten, demographisch überschüssigen, manchmal wütenden, manchmal cleveren jungen Männern zu murmeln, die es letztendlich vielleicht sogar zu höchst effizienten EB-Investmentbankern oder DSDS-Moderatoren oder zu dem absoluten Witz der Transsubstantiation eines Totaldeppen mit Tendenz zum Coaching-Guru mit neoliberal-buddhophiler Tendenz bringen könnten, versehen mit dem ewig alten Maskulinitätskonzept, das sich heutzutage geschickt als die Inkarnation eines postmodernen Postfeminismus tarne, worüber sich die klugen Rhetoriker Demosthenes und Cicero, wären sie nur in der Lage gewesen beispielsweise an einem TFD-Testverfahren teilzunehmen, sich zu 100% schepp gelacht hätten, und dieses Exemplar hier müsse erst noch üben üben üben, Rhetorik üben.

Beim ersten denkwürdigen Auftritt im Moseleck agitierte dj Lars vor ungefähr drei Wochen in der Rolle des Punk-Sängers Sid Barrett oder wahlweise als die Inkarnation der Schriftsteller Burroughs oder Bukowski, und featurete dabei wie die Hölle sein Noiseprojekt Kachelofen, indem er laufend vehement Zitat gegen den schwankenden oder taumelnden Moloch Musikindustrie Zitat Ende wetterte, welcher ausgerechnet ihn mit Hilfe der menschenunwürdigen Strategie geschäftsmäßig vorgetragener und ausgehandelter, ja raubtierhafter Bosheit, die dem postindustriellen Kapitalismus eben eigen sei, also mit der Triebkraft eines monströsen Raubtiers, das automatenmäßig oder auf Autopilot gestellt handele, zum willfährigen Sklaven degradiert hätte, und beim zweiten »Konzert« im Moseleck gab dj Lars dann ein glühendes Statement zum für ihn vollkommen indiskutablen Stand der Urheberrechtsdebatte in der Bloggerszene während des Kongresses republica in Berlin bzw. in der FAZ ab, und wurde dabei von Freaky Franky mit seiner Canon Surroundkamera gefilmt sowie im eidetischen Data-Room des ausdruckslosen Blicks von Snaffu (bloß)gestellt und von der y-Verteilung einer Menge von Schaulustigen & gnadenlos betrunkenen Stammgästen fixiert, festgehalten und skaliert, eine Menge, die offenkundig auch mächtig Spaß sowohl mit den zahlreichen nervtötenden Randbemerkungen als auch mit den feuchten Blink-Blink-Geräuschen Freaky Frankys hatte, was aber auf viel zu einfachen Grundannahmen oder supplementären Faszinationswirkungen hinsichtlich der Funktionsweise von nicht alltäglichen Gehirnen wie eben bei Freaky Frankys Softwareverdrahtung basierte, denn abgesehen davon, dass keiner im Raum ja wirklich wusste, wo und wie Freaky Frankys Gedächtnisengramme in dieser Situation konfiguriert waren, war die zerebrale Hypermanipulation Freaky Frankys zu dieser Zeit tatsächlich in vollem Gange, wohl hervorgerufen durch die Einnahme von Downers, die aber durch die Addition von verschreibungspflichtigen Appetitzüglern die Wirkung eines euphorisierenden Uppers bekamen, womit seine ewige Konjunktivitis verbunden mit okularem Nystagmus zu peinlichsten Bildern des verwirrten Ausbalancierens eines hochsignifikanten Blicks der Indienstnahme der anderen führte, durch die Beigabe von Xanax sogar zu schwer pathologischem Augenzittern, allerdings taxierten und fixierten die meisten Gäste wenig später schon wieder die stark körperbetonten Agitationen des dj Lars, der bisweilen die über dem Kopf schwebende oder hämmernde Faust zur Unterstreichung einzelner Thesen einsetzte, vielleicht taxierten ein paar Gäste auch noch die konfusen Spuckattacken von Snaffu oder eben den Kameraturm auf Freaky Frankys Kopf, so dass sie letztendlich weder die Hirnakrobatik seiner hocherröteten Augen noch den subdominanten Tränenfluss recht mitbekamen.

Im Taumel seiner monopolaren Manie glaubt Freaky Franky seine rhetorische Begabung als Livekommentator oder politischer Agitator jetzt instruktiv oder induktiv dadurch fördern zu können, dass er zum zehnten Mal hintereinander forsch oder karnivoresk sagt, dabei massiv mit beiden Händen gestikulierend, dass die Rahmen oder Raster (frames), mittels welcher wir das Leben anderer als zerstört oder beschädigt betrachten oder eben überhaupt nicht mehr wahrnehmen, politisch auszuhandeln seien, woraufhin Boxer-Dieter die Lautstärke des Fernsehapparats etwas ungehalten nach oben regelt, als auf dem Plasmabildschirm die Notlandung einer British Airlines-Maschine in Heathrow zu sehen ist, anschließend das Interview eines BBC Reporters mit einer jungen Stewardess, die – ganz außer sich – davon berichtet, dass während der Phase der Notlandung alle Passagiere wie am Spieß geschrieen und gleichzeitig Fotos mit ihren Digitalkameras geschossen hätten, sie selbst wäre sich vorgekommen wie eine Figur in einem echt schlechten und schrägen Film, in dem die Panikmaschinen die Menschen zu schwindelerregenden Kettenreaktionen oder in eine Verkettung von virtuellen und realen Bildperformationen ins Unglück regelrecht hineingetrieben, also Katastrophenstimmung und Faszination zu einem emphatischen Konglomerat verschmolzen hätten, wobei man sich bei den Passagieren nie ganz sicher sein konnte, ob das atmosphärische Pendel zur heiligen Todeszeremonie oder zur finanziell motivierten Zukunftsbearbeitung hin ausschlagen wollte. Freaky Franky vermisst plötzlich die Anwesenheit seiner Jaguar-Polaroid oder der Blaufilter-Nickelbrille, er weiß nicht recht, um kurz darauf erneut in einen Ohren klingelnden Monolog hineinzufahren. Er sagt: »Erkennen im postmodernen Krieg geschieht in technischer Hinsicht durch die Assemblage von Bordcomputer, Ferndetektoren und Geländeabtastung.«

Alfons, der durch das cannabisierte bzw. narkotisierte Gurgeln Alonsos direkt an seinem linken Ohr aus einem kurzen Nickerchen gerissen wird, lässt seine innere Hirnstimme jetzt ganz automatisch eine Gedankenkette spinnen, die ihn bezüglich der losen Bedeutungskopplung selbst neugierig macht, weil sein Unbewusstes ihm wohl zuflüstert, dass im lautlosen Dazwischen Bedeutung mit Hilfe von Gedankenzeichen, die nicht unbedingt sind, was sie zu sein vorgeben, konfiguriert wird (das Gedankenmaterial seine aufgeschobene Präsenz bestätigt, indem es den folgenden Gedanken Anschlussfähigkeit anbietet). Als sich Alfons gestern tief in der Nacht im mittleren Halbtraum auf der Champs Élysées in Paris sah, dachte er, er sähe einen Kakadu, und war deshalb unzweifelhaft ein klein wenig verrückt. Und deswegen dachte er, er sähe den Kakadu. Vorhin im Stadtwald, als er die Enten sah, war er keineswegs verrückt. Und so wusste er, dass er die Enten nicht gesehen hatte. Seltsame Gedankensupplemente.

»Ja klar, ein schön hysterisch und zugleich verständliches Bild«, kommentiert Snaffu die Berichterstattung im Fernsehen ein klein bisschen zu zynisch. »Im Absturz sich mittels eines Fotos an der Welt festhalten, um Spuren zu hinterlassen, wie kleine Kinder im Sterbehospiz, bevor sie sterben, noch einmal unbedingt malen, basteln und Spuren hinterlassen wollen, als physisches Statement sozusagen.« Er könne sich im Moment nicht unbedingt in diese Art plotloser Plot, der eben hier in der Kneipe abgespult wird, einfühlen, sagt Pablo zu Husky-Dieter, zündet sich eine Marlboro an und wirft einen flüchtigen Alibiblick auf die Titelseite der FAZ. Husky-Dieter sieht ihn von der

Seite an und nickt verständnisvoll. Er sagt: »Denke doch mal zur Veranschaulichung der Sache hier an Phänomene wie Wahnsinn und zerebrale Verwüstung oder an Spielchen mit Pixelblitzen aus Helmvisieren. Dagegen ist dieser Freaky Franky mit seinem Kopfschmuck reinstes Mittelalter.« Pablo nickt zustimmend und bejaht leise, um dann einen ordentlichen Schluck aus dem großen Bierglas ohne Henkel zu nehmen.

»Öffentlicher Sex ist auch eklig, aber wie kann man das hier denn noch stoppen?«, fragt Pablo Husky-Dieter, der gerade seine selbstgedrehte Zigarette mit drei Zügen kleingezogen hat, und nimmt erneut gedankenverloren einen großen Schluck Bier.

»Ich glaube, sie hat ihr Pensum für heute schon durch. Wenn Marlies so lasch an den Typen rangeht wie jetzt gerade, dann ist sie in gewisser Weise schon püriert, dann hat sie den Sex so nötig wie ein Handamputierter ein Paar Handschuhe.«

»Aber trotzdem wollen viele Marlies noch einmal in Aktion sehen, da bin ich mir ganz sicher. Wenn sie diese wundervolle Dame sehen, ist der Ekel automatisch erloschen.« »Schmarrn. Das ist in etwa so, als wolle man die Finanzkrise dafür haftbar machen, dass in Island dieser Vulkan ausgebrochen ist.« »Okay, reden wir über etwas anderes.« Pablo betastet mehrmals seine aalglatte Babyhaut über dem rechten Wangenknochen, die sich seltsam angespannt, vielleicht sogar überspannt und selbst für ihn seltsam glatt/geglättet anfühlt, als ob er vor kurzem einen kuriosen Diätplan zur Hautgenese entworfen hat und dem auch streng gefolgt ist. Er spürt auch schon wieder diesen unwiderstehlichen Drall auf die Herrentoilette zu gehen, um vor dem Spiegel gewohnheitsmäßig sein Selbstcoaching durchziehen und Wangen und Ohren mit kaltem Wasser zu benetzen. Das Selbstcoaching in der klaustrophobischen Enge der Herrentoilette könnte aber auch ein willkommenes Cut-Up gegen die unangenehme Rezeption der im Augenblick wieder exponentiell anschwellenden interaktiven Turbulenzen ausgehend von ein paar total betrunkenen Gästen im Moseleck sein, während diese intrigante Nymphomanin Marlies P. erneut ansetzt, um kompetent und tatkräftig ihre Bemühungen um die emotionale Gunst bzw. die Koitusbereitschaft des Ökonomieprofessors Samuelson zum Ausdruck zu bringen, ja die Anstrengungen ganz entscheidend zu verstärken bereit ist, indem sie permanent mit der Spitze ihres zwischen die Zähne geklemmten Lippenstifts horizontale Parallelstriche auf die Wangen des perplexen Ökonomieprofessors Samuelson zeichnet, was Freaky Frankys Kamera 1/1 (für seine Popo-Optik Berichte 43 & 44) aufzeichnet, gerade als zwei Mitarbeiter der Radeberger-Brauerei einen ausrangierten Kühlschrank Richtung Eingang stemmen, dabei jedoch von den Tabletänzerinnen Monique und Tiffany in die Zange genommen werden, die beide simultan extrem langgezogene Quietschlaute absondern, wobei Monique ihr ausgewähltes Opfer mit einer Pfauenfeder, die sie aus ihrer Turmfrisur gepflückt hat, penetrant im Nacken zu kitzeln beginnt, was bei dem stämmigen Mitarbeiter für hellste mentale Aufregung sorgt, bevor er seinen hinter ihm brüllenden Kollegen zum Absetzen des Kühlschranks auffordert, um Monique dann mit weit aufgerissenem Maul einen Mundgeruch vorzuwedeln, einen von der komplett desorientierenden, toxologisch schon recht bedenklichen Sorte, ein Geruch, der sie, die in ihrer Animationslaufbahn ja so einiges gewöhnt ist, fast in die Knie zwingt, wobei Freaky Frankys Kamera durch geschicktes Ducken und vertikales Lavieren seines Trägers Moniques schmerzverzerrtes Gesicht voll in Nahaufnahme erwischt, bevor sie schließlich angewidert aus dem Bild taumelt. Die Lautsprecherboxen über der digitalen Musikbox sind beinahe schon am Explodieren, als ein Transistor-Hochton sowie herb trommelnde Schlagzeugstöcke, die wie feinfädige Stricknadeln auf Metall klingen, der Rhythmus insgesamt irgendwie ein unwirkliches Knistern, auf Lautstärkepegel 8 in den Raum knallen und vor allem der Klapperschlangenbeat den gerade frei assoziierenden Alonso, dessen Hände das Bierglas steif umklammern, aus allen Träumen reißt und ihn beinahe vom Barhocker fallen lässt (was Freaky Frankys Kamera, na klar, leider verpasst). Fensterlichtbedingt und auch wegen des intensiven insularen Einsatzes der Discolichtanlage mit Eurolite-Spiegelkugeln und Disco-Strobes kräuseln sich an Decke und Fußboden blinkende und blitzende Lichter wie eine kleine Stadt zu sich gegenseitig schneidenden Kraftliniengespinsten, etwa wie sturmdurchwehter Farn, welcher in eine unentzifferbare Verschlüsselung von ausdehnungslosen Punkten nahtlos übergeht, Punktmeeren, die von den freien Bodenflächen zu den Tischen schwimmen, in der linken Ecke des Raumes über den Plasmabildschirm hinauf und in der rechten Ecke über die honiggelben Glasflächen der Schrankwand hinter der Theke hinweg, um wieder zurückzufließen und sich auf dem Fußboden schnuffig-fluffig zu Lichtgloben zu verwandeln, die von den rotierenden Flügelscheiben des großen Ventilators durchschnitten werden. Freaky Franky versucht mit Hilfe von Taekwondo-Schlägen die Ströme von Punkten mit seiner Canon-Kamera einzufangen, um vielleicht einen fließenden Pointillismus aus Bildern zu erzeugen, als ihn eine dicke Latina mit ihrem überdimensionalen Hintern anrempelt und sagt, »Tu nicht so wichtig«. Wiederholt beobachtet Alfons im Spiegel, wie Marlies P. im Kontext ihrer sexuellen Manie dem Ökonomieprofessor Samuelson fast die rechte Ohrmuschel abbeißt, was dj Lars mit dem Satz »Das Verhältnis von Realität und Fiktion ist hier natürlich ein anderes als im Netz« kommentiert, während rechts neben ihm Husky-Dieter seine goldene Armbanduhr aus der Schweiz untersucht, indem er das Teil erst an die Nasenspitze und dann an das linke Ohr hält, wobei er stets in sich hineinlächelt, da die Armbanduhr wirklich zu ticken scheint, wobei er gegenüber Pablo und dem Schauspieler M. Halberstedt aus Darmstadt lobend erwähnt, dass es sich bei dem Ührchen um das Markenfabrikat einer seit dem ausgehenden 18. Jahrhundert Qualitätsuhren herstellenden Familie namens Hanselmann aus Davos handelt.

Die weiße Leinentuchmarkise an der Südseite des Hauses, in dem sich im Erdgeschoss die Eckkneipe Moseleck befindet, flattert im auffrischenden Westwind, als die exorbitanten Geräusche, die sowohl von umstürzenden Plakatwänden als auch von hupenden Autos herrühren, einen dumpfen Donnergroll eines von fern aufziehenden Gewitters begleiten und erste Blitze über der Horizontsichel des Taunus zu sehen sind und gleichzeitig die Straßen des westlichen Teils der City in einen unnatürlich dunkel dumpfen visuellen Fokus hineinfallen. Als Alfons auf die Straße schaut, erinnert er sich nicht mehr an das Geburtsdatum seines Kollegen Hegemann, obwohl er zweifelsohne das Datum niemals im Kopf hatte. Er dreht seinen Oberkörper nach links und bemerkt zum ersten Mal die ästhetische Katastrophe an der Südwand des Raumes, wobei er eine exakte geometrische Ordnung der Dinge auch nach längerem Hinsehen oder Nachdenken nicht recht erkennen kann, da die drei rechteckigen Spiegel der Unternehmen Scotch, Henninger und Hennessy und ein perzeptuell die Sinnesorgane überstrapazierendes, graublaues, bergiges Plastikobjekt, aus dem eine Plastikflasche Veuve Clicquot herausbricht, plus das unverwechselbare Emblem von Coca Cola sowie das Ölgemälde eines Unbekannten, das eine rosenblütenberankte Terrasse zeigt, die für eine kleine Gruppe von Sylphiden den Blick auf den Sonnenuntergang bei Capri freigibt, für den nach dem Konsum von drei kleinen Bieren schon etwas betäubten bzw. leicht halluzinierenden Alfons ein bisschen too much sind, dem überdies die Gefühle von turbularem Schwindel oder die synaptische Revolte seines Hirns gegen biochemische Einmischungen jeglicher Art Angst machen, gerade als im Fernsehen ein Fernsehjournalist des ZDF über den außergewöhnlichen und fantastischen Blick aus 2300 Metern Höhe lamentiert, den er von einem Helikopter heraus in den Schlund des Asche speienden Vulkans genießen konnte, eine Zitat krassrote Wolke des Grauens. Zeitgleich hat Snaffu sich endgültig in ein silbergraues Lamborghini Spielzeugauto verliebt, das auf einer leicht abgeschrägten Eichenholzplatte an der Südwand des Moseleck klebt, er kommt mit seinen Stielaugen ganz nahe an das Kunstwerk heran und schnüffelt ein bisschen rum, bevor er auf die Holzbank steigt und verstörenderweise mit seiner skurrilen Nasenspitze nicht über das Spielzeugauto, sondern die Glasfläche des Plasmabildschirms fährt, ein chaotisches Muster aus Linien und Punkten in der Staubschicht hinterlassend, was Boxer-Dieter mit derber Rage und nun kotzübler Laune zur Kenntnis nimmt, kurzerhand die Fernbedienung ergreift und den Fernsehapparat zielgerichtet ausschaltet.

»Ach was, Schreiben, Schauspielern: Kinderkram. Ein Dax-Unternehmen in den Ruin führen, eine Weltkirche an die Wand setzen oder eine Marderart züchten, die nur Bremsleitungen von Mini-Coopern frisst: So was«, sagt der Schauspieler der Kleinkunstbühne Darmstadt M. Halberstedt zu seinem Nebenmann, der nachdenklich in eine vor Fett triefende 200 Gramm Frikadelle vom Metzger Palasio beißt und dann einen kräftigen Schluck Gin Fizz nimmt. »Genau. Weil die wirklichen Revolutionen ausfallen, rebelliert man mit absurden Kleinigkeiten. In der Herrentoilette anstatt in die Wanne an die Wand pinkeln, bei Rot über den Zebrastreifen gehen, die Augenbrauen färben oder mal besoffen auf die Bühne gehen. Und irgendwann werden diese subtilen Diversifikationen von biopolitischen Übungsprogrammen, die die Könnensverfassungen angeblich steigern, kaum noch voneinander zu unterscheiden sein, sie werden einfach darin gipfeln, Geld als die Ausgeburt einer perfiden Geschmacklosigkeit anzuklagen, wie es die Celebrities bei ihren Charity-Großveranstaltungen vor laufender Kamera schon andauernd tun, um etwa das metaphysische Gewicht der guten Tat auf das Subjekt als Träger seiner vielfältigen Trainingsprogramme zu verlagern, das mit ein bisschen Subversion verziert wird, um in die Abgründe des Realen zu steigen und ganz im Gegensatz zur Perversion ein bisschen an den Fundamenten zu nagen, und ich sage dir, geh dann mal hundert Mal bei Rot über den Zebrastreifen, und du wirst sehen, wie das deine Muskeln und dein Nervensystem modifiziert, was da also plötzlich als das Nonplusultra eines gelungenen Lebens aufscheint.« Tank, Marketingexperte von H.O.M.O., der gerade zu seinem Frühabendbier ins Moseleck gekommen ist, hat für den Vortrag des Schauspielers M. Halberstedt nur ein ungewisses oder ungesundes Schmunzeln übrig, das aber sofort in ein verächtliches Lächeln umschlägt oder übergeht, das unverhüllt seine geistige Überlegenheit ausstellen soll, die sich ihren Respekterweis schon noch einfordern wird.

»Wenn man die Dinge nur lange genug anzuschauen bereit ist, dann werden die Dinge erst richtig interessant, das schreibt ein gewisser Flaubert. Warten nichts als Warten, vielleicht eine wichtige Alternative zu den unüberlegten Trainingsanstrengungen, die das Selbstdesign eher verstümmeln als inspirieren«, sagt Tank affirmativer in Richtung M. Halberstedt als er sich das eigentlich vorgestellt hat, wahrscheinlich sind ihm die Sätze einfach nur so rausgerutscht, weil sie im Zuge des Primacy-Recency-Effekts ihm einfach auf der Zunge lagen und die episodischen Puffer seines Arbeitsgedächtnisses seine Person zur Artikulation zwangen. Tank versucht ziemlich übel gelaunt einen Drehstuhl von der Theke wegzuziehen, bemerkt aber schnell, dass dieser am Boden festgeschraubt ist.

Wie um eine Verspätung oder eine ungewollte Pause wettzumachen oder wie um sich zu vergewissern, dass er nicht in eine unsäglich lächerliche Nebenrolle abgeglitten ist oder abgleiten wird, setzt der Schauspieler M. Halberstedt erneut zu einem allesumfassenden Monolog an, was ihm als immanent fraktalfixierten Schauspieler, der hirntechnisch ganz auf Autopilot gestellt sein kann, auch keinerlei Schwierigkeiten bereitet:

»Leute, gestern Nachmittag meldete der Stern, dass der milliardenschwere Golfspieler sowie prahlende Sexgott Mister B. Checker sich umgehend in eine Sex-Entzugsklinik in Kalifornien begeben hat, in der wie in den Luxus-Swingerclubs in L.A. die Patienten nur mit weißen Frotteemänteln bekleidet rumlaufen, um sich beispielsweise an der Hawaiibar am Pool tierisch mit leckeren Caipirinhas die Kante zu geben. In der Klinik trifft Mister B. Checker natürlich schnell auf die junge Granate Bilbao Tears, natürlich am Pool und beide sind bald stockbesoffen. Da kalifornische Wissenschaftler, die für die Zeitschrift Psychology & Science schreiben, erst kürzlich mithilfe von empirischen Stichprobenanalysen unter den Celebrities herausgefunden haben wollen, dass der Totalsuff eine viel effektivere Waffe gegen Aids als die Benutzung von Kondomen ist, wird in der Klinik bis zur Bewusstlosigkeit beziehungsweise bis zum radikalen Umkippen oder Kollaps gesoffen, mit der einfachen Folgewirkung, dass die von der Sexsucht radikal befreiten Gäste nach ihrer Entlassung umgehend in die nahegelegene Suchtklinik für Alkoholiker gefahren werden, die nicht zufälligerweise vom Bruder des Managers der Sexklinik geleitet wird, und so weiter und so fort.« Der Schauspieler M. Halberstedt leidet plötzlich unter dem harschen Gefühl, dass das verwaschene Spiegelbild, das sich hinter der Theke auf dem großen rechteckigen Spiegel vage abzeichnet, exakt auf der Kinnmitte eine kleine Unebenheit der Bartlinie seines kleinen silbrigen Kinnbarts anzeigt, die er aber nicht ertasten kann, aber wie kommt er jetzt auch noch auf die glorreiche Idee, die Effekte optischer Verzerrungen durch die verzweifelte Anstrengung des Fensterscheibenwischens vor seinen eigenen Augen eliminieren zu wollen, was sein zumeist stiller Gesprächspartner, der ja ständig nur gähnt wie ein selten blöder Hund, nur mit den Worten Balla-Balla attributiert, und gerade deswegen scheint M. Halberstedt sein Theatergesicht erst recht im Zuge der Physiognomie eines Johnny Depp oder eines Leonardo DiCaprio zu imaginieren, wie er sich selbst leise bestätigt, während sein Gesprächspartner im Tjost seiner trunkenen Kühnheit jetzt tatsächlich drauf und dran ist, dem inzwischen heftig flirtenden Ökonomieprofessor Samuelson die Luxusnymphomanin Marlies P. mit gewaltsamen Antatschversuchen, die aber ins Leere zielen, abspenstig machen zu wollen, nun ja, dieses Sexbiest Marlies P. umgreift mit ihrem ellenbogenlangen, schwarzen, linken Handschuh das venezianische Säulenimitat aus Buchenholz, das sowohl als Eckpfeiler als auch als Träger für die zweistufige Holztheke dient, auf deren oberem Regal Frankfurter Apfelweinbembel in allen Größen stehen, und versucht mit dem anderen Handschuh mit beiden Nasenlöchern des Ökonomieprofessors Samuelson, aus denen wilde Büschel Nasenhaare hervorsprießen, zu konnektieren und dabei ihre Brüste mit dem Rücken des alten Mannes kurz unter dessen gekrümmter Schulterpartie zu konfrontieren, um die Brüste schlussendlich wie Gummibälle aufzublähen, so kommt es jedenfalls aus einer stark alkohol- und cannabisinduzierten Sichtperspektive, die Alonso eigen ist, vor. Ohne jeglichen Schauer oder Scham von Beachtung, Zurückhaltung und Distanz begibt sich ein erschreckend betrunkener Gast direkt an den Rücken von Marlies P. und sagt, es sei ohne Kleidung noch viel schwieriger elegant zu sein, und kotzt ihr folgerichtig auf das schulterfreie Gucci-Abendkleid aus purpurrotem Satin, während links an der Theke der Schauspieler M. Halberstedt mit seltsam verqueren Worten auf die Suchtproblematik bei Sex- und Alkoholsüchtigen in Kalifornien zurückkommt, was den Marketingberater Tank furchtbar aufschrecken lässt, dass er zur Veranschaulichung von Phänomenen wie Abscheu, Intuition oder Gewaltbereitschaft das frisch gezapfte 0,4 Literglas Bier auf Ex kippt. »Leute, vielleicht eine Suchtklinik für die Glückssüchtigen gefällig, denen man ihren perversen, always auf ennuihaft gestellten Hedonismus in BSDM-Kabinen mit Schlägen gezackter Totschläger mitten ins Gesicht austreibt, um die Opfer daraufhin umgehend in eine Klinik für Suchtkranke zu überführen, in der sie wegen melancholischer Prätuberanzen behandelt werden, eine Klinik, in der es zum Glück ein paar Spezialisten gibt, die ihren Patienten in langatmigen Sitzungen und Sentenzen dermaßen gelangweilt von den Exerzitien Ciorans, der Wunderheilkraft des Es-zu-nichts-Bringens oder dem Lebensgefühl des sich Treiben-Lassens berichten, klar, mit einer gehörigen Verschiebung beziehungsweise Fehlinterpretation der Texte Ciorans, die ja zu Misanthropie und Desillusionierung neigen, dass die Patienten sehr schnell in operativ sinnstarke, langandauernde Weinkrämpfe ausbrechen und sich nichts sehnlicher wünschen, als schnell wieder umfassend schauderhaft glücklich zu sein, zumindest eine halluzinatorische Vision von Ozzy Osbornes Glücksempfindungen zu erheischen, wenn er zum Beispiel auf der Schlangenledergarnitur seiner Stretchlimousine kauert, in der rechten Hand die Flasche Röderer Kristall, in der linken die Silikonbrüste einer jungen Russin, worauf also die Patienten umgehend in die Suchtklinik zur Behandlung wunschlos oder zwanghaft glücklicher Menschen zurückgebracht werden, von dort aus in die Klinik zur Behandlung der Alkoholsucht und dann folgerichtig in das Zentrum für Sexsüchtige, ein circulus vitiosus oder ein Kreis der ewigen Wiederkehr, was Nietzsche garantiert dazu veranlasst hätte, seine hochspekulative Theorie noch einmal neu zu überdenken, diese Wiederholungen der Differenzen im ewigen Karussell der Sucht?«

»Immerhin kommen Portugals hohe Prämien den großen europäischen Banken zugute, nicht zuletzt der Esperanto Bank. Schon Mitte 2012 zahlten die Banken für portugiesische Anleihen um die 8 Prozent Jahreszins, wobei die Anleihen von den Geschäftsbanken bei der Notenbank als Sicherheiten für kurzfristige Kredite benutzt werden konnten, die gerade einmal 1,5 Prozent kosteten. Ich brauche dir, lieber Hanselmann, wohl nichts über einen Spread zu erzählen, ich, der ökonomische 1A Laie. Folglich haben vor allem europäische Banken laut Aussagen der Financial Times ihre Portugal-Portfolios in wenigen Monaten um knapp 60% erhöht und halten laut der portugiesischen Staatsschuldenagentur nun rund 60% der portugiesischen Staatsschulden. Wie sieht's denn mit dem Portugal-Portfolio der Esperanto Bank aus, lieber Hanselmann, garantiert doch im zweistelligen Milliardenbereich?«
»Rütli, mir ist schon schlecht. Es hat weder Sinn noch Nutzen, darüber im Augenblick zu lamentieren. Sagen Sie mir lieber, was es mit den massenpsychologisch noch zu spezifizierenden Zwischenfällen hinsichtlich ihrer politischen Tragweite in der Stadt auf sich hat. Einsamer Höhepunkt der letzten Wochen war ja wohl diese höchst konfuse Ansammlung von Menschen vor dem VIP-Club. Ich will aus einer Mücke keinen Elefanten machen, aber das schien mir doch schon mehr als bedenklich, von dem zu beklagenden Opfer einmal ganz abgesehen. Es geht aber nicht nur um diesen Zwischenfall, sondern um all diese kleinen Nadelstiche des vorzüglich kontrolliert geführten Guerillakampfes, im Grunde alles noch kein größeres Problem für die staatlichen Polizeiorgane, solange der Protest oder wie

immer man es auch immer nennen will, auf der Straße bleibt und nicht die immateriellen Einrichtungen der großen Firmen erreicht. Sie verstehen, was ich meine. Ausgezeichnet war übrigens das von der Eventagentur La-Diva organisierte Eventmenü im Bockenheimer Depot. Sogar meine gastralen Probleme schienen plötzlich ganz außen vor, jedenfalls solange ich mich nicht selbst an den Kochexerzitien beteiligen musste. Diese Begeisterung von Fundsung in seinen Augen, nachdem er schon zwei, drei Cocktails zuviel intus hatte, nicht wahr mein lieber Fundsung, das bilde ich mir doch jetzt nicht ein, noch einen Cocktail mehr und Sie wären sozusagen übergeschäumt, nein, natürlich nicht der Gin Fizz, sondern Ihre Empathie, die sich allerdings hauptsächlich auf unsere adrette Sales Managerin Marlen Pizarro bezog. Dabei besteht doch immer die Gefahr, dass die Empathie in so eine Art disziplinierter Gemeinheit umschlagen kann, ja ja, hört sich nicht gut an, lieber Fundsung, ist aber so, und vor allem, wenn es am Ende doch nur darauf hinausläuft, dass man ja nur mal ein bisschen Spaß machen will, um zu erkunden, wie viel Spaß der andere denn ertragen kann, ja ich sage bewusst ertragen, und ...«

»Hören Sie doch auf Hanselmann. Ohne auf Ihre nonchalante Ich-bin-ihr-kreatives-Consultant-Tool-ganz-zu-Diensten-und-ich-bin-immer-für-sie-da-Verlogenheit zurückzukommen oder anzuspielen, na kommen Sie, hören Sie doch auf, Sie sind doch der Mann voller kalter Leidenschaften. Ist doch viel perfider, wenn sich das schnöde Unterhaltungsspiel stellenweise mit Hilfe von ausgeklügelten Clustering-Verfahren zu tarnen versucht, die im übrigen ihre Blütezeit längst hinter sich haben, das aber noch auch mit Hilfe einer brillanten, reflexiven Analyse zu vertuschen versucht, and so on, und das alles, nachdem eine einzige Flasche Röderer Kristall schließlich den Weg ebnete, nein, nicht nur für den Genuss der Austern, sondern für ... Na, Sie wissen es ja besser als ich, ein

einsamer bürokratischer Engelsgeist, der Sie sind und der sein Können unsichtbar potenziert, keineswegs aber ein Zwischenwesen, um dann ... Hören Sie Hanselmann, was Sie manchmal praktizieren, das hört sich doch alles sehr nach einer persönlichen Begleitmusik für x-beliebige Esperanto-Werbekampagnen an, die ja, à la investigative oder kreative Recherche plus umfassendem Service hinsichtlich eines langem Atems und analytischer Tiefenschärfe, Breaking News auf Smartphones und E-Pad, letztendlich nur der Gehirninkontinenz dieser komischen H.O.M.O. Clique entspringen, alles in allem eine dumb idea, immerhin ... Das ist ja das Lächerlichste, was ich von Ihnen in den letzten Monaten gehört habe, ich habe mich da längst nicht so weit aus dem Fenster gelegt, wie Sie Hanselmann, kommen Sie ... Ich schlage vor, Sie beginnen erst einmal wieder bei sich selbst zu forschen. Ich selbst habe eine sechsjährige Psychoanalyse hinter mir, das können Sir mir glauben, und das sechs Stunden pro Woche. Wenn Sie mal solch eine Erkenntnisarbeit für drei, vier Monate durchhielten, wäre ich gern bereit, mir ein paar wesentlichere Gedanken über die Fortsetzung unserer gemeinsamen geistigen und somatischen Vertikalanstiege oder Steigerungsaskesen zu machen, die Frage nach der geistigen Gesundheit weiter zu diskutieren, jenseits eines nur bei der Sportindustrie geleasten Leistungsgedankens oder bei den paar neospirituellen Mystikern, deren informationelle Attraktoren uns doch angeblich alle so überwältigen.«
»Meine Herren. Ich will ja nicht unfürstlich sein, aber könnten wir das Thema vielleicht den Philosophiestudenten der Uni Bochum überlassen, in deren chronisch entzündeten Gehirnen das längst abgegessene Thema der Entspiritualisierung der Askesen hochinfektiös weiter gedeiht, ohne ... Ich meine damit menschliche Wesen, die bei einem schon beim bloßen Anblick ein verletzliches oder vorsätzliches Würgen hervorrufen, nein nein, nicht nur powered by Jobcenter, sondern in unserer

unmittelbaren Umgebung. Schauen wir uns doch lieber unsere liebe Sylvie an, ein so liebenswertes, so zärtliches Geschöpf, so makellos schön, Sie wissen, ich bin da ganz anspruchsvoll und seitdem ich diesem Dr. med. Schönblick begegnet bin erst recht.«

»Nicht zu verachten seine regelmäßigen Tipps und Veranstaltungshinweise mit Orgien- bzw. Orgasmusgarantie«, mischt sich die Tabletänzerin Sylvie ungalant in das Gespräch zwischen den Herren ein. Sylvie bespielt ihre hochintellektualisierte Empfindsamkeit innerhalb der kurzen Pause, in der jeder schweigt, mit einem Eintrag in ihr Spiralnotizbuch, um sich dann ein weiteres Glas Champagner einzuschenken. Der raue Klang ihrer Stimme kann einen schon erschrecken, wenn man, synästhetisch ausgebildet, ihren unglaublich breiten Mund parallel schmunzeln bzw. negieren sieht, vielleicht nur praktiziert, um den Ausdruck schlechter Gedanken oder ihrer inneren Hirnstimme zu orchestrieren, oder nur um sich selbst zu vergewissern, dass zumindest die eigene körperliche Präsenz zu den größeren Attraktionen des Separees hier zählt (für die man einen Preis zu entrichten hat). Die Körper der drei Mädchen im Separee sind tatsächlich viel zu transparent verpackt, als dass man die visuellen Einwürfe ihres gemeinen Gemeinsinns mit all seiner zentrifugalen Kraft ignorieren sollte. Marie bläst leise über ihre violett lackierten Fingernägel und verlangt nach Zitat bitte mehr Aufmerksamkeit. Dummerweise will Marie nicht jene Art von Gleichheit geltend machen, die das vitale Ei auf seine Symmetrieachsen reduziert, ganz im Sinne einer gleichgeschalteten Sexualität, aber um ihre transversale oder intensivierende Kommunikationsfähigkeit zu legitimieren oder zu autorisieren, bräuchte sie gerade die Zustimmung von denjenigen, die vehement das Potential des Eis verkennen. (Das Unvermögen des Geldes, ein Äquivalent der menschlichen Produkte zu bilden, trifft hier die Subjekte selbst, vielleicht weil die Ungleichheit zwischen dem Geld und dem menschlichen Leben noch nachwirkt, aber das nach wir vor geltende Faktum der unmöglichen Belohnung der Sexworkerinnen, kann nicht verdecken, dass sie als lebendes Geld diejenigen sind, die das Unaustauschbare der menschlichen Produktionen und das Unaustauschbare des Lebens zur Äquivalenz bringen sollen, um als Preis selbst dasjenige Element zu sein, das der Gleichheit enthoben ist.)

Schon im Februar des Jahres 2013 war Sylvies chronische Wirbelsäulenproblematik so schlimm geworden, dass sie nach einer artistisch inspirierten Stripteaseeinlage an der Stange verbunden mit ständigem Rumpfbeugen auf der großen Bühne des Rough Diamond umgehend ihren Orthopäden Dr. med. Berger aufsuchen musste, der ihr sofort bestätigte, dass auch der bakterielle Befall ihrer Iliosacralgelenke bald anstehen könnte, die ersten signifikanten röntgenologischen Veränderungen – unscharfe Gelenkkonturen, erosive Knochendefekte und gelenknahe Knochenverdichtung (Sklerosierung) – schon bald zu sehen sein könnten, falls sie das stille bzw. lautlose Rendezvous mit der Stange nicht bald aufgeben würde, um sich umgehend einen *normalen* Job zu attributieren. Einen Moment lang schien Sylvie sich unschlüssig, dachte unterdessen mit Widerwillen an die Tabelle, genauer gesagt, an die Mixtur aus Speise- und Gymnastikplan auf Excel-Tabellen, um ihretäglichen Flexibilisierungsanforderungen mit Hilfe von Gymstick, Thera-Tubes, Salat Niçoise und Sushi zu strukturieren & orientieren, dachte an die psychogenen Massagekurse im 3-Tage-Rhythmus, und das gedankliche Resultat dieses Denkens ergab at once eine ganz neue Sylvie, die ihre libidinös besetzten Alkoholexzesse zumindest in der Tabledance-Bar Golden Gate zu rationieren oder zumindest zu reduzieren bereit war, im quer gegenüberliegenden Rough Diamond am westlichen Ende der Moselstraße sowieso, wo sie im Augenblick in Anwesenheit der Akademikergruppe um Dr. Rütli, Dr. Fundsung und Dr. Dr. Hanselmann im Separee NO.6 die Stunden mühsam gutgelaunt aussitzt und einigermaßen wild darauf spekuliert, wann Dr. Dr. Hanselmann denn endlich die nächste Flasche Röderer Kristall springen lässt, dieser schlimme schlimme Dr. Dr. Hanselmann, der wie kein Zweiter das magische Händchen besitzt, einen Abend in der Hotelbar des Intercontinental mit offenem Ausgang zu dehnen und im gleichen Atemzug zu intensivieren, dass die Intensitätsdifferenz, die in der Begegnung impliziert ist, darüber hinaus ein Differentialverhältnis ausdrückt, das im Wesentlichen virtuell bleibt und schnöde der Aktualisierung harrt. Und wenn schon. Weil Sylvie seit mindestens zwei Minuten äußerst auffällig auf die unsägliche Prollhalskette Dr. med Fundsungs starrt, deren fünfzackiger Stern sowohl das metallblaue Neonlicht als auch seine erbarmungslose, narzisstisch inspirierte Dummheit reflektiert, wobei Sylvie das Gefühl beschleicht, dass in Sekundenbruchteilen sein Speichel in eine akute Überproduktionskrise geraten könnte, weil er im Gesichtsausdruck immer verstörter wirkt und anscheinend nahe dran ist, sie zu betatschen, ohne um Erlaubnis zu fragen, gelingt es Marie von ästhetisch schlecht nuancierten Selbsttäuschungen zu quatschen, um sich Sekunden später demonstrativ auf den weit ausgefahrenen, rechten Oberschenkel von Dr. Rütli zu setzen.

An der langen eiförmigen Theke im großen Raum der Tabledance-Bar schwappt eine Tendenzdiskussion über die mangelnde Arbeitsauffassung einiger Tänzerinnen betreffs der vorzüglichen Falschheit ihres Separeegrinsens oder der nicht genehmigten Ausflüge in diverse Hotelzimmer hin und her, als die hochgewachsene schwarzhaarige Tabletänzerin Denise (eine Mulattin mit rabenschwarzem, engansitzendem Top ohne Pailletten) die Garderobentür rechts neben des mit vollen Wodkaflaschen schwer aufgefüllten Barregals aufstößt, und hinter ihr stöckelt die Kollegin Mandy mit halbverschleiertem Sirenengesicht, die ein Buch über Teamtraining, Persönlichkeitsentwicklung und Coaching mit Pferden in der Hand hält. Die aufsehenerregende Dissemination an der Theke ist fast mit Händen zu greifen, als akklamativer Zuckerguss könnte sie sogar Denise umhüllen bzw. einrahmen, die aus ihrem vorlauten Mundwerk und ihrem künstlichen Vorwerk überhaupt keinen Hehl macht, wobei sie beides zusammen angeblich an die zehntausend Euro gekostet hat. Irise Montana, deren schönheitschirurgische Rundumoperationen hier einigermaßen vorwurfsvoll im Raum stehen, ist aus der Klinik für Plastische Chirurgie in Minden für einen Kurzurlaub in den Club gekommen. Aber wenigstens das Küken unter den Tabletänzerinnen namens Beatrice steht den Stammgästen des Rough Diamond seit acht Wochen zur optimalen Verfügung zwecks der Simulation von Genitalschnittstellen bereit, jobbt also weder in einer überteuerten Schönheitsklinik als Animateurin noch in der Luxus-Tabledance-Bar String Fellows in London oder Paris oder ist mal wieder kurz ins Dollhouse nach Hamburg abgehauen oder zu ihrem Vater nach Stuttgart, wo sie es allerdings nie lange aushält. Eine dunkelhäutige Brasilianerin parkt ihren Hintern auf einem drehbaren Barstuhl und bringt die Diskussion unter den Mädchen mit einem energischen Jetzt reichts! unmittelbar ins Stocken, während Sylvie, die gerade aus dem Separee zum Pinkeln herausgekommen ist, auf dem Weg hinter der Bühne entlang unschön daran erinnert wird, wie sie das erste mal mit einem Kunden in eine Thai-Bar ausgegangen ist und dort gesagt hat, dass sie eigentlich niemand außerhalb des Clubs treffen dürfe, von den Managern des Golden Gate glatt verboten, und sie selbst war ja emotional überfordert, während sie längst schon das Date mit dem zweiten Kunden geplant und später auch durchgezogen hatte, während sie inoffiziell noch beim Rendezvous mit dem ersten

Typen war, bis der dritte Kunde kam, dem sie dasselbe erzählte, was sie dem ersten Kunden erzählt hatte, wo doch schon der vierte Typ im Spiel war, und so weiter, bis endlich der große Dr. Dr. Hanselmann die Serie durchbrach, nicht allein, um Himmels Willen, wegen der ausgezeichneten Geschäftskontakte zu den Managern des Golden Gate, die von nun an beiderseits permanent auf ihre Stimmigkeit und die Präzision der Replicase-Stufen überprüft wurden, vielmehr konfrontierte dieser Topbanker ihr sicherlich luzides und elegantes Selbstverständnis mit etwas, was sie für sich längst für überwunden hielt, überwunden halten musste, nämlich, mit einer Art gestauchter emotionaler Aktivität, zumindest derjenigen des subtrahierten Begehrens oder der Affektionen.

Dr. Dr. Hanselmann lud Sylvie am Ostersonntag auf einen alkoholfreien Drink in die NYC-Bar in der Nähe des Mainufers in Sachsenhausen ein. Von vorneherein war sie sich sozusagen todsicher, dass sie trotz fürchterlichem, also nicht alltäglichem oder die Brüste zum Beben bringendem Verlangen auf keinen nur denkbaren Fall in seinem Hotelzimmer im Intercontinental landen würde. Wahrscheinlich war ich ziemlich töricht, sagte sie gestern noch in der Garderobe zu ihrer Freundin Monique, als ich in einem tiefen weinroten Winstonsessel zur Musik eines gewissen Albert Ayler saß, während ich mich insgeheim den immer zwielichtigen, doppeldeutigen oralen Professionen hier im Club total enthoben fühlte, wobei dieser Hanselmann seltsamerweise immer nur dämlich zeitenthoben grinste, und seine Mundwinkel zuckten dabei echt schrill, aber ab einem gewissen Punkt war ich mir meiner Sache nicht mehr unbedingt sicher, ob ich nicht doch dahinter kommen wollte, was mit diesem Typen in semio-emotionaler oder postimmunisierender Hinsicht so wirklich los ist. Stillschweigende Verträge, teurer Schmuck, extravagante Sonnenbrillen, Auszahlungen sowie exzessives Gesicht des braven Mädchens, das von nun an auf der Gehaltsliste eines ehrgeizigen Bankers stehen könnte; all das war auf meinem hypervisuellen, zerebralen Bildschirm, und die Bilder schwollen echt mächtig an, das kann ich dir sagen, und die Bilder generierten scharf konturierte Szenen, die mir dennoch keinen persönlichen Scheideweg aufzeigten, dessen Gabelung mir den Weg zur Ehe und noch ungeborenen Kinder und Embryonen ...

Sirenenartige Erinnerungen, die momentan auf Sylvies Gehirn eindreschen oder kommen und gehen wann sie wollen, jedenfalls saß sie irgendwann in derselben Nacht in Dr. Dr. Hanselmanns geräumiger Hotelsuite in der 11. Etage des Intercontinental Hotels im Yogasitz auf dem dicken hellblauen Teppichboden direkt unter dem Plasmabildschirm, kniff unter dem bläulichen, fast eisigen Schimmer des Bildschirms die Augen wissbegierig zusammen und schaute dennoch exakt zu, wie Dr. Dr. Hanselmann den gelben Plastikring einer etikettenlosen braunen Plastikflasche abschraubte, unterdessen schon begehrlich und hoffend den Mund anspitzte und vor die Öffnung der Flasche hielt und Flüssigkeit bedächtig ansaugte, wobei Sylvie nicht den blassesten Schimmer besaß, welche Ingredienzien und Stoffe das Präparat eigentlich enthalten könnte. Dr. Dr Hanselmann registrierte natürlich ihre unfassbare Neugier trotz intensivster Saugaktivitäten, drehte den Kopf mitsamt der Plastikflasche leicht nach rechts und nuschelte etwas von Supplementen, Quercetin, Q10 und so. Dann schaute er auf seine goldene Rolex, sagte »24:00 Uhr« und begann umgehend mit isometrischen Gesichtsübungen, von denen Sylvie nicht wusste, dass es solche waren, und es fehlte nur noch der eigene Blepharoklonus, der sie nach Aussagen ihres Augenarztes unwiderruflich befallen hatte, und das schrecklich prägende Bild eines durchgeknallten Psychopathen hätte unbestreitbar das Überschreiten einer (virtuellen) Grenze hinsichtlich des Bankers hin zum Guten (der aufkeimenden

Vermögen) zumindest für sie selbst auf immer und ewig verunmöglicht. Sylvie bemerkte jedoch sofort, dass die recht krude, aber intensive Anziehungskraft, die von diesem Mann ausging, nur über den eigenen ekstatischen Gebrauch von disziplinierenden, kontoführenden und bilanzierenden, ihretwegen auch psychopathologischen Maschinismen sich würde fortpflanzen können. Ab einem gewissen Punkt der recht singulären Trainingsreihe von Dr. Dr. Hanselmann wurde es für Sylvie ununterscheidbar, ob die fürchterlichen Entstellungen und Dehnungen der Fazialismusklatur des Topbankers die Mimik hysterischer Traurigkeit oder hysterischer Heiterkeit inkarnierten; jedenfalls musste sie sich vor Lachen fast übergeben, als sie sah, wie ihm während des isometrischen Gesichtstrainings eine glasige Schleimkutte von der Oberlippe glitt, während die Unterlippe beharrlich vor und zurück fuhr, umspült von schimmernder Mikrogischt. Dr. Dr. Hanselmann schien nach circa fünf Minuten zumindest unter semiologischen Gesichtspunkten ganz in Fitnessbesessenheit aufzugehen, was, wie er ja selbst wahrnahm, hinsichtlich der semantischen Verschlüsselung der Übungen einer seltsamen Individuation gleichkam, der es jedoch nicht gelang, karitativ inspirierte, anerkennende oder anbetende Empfindungen beim emotional halbwegs beteiligten Zuschauer zu erzeugen, wo doch Sylvie selbst andauernd krampfhaft zärtlich anbetende Empfindungen mitzudenken versuchte, bis sie schließlich leise vor sich hin brabbelnd eindringlich darum bat, dass dieser Mann doch mit seinem fürchterlichen Grimassieren schnell zum Abschluss käme, ohne ihr am Ende vielleicht auch noch eine Fresse à la Gombrowicz zu machen. Die im Lebens- und Arbeitsrhythmus des Bankers fest eingeplanten bzw. verankerten 7,5 Minuten Isometrieübung kamen ihr wie eine wochenlange Rutschpartie über eine sanft kitzelnde oder wahlweise sehr raue, den Arsch aufreißende Gletscherspalte vor, sie war sich ja auch nicht sicher, während Dr. Dr. Hanselmann vor allem rundum zufrieden mit der letzten Minute seiner Übungsarie war, die durch die zittrige Zeitlupenart sowohl des Wangenzuckens als auch des Auf- und Zuklappens von Ober- und Unterkiefer zu glänzen wusste. Nach Beendigung des Übungsprogramms wischte sich Dr. Dr. Hanselmann entspannt die schleimige Nasenspitze am Ärmel seines weißen Seidenhemdes ab, und sagte abrupt, Unfallfolgen, und fügte noch hinzu, dass diese Übungen den athletischen Kraftraum seines Körper-Ichs zwar nicht ersetzen, aber ihn doch komplementieren würden.

»Du meinst also, das was du da gerade veranstaltet hast, war eine Art Gymnastik? Sah aber eher nach einem Albtraum für Fortgeschrittene aus.«

» -weswegen ich jetzt in deiner Projektion als co-wahnsinnig gelte, co- zu meiner expliziten Übervernünftigkeit, wie du so schön zu sagen pflegst.«

»Wir bestehen doch alle hauptsächlich aus Projektionen. Wie wir uns die Welt zusammen konstruieren, das ist manchmal eben der Albtraum selbst.«

»Ob ich dir folgen soll?«

Dr. Dr. Hanselmann schwenkte lässig eine schlanke, lange Vogue-Zigarette vor seinem jetzt total entspannten und zugleich zerknitterten Gesicht hin und her, wobei er nur kurzfristig im Angesicht der spitzen molekularen Lichtnadeln der LED-Strahler zu meditieren schien. Dieser sehr gepflegte Mann zog mehrmals tief oder meditativ an der femininen Zigarette, vielleicht, um seine beachtliche, seine zynische Mundkonstellation zu kompensieren, jedenfalls schien er weiterhin jederzeit dazu bereit zu sein, die nächste Denunziation auszuführen, sei sie einerseits emphatisch mit einer Hyperartikulation von stimmhaften bilabialen Frikativen vorgetragen, die einer Verengung zwischen den Lippen geschuldet ist, oder sei sie andererseits im Stil des Niederstreckenden durchgeführt, der andauernd seine Zungenspitze zurückbiegt, um entsprechende stimmlose labiodentale Frikative zu bilden. Oder handelte es sich bei dem Banker doch nur um einen großartigen Mimen, der sich nicht so sehr um das Urteil anderer z.B. über sein Aussehen kümmerte und der auf keinerlei erfolgsorientierte Handlung hin orientiert war und auch keine Wahrscheinlichkeit ansteuerte, sondern nur die Wirklichkeit verdoppelte, um aus ihr einen Augenblick heroischer Intensität herauszureißen und diesen dann auf dieser seltsamen Bühne seiner Hotelsuite bzw. seines Verlangens zu repräsentieren, oder war es die schiere Mimesis oder die bloße Anspielung auf ein Spiel, dessen Regeln Sylvie schlichtweg (noch) unbekannt sein mussten. Dabei legte Dr. Dr. Hanselmann im Zuge seiner Siegesgewissheit ab und zu die linke Hand hinters Ohr und simulierte ein Lauschen mit leicht geöffnetem Mund. Dr. Dr. Hanselmann pflegt sowieso die skokophobische Angewohnheit, mit der latenten Aufmerksamkeit eines sein Territorium vor Angriffen schützenden Tieres zu spähen, mit strahlenden oder zuschlagenden Augen wie Augenblicken zu schauen, deren Blickregime ihm selbst nicht immer ganz geläufig ist, in einem auffällig raubvogelgesichtigen und schmalen, wenn auch bisweilen scheinbar unberührten, neutralen und ausdruckslosen Gesicht, das jedoch jederzeit zuschlagen und hochexplosiv bzw. hyperlebendig werden kann (wie die isometrischen Gesichtsübungen zeigen), wie sein Designer-Selbst das ja auch kann, was Sylvie in dieser recht simulakrativ oder fantastisch angehauchten Situation nicht ganz zu Unrecht mit der investigativen Arroganz etwa eines Neurowissenschaftlers in Verbindung brachte, der seine Studenten sichtlich verhöhnt, um selbst nach unwahrscheinlichen oder außergewöhnlichen Antworten bei seinen Experimenten zu suchen, und gleich einer Studentin fühlte sich Sylvie augenblicklich verhöhnt, deplatziert und insimuliert. »Mach nur so weiter und wiege dich in dem Glauben, du wärst hier das As«, sagte sie nur und wippte lebhaft und provokativ mit dem Oberkörper vor und zurück.

Als reife Frau mit den langjährigen beruflichen Erfahrungen einer Tabletänzerin im psychologischen Gepäck war sich Sylvie zu 90% sicher, dass Dr. Dr. Hanselmann letztendlich doch nur bluffte, oder spielte er zu 10% dann doch mit ihr sein Spiel, das sich nur seinen eigenen Regeln gegenüber konform verhielt, oder startete er gar den Versuch, wie sie es schon ein paar hundert Mal bei Gästen erlebt hatte, das semioemotionale Dating-Eis mit gespielter Distanz oder angedeuteten konsekutiven Kussattacken zum Schmelzen zu bringen? Ihre Psyche letztlich wie ein Organ zu behandeln, an dem man im neurogenetischen Komplement herumexperimentieren und doktern, um ein paar neue Teile hinzuzufügen, von deren hochinfektiöser Gefahr sie selbst noch nichts ahnen konnte. Der Atem von Dr. Dr. Hanselmann roch schwer nach Polysacchariden und leicht verbranntem Mehl. Das zumindest wusste Sylvie aus ihren eigenen Küchenerfahrungen und auch, weil Dr. Dr. Hanselmann ihr plötzlich so nahe gekommen war, dass seine verschwitzte und eruptive Nasenspitze beinahe die ihre berührte, eine Aktivität, die sie so ziemlich als das Albernste empfand, was ihr an raumgreifenden Gesten in den letzten beiden Tagen zugestoßen, während Dr. Dr. Hanselmann jetzt felsenfest davon überzeugt war, er hätte seine spezifische Art der Selbstironisierung zur Zufriedenheit beider hinreichend pervertiert. (Die Selbstironie antizipiert zwar das Ende des kommunikativen Akts, in dem einer zum Beispiel sich andauernd über sich selbst lustig und damit unangreifbar macht, aber im gleichen Moment kann die Selbstironie eine gewisse Sympathie beim anderen erzwingen, weil der Selbstironische sich nicht recht ernst nimmt, anstatt verbissen der Wahrhaftigkeit verpflichtet zu sein, und somit erzwingt er beinahe wieder den kommunikativen Anschluss.) Alles spielte sich wahrscheinlich in einem obszönen Zwischenreich der fadendünnen Differenzen ab. Bis auf das ekelhafte Befingern ihrer Lippen durch die griffigen Hände Dr. Fundsungs hatte Sylvie in den letzten achtundzwanzig Tagen keinerlei Intimität mehr an sich rangelassen, ach, ausgenommen noch die hässlich kratzenden Dreifingerbewegungen eines gewissen Ewald, aber die bezogen ihre Attraktivität wohl eher aus der schönen neuen Welt der Affen. Dr. Dr. Hanselmanns Lachen kam Sylvies Lachen zuvor, woraufhin die Tabletänzerin zweimal ins Leere küsste. Dr. Dr. Hanselmann genoss sichtlich entspannt den nietzscheanisch angehauchten Pathos der Distanz eines postmodernen Businesstypen (und wurde von ihm genossen), der voll darauf aus war, primär im Privaten restlos zu enttäuschen, um erst in zweiter Linie die Syllepsen des Entrées und der Interpunktionen non-partnerschaftlicher Intimbeziehungen zu pflegen, was auch daran zu erkennen war, dass der Topbanker aus heiterem Willen mit einem Minivortrag über die Herleitung des Geldes aus dem ökonomischen Motiv der Reduktion heraus loslegte, was irgendwie mit an den Tausch verbundenen Transaktionskosten in der neoklassischen Theorie zu tun hatte, und dabei sagte er andauernd den wissenschaftlichen Monolog unterbrechend oder akzentuierend Pah, während er um das breite Doppelbett flink wie ein Wiesel herumlief und das weiße Seidenhemd an- und auszog, und seine Augen sekretierten wässrig, wie das nur typisch für eine akute Konjunktivitis sein konnte. Sylvie bot sich an, ihm zu helfen, ihn vielleicht einer ausführlichen Irisdiagnose zu unterziehen, und zwar umgehend, aber ficken wollte sie ihn definitiv nicht. (Es war 3:26 Uhr.) Weil Dr. Dr. Hanselmann das natürlich wusste oder zumindest ahnte, kroch er ohne Ankündigung und ohne Anspielung quasi konfuziangezeitlupt auf allen Vieren über das breite Doppelbett, als wäre ein Transmitter in seinem Cerebellum, etwa Ketamin. Der Banker war definitiv penicillingezeitlupt. Seinen spezifischen One-Night-Teil-Beitrag habe er schließlich zumindest zu seiner eigenen Zufriedenheit hinter sich gebracht, sagte sich Dr. Dr. Hanselmann. Aus purer Unentschiedenheit oder einer fragwürdigen Empfindungsfähigkeit heraus begann Sylvie die Geschichte eines renommierten Rechtsanwalts oder Hedgefondsmanagers zu erzählen, der damals in einem Apartment mit Panoramablick im 33. Stock des Commerzbanktowers wohnte, keinen Alkohol trank und der sie bei ihrem ersten Besuch nach etwa drei Minuten mit äußerst höflichen Gesten, die denen eines englischen Butlers glichen, d.h. restlos von sich selbst überzeugt in sein Schlafzimmer geführt hatte. Der Typ, der erst kurz davor zu zwei Jahren Gefängnis auf Bewährung wegen Steuerhinterziehung, illegalen Drogenhandels oder anderem Scheiß verurteilt worden war, lobte unentwegt seinen fahrbaren Untersatz, Alfa Romeo Guilietta, und natürlich sein bestes Stück, das gleich seiner Nobelkarosse zu behandeln sei, was zumindest die Bereitschaft zur guten Polierfähigkeit angehe. Sylvie dementierte glücklicherweise im letzten Moment die Akquise, was Dr. Dr. Hanselmann auch mit Hilfe eines zustimmenden Kopfnickens bewunderte. Ihre üppigen schwarzen Locken saßen perfekt und glänzten wie lackierter Lack, ihre Sonnenbrille von Dior lag auf der silbernen Ablage der Minibar, während eine panikgetriebene Asiatin in einem bürgerkriegsähnlichen Szenario in Thailand über den Plasmabildschirm huschte, als Dr. Dr. Hanselmann nach angeblich grundsolider Schilderung dieses Zitat Extremfalles durch Sylvie um etwas Bedenkzeit bat, was sie restlos sympathisch fand, so dass sie vom Bett aufstand, um nach ihrer überdimensionierten Sonnenbrille zu greifen, die der Banker ihr in einem Spezialgeschäft in der Goethestraße gekauft hatte, und um das Ding dem Banker auf die Nase zu setzen und ihn auf den Mund zu küssen, und sie sagte »Ich mag zwar eine Fetischpuppe sein, sofort bereit deine Seele zu endoskopieren, aber eben nicht dein bestes Stück oder für dein bestes Stück da-sein, es sei denn als Hauptfigur eines symbolischen Akts der Zerstörung des Symbolischen, hmmm, egal«. »Du gibst mir Rätsel auf«, sagte Dr. Dr. Hanselmann trocken. »Rätsel? Du hast wohl vom sexten in den siebten Gang geschaltet?« Als ihre Lieder flatterten, schlossen sich seine nicht. Das war beiderseits cool. Es gab in dieser Nacht keine weiteren auffälligen, taktilen Zartheiten oder den bescheidenen Ansatz einer gegenseitigen Zärtlichkeit, da Sylvie schlichtweg zu betrunken war. Es ging nicht um Enthemmung oder um fetischisiertes Begehren oder gar um Vergewaltigung. Es ging nicht um die Variation von Hormonen, der Explikation der Triebe oder um eine bei Dr. Dr. Hanselmann wesentlich stärker als bei Sylvie ausgeprägte Tendenz zum Philobatismus, mit der Gefahr, wie ein Artist vom bis zum Zerreißen gespannten Seil zu stürzen, selbst wenn das Seil nur knapp über dem Boden gespannt war, was nur heißen konnte, dass auch in Zukunft sämtliche Aspekte eines Lebens der Tendenz zur Artistik unterworfen blieben; es ging erst recht nicht um Liebe, es sei denn, der Spekulant wollte sich dem grausamen Spott aussetzen, mit dem das Luxuscallgirl den zahlungsfähigen Liebhaber davonjagt, ein Spott, der keineswegs mithilfe eines billigen Zynismus die Liebe verhöhnt, sondern nur die einfältige Vorstellung des süßsauren und meist weiblichen Klischees denunziert, welche zwischen der reinen echten Liebe, die man im Innersten ersehnt oder von der man sich verraten fühlt, und der käuflichen Liebe/Sex unterscheidet. (Die Liebe und die davon nicht zu trennende sexuelle Emotion ist eine kostbare Ware und besitzt deshalb einen hohen Preis.) Dr. Dr. Hanselmann hatte eher das Gefühl, es ginge um so etwas wie Ermessung, vielleicht auch darum, wie weit er seine Integralenergetik betreiben könne ohne hier nahtlos in die Differentialenergetik in Gestalt eines

D'Artgnan zu verfallen, oder um sein zugegebenermaßen maschinelles Begehren mit einer anderen Maschine zu konnektieren, die nun, anstatt seiner, die Ströme hervorbringen muss, um damit seine eigene Maschine, nur um Sicherheit zu erlangen, die Ströme schneiden zu lassen, um etwas von jemand anderem oder etwas anderes zu gewinnen. Der leicht nach Exploitation stinkende Teil des Procederes wäre die in der Verlaufsform eines hardcore-dates sedierende Simulation eines Nuckeln an der (symbolisierten) Mutterbrust gewesen, was sich weniger als sexuelle Belästigung denn als Faux pas der besonderen Note herausgestellt, falls Sylvie die von dem US-amerikanischen Unternehmen Abyss Creations in San Marcos, CA, bezogenen Real-Doll-Brüste zum Einsatz gebracht hätte, wie sie es einmal bei einem Professor für Kunstgeschichte getan, der mit Unterstützung dieser Prothese seine wahnsinnige Pygmalion-Maschine gut ins Rollen gebracht hatte. Es blieb Dr. Dr. Hanselmann, der nachweislich sowohl Akrobat als auch Sicherheitsideologe ist und Sylvie weder noch, immer noch die Möglichkeit, von einer Sekunde zu anderen vom Gentleman zum Tier zu mutieren und umgekehrt, und darüber hinaus die Möglichkeit im Kopfinneren auszuwälzen, dass Sylvie ihn vielleicht eine Sekunde lang mehr (körperlich) lieben könnte, als es sich überhaupt ertragen lässt, als sich jede Droge ertragen lässt, dass sie ihn einfach haben muss, um ihn in sich aufzunehmen oder um sein Subjekt radikal zu dezentrieren, damit das Subjekt eine Art seltsamer Wiedergeburt erlebt, Triumphe, Erfolge, Krankheiten, starker Mann, Karriere, Zahlen und Brüche, Tode von Insekten ade; oder dass umgekehrt seine Subjektivierung von einer Vitalität erfüllt, der alles imprägniert wird, vor allem auch sein Ersatzname: Dr. Dr. Cicero; all das machte ihn sehr glücklich und nicht sie. Es ging um Himmels Willen nicht um prämortalen, erotischen Schwulst, wie er bis jetzt hier in der Hotelsuite auch nicht abgelassen wurde, der die Unbegrabenen mit so vielen Lächerlichkeiten bzw. Wunderdingen verschönert, dass letztlich alles sich so in den Köpfen hätte abspielen können oder beinahe, als ob die Beteiligten nie gelebt hätten. Es ging neben dem Möglichen und dem Potenziellen auch um eine Art Selbstliebe und Hass: Weil Dr. Dr. Hanselmann so viele Frauen braucht und nicht die eine, der schräge Don Juan, der sowohl das Serielle als auch die konstitutionelle Untreue liebt, wodurch er sich selbst zu lieben imstande ist (der phallische Narzisst), weil er also die Frauen braucht, um sie im nächsten Moment schon zu verraten und daraus seinen Triumph zu beziehen, muss er die Frauen fürchten und darum hasst er die Frauen auch ein wenig, da diese das Spiel der endlosen Wiederholung ja grundlos unterbrechen könnten, ja, er hasst die Frauen manchmal abgrundtief, ein Hass, der sich als Verführung maskiert und zugleich Verrat ist, den er mit seinen albernen simulativen Liebkosungen vorbereitet, mit denen er die Frauen zu Huren macht, zu errechenbaren Objekten, die ihn möglicherweise mit ihrer vollen Hingabe auszahlen. Als besäßen sie Gefühle.

Sylvie und Dr. Dr. Hanselmann: Sie hatten in dieser Nacht einander nicht länger geküsst, um sich daraufhin sorgfältig auszuziehen oder die Kleider vom Leib zu reißen, aber zumindest im gemeinsamen Spiegelblick erschienen sich die beiden Gestalten zeitweise überaus nackt. Manchmal schloss Dr. Dr. Hanselmann für Sekundenbruchteile die Augen, um Sylvies scheinbar arretierenden und dominanten Blick zu entkommen. Und vergleichsweise fasziniert wie etwa bei der Perzeption des Starts einer NASA-Rakete oder als ob er sich den Anblick ihrer Kastration quasi erkaufen könnte, okulierte Dr. Dr. Hanselmann des Öfteren das unter dem engansitzenden Stringtanga von Olaf Benz sich abzeichnende weibliche Geschlecht und versicherte sich dabei immer wieder, dass da nichts sei. Sylvie, die lebende Münze, deren Trick es vielleicht nur war, auf tausenden von jungfräulichen Seiten weißen Papiers zu lümmeln, um dann unvorhergesehenerweise das Papier stellvertretend für die Chronologie der nicht existenten Kopulation wie eine leere Plastiktüte Chips zu zerknüllen, in einer virtuosen Faltengrammatologie, die zu 100 % Atopie war; Sylvie benutzte plötzlich Dr. Dr. Hanselmanns hohe Stirn, die schon lange vor seinen violett gefärbten Augenbrauen nach oben geflohen oder geflogen war, als einen Bildschirm, indem ihre Hände seinen Kopf in den Schein der LED-Leuchte wie in eine leicht gelbliche Joghurtcreme platzierten, und sie schrieb mit dem Lippenstift den Satz *I introduce myself as a mistake* auf die in diesem Moment fast faltenfreie Stirn, die glücklicherweise von der tragischen Deshiszenz infolge seines Skiunfalls nicht oder am wenigsten betroffen ist, aber deren von Geburt an khakifarbene Haut – die also mit einer seborrhoischen Keratose nicht das Geringste zu tun hat, wie das vom Mitarbeiterstab der Esperanto Bank öfters angenommen wird – ihm bis heute schwer zu schaffen macht, dass er in einem regelmäßigem Turnus die obendrein immer schweißperlige Denkerstirn mit Pore Control Frangipanill im Badezimmer bearbeitet, und als Sylvie ihm genau dorthin folgte und das absurde Procedere live mitbekam, geriet sie so außer sich vor Lachen, dass sie am liebsten tausend weiße Wände angeschrieen hätte. Als Dr. Dr. Hanselmann bemerkte, wie streng Sylvie ihn beobachtete bzw. betrachtete, pendelten seine Augen komplett besoffen hin und her, man möchte fast sagen, wie ein Foucaultsches Pendel, und wenn man in diesem Moment mittels der Magnetresonanztomographie (MR) ein dreidimensionales Voxelbild seines Schädels am Computer hochgerechnet und auf dem Bildschirm gesehen hätte, wie all die kleinen Muskelstränge, die seine Augäpfel mit dem Gehirn verbinden, außer Kontrolle geraten waren, flexionsgetrieben, was seinem Gesichtsausdruck trotz der Synapsenbeschleunigung etwas leicht Bradyphrenisches oder geistig Verwirrtes gab, dann wäre vielleicht doch noch ein Wunder geschehen und sie hätte mit ihm in dieser Nacht geschlafen. So aber doch konnte sie ja seine gedanklichen Kombinationen nicht erkennen und nicht wissen, dass die Stirn in seinem Gesicht ihm schon als Kleinkind zum Attribut/Zeichen seiner Hyperintelligenz geworden war.

Das Separee, das nur durch einen dicken, schwarzen Samtvorhang mit barocken Schnörkeln von pupurroten Paspeln von der kleinen VIP-Bar getrennt ist, ist ausnahmsweise in leichtes, hellblaues Licht getaucht, das von der rechteckigen Glasplatte des kniehohen Tisches nur wenig reflektiert wird. Das Gemälde über der dem Eingang gegenüberliegenden weißen Ledercouch ähnelt einem flaumbehaarten Schimmelklumpen oder einer gesprenkelten Staubkugel mit feiner Textur in hellbraun und dunkelgrün. Dr. Dr. Hanselmann fragt sich, ob Dr. med Fundsung während beider Abwesenheit Sylvie in der Frauentoilette gefickt hat, so dass sich sein Kiefer auf der Stelle verspannt und seltsam einhakt, was nichts Besonderes ist, wenn für ihn Überzeugungen oder Fragestellungen dieser transaktionalen Art zur Disposition stehen. »Ich fing ich an, Ecstasy, Crystal, Ritalin, Ambien und Adderall und natürlich Koks und was weiß ich noch alles zu nehmen und dann war da nur noch ein schlimmer Remix in meinem Kopf«, entrüstet sich Sylvies Freundin Mirabelle, die gerade ins Separee gekommen ist und blitzschnell auf dem Schoß von Dr. med Fundsung sitzt. »Hey, Vorsicht mal, bevor du hier ungefragt Platz nimmst«, sagt Sylvie auf entrüstet und deutet mit rümpfender Nase an, dass der Drogenkonsum Marielles für diese noch immer ein Problem und keineswegs abgeschlossen ist (Sachverhalt, Aussage, Territorium und Flucht), und daher ihre Reisen durch die Drogenproblem-Rehabilitationskliniken sowie durch die offenen und geschlossenen Abteilungen psychiatrischer Anstalten und Krankenhäuser immer von Neuem beginnen werden, da ist sie sich ganz sicher, der Schrecken vor fehlender Kompaktheit werde diese Tussi niemals verlassen. Erst vor kurzem war Marielle nach einer Überdosis Cipralex in Verbindung mit dem Wirkstoff Escitalopram in Verbindung mit dem Konsum von großen Mengen Gin in die Notfallaufnahme der Universitätsklinik und von dort aus für zwei Wochen in die offene Abteilung der psychiatrischen Klinik in Hohemark mit dem Krankenwagen transportiert worden. Sylvie zögert und sagt insistierend, wenn man so süchtig sei, dass man seine Halsschlagadern pumpen höre, weil einfach der Stoff oder andere süchtigmachende Dinge fehle, wenn das gleichmäßige Zittern so drastisch würde, die Angst vor der eigenen Winzigkeit, dass man das Zerreißen der Zellen förmlich spüren könne, spüre, dass das Gehirn mit aller Kraft den Körper nachäffe und der Körper das Gehirn nachäffe, dann sollte man dem anderen bitte keine Fresse machen. »Du musst mal ganz die Fresse halten, liebe Sylvie«, sagt Mirabelle und bricht in ein handliches Gekicher aus, als würde man sie krass an den Handflächen kitzeln. »Schwarz ist Krass-Sein im besten Sinne. Du durchläufst das ganze Straßengefühl und den Druck und den Schrekken und kommst raus als eine mehrdimensionale Person. Ruhm erfordert jede nur erdenkliche Art des Exzesses. Vielleicht ist das einzige auf Ruhm anwendbare Naturgesetz die Tatsache, dass der berühmte Mensch Selbstmord begehen sollte, ja, das hat mal irgendjemand Berühmtes gesagt, und ich kanns ihm nicht verdenken«, sagt Sylvie ziemlich teilnahmslos, wirklich kein schlechtes Statement im Rahmen ihres eher durchschnittlichen Animierkonzeptes, um die Aufmerksamkeit der Anwesenden auf sich zu ziehen. Gleichzeitig erscheint für Sylvies Auffassungsgabe das Separee tatsächlich als ortloser Ort, den in Moment vor allem der TopBanker besetzt, erscheint zusammengeschrumpft, auch als Dr. Dr. Hanselmann zum zweiten Mal mit Hilfe raumgreifender Gesten an diesem Abend sein

Handy aktiviert. Er wählt die Geschäftsnummer der Brokerin Marlen Pizarro in der Esperanto Bank und fragt nach diversen Kurzzusätzen, nach dem Call Dax, 1 Jahr, 236 Kaufangebot auf Referenz 4500 für 30000 OTC Kontrakte, wobei die Referenz vor zweiunddreißig Minuten galt und natürlich längst nicht mehr gültig und der Optionsgewinn, so Gott will, nach oben geschossen ist, denn der Markt war ja schon seit gestern Nachmittag sprunghaft angestiegen, und Dr. Dr. Hanselmann klatscht in die Hände und sagt: »Lernfähig das junge Ding. Verfolge normalerweise diesen Pinnatz nicht mehr, aber ich musste sie jetzt einfach mal testen, ob sie zumindest das mit den Deltas geschnallt hat, von anderen, komplexeren Sensititätskennziffern ganz zu schweigen. Wirklich lernfähig das attraktive junge Ding.« »Es ergibt für mich im Moment alles hier keine rechte Logik«, sagt Dr. Rütli, tatscht Sylvie mit der Handfläche auf den rechten Oberschenkel, und das zum wiederholten, zum n-ten Mal, währenddessen sich Sylvie mit einem mit Alkohol getränkten Wattebäuschchen recht gelassen das Gesicht abtupft, Cold Cream gegen Erhitzung und Errötung. (Zur Verminderung der Gefahr eines Verstoßes gegen das normalisierende Erfahrungsupdate-Programm, das auf a=a oder binär linearen 0110-Ketten beruht.) Sylvie pflanzt sich kerzengerade vor Dr. Rütli, setzt dabei strategiebewusst eine Lolita-Miene auf und schaut selten starr in den Spiegel, so muss sie wenigstens den Mundgeruch von Dr. Rütli, der meistens an den Konsum saurer Bratheringe erinnert, nicht aushalten, aktuell die furchtbare Erosion verschiedenster Speisen eines erlesenen chinesischen Buffets in der Kaiserstraße nicht zur Kenntnis nehmen. Die okulare Bestrafung durch dessen patchworkmäßigen Gesichtsschorf ist auch gegessen oder fällt dadurch zumindest in der Erinnerung weniger ins Gewicht als sie Sekunden zuvor noch gedacht hat. Sylvie betastet ihr Gesicht. Fehlt nur noch, dass Sylvie die Zähne bleckt und »Raus ihr schwulen Säue« sagt. Doch die post-infantilen Akademiker sitzen und grinsen einfach weiter, und grinsend sitzen sie und sitzend grinsen sie, und haben sich in dieses Grinsen hineingefressen, und sind, synchron extrem in ihr grinsendes Sitzen oder sitzendes Grinsen eingesessen, so behutsam in ihrem Sitzen, dass sie beim Übereinanderschlagen der Beine ständig die Privatsphäre der Mädchen verletzen, so absolut in ihrem Grinsen, dass die Akademiker ohne Vorwarnung oder Ankündigung nur noch weiter grinsen, was, obwohl hundsgemein dumm, zugleich grandios und von perverser Virtuosität ist. (Vgl. Witold Gombrowicz)

Erst vor kurzem wurde Nicole S. in die sogenannte Black Box der beiden Chefs der Agentur H.O.M.O. zitiert, wo der Jüngere, der gerne auch mal im Schwulenlokal »Stall« Kampfstiefel, Lederhose und Patronengürtel zur Schau stellt, ihr glatt ins Gesicht sagte, dass sie mit ihrem neurotischen Charme plus ihrer durchaus akzeptablen Intelligenz zwar Top of the Pops unter der hiesigen (weiblichen) Marketingelite sei, aber ihre latente Diskussionsbereitschaft und Konfliktfreudigkeit (die spinozistische Freude des Denkens und Fühlens) sprenge einfach viel zu oft sowohl die externe als auch die interne Hierarchie, selbst in der Agentur, und deswegen solle sie sich endlich einen Termin bei einem kompetenten Therapeuten machen. Nicole S. fühlte sich während des gesamten Gesprächs als ob irgendein behämmerter Künstler sie endlos zutexten würde (warum glauben alle ausgerechnet sie über die Welt belehren zu müssen, was für eine Anmaßung), wobei der jüngere der beiden Chefs ihr, als sie gehen wollte, auch noch mit seinem Mountainbike den Weg zum Ausgang des weitläufigen Büroraumes versperren wollte, so als Interventionspunkt (gähn), um ihr zu erklären, dass er sowieso nicht verstehen könne, mit dem Kleid, was sie da anhabe ... Nach dem ihrer Meinung nach doofen oder gemeingefährlich doofen Anschiss glitt Nicole S. nahtlos in einen bedenklichen Zustand exzessivster Erschöpfung hinein, nicht zuletzt, weil sie vier Stunden zuvor auf dem Fernsehkanal Anti9 ein Interview mit der Kommunikationswissenschaftlerin Marlies Mendel aufmerksam mitverfolgt hatte, in dem es um eine gewiss selbstherrlich inszenierte öffentliche Beichte ging, es war ein sog. Selbsterfahrungsbericht, der in die eigene Psyche der Kommunikationswissenschaftlerin eingravierte Burnoutattacken thematisierte, das Phänomen Burnout im Allgemeinen, das in wissenschaftlichen Fachkreisen im deutschsprachigen Raum oft viel zu technizistisch (das Gehirn und das angeschlossene vegetative Nervensystem funktionieren mit Strom) als zu hohe Energieabgabe für eine zu niedrige Effektivität bei einem zu geringen Energieschub definiert wird, was laut Untersuchungen der deutschen Psychotherapeutenkammer (BptK) in Berlin inzwischen zu überdurchschnittlich langen Fehlzeiten bei AWS-Versicherten von bis zu acht Wochen bei Krankschreibung führt. Na toll, dachte Nicole S., und stornierte im Internet umgehend ihren anstehenden Flug nach London, entsorgte sofort ihre drei IPhones in den nächstbesten Mülleimer, cancelte sowohl den außerordentlich wichtigen Termin mit der Modeagentur Stylish in Berlin als auch ihren weniger wichtigen Vortrag »Blick und Auge in Kunst und Design. Von der Zentralperspektive zur Tomographie« im Museum für moderne Kunst in Graz, und begann am nächsten Tag umgehend im Center für Makrobiotik & Poweryoga zu yogisieren & zu meditieren, um etwa dem Todesexzess der alltäglichen Modulationen zu entkommen, der ja deutlich eine hypermasturbatorische Eigendynamik entwickelt, um ausgerechnet ihre Person herself in der corporate identity von H.O.M.O. einzuschließen, wie ihr auch

Tank seit Wochen auswendig vorpredigt, der immer wieder sagt, dass weniger dem Todestrieb als dem Lebenstrieb, der seiner Meinung nach ausgerechnet sie in die schwarzen Löcher der Redundanz sowie der Unentscheidbarkeiten abdominal hineinstürzt, mit seinem traumatischem Sog eben mal durch triviale Rekursionen und Interaktionen nicht so ohne Weiteres zu entkommen ist (die Komplexität des Systems erhöht zugleich die Komplexität der Störfälle. Komplexität wird selbst infinitesimal und unscharf und droht in das schwarze Loch der Unentscheidbarkeiten zu stürzen, Stasis, von jeglicher Form des Zauderns weit entfernt, bis kybernetische Metasysteme geschaffen werden, die wiederum die Modulationsketten des Systems qua Iteration und Rekursion von einer Ebene auf die nächste hochschrauben).

Das ganze metaspirituelle Brimborium im Yogazentrum dauerte ungefähr zwei bis drei Tage, bis Nicole S. bei einem unbeabsichtigten Ausflug in ein Internetcafe das Marketing Konzept des Betriebswirtschaftlers Frank Tiebel zwar nur anlas, das sie aber auf den ersten Blick einfach tricky & umwerfend logisch fand. Tiebels Institut für Guerilla Marketing schlägt, vor allem um der gegenwärtigen schlechten Optionalisierung und Pop-Kulturalisierung der klinischen Depression zu entkommen, einen 5-Stufen-Plan vor, damit die Volkskrankheit Depression endlich zu einer effizienten Lifestyle-Option transformiert werden kann; ein Stufenplan, der so wie Nicole S. ihn verstand, mit der Thematisierung der Krankheit sowie der Erstellung eines Warenzeichens der Krankheit beginnt, um zweitens die Stigmatisierung der Depression in einer auf Aktualität bedachten Massenunterhaltungsindustrie der postindustriellen Gesellschaft zu untersuchen, und um drittens auf die Epidemisierung, Pandemisierung und Resonanz der Krankheit in medialen Kontexten zu verweisen, ein durchaus nonlinearer Prozess, der dem Verbreitungsalgorithmus von ansteckenden viralen Krankheiten nicht unähnlich ist, ein Prozess, der viertens einer neuen Optionalisierung bedarf, damit der Konsument die Raubtiersorte der Depression für sich selbst individualisieren kann, um das Hinübergleiten des Es in das depressive, strafende Über-Ich, das seine ganze Kraft aus der Tiefe der Partialobjekte zieht, zu verhindern und dem Ich den sexuell perversen Umgang mit der Depression zu erlauben, womit schließlich fünftens die Depression als ein attraktives Fitnessangebot in popkulturellen Umgebungen lukrativ verkauft werden kann – Fazit: Depression ist die neue Fitness. Das Paradox von Stigmatisierung und Entstigmatisierung der Depression bringen laut Frank Tiebel tatsächlich den effizienten, den letztlich hybriden Konsumenten hervor, der manisch-depressive Züge gemäßigter Virulenz an sich trägt – auf der einen Seite führt die leichte Manie bei Existenz entsprechender Märkte zu einem experimentellen (selbstreflexiven) Konsumverhalten, auf der anderen Seite führt die katzenzahme Depression zum Bruch mit zu heißgelaufenem Experimentalverhalten des Konsumenten, und zwar durch seine beträchtliche Treue zu bestimmten Trend- und Markenprodukten, und damit zumindest phasenweise zur Abkehr von einem permanenten Entscheidungszwang, der einer allzu privaten, wohlüberlegten, rationalen Kaufentscheidung nicht unähnlich ist. Das Marketing ist auf die depressive Person ebenso angewiesen wie eben die Depression geeigneter Marketingstrategien bedarf, weswegen es sich keinesfalls um die Propagierung eines fröhlichen Marktzynismus handelt à la die Gesellschaftsmaschine ernährt sich aus allem, was ihr zwischen die Zähne kommt, sondern einzig und allein darum, den Depressiven zu einem recht hoch dosierten Objekt kultureller Information zu machen. Exakt einen Tag nach der Lektüre fiel Nicole S. probehalber für drei Stunden in eine tiefe Depression und begann sich danach tatsächlich wieder einmal stärker für das zeitgenössische Kunstsystem zu interessieren.

Die circa 1000 qm große Fläche im 32. Stock des City-West-Centers, der direkt gegenüber dem Hotel Radissonblu liegt, mit attraktiver High-Multitude Aussicht auf die Skyline in Frankfurt und den gesamten Rhein-Main Raum bis hin zu den Mittelgebirgszügen des Taunus und des Odenwaldes, dient der Eventagentur Kaiser & Cream als Schauplatz für eine von Nicole S. und Tank, beide Mitarbeiter der Medienagentur H.O.M.O., kuratierte Ausstellung, die das Environment des transdisziplinären Künstlerprojekts DerivatArt sowie die Produkte von fünf weiteren multimedialen Künstlerkollektiven zum Thema hat, die nach eigenen Angaben alle die Potenziale zeitgenössischer Kunst an der Schnittstelle zwischen Kunstdesign, Medienkultur und Finanzpraktiken auszuloten versuchen. Im großen Ausstellungsraum ist, zumindest laut der Werbebroschüre von H.O.M.O., eine unglaubliche, eine beeindruckende computergesteuerte Ausstellung bzw. Installation zu beschnuppern: Senkrecht über den sattsam bekannten Kunstprobanden aus der Stadt dreht sich derzeit ein überdimensionierter, moosgrüner, achtzackiger Stern im 3D-Format, wobei die versammelte Masse der Kunstliebhaber sozusagen interaktiv über acht sogenannte Testterminals, die an der Nordwestwand des Raumes aufgebaut sind, diverse Markenlogos von deutschen Großbanken, Fußballvereinen und Dax-notierten Unternehmen mit Hilfe von Touchpads auf ein sogenanntes Radar-Interface innerhalb des großen Wundersterns schieben kann. Und in Echtzeit werden auf eine quadratische elektronische Anzeigetafel, die an der Südseite des Raumes angebracht ist, die Aktienkurse der beteiligten Unternehmen in Permanenz gestreamt.

Thomas Bean, der unmittelbar nach seinem Flug von London nach Frankfurt mit dem firmeneigenen Taxi zum Event gefahren worden war, vielleicht auch nur um mit Mary-

Sue Berger teilweise hitzig über den ihrer Meinung nach schlechtesten Werbespot des letzten Jahres zu streiten, den ihrer Meinung nach, na klar, erneut die Marketingagentur H.O.M.O. verbrochen hatte, hat eigentlich keine Lust über den Spot zu grübeln, einen Spot, der die Paradessenz eines Bio-Ketchup-Ersatzproduktes, ultrasüß und doch sehr gesund, mit einem ins Metaphysische abdriftenden Fetisch visualisiert bzw. identifiziert, ja materialisiert, und zwar mittels der Großaufnahme von blutroten und mit einer zähflüssigen Masse beschmierten Marilyn-Monroe-Lippen, wobei die Flüssigkeit zu Chillout-Musik und Meeresrauschen auf die grell erleuchtete, weit rausgestreckte Zunge eines französischen Topmodels tropft, bis schließlich ein Lächeln auch in Großaufnahme aufscheint, das ungefähr den Typus des senil lächelnden Buddhas im Kontext mit einem hochstilisierten Glücksempfinden des Konsumenten nach dem Verzehr einer Tafel Schokolade oder eben dieses ekligen Bioketchuproduktes kapriziert. Thomas Beans Gehirn ist zwar schon erheblich neurovegetativ überlastet – sehr viele Sinnesreize der hochaktuellen Installation zum Thema »Das Wissen der Computerbörse« rufen sehr viele Assoziationen hervor –, aber mit einem Ohr bekommt er während der of course sehr spannenden Streiterei mit Mary-Sue Berger sogar noch mit, wie eine Gruppe jüngerer Kunstkritiker, die sich um einen weißen Cocktailtisch versammelt hat – Studenten und Assistenten des Instituts für Sozialforschung –, sich durch gegenseitiges Rundumnicken im U-Format komplett unspontan und mit wenig Zerebraldampf im Kopf zugleich bestätigen, dass man im Moment wohl nicht zu 100% in der Lage ist, einzuschätzen, ob die Installation im Raum als ein marktkritisches oder eher als ein marktkonformes Tool des Künstlerprojekts DerivatArt betrachtet werden muss. Der Bratwurstgeruch eines Bio-Produktes der Company 12te Generation, einer Firma, die Bratwürste ohne die sonst üblichen Bindemittel und Stabilisatoren auf ausgewählten Bauernhöfen in der Rhön herstellen lässt, um diese hauptsächlich auf Kunstevents zu verkaufen, zieht leicht dampfend in Thomas Beans behaarte Nasenlöcher, als Mary-Sue Berger einen recht beherzten Biss in die Bratwurst wagt, was Thomas Bean, wenn er mal die Komponenten Dynamik & Frust und die Herzhaftigkeit des Bisses im doppelten Sinne bedenkt, sofort wieder diesen verdammten Werbespot von H.O.M.O. ins Gedächtnis hämmert, der sich ja ganz nahe an den Grenzgebieten zur Erotik bewegt. Eine Praktikantin der Medienagentur W.H.Y. bringt dem Medienberater Thomas Bean ein zweites Becks Gold und setzt ihm die Flasche rein symbolisch an den Hals. Thomas Bean weiß nicht recht, ob er gegenüber Mary-Sue Berger im Zuge der konfliktuellen, hochemotionalen Auseinandersetzung um den Werbespot einen taktischen Fehler begangen, als er sie auf ihr fehlendes oder zumindest viel zu dezent aufgetragenes Make-up angesprochen und darüber hinaus noch mit vagen Andeutungen auf das Top-Make-up seiner Lieblingsdomina Lady Chatterlay verwiesen hat, oder ob Mary-Sue Berger einfach nur kurzfristig geistig abwesend gewesen ist oder ob sie diesem bescheuerten Projektionsraum gerade viel zu hohe Aufmerksamkeit geschenkt hat, worüber sie seit zehn Minuten untypischerweise ausdauernd schweigt.

»Okay, ich war mal kurz weg. Aber meistens bist du es doch, der einfach nicht ganz bei der Sache ist«, sagt Mary-Sue Berger und nimmt einen ungewöhnlich großen Schluck giftgrüner Flüssigkeit, Bio-Gourmet Cocktail De Luxe. »Niemals kannst du es einfach kommen lassen und dich quasi als Prozess mal in die Sache versenken.«

»Entschuldige bitte, das klingt irgendwie auch nicht viel anders, als wenn man behauptet, man wäre andauernd auf Sendung. Und wie siehts denn mit dem totalen Abtauchen aus, mit dem komplett Abschalten, um den Stressoren mal eins auszuwischen. Die Emotionen mal komplett umlenken.«

»Ich weiß schon, was du sagen willst. Der überstrapazierte Mann aus der Chefetage beginnt mal einen angeregten Diskurs mit seiner Domina. Da du höchstwahrscheinlich Gewissensbisse schiebst, ob du dir einen apokalyptischen Hedonismus so ohne weiteres leisten magst oder kannst, muss folgerichtig die Ekstase quasi erlitten werden. So sieht es doch aus, oder?«

»Na ja, jede Beziehung macht abhängig, weil es streng genommen keine unabhängige Beziehung geben kann. Ich weiß nicht, ob Maßlosigkeit in gewissem Sinne, ich will nicht sagen Sucht, der einzig gangbare Weg ist, um dieses Dilemma oder diesen Zirkel auszuhalten. Es gibt heute doch im Gegensatz zu selbstzerstörenden Drogen eine Reihe von Dingen, Methoden und Mitteln, sagen wir mal vom Sex über Food bis zur Automobilität, die trotz der rituell-rigiden Abhängigkeit, die sie erzeugen können, letztendlich die Autonomie von einem selbst sogar steigern.«

»Klaro, du bist die selbstreflexive Erektion deiner selbst. Aber du kannst es drehen und wenden wie du willst, dein Mut zur schamlosen Beichte kann schließlich nicht darüber hinwegtäuschen, dass du deinen Zirkel, hmm, ich möchte sagen dein Symptom, liebst wie eine höchst unzureichend verschleierte Selbstsucht. Dein sogenanntes Abspannen ist eben selbst nur das Symptom, dass deine radikale Konnektivität, ich meine dein permanent-auf-Sendung-Sein reproduziert.« Mary-Sue Berger prüft jetzt sehr exakt die schwarz lackierten Fingernägel ihrer rechten Hand, derweil sie die sexuellen Timbre-Regionen des Gehirns ihres Kollegen/Lovers vergeblich zu visualisieren versucht, trotz der hochkalorischen Denkanstrengung, die durch den adhoc-Konsum von Bio-Bratwürsten ja knallhart beflügelt worden ist, und sie spürt nun maßlos enttäuscht, ja von sich selbst enttäuscht, ihr eigenes zerebrales Desaster machtvoll heranrauschen, obwohl ihre Zerebralzahnräder doch normalerweise tipptopp ineinander greifen. Das auf minimalistisch oder hyperintellektuell designte, schwarze Yamamoto-Kostüm, die dunklen Strumpfhosen und die schwarzen Stilettos supporten ihren pseudohippen Klugscheißertouch zumindest nach Meinung Thomas Beans vortrefflich, insbesondere, wenn die Marketingexpertin überdies unglaublich auffällig das linke Bein in einem > Winkel knickt und dabei die Spitze ihres Stiletto-Fußes auf das Parkett aufsetzt, während Daumen und Zeigefinger in der Form eines < scheinbar leichtfertig vor ihrem Kinn herumtänzeln, um so mit extrem gestischer Filigranität von ihrem nervenzersägenden Therapeutentouch oder -fimmel, den sie seit ihrer frühen Jugend wie ein nasses Tuch mit sich herumschleppt, abzulenken, das Ganze eine reine Farce, meint Thomas Bean. Es dreht sich bei ihr vieles um diese äußerst distinkte Körperhaltung, die selbst ihre Kollegin Nicole S. von der Marketingagentur H.O.M.O. ganz im Gegensatz zu Mary-Sue Bergers monolateralem Therapiefimmel ganz gerne mag und sich im Moment auch ganz gerne extensiv reinzieht, bevor sich Nicole S. abrupt mit einer denkbar schnippischen Handbewegung und ebenso schnippischen Bemerkung hinsichtlich der viel zu steril aufgetakelten, wahnsinnig arroganten No-Way-Attituden der Kollegin, recht steil von der rein visuellen Komplizenschaft mit Mary-Sue Berger verabschiedet, um in ihrem krass hippen, weißen Hosenanzug von Issay Miyake ihre eigenen Wege durch die Kunsträume zu gehen.

Nicole S. verlässt also den großen Kunstraum, um mit ihren weißen Hugo Boss Stöckelschuhen durch den circa zwanzig Meter langen neonröhrenerhellten Flur zu stolzieren, der zur Installation des Künstlerkollektivs Meta-Employer aus Zürich führt, deren Multimedia-Projekt »Planetaries of Stock Exchange & Derivats« im Jahr 2012 schon im Guggenheim

Museum in NYC ausgestellt worden war. Die krass auf- und abschwellende Helligkeit von künstlichen Planetensystemen in einem durch Jalousienwände aus Kunststoff abgedunkelten Raum beabsichtigt wohl, die Schwankungsbreiten der Aktienkurse großer multinationaler Konzerne zu signalisieren, wobei die finanzmathematischen Prognosetechniken hinsichtlich der globalen Geldzirkulation und der Kursfluktuationen in unmittelbaren Zusammenhang zur Sphärendichte astronomischer Spekulation gestellt werden, was die meisten der anwesenden Kuratoren, Künstler und Mäzene im Kunstsystem für ein grotesk simples und auch grotesk schwaches Konzept halten. Unmittelbar vor dem Aufzug knallt Nicole S. mit ihrem Part-Time-Lover Tank zusammen, der Millisekunden zuvor noch ein warnendes Ahh von sich geben konnte und dessen Kopf nach dem Zusammenprall nun unter Begleitung einer Art Druckluftzischen nach hinten ausschwingt, bevor Tank ziemlich lieblos rumhechelt, dass es ihm so leid tut und dass der Zusammenstoß am frühen Morgen in ihrem Wasserbett eine sehr vergnügliche und irgendwie geheimnisvolle Begegnung gewesen ist.

Aus vier kleinen schwarzen JBL-Boxen, die in einer Ellipsenbahn an der Decke des Installationsraums aufgehängt sind, hören die Eventgäste verhallte, blecherne Aussagen, wahrscheinlich die eines Börsenkommentators auf Bloomberg oder N-TV, der über die extreme Volatilität der Aktie mit der WKN Nummer 456321 berichtet oder lamentiert, ja die Aktie sogar schlechtzureden versucht. Der Hauptstrom der Besucher des K&C-Events führt im Augenblick an Nicole S. und Tank vorbei, höchstwahrscheinlich in Richtung der Ausstellung des finnischen Künstlers Basu Ripatti, der seine rechnergestützten und extrem farbigen Großraumdatenbilder das erste Mal in Deutschland präsentiert, wobei das von einem Softwareteam des Unternehmens SAP entwickelte generative Softwareprogramm sowohl die Preis- und Kursschwankungen der Aktien skandinavischer Unternehmen als auch die Preisverschiebungen bei Finanzmarkttransaktionen im Allgemeinen in buntgescheckte geometrische Muster und Formen übersetzt (work in progress), ein visuelles Szenario, das für Tank, wie er vorhin gegenüber Dr. Dr. Hanselmann geäußert hat, nur wie ein fraktales oder gezacktes (virtuelles) Blütenmeer von Dahlien und Tulpen und Rosen in allergrellsten Neonfarben daherkommt, worauf der Banker mit ausdruckslosestem Gesicht nur geantwortet hat, er persönlich fände die diesbezügliche akustische Untermalung (Finanzdatenflüsse in ulkige Geräusche und quietschende Töne transkodiert) noch wesentlich unangenehmer als den zugegebenermaßen auch äußerst hässlichen, virtuellen Bilderschwall, denn die für das sensibilisierte Ohr äußerst krass verschleppten und verhallten Geräusche würden ganz bewusst das Thema Börsenwissen verzerren, wobei ihm allerdings auch der ästhetische Mehrwert der Datenbilder schleierhaft bleibe, so was sei dann Kunst, okay, weil vielleicht an einem der Bilder das Preisschild 200.000 Euro hänge, er wisse ja nicht.

»Medienkunst, transdisziplinäre Effekte, pah, selten habe ich mich besser gelangweilt. Zu allem Unglück hat sich anscheinend auch eine nicht unbeachtliche Anzahl der Freizeitobdachlosen oder Gechippten zum Event herein geschlichen, was die Sache auch nicht gerade reizvoller macht. Dieses sehr schlichte Milieu à la alles ist Kunst, egal ob ich auf silbergrüne Papierservietten kotze oder auf die Servietten kritzle oder die Dinger geschickt und vielfältig falte, oder ob ich die Servietten jemanden in den Mund stecke, die ganze Scheiße fing doch schon mit Duchamp an«, sagt Nicole S.

Das Geheimnis dieser zugegebenermaßen einzigartigen Frau in hochhackigen Schuhen mit Bleistiftabsatz ab fünf cm aufwärts liegt auch bei diesem Event unter anderem darin, ihr gesamtes Körpergewicht auf den Fußballen lasten zu lassen, ohne den Fuß abzurollen, womit ihre Wirbelsäule permanent leicht falsch gekrümmt ist, ohne dass die Frau es sich anmerken lässt, zwar insgesamt keine schweißtreibende Kraftanstrengung, aber die Prosa dieses Stöckeln verlangt doch – ganz im Gegensatz zum leichten flüchtigen Tanz, der sich selbst tanzt –, Dynamik und Form konsequent den körperlichen Impulsen zu unterstellen. Die Absätze der Stöckelschuhe von Nicole S. sind derart gefährlich, dass sie mit dieser Art von Waffe bei zielgenauem Einsatz Menschen schwer verletzen und sogar töten kann, dessen ist sich Tank zu 99% sicher, wobei bei den spitz zulaufenden Stöckelschuhen die Zehen von Nicole S. sich immer leicht zurückziehen, dass die Fußhaltung dermaßen verändert wird, dass das gesamte Körpergewicht auf den Vorderfuß verlagert und die Ferse nach oben gehoben, die Knie nach vorne und das Hinterteil nach hinten geschoben, die Wirbelsäule zu einer starken S-Form verkrümmt und die Brust herausgepresst wird, mit, was Nicole S. betrifft, unappetitlichen Langzeitfolgen des Hallux vallgus und des Morton-Neuroms. Offenbar will keine der hier anwesenden Damen dieses offene Branchengeheimnis so recht kommentieren.

Eine Praktikantin der stadtbekannten Werbeagentur Z.I.F.F.O. hängt in einem der hinteren Räume ihren zebragestreiften Skyscraper-Slip an ein Kunstobjekt, welches das große menschliche Leid der chinesischen Wanderbewegungen und Migrantengruppen generell symbolisieren soll, in dem es ein leichtverschleiertes, zuckendes und weinendes Gesicht einer Asiatin als Maske zeigt, die von einer Gruppe der Bürgerrechtsbewegung EATME in Shanghai zur Verfügung gestellt wurde. Allerdings braucht die Praktikantin mit einer strafrechtlichen Verfolgung durch die lokalen Justizbehörden nicht zu rechnen, denn sie hat ja das Kunstobjekt sozusagen nur kontextualisiert oder interpretiert. Im Zuge von Happening-, Projekt-, Medien-, Netz- und Kontext-Kunst gelte in diesen

Jahren so ziemlich jeder Plunder als Kunst, sagt die Praktikantin wie nebenbei, wenn der Plunder nur halbwegs geschickt und kunstvoll durch die entsprechenden PR-Agenturen quasi-selbstreferentiell als Kunst deklariert werden würde. Selbst der Ausstieg aus der Kunst sei heutzutage ein hohe Form der Kunst, könne aber die Widerständigkeit der Kunst kaum noch retten. Das ist Kunst, wiederholt die Praktikantin und zischt jetzt wirklich schnell davon.

»Du machst wirklich total schweres Zeug, hast du zumindest jemanden zum Reden, das ist ja die Entgrenzung der unverdaulichen Entleibung, was du da fabrizierst«, sagt Nicole S. mitten ins Gesicht eines perplexen Künstlers, dessen Ausstellung im westlichsten Teil der Etage insbesondere für die leidensfähigeren Menschen unter den Gästen zu bewundern ist, wobei dessen künstlerische Programmatik sowie Branding auf dem lokalen Kunstmarkt unter dem Label Financial-SubTopArt firmieren; u.a. hat der Künstler im Jahr 2012 in der Frankfurter Kunsthalle Schirn die Ausstellung »Zur Topologie des Stöckelschuhs« kuratiert und wurde im gleichen Jahr von der Stadt Frankfurt mit dem auf 10.000 Euro dotierten Salvatore Dali-Förderpreis ausgezeichnet.

»Ganz einfach, das Ganze ist unter postsemantischen Gesichtspunkten hybride Synapsenfehlverschaltungspolitik. Ich gehe zwar nicht davon aus, dass ich durch diese Art Übertreibungspolitik die schlechte Form der Übertreibung beseitigen kann, vor allem, wenn man in seiner Kunst mit extrem vergeltungsorientierten beziehungsweise egosüchtigen Finanzcliquen konfrontiert wird, aber wenn ich bei meinen Installationen Sekunde um Sekunde vorführe, wie Fehlverdrahtungen im Hirn, die vielleicht durch Drogenkonsum hervorgerufen werden, von chaotischsten Turbulenzströmungen auf den Aktienmärkten nicht mehr zu unterscheiden sind, dann stellt sich doch die Frage, ob wir es hier gerade nicht mit einer besonderen Form der ewigen Wiederkehr zu tun haben, derart, dass nur der Riss in der Zeit, ihre Zäsur in Vorher und Nachher, die einzig unveränderliche Form bleibt, die nun ständig wiederkehrt und nur deshalb findet ja Veränderung statt. Wie weit ist der metaphysische Meta-Glaube an die Zukunft, der unsere Gesellschaften durchzieht, von der ständigen Kalkulation der Zukunft noch entfernt, oder ist der Glaube schließlich doch mit der Kalkulation identisch, mit der vom heterogenen Denken ausgeschlossenen Reproduktion/Wiederkehr identischer Fälle?« Der Künstler Josef Knopf ertappt sich zum wiederholten Male dabei, seine vor Synonymen und Metaphern strotzende Sprache auf die Erfindung von basalen Wortmonstern umzustellen, um voll des Lobes über das eigene Staunen oder sichtlich begeistert ob des Staunens schlechthin philosophische Begriffe & Formeln einzuführen, er, der neckische und findige Intelligenzbolzen, der das Gefühl oder die Kompetenz für sprachliche Effets & Effeffs (der Bedeutungen & Implosionen) in dieser effekthascherischen Melange aus Kunstsystem & Finance & PR & Pop perfekt bewirtschaftet, um ihn möglicherweise zum Leader in Sachen Hybridisierung & Sakralisierung der eigenen Neo-Boheme-Selfishness werden zu lassen, was in den um solide Rekombinatorik und Referenz-Remakes bemühten Kunstcliquen, die den unerschrocken für soziale & affektive Gerechtigkeit kämpfenden Gesprächspartner Dr. Dr. Hanselmann derzeit so belästigen, nicht jedes Mal gut ankommt. Die Grundweisheit postaufklärerischer Medientheorie à la die Kopie ist die Kopie ist die Kopie, die transversale Ökonomie der Zeichenpolitik und Zeichenströme : - - - : Zeichen, nicht von etwas, und nur sehr vage denotierend, immer voll im Fluss der Virtualisierung, des Supplements und der Verschiebung, bar jeden Objekts, bar jeglicher Materie und bar jeglichen Subjekts, eingebettet in gespenstisch schnell zirkulierende cambistische Märkte, mit sanfter Gewalt strömend in der Chuzpe der Risikokalkulation, das alles gehört vor allem zum geistigen Movens aller hier ausgestellten Objekte und Installationen, das meint jedenfalls Josef Knopf.

Josef Knopf betrachtet durch die breite mannshohe Glaswand aufmerksam und fast schon geheimnisvoll die Skyline im untergehenden Sonnenlicht und schnell verwandelt sich sein Gesicht zum Mythengesicht. Durch die Inspektion eines geteilten Bildschirms, der an der Beleuchtungsbrücke im Flur zwischen Ausstellungsraum 4 und 5 aufgehängt ist, werden einige Besucher Zeuge der Anwesenheit einer Gruppe überzeugter adaptiver Kunstadepten, die langandauernd und zähflüssig darüber diskutieren, ob man dem Wahrheitsgehalt der Aussage, nach der Augenzeugen zufolge ein gewisser ff den neuen Nightlife-Center der Supermarktkette Rewe gestürmt, emphatisch schwere Einkaufswagen durch die Flure hin und her geschoben, zwischendrin die rechte Hand gehoben und neue Kommunismustheorien mit einem Freund diskutiert hätte, wirklich etwas abgewinnen sollte. Vollkommen unkomisch hätte der Typ auch noch gesagt: Kassa: 187 Euro für den Kauf von tonnenweise Bio-Food. Und Kommentar des Freundes dieses mysteriösen ff wäre gewesen, Selbstjustiz durch Fehleinkauf. Der daraufhin an der Kasse keine einzige Ware eingepackt hätte, er wäre einfach nur maßlos beleidigt gewesen und dann angeblich in den Kontakthof zum Bowlingspielen gegangen. Etwa an diesem Punkt bekommt Tank, nachdem er den neuerlichen Ausraster von Nicole S. so leidlich verdaut, indem sie die Konversation der Gruppe mit der Randbemerkung quittiert hat, dieser ff hätte ja irgendwie eine verdammte Ähnlichkeit mit Tank, glatt eine Art eine Parallelerscheinung an den dicken Hals, und nicht wenige Entgiftungs- oder Entzugserscheinungen komplementieren seine jämmerliche Hassattacke gegen Nicole S., die darin besteht, ohne zu fluchen schlagartig die Stätte dieser für ihn postobsoleten Ausgehkultur im Stil eines klassischen Stalkeropfers zu verlassen, und immerhin plagen ihn im Moment keinerlei Anzeichen einer latenten Akrophobie, dass er etwa noch supraventrikulär tachykardisch werden könnte oder vielleicht wieder sogar noch Dyspnoe auftritt, die bei ihm u.a. mit dem chronischen Konsum von Yohimbin und Dextropropoxyphen einhergeht.

Sowieso werden die affektiven und physiologischen Wahrnehmungen der Besucher durch die Einzelausstellung in Raum 6/6, die unter dem Motto »Die Gaskammer« steht, entscheidend auf die Probe gestellt. In einem mit Steinwolle isolierten, achtgeteilten Raum, quasi eine Ausstellung in der Ausstellung, führt bzw. begleitet die sonore Stimme eines Gefängniswärters oder eines Richters die Besucher durch eine Art Druckluftkammer oder Hitzekammer und dann über einen langen Flur in einen Geldtresor hinein, in dem sämtliche Schrittgeräusche hoffnungslos geschluckt werden, während das Licht so gedimmt wird, dass nur noch eine maximale Sichtweise von einem Meter möglich ist, während acht Türen auf allen Seiten emotionslos im Sekundentakt auf und zu schlagen, so dass die Möglichkeit den eiskalten Raum schnell wieder zu verlassen ausgeschlossen erscheint, womit sich bei den Eingeschlossenen beklemmende psychische Dysfunktionalitäten wie Agaraphobie, Aginophobie oder Cleithrophobie schnell einstellen. Im gesamten quadratischen Klotz aus schwarzem Kunststoff, dessen Wände wie schwarz lackierter Backstein aussehen, bewegt man sich, vor allem was die Flure angeht, so sagt jedenfalls ein intimer Kenner unterirdischer Konfigurationen, ähnlich wie in den unterirdischen Gängen, Fluren und Tunnel des Stadtwaldes, die in alle Himmelsrichtungen zu kleinen Schlafsiedlungen oder Versammlungsräumen führen, über denen wiederum horizontale und vertikale Stratifikationen langgezogener Gänge und Flure strahlenförmig zur Erdoberfläche hinaufführen, wo sphärokubulare Bauten und vereinzelte abbruchreife Gebäude wie das einer Kasernenanlage oder das eines Schulgebäudezentrums stehen, deren zeitweilige Bewohner unter anderem aus den Antifa-Kreisen sich längst in die unterirdischen Regionen des Stadtwaldes abgesetzt haben, weil in den Gebäuden die verrosteten Heizungs- und Wasserrohre von unbekannten Kräften aus den Wänden gebrochen wurden und die aus den Wänden gerissenen Stromkabel und Gasleitungen den Komplex letztendlich komplett unbewohnbar gemacht hatten. Aber der Vergleich zwischen diesen Tunnelsystemen im Stadtwald und den virtuell skandierten Wegen der Installation basiert höchstwahrscheinlich nur auf einer wirren Analogie, angeheizt auch durch Verflüssigungen der ästhetischen Bewertungsschemata bei den Rezipienten, die der Künstler mit seinem Installationsprojekt wohl auch intendiert hat, allerdings gibt zumindest die hochgetunete Soundanlage in den Installationsräumen ähnliche Geräusche von sich wie die rund um die Uhr von Antifa-Einheiten überwachten Ansauggebläse 150 Meter südlich des Ententeichs, die Frischluft in die unterirdischen Tunnel und Raumgebilde hinabziehen und diese mit einem Luftgebläse durch das gesamte Tunnelsystem mittels zwiebelhautgelbweißer rotierender Flossen/Scheiben weiterleiten.

Die schmalen Ritzen zwischen den Jalousien, durch die das (virtuelle) Sonnenlicht in glasigen Spinnfäden in die künstlich gekühlte Geldkammer hereinsickert, sind keine, sondern reine Simulationen statistischer Zahlenreihen eines computergesteuerten Börsentickers, der einen wahrhaft gespenstisch und theatralisch abstrakten Wahrnehmungsraum erzeugt, weil diese elektronischen Displays, die Kurswerte in tabellarischer Form dokumentieren, ständig simultan die Preise von 300 bis 500 Finanzprodukten anzeigen, was zu einem eigenartigen seriellen, das Gehirn zertrümmernden Flimmern innerhalb des Geldspeichers selbst führt, fein knisternde, flirrende Wolkenbänder, die womöglich eine virale Ansteckungskraft besitzen, dass den Besuchern das böse Erwachen schneller kommt als sie zu denken wagen, denn das gleißende Licht des (hypermedial) grellgefluteten Zellentrakts setzt bei ihnen zwangsweise Reaktionen innerhalb des evolutionären Schemas Gefahr/Flucht frei, so dass die Wahrnehmungsapparatur der Besucher nur noch rein auf Funktion ausgerichtet ist, anstatt vielleicht die Struktur der Installation ästhetisch zu interpretieren oder das Grauen im Sog des künstlerisch Erhabenen zu genießen. Es entsteht seltsamerweise aber keine Furcht, keine Furcht davor, blind oder gar getötet zu werden, es ist ein multipler fluider Bannstrahl, der nichts weiter als die blitzblanke Stasis bei den Besuchern erzeugt.

»Sublime Frequenzen auf diverse Psychofrequenzen zu senden, chemische Substanzen in diverse Nahrungsmittel zu schleusen, diese monströsen APPPT-Anlagen zur Bewusstseinskontrolle und das ständige refraktierende Spritzen, um meinen Reflexionsgrad zu vermindern, nur weil ich mich in der Öffentlichkeit nicht verstecken will, das belastet mich doch schwer. Wobei die beeinflussenden Faktoren jetzt die Dimension von Zahlenmengen annehmen und daher nicht größer als die Systemnodes sein sollten, ich denke da an eine fermatsche Vermutung. Das bezogen auf den QRT-Satz, dass die Komplexität des Systems die Komplexität der Störfälle bedingt«, sagt Freaky Franky circa hundertachtzig Meter unterhalb der Dachterrasse des EB-Buildings am Untermainkai zu seinem Kumpel Snaffu, der sich mit ihm zusammen zwischenzeitlich auf dem (dornigen) Weg befindet, um sein erstes persönliches Girokonto in seinem bisherigen Leben ausgerechnet bei der Esperanto Bank zu eröffnen. »Bloß gut, dass Mansfeld nicht sieht, dass ich ausgerechnet bei der EB ein Konto eröffne«, sagt Snaffu zufrieden. Die ganze Zeit humpelte bzw. schlurfte Snaffu hinter Freaky Franky hinterher, und das ungefähr schon vom Nordbezirk des Stadtwaldes an, dann an der Commerzbankarena vorbei und durch die wirklich chloride Frühsommerluft auf der Stresemann Allee entlang, die Freunde überquerten den Main über die Friedensbrücke, waren rechts in den Untermainkai abgebogen (Freaky Frankys Sperrzeiten exakt einhaltend), und führten dabei seit dem Tam Tam vor dem VIP-Club und trotz der unterschiedlichen Gehgeschwindigkeit ihrer auch komplett unterschiedlichen Gangarten über eine größere Entfernung hinweg erstmals wieder ein intensives Gespräch, bei dem der in diversen Wissenschaftsdisziplinen gut ausgebildete Transeidetiker sehr viel Fachwissen, vor allem auf dem pharmakologischem Gebiet an den Maniker ranbrachte, was diesem offensichtlich auch gut tat, denn mit Nachhaltigkeit hielt Freaky Frankys ansonsten konfus schwirrender Blick den Blikken der weiblichen Passanten stand, und nebenbei erzählte Freaky Franky mit sehr viel Witz die Story über Entzug und neuroelektrische Ausnahmezustände, gab theoretisch wertvolle Hinweise hinsichtlich des seltsam medialen Eigenlebens der Radiosender Radio Tunis oder Radio Bagdad zum Besten und bewegte sich gedanklich stetig vom Brunnenbohren in der Sahara bis zum Katkauen in Eritrea, über die Karte des Yemen nach Libyen und streifte durch Palästina und schrieb dabei andauernd Revolution Revolution in seine Soft- und Hardware. Snaffu tastet die Glasfassade des Esperanto Buildings mit den typischen Filmaugen vertikal ab und sieht, wie sich auf dem Plateau eine Person über das Geländer neigt. Die Kumpels betreten das Kundenzentrum der Esperanto Bank durch eine automatische Drehtür, grüßen synchron mit einem geradezu enthusiastischen Winken der linken Hände die adrette, schlanke, junge Rezeptionsdame an Schalter 6 und begeben sich über einen Flur seitlich des zentralen Aufzugsturmes unverzüglich zum Beratungsbüro von Herrn Hartmann, der ein bisschen ungläubig zu seiner Kollegin quer gegenüber schaut, als er die forsch hereintretenden Herren, die beide schwarze US-Navy-Kampfjacken tragen, sieht, und die ihn, den Topbanker, während sich beide synchron die Hände vor die Kehlen halten, mit erhobenen Köpfen strategisch anvisieren oder ansteuern, wobei der potenziell etwas rücksichtsvollere Snaffu in Sachen Etikette als erster wieder eine halbwegs normale Körperhaltung einnimmt und seinen Personalausweis aus der Innentasche der Jacke zieht, den er ganz gern, wie er jetzt bemerkt, mal nicht in seiner Brieftasche aufbewahrt, welche er ehedem nicht unbedingt benötigt, schleppt er doch immer seinen Palm Organizer plus sein eidetisches Großspeicher-/Festplattengehirn mit sich herum, in dem Unmengen von Telefonnummern, Formeln, Zahlenkolonnen und Namen gespeichert sind. Das fiese, klare Gefühl der Ruhe vor dem Sturm, wo man schon nicht mehr weiß, was Wirklichkeit und was Fiktion ist, was man denkt oder schon gar nicht mehr denkt, was in Zukunft noch passieren kann, weil ja alles auch anders kommen, aber sich auch radikal mit dem vermischen kann, was ist.

In jedem Fall ist das komische bekleidete Pack überhaupt nicht das, was sich der Kundenberater Hartmann da an neuen lukrativen, sprich zahlungskräftigen Kunden vorgestellt hat. Und da man in dieser High-Quality-Luxus-Bank eine Menge Personen aus der Private Wealth Corporate Identity zu seinen Kunden zählt, was nebenbei bei vielen Mitarbeitern der Bank den naiven oder zynischen Mythos unterstützt, Intelligenz und Reichtum fielen so mir nichts dir nichts zusammen, weil man sich ja bei Standard-Luxusessen-Events so prächtig miteinander versteht, hebt Herr Hartmann erst einmal nur schroff den Telefonhörer der Multikommunikationsanlage ab und wählt die Nummer des internen Sicherheitsdienstes. Sicherheitshalber lässt Freaky Franky die Hände ruhig in den Schoß sinken, eine Pistolenattrappe schmiegt sich unter seiner US-Militärjacke im Gürtelholster sanft an seinen Unterarm. Als paranoider Zeitgenosse leidet Freaky Franky sichtlich unter der Angewohnheit, zuweilen sicherlich unbewusst bei besonders blödsinnigen Arrangements der Kommunikation seinen Gesprächspartnern wild oder fest entschlossen starr in die Augen zu schauen, eine Handlung, die klischeebehaftete Leute stark mit der Attitude ausgebildeter SEK- oder BKA-Beamter assoziieren. Das Blackberry Smartphone sitzt im Übrigen perfekt unter der Pistolenattrappe. »Es gibt einen einzigen gangbaren Weg, schnell eine Lösung zu finden«, sagt Freaky Franky. »Aber gehen wir es mal gelassen an. Auf Good-Feeling. Oder so ... Nevertheless ...« »Herr Hartmann, Sie besitzen hoffentlich in ungefähr eine Ahnung, was besicherte Wertpapiere sind, mit denen Hypotheken- und Kreditrisiken verkauft werden, können aber deren Risikopotential bestimmt nicht einschätzen, aber wer kann das schon«, sagt Snaffu. Und er könne sich nicht daran erinnern, in den letzten drei Jahren einen anderen Typus als diesen stets in apart dunkelblauen oder schwarzen Businessanzügen gekleideten Herren mittleren Alters mit dem typischen Servicelächeln der gesamten Dienstleistungsindustrie und dem spezifischen des Bankensektors im fast ausdruckslosen Gesicht memoriert zu haben, bisweilen ganz im Bann seiner perfiden Verkrampfung der Fazialismuskulatur stehend, wobei ein bohrender Glanz auf leicht verrückten und dennoch ungerührten Augen säße, der dem geschulten (dritten) Auge wie eben seinem eigenen die Simulation zweckfreier Freundlichkeit/ das Spiel neutraler Freundlichkeit wie das der Null-Nummer in einem Casting-Wettbewerb anzeige. Nevertheless, Herr Hartmann trägt tatsächlich eine Geste verkrampfter Nettigkeit an sich, gerade als er fragt, ob die beiden Herren sich nicht endlich setzen möchten, und als erster nimmt Freaky Franky die Aufforderung dankend an. Herr Hartmann scheint einer dieser Overperformer im niedrigrangigen Segment des Sales-Bereiches der Bank zu sein, der nicht davor zurückscheut, seinen Kunden direkt in die Augen zu sehen, wogegen nur eine äußerst rigide Blickabwehr hilft, das bemerkt zumindest Freaky Franky.

Der Anlageberater kommt sehr schnell auf, um im Fachjargon zu sprechen, sportliche, d.h. hochriskante Finanzanlagen zu sprechen, denn Snaffu hat ihm ja schon bei seinem letzten Telefongespräch mitgeteilt, dass er nicht nur ein Girokonto eröffnen, sondern auch ein millionenschweres Portfolio des Hedgefonds Mansfeld & Mansfeld, hauptsächlich diverse Schuldscheinverschreibungen japanischer und US-amerikanischer Immobilien- und Automobilfirmen auslagern will, um ein Leverage mit höchstem Risiko einzugehen. Unbedingt hält Herr Hartmann diesen Snaffu für einen ausgemachten Spinner, und darüber hinaus wird sich seine linke Hand garantiert während des gesamten Beratungsgespräches ganz in der Nähe oder direkt über dem kleinen roten Druckkopf aufhalten, der unter der Schreibtischplatte aus Feinstahl installiert ist und automatisch den stillen Alarm auslöst, wenn der Button denn bedient wird - 24 Stunden scharfgeschaltet und wichtiges Element einer vor kurzem neu installierten ÜberfallMeldeAnlage (ÜMA) der Firma KnickKnack. (Die meisten modernen EinbruchMeldeZentralen (EMZ) unterstützen auch die Funktionen einer ÜMA, so dass EMA und ÜMA problemlos kombiniert werden können.) Der Bankangestellte Hartmann sitzt aufrecht, steif und ausdruckslos hinter seinem Schreibtisch in einem ockerbraunen, ergonomischen Ledersessel, während er mit Snaffu sehr leise und kontrolliert spricht und dabei Freaky Franky unerbittlich anstarrt, er nippt ab und an am Evian Wasserglas und ignoriert weitgehend die rotblonde, perfekt lächelnde, junge Sekretärin, die gerade mit einem goldenen Tablet hereingeschneit kommt, auf dem zwei gelbe Keramiktassen mit Henkel und ein fast leerer Zuckerstreuer stehen, nun ja, Hartmann lächelt mit seiner leicht verpickelten Fresse einfach immer weiter, weiterhin ziemlich ausdruckslos oder neutral, als ob er seine visuelle Kompetenz bei einem der x-beliebigen Clusteringspiele der unternehmenseigenen Beratungscompany in Sachen Advanced Psychology A.P. /E.B. erlernt/erworben bzw. abgekupfert hat, so der nicht ganz danebenliegende Gedanke Snaffus. (Der Mythos des Narziss, der sich im Spiegel auf der Wasseroberfläche wiedererkennt und sagt *Ich bin es selbst*, enthält ein Urteil, das sich selbst enthält, insofern als das Subjekt der Aussage durch das Urteil erst geschaffen wird, oder um es mit anderen Worten zu sagen, die Identifizierung mit dem Bild auf der Wasseroberfläche umfasst zugleich die Gleichsetzung von Identifizierendem und Identifiziertem, und erst im Nachhinein erscheint das Subjekt der Aussage, dessen Identifikation mit dem Bild der obige Satz konstatiert, der Aussage dieser Aussage vorgängig.)

»Wir haben es uns natürlich zum Ziel gesetzt, Sie rundherum zufriedenzustellen«, sagt Herr Hartmann mit der Geste kompletter Selbstzufriedenheit, weil er plötzlich ein etwas ausdrucksvolleres Gesicht zu zeigen imstande ist (mit der Ausnahme der weiterhin halbtoten, seelenlosen Augen), das in etwa die typische After Shave Frische von Tabacco zur Schau stellt, wobei sein Gesicht im seitwärts einfallenden Sonnenlicht sowohl mit dem nackten Rücken der Sekretärin als auch der gelblich flirrenden Farbe zu flirten, ja zu flirten scheint, so dass sich Snaffu buchstäblich die Hand auf den Mund pressen muss, um sich nicht äußerst kunstvoll auf den Schreibtisch des Kundenberaters zu übergeben, während Herr Hartmann schon das dritte Mal hintereinander sein Servicelächeln wie im B-Film oder wie im Werbefernsehen bearbeitet, auf eine zum Totlachen abstoßende Art, wie jetzt Freaky Franky findet.

»Wir könnten für Sie ein Wertpapier, möglicherweise einen SWAP konstruieren, dessen Ertrag und Tilgung an eine breit gefächerte Zahl von Indices, was Branchen und Ländergruppen betrifft, gekoppelt ist. Wir werden den SWAP unter Anwendung komplexer Wahrscheinlichkeitsmodelle immer im Auge behalten bzw. errechnen. Dem Weiterverkauf der Risiken werden wir einen schön unverfänglichen Namen geben. Wenn Sie vielleicht schon einen geeigneten Vorschlag haben«, fährt Herr Hartmann fort.

»Und wie hoch ist das Ausfallrisiko ihrer Bank dabei? Wenn ich mich recht entsinne, trägt nicht unbedingt ihre Bank das sogenannte Counterpart Risk, wobei es ihre Bank doch ist, die den Kreditausfall eigentlich versichern soll. Also nicht ich profitiere von der Einlage, sondern Sie profitieren vom Weiterverkauf der Wertpapiere bzw. der Risiken.«

»Sie haben das Konstrukt nicht ganz verstanden. Um die Deckungsbedingungen kümmern wir uns schon ausreichend. Wir werden hierfür einen Index berechnen. Von einer unserer Gesellschaften in der Schweiz kaufen wir Optionen, die auf diesen Index laufen, die wiederum Gelder über ein Offshore Zentrum in Malingu in diverse Hedgefonds investiert und so weiter, in und durch Handelsbücher und ...«

»Hört sich an, als wolle man nur noch Information oder meinetwegen Kommunikation handeln, die sich in Zahlen darstellt«, unterstellt Freaky Franky mit dem Blick eines fachkundigen Fondsmanagers, so zumindest glaubt er es von einem singulären Besuch zusammen mit Snaffu bei Mansfeld in dessen Büro im Walter-Beyer-Haus im Bahnhofsviertel zu wissen, der damals breitbeinig vor einer Bildschirmwand mit sechs Monitoren saß und mit einem superb investigativen Blick ins Schalkhafte oder ins Faltende, nicht unbedingt des Gierigen auf die Bildschirme starrte, bevor dieser unfreundliche

Mann Freaky Franky auf eine Weise begrüßte, die Freaky Franky überhaupt nicht anturnte, weil er glaubte, sofort den gnadenlosen Spott in Mansfelds verwinkelten Mundzügen wahrzunehmen, der ihn im zweiten Moment schon (negativ) affizieren und verschwächlichen könnte, bei Freaky Franky aber dieses Mal nur eine milde Reaktion hervorrief, ausgesprochen großzügig war der Bursche, wobei er sich vor Mansfeld vor Ehrfurcht sogar mehrmals verneigte, was Snaffu damals als wahrhaft *gentlemanlike* kommentierte.

»Ich bin fest davon überzeugt, dass Sie die expliziten Strategien der Banken, die unter anderem darin bestehen, sich die Einlagen der Kunden anzueignen und damit Schulden als Wertpapiere zu verkaufen oder die Kredite, die die Banken vergeben, sofort weiterzuverkaufen, zur Genüge kennen. Der Kredit wird erzeugt und distributiert, in den Büchern ist er wie von selbst verschwunden.«

»Originate and distribute... And who kills the distributors? Aber sie werden mir doch nicht zumuten einen dreihundert Seiten langen Vertrag durchzulesen, obwohl das mit meiner exzeptionellen Lesegeschwindigkeit nur eine Frage von weniger als einer Stunde ist.« Snaffu registriert sofort die leichte Ungläubigkeit des Bankers, die von dessen cleverem Stumpfsinn wahrscheinlich nicht zu trennen ist, und fährt mit der konzilianten Beigabe des Zauberspruchs »Probieren geht über Studieren« fort, vielleicht nur um den kompromisslosen auf Rendite und Beschiss getrimmten Kreditservice der Banken, die aus jedem Geld Kredit, aus jeder Zahlung ein Weiterverbuchen von Kreditzeichen machen, Vorgänge, die unter dem Begriff renditeorientierte Beratung ablaufen, zumindest mit Worten an die Grenze zu scheppern, doch der Bankfachmann hat es anscheinend längst aufgegeben, Snaffu verstehen zu wollen. Die Wand hinter dem Schreibtisch ist durch die Oberflächenveredelung aus dem Hause De Pino formatiert (FAS

– Formating After Surface). Ganz sicher haben die Designer bei diesem auf allen Flächen parkettierten Quadrat zumindest zufriedenstellende Arbeit bezüglich visuell motivierter Indoktrination geleistet, denn das Strukturprinzip bekommt noch eine zusätzliche Façon, wenn man mit einer Fernbedienung die Lichtschalter im Raum aktiviert, womit das geriffelte, lederartige Muster durch raffinierte Lichtmanipulation etwas molekular Samtiges oder Rußiges bekommt, ganz nach dem Geschmack des Bankers Hartmann, der seine Freizeitaktivitäten gerne einmal in die unterirdischen Räume der Gruppe Anitimperialistischer Kampf im Stadtwald verlegen möchte, deren Wände, wie ihm zu Ohren gekommen ist, angeblich meistens aus mikrofein gewarzten Stahlplatten bestehen, was den Banker öfters an seine bisher beste Reise als Survivalist in den Westen der USA erinnert. Wenn Hartmann stillgelegte Bergwerke beispielsweise in Colorado Springs besucht, hat er immer ein Fläschchen Adriponol in einem Täschchen dabei, während er mit ausrangierten und halbzerfetzten Gummistiefeln durch den zähen Schlamm watet, always zu schleimscheißender Reptilienhaltung bereit, um anschließend auf allen Vieren durch sechskantige Zwischentunnel zu krabbeln/kriechen, so dass er nach kurzer Zeit schon am ganzen Körper mit einer bräunlichen bis schwarzen Glasur überzogen ist, wobei das Gefühl der eigenen Überflüssigkeit, das ihn sowohl in der Esperanto Bank als auch in der eigenen Familie manchmal umtreibt, nach und nach in den gelebten Existenzbeweis eigener Notwendigkeit umschlägt, hervorgerufen etwa durch soziale Amnesie und Bereitschaft zu Leadership, ein Phänomen, das offenbar mit seiner adrenalinarmen, verkorksten Jugend als Schüler der christlichen Odenwaldschule zusammenhängt und in den alten Kupferminen einfach durch die dichte Luft, die stark mit infektiösen, fauligen Miasmen durchsetzt ist, orchestriert wird, plus den eigenen Ausscheidungsgerüchen, wobei vor allem der Achselschweiß und die Fäkalstoffe von Hartmann oft eine tödliche Kombination ergeben, so dass der ihn begleitende Broker Zhagun von der Metzler Bank beim letzten Survivaltraining von heftigen Atemkrämpfen geschüttelt schließlich auf dem Lehmboden liegenblieb und beinahe das Bewusstsein verlor, während Hartmann weiterhin hartnäckig daran glaubte, die sensorischen und nervlichen Toleranzschwellen seines Kollegen bis ins Unendliche ausdehnen zu können, unendlich verstanden im trivialen Sinne von an die Grenze rührend, gierig auf neue Verbindungen & Überschreitungen, bis Hartmann selbst in einem Schacht flach auf dem Rücken liegenblieb und ins kontingent Schwarze starrte und intensiv mit den von der Feuchtigkeit beschwerten Miasmen herum experimentierte.

Das Blättermeer des Stadtwaldes tropfte vorhin im gleißenden Sonnenlicht noch vor Nässe, prismenartig, als Snaffu im feuchten Laub, ziemlich ungewöhnlich für diese Breitengrade, wie er befand, ein paar Tomatillofrüchte fand. An den Verzweigungen der Sprossachsen hingen Blüten, zwittrige, ja fast radiarsymmetrische Blüten, die einen Durchmesser von ungefähr fünfzehn Millimeter besaßen, wobei meistens die fünf gelbe Kronblätter verwelkt, die glockenförmig verwachsenen Kelchblätter dagegen noch sehr grün, und fünf blaugrüne Staubblätter nicht untereinander verwachsen, sondern geknickt waren, zwei verwachsene Fruchtblätter dagegen unberührt schienen. Snaffu konnte mit den Pflanzen nichts anfangen, aber irgendwie beschlich ihn, als er die Tomatillofrüchte da in der Hand hielt, so etwas wie eine beunruhigende Fremdheit, so dass er die Früchte vollkommen entsetzt in den Papierkorb warf. Auch Snaffu hat von den unheimlichen Höhlen im Frankfurter Stadtwald gehört, die generell etwas von einer abgedichteten Zisterne haben sollen, wobei die Wände in den Tunneln angeblich mit mikrofeinen, heterogenen, grauschwarzen Krusten bedeckt sind, die diesen Herrn Hartmann ja vom Farbton angeblich so sehr an die belichtete Parkettwand seines Büroraumes auf der Südseite des Esperanto Buildings erinnern, ein Raum der, wenn man bei seiner Beurteilung die berufliche Position des Bankers in der Firmenhierarchie mit berücksichtigt, tatsächlich etwas von dem Flair einer Luxus-Penthouse-Zelle besitzt, berücksichtigt man zudem noch die in die Steindecke integrierten Belüftungsventilatoren und das tolle Bad mit Dusche, das von der Fa. Blitzblank täglich mit einem synthetischen Desinfektionsmittel mit Brombeerduft eingesprayt wird, von weiteren antibakteriellen Ingredienzien und antimefitischen Stoffen mal ganz abgesehen.

»Genug der halbherzigen Spielereien. Machen wir aus Ihrem Besuch keine Frage des Stils und der langen Sätze. Gehen wir einfach nahtlos zur knallharten Benennung über. Indexieren wir also. Wollen wir also nicht endlich Nägel mit Köpfen machen? Herr Snaffu, wie ist noch einmal ihr Name? Wissen Sie, um mal ganz ehrlich zu sein, 15% Rendite sind vielleicht ein bisschen zu hoch gegriffen, aber wir wollen doch nicht unbedingt, um ihre Nerven überzustrapazieren, zu hoch ins Risiko gehen. Die Kunst des Framings, der Erfindung und Bearbeitung der Risiken will gelernt sein, und glauben Sie mir, niemand beherrscht das besser als die Expertenteams der Esperanto Bank. Ich brauche Ihnen wohl nicht weiter zu erläutern, dass der Derivatehandel ein Handel mit extremer Volatilität ist, wobei wir mit sehr speziellen Originate-and-Distribute-Modellen die Aufsichtsbehörden als auch die Zentralbank locker umgehen können. Maulwürfe? Sie wissen ja, was ich meine. Aber sage mir keiner, die Geldschöpfung würde aus dem Nichts erfolgen.« Herr Hartmann will einerseits zum Abschluss eines, wie er einschätzt, in der Quantität eher zu vernachlässigenden Geschäfts kommen, andererseits beginnen ihn diese beiden Figuren ähnlich wie die seltsamen

Gestalten in den untertunnelten Gebieten des Stadtwaldes langsam zu interessieren.

Geschlagene fünfzehn Minuten starrt Snaffu nun schon auf das HP-Faxgerät, dabei sieht er vor seinem inneren Auge sein ureigenes Subjekt, nachdem es den Stecker gezogen hat, das Gerät neu booten, während sich der rechteckige Plasmabildschirm, der einen guten Teil der Nordwand des Büroraums einnimmt, automatisch einschaltet, und nun spürt das Subjekt, wie die Blendfläche des Wega-Laserpointers, auf dessen Glasplatte eine Folie liegt, die das variable Berechnungsmodell einer Zinsstrukturkurve aufgezeichnet hat, die Augen des Bankers tangiert und der Laser im sichtbaren Wellenlängenbereich, größer als 25 W/m2, eine Schädigung des rechten Auges (genauer der Netzhaut) trotz des sofort einsetzenden Lidschlussreflexes beim Banker hervorruft, bis das Techno-Theatro zur völligen Erblindung Hartmanns führt. Und durch die parkettierte Wand hindurch sieht Snaffu, wie im Bad der High-Tech-Fön, der an der neonbraunen, gekachelten Wand angebracht ist, aus der Halterung springt, um sich auf Stufe 6 automatisch einzuschalten und direkt in das anthrazitfarbene Designerwaschbecken von Abaci zu plumpsen, wo das Gerät jemand tötet, der vielleicht gar nicht im Raum ist (das ist ziemlich unheimlich, wenn er darüber nachdenkt), wobei zeitgleich Wasser mit einem Druck aus der Brause schießt, dass im Handumdrehen das ganze Bad überflutet wird, während der Duschkopf komplett verselbständigt auf Höhe einer Vagina rauscht, worauf die Frau ausrutscht und mit dem Kopf auf die in die Wand integrierte Muschel aus Blattgold knallt, in der ein rosarotes Stück Himalaya Deoseife liegt (aus zwei hochleistungsstarken JBL sprudelt ultramoderne Chillout-Musik des Labels Elektrolux, so glatt und clean, dass es einem schon wehtut). Das größte Stück der Muschel – und das Außergewöhnlichste – besteht aus einem Stiel, der nur noch ein Blütenblatt trägt, das wie eine Krone mit einem einzigen gebogenen Zacken geformt ist. Nochmals, schon gespenstisch das Subjekt und das Ganze. So wie Snaffu die Bildsequenzen da vor seinem dritten Auge sieht, fällt das alles unter das Thema der Öffnung des Lebens und eben nicht der Intensivierung (des Lebens), das ihm normalerweise die Kreation seiner Gedankenfraktale zuallererst ermöglicht. Eine Form der Öffnung, die Snaffu paradoxerweise als Eidetiker, der die Welt angeblich ja ständig nur kopiert, mit totaler Hingabe betreibt, mit einer speziellen Einzigartigkeit, wie er meint, nicht nur bezüglich der Faltung des Außen, sondern auch insofern er die Öffnung in sich selbst betreibt, aber eben keinerlei Intensivierung im Moment zu spüren. Eigentlich mag Snaffu die längst aus der Kunst in die Mode- und Trendindustrien ausgewanderte Celebrity-Farbe Weiß, also den puren Funktionsraum, am liebsten mag er reines Titan-Weiß, das in den heutigen Galerien und Modeboutiquen durch den Einsatz der digitalen Bildtechniken so aufscheint, dass sämtliche Präsentationsmodi des Suprematismus hinsichtlich der Funktionalisierung des Betrachterkörpers wie hilflose Kinderspielereien wirken, und übertroffen wird das Titan-Weiß nur nur noch von der Glas-Metapher des fetischisierten Begehrens – in der Form des ubiquitären Window-Shoppings (eine Projektionsfläche, die gläserne Membran, die Trennung zusichert und Aufhebung derselben verspricht, ein Zwischenraum, Spiegelung und Transparenz). Die Möglichkeit sich selbst in der Vierdimensionalität zu begreifen, in einem abstrakten Zeit-Raum-Kontinuum (Zeit als die 4. Dimension des Raums). Er möchte aus dem Gewöhnlichen ausbrechen, um der Endlichkeit zu entkommen, aber vielleicht ist das Außergewöhnliche, egal ob Blütenblatt oder Titan-Weiß, doch gewöhnlicher als man denkt, und das, wovor man flieht, ist immer da. Den Dingen irgendwelche Bedeutungen zuzuschreiben oder zu schenken, macht Snaffu, den Transeidetiker, natürlich ganz krank, der es vielmehr liebt, nicht nur die Kopien zu multiplizieren, sondern aus Mädchengesichtern eine variable Geometrie herauszuschneiden oder zu zaubern, Falten, Blätterungen und Verblätterungen. Das sequenzielle junge Mädchen als ein Universum.

»Also meine Herren, lassen Sie uns endlich unseren Job machen und ihn zu einem glücklichen Ende bringen«, sagt Herr Hartmann mit derart übertrieben freundlicher Stimme, dass Snaffu schrill aufschreckt, gerade als er dabei ist, parallel zu den vorherigen Bildsequenzen ein furchterregendes und zugleich entspannendes Geräusch im Rausch seines Kino-Denkens zu imaginieren, das entweder die Entlüftungsanlage des Büroraumes oder die Vakuum-Toilette als Geräuschquelle hat, vielleicht auch nur ein dem Unterdruck der Toilette trotzender Unterarm, der irgendwie andauernd an seinen Schädel klopft, was ein ziemlich dumpfes Geräusch erzeugt und Hallo sagt. Innovationsoffenheit und Fiktionsbereitschaft des Bankers Hartmann vor allem hinsichtlich seiner durchschnittlichen Pleonexie lassen nichts zu wünschen übrig. Der Gedanke an sein neues, hypoallergenes Calvaro-Einzelbett reguliert phasenweise Hartmanns Sichtweise auf diese abgedrehten Jungs konsekutiv, parallel reguliert er nahtlos innerhalb einer schlichten Folge von Bildsequenzen die Helligkeit seines Schlafzimmers durch Verschiebung des Einfallswinkels der LED-Leuchten mithilfe einer Fernbedienung. (Das Einzelbett ermöglicht ausgiebig narzisstische Träumereien und mathematische Denkspiele, es regt zum inneren Monolog sowie dem Nachdenken über höchst verzwickte mathematische Entitäten an, ermöglicht ein Erwachen, wie es Marcel Proust im Erinnern an seine Kindheit expliziert hat. Am Ende des 16. Jahrhunderts hielt die Privatisierung des Schlafens mit dem Bett als Territorium zäh und langsam Einzug, zuerst in den Hospitalen und bei den privilegierten Minderheiten.) Erneut tastet Herr Hartmann nach dem Alarmknopf unter dem Schreibtisch, weil er die beiden Kerle plötzlich doch so schnell wie möglich loswerden will.

Zu den augenblicklichen Schwachstellen von Freaky Frankys Selbstentziehungsprogramm bzw. seiner nun schon zwei Tage währenden Nüchternheit dürfte es gehören, dass er gerade halluziniert, wie die Wand hinter dem Banker feucht wird, während er sich selbst in den Modus der Selbstrechtfertigung einklinkt, weil ja, na klar, die Topologie der Fläche schon immer taktil war, und wer möchte jetzt nicht mal an dieser feuchten Wand lecken. Freaky Franky ahnt, dass die Fußfessel soeben binäre Zahlenreihen rechnet. Snaffu ist anscheinend weggenickt, kurz nachdem er nach oben schauen wollte, um sich etwas ausführlicher um Farbe und Defragmentierung der Decke zu kümmern, aber sein Kopf fiel leicht in die entgegengesetzte Richtung und nun scheint all seine Langeweile verraucht und verweht, jede wirkliche Bewegung im Raum hatte bis dahin für den Eidetiker Snaffu sowieso viel zu wenige Einzelbilder pro Sekunde, zu wenig Dimensionen und Stratifikationen, bot zu wenig Neues oder Innovation, auch wegen der verheerend kaputten Innovationsbereitschaft von Herrn Hartmann. Es gab keinerlei Singularitäten. Alles schien wie immer kalkulierbar. Snaffu weiß sehr genau um die kreative Energie der Kreativen, die auch die Leute in der Banken- und PR-Branche scheinbar unaufhörlich entfalten müssen, um dem Gewöhnlichen der Gewohnheiten zu entkommen, aber das hier hat für ihn nicht das Geringste mit etwas Außergewöhnlichem wie einer fraktalen Reise zu tun, die vielleicht dem Flug der Fliege gleicht, d.h. ungreifbaren Erscheinungen, gezackten Streifen und Linien, Brüchen und Blätterungen und alles sehr sehr veränderlich. Als Freaky Franky mit einer fast mechanischen oder automatischen Handbewegung seine Plastikpistole zieht und mit dem Lauf auf die Stirn des Bankers zielt, gelingt es diesem tatsächlich nicht mehr den Alarmkopf zu drücken, stattdessen sinkt die komplett lächerliche Gestalt atemverschlagend hilflos in sich zusammen, kauert auf Mitleid erheischend auf dem Drehsessel und schreit leise »Hilfe Hilfe, Ich habs gewusst«, und hält sich beide Hände vor die Augen und wimmert und jammert sniefend und rotzend, man solle ihm jetzt ja bloß nicht wehtun, nicht jetzt und schon gar nicht in diesem entscheidenden Stadium seiner Karriere, der Karriere selbst schon mal gar nicht, die doch so außergewöhnlich sei, weil sie auch echt so authentisch rüberkäme. Die Karriere sei ja das eigentliche Hirn der Operation. Nun ja, daraufhin beglückwünscht Herr Hartmann Freaky Franky tatsächlich, dass es diesem so spielerisch gelungen sei, ohne Referenzen beispielsweise zu Datenverarbeitungssystemen für Finanzdienstleistungen herzustellen, förmlich den nervlichen Rotz aus dem Banker herausgeholt zu haben, um dessen psychische Schwächen und Pathologien neu zu akzentuieren und zu justieren, was in Zukunft aus einem unreifen Utopismus auch mal eine Stärke machen könne, so wie das Außergewöhnliche eben oft im Gewöhnlichen zu finden sei. Für den klug prüfenden Blick Snaffus ist es offenkundig, dass der Banker Hartmann einfach nur gestrichen die Hose voll hat, wobei, ganz klar, dessen kurze Introductions & Einwürfe über herrliche Ausflüge in den Stadtwald erstunken und erlogen sind, was nicht ganz der Komik entbehrt, denn ein Banker, der nicht nur bezüglich der Geschäftspolitik der Esperanto Bank nach Belieben lügt oder die Wahrheit sagt, sondern zudem über alles Mögliche anzugeben bereit ist, dass sich die Balken biegen, und plötzlich noch eine Heidenangst vor einer überdeutlich als Attrappe identifizierbaren Waffe aufbringen kann, der ist für Snaffu einfach nur ein mieses, armes Würstchen, das man schleunigst mal einem dieser bescheuerten psychometrischen Persönlichkeitstests unterziehen sollte, wobei die Abweichung von durchschnittlichen Werten der Normstichprobe bei diesem hochneurotischen Banker kaum ins Gewicht fallen dürfte, zu offensichtlich enpuppt sich hier der Hunger nach Anerkennung/Reputation inklusive des ehrgeiziges Projektes, anders als die anderen zu sein, als bloße Illusion, und letztendlich ist der Typ einfach nur der komplette Versager, gemessen an den hohen Ambitionen, auf eine Weise recognizable, die auch den billigen Slogan I make the difference, der ihm vorhin beinahe aus dem Mund gesprungen ist, dermaßen obskur macht, dass Snaffu jetzt sogar die Zähne zu klappern beginnen. (Sein Erfolgskriterium heißt möglichst viel immer vom Gleichen, dass ja durchaus fiktiv sein mag, solange es gleichzeitig an Realität nicht verliert, ein Paradox, das durchaus auch sichtbar ist, wenn der Anteil der geldwerten Dienstleistung in Gestalt einer Ziffer auf dem Bankkontos lesbar wird. Vielleicht begreift Hartmann sich ja als die Verkörperung des Kreditverhältnisses selbst, das den Kapitalwert aus der zu erwartenden Rendite ableitet, Wertschöpfung per Bewertung, die selbst zum Handelsobjekt wird, möglicherweise als die Individualisierung des Allgemeinen, der verselbständigten Arrangements der Finanzkapitale.) Die Waffe sei überhaupt nicht modifiziert worden, sie sei einfach nur aus nahtlos verarbeitetem Plastik gemacht, sagt Freaky Franky, woraufhin Herr Hartmann prompt die Hände wie vom Blitz getroffen vom Gesicht wegreißt, in Sekundenbruchteilen seinen verletzten und verletzbaren Kuscheltierstatus ablegt und brüllt »Sie gigantischer Trottel!« (Snaffu findet, dass stakkatotechnische Spaßmacher wie dieser Hartmann schleunigst einen Ausflug ins Rekrutierungsbüro des Fernsehsenders Anti9 machten sollten, der neuerdings auf sublime Spielshows während der Werbeblöcke setzt, die so gut sind, dass man gar nicht merkt, dass es im Prinzip Parodien auf die Spielshows sind, weil der Executive Coordinator der Spielshow »Alle machen sie dich all« die Rolle des Moderatoren so perfekt inszeniert, wie soll man sagen, soviel Gefühle bei der Anmoderation rüberbringt wie ein Mensch, der normalerweise so stark in seinen stark narzisstisch angehauchten Gesprächsabsonderungen festzementiert ist, eigentlich gar nicht rüberbringen kann, und der auch deswegen so kongenial oder überzeugend auftrumpft, dass einem die Spucke und die Sprache wegbleibt, wenn man sieht, wie der Typ beispielsweise einen Begräbniszug oder ein Erschießungskommando mit einem elan vital anmoderiert, unglaublich gefühlvoll und souverän zugleich, und doch niemals um eine Pointe verlegen, so z.B. in der letzten Sendung die Ansprache an das Opfer, als er erst seinen Ohrtstöpsel auszog und dann dem total eingeschüchterten Mann, der dachte er hätte nun bald das Zeitliche gesegnet, irgendwie auch locker und schlagfertig ins Ohr hauchte, sein Leben als unseriöser und halbfertiger Journalist sei ohnehin nur ein Interview gewesen, das keiner je lesen würde und deshalb solle er im Zustand höchster Konzentration unmittelbar vor dem Exodus der eigenen Erschießung nicht nur mit Würde entgegensehen, sondern der Zeremonie auch noch in letzter Minute das Beste vom Besten abgewinnen.)

Am Nordfenster des Büros des Bankers Hartmann taucht plötzlich jenseits der blauen Müllcontainer eine ziemlich schräge Figur im grauen Leinenkittel auf, die echt nach so etwas wie Hausmeister aussieht. Der kleine Krampf im Gehirn, der Snaffu ergreift, als er sieht, wie Karl Bauknecht den Runddeckel des Containers zurückrollt, um mit überhängendem Oberkörper den Inhalt des Containers für organischen Müll zu checken, vergrößert fast naturgemäß Snaffus blaue, lebhafte Augen, wie sie sich bei seh- und lesebegeisterten Nerds immer vergrößern, wenn sie etwa eine randlose oder eine dicke Hornbrille tragen und Nerdzeugs lesen. Der Hausmeister lässt den rechten Arm nach unten in den Müllcontainer sinken, greift nach der Abfalltüte, vollgestopft mit Produkten, die wahrscheinlich in einem italienischen Lebensmittelgeschäft gekauft worden waren, zieht die Tüte aus dem Container, wobei sie unmittelbar an der Kante des Müllcontainers aufplatzt und der Inhalt auf einen Haufen eloxierter Glassplitter fällt. Die Lachfalten um Snaffus Augen sind ein Symptom, in diesem Fall dafür, dass er sofort erkennt, dass es etwas vollkommen Irres an sich hat, wie dieser Hausmeister vollkommen glubschäugig und total angespannt einen krustigen, trockenen Brotlaib taxiert, der die Form eines gleichschenkligen Dreiecks hat, um das sich sofort ein horrend summender Fliegenschwarm bildet, während Karl Bauknecht sehr gemächlich eine dreigliedrige Fernsehantenne auseinanderzieht, um mit der Spitze zwischen den Glassplittern, die wahrscheinlich von einem Kosmetikspiegel stammen, und dem Brotlaib herumzustochern, zwischen einigen leeren Nudeltüten und ranzigen Mozzarellastücken. Etwas ungehalten schiebt Karl Bauknecht den Brotlaib in einer diagonalen Bahn in Richtung Müllcontainer zurück, bückt sich krächzend und bleibt sekundenlang in der Hocke, vielleicht nur um das Lebensmittelverfallsdatum auf den Plastikverpackungen etwas genauer in Anschein zu nehmen, was nicht ganz klar wird, wobei jetzt aus seiner Perspektive der Brotlaib in einem konvexen Winkel stark aufgebläht erscheint, als ob sich in dem Inneren des Laibs eine Lufthöhle befindet oder als ob der Brotlaib mit wuselnden Mikroorganismen gefüllt ist, jedenfalls erscheint ihm das alles exorbitant merkwürdig und dunkel zumindest für die Wahrnehmungskapazität eines stinknormalen Hausmeisters, der aber in Sachen Lebensmittelaufbewahrung als Experte insofern einzustufen ist, als er vor ungefähr drei Jahren als noch verheirateter Mann an einem Kurs des Unternehmens Konsument.eu teilnahm, bei dem er im firmeneigenen Schulungszentrum im Beisein von zwanzig Biotopaktivisten minutenlang Früchte wie Himbeeren, Erdbeeren und Melonen mithilfe einer Lupe oder einer Fliegenklatsche inspizieren durfte, darüber hinaus einige bemerkenswerte Flaschenverschlüsse, Metallschalen und etwas, das wie eine Vakuummaschine aussah, die er auch minutenlang analog doof und teilnahmslos anguckte, bis es dem Eventmanager langsam zu bunt wurde, wobei der sich schon die ganze Zeit auffällig und nachdenklich das Kinn massiert hatte, bis er Karl Bauknecht endlich in einem brutal unverschämten Tonfall darauf hinwies, dass dessen Schrullen oder Launen ihn wie eine schlechte Aura umgäben und jeden der teilnehmenden Teilnehmer mit einem schlechten Bazillus infizieren oder wie eine Intubination oder eine spezifische Geisterschattierung auf deren Hirn einwirken, eine Geringschätzung seiner Person als Leader der Veranstaltung per se in Gang setzen würden. Karl Bauknecht roch damals auch etwas seltsam, irgendwie leicht angekokelt und gleichzeitig zitrusartig, vielleicht auch wie ein ins Lagerfeuer geworfener, aromatisierter Putzlumpen. Seine Frau schwieg die ganze Zeit und ging dann alleine heim, um sich dann umgehend mit einem Anruf an Karl Bauknechts Rechtsanwalt scheiden zu lassen. Hausmeister Karl Bauknecht bringt sich jetzt mühsam wieder in die Vertikale, schlägt irgendwie angewidert mit der Antenne auf ein kleines, schwarzes Stahlviereck ein, dessen Ecken mit kleinen Rollkugeln verbunden sind, puh, ein Gerät, das er in dieser Form noch nie gesehen hat und dem er keinerlei Funktion zuschreiben kann, jedenfalls im ersten Moment nicht. Lebensmittelaufbewahrung, denkt Karl Bauknecht, während er subakut die schleifenden Geräusche von zwei Schaufelbaggern auf dem Baugelände nordöstlich des Mains mitbekommt, jedoch mit einem ziemlich voneinander abweichenden Maschinensound, der eine mit fast unglaublichen Oktavenschnitten, die fast einen Herzinfarkt auslösen können, der andere mit wolkenzerfetzenden Basstönen, die eben nicht die Erde vibrieren lassen, sondern die spiralförmig zum Himmel emporsteigen. Der quadratische Vorbau am Hofeingang des Esperanto-Buildings wirft eine spitz verlaufende Schattensäule, während der größte Teil des Hinterhofs in gleißendes Sonnenlicht getaucht ist. Im Schatten des Müllcontainers scheint sich etwas Winziges raschelnd, ja fast kaustisch zu bewegen, was dem Hausmeister aber nicht weiter auffällt.

Karl Bauknecht hat sich ein eigenes kleines und feines System ausgearbeitet, u.a. um seinen Arbeitstag im Building hier wenigstens einigermaßen effizient zu bewältigen. Es ist purer Routinekram, der zu 90% seine in ein kompliziertes Machtgefüge integrierten Beschäftigungen ausmacht, beispielsweise die Instandhaltung der Entlüftungsanlage plus die komplizierte Schraubenstochastik für die ergonomischen Ledersessel, während ihm die Booemrang-Desks aus Fieberglas da doch viel weniger Sorgen bereiten, wie auch die stündliche Begutachtung des topmodernen Fitnessraumes mit seinen Spinning-Bikes und Laufbändern etc. oder der illegalen Schnapsbrennerei im Kellerraum 76, oder die Begutachtung der selten zur Sprache kommenden Pilzsubstrate in seinen behaarten Körperregionen oder die freudige Erwartung von sog. Geisterereignissen oder Nebelhörnern, welche allerdings so selten eine Aktualisierung erfahren wie er sich am digitalen Informationsaustausch qua Emailverkehr oder Multichat der firmeneigenen Netzwerke beteiligt, aber in den letzten acht Wochen gab es, wenn er es sich das so richtig überlegt, eine gewisse statistische Anhäufung von Zufällen, die beinahe schon einen histrionischen Modus besaßen, eine sicherlich unbewusste Inszenierung vereinzelter Personen, die in komplex verwickelte Konfliktkonstellationen eingebunden schienen und ihre Affektualisierung dahingehend betrieben, anders zu erscheinen bzw. sich selbst anders zu erleben, als sie wirklich waren. Erneut mustert Karl Bauknecht seine stark verschmutzten weißen Adidas Sneakers, stellt den linken Fuß sprinttechnisch leicht vor den rechten, knickt mit beiden Knien leicht ein und dreht dann beide Füße abwechselnd nach links und rechts, tupft die Waschbetonplatten abwechselnd mit den Mittelsohlen und lächelt, bringt sich wieder in die Gerade, trinkt einen Schluck Cola Zero aus der Plastikflasche, sieht erneut mit weit vorgebeugtem Oberkörper in den Müllcontainer hinein, fährt mit der rechten Hand über die Kante und wendet sich dann wieder dem mit organischen Abfall & Müll bedeckten Scherbenhaufen zu, auf dessen blanke Existenz er sich noch keinen richtigen Reim machen kann. Nicht dass er sich selbst einen onanistischen Voyeuristen schimpfen würde, mitnichten, aber mit einer gewissen Konzentration betreibt er nun doch schon seit fünf Minuten, wenn er es sich recht überlegt, insgeheim eine seltsame Form der hypervisuellen Parzellierung bzw. der Archäologie des Mülls voran, wohlwissend, dass dies von seiner individuellen Pathologie der Vermüllung kaum zu trennen ist, und weil er genau weiß, dass seine Wenigkeit hinter getönten Panoramascheiben von einer größeren Anzahl von Mitarbeitern und Mitarbeiterinnen der EB exakt beobachtet wird, die wahrscheinlich gerade unwillkürlich ihre Krawatten lokkern oder an ihren Blusen zupfen, um einmal für Minuten den psychophysischen Stress um Arbitragen, Benchmarks, Caps, Gammas, Plain Vanillas, Spreads etc. aus den Köpfen bzw. den Front- und Backoffices zu verbannen, kann er jetzt auf Anhieb den Einfluss und die Verpflichtung seiner Mikrountersuchungen einschätzen und begreifen. Währenddessen spielen Herr Hartmanns Zahnreihen im Büroraum extrem ungeduldig mit den Ecken des Z.B.B. Vertrages, während Freaky Franky mit zusammengekniffenen Augen fast schon steril/neutral und anmutig zugleich sowohl Hartmanns Grimassierungen (»kretinöse Beraterfresse und scheinbar abgebrühte Bankervisage«) als auch die Pseudoaktivitäten des Hausmeisters im Hinterhof des EB-Buildings parallel oder im Modus des Multitasking verfolgt. Die eben noch schüchterne, beinahe gehemmte Körpersprache des Bankers tendiert langsam, aber stetig zurück zur normalisierten Extrovertiertheit, provokant stößt sein Kopf nach vorne und wieder zurück, vielleicht um irgendeine signifikante Reaktion bei Snaffu oder bei Freaky Franky zu erzielen, die aber nach wie vor, und das schon scheint seit 13:21 Uhr, ausbleibt. Im Kundenzentrum nebenan herrscht inzwischen dichter Verkehr, auch solcher von Zeichen, Handys und Ipads, drahtlos verbunden. Endlich sagt der Banker: »Meine Herren. Wir müssen nun wirklich zum Ende kommen. Sie können den Vertrag gerne mit nach Hause nehmen, um ihre Entscheidung in Ruhe zu durchdenken.« Ohne irgendeine nennenswerte Reaktion starrt jetzt auch Snaffu geistesabwesend aus dem Fenster, vielleicht etwas zu provozierend oder mit zu gekünstelter Ignoranz, und gleitet dabei immer tiefer in den Ledersessel, bis er nur noch die obere Kopfhälfte des Hausmeisters sieht, der gerade eine allzu typische Verhaltensauffälligkeit aus- oder aufweist, nämlich ein modulatorisches Zucken der oberen Fazialismuskelpartien bzw. ein Zittern der Augenbrauen, möglicherweise eine Vorstufe für den Tremor des ganzen Kopfes, das dann zumindest für Snaffu wie eine gelungene Nein-Bewegung aussehen würde. Fehlt nur noch, dass der Typ eben mal den Kopf teeniemäßig schräg legt, was aber weniger der geistigen Rachitis eines jungen Mädchens als der Gerissenheit eines alten ausgefuchsten Provokateurs gleichen würde, denkt Snaffu, als er sieht, wie eine Taube mit exkrementeller und präziser Lakonie Karl Bauknecht einen ungewöhnlich großen Haufen auf den Kopf scheißt, der sofort in den Boden versinken möchte, denn er weiß ja ganz genau, dass sich jetzt in den Büroräumen buchstäblich die Balken vor Lachen verbiegen. Selbst Freaky Franky und Snaffu bewegen jetzt ihre Kieferknochen zähneklappernd auf und ab. Daraufhin stehen die

Jungs simultan auf, schütteln dem verdutzten Bankangestellten Hartmann abwechselnd dessen rechte, nur noch sehr behutsam ausgestreckte Hand und Snaffu sagt: »Ihre Performance hat uns wirklich sehr berührt, um nicht zu sagen mitgenommen. Wir werden Ihnen für immer und ewig dankbar sein.«

Unterdessen ist Sam Kimberlay von ihrem Meeting mit dem Ressortleiter der Marketingagentur H.O.M.O., das während eines überregionalen Agenturtreffens im Hotel Maritim stattfand, in ihr Büro im 32. Stock des Esperanto-Buildings zurückgekehrt. Das Plastikklebefolienschild mit den Initialen S.K. zerknüllt sie unwirsch, wirft es direkt in den Papierkorb und sagt mit zusammengepressten Lippen gegen die weiße Wand »Fass mich nicht an«, während sie auf dem linken Fuß balanciert und gleichzeitig ein Augen-Fluid für Kontaktlinsenträger in das rechte Auge träufelt. Mehrere Plastikfläschchen stehen auf der Glasplatte ihres Designerbürotisches, u.a. ein Nahrungsergänzungsmittel der Firma Eyeplex, 125 ml Yves Rocher Luminelle Express Augen-Make-up-Entferner, Bodysoul Aroma Hairgel und ein Flacon Chanel No. 5. Die Webcam in der rechten oberen Ecke, die nach ihrem letzten anaphylaktischen Anfall vom Hausmeister Karl Bauknecht installiert worden war, ist auf seinen genialen Einfall hin als Designerlampe getarnt; diese Kamera sendet permanent Daten an das Zentrum des Roten Kreuzes, das ungefähr 400 Meter Luftlinie südöstlich am Römerberg gelegen ist, die Kamera kann aber von Sam Kimberlay jederzeit außer Kraft gesetzt werden. Sam Kimberlay unterbricht jäh das Balancieren, um ihr ausgezeichnetes Dekoletee mit einem kurzen, fast trügerischen Blick zu prüfen, schnippt zweimal selbstsicher und souverän mit Daumen und Zeigefinger, um anschlusslos automatisch in ihren gewohnten konsekutiven Businessgang hineinzuschlingern, als sich Dr. Dr. Hanselmann über das haus interne High-Multitude-Informationssystem mit einem überfeundlichen, ihrer Meinung nach total geheuchelten »Ich komme gleich« ankündigt.

Seit Wochen schon beginnt Sam Kimberlay nach tagelangem Hungern quasi zwanghaft zu fressen, stopft reihenweise Lebensmittelprodukte der Lifestyle-Marke Vital, größte Sushi-Boxen vom Sushi Circle, massenweise Salzstangen mit Sesam und vegetarische Hot Dogs, Mars- & Snickersriegel, Schokolade mit Rosenöl- oder Lavendelaroma und 500 ml Zimteisbecher in sich hinein, vielleicht aus Angst, wie zumindest Dr. Dr. Hanselmann das sieht, dass sie bisher in ihrem Leben vielleicht etwas Wichtiges versäumt hätte oder noch versäumen könnte, wobei es nicht zu übersehen ist, dass ihre tendenzielle Anorexia nervosa oftmals oder viel zu oft in den Heißhunger nach (oraler) Zerstreuung umkippt, der eben auch im genussreichen oder genussfreien Fressen aufscheint. Der unbewusste Wunsch, auf radikale Weise den eigenen Körper loszuwerden, indem man ihn in ein klapperndes Skelett verwandelt, kongruiert bei Sam Kimberlay mit der unbewussten Aneignung der zeichenpolitischen Imperative der Nahrungsmittelindustrie hinsichtlich der unbarmherzigen Kolonialisierung des Körpers durch Nahrungsmittel, inhäriert aber auch die künstliche Sehnsucht geldgleich leicht und flottierend daherzukommen, während dagegen die unglaublich hilflosen Versuche mittels hochneurotischer Fressattacken wiederum gegenzusteuern nur zeigen, dass jeglicher Versuch, die fressorientierte Aneignung des Körpers erfolgreich durchzuziehen, nachdem Sam Kimberlay ihrer körperlichen Souveränität längst enteignet worden ist, niemals ohne bleibende Kollateralschäden gelingen kann, Schäden, die aus der Anorexie die Wahrheit der Bulimie machen und umgekehrt. Risiken per Exzess, unkontrollierbare Kettenreaktionen kongruieren bei Sam Kimberlay, was Bulimie und das orale Tradingsprocedere angeht, mit dem Manöver der Loslösung sowie der Austrocknung des Körpers. Einerseits scheint Sam Kimberlay ihres Körpers komplett entledigt, erscheint wie ein Gespenst, weder tot noch lebendig, unberechenbar und delirierend, oszillierend zwischen Autonomie und Automatismus, andererseits scheint ihr Körper in seiner materiellen Verletzlichkeit Kräfte zu besitzen, die den Körper von sich selbst mal komplett anders entlasten sollen, indem er sich seiner Aufhebung zum Gespenst, Geist oder zum Immateriellen widersetzt. Sam Kimberlay raucht viel zu viel. Eigentlich weiß sie nicht recht, was es bedeutet, irgendetwas zu sich zu nehmen, etwas zu konsumieren, sich zu ernähren. Sie weiß nur, dass sie in den Phasen ihrer Fresssucht auch mit fieberhafter Gier drauflos redet, egal ob jemand als Adressat anwesend ist oder nicht, während sie in den Phasen des heillosen Fastens fast in einen Zustand der Erstarrung zurückfällt, wobei sie kaum noch spricht oder konnotiert, und selbst das manisch machende Kokain richtet dann nicht mehr viel aus, vielleicht weil es zu überdeutlich die Tendenz zur Magersucht eskamotiert oder affirmiert. Dass es sich nur um das Problem eines gestörten Appetitverhaltens handelt, das glaubt sie jedenfalls nicht. Es ist bestimmt auch keine Geschmacksperversität oder ein Parasitismus, der hier zum Zuge kommt, eher schon eine Frage der Quantität, der Metonymie oder der Unterbrechung derselben, wobei der Versuch, das Objekt an sich in der Form des Essbaren zu vernichten (die Zeit der Abstinenz, in der der medusoide Riss immer größer wird, muss einfach durch die nächste Fressattacke gestopft oder genäht werden) oder zumindest zu introjizieren, phasenweise immer wieder scheitert, weil das Objekt sich auf seltsame Art und Weise entzieht oder ihre Person vom introjizierten Objekt schlichtweg vampirisiert wird.

Sam Kimberlays jetzige aufrechte Sitzhaltung auf der roten, flauschigen, mit Samt überzogenen Couch widersetzt sich bewusst jeder Form der bequemen Bequemlichkeit, als sie zum zweiten Mal am heutigen Tag die lächerlich quiekende Stimme von Dr. Dr. Hanselmann über die Telefonanlage hört, deren seltsames Timbre diverse Komponenten ihrer Psyche noch weiter auseinander treibt, gerade als das mit »Smoking Hot« auf HR 3 angekündigte Remake des alten Abba-Songs SOS angespielt wird, ein Song, der für sie in ihrer Studentenzeit insofern ein pseudo-emotionaler Zufluchtsort par excellence war, als er ihr eine unglaubliche Trunkenheit im Kopf vermittelte, aquatechnisch sozusagen, immer kurz vor dem (emotionalen) Untergang. Dr. Dr. Hanselmanns pseudoradikale sowie ökologistisch angehauchten Rettet-die-Welt-Phrasen (vornehmlich wahrscheinlich seine eigene Welt), mithilfe derer er das Interventionsfeld der Esperanto Bank in den internationalen Bankenkonsortien und parastaatlichen Gremien im globalen Maßstab beständig auszuweiten gedenkt, kann er sich, wenn es nach ihr geht, total in die Haare schmieren, denn sie garnieren nach ihrer eigenen Diagnostik nur seine strukturelle Inkompetenz, die er sich garantiert vom Typus Politiker abgekupfert hat, welchem sowohl die Medien als auch die Peer Groups der Lobbyisten glücklicherweise nach und nach die traditionellen Legitimitätsgrundlagen (Parlament) entziehen, um den Politiker schließlich zur televisuellen Schießbudenfigur zu machen, nur dass im Falle Dr. Dr. Hanselmanns selbst die sog. televisuelle Dauerpräsenz wegen der massiven PR- und Strategieprobleme der Marketingagentur H.O.M.O. doch sehr zu wünschen übrig lässt. Dr. Dr. Hanselmanns an Harald Schmidt orientierte Gastauftritte in diversen Talk- und Castingshows zeigen vor allem eins: Er möchte als Banker und Pseudostar gewissermaßen immer »einer von uns« sein, indem er das Publikum in alle Herrlichkeit Gutmenschentum akklamierend permanent mit verschrobenen, aber dennoch irgendwie vertrauten Meinungen und Visionen in einem lobpreisendem Monolog versorgt, aber er muss ja auch immer eine gewisse Distanz zum Publikum (negative Rückkoppelung) pflegen, um den Status der herrlichen Unnahbarkeit oder des Außergewöhnlichen zu erlangen, den ausgerechnet er nicht unbedingt im Gewöhnlichen finden kann. (Allerdings hat der smarte Banker um die Esperanto Bank tatsächlich, was die globale Cybervernetzung der Finanzmärkte und die Beschleunigungskoeffizienten der Geldkreisläufe angeht, die Nase gegenüber staatlichen Finanzinstitutionen und Aufsichtsbehörden vorn.)

Sam Kimberlay ist gerade dabei, langsam aber sicher das Lackieren der Fingernägel abzuschließen, als die Bürotür unerwartet auffliegt, und automatisch halluziniert sie den Einsatz der Hausalarmanlage, elektronischer Zaun und generell Prävention und so, da sie mit solch einer Vehemenz von Seiten Dr. Dr. Hanselmanns überhaupt nicht gerechnet hat, der, um die Aufmerksamkeit und das Feedback seiner Zuhörerin auch gleich im voraus zu sichern, eine Armbewegung mit ausgesprochen obszöner Tendenz ausführt, die mit der Hand direkt vor seinem Reißverschluss endet, worauf Sam Kimberlay nicht wie üblich »Du Ferkel« sagt, sondern den Banker nur einen »pathologischen Pseudodarwinisten« nennt, ungeachtet der Tatsache, dass Dr. Dr. Hanselmann wieder einmal als der kleine Don Juan mit Frankensteincharme oder wahlweise als der mit dem erotischen Look eines pathologisch schüchternen oder eingeschüchterten Menschen daherkommt, dessen Ventilisierung des Sex in die monetären Sektoren im Bahnhofsviertel hinein alles andere als ein Zufall ist, so glaubt zumindest Sam Kimberlay, ja dessen kurzfristige Flippereien möglicherweise sogar eine Art Cocooning darstellen, die ihm letztendlich aber doch nicht das Gefühl der Geborgenheit vermitteln, wie er sich das vielleicht vorstellt oder gar wünscht, um das ihn peinigende Existential der Angst (das ihn zerreißt) zu verdrängen oder zu bannen, denn seine kaum vorhandene satanische, polemische, sardonische und antagonistische oder agone Energie reicht einfach nicht aus, um eine ganze Geisterwelt der Eliten zum Explodieren zu bringen, zu sanft oder sanft fanatisch sind letzten Endes seine wesentlichen Charakterzüge, komplementär der zugegebenermaßen abgefahrenen, aber doch utopischen/hypothetischen Fantasiekonstrukte, die bei ihm in der absurden und lächerlichen Vision einer universellen Weltbank kulminieren, der Universalität der Globalisierung und nicht zuletzt der Universalität eines Ideals an sich. Sam Kimberlay überlegt. Wie natürlich auch die ovoide Form seines Designerbettes, das ja nicht annähernd die Metapher des Embryos in der Eihülle zu visualisieren vermag, eine reine Farce ist, sie ist sich darüber hinaus ziemlich sicher, dass Hanselmann noch kein einziges Mal in diesem komischen Kasten, der einem zur Handlungsunfähigkeit im Bett geradezu verdonnert, geschlafen hat, und alles in allem ist sein dreistöckiges Eigentumsloft in Zürich mit Blick auf den Züricher See ein Fall für den Kunstkritiker des White Cube, allerdings könnte man an der Strategie der Hängungen in den seriellen Baukästen selbstreferentieller Kunsttautologien, die sich auch Zimmer nennen, noch einiges verbessern. Den Gedanken einigermaßen zufrieden beendend miaut Sam Kimberlay wie eine Katze, der man ein paarmal auf den Schwanz getreten ist (derartige Lautäußerungen gibt es bei ihr in mehreren stilistischen Variationen, die gewiss auch eine inverse Brutalität oder Geringschätzung gegenüber Dr. Dr. Hanselmann ausdrücken, woraus die Brokerin eine gnadenlose Poesie schöpft, eine Poesie, die sie allerdings meistens durch milde Timbres akzentuiert, als würde sie womöglich ein Seufzen, Stöhnen oder ein suchtmotiviertes

Verlangen metaphorisieren). Dr. Dr. Hanselmann stutzt, klemmt schnell den Schnellhefter fest zwischen Arm und Rippen ein, lässt den Kopf hochschnellen und der schwarze Hut mit Krempe fliegt nach hinten weg. Er meint, dass er es sich jetzt sehnlichst wünscht, das Gespräch ausnahmsweise in der Kingkamea Suite in der Nähe der Oper fortzuführen.

An der Bar Kunterbunt, über deren langer Aluminiumtheke die in Schalen rotierenden, hochleistungsfähigen RGB-Spots permanent Wellen von funkelnden Asteroiden in alle Richtungen schießen, presst Sam Kimberlay, die nach mehrmaligen, erfolglosen Versuchen endlich Platz nehmen konnte, um auf längere Zeit auf der Ledersitzschale eines Design-Barhockers festzukleben, eine Hand provokativ auf die rechte Brust, während sie mit der anderen Hand den knallgelben Strohhalm dirigiert, um die Reste eines Mojitos aus dem Cocktailglas zu schnorcheln, wobei sie heute ausnahmsweise, wie sie sagt, postmoderne Sentimentalität bei Dr. Dr. Hanselmann ein bisschen gelten lasse, die möglicherweise auf eine vorübergehende Stagnation seiner Psyche zwingend folge, hauptsächlich wohl wegen der schrecklichen Kieferfraktur, die, sie möchte ja nicht unhöflich sein, seine Hackfresse à la Kackermann fast zum Schweigen gebracht hätte, wäre da nicht sein permanenter Feuereifer gewesen, den undurchschaubaren Nebel seiner psychokognitiven Arthrose zielgerichtet zu durchqueren, um den monsterartigen Mutanten persönlicher Unreife, der nach dem Unfall kurzfristig wieder zum Ausbruch gekommen war, zu besänftigen, um ihn dann Schlag auf Schlag vielleicht sogar für längere Zeit zu vernichten.

»Von niemanden in der Esperanto Bank wird erwartet, dass er die volle Verantwortung für die Geschäftspolitik mit übernimmt, und das permanent und bewusst, vielleicht gar noch die Verantwortung für sein eigenes Leben, wo kämen wir denn da hin. Deine Worte Sam. Aber erinnere dich bitte daran, auch wenn du die Erinnerungsfragmente komplett neu konstruieren musst, wer denn letzten Donnerstagabend mit zwei Herren von der Commerzbank hier an der Bar saß und dem einen andauernd mit Champagner zuprostete, während dem anderen so bedeutungsschwere Sätze wie Erinnerung als Entdeckung des in der Vergangenheit Verdeckten ist eine Chimäre oder Erinnern ist Vergessen um die Ohren gehauen wurden, bis ihm die Ohren klingelten, und ...«

Sam Kimberlay schluchzt im Rahmen ihrer rational bzw. rationell durchgezogenen Psychohygiene der letzten beiden Stunden leicht würgend, ja fast in Zeitlupe, und sagt: »Genau, dann ist Erinnerung eben die Entdeckung des Zukünftigen, deren Unbestimmtheit wir vergeblich kalkulieren, womit wir folgerichtig auch nicht damit rechnen können, dass die Zukunft ein toter Gegenstand von Erwartung und Voraussicht ist, vielmehr aktiv in die aktuelle Gegenwart hinein wirkt und manchmal sogar deren Verlauf bestimmt. Backlash.«

»Sam, hör bitte mit diesem angelesenen Feuilleton- und Unizeugs auf. 3 x Dr.=Rindvieh kritzelte dieser Adorno mal auf einen Notizzettel. Überlasse doch bitte wie der Würfler dein Leben den Würfelwürfen und simuliere oder fantasiere nicht etwas wie eine eigene Entscheidung herbei, konstruiere stattdessen besser eine Passion, die dich dazu zwingt, jede Aktion deines zukünftigen Lebens durch den Würfelwurf bestimmen zu lassen, aber sei dir bitte auch bewusst, dass der Zufall erst durch das Simulakrum einer selbst auferlegten Regel erzeugt wird.«

»Das ist jetzt aber ganz verquerer, postmoderner Unikram. Ich kontere mit der Aussage, dass der Würfelwurf einzig ist, wie es nur ein Ereignis gibt, das eben das Ereignis des Einen ist, das Werfen für alle Würfe. Das ist kein Fall für die Wahrscheinlichkeitsrechnung, wonach der Zufall nur aus einer Reihe von Würfen besteht. Der einzige Würfelwurf ist die Bejahung des Zufalls, nicht mehr und nicht weniger. In allen Würfen kehrt der selbe Wurf wieder, aber immer nur ein/kein bisschen anders. Und was sagst du jetzt, mein Lieber?«

»Aber was wäre, wenn wir gar nicht die Wahl haben und die nackte rohe Existenz viel unbestimmter ist, als wir es uns vorzustellen in der Lage sind? Okay, ich gebe dir ja recht, wenn du darauf insistierst, dass unser aleatorisches Multiversum der computergestützten frei flottierenden Finanzspekulationen und der Risikokalkulation von Geldströmen am Lauf der Welt weniger ändert, als wir vielleicht wahrhaben wollen.«

»Fischer, Black und Scholes haben in ihrem Text The Pricing of Options and Corporate Liabilities von 1973 Laufzeit, Zinssatz, Normalverteilungsfunktion und Varianz einer Aktie in eine mathematische Formel gegossen. Zweites Semester BWL. Der Wert für die darauf basierende Option ist aber weniger klar als es manche gerne hätten, daran ändern auch die komplexesten finanzmathematischen Modelle unter Einbeziehung sämtlicher Spill-Over-Effekte nichts, mein Schatz.«

»Vielleicht sollten wir unseren Blick etwas schärfen und umdenken. Denken wir doch mal an diesen weitestgehend vergessenen Silvo Gesell zurück, der die Spekulation mit Geld durch künstliche Lagerkosten oder Benutzungsgebühren eindämmen wollte. Sparen sollte nicht mit Zinsen belohnt, sondern im Gegenteil mit Abwertung quasi bestraft werden. Damit Geld etwa nicht unproduktiv gehortet wird, wird es nach Gesell automatisch in Zeitintervallen abgewertet, zum Beispiel zum Monatsersten um 1%. Auf diese Weise ist jeder daran interessiert, das Geld schnell wieder gegen Waren und Dienstleistungen loszuwerden, was die Konjunktur in Gang setzt. Die abgewerteten Beträge sollten wiederum der Allgemeinheit zugute kommen. Und nun stell dir das mal auf globaler Ebene vor. Der Luxus ... «

»Ach Hansi. Wir sollten uns hier nicht über die Verderbtheit unseres hundsgewöhnlichen Luxus streiten. Sieh mal die illustre Runde dort drüben am Tisch. Deine Freunde Rütli und Fundsung, gemeinsam mit Leuten von H.O.M.O.. Und die nicht weniger illustren Damen, zweifelsohne aus dem horizontalen Gewerbe, das kann ...«

»Sam, bitte jetzt keine voreiligen Spekulationen.«

Der strenge würzige Geruch einer bestimmten Sorte Filterzigarillos von L&M oder PallMall, der schlaff von der Ostwand der Bar Kunterbunt herüberweht, die an das Foyer im ersten Stock angrenzt, dringt nicht ganz bis zum Bartresen vor. Mindestens drei elektronische Türen am Eingang der Bar werden von einem Zahlencode bzw. einem ausgeklügelten Softwareprogramm bewegt, wobei man die Gäste schon vor dem Empfangsbereich von Kameras, die auf der Lauer liegen und auf die Gäste warten, ganzkörpertaxiert und ganzkörperfixiert erfassen lässt, Kameras, die spektral die Profile sowie die Bewegungsabläufe der Körper ableuchten und bewerten/beurteilen, so dass je nach (automatischer) Auswertung der Gäste in bis zu drei Kontrollzentren, die in den Katakomben des Gebäudes liegen, die Türen aktiviert werden oder eben auch nicht. Kontrolliert wird das Durchgangsrecht und der Zugang. Um es in den Worten des Managers Dr. Lohn zu sagen: Es wurden im gesamten Haus fünfunddreißig Sony-Netzwerkkameras des Typs SNC-RX550 installiert, die laut der Promotionabteilung von Sony über intelligente Funktionen zur Bildanalyse verfügen und im Falle eines als auffällig klassifizierten Verhaltens eines Gastes oder Eindringlings einen Alarm auslösen. Unter einer riesigen Verhoegen-Pharma-Reklame-Wand, die eine zum schnittigsten Sportwagen transformierte silberne Plastikdose zeigt, in der sich das Psychopharmaka Cedrixol befindet, schaukelt der Marketingexperte Tank von der Agentur H.O.M.O. unkonzentriert und lasch auf einem Designer-Sessel von Neringa Dervinyte, als fände er sich ohne jede Durchschlagskraft in einem schrägen Winkel seiner Selbstwahrnehmung festgefahren, macht dabei einen starren Hals, als würde er etwa eine metallverstärkte Halskrause tragen. Der stoische, aber auch leicht fassungslose Ausdruck auf dem Gesicht des Marketingspezialisten bleibt hinsichtlich seiner Rationalitätsbedingungen oder eben der Verderbtheit seines Vorhabens ganz schwer einzuschätzen.

In den letzten Tagen hatte eine Gruppe randalierender Hartz4-Anarchisten einige Frontscheiben des Gebäudes eingeworfen, wobei einige Backsteine bis kurz vor die getäfelte Eingangsfront der Bar Smiling im Erdgeschoss der Kingkamea-Suite flogen, auf die man als Gast frontal stößt, wenn man den Eingangsbereich und das von acht massiven Marmorsäulen getragene circa fünfzehn Meter hohe Atrium durchquert und die Marmortreppe hinauf geht. Es mussten also kräftige Typen mit gleichzeitig exzellenter Fähigkeit zur Feinjustierung gewesen sein, die die quadrantenkalibrierten Gitterfenster ins Visier nahmen und, oh Gott, Zitat des Polizeiberichts schwer beschädigten. Die städtischen Polizeibehörden glauben ungefähr zu wissen, welcher politischen Splittergruppe die Täter zuzuordnen sind, allerdings konnten sie bei der gestrigen großangelegten Razzia im Stadtwald und auf benachbarten Sportplätzen, die sich nach den letzten schweren Regenschauern in einen unglaublichen Morastteppich verwandelt haben, sowie in Weizenfeldern, wo es auch nicht viel besser aussieht, keine Einzelpersonen festnehmen, was die inzwischen auch mit massiven Panzereinsätzen gegen Randalierer sympathisierenden Einsatzleitungen auch gar nicht beabsichtigt hatten, allein der sogenannte präventive Erstschlag sorgte laut Aussagen des den Polizeibehörden angeschlossenen Instituts für Verbrechensprävention für reichlich befriedigende und befriedende Wirkung bezüglich der hochselektiven Wahrnehmung und Kontrolle krisenrelevanter

Bevölkerungsschichten, wobei das Institut für Verbrechensprävention in seinen letzten Appellen/Aufrufen an die Bevölkerung immer wieder darauf hingewiesen hat, dass der Staat gezwungen bzw. imstande ist, quasi einen subgesetzlichen Anspruch an jeden Einzelnen zu erheben, damit kriminogene Situationen wie im Stadtwald, die ja fast schon auf Permanenz gestellt sind, von wem auch immer, in Zukunft vermieden und Verbrechensrisiken im ureigensten Interesse minimiert werden, beispielsweise durch den individuellen Besuch von Selbstverteidigungskursen, den Abschluss vernünftiger Versicherungen oder dem geistesgegenwärtigen und kontrollierenden Blick, der sofort erkennt, wenn zum Beispiel im Park hinter dem Gebüsch die Gefahr lauert etc.. Natürlich ist der in seiner extravaganten Größenordnung politisch selbst im Römer umstrittene Manövereinsatz der Polizei eine enorme Herausforderung für die Bewegung im Stadtwald, die sich nun endlich überlegen muss, wie man, um die autorisierten & für Sondereinsätze spezifizierten Staatsapparate durch Nadelstich- bzw. Guerillataktik weiterhin u.a. auch »moralisch« zu schwächen, in Zukunft vorgehen und konnektieren soll. Nicht nur muss das mühsam bzw. Schritt für Schritt eroberte Territorium im Stadtwald konsequent verteidigt, sondern es muss laut Aussagen der trotzkistischen Splittergruppe *Was denn nun?* das politische Manövrierfeld hinsichtlich potenzieller Opfer in die (geheimen) Zielgebiete südöstlich des Mains verlagert werden, wobei es vollkommen unerheblich ist, ob man im Aktionskampf Wildschweine plattfahren, Bungalows in die Luft sprengen oder irgendwelche Knallköpfe in ihre mit Luxusmüll zugestopften Müllcontainer stecken wird.

Seit ungefähr drei Minuten ähnelt Tanks Körperhaltung im Ungefähren der Exposition eines angefahrenen Tiers am Straßenrand; leicht nach links zusammengesackt kauert der Marketing-Fachmann weiterhin leicht schaukelnd im Designersessel und hängt lasch seine belegte Zunge heraus wie eine betäubte Eidechse, während sein Speichel blasenschlagend aus dem Mund quillt. Ein Bild für die Götter, dessen niederschmetternde emotionale Wucht in der beinahe schon untertriebenen Scheußlichkeit liegt (wobei jede Geste der Übertreibung und Untertreibung jederzeit in eine coincidentia oppositorum überführt werden kann), mit der Tank sich selbst ein komisches Gesicht macht, als müsste er sich letzten Endes doch von etwas ziehen lassen, von dem nicht klar ist, was es ist, aber auf jeden Fall hängt Tank diesem etwas nach. Seine weinrote Che Guevara-Basecap ist trostlos auf das Buchenparkett gefallen, was anscheinend zumindest ein Callgirl in giftgrünem Minikleid und violetter Damenkopfbedeckung, die einer Baskenmütze relativ nahekommt, registriert, weil das Girl die Hände scheinbar ganz erbittert über das »Objekt der Verschmutzung« vors Gesicht schlägt und erbittert kreischt: »Was ist das denn?«. Die Implikation der Frage mag ihre Freundin, die vor zwei Stunden im Hilton Hotel noch einen stinknormalen Dreier mit einem Säurechemiker und einem M & A-Typen von der Commerzbank durchgezogen hat, umgehend aufgreifen, indem sie erst auf total erschreckt zusammenzuckt, um dann vor Entrüstung schwer unter den Achseln zu deodorieren und zeitgleich die Frage ihrer Freundin ein zweites Mal herauszuspucken, als wollte sie im Nachhinein wirklich noch mobil machen und ihre Abscheu dejektieren, die sich unter anderem auch gegen eine leere Gin-Fizz-Dose richtet, die sie jetzt konsequent plattdrückt, um Zitat den blöden Schrott Zitat Ende der Freundin in die Hand zu pressen. Zumindest eine Gestalt rechts hinter dem Designersessel hat sich immer noch nicht gerührt. Dr. med. Fundsung, der weiterhin keinerlei Anstalten unternimmt so etwas wie erste Hilfe zu leisten, hüstelt nur blöd rum, dass Dr. Rütli, der links neben ihm steht und die ganze Zeit angespannt an seinem

Zeigefingernagel herumgeknabbert hat, den außerordentlichen Mangel seines Freundes kompensieren will, indem er in eine grüne Trillerpfeife pfeift, wobei jedoch annähernd niemand in der Bar zusammenzuckt, weil der Ton im unbeschreiblich lauten Hightechhousesound des Tracks von Dominica I gotta let u go im Dj Tonka Mix untergeht, so dass letzten Endes auch unverständlich bleibt, warum der hochgewachsene Barkellner mit Glatze seinen Schädel, während er an sportliche Fairness hier im Raum appelliert, zum wiederholten Mal lautstark gegen die milchige Glaswand am Ausgang des Barbereichs, hinter der ein sattes Yves Klein-Blau schwimmt, rammt, während der zweite, kaum amüsantere Kahlkopf hinter dem Bartresen den Metallshaker unaufhörlich gegen den goldenen Zapfhahn hämmert, wahrscheinlich nur, weil er mitbekommen hat, wie die Menschentraube um den reglos in seinem Sessel verharrenden Tank Stück für Stück anwächst, was von einer TP-Kamera aufgenommen und in Realtime über den großen TP-Monitor südöstlich des Eingangsbereichs ausgestrahlt wird, was auch Sam Kimberlay hochinteressiert mitverfolgt, bis sie von einem gelben Tennisball im Nacken getroffen wird, dessen Wucht ihr Gesicht gegen das linke Schulterbein Dr. Dr. Hanselmanns drückt, der subkutan involuiert mehrmals »Foul« schreit. Der auch unter anatomischen Gesichtspunkten recht gelungene Schrei fasziniert vor allem die hinter ihm sitzende derzeitige Ressortleitern von W.H.Y. Mary-Sue Berger so sehr, dass sie ihm spontan leidenschaftlich, ja sogar enthusiastisch applaudiert, wobei sie den hinter ihr sitzenden Landtagsabgeordneten der Grünen Heinz Schenk, den sie im langen rechteckigen Spiegel, der über dem Wodkaregal angebracht ist, im schrägen Winkel exakt beobachten kann, lauthals der Verkörperung der tödlichsten Langeweile bezichtigt, weil er einfach unfähig sei, aus dem aufregenden Spiel (um nichts anderes scheint es sich hier ja zu handeln), das Beste im Sinne der ja längst anstehenden Karikatur seines Selbst herauszuholen oder wahlweise die Axiomatik des Spiels zum Entgleisen zu bringen, dabei müsste er doch zuallerest befähigt sein, die Ansprache des Barkellners, die gerade über das Hausmikrofon vorgetragen wird und das wohlgemerkt in der dritten Person Plural à la »Wir sitzen hier alle in einem Boot«, oder »Wir müssen uns ruhig verhalten« komplett mutig zu dekonstruieren, aber ob er das mit seinem selbstsicheren und zugleich albtraumhaften Politikergewäsch bringen könne, daran, an der Beantwortung dieser Frage würde sie sicherlich in den nächsten Minuten selbst verzweifeln. Von hinten flüstert Dr. Dr. Hanselmann Mary-Sue Berger ins Ohr: »Wir können die Zeit nur in der Zeit denken, tsss, vertrackt, zumal die Zeit überall und nicht greifbar ist, ja ja, der Spalt zwischen der subjektiven und der messbaren Zeit.« Sam Kimberlay ist immer noch leicht benommen, zittert innerlich fast, tastet andauernd ihre skoliosierte Halswirbelsäule mit der linken Hand ab, während sie im großen Spiegel die ihr verhasste Marketingexpertin Mary-Sue Berger exakt beobachtet, die wohl rein präventiv bzw. aus Sicherheitsgründen ihren an einer Silberkette hängenden schweren Schlüsselbund abnimmt, den Reißverschluss ihrer schwarzen Prada Handtasche aufzieht und dann den Bund mit ritueller Sorgfalt verstaut. Unter den Schatten aufgespannter, orangenfarbener Hawaiisonnenschirme mit Tropenpflanzenmustern, die der zimtbraungebrannte Manager der Kingkamea Suite als Teil einer illegalen Lieferung von hochwertigen Designermöbeln aus Den Haag quasi abgestaubt hat, versammeln sich im Moment hauptsächlich Kunden und Mitarbeiter der indischen Investmentbank NKTC, wobei einer der Investmentbanker diese unumstössliche Tatsache des (legalen) Versammelns geheimnisumwittert seinem Diktaphon anvertraut. Der Barraum beherbergt einen unglaublichen Mischmasch von sowohl Designermöbeln als auch gusseisernen Gartenmöbeln, die Barhocker sind wahlweise aus Buchenholz oder Edelstahl und die Barstühle und Loungesessel aus schlag- und wasserresistentem Acryl-Kunststoff; es gibt erstklassige Sicherheitsgasdruckfedern, die einem, falls der Gaslift nicht mehr funktioniert, aus den Barstühlen direkt in den Weltraum katapultieren, wobei an der 360- Grad-Drehung der Stühle so manch ein Gast nach dem dritten Cocktail schon kirre geworden ist und folgerichtig die marmorierten Bodenfliesen vollgekotzt hat. Etwaige geometrische Anordnungen oder Muster des Mobiliars sind auf den ersten Blick wirklich nicht zu erkennen, frustrierenderweise noch nicht einmal für den Chefeinrichtungsdesigner, der sich doch alle erdenkliche Mühe gegeben hat, eine Ordnungsstruktur klassischen euklidischen Typs im Raum herzustellen, einem harmonischen Dreieck von Leibniz nicht vollkommen unähnlich (ein Dreieck, bei dem an die Stelle der ganzen Zahlen ihre Kehrwerte treten. Die *n*-te Zeile beginnt und schließt am Rand mit J ab. Jede Zahl ist die Summe der beiden *unter* ihr stehenden Zahlen).

Während all der vernachlässigbaren Zwischenfälle im Raum, die also alle mehr oder weniger marginal bleiben, liegt Tank immer noch halb weggetreten quasi im imaginären Zentrum des 230 qm großen neonlichtdurchflutenden Raumes vor einem opulent gerahmten Spiegel, die Wissenschaftler Fundsung, Rütli und MC Carren haben sich mit eleganten Whiskygläsern in der Hand über Tank gebeugt, um ihn quasi wie Polizei- oder Hirtenhunde sorgfältig zu beschnuppern oder zu belästigen, wobei Dr. Rütli immer wieder versucht, sich einzelne Haarsträhnen von der Stirn zu wischen, und dabei den Kopf nach hinten wirft, mehrmals, bis er sich endlich zur Aussage durchringen, dass er sich durchaus vorstellen kann, bei diesem Tank bald mit einer Art Reanimation zu beginnen, allerdings liegt hier eine Ateminsuffizienz oder gar Apnoe seiner werten Meinung nach in diesem sehr spezifischen, singulären Fall nicht vor, entweder schauspielert dieser Mann einfach nur meisterlich oder er hat beim Meeting des IFAF vor zwei Stunden zwei Etagen höher einfach eine Überdosis Tranquilizer zu sich genommen und die Chemie zu hoch dosiert oder einfach nicht vertragen. Von zwei Mitarbeitern von H.O.M.O., Mc Katten & Mc Katira, genau beobachtet, erleidet Dr. Fundsung trotz des kurzfristig in der Toilette durchgezogenen Konsums einer hohen Dosis von Premium-Tranquilizern des Benzodiazepin-Typs unerklärlicherweise, möglicherweise auch als Teil des narkotischen Supplements, einen so fassungslosen bis kollateralen Wutanfall, dass er sagt, dass er hinsichtlich seiner eigenen spieltheoretischen Überlegungen bezüglich turbulenter Menschenansammlungen einfach logistische Fehler eingestehen müsse, so dass ihm praktisch keine andere Wahl mehr bleibe, als umgehend zusammen mit Dr. Rütli in dessen Laboratorien nach Basel zu fahren, um unverzüglich die Arbeit an dem neuen XXL Wirkstoff XXX fortzusetzen, der die Labore inzwischen quasi schon als halbwegs stabile Praktik durchlaufe, als eine Anzahl von Operationen, die von ihren Beschreibungen (durch Verben), den Installationen und Messinstrumenten sowie den nervtötenden Berufsmacken und Berufstricks der Wissenschaftler nicht zu trennen seien. Plötzlich kommt unter rauschendem, ja tosendem Beifall, vor allem der Gäste im vorderen Teil des Barraumes, ein kleines Team von Notärzten und Sanitätern des Roten Kreuzes in die Bar gestürmt, und Tragbahren, Defibrillatoren und Notfallkoffer aus Metall, die das Rote Kreuz auch im UPS-Versand per Vorkasse oder Nachnahme vertreibt, werden mitgeschleppt, und hinter dem Team stürzt der Chefnotarzt gleich mit, der einen überdimensionalen braungelben Strohhut und einen weißen, knöchellangen, offenen Kittel ohne Knöpfe trägt, einen großen Einkaufswagen von Rewe vor sich herrollt, dessen rechtes Vorderrad entsetzlich quietscht und eiert, was für viele Gäste Grund genug ist, um sich, nachdem die Housemusic wegen der Turbulenzen und medialen Chaotisierungen im Raum längst abgeschaltet worden ist, unverzüglich nach dem seltsamen Mann umzudrehen und mit erstaunten Blicken die Strahlkraft seiner weißen Jeans zu bewundern, möglicherweise auch das unheimliche Weiß in seinen Augen, aber erst seine knallroten Sneakers ziehen die Aufmerksamkeit der Gäste komplett auf sich. Der Beifall versickert wie die Zeit.

(Geheime Instruktionen für das Team des Roten Kreuzes: 17:45 Uhr Ankunft in der Kingkamea Suite. Aufnahmen mit versteckten Kameras (die in die Defibrillatoren integriert sind). Sofortiger Datenversand per Iphone an xyz@candeda-rusa.eu oder zyx@rusa-candeda.eu. Vorher, exakt 16:02 Uhr, den kleinen Swimmingpool auf dem Parkdeck in der Nähe der Börse aus der Luft mit Kaliumcyanid-Kapseln beschießen. Aufnahme des Hubschraubers mit einer Handkamera aus dem 33. Stock des Commerzbankgebäudes (Themenspot: Unter uns die Stadt). 16:15 Uhr: Videodreh eines simultan vorgetragenen Angriffs von acht vermummten Personen (die von drei Seiten kommen) auf die Bronzeskulptur Bulle und Bär vor der Frankfurter Börse; die Ausführung der Aktion ist mittels neonroter Spielzeugpistolen durchzuführen, aus denen gelber Lack auf die Tiere spritzt. 16:32 Uhr: Der Lucae-Brunnen am Opernplatz ist die nächste Station. Die Granit-Schale mit einem Durchmesser von fünf Metern, die in einem siebzehn Meter großen Becken steht, wird umgehend mit Plastiksprengstoff atomisiert. 17:12 Uhr: Einen Drink in der Bar Studio 54 bestellen, ihn aber weder austrinken noch bezahlen. Um 17:28 Uhr: Ein Surfer, möglicherweise Suizidpatient, wird auf dem Main in der Nähe der Friedensbrücke mit einer Handkamera gefilmt. Um 17:45 Uhr endlich Ankunft in der Kingkamea Suite. 18:15 Uhr: pünktlicher Auftritt bei der Pressekonferenz in der Hyronimus Bar.)

Tank knickt äußerst langsam und sensibel den rechten kleinen Finger ein und jammert leise, vielleicht etwas zu brachial, aber irgendwie auch äußerst sensibel, worauf sich Dr. Rütli, dessen Gesicht eh schon seit zwei Minuten in der zeitlupenhaften Halbtotale regrediert, entsetzt abwendet, um konzentriert und leise in sein Diktaphon einen ziemlich verstörenden Text zu sprechen, der sich auf die Undurchsichtigkeit der Lage in der Bar irgendwie bezieht, er faselt von einem missratenen Echo nach dem Brennen vom Brennen sowie über erweislose Dekorationen und Flüchtigkeiten, als wäre die Lage die Kapitulation schlechthin, als wären alle Diffusionen beigelegt und die Unruhe verschwunden, während ganz in der Nähe von Tank nun der Chefnotarzt, der ein Lebenszeichen Tanks so schnell nicht erwartet hat und normalerweise sofort mit der Cardiopulmonalen Reanimation (CPR) begonnen hätte, von den geringfügigen Aktivitäten Tanks sichtlich weniger erschüttert ist als der Rest des Roten Kreuz-Teams, der Arzt ist sogar ein bisschen belustigt oder zumindest erleichtert, dass er beispielsweise die Defibrillation nun doch nicht vortäuschen und auch keinen transkutanen Herzschrittmacher ins Spiel bringen muss. Als der Chefnotarzt nur mal so spontan gegenüber den hochinteressierten, indischen Investmentbankern von NKTC darauf anspielt, dass dieser ulkige Lump Tank wahrscheinlich nur einmal kurz weggenickt (was von mindestens acht Kameras der Marketingagentur H.O.M.O. in Vorbereitung auf einen neuen ultrakrassen McFITNESS-High-Energy-Spot aufgezeichnet wird), der ja echt noch jung ist und noch nicht wie die selbstgerechten Alten immer schneller mit Medikamenten altern muss, Alte, die das Abgetrennte, nun als Krankheit benannt, als solche lieben lernen, bekommt er eine massige Spuckattacke von Dr. Fundsung ab, die sich abrupt in dessen Behauptung hinein verlängert, dass es doch sehr unwahrscheinlich sei, dass man es hier mit einem wirklich authentischen und qualifizierten Rettungsteam zu tun habe. Urplötzlich schlägt Tank die Augen auf und nickt neckisch, während ihm der Speichel immer noch chronisch am Kinn hinabrinnt, wobei die Großaufnahme seines Gesichts vor allem durch den Nachweis eines hippen, ja fast belagfreien Zungenblatts glänzt, dass Tank, als er sich selbst auf dem Plasmabildschirm sieht, gleich wieder ein bisschen toxen könnte, weil er ja ahnt, worauf es der Kamera hier ankommt, die ja sein Luxusgesicht ins Zentrum stellt und nicht die Gesichter von Rütli und Fundsung, die gerade vor ihrer eigenen Angewiderheit erzittern, und nicht die Fresse machenden Fressen einer Sam Kimberlay oder Mary-Sue Berger oder die weitgehend ratlosen, irritierten und dennoch meinungsvollen Gesichter der meisten Gäste in der Kingkamea Suite, die Kamera 4/6 also eindeutig das Topgesicht eines Topmarketingspezialisten mit hygienisch einwandfrei gesäubertem und mundgeduschtem Zungenblatt präferiert. Ergriffen von sich selbst schiebt sich Tank seine Basecap zurecht, beugt sich langsam nach vorne und seufzt ein wenig. Wie die Banken haben hier nicht nur die beiden Esperanto-Mitarbeiter Zeit akkumuliert. Aber wie man niemals die Zeit wiederfinden wird, die man deponiert hat, so ist den Gästen die Zeit verloren gegangen. Dr. Dr. Hanselmann sieht förmlich, wie sich über Sams Kimberlays Kopf eine mit Buchstaben gefüllte Luftblase bildet: Die Buchstaben AGOURDNSE x-Mal verschieden zusammengesetzt/angeordnet, bis das Wort DANGEROUS herausspringt, und zumindest im taktischen Bereich hat Sam Kimberlay damit den Ernst der Lage geschickt attributiert sowie zweimal kurz benickt oder abgenickt, während Dr. Dr. Hanselmann doch noch anhaltend mit den Zähnen knirscht.

(Der Übergang vom Weichen (Zeichen), dem Geld, das nicht stinkt, zum Harten, auch dem zunehmenden (medizinischen) Gestank im Raum, der vom Bekoten durch die Marke nicht zu trennen ist – Bilder, Musik und Farben, die in den Raum einfallen und ihn beschmutzen, oder ihn erschließen und öffnen via Telekommunikation -, diese Transformation kann nicht davon ablenken, dass die Verschmutzung der Welt, und gerade hier, sich durch die Transformation vom Harten zum Weichen vollzieht.) Ein leicht sterokaler Geruch überzieht den hinteren Teil der Bar, der vielleicht von einem Dalmatiner stammt. Tank ist inzwischen aufgestanden und schüttelt unter lautem Beifall der in der Südostecke des Raums stehenden H.O.M.O.-Mitarbeiter seine Arme ziemlich cool und locker aus, tänzelt ein wenig, während der Chefnotarzt, und zwar mit Engelsgeduld, den Einkaufswagen in eine Gruppe von Werbern der Agentur BODD zu rammen versucht, und dabei mit seinem Quadrantenschädel voll auf den Marmorfußboden hinknallt, weil ein hochgewachsener, schlanker Werbefachmann mit langem schwarzen Haar und silbernen Koteletten den Einkaufswagen geistesgegenwärtig nach vorne gerissen hatte, so dass der Körper des Chefnotarztes in einen unmöglichen Winkel zum Wagen geraten war und nur noch mit Hilfe der linken Hand am ergonomischen Griff des Einkaufswagens Halt fand und das war für ein Schwergewicht seines Kalibers eindeutig zu wenig Widerstandsfläche, um die körpereigene y-Achse gegen die Gravitationskraft aufrechtzuerhalten. Die psychophysiologische Zeitmessung bzw. die Fortpflanzungsgeschwindigkeit der Nervenreizung und damit das Intervall zwischen Reiz und Reaktion, Wahrnehmung und Handlung, also eine in diesem Sinn verlorene Zeit, war beim Chefnotarzt sowieso kompliziert, sie war schon vor dem Sturz ein paar Mal gerissen, und eine Aufzeichnung von Muskelkontraktionen durch Kurzzeitmesser und die dazugehörigen elektromagnetischen Geräte plus Fantasma hätte das auch locker bestätigen können. Der Flug war weniger spektakulär als der Aufprall. Wenn man jetzt in der Bar die Augen schließt, klingt das x-fache Seufzen, die halbwegs ekstatischen Schreie und die erbärmlichen Buhrufe der Gäste zusammengemixt fast nach dem Geheul eines riesigen amoklaufenden Tiers, dessen Körper ganz von Elektrizität aufgesogen und epileptisch oder konvulsivisch durchgeschüttelt wird, aber es ist ja doch nur die Menge, die sich da, ohne es zu wissen, im Sog der Fiktionalisierung ihrer Frequenzen selbst verhöhnt und vielleicht sogar feiert. Fakt ist, dass der Chefnotarzt tatsächlich mit dem Kopf auf die Kante eines aufgeklappten Notebooks (wie kommt es dahin?) aufgeschlagen war, so dass der Bildschirm splitterte, und er blieb nur stöhnend liegen, um in halber Bewusstlosigkeit Werbung für italienische Lotterielose zu machen, wohlgemerkt in einem deutsch-französischen Kauderwelsch vorgetragen, während seine roten Sneakers wie discoisiert in der Luft herum fuchtelten, um dann mit beiden Fersen auf den Boden ohne abzufedern zu klatschen, und das bildet er sich jetzt auch im Nachhinein nicht ein. Eine Thermoskanne splitterte auch ohrenbetäubend. Die Signatur der Performance war zweifelsfrei. Zweifelsfrei die der ewig amateurhaften und viel zu oft konkordanten Gruppe um den exbaskischen Seperatisten Raul Fonero, allerdings hängt diese Erkenntnis auch von der Perspektive bzw. Bewertung der Marktbeobachter ab, die in das Ereignis selbst involviert waren, was nichts anderes heißt, als dass der Einsatzleiter des Bundeskriminalamtes dem Ereignis letztendlich seine vorfabrizierte Interpretation aufdrücken wird, die allerdings alles in der Schwebe der Melange aus Meinungen, Kommentare und Interpretationen hält.

Die Gaststätte Zur Wildschweinklause und das postkonfuzianische Missionswerk in der Nähe der Eisenbahnbrücke nach Neu Isenburg waren in der Nacht Stätten eines dilettantischen

Überfalls einer selbst für die Fachkreise der vom städtischen Ordnungsamt eingerichteten Komission für Kontrolle und Spionage bis dahin noch weitgehend unbekannten Politgruppe geworden, deren Mitglieder, so bestätigen auch die ersten Ergebnisse der Spurensicherung des Kriminalamtes an der Konstablerwache, den größten Teil der letzten drei Jahre wahrscheinlich in der Justizvollzugsanstalt in Frankfurt-Preungesheim eingesessen hatten, bevor sie im Monat Februar des Jahres 2012 gemeinsam entlassen und seitdem untergetaucht bzw. mit unbekanntem Ziel wie vom Erdboden verschluckt worden waren. Den ermittelnden Polizeibeamten bleiben bis heute um 10:45 Uhr typische Motiv- und Sachlagen des Überfalls schwer rätselhaft, wurden doch im Restaurant Zur Wildschweinklause weder irgendwelche Sachwerte entwendet noch Bargeld in nennenswerter Höhe gestohlen, die Täter hatten wahrscheinlich nur ein Hirschgeweih und zwei Van Gogh-Reproduktionen mitgehen lassen. Die Nachricht über den dilettantischen Überfall verbreitet sich an diesem wunderschönen Morgen des 29. Juni 2013, an dem der Himmel fast transparent blauweiß und nur die am südlichen Horizont hinter einer Lichtung liegende Hügelkette leicht mit hübschem und sehr flockigen Dunst verhüllt ist, mit Höllengeschwindigkeit bis in die tieferen unterirdischen Regionen des Stadtwaldes hinein, von wo aus die sog. performativen Kadertrupps operieren, deren Sprecher in den letzten Tagen auf alternativen Radiosendern immer wieder von der Zitat sozialen Inkompetenz und moralischen Unaufrichtigkeit großer Think Tanks berichten und vor plagiatierenden Akteuren im Medienbetrieb, TV, Feuilleton und Internet usw. warnen, vor Journalisten, die mit ihren abstrusen Kritiken, Artikeln und Reden die Bewegung letzten Endes doch immer wieder ins Lächerliche oder in den Dreck zu ziehen versuchen.

In der Gegend um den Ententeich versammelten sich

schon gegen 9:45 Uhr morgens eine stattliche Anzahl sogenannter Hartz4-Anarchisten, sie sind jetzt teilweise vermummt oder mit Motorradhelmen bewaffnet, tragen schwarze Bomberjacken und weit flatternde Camouflagehosen, um etwa höchste Militanz im Sinne einer komplett ins symbolische transferierten Paranoia vorzutäuschen, scheinbar hart an der Grenze von Terror und Aggression im Realen schlingernd, also jederzeit startklar, um in das permanent drohende Stroboskop- und Blitzlichtgewitter aktionsbereiter Medienvertreter einzutauchen, die sich unter anderem hinter den zahllosen Ginsterbüschen, hinter gewaltigen Buchenbäumen oder in den Innenräumen umliegender Ausflugrestaurants bereit oder versteckt halten, um im passenden Moment das kokette Angebot der Antifa bzw. von befreundeten und konkurrierenden Organisationen anzunehmen, mal mit den Kameras und Mikrofonen einfach so drauflos donnern zu dürfen, um in aller Herrlichkeit die Einschaltquoten der öffentlich rechtlichen Fernsehanstalten mal wieder ein bisschen in die Höhe treiben zu können. Comancheros ist inzwischen ein frankfurtgängiger Slangbegriff für diverse Kaderformationen im Stadtwald, obwohl diese selbst mit diesem Begriff überhaupt nichts anfangen können und eigentlich jede Art von Bezeichnung oder Benennung ablehnen, was Alfons, wie er dies in Diskussionen mit kleineren Gruppen am Rand des Ententeichs immer auch wieder kundtut, äußerst sublim und spannend findet, denn die Zitat politischen Perversionen der Kader erinnern ihn tatsächlich an Nietzsches Simulationen während seiner Turiner Euphoriephase, in der dieser seine letzten Briefe an August Strindberg mit dem Namen des Dionysos oder wahlweise Der Gekreuzigte unterschrieb, als Nietzsche unter dem Diktat seiner Triebkräfte längst aufgehört hatte Nietzsche zu sein, und exakt diese Unbeständigkeit der Zeichen, die sich bei Nietzsche oft noch in der ironischen Benutzung eines dem ursprünglichen

Sinn entgegengesetzten Wortsinnes ausdrückten, um sich womöglich selbst zu bezeichnen, findet er nun in der Weigerung der Cliquen im Stadtwald sozusagen an den Rand des Möglichen gedrängt, wie er sagt, wo eben die bezeichneten Emotionen und Politiken viel schwächer werden als die nichtbezeichneten, womit diese sich quasi durch sich selber bestimmen, und zwar bei den Trägern selbst, so dass diese wahrlich in äußerst unbestimmbare Zustände geraten, die schwer einzuschätzen bzw. zu bezeichnen sind, auch sicherlich eine schwierige Aufgabe für die staatlichen Kontrollorgane, die Bewegung hier nur so am Köcheln zu halten.

Alfons und Alonso nehmen an diesem wunderschönen Morgen die kleine Äppelwoi-Bahn zum Stadtwald, steigen schon die nächste Station nach der Kennedyallee aus und gehen die üblichen vier Alditüten glücklich schwingend asynchron über eine trampelgepfadete, nasse Wiese zur Wildschweinklause; sie vernehmen schon von weitem das ungefähre, das labile Insektensummen der Menge sowie das Zyklorama der in 400 Meter Höhe tobenden Rotorblätter eines Polizeihubschraubers und ganz aus der Nähe dann das Surren des Notstromaggregats und vereinzelter elektronischer Zahnbürsten, mit Hilfe derer in auf Gasköchern aufsitzenden Pfannen gerade Kartoffelbrei mit Chili von ein paar Genossen angerührt wird. Auf den Holzbänken im Biergarten des Restaurants Zur Wildschweinklause warten derweil ein paar niederrangige Polizisten aus Bornheim vor ihren mit Schinken und Käse belegten lauwarmen Brötchen auf ihren (fiktiven) Einsatz und glotzen zu den beiden modernen Clochmerls herüber, sehen wie Alonsos überdimensionierte knallgelbe Hose aus Gummi permanent nach unten rutscht, während er sie doch immer wieder hochzuziehen versucht, und wie Alfons sein bedauernswert geschwollenes, linkes Bein leicht nachzieht, das er direkt nach dem Aufstehen vom Knie bis zur Ferse mit Traumelsalbe, deren

Verfallsdatum längst überschritten ist, eingerieben und dann mit Verbandsmull dick umwickelt hat. Wie inzwischen auch bis in den Stadtwald vorgedrungen ist, wurden im inneren Kern der City vor allem vor Bankgebäuden, Waffen- und Feinkostgeschäften aus noch unerfindlichen Gründen Holzbarrikaden oder verschiebbare Wellblechwände errichtet, höchstwahrscheinlich aber nicht wegen der für 15:00 Uhr angekündigten Motorraddemo von Verdi, DGB und der Partei Die Linke, die gegen die neuerlichen Versuche der Regierungsparteien den Mindestlohn zu kippen gerichtet ist, Organisationen, die nach Alfons Verständnis der aktuellen politischen Sachlagen weiterhin vergeblich versuchen, die molaren Medienautomaten im Zuge von höchst merkwürdigen Akklamationen und Zeremonien zu besteigen, indem sie dem Konsens und der öffentlichen Meinung huldigen, um in den Institutionen mit der doxologischen Macht selbst zu konnektieren. In den Parkhäusern rund um die Börse waren nach der letzten Nacht an den Heckflächen mehrerer großer BMWs oder auf deren Windschutzscheiben mit Lippenstift geschriebene Parolen gekritzelt worden, die, nichts für ungut, das politische Establishment vor kleinen Riots am heutigen Tag in der Innenstadt schon mal vorwarnten. Eine Randglosse zum Tagesgeschehen stellt übrigens der gesellschaftspolitisch zweitrangige Zwischenfall in der U-Bahn-Station Konstablerwache dar, als eine junge Frau – Bardame und Schauspielerin – gegen 4:00 Uhr nachts betrunken mit zwei Freunden auf die erste U-Bahn nach Rödelheim wartete und die Gruppe auf ein paar nordafrikanische Jungs aus den Vorstädten traf und einer der Typen dem Mädchen einfach eine Pistole an die Stirn drückte, worauf ein anderer dem Typen die Pistole beiseite wischte, die Schauspielerin an die Brust tippte und so was sagte wie, Hey baby, was willst du denn nun machen, willst du mich vielleicht erschießen, und der Typ mit Pistole tat das dann auch und erschoss glatt seinen Freund.

»Alonso, die Wiederholung in der ewigen Wiederkehr ist stets dieselbe, insofern sie sich von der Differenz und dem Differenten aus sagt.«

»No jo.«

»Alonso, dieser Satz des Philosophen Deleuze, der sich auf die mikrophysikalischen Konzepte Nietzsches bezieht, die ganz ohne Dinge und Qualitäten, Subjekt und Objekt auskommen, und die Deleuze in sein Konzept des Immanenzdenkens, der maschinellen Verkettungen und der Assemblages aufnimmt, dieser Satz, Alonso, funktioniert nur, wenn sich das Gedächtnis auf die Zukunft hin öffnet, und - - - - - - - - - - - will sagen, die Zeit als unveränderliche Form des Wandels wird hier über eine Zäsur definiert, die exakt die beiden Linien des Vorher und Nachher bestimmt, auf denen sie vollkommen ungleichmäßig versickert, und dieser quasi aleatorische Verlauf des Wandelbaren lässt uns die Dinge permanent wiederholen. Die Aleatorik des virtuellen Punktes, des Augenblicks, bezeichnet dieses permanente Verwirbeln und Versickern der Zeit in Zukunft und Vergangenheit. Vergangenheit und Zukunft sind in der Gegenwart am Werk, sie machen unsere virtuelle Gegenwart aus, in der auch wir uns befinden. Die reine, virtuelle Vergangenheit ist mit jedem Moment des Gegenwärtigen und - - - - - - - - - - - des Zukünftigen verbunden, verstehst du das? Es geht hier also nicht um die Wiederkehr identischer Fälle, sondern darum, dass die Zäsur als unveränderliche Form ständig wiederkehrt, als Differenz, wobei die Vergangenheit und die Zukunft virtuell bleibt, und zwar in der noch zu erlebenden Gegenwart, die jetzt in diesem Augenblick vorübergeht. Das ist Nietzsche perspektivisch neu und in die Zukunft gelesen. Versteht du das?«

»No jo.« Alonso fixiert, die Zigarette in der linken Hand, weiterhin auch seine Fliegerbrille mit der anderen Hand und zeigt dann mit der Zigarette in die Nähe eines nicht gerade durch Arbeitswahn oder Pflichtbewusstsein affizierten Bautrupps. »Ich halte es lieber mit den kleinen konkreten Dingen. Du weißt ja, ich mag den täglichen Eintopf in der Sozialstation, das Moseleck, Fanta, Sprite und Tagespolitik. Die immer griffbereite Bong. Die Lili in der Bahnhofsmission mit ihrer sagenhaft dreckigen Schürze. Den Ententeich und seine wiederkehrenden Sonnenauf- und Sonnenuntergänge. Das Geschrei der Enten.«

»In - - - - - - - - - - - In Turin fing Nietzsche einmal zu weinen an, weil irgendjemand auf ein Pferd einprügelte. Aber das wirklich Interessante daran war, dass er nach dem Zwischenfall nach Hause ging und stundenlang Klavier spielte oder ein paar Briefe schrieb. Nietzsche scheint mir selbst oft so nahe zu sein wie die Jungs in den Tunneln hier. Oder gleich weit entfernt. Seltsam. Jedenfalls kann das ähnlich wie bei Nietzsche mit den Jungs nicht mehr so lange gut gehen. Seltsam.«

Alonsos Gesicht, es scheint unberührt. »Letztendlich habe ich wenig Lust in die Streitereien im Stadtwald hineinzugeraten. Schaue mir lieber mal ein Bild von Leonardo oder Kirchner im Städel an. Ich mein ja nur.«

»Ja ja, ich weiß. Neben der einzigen Reproduktion in deiner Wohnung, einem gewissen Blinky Palermo, hochbegabt und früh gestorben, betrachtest du in ausreichendem Maß nur noch das überdimensionale Hochglanzfoto, auf dem du im Beisein des Fortuna Frankfurt Profis Columbus zu sehen bist.«

»Tatsächlich habe ich keinerlei Erinnerung daran, diesem Menschen jemals begegnet zu sein.«

»Ja, manchmal scheinst du dich in einem inneren Irrenhaus zu befinden, und weder zu wissen wo und wann du bist und wie dein Name lautet.«

»Das kann man wohl sagen. Andere begehen, wenn Sie genau über ihr Leben nachdenken, nachweislich Selbstmord. Ich kann da Mark Twains Ratschlag durchaus folgen, lieber in die Hölle als in den Himmel fahren.«

»Am Ende erfährt man nichts weiter als sich selbst, seine Gemütslagen, sagt Nietzsche.«

»Zweifelsohne war ich noch nie an diesem Torweg.«

»Du hast es erfasst. Die Aleatorik des Augenblicks bezieht sich immer auch auf Virtualisierungen, die sich nie zur Gänze aktualisieren.«

»Auch wenn ich keine Ahnung von dem habe, was du da erzählst, es hört sich auf jeden Fall korrekt an.« Alonso nimmt eine ordentlichen Zug aus dem Bong, schluckt den cannabisgeschwängerten Rauch tief bis in die Eingeweide runter und hüstelt nach dem fulminanten Ausatmen mindestens eine Minute lang in seine hohle Faust.

»Ich habe dir ganz sicher noch nicht gesagt, dass ich Nietzsches Turiner Phase anders einschätze als die meisten Philosophen, aber schließlich habe ich ja schon vor einiger Zeit aufgehört, darüber nachzudenken.« Alonso lacht frivol und rollt die Augen nach oben. Die Reaktion von Alfons fällt verhalten aus. Er zupft sich am linken Ohr und sagt: »Mmmh.«

»Weswegen ich nicht unbedingt sagen möchte, dass ich eine schlechte Berufswahl getroffen habe. Obwohl ich mir paradoxerweise manchmal vorstelle, dass ich einen viel interessanteren Beruf hätte ausüben können, ein Gedanke, der mir allerdings oft wie eine pure Illusion vorkommt.«

»Darf ich gähnen?«

»Nur dass man eben irgendwann merkt, dass es höchstwahrscheinlich wenig Möglichkeiten gibt, die Dinge zu verändern, aber dann paradoxerweise auch wiederum unendlich viele.«

»Weshalb es bloß gut war, dass ich einen handwerklichen Beruf ergriffen habe. Was so einfach ja wiederum auch nicht ist.«

»Tja Alonso, selbst im Stadtwald versuchen sie die

Umgebung mit Plakaten und Zeichen vollzumüllen. Alles was sie wollen ist Copymüll.«

»Na, in keiner Stadt gibt es mehr ein Drumherum, das nicht vermüllt ist.«

»Und das könnte einem sicherlich beim Essen oder Trinken stören, wenn - - - - - - - - - - - wenn man wie wir gerade drauf erpicht ist, draußen im Müll zu sitzen.« Außergewöhnlicherweise hat Alfons beim letzten Satz ein wenig mehr gelispelt als sonst, auch wenn er immerhin keinerlei Speichel nach außen abgesondert hat.

»Man könnte aber auch ganz andere Dinge tun, wie x- oder zigfach Tontauben schießen und dabei ab und zu eine dicke fette Taube treffen und sie einsammeln und zur Wildschweinklause bringen und dem Koch in die großen Töpfe werfen oder ihn, falls er sich weigert, die Tauben zu servieren, gleich mal anzeigen, weil man ja die Unzahl von Dosen mit Katzenfutter in der Küche gesehen hat, oder einfach die letzten verbliebenen Münzfernsprecher mit Kaugummi zukleben - - - - - - - - - - - oder sich die nächsten zehn Stunden auf die Toilette setzen oder so.«

»Wir drehen uns im Kreis. Womit wir wieder bei Nietzsche wären.«

Die Esperanto Bank hat für die Entwicklung eines neuen Alzheimer Präparats der französischen Holding Catonique, an dessen Entwicklung auch das Team um den schweizer Professoren Dr. Rütli beteiligt ist, einen 800 Millionen Euro Kredit zur Verfügung gestellt, worauf der Kurs der Company Catonique am Eurex binnen sechzig Minuten um 23 Euro angestiegen war, wobei es den Brokern im Handelsraum im 19. Stock der Esperanto Bank in Frankfurt gegenüber der Konkurrenz am millisekundenschnellsten gelungen war, Prognosefähigkeit,

Entscheidungsrahmen und Entscheidungskompetenz auszunutzen und mit einem Vorteil von 0,80% gegenüber den Tradern der Deutschen Bank satte 450 Millionen Euro Gewinn einzustreichen. Dabei wurden durch vielfältige heterogene Operationen der Risikoabsicherung (hedging) die passenden Risiken quasi wie ein Virus verteilt. Unmittelbar nach dem erfolgreichen Trade sagte gestern Dr. Dr. Hanselmann bei einem kleinen Umtrunk zur Feier des Tages in der Nizza Bar am nördlichen Mainufer, dass jeder noch so blöde Journalist, der bereit sei, die Banker per se als mordsgierige Raubtiere zu verkackeiern oder zu verlästern, was in letzter Zeit ja sogar des Öfteren in der Financial Times geschehen wäre, als Raubtiere also, die womöglich entzückt, ja beinahe gratis Geld entgegennehmen und als Kredit weiterverbuchen würden, also wer so schlecht denke, der könne in Zukunft auch seinen eigenen Hund schlagen, weil er den vom Lieblingsmetzger zugeworfenen Fleischbrocken nicht Nachbars Katze überlassen wolle. (Steht am Beginn des normalen Bankgeschäftes ein einfalls- und pfandreicher Unternehmer, für den Geld gesucht wird, so steht analog bei ultraniedrigem Diskont am Anfang Zentralbankgeld, für das Anlagemöglichkeiten überhaupt erst zu finden sind. Auch billiges Zentralbankgeld muss jedoch refundiert und verzinst werden und kostet das verpfändete Eigentum, wenn etwas schiefgeht. Also kaufen die Geschäftsbanken mit dem unerwarteten Segen erst einmal alles, was da ist und sich höher rentiert als der Minizins. Liegt der bei eins, geht es an sämtliche Anlageklassen ran, die mehr als zwei Prozent bringen, ob das nun Rohstoffe, Bergwerke, Fabriken, Kunstwerke, Anleihen oder bereits vorhandene Immobilien sind. Alle erleben durch diese Nachfrage eine plötzliche Wertsteigerung. Was aber ist die? Nichts als Inflation. Preisgeblähte Vermögensbestände werden en masse gekauft. Die staatlich organisierte Zentralbankblase platzt, wenn die Preise so hoch steigen, dass auch Erträge für einen Diskont von nur einem Prozent nicht mehr herausspringen. Wenn nun ein Unternehmen einer Geschäftsbank gegenüber nicht tilgt, kann diese aus dem Verkauf der minderwertigen Pfänder die Beträge nicht wiedererlangen, die sie herausgegeben hat und macht prompt Verluste. Wie jede andere Bank muss sie dann aus Eigenkapital glattstellen. Wird das dabei aufgezehrt, kann nur noch der Staat durch Übertragung neuen Eigentums die Zentralbank am Leben erhalten. Gibt es zu viele insolvente Banken, muss jemand da sein, der quasi Geld bzw. Eigentum zur Verfügung stellt, gegen das alleine Geld geschöpft werden kann. Dieser Jemand ist momentan der Staat. Er muss als Eigentümer oder Miteigentümer der Banken an- oder auftreten, damit diese wenigstens wieder fähig werden, verpfändungsfähigen Unternehmen Kredit zu geben. Ganz grundsätzlich kann kapitalistische Ökonomie nur als Kreditökonomie und Geld nur als Kreditgeld verstanden werden. Als zinstragendes Kapital besitzt Geld einen formalen Gebrauchswert, nämlich, als Kapital zu fungieren und einen Profit erzielen zu können, einen spezifischen Preis, Zins und Tilgung inklusive, einen in der Zirkulationsbewegung entstehenden Rückfluss eingeschlossen. Ansprüche auf Zins und Tilgungszahlungen werden ihrerseits zu Waren, deren Preis mit dem vereinbarten Zins und Marktzins Schwankungen unterliegt. Ansprüche, wie bei Aktien bestimmt durch Zinsniveau und Gewinnerwartungen, werden verkauft, Ansprüche auf Ansprüche, Optionen, so dass das Kreditsystem sich letztendlich seine eigene Zirkulationssphären schafft.) Beim Deal mit der französischen Company Catanique benutzte man in der Esperanto Bank einen der größten und schnellsten Computer für das Testen des stochastischen Modells C.C.C., dessen Leistungsfähigkeit allerdings nicht ansatzweise in der Lage ist, sämtliche quasi-meteorologischen Muster im Chaos der Zufälligkeiten an den Weltbörsen zu erkennen oder abbilden zu können – dem Zufall also stets hinterhergaloppierend [Rmax in Gigaflops. 1000 Giga wären ein Tera. Kilo=1000, Mega=1000 Kilo (= 1 Million), Giga= 1000 Mega (= 1 Milliarde), Tera=1000 Giga (= 1 Billion), Peta= 1000 Tera (= 1 Billiarde) = 1015 was einer Datenmenge von 5 Millionen Tonnen pro Kopf der Weltbevölkerung entspricht. Es wurde unter der Führung des Brokers Denis und Sam Kimberlay gehedgt wie verrückt, Derivate bzw. Versicherungen, deren Preisbewegungen von einem Basiswert abhängig sind, mit den Brokern der Deutschen Bank hin und hergeschoben, so dass es letzten Endes schlicht der pure Zufall war, dass das Team der Esperanto Bank die Nase vorn hatte, aber schließlich ging die Gesamtrendite der beiden Banken, die Summe aus Gewinnen und Verlusten, dann doch gegen Null. Es waren laut Schätzungen des IWF circa zwei Billionen Dollar im Umlauf, das Underlying war für einige Investoren okay, aber einige Fondsmanager von Mansfeld & Mansfeld kommentierten das sogenannte Nullsummenspiel eher süffisant, und bemerkten, dass sie die Preisfluktuationen in Teilbereichen des Pharmaziemarktes zwar gut im Griff, indem sie sogar einige Kontrakte an nicht transparenten Börsen gehandelt hätten, um dabei immer wieder auf die Finanzierungsmöglichkeiten kleiner Biotechfirmen zurückzugreifen, deren Marketingkosten sich schnell den F & E-Kosten angeglichen hätten, was in Kooperation mit den großen Pharmakonzernen ja nur Wettbewerbsvorteile einbringen könnte, aber alles in allem wär es doch ein komisches Vabanquespiel gewesen. Ein namentlich nicht genannter Großanleger wäre sogar bereit gewesen, kurz vor der Kurvenspitze auf das Kurspotential des Basiswertes (underlying) der Aktie C.c.C. zu verzichten und hätte dafür eine Entschädigung erhalten. (Er verkaufte also einen Teil des Gewinn- aber auch des Risikopotentials, z.B. für einen reduzierten Einstandspreis.)

Der heutige Vormittag liefert einen weiteren nicht unwichtigen Kampf um neue Trades. »Klar, für unseren äußerst naiven Physiker Joey gestaltet sich der erneute Kurssturz von Lufthansa vor seinem physikalischen Auge garantiert wieder einmal wie der Abgang einer Sandlawine, und man muss hinzufügen, Michel liefert ihm die dazugehörigen Skalengesetze und Potenzverteilungen, und alle sind glücklich, aber ich bin es doch, der die multiplen Interaktionen auf den Märkten überlistet, und ich bin weder Nutzenmaximierer noch Teilchen eines Gases, weder Repräsentant noch Agent für die Spielchen der Physik oder der Neoklassik, ich bin einfach ich und ich bin genial.« Nachdem Denis diese ihm gewichtig erscheinenden Sätze ausgesprochen, zwischendurch in die tomatenrote Sprechmuschel, die immer noch wie eine Geige unter das Kinn gespannt ist, im Stakkato Schätzchen Schätzchen Schätzchen geplärrt hat, zeigt er mit dem Finger demonstrativ auf einen Bildschirm, auf dem eine gepixelte Skyline aus Point & Figure Charts zu sehen ist.

»Und gierig. Klaro. Wir interagieren alle nach ziemlich primitiven Regeln, mein Freund, woraus unsere Simulationsfritzen dann statistische Zeitreihen errechnen, und ab und zu gibt's Panik, und dann beginnen Anlagestrategien, die gewöhnlich nicht korrelieren, irgendwann doch miteinander zu korrelieren, und Wertpapierbestände, die äußerst gut diversifiziert schienen, erscheinen in voller Risikoblüte. Kaskaden von Verwirbelungen von kleinen Wirbeln in noch kleinere produzieren ... and so on, Aufwirbelungen, wenn die Parameter nur gewichtig genug geworden sind, und ... Nette Modellbilder, diese Kaskaden.« Offensichtlich schmollt Marcus infolge der eigenen Ausführung, deren Wichtigkeit er nicht so richtig einzuschätzen vermag, wie er sich das vielleicht selbst wünscht oder von sich fordert.

Sam Kimberlay sagt: »Ja, so ist es. Wir stellen, nachdem

wir für Millionensummen substanzlosen Schrott gekauft haben, aus Gründen der Risikominimierung wieder glatt, verkaufen die Millionen, Aktien, Derivate und Pipapo sofort wieder weiter und andere tun es auch und das führt zu Kaskaden von Transaktionen, wobei der Computer auf der Grundlage von Datenbanken die Statistik der Fluktuationen in bestimmten Zeitintervallen errechnen kann und damit die Wahrscheinlichkeit für extreme Großereignisse. Es geht also nicht nur um Simulation der Marktbewegungen, sondern um Risikooptimierung, es geht darum, Paniken und Börsencrashs frühzeitig vorherzusagen und die Mittel zu ihrer Verhinderung zu finden.«

Denis zuckt nur mit den Schultern und sagt: »Okay, aber Blasen platzen nun mal. Sie wachsen ab einem bestimmten Zeitpunkt einfach hyperexponentiell. Die Stochastik zeigt uns uneindeutig die Verkettung von Ereignisserien, die ständig schwarze Löcher an Liquidität oder wahlweise zu viel Geld ausweisen, um damit jedwede Regel zu nichts mehr als einer möglichen Regel zu machen. Ist es nicht so? Aber du kennst ja meine Reaktionszeiten. Entschluss und Ausführung der Transaktion benötigen bei mir eine gemessene Latenzzeit von zwanzig Millisekunden. My terminal is my castle. Persönliche Bereicherung, Geldvermehren als Kunst, das mach ich doch nur ein bisschen geschickter und schneller als der Normalbürger.«

Denis schlägt Dr. Dr. Hanselmann über die hausinterne Telefonanlage aus dem Stehgreif eine globale Telefonkonferenz der Esperanto Bank vor, u.a. mit der Teilnahme von wichtigen Repräsentanten lokaler Knotenpunkte, London, Paris, NY, Schanghai, Chicago, Singapur, Tokyo und Hongkong, ein elektronisches Beratungsstündchen, darüber hinaus auch ein Video-Meeting im Internet über Skype oder Bloomberg, um seine Idee, exakt am 1.7.2013 der IKB-Bank in Hamburg ein paar »astreine Schrottpapiere« zu verkaufen, sofort zu verifizieren, und um folgerichtig ein Expertenteam zusammenzustellen, das umgehend die notwendigen stochastischen Indikatoren, d.h. die technischen Indikatoren auf fluktuierende Kursbewegungen, bereitstellen wird, wobei kurzfristig 800 Millionen Dollar auf einem Sonderkonto auf den Cayman Inseln geparkt werden sollen. Dr. Dr. Hanselmann hatte Denis' gottverdammtes Projekt während des gemeinsamen Mittagessens in der Kantine Nizza schon gestern mit einem so furchterregend bösen Blick quittiert, dass der ihm diagonal rechts des langen rechteckigen Esstisches gegenübersitzenden Sam Kimberlay fast die Gabel, mit der sie die ganze Zeit vorsichtig oder pikiert kleine gebratene Thunfischstückchen aufgepickt hatte, aus der Hand fiel, woraufhin Dr. Dr. Hanselmann, ohne den Zwischenfall weiter zu beachten oder gar zu kommentieren, noch einmal gegenüber dem Broker Denis in aller Deutlichkeit klarstellte, dass er persönlich Denis' Form der Manipulation quantitativer Primärinformationen, aufgemotzt mit visuell geschönten Trendanalysen, Candlestick Formationen, Kerzencharts und so weiter, eindeutig ablehne, zumal in Hinsicht auf zukünftige Kooperationen mit Genossenschaftsbanken, insbesondere in der Schweiz und in Brasilien, um daraufhin einen seiner höchstpersönlich favorisierten, bei vielen seiner Zuhörer allerdings nur noch Brechreiz erzeugenden Sätze, die er sogar den finanzwissenschaftlichen Diskursen des Neomarxismus entnommen hat, zum Besten zu geben, nämlich, dass das weltumspannende Online-Brokerage an den und außerhalb der großen Börsenplätze sowie die heute dazugehörigen Mikropraktiken des Daytrading an den Terminals von kleinen Handelshäusern, ja die unregulierten, fragmentierten Marktplätze diese schreckliche Selbstverwandlung des Geldes als fiktives Kapital durch verschlüsselte Zahlenfolgen und Zeichenfolgen hindurch zu fungieren wohl fast zu 100% besiegelt hätten, und das könne und wolle er einfach nicht glauben; dieser Satz kam wieder einmal wie mit der Harpune angeflogen. Denis' Idee, synthetische CDOs in einer Größenordnung von 800 Millionen Euro an ein Konglomerat von Stiftungen, Pensionsfonds und Investoren aus dem Feld der High Net Worth Individuals zu vertickern, künstliche Wertpapiere, die so etwas wie die Spitze der Verbriefungspyramide darstellen und auf reale RMBS-Immobilien-Kredite so irgendwie referenzieren, wobei die daraus resultierenden Prämien funktional den Zinsen und Tilgungen der Hypothekarschuldner einem realen RMBS angeblich entsprechen sollen, diese Idee fand Dr. Dr. Hanselmann noch einigermaßen akzeptabel, aber als Denis weitergehend, den gierhaften Blick ständig dem weiblichen Personal hinter der Theke zugewandt, mit furchtbar wirbelnden Armen und der Stimme eines asthmatischen Zitterrochens vorschlug, eine Reihe RMBS-Tranchen mit dem niedrigsten Investmentgrade-Rating, bei dem Kreditverluste mit 90%iger Sicherheit zu erwarten sind, in das wunderbare Derivatpaket einzubauen, und den Hedgefonds Mansfeld & Mansfeld als Beratungsunternehmen, das zusätzlich für die komplette Informationsmanipulation, Imagepflege sowie performative Konversationsstrukturen in HNWI-Kreisen perfekt sorgen wird, mit einzubeziehen, wobei man über Mansfeld & Mansfeld parallel eine kurzfristige Short-Position aufbauen, also gegen diese Papiere mithilfe gefaketer Risikokalkulationen wetten könnte, um mal richtig geil abzukassieren, da flog Dr. Dr. Hanselmann eine halbgekautes Sushistück mit Red Snapper aus dem Mund und zwar direkt im Sturzflug in das herzergreifende Dekoletee von Sam Kimberlay, die unwillkürlich bzw. wie von der Tarantel gestochen aufsprang und sich die rechte Handfläche vor die Nase hielt, als müsse sie erst einmal Niesen oder eine Invasion Mücken vor dem Eindringen in die Nasenlöcher abhalten; die sich daraufhin wild entschlossen abwendete, um Slangbegriffe wie Bitch und Honey exzessiv zu tranchieren oder zu murmeln, während der Broker Denis in aller Seelenruhe weiter davon erzählte, dass die BKB-Holding mindestens 70 Millionen Dollars an Class A-I Notes kaufen, was eine variable Verzinsung von LIBOR plus 87 BP versprechen und von Moody's glatt mit Aaa bewertet werden könnte, sowie eventuell für 200 Millionen Dollar Class A-2 Notes, die einen Aufschlag von 130 BP auf Libor versprechen und von Moody's ebenfalls glatt ein Aaa Rating erhalten würden and so on, bis endlich Dr. Dr. Hanselmann auch wie von der Tarantel gestochen aufsprang, um dreimal im Uhrzeigersinn um den Tisch herumzulaufen und Denis mehrere Minuten lang mit beiden Händen apikal zu würgen, dass Denis das Pulpo-Sushi nur noch in tranchierten Phasen herunter- und herauswürgen und schließlich auch nur noch stammeln konnte, dass die letzten Transaktionen von Mansfeld & Mansfeld über die Züricher Synthesis Bank die Royal Bank of Scotland (RBS) 840,9 Millionen $ gekostet hätten und zur Pleite von BCAs Muttergesellschaft, der BCA Capital Holding, maßgeblich ...., kotz würg, bevor Denis einigermaßen bewusstlos auf das Quadrat eines Veloursteppichs zu Boden sank, wahrscheinlich, weil Dr. Dr. Hanselmann den Würgegriff etwas gelockert und schließlich ganz aufgegeben, nachdem Sam Kimberlay ihm von hinten die Spitze ihrer Gucci-Stilettos in die rechte Kniekehle gerammt hatte. (Es gibt heute Hochfrequenz-Trader, sie stellen Liquidität, andere sammeln slow quotes, tricksen mit Quote Stuffing (eine Unzahl an Orders wird an die Börse geschickt und fast augenblicklich wieder gelöscht) oder mit manipulativem Algotrading (automatisierter Handel nach bestimmten Algorithmen), etwa indem sie den Markt plötzlich leerfegen, dann alle Angebote streichen und dann, wenn alle Computer in Deckung gehen, mit Profit zurückverkaufen.)

»Es war gestern wirklich ein erzblödes Erlebnis«, sagt

Denis unglaublich nachdenklich zu Sam Kimberlay, während er gedankenverloren, die Geduld seiner Gesprächspartnerin weitgehend zermürbend/strapazierend an einem Gin Fizz nukkelt. »An die zehn Minuten war ich krank vor Demütigung.« »Das Ganze hier geht nur in Gefangenschaft des Virtuellen. Damit wird das Virtuelle eine Art postnataler Religionsdroge besonderer Art: Man glaubt nicht mehr aus Überzeugung, sondern man überzeugt sich vom Glauben, den man nicht hat, weil man eben nichts anderes hat. Man muss also versuchen, virtuelle Verbindlichkeiten, lass dir das Wort mal auf der Zunge zerlaufen, als verbindliche Fiktionen zu schaffen.« »Hmm«, sagt Denis und schlürft die Alkoholbrühe etwas zu amorph weiter, was Sam Kimberlay allerdings nicht besonders in Verlegenheit bringt. »Naja, ich bin ja leider nicht so sehr die assoziative Kettenreaktionsdenkerin, eher schon die sensible Selbstverletzterin aufgrund meiner mathematisierten, performativen Maximalaktionen, und bekanntlich ist ja die Wahrheit die Erfindung eines Lügners, und manchmal brennt mir beispielsweise beim Nachdenken in der Gaggenau-Küche der Topf mit Nudeln dermaßen an, dass es mir echt unangenehm ist, wenn ich ihn nicht sofort wieder reinige, und ich kann nicht mehr aufhören, Asperger Syndrom oder so, der Fall des falschen Gebrauchs eines Putzschwamms als Fetisch.«

Der Himmel ist trüb und dunkel, rund 1350 Polizeibeamte sind in den Geschäftszentren großer Banken in der Innenstadt von Frankfurt im Großeinsatz. An der von einer Expertenkommission des Bundeskriminalamtes mithilfe der Anwendung des Instrumentariums der Reaktionsdiffusionsgleichungen strategisch bis ins kleinste Detail vorbereiteten Großrazzia, wobei die Computer die lokalen stochastischen Interaktionen von Individuum und Computer zur Verhinderung der Ausbreitung von Kriminalitätsmustern schon im Vorfeld nach einem Aktivator-Inhibitor-Modell berechnet hatten, sind unter anderem hochrangige Beamte der Steuerfahndung und des Bundeskriminalamtes an den Durchsuchungen beteiligt, wie die Generalstaatsanwaltschaft in Frankfurt auf einer Pressekonferenz um 15:00 Uhr im Römer auch bekanntgeben wird. Es geht bei den ins virtuell kontrollierende Fahndungsvisier des BKA geschlitterten Banken und auch bei den privaten familieneigenen Gesellschaften der Geldverwertung offenkundig um die Hinterziehung von Steuern in Millionenbeträgen, die insbesondere durch den Handel von Emissionsrechten für Treibhausgase, Vulkanasche und Wüstensand erzielt worden waren. Es werden unter anderem auch Büroräume der Deutschen Bank und der Esperanto Bank durchsucht, das bestätigt auf N-TV ein Sprecher der Esperanto Bank im Mittagsmagazin um 10:24 Uhr. Laut Onlinenachrichtendiensten wie Spiegel-Online.de oder Bild.de fuhren vor dem Gebäude der Esperanto Bank am nördlichen Mainufer die ersten Wagen schon gegen 8:20 Uhr vor. Die Flagge der Esperanto Bank wehte angeblich faltenlos in einer frischen Brise vom Main, was für Frankfurt eher unwahrscheinlich ist.

Circa fünfzig hightechnologisch abgepolsterte Fleischklöpse, die ansonsten hauptberuflich meistens in den Umgebungen des Stadtwaldes im Einsatz sind, besetzen im Moment das Kundenberatungszentrum im Erdgeschoss der Esperanto Bank, formieren das Spalier für eine zwanzigköpfige Gruppe um den Computerspezialisten MC Iwan, einem Spezialisten für das Scannen von verschlüsselten und geheimgehaltenen Finanzdaten, der seine Aktionen immer ohne größere Vorwarnungen ankündigt, um O-Ton sekundengenau zuzuschlagen. Die Ermittlungen richten sich nach Angaben der Justizbehörden gegen exakt dreiundneunzig Beschuldigte, darunter fünfzehn von der Esperanto Bank, aber angeblich nicht direkt gegen Dr. Dr. Hanselmann, der um 10:55 Uhr immer noch ganz besonnen mit einem MP3-kompatiblen Yamaharekorder in der Hand auf der weißen Couch von Sam Kimberlays Büroraum abhängt, seit mehr als zehn Minuten vereinzelte Kommentare des Nachrichtensprechers auf N-TV eher süffisant als nachdenklich resümiert. Der finanzielle Schaden der illegalen Transaktionen und Transferierungen beläuft sich für den Staat angeblich auf 300 Millionen Euro, wobei nach laufenden Ermittlungen der Umsatzsteuerbehörde UMSTWBFGD die beteiligten Banken und Unternehmen ein sogenanntes Umsatzsteuerkarussell gebildet, Emissionsrechte aus dem Ausland bezogen und diese im Inland über eine Kette von zwischengeschalteten Gesellschaften in der Rechtsform der GmbH & Co KG weiterverkauft, dabei weder Umsatzsteuererklärungen bei den zuständigen Steuerbehörden abgegeben noch Umsatzsteuer bezahlt hatten und das jeweils letzte Glied in der Kette der Unternehmen hatte die Zertifikate dann wieder ins Ausland vertickert, um die Umsatzsteuer vom deutschen Finanzamt erstattet zu bekommen. Nichts umwerfend Besonderes, meint Dr. Dr. Hanselmann, sitzt leicht nach links versetzt vor der vor ihm stehenden Sam Kimberlay, kneift die Knie eng zusammen, presst den Rekorder an das linke Ohr und fährt den rechten Ellbogen aus wie ein Rabauke, der bereit ist, auf die heran stürzenden hightechgeschützten Polizeigestalten einzudreschen, um dann selbst kreischend oder wimmernd davonzurennen.

Er selbst hatte die letzte Nacht gemeinsam für circa zwei Stunden mit der Tabletänzerin Sylvie den Technoclub Cocoon besucht, eigentlich hundertpro out der Club, wie ihm Sylvie hieb- und stichfest schon im Taxi erklärt hatte. In einer eiförmigen, beigen VIP-Lounge erzählte Sylvie ihm auch stundenlang davon, dass sie zusammen mit ihm im unheimlich hippen Frankfurter Westhafenviertel unheimlich gerne ein dreistöckiges Loft kaufen würde, ein paar Designer-Möbel von

Monet, Hightechküche, mit Orchideen und Palmen bepflanzte Terrasse und etwas Kunst à la Neo Rauch, Gregor Schneider oder Thomas Demand. Im neondurchleuchteten Flur trafen die beiden Turteltäubchen auf das einförmige Gebrüll einer brasilianischen Sambagruppe, die barfuß – die Mädchen mit Bikinis der brasilianischen Nationalfarben bekleidet und langem Federschmuck auf dem Kopf – an ihnen rattengeil vorbeitanzten, außerdem auf eine Unzahl braungebrannter, älterer Männer mit faltengeworfenem Gesicht und auf ein paar sehr junge braungebrannte Mädchen ohne Falten, makellos. Einen bekannten Fernsehschauspieler am Ende des Flurs erkannte Sylvie im Blitzlichtgewitter trotz seiner schrecklich großen Sonnenbrille, blondgetöntem Haar und weißem Jackett sofort wieder. Zuvor musste man schon im Fahrstuhl, der zu den VIP-Loungen im zweiten Stock führt, mitanhören, wie ein weiterer Schauspieler mit München-Frisur einem Gazellenmädchen, auf jeden Fall mammutmäßig fitnessstudio- und wasserbettgestählt, vorlamentierte, dass die Filmindustrie ihn derzeit komplett schneidet, während das Mädchen ihn mit pathologischen Double-bind-artigen Gesten – sie trug einen paillettenbesetzten Disco-Romper, so nennt man Overalls in Hot-Pants-Länge – eindeckte und -dickte und in American English auf ihn einredete und davon erzählte, dass der Liftboy im Boundies-Hotel am Westhafen in seiner Freizeit Tabletänzer ist, und der Schauspieler kicherte nur zurück und sagte: Siebenstellig wird der nicht. Nach entspannungstechnischen Kriterien war der Abend für Dr. Dr. Hanselmann eine einzige Katastrophe gewesen, denn Sylvie pappte ihn mit unendlich quälenden und ellenlangen Storys aus dem Celebreties-Milieu zu, als ob sie vom Pornographischen umfassend besessen gewesen wäre, und in filmischen Sexgesten machte Sylvie ihm den Kussmund von der Monroe bis zur Alba, koaleszierend mit dem typisch entblößten Nacken, und summte dabei abwechselnd die neuesten Melodien von Lady Gaga oder Lena.

Dr. Dr. Hanselmann gibt echt ein Lebenszeichen, er gähnt, wobei ein eigentümlicher und unbeschreiblicher Knoblauch-Vitamin-E-Gestank seinem Mund entweicht, der Sam Kimberlay beinahe die Tränen in die Augen treibt. Welche Falschticker der Esperanto Bank bei diesen unprofessionell durchgezogenen oder einfach nur plemplemoiden illegalen Finanztransaktionen die Finger mit im Spiel hatten, komplett Durchgeknallte oder zahnlose Raubtiere in der dritten Person Plural, aber doch verbissen am Rentierdasein mit Gaggenauküche, Gegenwartskunst und Langeweile-zum-Tode arbeitend oder prozessierend, was Dr. Dr. Hanselmann auf die gleiche Art und Weise faszinierend wie etwa die Cyberwaraufnahmen im Irankrieg findet, die ihm am Arsch vorbeigehen, das wird er noch herausfinden. Die Marotten oder Spleens einiger Broker in den Front-Offices wird ihn letztendlich schon auf die richtige Spur bringen, denn diese Händler verhandeln zeitweise doch ziemlich lautstark und unflätig oder unvorsichtig mit Fondsmanagern oder Maklern, und er kann sich nur allzu gut vorstellen, dass man auch beim Abhören der Tonbandaufzeichnungen mehr als nur einen Hinweis auf die illegalen Übermittlungen von Geschäfts- und Finanzdaten erhält, nebst des absolut scheußlichen Audiokonsums von Tiraden fast intuitiv durchgezogener sexueller Verbalbelästigungen gegenüber Brokerinnen, die seinen Ohrenfetischismus einfach nur noch zum Weinen bringen, scheußlich vor allem deswegen, weil er selbst des Öfteren fast suchterzeugend und fesselnd an seinem Panik-Ego herumbastelt, indem er beispielsweise Sam Kimberlay phasenweise immer noch Eigenschaften zuschreibt, welche angeblich sein Nervenzentren in Gehirn und Rückenmark tatsächlich stimulieren, um ihm ad hoc Impulse über die Penisnerven zum Schwellkörpergewebe zu senden, ohne dass er mit Sam Kimberlay jemals gemeinsam die Detumeszenzphase erreicht oder bewusst eingeschlagen hatte, scheußlich aber auch deswegen, weil seine beste Performance die zugegebenermaßen erstklassige Ambition war, Sam Kimberlay das Design seines Penis gleich der Beschreibung der Eigenschaften eines Porsche-Carrera nahezubringen, was er in der Art eines tolpatschigen Werbesprechers kundtat (die Stimme flach und kräftig zugleich), der den Erwerb eines Reinigungsmittels mit der oralen Säuberung eines Ständers assoziiert, okay, zugegebenermaßen war es von seiner Seite ein höchst solipsistischer Monolog, der sich da in der Kingkamea Suite über dreißig Minuten hinzog, um jedoch letzten Endes die Taktik bzw. Sinn und Zweck der Rückkopplungsschleife drastisch zu vernachlässigen, und bisweilen war es für Sam Kimberlay so belustigend, dass sie sich echt vorstellte, welch ein Segen die von Freud soufflierte Kastrationsangst für die Frau doch ist, und wie kolossal sie selbst doch ihre knallharte, polymorphe (fiktive) Perversität zu inszenieren befähigt ist, während sich das Begehren des Bankers doch bloß ins Artikulationsgefüge der schnöden Repetition stellt, fiktiv mit seinem Sperma konnektierend, spritzend und schneidend, ohne die wunderbaren Maschinentransformationen und maschinellen Übergänge assoziieren zu können, als hätte es nie Intervalle gegeben, die ein Bild von einem anderen durch einen Wimpernschlag trennen, eine Zwischenzeit, in der sich nichts und alles zugleich ereignen kann, oder ihre wunderbare W-Lan-gestützte Kommunikation, die ihren Biofeedback-Körper aus Fleisch, Blut und kybernetischen Stromkreisen ganz gewiss medusenhaft ins rechte Licht rückt, einfach nur noch schön.

Eine der hübschesten Sekretärinnen in der Esperanto Bank stürzt ins Büro, als ob sie kurz vor dem Defibrillieren wäre, alles angeblich nur, um mit haufenweise neuen Informationen zur Hausdurchsuchung rumzuprahlen, deren Wichtigste wohl ist, dass man nach Aussagen des Einsatzleiters

Mühlmann jetzt auch beabsichtigt, Dr. Dr. Hanselmanns Büroräume zu durchsuchen, die bisher als sogenanntes Untersuchungsobjekt nicht auf der Liste der Paragraphenreiter gestanden hatten, aber durch Zwischenmeldungen auf Reuters insuliert, wonach ein rauschgiftumnachteter junger Mann mit schwarzer Sonnenbrille, schwarzen Handschuhen und schwarzer Bomberjacke gegenüber einem Reporter des Spiegel im Morgengrauen behaupte, Dr. Dr. Hanselmann hätte in der Nacht gegen 4:40 Uhr stapelweise Aktien aus dem Esperanto-Building geschleppt, bleibt es den Beamten nun einfach nicht erspart auch die Räume des Topbankers zu durchsuchen. Dr. Dr. Hanselmann steht kommentarlos auf, betrachtet die Nachricht wohl eher als Niederlage für die Deutsche Bank, denn er geht ganz gelassen zur nordwestlichen Glasfront, von der aus die beiden Tower der Deutschen Bank im Sonnenlicht erblühen, kippt den Daumen nach unten und kritzelt dann mit einem grünen Filzmarker in Großbuchstaben das Wort LOOSER an das Fenster.

Am Revers seines beigefarbenen Hugo-Boss-Anzuges trägt Dr. Dr. Hanselmann ein schwarz-weißes Namensschild mit großgeschriebenen Anfangsbuchstaben seines Vornamens und Nachnamens. Sam Kimberlay fordert Dr. Dr. Hanselmann mehrmals eindringlich auf, doch bitte zumindest mit einer grob skizzierten Taktik politischer Interventionsmöglichkeit an den Start zu gehen, was er auf der für 18:00 Uhr im Konferenzraum 29/4 im 29. Stock kurzfristig anberaumten Pressekonferenz ja auch zum Besten geben könne, welche aber mehr hergeben müsse, als die Nacherzählung des (De)konstruktionspapiers des in Frankfurt-Eschborn ansässigen Marktforschungsinstituts DM, wonach hauptsächlich in Bankerkreisen, aber inzwischen auf alle Berufs- und Bevölkerungsschichten übergreifend, ein höchst bedenkliches, notorisches oder infektiöses, aber bisher durch keinen Verbreitungsalgorithmus oder etwa durch Reaktionsdiffusionsgleichungen identifizierbares Mikro-Herdenverhalten hauptsächlich in urbanen Ballungszentren zu beobachten sei, das am effektivsten außer Kraft gesetzt werden könne, wenn man es den Medien zum Ausverkauf anbiete, indem man beispielsweise an der eventtechnisch, akklamativen Aufblähung arbeite, um das Event in hyperkomplexe Kontexte zu transferieren, zu transkommunizieren, wenn nicht gar zu transzendieren, bis man einen Tipping Point erreiche, an dem das Event eine massenpsychologische Popularität bzw. Anziehungskraft gewänne, dass die Veranstaltung sich für einen großen Kinofilm z.B. des deutschen Regisseurs Eichendorf bestens eigne bzw. sich als eigenständiges Genre in der auf Unterhaltung bedachten TV- und Internetwelt wiederfände, was das in seiner Komik kaum zu überbietende Herdenverhalten endgültig abkühlen könnte, um stattdessen mit Hilfe der Medienindustrie die kulturelle Leitfigur des glücklich neuronalen Menschen als reizbares kybernetisches Maschinenwunder mit Affirmationskraft zu propagieren, dessen weltdurstigen Sinne als die Obertonreihen komplexer psychopolitischer und körperlicher Funktionen in komplexe Schaltpläne, Zeitreihen und Gleichungen eingehängt seien, am besten natürlich in der EB.

Im Bemühen den zwiespältigen oder zwielichtigen Traum der letzten Nacht ausführlich zu extrapolieren, schiebt Sam Kimberlay ihren Oberkörper immer wieder dicht an das konzeptionelle Kunstwerk hinter ihrem Schreibtisch heran, das auf einem kleinen Glastisch steht und komplett aus Alufolie besteht und die Form einer Giraffe hat. In diesem Traum war Sam Kimberlay zusammen mit Dr Dr. Hanselmann eine Zeit lang in dessen Keller, um Kohlen in einen überdimensionalen Eimer zu schippen. »Die Kohlen mussten wir mühsam hoch schleppen«, sagt sie leicht würgend oder schluchzend zu Dr. Dr. Hanselmann, »weil der Fahrstuhl gerade mal wieder kaputt war und als wir oben angekommen waren, waren wir ganz schwarz. Wir haben ein bisschen brav und ein bisschen neckisch gelacht und uns dann schnell ausgezogen, weil du ja angeblich schon wieder um 19:00 Uhr MEZ am Airport Zürich einchecken musstest, und plötzlich waren unsere Körper weiß und nur noch die Köpfe schwarz. Dein Schlafzimmer (kenne ich ja nicht) war so eine Art Glaskuppel und wir lagen nur so da, verdammt nochmal, so tiefgründig ineinander gesteckt, huhu, und du in meinem Rücken, und ich sah dich im Spiegel wie du mich ansahst, mit diesen Augen der Liebe und du hieltest meine Hand und du warst ganz entspannt und hast autochthon gegrinst, wie eben nur Schweizer grinsen können«. »Von mir aus kann das emphatisch sonst wohin gleiten, wenn es das denn so wäre oder gewesen wäre«, entgegnet Dr. Dr. Hanselmann ruhig und trocken, »denn ich bin da eher ein Kontrollfreak, wie du sicherlich weißt, und gleichzeitig solltest du den Signifikantentraum nicht allzu wörtlich nehmen, du weißt ja, hüte dich davor, den Signifikanten mit dem Signifikat gleichzusetzen bzw. zu verwechseln, und, na ja, auch mit dem individuellen Glücksanspruch ist das so eine Sache, denn eigentlich kann man jemanden schlecht von innen her kritisieren, indem man dieses oder jenes banale individuelle Glücklichsein als bloßes Resultat der ihn einem Individuum wirkenden falschen Umstände ihm vorhält=deklariert, wobei das Individuelle eher ein schlecht Virtuelles ist, und wie du schon wieder mit den Augen klickklackst und deinen eigenen Sound fährst, ja deinen höchst autonomen Sound, das ist und bleibt einzig und allein dein Problem«. Ein seltsames Intermezzo. Sam Kimberlay überlegt, ob sie ein bisschen schmollen oder schlichtweg einfach weinen oder einfach nur zähneblendendweiß lachen soll. Ein Zimmer im 25. Stock des Alina-Hotels wäre jetzt bestimmt wunderbar saunaheiß und extrem südseitensonnig. Mit einem rasanten Schwung schleudert Sam

Kimberlay ihren silbernen Stöckelschuh vom rechten Fuß auf die weiße, rechteckige Plastiktischplatte, die ein großes Wandtattoo aus rosafarbenen Magnolien schmückt. Sie sagt:

»Mmmh, Schokolade, soweit das Auge reicht. Begegnung from now on wie Cola Light, alkoholfreies Bier, cholesterinfreie Butter, das war einmal und keine Angst Hansi, Miss Melody darf mit dir und ihrer Angst ruhig auf der Zeil spazieren gehen. Man weiß, welch eruptive Ausbrüche das bei ihr erzeugt.«

»Hm, deine Themensprünge machen mich ganz nervös.«

»Dein Technizismus effizienter Lebensplanung mich nicht weniger.«

»Mein Leben ist offensichtlich weniger statisch als du denkst. Erinnere dich bitte an den denkbar miesen Einsatz deiner social Software in der letzten Zeit oder an deinen Absturz in den internen Rankinglisten.«

»Aber auch die Taktik deiner Biografiearbeit ist weit davon entfernt, eins zu eins aufzugehen.«

»Achte bitte auf die Kompetenzdatenbank.«

»Hansi, mir fehlen einfach die großzügigen monetären Anreizsysteme.« Sam Kimberlay malt sich lebhaft aus, wie sie dem dreckigen Hurenbänker tonnenweise die schleimige Substanz von Austern ins Gesicht kippen könnte, weil er zur Vagheit ihrer emotionalen Intentionen wieder einmal keinen einzigen beschissenen gescheiten Satz rausgebracht hat, normalerweise sind ihr Lügen hoch und heilig, denn selbst das Nackte ist ja verkleidet, wenn es sich nicht als solches kenntlich macht, aber sie wird dieses Mal ganz schön dreckig lügen und dem Hurenbänker sagen, dass er sie echt doch endlich am Arsch lecken kann, wobei sie ja die Doppeldeutigkeit der Lüge schon ein bisschen stört, wenn nicht am Arsch vorbeigeht. Aber ohne Hansi klarzukommen, um endlich a-romantisch clean zu werden, wäre ungefähr so, wie ihre verfickte Tendenz zum Masochismus auszureihern.

Bei der Hausdurchsuchung sind die Spezialeinheiten der Polizei und des Finanzamtes laut den Aussagen der Sekretärin inzwischen schon bis zur 22. Etage des Esperanto-Buildings vorgedrungen, haben dabei zweiundzwanzig hochsensible Rechner, die jeweils hochsensible Finanzdaten speichern, beschlagnahmt und das durch ihre Pressevertreter mit einer vor verherrlichender Berufsoptimismus strotzenden Vertrauensrhetorik dem Wähler an den Bildschirmen in mehreren Interviews auf ARD und ZDF auch kommunizieren lassen. »Wenn diese ernsthaft besessenen Leute vor den Mikrofonen sagen, sie seien die Repräsentanten des Willens der Bürger, dann wird mir echt schlecht«, sagt Dr. Dr. Hanselmann und traktiert die Fernbedienung mehr oder weniger unsanft, bis der Plasmabildschirm über dem Sideboard aus Edelstahl endlich mit einem Schlag erdunkelt. »Eigentlich sollten diese Politwerbefritzen ihren Beruf, wenn es darum geht, größere Menschenmassen massenzeremonial zu beeindrucken bzw. zu überzeugen«, sagt der Banker, »nach ihren jahrelangen Besuchen der besten Rhetorikschulen im Land wenigstens einigermaßen beherrschen, diese Bitches, aber allein die abgrundtief flache Metaphysik ihres Lächeln gibt diese Typen immer stärker der Lächerlichkeit preis, und ihre Slogans und Sprüche, deren Echo ungefähr die Selbstreferenz der Abendnachrichten besitzen, haben überdies den Tiefgang der neutralen Flachheit eines Kinderschwimmbeckens, entschuldige bitte, aber diesen Scheiß kann ich mir nicht länger geben. Das Geld muss in einem angemessenen Verhältnis zur Leistung stehen, dass ich nicht lache, dieser Satz fühlt sich hier an wie ein Kübel Kotze, den man über die Leute vor den Bildschirmen kippt, und zu allem Unglück riecht dieser Satz nach Aufrichtigkeit, dass ich fast konfuzianische Weinkrämpfe bekommen könnte. Singuläres Swingen im Swingerclub fühlt sich da schon wesentlich besser an«.

»Aber jetzt wirst du flach, Hansi. Das kenne ich gar nicht von dir«, sagt Sam Kimberlay, die nur einen einzigen höflichen Lacher für die letzten Sätze des Bankiers übrig hat. Ab 6:00 Uhr morgens hat Dr. Dr. Hanselmannn ausnahmsweise eine Stunde an den Spin Spikes des Fitnesscenters McFITNESS verbracht. Er kann sich keinen exakten Reim darauf machen, selbst nachdem er Dr. Rütli mehrmals in dessen hübschem Domizil in der Nähe von Montreux konsultiert und dringendst um Auskunft gebeten, was es mit diesem Anabolika des Hirns, das ab und an wie ein Mördertsunami bei ihm angerollt kommt, auf sich hat, wobei Dr. Rütli ihm ernsthaft kundtat, dass er keine Angst haben muss, dass er zwar wegen der Einnahme von Amphetaminen und Kokain sicherlich dauerhafte Hirnschäden davontragen wird, und er solle sich aber nicht so einfältig ennuyieren, wenn er keine zwingenden Gründe bzw. kausalen Ableitungen für das Phänomen des hirntechnischen, des anaboloiden Verzückens finden könnte, denn es sei ja nichts Besonderes unter einer Kompletterwärmung der Psyche, vielleicht eher als der Physis, in unregelmäßigen oder 4/4 getakteten Abständen, zu leiden, denn es gäbe ja schließlich Menschen, die begännen jeden Tag damit, dass sie aufgekratzt oder wie wild zum Beispiel Schönberg in die Tasten hämmern würden, obwohl es ja ganz sicher sei, dass Musik und erst recht diese Zwölftonmusik mit Ratio komponiert werden müsse, und das mache ja die Sache so kompliziert und unappetitlich. Man könne sehr wohl etwas erleben, dass nicht zu beschreiben sei, wie man umgekehrt etwas beschreiben oder denken könne, ohne es real erlebt zu haben.

Metaphysisches Staunen über den Großeinsatz der Polizeikräfte verwandelt sich bei Sam Kimberlay ad hoc in eine Art mildesten Angstaffekt, gerade als die Edelstahltür ihres Büros aufknallt und eine Art/Species schwarzbehelmter Polizist unangekündigt in den Raum stürzt. Exakt 3,22 Minuten zuvor hatte Dr. Dr. Hanselmann zum ersten Mal in seinem Leben das neue, das angeblich revolutionäre Nahrungsergänzungsmittel namens Nanoderivatio ausprobiert, das die zweiundfünfzig in ihm konzentrierten Wirkstoffe mit Nanokäfigen umschließt, damit die Stoffe nicht im Verdauungstrakt hängenbleiben, sondern unmittelbar ins Blut und schließlich in die Zellen gelangen. Möglicherweise stürzt er auch deshalb so komplett unerschrocken auf den Polizeibeamten zu, der gerade in den Raum gekommen ist, umfasst mit beiden Händen dessen Helm, um diesen mit einem einzigen Ruck so fulminant von dessen Kopf zu reißen, dass Sam Kimberlay ent- und gespannt zugleich lauthals *Wow* kreischt und der bloßgestellte Mann in Polizeiuniform seinerseits ein überraschtes *Wow* ausstößt und verlegen lächelt, um mir nichts dir nichts eine komplett paralytische Unterwürfigkeit insbesondere gegenüber Dr. Dr. Hanselmann an den Tag zu legen, die im Wesentlichen aus der harmlosen Geste einer mehrmaligen, gekünstelten Verbeugung besteht. Zur kompletten Überraschung von Sam Kimberlay kramt der junge Typ umständlich einen Zettel aus der Hosentasche, führt dann eine Art optischer Inversion durch, indem er einen Überschlag nur andeutet, bevor er sich im Spiegel zusieht, wie er laut vorliest: »Wenn ich mir recht überlege, jeden Tag so reflexionslos zur Arbeit zu kommen, um mir die Achterbahnfahrt zwischen Agonie und totaler Euphorie reinzuziehen, weil ich mit Produkten handle, die vor einem Monat noch 150 Euro Wert waren und heute nur noch 45 Euro Wert sind, und ich diese Produkte mitstrukturiert habe, Produkte, die so fiktiv sind, dass kaum jemand sie bewerten kann, dann wird mir echt schwindlig. Das Produkt fällt und fällt im Preis, und ich, Denis, sehe mich im Bildschirm gespiegelt, sehe, wie ich im Sturzflug abgefackelt werde.«

»Das hört sich aber gar nicht nach Bulle an«, sagt Sam Kimberlay, schreit dann sirenenartig und dezibelstark auf.

Aber erst als sie sich süffisant über die fehlende Originalität der gefaketen Polizeiidentität lustig zu machen beginnt und den Typen gezielt offensiv nach dem Dienstausweis fragt und sarkastisch anmerkt, dass das Fehlen einer Nickelbrille auf diesem spitzkinnigen und -nasigen Intellektuellengesicht schon auf den ersten Blick auffällt, wagt sich der Pseudopolizist einen Schritt nach vorne, bevor er leicht deprimiert den Zettel wieder zurück in die Hosentasche seiner Camouflage-Jacke steckt. Die Topologie des Büroraumes bleibt ametrisch, obwohl metrisierbar, weil hier das zweite Abzählbarkeitsaxiom als erfüllt anzusehen ist und auf keine weiteren Schwierigkeiten trifft. Mit seinen zweiundzwanzig Jahren ist der Student (Mitglied von Attac) das erste Mal an einer politischen Aktion in dieser Größenordnung beteiligt, hat dafür praktisch vier Monate lang vor dem Spiegel geübt und schwaberluzierte dabei streckenweise spastisch verzerrt einen philosophischen Text nach dem anderen, was er inzwischen glücklicherweise abgestellt hat

Ein geräuschloser Regen glanzlosen Staubes dringt aus der Entlüftungsanlage und schwebt durch das neutrale LED-Licht Ein wenig überraschend ist, dass den in der letzten Minute eher schweigsamen Studenten noch einmal richtig der Mut packt, wobei er seine schwarzen Stiefel Größe 43 im Halbkreis auf das Parkett trampeln lässt, ein Wurfmesser mit bajonet-artiger Klinge aus der Lederschatulle zieht, die am schwarzen Gürtel befestigt ist, um das Messer in einer extremen Spontanhandlung wie einen leichten Stein durch die Luft schnurren zu lassen, wobei das Messer um seine Längsachse rotiert und sich im Flug kurzfristig wie ein Speer oder eine Pistolenkugel stabilisiert, bevor es wie durch ein Wunder wieder in der Lederschatulle landet, ohne dass die beiden Bankangestellten mitbekommen haben, ob der adoleszente Werfer das Messer während seines Sturzfluges noch einmal berührt hat. Da Sam Kimberlay, deren silberner Aluminiumbrillenbügel sich in unmittelbarer Nähe ihrer violett geschminkten Lippen aufhält, erneut ihre schwarz lackierten Fingernägel bestaunt und nun etwas konkreter das Nagelbett des rechten Daumens untersucht, das leicht entzündet ist, aber das könnte auch noch der Rotlack sein, den sie gestern aufgezogen hat, hüstelt Dr. Dr. Hanselmann auffällig, da er ja weiß, dass Sam Kimberlay des Öfteren auf ein klein bisschen pervers macht, wenn sie beispielsweise den Bügel ganz langsam in die Mundhöhle einführt, um ihn vielleicht abzulutschen und wie jetzt beim Studenten eher ein Gefühl der Abscheu als der Zuneigung oder gar der Erregtheit auszulösen, was sie ja sieht, so dass sie aus einem kindlichen Trotzeffekt heraus den Bügel noch tiefer in ihre Mundhöhle schiebt, bis die Berührung definitiv zum Würgen führt, was wiederum ein psychogenes Erbrechen nach sich ziehen könnte, das möglicherweise nur durch die Einnahme eines Anästhesiesprays oder durch langanhaltendes Gurgeln mit Eiswasser – um die Schleimhäute zu betäuben – noch zu stoppen ist. Als Sam Kimberlay jedoch müde und lächerlich unvermittelt die Sonnenbrille zurück auf den Schreibtisch legt, mit der FAZ den Studenten sanft zu sich winkt, der mittlerweile wieder relativ angriffslustig glühende Bekenntnisse von Bankern zum ungezügelten Wirtschaftswachstum von sich gibt, ist Dr. Dr. Hanselmann irgendwie echt erleichtert, obwohl gleichzeitig das pubertäre Studentengeschwätz à la money making machines in Casual-Kluft in hellweißen Handelsräumen, Extrabonitäten und Boni, dreistöckige Lofts, Beuys- und Gerhard Richter- oder Neo Rauch-Kunst, Gaggenau-Küchen und Sozialabbauterminologie, ihn total abnervt und ihn seinen Unterkiefer in exakt drei dezenten Teilschritten verschieben lässt.

»Mein Lieber, Kooperationsbereitschaft, Kreativität, Kommunikationsfähigkeit und Kollektivgeist, die vier großen Ks, das solltest du dir schleunigst einprägen. Das sind die Tugenden, mit denen man die Experimentierfreudigkeit der Leute auf ein anderes Level hieft«, sagt Dr. Dr. Hanselmann verächtlich in Richtung spöttischer Student, stipuliert Zitat die fruchtlose Debatte als beendigt und kokettiert mit einer Art neutraler Obszönität, die man, vor allem, wenn man gleichzeitig so intensiv stakkatohaftes, auffälliges Mundzucken betreibt, nur Loosern zuwerfen kann. Dr. Dr. Hanselmann starrt unentwegt den kunstlosen vierzackigen Stern und zwei blaue Ringe auf den Handflächen des Studenten an.

»Clever ist, wer es versteht, andere für sich einzunehmen oder sie hereinzulegen«, sagt Sam Kimberlay ziemlich fies und brutal, als ob sie ihre sarkastische Resistenz auf noch erregter trimmen muss, und das so bitter, als ob sie z.B. unverdünntes Phytotoxin eingenommen, wobei sie sich vorhin tatsächlich Anxiolytika und ein paar Tabletten Bufferin eingepfiffen hat, die sie gewöhnlich dem Armamentarium der Esperanto Bank entnimmt. Auf N-TV wird soeben gemeldet, dass die Durchsuchungsaktion in mehreren Großbanken in Frankfurt/Main abgeschlossen, sämtliche Unterlagen und Computer zur Auswertung in das Rechenzentrum des Finanzamtes überführt worden sind. Da Dr. Dr. Hanselmann davon ausgeht, dass die Polizeieinheiten dann auch das Gebäude der Esperanto Bank verlassen haben, ist er sich unschlüssig, ob er nicht sofort den hauseigenen Sicherheitsdienst informieren oder durch quasiemotionalisiertes Herabfahren der Situation diesen komischen jungen Studenten, der die letzten Minuten ja nur noch schweigend ausharrt, eher höflich zum Verlassen des Büros bewegen soll. Sam Kimberlay ahnt die Unschlüssigkeit des Bankers, sie, die ja die schnelle Entscheidung pflegt, den Kurzschluss zwischen Gesagtem und Tathandlung, und das Selbstbild, das sie selbst mit ihrer Entschlussfreudigkeit verbindet, ist das einer souveränen Dame oder Domina, deren Peitsche über den Rükken ihres Subs rauscht, um ihm am allerliebsten sein Lurchenrückgrat zu brechen. Das stellt sie sich auch jetzt nicht anders vor, als sie zuerst mit dem linken Zeigefinger einen Vektor ausmisst, um dann spontan zum Tennisschläger zu greifen, der am Schreibtisch lehnt, und dem doof guckenden Studenten den Schläger auf das rechte Schulterblatt zu knallen, dass dieser mit einem einzigen gestauchten grunzenden Laut in die Knie sackt, bis seine Knie vollständig auf den Parkettfußboden knallen. Als der Stiel des Tennisschlägers dem Studenten jeden einzelnen Wirbel seiner columna vertebralis zärtlich tupft, sackt sein Kopf hingebungsvoll oder ergeben nach vorne, bevor der Tennisschläger mit beinahe schon synkopisierten Stößen, wo Grund- und Gegentakt in ein 4/4-Korsett integriert gegeneinander schwingen, zu arbeiten beginnt und langsam anfängt nach insultanten, kollabierenden Lungenflügeln zu fahnden, die Atelektase quasi herausfordernd, bis ein schwerer Schmerzenslaut mit schlechtem Geschmack zu hören ist, als die Spitze des Stiels des Schlägers langsam in den Mund des wunderbar gurrenden Studenten hinein und hinabgestoßen wird, erektil, bis ein gleichermaßen erektiles Würgen die von Sam Kimberlay geheimnisvoll als Wunschvernehmung bezeichnete Tortur begleitet, das Thema des Andante grazioso wird angedeutet, cis-d-cis-e-e, ein Spiel der Wellen oder das Gespräch zwischen schnappenden Fischen und dem Meer, bevor Dr. Dr. Hanselmann, der bisher nur starr die Szene begrinst und ab und zu mit gerunzelter Stirn einen Blick auf seine digitale Armbanduhr wirft, endlich nach Sam Kimberlays Führungshand greift, um mit ihr zusammen ganz bedächtig und vorsichtig die Spitze des Tennisschlägers aus der Kehle des Studenten herauszuziehen, während er unwillkürlich an Sam Kimberlays anaphylaktischen Anfall vor ein paar Monaten im selben Raum zurückdenken muss, während der Student mehrmals *Danke* keucht, und während Sam Kimberlay nur unwillig gegenüber Dr. Dr. Hanselmann, dessen schroffe Ablehnung politisch motivierter Gewalt-Ideale sie überhaupt nicht verstehen kann, klein beigibt und »Meine Güte, nichts zu danken« sagt, »du hast eine Kehle weich wie Zuckerwatte, aber ich lasse dich lieber abblitzen, bevor ich dich doch noch flachlege.«

Ein vom Reißverschluss ihres beigen Kostümrocks herabhängender Faden streicht in Zeitlupe an Dr. Dr. Hanselmanns Handfläche vorbei, berührt sanft das Parkett, ein untrügliches Zeichen dafür, dass sich Sam Kimberlays Körper ultralangsam tatsächlich auf dem Weg zum Boden befindet, man hört ein kurzes reißerisches *ratsch* und der Kostümrock reißt vom unteren Saum bis zum Steißbein ein und Sam Kimberlays Kniekehlen knicken ein, als hätte man ihr von hinten einen heftigen Schlag in dieselben verpasst, bevor ihr Körper endgültig sanft über den Fußboden rutscht, ihre Lippen zittern, ihre Augen rotieren im Antiuhrzeigersinn und ihre Kinnlade kumuliert fiktive Attacken ins Nichts und ihre Stirn wiegt in schreckhafter Dreifaltigkeit. Die Klimaanlage moniert dieses Mal nichts, bleibt einfach still. Dennoch hört sich ein einziger cubularer Sound im Raum zumindest für Sam Kimberlay ziemlich verzerrt an, als sie den über sie gebeugten Dr. Dr. Hanselmann anstarrt, während der politisch motivierte Student hastig seinen Motorradhelm aufsetzt und sich mit Karacho aus dem Staub macht. Sam Kimberlay denkt an Fleisch auf einem überdimensionalen Schaschlik Spieß. Dr. Dr. Hanselmann kniet in seinem faltenfreien pastellfarbenen Gucci-Anzug neben ihr und hofft inständig darauf, dass er nicht gezwungen wird, seine Kollegin mal wieder so flatterhaft oder gimmickmäßig Mund zu Mund zu beatmen, denn möglicherweise wird sie ja zuschnappen, um ihn in ein langfristiges orales Liebesspiel zu verwickeln. Das Keuchen und Pressen des dezibelschwachen Stimmorgans, das honigweiche Gebläse und Geblustere des mit Speichel überfluteten Mundes und das strampelweiche Zappeln der Extremitäten, das alles deutet auch dieses Mal auf ein Manöver der Extraklasse hin. Sam Kimberlay spielt den Schock, ohne Zweifel. Er inhaliert, sie exhaliert. Es kommt rein auf psychosemantischer Verschlüsselungsebene oder sprich interaktionistisch zu einem gefährlichen Stillstand, der einem mit der Videokamera aufgenommenen Standbild ähnelt, das einen Patt akzentuiert. Sam Kimberlay hat noch nie so intensiv simuliert, was äußerst ungewöhnlich ist, da sich das jetzt schallerzeugende Simulieren anscheinend ganz ihrem Willen entzogen hat, wie das in diesem merkwürdigen Traum der letzten Nacht in einer weißen Höllenlabyrinthisierung kryptogener Ätiologie ebenso der Fall gewesen ist, sie irrte in einer Art neonhellerleuchteter Klinik umher, es könnte auch ein mehrstöckiger Bunker mit weißen Wänden im Innen und Außen gewesen sein, jedenfalls gab es lange weiße Flure, deren Verlaufsform eigentlich keinem Labyrinth glichen, obwohl sie sich permanent echt schräg euklidisch verzweigten, und da waren die schneeweißen Türen, die alle sperrangelweit offen standen. Die leeren Räume vermittelten irgendwie den Eindruck von Laboren oder weiß gekachelten Operationssälen, aber Sam Kimberlay schaute in keinen einzigen Raum länger als eine Sekunde hinein, es könnte ja auch schon ein Leben nach dem Tod gewesen sein, jedenfalls gab es ausschließlich die Farbe Weiß, und Sam Kimberlay selbst irrte in weißem Gewand umher, das zumindest spürte sie noch, die Materie war hell-, neon- oder titanweiß und es schien, als wäre das Leben selbst nichts als absolut cleanes weißes Inventar eines abstrakten Fegefeuers, weiß und schauderhaft, und mit ziemlicher Sicherheit war in der Klinik kein menschliches Wesen anwesend, obwohl sie eindeutig die Ahnung der Anwesenheit von Wesen hatte. Diese Wesen waren nicht aus weißem Wachs, sondern waren schneeweiße Gewächse und sie saßen in den weißen Wänden in sehr tiefsinnigen Positionen: Gespenster oder Bewohner einer Zwischenwelt hatte sie sich naiverweise als immerzu schwirrend oder flatternd vorgestellt, die, gerade weil sie stürzen, fliegen und schweben bzw. in der Schwebe bleiben können, jede Dichotomie bzw. ein Denken in Schwarz und Weiß widerrufen, sollte also die Polarität zwischen körperlicher und unkörperlicher Existenz in einem pures Weiß schwinden oder zur Erscheinung kommen? Die Zeitlosigkeit war nahe, das spürte Sam Kimberlay, aber sie war nicht greifbar. Die instantane hysterische Gegenwart ohne Erwartungen und Erinnerungen. Aber auch das nicht. Aber auch der Kampf mit dem Ewigen schien ausgefallen, das ja in einer reinen stratigraphischen Schichtung der Stasis die Zeit selbst ist, die Zeit als solche, die das Emergente aus sich herauszuschießen vermag wie nichts. Es gab jedenfalls in der Klinik keinen Ausgang und keine Ende. Zeit war der Raum selbst. Die Zeit war stillgelegt, aber es war nicht die Struktur der Zeit als solcher. Zeit war vielleicht die Endsumme von unbekannten sonischen Impulsen und Daten geworden, die in und durch die Räume flossen, dessen war sie sich sicher, obwohl sie die Datenmaschinen weder sehen noch hören konnte. Es war neutral und zugleich schrill, die Zeit stand still, oder es gab überhaupt keine Zeit außer der blinden Zeit mehr oder die Zeit kam zu ihr ganz in weiß als septisch neutrales Bukett eines doch unendlich quälend langen Tages, der aber ganz in der Klinik eingeschlossen war, so dass die Zeit selbst weiß geworden war. Die Zeit ging durch sie hindurch oder sie war selbst eins mit Zeit, die längst nicht mehr das unveränderlich Wandelbare war, und sie existierte auch nicht mehr innerhalb der Zeit, sie war nur noch klein und hatte nur noch sich selbst. Nahm sie noch etwas wahr oder nahm sie nur noch radikal ab in Raum und Zeit? Sam Kimberlay konnte sich selbst nicht sehen, da es ja keine Spiegel gab. Nur das Weiß, das sich selbst einfärbte und immer mehr sein eigener, unsichtbarer Grund wurde, vielleicht sein Abgrund. Es roch gespenstisch nach nichts oder dem Nichts. Die

Vergangenheit war verschieden. Es gab keine Zukunft. Zeit war auch reine Information, zeitlos und zeitleer. War dies das schreckliche, das unendliche Ende oder nur die Fortführung eines langen gesunden, aber ereignislosen Lebens? Alle Zeitpunkte glichen einander, auch der Raum schien bar jeder Metrik oder Rhythmik und er schien auch jeden Ansatz von Rissen verloren zu haben. Es gab nichts zu hören, noch nicht einmal das Ticken einer Uhr. Es gab keinen Ort und es gab keine Zeit, etwa zu entkommen oder etwas abzuschließen. Aber Sam Kimberlay war auch kein bisschen nervös, sie zappte sich nicht durch Lebensräume, schließlich war sie ja tot. Es gab keine Welt oder gar ein Universum, jedenfalls nicht für sie selbst. Für ihre Interiorität gab es keine äußeren Objekte. Aber der Bunker hatte paradoxerweise auch etwas Paradiesisches. Denn schließlich gab es ja Proportionen, Winkel, Lineale und Linien, Objekte und Räume, dessen war sie sich ganz sicher, deren Existenzen aber ganz und gar nicht von ihr abhingen und die sich ganz von selbst, quasi automatisch, in Serien oder im Verhältnis zu anderen Räumen verkettet hatten. Es war eine seltsame, eine neuentdeckte Welt, eine undurchsichtige Form und doch weiß, fast schon transparent. Objekte und Konstruktion zugleich. Es war im Eingeschlossensein kein Land in Sicht. Es gab keine Möglichkeit, mit Menschen in einem Zimmer zu sein, die reden und vielleicht auch noch amüsant sein konnten oder die einem dabei gar nichts abverlangen würden etwa wie stundenlanges gemeinsames Fernsehen. Noch nicht einmal das. Die Räume waren menschenleer, dessen war sie sich ziemlich sicher, obwohl sie es nicht sehen konnte. Alles blieb außergewöhnlich beunruhigend und zutiefst beruhigend in einem. Dennoch führte der enorme Stress ihres verleugnungsgespeisten Umherirrens, dem sich so etwas wie ein eigener undurchsichtiger Körper immer wieder entzog, dazu, dass sie sich eine Art multifunktionaler Optionsbrille aufzog, um dem Schrumpfen ihres Gesichtsfeldes entgegenzuwirken, aber sie musste schnell feststellen, dass die Optionen, etwas anderes zu tun als zu tun war, sich sehr schnell auf das Dasein nadelspitzdünner Wahrscheinlichkeiten reduzierten, sie waren letztendlich gar nicht da.

Nur eines war ganz gewiss: Irgendwo in der Klinik wurde an einem Pamphlet gefeilt, das alle Welträtsel zufriedenstellend beantwortet und damit die Welt selbst nichtet. Die Beschleunigung ist der Ausdruck einer temporalen Entstauung, hieß es, die Zeit verläuft hyperkomplex, kompliziert und oft haltungs- und richtungslos. So entsteht der Verlust der Dauer sowie die Gegenwartsschrumpfung aus dem komplexen Verhältnis des Schwindens der Dauer und der Beschleunigung. Gegenwartspunkte, zwischen denen keine temporale Anziehungskraft mehr besteht, lösen den Sturz und Fortriss der Zeit aus. Das Subjekt der Erfahrung bewohnt den Übergang zwischen dem Vergangenen und dem Zukünftigen. Erst die Verschränkung von Zeithorizonten führt zur Erkenntnis. Information ist jedoch zeitlos und zeitleer. Aufgrund der haltungslosen Zerstreuung entfaltet Zeit keine ordnende Kraft mehr. Gegenwart reduziert sich auf permanente Sonden von Aktualitätsspitzen. Verlieren die Dinge ihre Vergangenheit werden sie zu Information oder zu Waren. Aufgrund der temporalen Neutralität lassen sich Informationen beliebig abrufen oder speichern. Noch nicht und schon. Zunehmende Kurzfristigkeit spiegelt sich als Angst und Unruhe wieder. Wenn die Zeit anstatt zu versickern oder zu perlokieren nur noch beschleunigt fließt, stürzt die Zeit fort. Je nachdem, ob die temporale Gravitation noch existiert, ob das Sieb, durch das die Zeit sickert, noch vorhanden ist, versickert oder fließt die Zeit.

Der Sommer 2013 war eine einzige Seitwärtsbewegung.

Der Stadtmarathon der Esperanto Bank am Sonntag, den 3. Oktober 2013, beginnt pünktlich um 8:30 Uhr unmittelbar vor der kathedraltürgroßen Startrampe, ungefähr fünfzig Meter vom Eingang zum Messeturm entfernt. Die meisten der 32000 Teilnehmer wärmen sich schon seit mehr als zwei Stunden intensiv und gewissenhaft hauptsächlich auf großen Plätzen auf, als ob sie schon im Vorfeld des Marathonlaufes läuferische Nachteile wettmachen müssten. In der ersten Reihe einer langen Menschenkette tänzeln oder trippeln Seite an Seite und natürlich auf leichten Füßen der amtierende Olympiasieger aus Äthiopien namens Chelos sowie der Europameister aus dem Jahr 2010 aus Großbritannien namens Mc Donalds und der deutsche Meister des Jahres 2012 von Mainz 05 Thomas Holzborn, die drei Läufer tragen Blumenhalsbänder, dunkelrote Baskenmützen mit dem Logo der Esperanto Bank, bronzefarbene, glänzende Trikots und goldene Sneakers von Nike ohne Noppen. Auf Motorhauben, Müllcontainerdeckeln, Balkonen, Dächern von Pommesbuden und den Plateaus der Hochhäuser, auf sämtlichen Erhebungen im Umkreis von zwei Kilometern tänzeln und rotieren die unterschiedlichsten Leute, obdachlose ehemalige Zuhälter, charismatische Hassprediger, Reporter, die hektisch ihre Mikrofonehin und her schwenken, aufdringliche Bettler, unter ihnen natürlich auch die obligatorischen Freizeitobdachlosen und ein paar Politaktivisten aus dem Stadtwald, ein paar Gechippte und auch ein paar ganz normale Zuschauer, die aber anscheinend kaum jemand beachtet, weil sie noch am wenigsten durch bestimmte Körperaktivitäten, Fitnesshypnotisierungen und Speeches drauflospropagandieren oder konsektieren, jedenfalls verstehen sie es ganz gut, sich weitestgehend unauffällig zu verhalten, manchmal als seien sie bloß Dinge, die unbeweglich dastehen oder hocken.

Direkt hinter der ersten Startreihe von zwölf Läufern trippeln sechzehn junge Studenten aus China, die zusammen vier aus einem quadratischen, mit goldenem Stuck verzierten Holzgestell herausragende schwarze Eisenstangen schultern; auf dem roten Samtbezug der Rückbank im Eichenholzkasten sitzt mit acht schwarzen Lederriemen angeschnallt der aktuell amtierende, querschnittsgelähmte Minister für Athletik, Gesundheit und Leibesertüchtigung, über dessen dünne Oberschenkel das dienstaufsichtsführende Personal in weiser Voraussicht eine dicke, warme, karmesinrote Wolldecke gelegt hat. Der Minister Dr. Zimmer ist gerade dabei ein paar zugegebenermaßen sehr gewagte Kusshände in Richtung einer Cheerleadergruppe von Eintracht Frankfurt zu werfen, die links neben einem Getränkestand von Coca Cola zu narkotisierenden und ohrenbetäubenden Synthesizerarrangements von Lady Gaga und Röyksopp mit zahlreichen knallgelben Staubwedeln animiert, während die jungen Studenten, die der chinesischen Dissidentengruppe China/Nonkonform angehören, den Takt ihres tänzerischen Schreitens keinen Augenblick lang unterbrechen, ständig werden sie über Megaphon durch den diplomatische Immunität genießenden Gesundheitsattaché aus Shanghai angefeuert, der in exakt drei Minuten den Startschuss für den ersten Esperanto Bank-Stadtmarathon geben wird. Mitten auf der Stirn des mittelgroßen, krummeligen, grauhaarigen 64 jährigen Ministers Dr. Zimmer sitzt ein großer roter Punkt. Der Minister leidet derzeit sichtbar an dem Bakterium Helicobacter pilori, das zu starker Pruritis digitalis, einem Hautjucken besonders auf der linken Wange, verbunden mit schrecklichen Schüben von Neurodermitis führt, hinzu kommt die partielle Anfälligkeit für Nasenfurunkel im Bereich der Nasenspitze und diverse Pilzinfektionen im Bereich unter der Unterlippe, so dass sein Gesicht mit dem ehedem schon knallroten Teint sowohl bezüglich der Konsistenz als auch der Struktur der Hautoberfläche einem blätterteigähnlichen, nur mit Tomatenketchup bestrichenen Pizzabelag ähnelt. Zwischen den Hautrötungen der Gesichtshaut in allen erdenklichen Farbabstufungen des Rots zeigt der Minister erstaunlich blaue, deutsche Augen und erstaunlicherweise eine recht lupenreine rechte Wangenpartie, die allerdings etwas tiefer als die linke hängt. Trotz der Querschnittslähmung und den erwähnten Krankheiten besitzt Dr. Zimmer eine gewisse Drahtigkeit, was das Physische und das Psychopolitische angeht, was unter anderem auf das Training mit einem speziellen Trainingsgerät, im wesentlichen bestehend aus einem Seilzugsystem und einem gegen die Zugkraft wirkenden Gewicht, das zur Erzeugung einer Gegenkraft vorgesehen ist, zurückzuführen ist. Des Öfteren startet der Minister den Versuch, seine gesamte Auffassungsgabe und -kraft in der Produktion eines Vektors zu konzentrieren/ auszubalancieren und zu materialisieren, aber zu oft bleibt seine Persönlichkeit in eine Krypta eingeschlossen, einem Unbewussten im Bewussten, das seine Persönlichkeit unwiderruflich spaltet.

Der moderne Sport generell, begleitet von seinen hygiene- und zahlreichen Artistiksystemen, vermittele, so der Minister bei der letzten Pressekonferenz vor dem Marathonlauf, die am Samstagnachmittag in den Räumlichkeiten der Esperanto Bank stattfand, den Leuten die Einsicht in die Notwendigkeit, nämlich, dass das Lernen heutzutage restlos in eine Praxis des multiplikativen und multiplizierenden Übens und Trainierens zu überführen sei, mit der das ubiquitäre Wollen nach Mehrgenuss – Bedürfnisse, Wünsche, Leidenschaften und Ängste des Einzelnen – der Einübung in die Pflichten des modernen Staatsbürgers zu weichen, oder doch mit den Pflichten zu kooperieren habe, womit der Bürger zugleich Animateur und Berater, ja sogar Agent der öffentlichen Ordnung werden könne, indem er einen bisher leeren Platz mit einem Körper ausstatte, den er sich am besten als Teamplayer oder als ein besonders ehrgeiziger Leistungssportler aneigne. Mit der Inbesitznahme des Leistungssports fände also sowohl der Geist der leistungsverstärkenden und selbsttransparenten Intensivierung des Lebens als auch die generelle Aktivierung der Bürgerpflichten eine universelle Ausdrucksform. Und nicht zufällig habe der Staat seine Hand da im Spiel. Und er hasse Menschen, die niemals in ihrem Leben einer Arbeit nachgegangen wären. In der für 18:30 Uhr angesetzten Bankettrede, die zu weiten Teilen von seiner zugegebenermaßen rhetorisch hochbegabten Chefsekretärin Frau Scheiber in Berlin verfasst wurde, wird sich Dr. Zimmer im Hauptsaal des Frankfurters Römers noch einmal ausführlich dem Phänomenkomplex der Zitat niemals zu vernachlässigenden Tugenden des modernen Trainingsrituals widmen, das von den Trainierenden und Übenden so etwas wie Leistungsbereitschaft und Fitness sans phrase erfordert, indem die Tyrannei des Schmerzes wie die rauschhaften Schwindelgefühle der Subjekte, die ansonsten ganz den Aktionen der Toxine und der Neurochemie gehorchen, durch kontinuierliche Selbstdisziplinierung und Selbsterweiterung überwunden werden könnten. Der Tag ist vollkommen untypisch für den frühen Oktober hier in Frankfurt sehr sonnig und jetzt um diese frühe Uhrzeit schon relativ warm. Die Bäume stehen in gelbem bis rotem Blätterlicht und die bisweilen grätigen Äste zeigen eine seltsame Konfluenz von Heiterkeit und Verlust.

Tausende von Marathonläufern tippeln und trippeln im Moment schon erwartungsvoll oder äußerst angespannt auf der Stelle. Die Strecke des Esperanto Bank-Frankfurt-Marathons führt über die Mainzer, die Bockenheimer und Eschersheimer Landstraße und dann das Mainufer in Sachsenhausen entlang, über die Kennedyallee nach Niederrad und Höchst und dort von einem Wendepunkt zurück zur City und zum Zieleinlauf an den Eingangstoren der Festhalle. Dr.

Zimmer hat die ganze Zeit die achtköpfige Cheerleadergruppe von Eintracht Frankfurt keine Sekunde aus den Augen gelassen, wobei sein hochrotes Patchwork-Gesicht das Lächeln und die Mimik eines Mannes ausstellt, der es sich einen Tag lang rundum gut gehen lassen will, der in erheischender Empathie und Euphorie mit den Teilnehmern des Marathonlaufes und später den Gästen des Festbanketts der Zuversicht frönen und dabei auch ein bisschen den Smalltalk überstrapazieren darf und will. Zweimal wackelte die Sänfte schon bedenklich in Richtung Vertikalität. Die zwischen goldenen Bommeln an silberner Pompon-Borte befestigte Fähnchen der chinesischen Staatsflagge flattern aufgeregt in einer leichten Brise Wind, als zwei an der vorderen rechten Stange postierte Chinesen simultan auf der rechten Schulter die Sänfte weiter nach oben hieven, während einer von ihnen kurzfristig schwer das Gesicht verzerrt, das erst mit dem akustischen Tschhh eines Bodyguards seine ursprüngliche Form des mandibularen Lächelns zurückgewinnt, und der Bodyguard sagt, dass das Rhythmus- und Zusammengehörigkeitsgefühl der jungen chinesischen Dissidenten für die Motorik und Gravitation der Sänfte von entscheidender Bedeutung ist.

Startschuss. Applaus, Beifall der großen Masse von Schaulustigen, der Läufer & Läuferinnen, der freiwilligen & professionellen Helfer, der Politaktivisten, Sponsoren und Angestellten der Esperanto Bank. Ein paar besonders hartnäckige Bettler, drei Dutzend Obdachlose mit ganz kleinen, transportablen Lautsprecheranlagen und mindestens fünfzig äußerst findige Freizeitobdachlose kämpfen sich fast Seite an Seite durch die Menge in Richtung Messeturm, als suchten sie verzweifelt nach etwas Essbarem, Rauchbarem oder nach Chemikalien, wobei für die Fachkundigen oder Eingefleischten in der Szene unschwer zu unterscheiden ist, wer von drei Fraktionen gestern Nacht noch von einer desaströsen Ökonomie der Schnellmacher exekutiert wurde, und wer von den Fiktionen oder Hoffnungen auf die nächsten Stunden zu leben gedenkt, die allerdings schnell zu exekutierenden Gläubigern mutieren können, zum Sucht-Ding, das ihre Körper zumindest ansatzweise im Rahmen sozialer Interaktion schwerer in Mitleidenschaft ziehen wird als dass sie das vielleicht selbst wahrhaben wollen. Fast wie die hämische Karikatur auf einen Ready-made-Guru verharrt der Minister Dr. Zimmer in seinem ockergelbem Adidas-Trainingsanzug in einer Art yogischem Lotussitz, schwebt sehr leicht über dem in der Vormittagssonne wie frisch lackiert schimmernden Asphalt und grüßt mit gefalteten und nach oben gereckten Händen das seiner Meinung nach empfangsbereite Publikum, wobei die Gesten an die des Papstes oder des Dalai Lama erinnern, die aber sicherlich sogar ein wenig länger und intensiver als der Minister an säkularisierter Lalation geübt oder geschnuppert haben. Auf der Rückseite seiner Trainingsjacke steht in großen schwarzen Arial-Buchstaben TRAINIERE, auf der Vorderseite liest man in silbernen Lettern DEM DOPING KEINE CHANCE. Scheinbar arbeitet der Minister für den Schweiß der anderen. Den Fettsäuren, den Salzen und den einen ätzenden Geruch unter den Achselhöhlen erzeugenden Bakterium Corynebacterium jeikeium. (Die biblische Strafe befiehlt die materielle Arbeit im Schweiße des Angesichts, der dem modernen Arbeitsmannequin allerdings nicht mehr von der Stirn rinnt, insofern dieses Mannequin heute als oder wie ein mobiles und flexibles Netzwerkprodukt funktioniert, das meistens nie in seinem Leben gearbeitet hat. Die Dienstleistung wird von ihm lediglich konsumiert, was die schlichte Anwesenheit auf einer Stelle, wo selbst der Schweiß ihm missgönnt bleibt, unter Abwesenheit der Arbeit einschließt. Im wartenden Dienst an der Arbeit des Wartens kehrt demnach die verfluchte Arbeit unter der Voraussetzung wieder, dass die Strafe des Dienstes in der ihm fehlenden Arbeit besteht.)

Die akustische Atmosphäre auf der Mainzer Landstraße ist schon nach wenigen Minuten geprägt von komplexen, rhythmischen, hochpneumatischen Atemübungen der großen Lunge eines laufenden Kollektivs, während auf den Bürgersteigen und Seitenstraßen ein Heer von politischen Aktivisten, Sektierern und Predigern mit transportablen Lautsprecheranlagen, die auf Kleinbussen oder Kleinlastwagen stehen, den Versuch unternehmen, sich performativ Gehör zu verschaffen (der Sprechakt ist zugleich der Vollzug einer Handlung), wobei drei oder vier Gruppen beiderlei Geschlechts mit großen Trommeln in der unmittelbaren Nähe des Lautsprecherwagens der Rhein-Main-Resistance (RMR) Ringelreihen tanzen und von ihren Jüngern oder Parakadern Flugblätter direkt aus dem Laserdrucker natürlich aus Ökopapier verteilen lassen. Zigtausende Puls- und Atemfrequenzen steigen in einen Bereich, der zumindest bei den Marathonläufern keinerlei Unterhaltung untereinander mehr zulässt, nur der Minister Dr. Zimmer kann im Hauptfeld als einziger Teilnehmer seinen Puls um die siebzig Schläge in der Minute halten, während die jungen chinesischen, trippelnden Dissidenten in schwarzen Trikots begehrlich den fast metrischen, den synchronisierten Schritttakt der Gruppe halten, was die Männer unter Berücksichtigung der Stärkung von Waden- und Schultermuskulatur, des Musculus quadriceps femoris und der Rotatorenmanschette/Deltamuskel im McFITNESS-Fitnesscenter auf Stairmasters, Crosstrainern, LAT-Zügen und Laufstraßen mindestens zwei Monate lang mit eigentümlicher asiatischer Beharrlichkeit und Gleichgültigkeit trainiert haben. Die das Trippeln begleitenden Gesichtsausdrücke der chinesischen Dissidenten wirken konzentriert und versunken, es sind nicht unbedingt Gesichter, die irgendwie arbeitstechnisch eine Zukunft vor sich haben, aber die Gesichtszüge sind auch nicht dumpf oder lethargisch mit dem

Jetzt verklebt, eher schon von genügsamer Tätigkeit absorbiert. Die Spitzengruppe des Marathonfeldes, die sich auf der schwer abgasangereicherten Kennedyallee gerade zügig und beharrlich vom Rest des Feldes absetzt, wobei sich als einzige Frau in der Gruppe die hochgeschossene und extrem attraktive, farbige Spitzenläuferin Irena Mobundu aus Kenia befindet, die in den letzten drei Monaten mit ihrem bemerkenswert niedrigen Körperfettanteil, aber vor allem wegen ihres zusätzlichen Y-Chromosoms für einigen Wirbel beim Weltleichtathletikverband gesorgt hat, entfernt sich mit kontinuierlicher Geschwindigkeit auch immer weiter von der Sänfte des Ministers, über der in Höhe von circa einhundert Metern permanent ein Helikopter des Bundeskriminalamtes kreist. Aufmerksamkeitsmaschinerien aller Art mit der Gewalt einer Nicht-Adresse dirigieren sowohl die Grammatik & Syntax der Masse der Schaulustigen als auch das Heer der Läufer & Läuferinnen, d.h in diesem Fall filmt die Mehrzahl der transportablen Fernsehkameras des ZDF, die auf schweren Motorrädern angebracht sind, ausschließlich in unmittelbarer Umgebung der Sänfte, was natürlich einer gewissen Aufmerksamtkeitsökonomie entspricht, die wohl versucht ist, die Bewegung des Marathonlaufens zu instituionalisieren oder auf die ihr gemäße Form der Performanz zu stellen. Die Motorräder des ZDF sind alle mit kleinen Geräteboxen sowie jeweils vier Kameras bestückt/ ausgestattet, wobei eine Kamera am Heck festgebunden und eine zweite Kamera am Motorradhelm befestigt ist, während eine dritte Kamera direkt hinter dem Fahrer filmt und eine vierte Kamera mit Weitwinkelobjektiv von der Seite des Motorrades Bildsequenzen einfängt. Videobilder, Informationen und Daten werden drahtlos an das Kontrollzentrum des ZDF auf dem Lerchenberg in Mainz übertragen, wo das Bildmaterial mit diversen Animationen eines von der Fa. Dorna entwickelten Softwareprogramms angereichert wird. Eine Serie von Boings 747 fliegt in einer Ellipse ca. 4000 Meter über das Stadtzentrum hinweg, was auch immer das zu bedeuten hat. Man sagt, dass der Minister Dr. Zimmer ein untrügliches Gefühl für medial außerordentlich wirksame und zielstrebige Bewegungstaktiken besitzt, auch jetzt gerade wieder wirft er geradezu intuitiv und zyklisch, wahrscheinlich um sein Gesicht in Großaufnahme im Fernsehen noch effektiver zu positionieren, den Kopf in den Nacken, während er mit wirklich hellster Stimme, wie man es aus dem Fernsehen eigentlich gar nicht von ihm gewohnt ist, Kommentare, Beschwörungen und Anfeuerungsrufe an die Läufer richtet bzw. paroliert, wie »Auf geht's Jungs« und »voll drauf, heyo, ein gesunder Geist...« etc., wahrscheinlich um der Fernsehnation in Andeutungen/Klischees die dialektische Lehre von der Erhöhung individueller Leistungsprofile bzw. der Zerstörung destruktiver jouissance zu kommunizieren oder zu litaneiisieren, was zumindest seine Frau in Sindelfingen vor dem Fernsehapparat sehr bewundert. Sein Sohn, der alles andere als die volle und rückhaltlose Unterstützung seine Vaters genießt, was seine unglaublich kafkaesken Bewerbungsprozeduren für ARD oder den Bundestag oder für die Auftritte für diverse Castingshows auf dem Fernsehsender Anti9 angeht, sitzt zur Zeit im Moseleck im Bahnhofsviertel vor einem leeren kleinen 0,1 Cognacglas, als der Stammwirt Peter erneut durch die Kneipe ruft, »leck mich am Arsch, alle mal ruhig, der wehrte Herr verzehrt jetzt gleich vor unseren Augen das zweiundzwanzigste kleine Pils«, worauf ihm Peter tatsächlich ein weiteres mit Bier gefülltes Cognacglas an den Tisch bringt, und alle am Tresen grölen sich ihre kaputten Lungen aus dem Leib, leck fett, die rohen organischen und anorganischen Kräfte und Kräfteverhältnisse geben in einem Orkan von hirnarretierenden Geräuschen, Dialekten und monovokalem Röhren ihrer Unvernunft stetigen und verstetigten Ausdruck, um eine sehr zerbrechliche wie auch widerstandsfähige Struktur zu bearbeiten, wahrscheinlich eine Mischung aus Mythos und Tod.

Exakt nach Kilometer 9,8 erreicht die siebenköpfige Spitzengruppe, in der bisher alle Favoriten versammelt sind, die dritte Getränkestation in unmittelbarer Nähe zur Konstablerwache, während die Sänfte mit Dr. Zimmer gerade erst an der zweiten Getränkestation ungefähr 500 Meter unmittelbar westlich des Eisernen Stegs vorbeigleitet, wo auf dem Vorplatz zur Fußgängerbrücke zwei Gruppen von jeweils sechs hübschen, jungen Tambourinschwingerinnen sowohl den jubelnden Massen am Straßenrand als auch den Läufern ordentlich mal wie Girlies in extremer Panik mit ihren Instrumenten einheizen und mit Hilfe ihrer knappen strohgelben Bikinis und knallgelben Stiefel auch von der optischen Überzeugungskraft der Opto Specs für Furore vor allem unter den Freizeitobdachlosen und für jede Menge weitaufgerissene, quasi statische Münder bei den männlichen Schaulustigen sorgen, und auf chtulische Art und Weise sind die Schwingerinnen, die synchron im Rhythmus von nach links und rechts wirbeln, sexy bis in die Fußspitzen oder die Augenweide per se, die Tambourinschwingerinnen überzeugen mit einer Art von fast schon penetranter, überirdischer, engelhafter Schönheit, dass die wenigsten um sie herumstehenden Schaulustigen es wagen würden, die süßen Engel anzusprechen oder eben bloß mal nur so nur anzulächeln oder gar zu grüßen. Eine leichenhafte Schönheit, die jeden Ort der Andersheit gegenüber sich selbst ausgrenzt.

Aus der Perspektive der Luftkameras im Helikopter 3/5 des ZDF macht die Menge am Straßenrand in unmittelbarer Nähe des Flusses den Eindruck von zwei gezackten Streifen oder mikrotechnisch sehr verfeinert gesehen von zwei Feuerkämmen, kontinuierlich und zugleich zerrissen an den Rändern, die den Strömungsverlauf des Marathonlaufes umstrudeln. Als die junge Chinesentruppe, nach wie vor die schwarzlackierten Stangen schulternd, deren Verstrebungen unter anderem die goldlackierte Sänfte zusammenhalten, hundefüßlerisch an eine Gruppe von schwarzrot bewimpelten Podesten gefährlich nahe herantrippelt, kommt es zu spontanen »Laufen Laufen Laufen« -Rufen und furchtbar vielen Würfen von organischem Müll, es ist vermutlich nur der Anwesenheit mehrerer Streifenwagen mit ihren gurgelnden Blaulichtern zu verdanken, dass nicht mehr als zwei Bananenschalen auf der Höhe des Schulgebäudes der Gesamtschule gegen 9:43 Uhr möglicherweise aus rein gehässigen Motiven auf die Straße geworfen werden, von denen die schwarz gesprenkelte, fast ockergelbe Schale vom siebenjährigen Fotohysteriker Mike stammt, dessen Digitalkamera die Linse gerade öffnet wie einen klaffenden Mund, wobei in seinen Händen eigentlich jede Kamera automatisch zur tödlichen Waffe werden kann, was ihn ja selbst quält, da diese fürchterliche Technikverknalltheit, deren ausführenden Organen, den Linsen er nicht entkommen kann, darüber hinaus eine semiopsychische Gewinnökonomie tangiert, in der sich Verdichtung und Zerfall schon in frühem Alter unwiderruflich ereignen. Was aussieht wie Mike beim Justieren ist Mike, der soeben gleichzeitig ein paar Fotos schießen und mit bloßen Augen die obszöne, furchtbare Bananenschale fixieren will, was sich für ihn anfühlt, als würden seine Augen von etwas Unbekanntem in die Zange genommen oder wahlweise weit auseinander gerissen, gerade als der erste chinesische Sänftenträger links außen – sein Blick verschleiert und starr nach vorne gerichtet –, dessen Gesicht insgesamt eher schmerzverzerrt ist, weil er schon seit Startbeginn dringend pissen muss, immer näher an die Bananenschalen herantrippelt, während die basslastigen Lautsprechersysteme des Hip Hop Kollektivs »Bock auf Beat«, die auf zwei großen Transportwagen direkt neben den acht

Fahnenstangen mit überdimensionalen Deuschlandflaggen stehen, audio-toxische Energie auf hohem Lautstärkelevel abgeben, weil die Mitglieder der Crew aus purer oder abstoßender Lebensfreude die Lautstärke voll hochpegeln, während sie sich gegenseitig verhöhnend den Dopequalm ins Gesicht blasen. Als das Bassline-Geschiebe und das klirrende Geschepper der High Hats in den höheren Frequenzen immer technoider wird, um sogleich eine akustische Ansteckung in Gang zu setzen und die akute akustisch verursachte Desorientierung von Schaulustigen zu erzwingen, driftet der chinesische Läufer ganz leicht nach links ab, und Mike sieht mit Entsetzen und Faszination zugleich wie der Chinese mit jedem weiteren Schritt unerbittlich auf die Bananenschalen zutrippelt, so dass auch eine lauthals schreiende und warnende Stimme, die zudem noch durch ein Polizeimegaphon übertönt wird, nichts mehr ausrichten kann, wobei der chinesische Läufer mit einem Dutzend Andanteschritten endgültig in das Zentrum von Mikes Gesichtskreis gerät, während, nur unweit entfernt, ein hektisch an der Leine zerrender Husky das leicht angeknabberte Stück Pizzafleischkäse urplötzlich liegen lässt und möglicherweise etwas Ungewöhnliches wittert. Atemwölkchen scheinen vor den Mündern der chinesischen Läufergruppe unaufhörlich in molekularen Wolkengewittern zu zirkulieren, während Dr. Zimmer mit eher elliptischen Kreisbewegungen seines rechten Armes den Schaulustigen pure Anerkennung zollt, um erneut mit babysprachlichen Applikationen à la »Happi Happi« – wahrscheinlich an den jaulenden Hund gerichtet – aus allen möglichen Faconnierungen seines Rumpelgesichts zu fallen, um dann generell über das Hypothetische hinaus zu entgleisen. Mit abrupter Plötzlichkeit gleitet der mit gelben Sternen gesprenkelte rote Nike-Laufschuh des chinesischen Frontläufers über die Bananenschale, wobei die Saugfunktion der Noppen sofort versagt, während der linke Unterschenkel des

Läufers noch eine verquere Drehung nach vorne macht, der Körper gerät ins Straucheln, dass ihm die Schulterstange quer über die Schulter rutscht, und ganz klar, die meisten der in unmittelbarer Umgebung stehenden Schaulustigen zeigen sich vollkommen absorbiert, als die Koordination der Extremitäten des Chinesen endgültig versagt und der hinter ihm laufende Chinese über den Strauchelnden stolpert, dessen Körper schon in eine starke Schieflage geraten ist, was eine Kettenreaktion von auf den Boden sinkenden oder stürzenden Läufern auslöst, während die Sänfte unter dem Geschrei und Gejohle einer letztendlich doch sehr überraschten Menge von Schaulustigen mit leichter Gier nach links abkippt, als es dem Minister Dr. Zimmer im letzten Moment noch gelingt, sich an den Kopf zu fassen, um seiner Verzweiflung Ausdruck zu verleihen, bevor er instinktiv wie jeder der Stürzenden, die vor und hinter ihm panisch um den letzten Zipfel oder Rest Körperkontrolle kämpfen, beide Arme nach vorne reißt, um den drohenden Sturz abzufedern, den zur Ellipse kontrahierten Sturz, der die Endphase einer Kettenreaktion von undefinierbarem mimetischen Kaliber einleitet. Der schwer arbeitende Körper des Ministers kippt also ungefähr im 30 Grad Winkel nach vorne, um zuerst mit dem Kopf hart auf den Asphalt aufzuschlagen. An die Richtung des Sturzes kann sich der Minister später im Krankenhaus nicht mehr erinnern, sehr wohl an den Sturz selbst. Mikes fuchtelnde Canon-Kamera, ungewolltes und unkontrolliertes Zeichen, ist das wirkliche Subjekt des etwaigen Simulakrums, dass seine Bildobjekte in serielle Differenzen und Indifferenzen faltet.

Der Tippelbruder Alonso tippt dem auf dem Asphalt liegenden und leise hechelnden Minister mit seinen schweren schwarzen Springerstiefeln zweimal sanft an die Stirn, als mindestens sechs Bodyguards mit unschönen Verwünschungen im Gepäck vom Gehweg vor dem Rewe-Supermarkt aus, der gegenüber der Hauptschule liegt, vehement auf Alonso zustürzen, wobei drei von ihnen über die jetzt heftig zappelnden Füße des Ministers stolpern, der überraschenderweise sofort wieder die Augen aufschlägt und leise sagt »Birne muss Kanzler bleiben«. Der Minister glaubt auch sofort, sein rechtes Auge könnte im Kopf eingefroren sein. Etwas scheint ihn tatsächlich vampirisiert zu haben, ohne dass Blut aus seinen Adern oder aus seinem Mund schießt. Rein gar nichts deutet darauf hin, dass der Minister schwerere innere oder äußere Verletzungen davongetragen hat, denn viel zu langsam bzw. viel zu sanft ist sein Körper linksseitig nach unten geglitten, ein bisschen auch, als wäre dem Minister vor Schreck der Schließmuskel außer Kontrolle geraten und er hätte während des sanften Gleitens in die Hosen geschissen, vielleicht auch nur durch eine verquere, libidinale Gewinnökonomie motiviert eine exkrementelle Verlustökonomie hingelegt, also anstatt weiterer verbaler Münzen, die ihm aus dem Mund nur so entweichen, nur Exkremente abgesondert. Direkt über dem Oberkörper des Ministers klebt jetzt die tomatenrote Sitzschale sowie ein Teil des Gestells der Sänfte, während er mit den Armen nun ein paar Paddelbewegungen vollführt und bei Alonso, der trotz der bedrohlich fluchenden Bodyguards immer noch seelenruhig neben ihm kniet, mehrmals ausdrücklich nach Birnenkompott à la Williams Christ verlangt.

Terminator X von Public Enemy kriecht aus den beiden fünf Meter hohen, quadratischen Lautsprecherwänden, um die herum beständig ein paar Hip Hop Aktivisten herumwuseln, der kickende Track ist unterlegt mit einem gefährlichen Raumschiffdröhnen, geschleudert sozusagen auf eine mentally mad Flugbahn, und blitzschnell schaltet die verachtungsvolle, agitatorische Stimme von Chuck D. in einen höheren Gang, Phonotrongeschwirr und Elevationen, gerade als mit Düsentriebwerkswucht mehrere Feuerwerkskörper auf dem Vorplatz des Eisernen Stegs explodieren und eine Feuerwerksrakete wie ein lichtloser Bogen mit elliptischer Flugbahn in den Himmel schießt und nur knapp unter einem über dem Unfallort hektisch kreisenden Helikopter des BKA verglüht. (Das Bundeskriminalamt hat exakt 21 Tage vor dem Event mit einem ungefähr einhundertzwanzig Mann starken Team im Gebäude der Esperanto Bank zwei Stockwerke bezogen, wo man in Zusammenarbeit mit Biologen der Esperanto Bank sogenannte predictive analytics betrieben, d.h. mittels der behaviouristisch orientierten Analyse die öffentliche Sicherheit bedrohende Delinquenten und anarchistische Kräfte ausfindig machen wollte, deren »attitudinal data« (Überzeugung, Vorlieben, Bedürfnisse, Bedürfnisbefriedigung), und deren »behavioral data« (Ereignisse, Transaktionen, User-Verhalten) miteinander abgeglichen und Täterprofile entworfen wurden, um durch suboptimale Präventionspolitik beim Marathonlauf zu glänzen. Das »Investigative Case Management for Public Sector« (ICM) überwacht schon über längere Zeit die Datenströme im Internet, sammelt und archiviert Geopolitikinformationen und aktualisiert polizeiliche Datenbanken und Softwareprogramme, die das Internet nach semantisch prägnanten Wortgruppen durchsuchen. Die Fa. Rola Security Solutions aus Oberhausen unterstützt die Aktion mittels des Einsatzes von «7rsCASE« bzw. »rsFrame«, einem Ermittlungs- und Auswertesystem für Polizei, Staatsschutz, Nachrichtendienste, Steuerfahndung sowie Privatunternehmen. Rola Software kann aus Dokumenten, Datenbanken und Chats Entitäten wie Personen, Organisationen, Fahrzeuge oder Orte herausfiltern und computergrafisch in ihren Beziehungen darstellen. Rola-Software wird auch von deutschen Landespolizeien, dem BKA, der Bundespolizei und Steuerbehörden eingesetzt.)

Mike hält jetzt den Camcorder hammerhart auf die umgekippte Sänfte, während er selbst auf Monitor 8 in einem der Büroraume im 25. Stock des Esperanto Buildings aus wechselnden Perspektiven von mindestens zwei Augenpaaren konfiguriert wird, während computergesteuerte Serien von Framings und Brennweiten über die acht Monitorwände tickern, wo Mike nun plötzlich auf Monitor 13 auftaucht, während auf Monitor 8 die Einsatzleiterin des polizeilichen Ordnungsdienstes der Stadt Frankfurt mit ihrem Walkie Talkie sehen ist, wie sie einen Mitarbeiter in eine Gruppe von Schaulustigen stößt und dabei den Mund weit aufreißt, um einen schrillen sexuellen Frauenlaut von sich zu geben, bevor der Mitarbeiter mit einem kurzen Klack gegen die Hüfte des ehemaligen Philosophieprofessors Alfons prallt, der total erschreckt seine beiden Aldi-Plastiktüten fallenläßt, um den Ordnungsbeamten sofort mit ausgestreckten Armen wieder hochzuziehen, und zeitgleich bettet eine junge Rettungsbeamtin in schwarzweißer Uniform in unmittelbarer Nähe den Kopf des Ministers Dr. Zimmer in ihren schlanken Armen, der Minister, der wie ein verliebtes Mädchen zu ihr hochschaut und unverzüglich nach einem Glas frischen mostigen Birnensafts verlangt. Ein paar Rettungsbeamte und mindestens vier Bodyguards knien auch um den Gestürzten, um ihn vor den vielzähligen Schaulustigen sowie den Kameras diverser Fernsehsender abzuschirmen.

Auf dem Monitor 4D im Sendezentrum des ZDF im Rathaus der Stadt Frankfurt sieht der Regieleiter, wie eine vermummte Gestalt mit mehreren Goldketten um den Hals mit atemberaubender Geschwindigkeit in alle Richtungen Fotos schießt, neben ihm ein Hüne von Mann mit der rechten Hand einen Typen in Tweedmantel und riesiger Fliegerbrille an dessen Arm packt und ihn von den Beinen hochreißt, ihn mit der anderen Hand am Becken herumwirbelt und ihn für Sekunden in der Waagrechte ungefähr wie ein schreiendes, phonofiktionales Maschinchen schweben lässt, knapp außerhalb des

Sichtfeldes gleich dreier RTL Kameras, die dafür kollektiv einfangen, wie eine Gruppe von Polizeibeamten wie in einem Comic ununterbrochen um die umgekippte Sänfte herumläuft oder wie Chinesen mit leichenblassen Gesichtszügen in Vierergruppen um die Sänfte herumtrippeln oder wie ein paar von Sicherheitsbeamten nur notdürftig in Schach gehaltene Hip Hop-Fuzzis den Hyperfotografen Mike anfeuern oder wie eine erstaunlich flinkfüßige Sportreporterin des ZDF – ihre blonde Haarmähne weht wie die eines Topmodels im Wind – mit ihrem rot bemantelten Mikrofon von einer Person zur nächsten eilt, um höchstwahrscheinlich schon die ersten Statements zum Unfall für ihren Sender einzufangen. Anscheinend quasselt die Reporterin ohne Punkt und Komma und fordert mit hektisch heraus- und ausrutschenden Handbewegungen die Interviewten zu 99% unmöglichen Kommentaren auf oder bringt selbst nicht wenige paranoide Einschätzungen zur Lage ein, denn anders ist es nicht zu erklären, dass überall, wo Reporterin jetzt auftritt, die von ihr Belästigten wie von der Tarantel gestochen davonrennen oder in kleinen Gruppen in alle Richtungen auseinander spritzen. Die Sportreporterin hätte Sekunden, bevor das Unglück passiert ist, schon ein leichtes Ziehen auf dem Solarplexus gespürt, die roten Dessous seien schon leicht angenässt gewesen und der Atem beinahe erstarrt, so textet und textet sie, der Text ist durchwühlt von allerlei rhetorisch Unbewusstem, weswegen ein älterer Mann, der eine karierte Jagdmütze mit Pfauenfeder trägt, mit abwartenden und beschwichtigenden Gesten ihr nachhaltig zur Besonnenheit und Vernunft rät, vor allem weil ein Jugendlicher, der offensichtlich ein Angehöriger der Hip Hop Crew »Bock auf Beat« ist, sich gerade breit vor der Sportreporterin aufbaut und so tut, als würde er eine Waffe im Anschlag halten, den linken Fuß etwas nach vorne gezogen, beide Hände am Griff, der rechte Ellenbogen angewinkelt und die Pistole direkt vor dem Visierauge. In unmittelbarer Nähe zuckt der Einsatzleiter des BKA nur gelangweilt mit den Schultern, als die aufgescheuchte Einsatzleiterin des städtischen Ordnungsamtes nicht aufhört ihren kaum amüsanten Sprechdurchfall fortzuführen, um dem BKA-Typen weitere Dämonisierungen und Paränesen über das Unfallgeschehen ins linke Ohr zu schreien, zwanghaft instabile Äußerungen über Gott und die Welt. Aus einem Fenster im zweiten Stock eines Mehrfamilienhauses, das an der Kennedyallee liegt, hört man ein kollektives »Pardieee, Pardieee«, während der Minister, der nun endlich auf einer Transportbahre zum Krankenwagen getragen wird, mit der rechten Hand (die linke Hand, mit der er gerne kollektive Anteilnahme abtun würde, scheint gebrochen zu sein) Entwarnung gibt, als eine mit starken Scheinwerfern ausgestattete Motorradeskorte der Polizei heranrauscht, die mit Kameras ungefähr in Hüfthöhe das Szenario filmen, während die vielfältigen Geräusche der Menge den Lautstärkepegel eines Charterflugs im Tiefflug erreichen, selbst das wuchtige Geschnurre und Gerattere der beiden Hubschrauber von BKA und ZDF übertönend, deren Positionslichter rot und blau blinken wie ein paar Kerzen am Weihnachtsbaum. Alonso eiert langsam von den Bodyguards weg und lässt sich schwer oder träg in die aufnahmebereiten Arme von Alfons fallen, der in einem Interview zur Sportreporterin gerade sagt, dass ihm die ersten Reaktionen des gestürzten Sport- und Gesundheitsministers schwer beeindruckt, weil sie eine Art gelassener Kompetenz und Kaltschnäuzigkeit verstrahlt hatten, allerdings ist ihm nicht ganz klar geworden, warum – aus wirklich unnachvollziehbaren Gründen – in verschiedenen Kontexten seines ununterbrochenen Quasselns oder der eher gestammelten Sätze immer wieder das Wort »Birne« fiel, Birnensaft, Birnenkompott oder die Birne Kanzler, Alliterationen von der Eleganz literarischer Systeme, deren wohltönendes Knirschen und Rhetorisieren ihm selbst echt an die Nieren gegangen ist. Er findet, dass der Minister in Zukunft kein Blatt vor den Mund nehmen, aber seine Aussagen notwendigerweise etwas präzisieren sollte, ansonsten macht er sich ja des gleichen Fehlers wie die Finanzindustrie schuldig, die ihr Prinzip, mit nur versprochenen oder erwarteten Erträgen, Wertentwicklungen und Finanzierungslücken zu handeln, also mit der Zukunft Geschäfte zu machen, so weit vorangetrieben, dass sich zuletzt die Ungewissheit dieser Zukunft tatsächlich unendlich potenziert hatte. Die Sportreporterin scheint so begeistert zu sein (allerdings nicht mehr auf Sendung), dass sie Alfons zwei VIP-Pässe für das Festbankett am Abend im Römer aushändigt, was zumindest der mit geballter Faust und angewinkelten Ellenbogen rumstehende Bodyguard, sozusagen das dritte Auge der Security Firma Braindead, specialised in Bodyguard, weapontraining, events and other security service, überhaupt nicht gerne sieht. Im technologischen Feld kollabiert die Differenz zwischen dem Realen und der Sprache, sagt Alfons nur noch kopfschüttelnd.

Der derzeit arbeitende Notarzt namens Schaub, Mittelscheitel, glatte Haut, spitzgesichtig und rosewangig, begegnet Dr. Zimmer natürlich mit gebührender Ehrfurcht und einem tipptopp professionellen Auftritt, irgendwie handelt es sich hier um eine Art distanzierter Anteilnahme, die zu gleichen Teilen der psychologischen Notsituation des Patienten als auch den hochbrisanten sozialen Tatsachen des zu behandelnden Falles selbst gilt, während die gutaussehende Assistenzärztin eher wie ein komisches Mädchen mit blonden Haaren auf den Minister einredet, das fällt zumindest dem Minister auf, der ihre Anteilnahme mit der rotierenden rechten Hand leicht oder leichtsinnig abzuschütteln versucht, während er parallel mehrmals nuanciert das Wort »Birnenkompott» ausspricht. Jedermann würde wohl mal gerne durchdrehen, wenn die gut zu erahnenden Brüste der Assistenzärztin unter dem weit aufstehenden weißen Ärztekittel, der durchsichtigen weißen Bluse und dem weißen BH in sein Blickfeld geraten.

»Wahrscheinlich nur eine kleine Fleischwunde. Nichts Ernstes. Aber zu Ihrer Sicherheit sollten wir, um ein Schädelhirntrauma, primäre Verletzungsfolgen wie häorrhagischer Schock, Schädelfraktur, Durazerreißung, Hirnsubstanzschädigung oder sekundäre Verletzungsfolgen wie Hirnödem, Liquorzirkulationsstörung, Meningitis und so weiter ganz auszuschließen, doch eine CT bzw. MRT durchführen.«

»Danke für die Benachrichtigung. In meinem ersten Erste Hilfe Kurs habe ich gelernt, dass wenn einem eiskalt wird, dann kommt das von einem Schock oder von einem Blutverlust. Aber bei dem Gedanken an Birnenkompott wird mir wirklich warm ums Herz. Könnte ich bitte vor der CT noch kurz mit meiner Sekretärin sprechen?«

»Aber selbstverständlich. Ich lasse Ihnen eine Leitung in mein Sprechzimmer legen.«

Inzwischen wurden von mehreren Rettungswagen des Roten Kreuzes mehrere Dutzend Notfälle mit Verdacht auf Tinnitus in die Notaufnahme der Universitätsklinik in Frankfurt eingeliefert, Personen, die sich allesamt zur Zeit der Zündung von Feuerwerkskörpern durch die Hip Hop Crew »Bock auf Beat« südlich der Getränkestation 3 auf der Kennedyallee befanden und sich natürlich nicht mehr rechtzeitig die Ohren zuhalten konnten, als die Explosion abrupt losging; mit seelenruhigem, aber doch zwingendem Gang und ohne jede Zurückhaltung intoniert eine Gruppe von Notfällen ein semikonzentriertes Whop-Whop-Whop, als würden die Mitglieder an einem fetischisierten Gruppenzwang leiden. Nicht weiter verwunderlich, wenn man bedenkt, dass die höllisch lauten Kanonenschläge sogar für die kurzfristig von Dr. med. Schaub diagnostizierte retrograde Amnesie des Ministers Dr. Zimmer verantwortlich gewesen sein könnten. Besonders ein siebenjähriger, monströs dicker und mit Goldketten beschlipster Patient fällt durch seine hochtourigen Aktivitäten des ostentativen Kameraschwenkens oder Fotografierens auf, die sein voluminöses, beinahe gerülpstes Whop-Whop-Whop begleiten, als wäre der Junge mongoloid und weichhirnig zugleich, da ... eine Nuance, oh, wie er es heute schon öfters getan hat, ein Klick Klick Klick, bitte den Minister Dr. Zimmer mal ins Visier nehmen, wie er gerade mit dem Rollstuhl und in Begleitung dreier schwergewichtiger Bodyguards in schwarzen Anzügen in das Sprechzimmer von Frau Dr. med. Hübner gerollt wird, wobei sich seine warme und inwendig schlummernde Hand um den Handrücken der Ärztin schmiegt, dass er schon mal gut erahnen kann, wie sich zartes Fleisch beim Sex anfühlt.

»Liebe Frau Schreiner, Sie wissen doch um meine Vergesslichkeit. Schon seit Tagen wollte ich Ihnen das Rezept für sehr leckeres Birnenkompott durchgeben. Nehmen Sie bitte 300 Gramm feine Biobirnen, 3 Nelken, 4 El Honig, eine exakt 8 cm lange Stange Caneel, Sie wissen ja, Ceylonzimt, 4 cl weißen Rum, aber bitte keinen Bacardi oder Ähnliches, sondern einen Appleton Jamaica Superior, 3 El Pinienkerne, etwas biologisch angebautes Zitronengras und als Apercu eine Spur Balsamico. Frau Schreiner, hören Sie mich? Ich ... Warten Sie. Warten Sie ... Beim Ausprobieren des Kompotts ist mir das letzte Mal beinahe die Hose geplatzt, und da musste ich dann doch etwas kürzer treten, Sie verstehen die aphrodisierende Wirkung dieses köstlichen Kompotts ... Richtig der Mario Barutti Anzug in Anthrazit hätte mir besser gestanden als der Tweedanzug, aber der passt nun einmal besser zu den Forzieri Schuhen – geben Sie zum Birnenkompott einen aus? Nun ... Rede? Ach Sie meinen die Rede zum Bankett? Sie werden sie ja im Fernsehen live mitverfolgen können. Ich denke, ich werde mich auf die ernährungswissenschaftlichen Aspekte des Verzehrs von Birnen für den Spitzensportler und ihre außergewöhnlich emirabilen Effekte konzentrieren, die Birne im Zeichen des gemachten Wunderbaren. Verstehen Sie Frau Schreiner, Sie kennen doch die Anekdote, bei der der Affe vor dem Feuerherd vor einem kupfernen Kessel sitzt. Ich bin mir des Problems der Selbstreflexivität durchaus bewusst... Haben Sie Dank, meine Muse.«

Nach dem aufschlussreichen Telefongespräch mit seiner Chefsekretärin und dem erneut viel zu gierigen Blick auf die Brüste der Ärztin, ist der Minister Dr. Zimmer sichtlich erleichtert, obwohl ihm der Ausflug in den medizinischen Bildschirmraum und dann in die Röhre nach wie vor ein gewisses Unbehagen bereitet, wobei er sich ziemlich sicher ist, dass seine Hand nicht gebrochen ist, sondern nur ein Haarriss im Kahnbein vorliegt, was solls. Die Ärztin ist wirklich ein bisschen neben der Kappe, denkt der Minister, er müsste aber, um sie seelisch hinreichend aufzulockern, auf der Stelle selbst ein bisschen Birnenkompott verzehren, worin ihn auch der ungerahmte Kunstdruck an der Südwand des Sprechzimmers bestärkt, Monets Stilleben mit Birnen und Trauben, das das fast genetisch bedingte, ja geradezu mystische Gespür des Ministers anheizt, in den schmierigsten, grobverzerrtesten oder grobverpixelten Fotos, Kunstdrucken oder Bilder ein Segment zu erkennen, das der Interpretation und der textuellen Weiterbearbeitung lohnt, wenn er auch viel zu oft böswillige Dämonen oder Gestalten in Zwischenwelten assoziiert oder registriert, aber heute hat ihn eine neue Liebe zu leicht geschwungenem Naturmaterial geküsst, was er überhaupt noch nicht so richtig begriffen hat, aber er wird jede Gelegenheit beim Schopfe packen, um den Leuten die neue Lust an der Birne in aller Öffentlichkeit zu praktizieren.

»Herr Johnson, richten Sie doch bitte die dringliche Anfrage an die Frau Oberbürgermeisterin, bitte beim Catering auf die Geschmackskomponente Birne nicht zu verzichten,« sagt der Minister zu dem etwas mürrisch wirkenden, kokainsüchtigen Bodyguard, der jedoch sofort zum Handy greift und die Nummer des städtischen Veranstaltungszentrums wählt. An dieser Stelle klärt der Minister seinen Mitarbeiter einmal mehr darüber auf, dass spezielle Foren im Internet eine unerschöpfliche Datenquelle für spezielle Liebhabereien sind, und das man vermittels spezieller Scan- bzw. Spionage-Software, die jede orale Präferenz, jede Kaufentscheidung und jeden Mouseclick des Verbrauchers aufzeichnen, das Surfverhalten speziell der Birnenkompottliebhaber in seiner ganzen Variabilität, Bandbreite und Verlinkung registrieren und beweisen kann, was sämtlich Einwände so mancher Intellektueller, den reinen Mangel betreffend doch wesentlich relativiert, wenn er sich das recht überlegt. Dem zweiten Bodyguard, der seine ausgeprägte Tätowierungsmacke, seinen Bluthochdruckteint und seine geschwollenen Oberarme wie ein Zeichen von Auserwähltheit präsentiert, erzählt er – die Rede immer supplementiert durch den kühltaxierenden Blick auf die Brüste der Ärztin -, dass er den Nichtsnutz, gemeint ist Bodyguard No. 3/4, am liebsten schon mehrmals aus dem Ministerium hochkantig rausgeschmissen hätte, wenn nicht zufällig ganz bestimmte Zufallsvariablen gegen diejenigen Zufallsvariablen gesprochen hätten, deren Eliminierung das Ziel jedes effizienten Betriebssystems sei, was nichts weiteres hieße, den menschlichen Faktor, wenn nicht zu eliminieren, so doch hochgradig zu disziplinieren, seinetwegen auch mittels des Verzehrs eines sportphysiologisch einwandfreien Futters, unter besonderer Berücksichtigung von fettarmer Frischkost, siehe Birne, und hier seien als vorbildlich dann doch die körperfixierten Außendienstler vom Schlag Bodyguard zu nennen, die zwar im Zeitalter digitaler Sicherungssysteme oder digitaler Überwachungsroboter zunehmend obsolet oder diskutierbar geworden wären, aber immerhin durch ihre praktizierte Liebe zu Frischkost eine verheißungsvolle Perspektive für den neuen Biovolkskörper aufzeigen würden, weil ihnen das für die referentielle Besetzung und insistierende Härte befehlender Sprechakte, die unmittelbar mit Handlung verbunden wären, notwendige Sitzfleisch ja fehlen würde, denn nicht zufällig seien sie ja in einem körperbetonten und körperfixierten Beruf gelandet.

Der Minister strahlt denn auch über das ganze rotlederne Gesicht, als er im großen Kaisersaal im Römer im Rollstuhl vor das Mikrofon gerollt wird, und selbst die drei Bodyguards kriegen sich kaum ein vor Grinsen, ganz hin und weg sind sie in Erwartung einer Rede, die ohne jegliche Gnade heranbrechen wird wie ein Tropensturm, eine Hymne oder ein Lobeslied auf das Birnenkompott, ein in seinem Schrägheitsfaktor wahrscheinlich kaum zu überbietendes Ereignis. Möglicherweise wegen des zu erwartenden geistigen Dünnpfiffs, den Alfons bei den Reden der meisten staatlichen Amts- und Würdenträger per se vermutet, was ja auch bei Intellektuellenreden wie der des Dekanatsvorsitzenden des Fachbereichs Philosophie an gleicher Stätte zum Thema »In den Simulationsräumen der neomodernen Anthropotechnik. Schul-, Staats- und Kunstgeschichte im Kontext militärischer Drilltechniken« vor exakt 645 Tagen nicht unbedingt anders war, fühlt Alfons sich irgendwie in die Vergangenheit zurückverpflanzt, möglicherweise atropiert oder vielleicht sogar ein bisschen korrumpiert, auf jeden Fall von diesem vertrockneten, furunkelübersäten & absolut asexuellen und trotzdem hypergeilen alten Sack von Minister benutzt, der nachweislich während des Marathonlaufs geifernd den Cheerleadergirls zugewunken und tatsächlich beim Ausstieg aus dem gepanzerten schwarzen Phaeton vor dem Rathaus das Wort *Birnenmöse* mehrmals in der Art eines perversen Kavaliers ins Mikrofon der ARD gehaucht hat.

Währenddessen befinden sich die Vorbereitungen zum Catering in einem Nebensaal, das eigentlich bis vor Kurzem noch unter dem Motto »Die Serengeti ruft« stehen sollte, und das die Oberbürgermeisterin Herta Müller kurzfristig wegen des schweren Zwischenfalls während des Marathonlaufes auf Schwerpunkt Birne und seine ökologische Umgebung umstellen ließ, in einem kritischen Stadium. Sämtliche High-Class Restaurants in Frankfurt und Rhein-Main, allen voran das Nobelrestaurant »Das Schlemmertuch«, zu dessen Stammgästen neben der Oberbürgermeisterin Herta Müller auch ihre Busenfreundin, die bisher nur lokal bekannte Schriftstellerin bzw. Verfasserin erstklassiger Bücher zur heilenden Wirkung der Edelsteine, aber bereits national renommierte Feng-Shui Innenausstatterin von Luxusvillen und ohne jeden Zweifel hochbegabte Theaterschauspielerin und -souffleuse Katrin Schmid, seit einiger Zeit auch der Spielertrainer der Fortuna Frankfurt Lenz gehört, nun, die Angestellten dieser Restaurants bemühen sich seit Stunden hektisch um das Auffinden bzw. Herankarren großer Vorratsbestände an frischen Birnen vor allem aus dem Umland, um ihren heißgeliebten Spitzenköchen für die Zubereitung spektakulärer Speisen auf Birnenbasis das notwendige Basis- bzw. Ausgangsmaterial zur Verfügung zu stellen. Vom zentralen Airporttower wurde schon um exakt um 14:45 Uhr an die Cateringleitung im Frankfurter Römer gemeldet, dass die Boeing 747 von Tel Aviv nach Frankfurt der EL AL Israel Airlines, die gerade im Landeanflug war, mindesens 3,5 Zentner feinste 1A Ware an frischen gelbgrünen Birnen aus Israel an Bord hat, die unverzüglich nach der Landung zur Weiterverarbeitung in das Catering Zentrum im Frankfurter Römer transportiert wurden.

Der Chefkoch der Frankfurter Sozialorganisation »Das

Rohe und das Gekochte«, Tricky Volkmar, saß derweil vor seinem Laptop in der provisorischen Küche in den Katakomben der Mutantenkirche und suchte fieberhaft nach kochbaren bzw. für ihn praktikablen Birnenrezepten im Internet. »Ich komponiere eine vorzügliche Zimt-Zabaoine mit Birnenspalten«, das wollte er gerne in einem Interview des ZDF-Abendmagazins sagen, aber weder besaß er in diesem Moment die entsprechenden Zutaten noch die rhetorischen Kompetenzen, um ein dermaßen lukratives Interview geben zu können, angeblich lehnt er Interviews sowieso ab, weil er es total für daneben hält, Zitat, sich vor der Kamera nackicht zu mache. Der fast zahnlose Tricky Volkmar, 1,92 groß bei 145 Kilo, der sich in den letzten sechs Jahren hauptsächlich von Abfallprodukten des Rostbratwurstbraters Engelmann auf dem Bauernmarkt 4/5 an der Konstablerwache, Nestleburgerbrötchen der Sozialinitiative der Angestellten des Jobcenters West und säurehaltigen Mixed Pickles ernährt, Speisen, die er hauptsächlich im Gehen zu sich nimmt, er erinnerte sich vorhin in seiner von ihm als extravagant bezeichneten Küche wehmütig, dass er Hokkaido Kürbis und frische Birnen das letzte Mal an Weihnachten 2002 gegessen hatte, starrte dabei ziemlich geistesabwesend in den Berg fettiger Teflon-Pfannen, in denen Reste von weichgekochten Cheeseburgern, klitschigen Frikadellen mit Parmesanersatz und geriebene MC Daniels-Cracker (wegen der Knusprigkeit der Frikadellen), dubios verknitterte Hähnchenpelle, Buchstaben-Suppennudeln mit unangenehm säuerlicher Carbonarasoße und andere leckere Leckereien vor sich hin gammelten, und beinahe war er am flennen, als er das ganze Sammelsurium endlich mal als den konzentrierten Ausdruck seines bisherigen verpfuschten Lebens begriff. Neben der triefend fettigen Langhaarfrisur fallen bei Volkmar vor allem die streng hervorstechenden Augäpfel ins Gewicht, die sich in ein prall geratenes Kuhgesicht verirrt haben und regelrecht hin und her wummern, als würden sie mit Differentialen jonglieren, die von technischen Assemblages mehr Knowledge besitzen als sein (geheimgehaltenes) Gehirnintegral. Er trägt einen buschigen und gezwirbelten Oberlippenbart, an dem meistens ein paar Fetzen von Essensresten hängen, sehr oft Zwiebelstücke. Tricky Volkmars Gesicht war vorhin zudem total ergraut, hing dumpf und schweißperlenbesetzt unter der bordeauxroten MC Donalds Basecap, zeugte im Spiegel von einer gewissen Ratlosigkeit; eigentlich hielt er es für einen hinterhältigen Scherz, dessen Pointe ihm nicht entgangen war, nämlich, mit den ungefähr fünfzig Kilo Birnen Klasse A, die vom Spitzenrestaurant Gargantua angeliefert worden waren, also mit dieser feinen Birnenware etwas kulinarisch Außergewöhnliches oder Hochklassiges zaubern zu können, wie der Fahrer des Nobelrestaurants auch hähmisch grinsend bemerkte, weil Tricky Volkmar ja stadtbekannterweise einen dermaßen ausgezeichneten Küchenjob bei den Meta-Packers versehen hatte, dass er irgendwann hochkant rausgeflogen war, unter anderem weil er mehrmals halbrohe Megahamburger mit Tonnen superfeiner Spaghettis servieren ließ, bis bei einem Spaghetti-Abend einem Stammgast endlich der Geduldsfaden förmlich riss und es zu einer bloß harmlosen Messerstecherei im Lokal kam. Tricky Volkmar zögerte und rieb sich die feuchten Augen, dachte darüber nach, ob es nicht besser wäre, erst einmal ein paar Gedanken an die optische Präsentation der Speisen zu verschwenden, z. B. wegen der Anordnung des Pappgeschirrs auf dem großen rechteckigen Tablet, dass er gerne mit seinem Freund und Kumpel Snaffu zum Römer gefahren hätte. Gerne wäre er auch mit Snaffu und Alonso zum Komasaufen ins Moseleck gegangen, aber a) befand sich Alonso schon auf dem Weg zum Event, wie er ihm per SMS ausrichten ließ, und b) erinnerte er sich plötzlich daran, wie Alonso beim letzten Tafeldinner in der Südwestkurve des Speisesaals plötzlich seine Dose Sinalco-Light erhoben hatte und in die Menge schrie, bei Volkmars Essen lerne man die Limonade erst richtig schätzen und das machte ihn damals dann doch tierisch nass. Dann stieg auch noch Alfons unverschämterweise tierisch begeistert auf den Tisch und sagte, es sei doch mal was vollkommen Neues, mit so einem Getränk nach dem Essen total ohne Völlegefühle den heiligen Ort zu verlassen. Alle im Saal Anwesenden grölten damals wie wild. Meinst du, es wäre eine gute Idee morgen im ZDF Mittagsmagazin über deinen wöchentlichen Speiseplan in der Tafel Auskunft zu geben, fragte sich Tricky Volkmar jetzt selbst, denn wahrscheinlich würden diese zwei pikierten Trullas von Moderatorinnen vor laufender Kameras den gusseisernen Tisch im Studio ja so was von vollkotzen, wenn er ihnen da mal so richtig plastisch oder drastisch schildern würde, was er da an Brechreiz erregenden Produkten am Dienstag Punkt 12:00 Uhr in den großen dampfenden Töpfen so serviert, was meistens schon am Abend zuvor vorgekocht worden ist, beispielsweise ein makellos gekochtes Sauerkraut mit getrockneten Ohren vom Schwein, für das noch nicht einmal irgendein besoffener Hund im Viertel entzückt die Augen verdrehen würde, geschweige denn sich eine Katze finden ließe, die ... –; Tricky Volkmar glaubte, dass die Moderatorinnen ihm gegenüber geradezu lächerlich arrogant auftrumpfen könnten, so lächerlich wie der arme Teufel Alonso, der sich just im Augenblick tatsächlich einbildet, im Römer einem entscheidenden Moment der Geschichte beizuwohnen, wo doch jeder weiß, dass die Geschichte, dieser mausgraue und zugleich elegante Zuhälter, keine revolutionären Momente oder Brüche mehr kennt, dass die Geschichte vielmehr eine Häufung von unappetitlichen Augenblicken ist, von bedröhnten Zeitklischees und reversiblen Zeiten, die, indem die Regierungsmaschinen sich gegenseitig an purer Monströsität überbieten, unermüdlich leerlaufen.

Als Koch mit einer fast franziskanisch anmutenden, kahlen Stelle auf dem Schädel, um die herum zu beiden Seiten fettige, blonde Haarsträhnen über die Schultern bis zu den großen Brustwarzensäcken hängen, hat sich Tricky Volkmar an das permutierende Austaxieren seines Kochproblems leidlich gewöhnt; es ist eine Entfleischlichung oder gar eine Selbstauflösung, eine Augenblickszeit der totalen Absenz oder Abstinenz, entweder von den Dingen oder den Zeichen, oder es ist ein aufgeschobenes Warten, dessen Rückgrat die eingestandene Niederlage ist, oder vielleicht eine permanente Apostasie, die er gar nicht so richtig wahrnimmt. Längere Zeit begutachtete Tricky Volkmar dann ausführlich die Kartoffelschälmaschine mit Edelstahlmesser, ein rettendes Objekt mitten im verschmutzten Quasi-Designerlebensmittel-Ozean seiner Küche, und wenn Tricky Volkmar sich das Objekt anschaute, fühlte er sich, als ob jemand plötzlich einen Spektral-Geldregen über ihn ausschüttete, birnenzerschneidendes Sonnenlicht erfüllte ihn mit Genugtuung, halluzinierte ihm einen Tag nur mit Schneepflügen in halluzinatorischen Wolken, und die Verstockungen in seinem Kopf, die Austrocknungen des Gehirns sowie die schweren Umhüllungen von Blei waren für kurz abgefallen von seinem kopflosen Kopf oder Korpus, den üblicherweise nichts mehr zusammenhält, sondern der nur noch leergedroschen ohne zu schrumpfen ist. Tricky Volkmar erinnerte sich, dass es einmal vierundzwanzig Monate lang sein größter Wunsch in seiner Funktion als Koch war, *Poire belle Hélène* anzurichten, geschälte Birnen in Läuterzucker pochiert, nach dem Auskühlen auf Vanilleeis angerichtet und mit kandierten Veilchen bestreut. Dazu wird eine heiße Schokoladensauce gesondert gereicht, und unmittelbar nach diesem großartigen Gedanken aktivierte Tricky Volkmar die scharfen Reiben am Boden des Gefäßes und sah begeistert zu, wie die Birnenschalen sauber und vollständig vom Fruchtfleisch entfernt wurden.

»Meine Damen und Herren, ich möchte mit einem Zitat beginnen. Bitte vergessen Sie nicht, welche großartigen deutschsprachigen Dichter und Denker wir heute leider nicht mehr in unseren Reihen haben. ›Wer ihn besitzt, sagt beispielsweise nicht: Hier ist dies oder das geschehen, wird geschehen, muss geschehen, sondern er erfindet: Hier könnte, sollte oder müsste etwas geschehen; und wenn man ihm von irgend etwas erklärt, dass es so sei, wie es sei, dann denkt er: Nun, es könnte wahrscheinlich auch anders sein. So ließe sich der Möglichkeitssinn geradezu als die Fähigkeit definieren, alles, was ebensogut sein könnte, zu denken und das, was ist, nicht wichtiger zu nehmen als das, was nicht ist‹«

Das servile Zitieren Robert Musils durch den Minister Dr. Zimmer schlägt beim Publikum ausgezeichnet ein. Als ebenso leidenschaftlicher wie rhetorisch versierter Redner pflegt Dr. Zimmer das Gesagte sehr oft mit einem leichten Pfeifen durch die Zähne in den Pausen zwischen zwei Sätzen zu untermalen. Der Minister lässt die Fingerknöchel laut ans Mikrofon knakken und begutachtet vor allem den Pfad des Gesichtsausdrucks der Oberbürgermeisterin Herta Müller, der zwischen medusoidem Lächeln und gezielter Erwartung oszilliert, aber irgendwie doch permanent unterwegs ist, aber irgendwie auch passiv bleibt. Für einen winzigen Augenblick lebt Dr. Zimmer für den Applaus von genau zwei Händen. Er lebt in und mit seinem ureigenen inselförmigen Erinnerungsausfall.

»Aber lassen Sie mich nun mit meinen positiven Eindrücken zum heutigen Esperanto Bank-Marathon fortfahren. Wie man sah, sind die Deutschen so locker und energetisch geworden, dass ich mir um dieses Land keine Sorgen mehr zu machen brauche! Es gibt heutzutage kein Land auf der Welt, in dem so viel Birnenkompott in privaten Haushalten, Kantinen und in Restaurants verzehrt wird wie in Deutschland! Viele Spitzensportler steigen morgens in den wunderbaren Tag mit einem Bio-Amaranth-Müsli mit Birne ein und leben und arbeiten dann für den restlichen Tag munter und leistungsorientiert! Das nenne ich Mut und Geschmack! Erinnern wir uns an Zeiten, in denen viele Menschen ihre Süchte mit x-beliebigen Supplementen des Begehrens überzogen haben, diese Zeiten sind nun ein für allemal vorbei, obwohl ich Ihnen gestehen muss, dass ich nach einem guten alten Birnenkompott nach Hausfrauenart immer noch ein wenig süchtig bin.«

Ein glaubwürdiges Raunen geht nach diesem erstaunlichen und eindringlichen Eröffnungsappell des Ministers durch den großen Saal. Um noch einen rhetorischen Bonus draufzusetzen, schlägt der Minister Dr. Zimmer eine »bewegende Schweigeminute« vor, die Zitat der Identifikation des deutschen Volkes mit den Schätzen der Natur gewidmet sein möge. Daraufhin, ohne jede Reaktion des Publikums abzuwarten, assoziiert Dr. Zimmer weiterhin wild drauflos, teilt so etwas wie die Erfahrung seiner Zuversicht mit, indem er ungezählte fruchtbare Birnenanbaugebiete im Süden Deutschlands auflistet, und er bittet inständig darum, den Praktiken der Monokultur in Bayern endlich abzuschwören, den Einsatz des Pflanzenspritzmittels Roundup des US-Chemie- und Gentechnikgiganten Monsanto zumindest in Deutschland zu stoppen, weiterhin bittet er vor allem die Freizeitobdachlosen lebhaft darum, keine ununterbrochen 48-stündigen andauernden Spritztouren in die langen Schneisen der Apfelbaum- oder Birnbaumplantagen, bis man den Zustand chemischer Psychose erreicht hat, mehr zu unternehmen, und bezüglich eines Rezeptes für Birnen-Erdbeer-Rhabarber-Marmelade mit einem Schuss Grand Marnier gerät er schließlich in schiere Begeisterung, bis sein Gesicht erneut purpurrot anläuft und Schaum vor dem Mund entsteht, wobei die kühl taxierenden

Blicke der Zuhörer in der ersten Reihe vor der Bühne eine Art innerlicher Andersheit entwickeln, versteinerte Gesichter der Angehörigen der Chefetagen des nationalen Leichtathletikverbandes, der Esperanto Bank sowie der EZB, und vor allem die amtierende Oberbürgermeisterin Herta Müller bemüht sich krampfhaft darum, die Tränen zu unterdrücken, und fragt sich dabei, wie ein drakonischer Einschnitt im Redefluss des Ministers schnellstens hergestellt werden könnte, ohne dass der als äußerst rachsüchtig bekannte Politiker, der auf dem hell neonbeleuchteten Podium im Moment unglaublich gute Laune, vulgo unwiderstehliche Energie und grenzenloses Selbstbewusstsein ausstrahlt, als er auf die Anekdote mit dem Affen zu sprechen kommt, seine Autorität oder sein Image allzu sehr aufs Spiel setzen muss.

Die Beleuchtung des Saals, die hauptsächlich durch die im Abstand von zehn Metern schachbrettartig angeordneten riesigen antiken Kronleuchtern aus Messing erzeugt wird, von denen ein Leuchter im vorderen Teil des Saals nur schwach brennt, nervt Alfons total, der ja substanziell zu flackerlichtinduzierter Mobilität neigt, deswegen steht er wahrscheinlich auch auf und begibt sich direkt vor ein im mittleren Flur postiertes Saal-Mikrofon der Marke Neumann, tippt mit der Spitze des Zeigefingers mehrmals energisch gegen das Mikrofon, so dass der kaum aufblickende und dahindelirierende Minister wegen des ultralauten Tack Tack mitten in seinem investigativen Tonus der Exploration des Mediums Birne fast unterbrochen wird, diese arachnodaktylischen Sondierungen über die Anreicherung von Süßspeisen aus dem Nahen Osten wie Baklava mit Williams-Christ-Birnen-Obstdestillat, wobei die Ansäuerung der Maische mit einer im Fachhandel erhältlichen Säurekombination einen ph-Wert zwischen 3,0 und 3,3 erlangen muss, sowie diese tombolaide Story um die der Göttin Hera geweihten Birne, der Frau des Zeus, deren wohl ältestes

Bildnis aus Birnenholz geschnitzt ist, und nicht zu vergessen die diversen Anakoluthe, und eigentlich möchte der Minister nur noch laut ins Mikro brüllen, dieser Herr da unten, mit seinem langen abgewetzten Kamelhaarmantel, dem schwarzen Rollkragenpullover und den Schlittschuhschuhen aus Leder solle sich gefälligst mal benehmen, aber es gehört auch zu seinen besonderen Tricks, um die Sympathie bei den Bürgern zu erringen, diese kurzfristig mal von ihren Erfahrungen reden zu lassen. Also stellt er sich nur vor, wie dieser Mann im hohen Bogen auf die Glaswand der Eingangstür zufliegt. Alfons Gesicht wird plötzlich von drei Scheinwerfern des privaten TV Senders 6Live so hell beleuchtet, dass man im Sucher der TV-Kameras nur eine Art glänzenden, sabbernden Gesichtskreis im Zentrum eines Lichtsaums vor den blassen Bildern der im Hinterlicht beleuchteten Personen erkennen kann.

»Das sehe ich etwas anders«, unterbricht Alfons, und die meisten im Saal glauben, dass hier ein Obdachloser mit der üblichen agnostischen, monetären Insuffizienz-Leier loslegen will, das Geld regiere die Welt und so, das Geld als Gott der Waren, der Begriff Gott in den Slogans der Mächtigen nur ein Synonym für einen entfesselten Vermittler, der zum höchsten Gut geworden ist und eine Unbegrenztheit oder Unsterblichkeit erlangt hat und so weiter, und tatsächlich, da wird Alfons von einem Politiker der Grünen schon das erste Wort abgeschnitten, dabei klingt der Grüne seltsam abgeklärt, und der hessische Akzent wird nur angedeutet; mit Betonungen der Nasallaute und Apikallaute /m/ und /s/, der Allophone des Phonems /r/, das plasmatische deutsche Zungen- und Zäpfchen-R lang gezogen, sagt der Grüne, »Das, Mmmmhh, grrrrrhhh, das, will ich haben«. Alfons sagt: »Meine Damen und Herren, viele Intellektuelle unter Ihnen glauben wohl, dass die wahre Kochkunst darin besteht, dass, wer objektiv kocht, sich subjektiv des Kochens allzeit bewusst sein muss, und letztendlich muss sich der Koch sich seiner selbst bewusst sein. Nun ja, Fichtes These, in diesem Fall das Koch-sein-setzende Ich, Ich ist gleich Ich, der Gedanke einer reinen Selbstsetzung des Ich, durch den Fichte einen Ort reiner Selbsttransparenz konzipiert, nun ja, damit täuscht Fichte vor, dass es ein Zusammenfallen des propositionalen Gehalts (der Aussage) mit dem Prozess des Aussagens gibt, dem Akt der eigenen Setzung. Der Gedanke soll sich selbst belauschen, während er denkt, das Ich soll sich selber beobachten, während es tätig ist, wobei es dem Ich wärmer und wärmer wird, weil es sozusagen wie der Affe vor dem Kessel sitzt und seinen eigenen Schwanz kocht. Aber wäre stattdessen nicht der schreiende Widerspruch, der Geist ist gleich Knochen, ins Feld zu führen, den Schädelknochen, den das Subjekt wie so manche Suppe gerade nicht integriert? Die versalzene Suppe oder die heilige Birne, die radikal kontingent und uns vielleicht sogar fremd bleibt?«

Als Alonso das entsetzte Starren oder Staunen des Publikums registriert, das seine vielzahligen Gesichter fast ausnahmslos und lieblos in Richtung seines Freundes dreht, würde er seinen Kopf am liebsten in eine Waschmaschinentrommel stecken, weil jetzt gleich garantiert die Verdrängungskasematte errichtet wird, die vor allem ihn zwangsweise halluzinierend egomanisieren wird (Egomanie ohne Ego.) Alonso kommt sich tatsächlich wie ein schäbiger Hund vor, der etwa nach schleierhaften Geistern schnappt, wobei alle Welt Angst vor ihm bekommt, weil niemand sonst seine kleinen Geister sieht, aber eben sein ungestümes Schnappen. (Aber muss man so einen Hund fürchten, der mit sich und seinen Geistern mehr beschäftigt ist als z.B. mit Aladins Lampen, aus denen die Geister kriechen, eben sehr real als strukturelle Maschinen, und müsste man nicht nach Aladins Lampenfabriken schnappen, und nicht nur nach den Geistern. Deleuze würde vielleicht sagen, letztlich sind diese Geister so real wie alles andere.)

Der Minister räuspert sich mehrmals sehr imposant und sehr laut in das Mikrofon. Der Minister reagiert sensibel auf jede Form der Ablehnung, obwohl er während seines Bankettvortrages nur mit einem Ohr die Reaktionen des Publikums mitbekommen hat, die ganze Zeit kam es ihm im Saal stecknadelfallstill vor, und zum wiederholten Mal packt ihn eben wieder die totale Begeisterung, wenn er sich da vorstellt, wie er als ein betrügerischer Kleinganove an schneeweißen Stränden brasilianische Frauenärsche tätschelt, da scheint es ihm gerade deswegen unausweislich, noch einmal auf das ceylonesische Birnenkompott zu sprechen zu kommen, darauf, dass er sich gemeinsam mit seiner Chefsekretärin Frau Schreiner mit enorm viel ausgezeichnetem von Birnenbrand getränktem Kompott einmal zugehauen und sich am nächsten Tag in Gewissensbissen befunden, weil er die furchtbare Trockenheit ihrer Pflaume missachtet hatte (und damit den ubiquitären Schein, es gäbe ein nachvollziehbares Verhältnis zwischen dem Wert und dem Preis der Ware Frau), und er spürt, wie sich seine Fazialismuskulatur unbarmherzig anspannt (psychotische Infektion?) und sein Kopf immens aufbläht. Dr. Dr. Hanselmann, der Hauptrepräsentant der Esperanto Bank am heutigen Abend, trägt einen Anzug aus weißem Crashsamt, trägt das Make-up und das Haar von derselben Farbe wie die braunbeige Holztäfelung über der Bühne; er fasst sich jetzt endlich ein Herz und steht auf und geht hinter das Rednerpult, reicht dem Minister dankend die Hand und mit einem kurzen Schulterzucken erklärt er die Veranstaltung für offiziell beendet, bittet die Anwesenden nun zum Buffet in Saal 6, was bei den Anwesenden auch im Großen und ganzen mit allgemeiner Erleichterung aufgenommen oder registriert, so dass man auch die in die After-Party integrierte Tombola für notleidende Opfer der Wasserpolitik der Firma Nestle in Nigeria und im Kongo mit kollektivem Schulterzucken hinnehmen wird.

Dieser fast quadratische Saal, wäre da nicht eine halbkreisförmige Ausbuchtung im hinteren Teil, gleicht wirklich einem wahren Kino, fast schon einer Kirche mit sehr hohen Decken und schweren, scharlachroten Vorhängen an geschwungenen Fenstern, zwei Säulenreihen, die sich durch den Saal ziehen, frisch gebohnertem Parkett und beichtstuhlartigen Logen, mittlerweile ist das ja alles schon alltäglich und trotzdem religiös, wären da nicht die wild durcheinandergewürfelten Designermöbel, die schon von den Farbtönen her einen makellosen Schrägheitsfaktor ausstellen und zugleich eine eigenartige Schlichtheit demonstrieren; es gibt sogar einige Bauhaussessel von Le Corbusier, Mies van der Rohe oder Isamu Noguchi, aber ansonsten doch meistens postmoderne, weißgraue Tristesse japanischer Designer. Von hoch oben weht aus den großen Lautsprecherboxen leise spanische Flamencomusik ohne Text in den Saal hinein. In der Südostkurve des in reiner Konkavität aufgebauten Buffets steht eine Gruppe von Emporkömmlingen der Esperanto Bank, die wie alle Parias, das meint zumindest der Philosoph Alfons, ihre Herkunft längst verraten haben und sie um jeden Preis vergessen machen wollen, aber schließlich immer wieder von ihr eingeholt werden. Dr. Dr. Hanselmann gestikuliert wieder einmal unglaublich wild, als einer seiner Mitarbeiter sagt, dass die moderne Fassung (Realitätssinn) des Möglichkeitssinns von Musil jene konkrete Wahrheit der Finanzwirtschaft wiedergebe, in der sowohl die Dinge als auch das Geld in ihrer unendlichen Ersetzbarkeit gehandelt werden würden, und Alfons, der zu der Gruppe nur zufällig gestoßen ist, sagt, alle Verhältnisse, in die wir eingelassen oder eingehängt seien, würden in ihrer (obsoleten) Gleichgültigkeit die Strukturalität des »als ob« tragen, wobei der Philosoph eine obszön abwertende Handbewegung macht, als ob er mit der Gruppe rein gar nichts zu tun haben oder als ob er den stechenden Schmerz eines Körperteils verspüren will, das gar nicht vorhanden oder längst amputiert ist (Massenpornographie ist Anwesenheit einer Abwesenheit). Alfons wirkt jetzt irgendwie traurig und nackt, geradezu entblößt, ganz ein Mann ohne Eigenschaften oder Eigennutz, als er ein drittes Spiegelbild vor sich sieht, eines, das schon immer dagewesen sein könnte, das er bisher aber nicht an sich kannte und vermutlich niemals kennenlernen wird. Ein Mann, der mustergültig sauber »mein Virtuelles verlässt mich nie« murmelt, »die Macht des Spektakels bestimmt unsere Äußerungen, die Biomacht steuert unsere Voraussetzungen.« Alfons fühlt sich jetzt rein verfügbar und rein ausgeliefert: er fühlt sich als Larve oder wie die Monade in einer Welt, die nur Atome gebiert (der wirklich abstrakt gewordene Mensch). Als eine Kamera des ZDF während des Auftritts der lokalen Band *Esperanto Hotel*, der direkt vor dem Buffet auf Höhe der Zubereitungen des Restaurants Mondmahl stattfindet, wo schachbrettartig angeordnete Birnen-Roquefort-Tartelettes von den zahlreichen geladenen Gästen gerne verzehrt werden, auf dieselben schwenkt, leuchten schon in vielen Händen Digitalkameras. Das Publikum wird nicht zufällig mal so beim Filmen gefilmt. »Nun gut meine Herren gestehen Sie sich doch ein, dass nur die Zeit Möglichkeiten gebiert. Und Zeit zu verschwenden heißt Geld zu verschwenden, wie schon unser lieber Benjamin Franklin wusste. Wenn nun aber Zeit Geld ist, so ist Geld, das den Weg zum Markt öffnet, notwendigerweise auch Zeit. Geld ist radikale Verzeitlichung, ja selbst der hinterfurzigste oder lächerlichste Tausch nimmt Zeit in Anspruch. Vergessen Sie auch nicht, meine Herren, dass Geld immer Kreditgeld ist, für das die zeitliche Dimension konstitutiv und notwendig ist.«

»Nicht ganz abwegig, was Sie uns da sagen möchten, Herr ... wie ist noch einmal Ihr Name, Herr...« antwortet Dr. Dr. Hanselmann.

»Nennen Sie mich einfach Alfons«, sagt Alfons.

»Herr Alfons. Aber wir müssen doch nun einmal konstatieren, dass dieses dynamische Ungleichgewicht, von dem heute beispielsweise sehr junge Ökonomen wie der Princeton Ökonom Hai Yuan Feng sprechen, doch einwandfrei funktioniert, wenn bei der Zirkulation mehr vom Selben herausspringt, weil der Kredit eben Zinsen bringt, auf Geld als ein Mehr von sich selbst. Stimmt's oder habe ich recht? Wäre es nicht ein Verbrechen gegen das Leben, auf die Geldvermehrung qua Kredit und Verschuldung zu verzichten, was uns letzten Endes ja nur in Armut und Endlichkeit festsetzen würde. Sola fide wird sola credito, als guter Schuldner befinde ich mich in der Pole Position, nun ja, mit Franklin könnte man doch sagen, dass ein guter Schuldner der Herr des Geldbeutels eines anderen ist, aber in Zukunft wird er Kredit und Zinsen zurückzahlen müssen, um glaubwürdig zu bleiben, damit das Geld, auch sein Geld weiter zirkuliert und sich vermehrt, mit einer ordentlichen Rendite sich vermehrt, Herr Alfons, das wollen dir doch alle.« Der auf den Beitrag von Dr. Dr. Hanselmann folgende Applaus seiner Mitarbeiter fühlt sich für ihn selbst wie eine erigierende Krone an, die man ihm gerade aufsetzt, und die Jawohl-Jawohl-Jawohl Rufe sind so einwandfrei kalkuliert, dass es einem beinahe im Gehirn wehtut, dass ja bekanntlichermaßen schmerzfrei ist.

»Wir müssen doch nicht gleich an die unappetitlichen short-sellings denken. Wir wollen das Risiko sehr wohl in Betracht ziehen. Ist unser hedging nicht das Prinzip einer Risiko-Verlagerung und somit der ausdrücklichen Gewissheit, Preisrisiken mit der Streuung von Preisrisiken, spekulative Geschäfte mit spekulativen Geschäften zu versichern? Wenn nicht die Zeit, also Zukunft, was könnte also eine unendliche Ressource voraussetzen? Wenn neue Risikomärkte geschaffen werden, um Risiken abzusichern, so werden eben gegenwärtige Risiken mit künftigen und diese mit den Risiken künftiger

Zukünfte verrechnet. Nun können wir doch nichts dafür, dass amerikanische Normalbürger das Wort save gänzlich falsch verstehen, wenn sie Geld, das sie ja gar nicht haben, mit ausgeben gleichsetzen. Der handelnde Glaube, in diesem Fall zu konsumieren, kann nun doch nicht alle Berge versetzen. Meine Herren, an diesem Problem arbeitet unsere Bank seit Jahren, ohne die Freiheit des Individuums zu vernachlässigen. Stellen Sie sich doch einmal vor, die Freiheit des Individuums wäre auf Gewalt oder der Verletzung des Begehrens der anderen angewiesen. Moment bitte ... Seid anders, seid ihr selbst, dieser Slogan der Esperanto Bank macht ... Entschuldigen Sie bitte.« Hinter dem Buffet, das vor der südlichen Außenwand des Gebäudes aufgebaut ist, sind Hohlspiegel und Konvexspiegel in exakt berechneten Winkeln angebracht, so dass die benachbarten Zellen der diversen Restaurant- und Cateringfirmen sich plötzlich ineinander spiegeln, was zumindest einige Gäste recht konfus macht und hauptsächlich einige der chinesischen Dissidenten regelrecht in seelische Großwetterlagen oder in antikonfuzianische Attituden treibt oder gar mit totaler Irrniss durcheinander bringt, was selbst den Verzehr mancher Speisen wie Langusten oder Austern zu einem echten Abenteuer macht. (Fast allen teilnehmenden Unternehmen ist es gelungen, ein Birnenkompott nach Art des Hauses zu zaubern; aus dem großen Sortiment der Rezepte rund um die Birne findet man u.a. Birnenbrot, süßsaures Birnen-Chutney, Gänsekeule auf Birne und sogar selbstgemachtes Birneneis.)

Vor dem District 3 des Buffets, das ungefähr die Hälfte der Länge eines Handballfeldes bemisst, hat sich ungefähr ein halbes Dutzend verschleierter Frauen versammelt, diskutiert auffällig, obwohl es da einen verschleierten, sehr auffälligen Mann gibt, der in unauffälligem Business-Sakko, mit Krawatte und einer Art Maske – einem grasgrünen Kunstfaseroval, das ein leidlich gelungenes Hexengesicht zeigt, das auf einen schwarzen Samtschleier gestickt ist -, den Frauen die Schau zu stehlen versucht, unter anderem indem er ein Stück Baguette in die dampfend heiße Pekingsuppe tunkt, um es mit einer eleganten Aufwärtsbewegung der rechten Hand durch das Mundloch der Maske in seinen Mund zu schieben. Generell scheint von diesem Bereich des Buffets eine geradezu magische Anziehungskraft auszugehen, so entweichen einer Dame in braunem Chanel-Kostüm skurillste Heullaute, gecuttet nur von ihrem natalen Gurgeln, wenige Sekunden nachdem die Frau Birnenkompott probiert hat, und nun ist ihre Kinnlade sehr angespannt, ihre Lippen beginnen zu zittern, während ihr Begleiter auf graziöse und bemitleidenswerte Art und Weise ihr die Hand hält, während er mit quietschenden Schritten vor und zurück schreitet, was ein lächelndes und zugleich kauendes Gesicht aus der chinesischen Dissidentengruppe G.F.N. mit einem kurzen »Gwau« kommentiert.

Der Saal wirkt seit ein paar Minuten bedrohlich übererregt, er dampft und kocht in und aus einem akustischen Ozean von Zischlauten, Timbres und despektierlichen und schluchzenden Senkungen und Hebungen, verstörten Phonemen und dem zahlreichen Patsch Patsch Konsum verspeichelter Birnenstücke, die unentwegt aus Mündern fallen und knallen, um auf dem Parkett tödlich zu verenden. Alfons umklammert ein Cognacglas, das bis zum Rand mit hochprozentigstem Birnenbrand gefüllt ist, oder ist es vielleicht nur Hustensirup mit der Geschmacksnote Banane oder Birne, er wiegt sich unsicher auf Schlittschuhschuhen hin und her, während sein Gesicht wissentlich rhabdoid bleibt, aber auch wesentlich entleert, was nach der verbalen Tortur oder Folter mit diesem Dr. Dr. Hanselmann auch kein Wunder ist, dem er nicht wegen des managementtechnischen Verhaltenskodex und Kompetenzgerangels, sondern eher wegen dessen hyperprofessionellen Bankdesignerexhibitionismus nicht ganz gewachsen schien.

Alfons' Problem ist die Vereinzelung. Sein Problem ist die Zeit und die Zeit ist das Problem aller Probleme. Alfons weiß genau, dass er lebt, als ob er nicht mehr lebendig ist, um nur noch ein reines Zeichensein zu fristen, das etwas total Ungegenständliches darstellt, eine Reinheit (des Mannigfaltigen) bar jeden Gegenstands, eine Vorstellung, die ihn doch leicht erschaudern lässt. Ein Mann ohne Eigennutz, der die Summe der Berechnungen, der Erniedrigungen und der Kleinigkeiten, die ihn in der Vergangenheit zu dem gemacht haben, was er jetzt ist, in sich spürt, der (innere) Tod kongruent mit der (inneren) Ökonomie. Er hat es reichlich satt, hier gute Miene zum bösen Spiel zu machen oder bloß das Subjekt zu spielen. Reine Verfügbarkeit, reines Ausgeliefertsein als gewrungene Achse in einem Saal ohne Wände. Mit einem seltsam süßen Nachgeschmack verspürt Alfons die Schlichtheit seines statistischen Daseins hier im Saal, ein Kompendium der einfarbigen Langeweile. Alfons ahnt jetzt den eisigen Gestank jener Nicht-Orte, von dem dieser Dr. Dr. Hanselmann auch gesprochen hat, deren Dekorationen nur bunte Fahnen des nackten Grauens sind. Alfons immer nur unter Ausnahme seiner selbst, ihm entzieht sich die Gegenwart nicht, weil er vielleicht wie dieser Dr. Dr. Hanselmann die vielfältigsten Zerstreuungen und Tätigkeiten pflegt, sondern im Gegenteil, sein leichter Gedächtnisschwund kapselt ihn in die ewige Gegenwart ein, in der das abstraktes Empfinden, das Klischee und die zerstreuten Tätigkeiten als Langeweile seinen Weichheitskern immens bedrohen. Abstraktion, die sich als Empfinden zu erkennen gibt, dem Funktionieren im Gleiten im Circus von Drogen, Psychopharmaka und Musik, was er sich dann als ungelungene Gegenwart beständig auf Distanz halten muss. Er weiß genau, dass Dr. Dr. Hanselmann wie ein Kind sterben wird, wie jemand, der nichts in seinem Leben gelernt hat.

Am Morgen nach dem denkwürdigen Esperanto Bank-Marathonlauf, der schließlich nach dem Zwischenfall mit dem Minister noch zu Ende gelaufen wurde und den der Kenianer Robert Mugabe gewann, läuft Tricky Volkmars Nase wie ein leckender Doppelwasserhahn und der schlabbrige Schleim aus seinem Mund scheint langsam eine birnenschalenartige, grüngelbliche Färbung anzunehmen, was sich der Hobbykoch nach dem Genuss von ca. 1,5 Liter hochprozentigen Birnenschnapses in der Nacht hinsichtlich der Ursache auch ganz gut vorzustellen vermag. Mit fortschreitendem Wandern des Zeigers der großen Uhr über dem Herd wird Tricky Volkmar immer nervöser. Der virtuelle Augenblick muss sich jetzt sofort als ein mortaler bzw. morbider Zug aktualisieren, was ihn at once zur Flucht nach vorne veranlasst. Tricky Volkmar qualifiziert sämtliche seiner vielfältigen Krankheitssymptome von nervenaufreibender Absurdität bis zur blässlichen Aufgeregtheit im klapprigen Spiegelbild als äußerst bemitleidenswert, und selbst sein ekstatisches Ganzkörperschwitzen scheint heute durch einen unschönen Verfallsgeruch kontaminiert, und ihn quälen die kleinen Pusteln und Blasen im Gesicht, die er mit recht fahrigem Interesse mit der rechten Hand dennoch geschickt abtastet, ohne dass sie platzen, während er mit der anderen Hand über den durch die Dunstabsauganlage in lachige Inseln gefächelten Puderzucker wischt, über die schwarze, gewarzte Eisenplatte und dann über die scharfe Klinge des schmucken Tranchiermessers. Tricky Volkmar ist von Nervenschweiß durchnässt. Tricky Volkmar wird zum Mittagstisch der Mutantenkirche, der heute in Kooperation mit dem Verein für soziale Diagnose e.V. veranstaltet wird, ein naturbelassenes Birnenschalenkompott gebunden mit Pectin und Leinsamen, also eine Art Birnenschalensülze anrichten und servieren, die sich buchstäblich gewaschen hat, nicht zu flüssig, aber doch leicht feucht, mit einer Konsistenz, die Tricky

Volkmar seit seiner Kindheit ganz besonders liebt und jetzt plötzlich wieder ohne jeden ersichtlichen Grund herbeisehnt. Wenn seine vielfältigen Kompotts längere Zeit im prallen Sonnenschein auf der Veranda vor der Kirche stehen, werden die Speisen so schlaff und so dünnflüssig, dass sogar die Zigeunercliquen aus Rumänien einen weiten Bogen um die angerichteten Biertische machen, und manchmal mutieren die Kompotts zur reinen Flüssigkeit, die sich mit ganzen Kolonien von Fliegen, Insekten und Ameisen wieder nach und nach zu einem klebrigen Brei vermischt.

Als um 13:10 Uhr das gesamte interpersonelle Kollektiv von Zigeunerfamilien meist rumänischer Herkunft, Romas & Sintis, von Stadtwald-Obdachlosen und anderen prekären Personen bzw. verkörperten Sicherheitsrisiken in der Stadt, sogenannten nackten, rechtlosen Menschen, Schulter an Schulter an den langen Biertischen im unterirdischen Saal 6 der Mutantenkirche sitzt, der im kalten Neonlicht wie ein in einen überdimensionalen Bronzesarg eingegossener Sarg glänzt, nachdem man das Mittagessen plus das nach Überzeugung des Chefkochs Tricky Volkmar sehr wohlschmeckende Birnenschalenkompott endlich verdrückt hat, zieht er genüsslich die braune Lederleine der Schiffsglocke aus poliertem Messing zweimal auf und ab (seine ureigene exotische Spielart, das Tischgebet zu erbeten oder gar nicht erst vorzutragen), um die allseits bekannte Aufforderung an die Gäste zu richten, den Saal unverzüglich zu verlassen. »Alle aufstehen und rausgehen«, ruft auch Alonso, gleichzeitig hört man auch noch einige andere willkommene und unwillkommen Laute: Rülpsen, Aufstoßen, Stöhnen und leises Fluchen, gekünsteltes Aufziehen und lautes Räuspern, das Quietschen und Verschieben der Tische, deren Holzbeine konfrontal hin und hergefahren werden.

Mit jedem Schritt der vielen Schritte durch den langen,

graugestrichenen »Korridor der Sühne« geht es bei den Menschen hinaus in den sonnengeplagten Nachmittag. Die Vielfalt der Körpermassen, die sich alle dem gleißenden Licht entgegenschieben, aber im Moment noch im Schatten sind, ist erstaunlich. Und manche der Gäste reden sogar miteinander, manche führen die üblichen Selbstgespräche, während viele andere schweigen, vielleicht weil sie schon ein seltsam leichtes und doch dezibelgetöntes Ziehen im Unterbauch verspüren, das sich fluchtartig, quasi als Flucht aus der Beliebigkeit, bis in den Enddarm fortsetzt, so dass es auf mittlerer Höhe des Flurs tonlos leise, fast postkoital, zu den ersten säuerlichen Entleerungen kommt (das Wort Zuckung und Entleerung auf magische Weise eine Bedrohung der (kontingenten) Kontinenzkontrolle). »Entschuldigen Sie bitte, wo ist die Toilette?«, sagt jemand, aber er sucht vergeblich nach einem deutenden Finger, der ihn den Weg zu einem stinkenden Abort weisen könnte. Selbst Alfons spürt plötzlich eine Art warmen Stein unter den Füßen, bis er erneut auf etwas Glitschiges tritt, um dann auf ein dünnflüssiges Exkrementalhäufchen zu schauen, das von der Farbgebung vom dunkelbraunen Laminatboden kaum zu unterscheiden ist. Noch in den Katakomben fließen also Flüssigkeiten verschiedener Konsistenz und Geruchsintensität aus den Öffnungen der ermüdeten und total gestressten Körper, die sich immer panischer – vielleicht auch im Rahmen unbewusster Fantasien, die nun als gangbare Wege, vielleicht die einzig gangbaren Wege erscheinen – schleunigst zu den Steintreppen hinbewegen, welche an der Frontseite des Kirchengebäudes zum Vorgarten des Kirchengeländes hinaufführen. Links neben Alfons scheint sich ein älterer türkischer Mann kaum noch gegen seine Entleerung zu wehren, im Zuge derer seine Schreie immer lauter werden, bis es klingt, als werde er von einem todbringenden Orgasmus geplagt oder werde wahlweise gleich in Tränen ausbrechen. Aber wegen des kollektiven Furzens und Rülpsens, das sich seltsamerweise mit vereinzeltem Gelächter und Pfiffen mischt, die zum Ausgang hin lauter werden, ist von ihm schnell nichts mehr zu hören. Ein schwarz gekleideter Moslem huscht mit einer leeren Colaflasche den Flur entlang, er bleibt unter einer schwachen LED-Leuchte stehen, hält die Flasche zwischen die Hinterbacken und drückt so fest darauf, bis sie sich endgültig zwischen die Backen schiebt, aber in der Hitze des Gefechts vergisst er, sich der Cordhosen zu entledigen. Das Gefühl, in der Falle zu sitzen, hat Alfons schon sehr oft im großen Speisesaal der Mutantenkirche beschlichen, wenn er zum Beispiel gekrümmt oder verlassen auf der langen Holzbank ohne Lehne gekauert oder geschmort hat, eingezwängt zwischen nervtötenden, zahnlosen und lamentierenden Zigeunerinnen und stämmigen, schmatzenden, alten Männern, deren Münder oft offen stehen und zu schrecklich hellbraunem Brei gekaute Speisen freigeben, als wäre es das Normalste auf der Welt. Tricky Volkmar, der die keineswegs schleichenden, ja fast jetzt schon stürmischen Gehbewegungen an der großen Eingangstür des Speisesaals lehnend mitverfolgt, stellt ein gedankenbewegtes Gesicht zur Schau, scheinbar ist er selbst etwas überrascht, als er die ersten braunen Spuren und Patscher auf dem Fußboden sieht, bei weit vorgerecktem Kopf, so dass es den Anschein hat, als hätte er doch nicht ganz unbeabsichtigt das ewig Gleichbleibende der Tafelrunde manipuliert; er zeigt zudem sein breites humorvolles Lachen voll schlechter Zähne. Er greift nach seinem linken ausgestreckten Arm, den die gefakete Rolex schmückt, dreht die Uhr unwirsch hin und her, ohne die Kette nach und nach scheißender Menschen, die anscheinend verzweifelt nach einem komfortablen Rhythmus suchen, ganz aus dem Auge zu verlieren, und schüttelt seine Hand synchron zu seinem dicken Kopf, so dass die fettigen Haarsträhnen wie Peitschenhiebe gegen das Teakholz der Eingangstür klatschen, während er entdeckt, dass vereinzelte Männer, die noch am wenigsten verrückt oder bedrängt aussehen, gerade dabei sind, sich vor der Stahltür am Ende des Flurs laut gestikulierend zu versammeln. Warum kann dieses Pack nicht einfach Mal ohne zu Murren oder zu Klagen seine Scheißanweisungen befolgen, denkt er, und sich nach dem Mittagessen extrem zügig oder kraftvoll vom Kirchengelände entfernen, so dass er seine wohlverdiente Mittagsruhe endlich genießen und sich in aller Ruhe mit seinem selbstgebackenen Käsekuchen und einem Gläschen Gin beschäftigen kann, und schließlich müsste er sich mal keine Sorgen darüber machen, ob ausgerechnet wegen der Nichtbeachtung seiner Anordnungen die ganze Scheiße in der Moselstraße (von vorne) beginnt, unkontrollierte Entleerungen biologischer und psychosomatischer Art oder künstliche Mini-Riots bis zum total ziellosen Herumeiern oder Rotieren der ermatteten Körper auf den Bürgersteigen bis zum Hauptbahnhof.

Der virtuelle Augenblick oder der Modus des molekularen, des fast nichtigen Dehnens und Kontrahierens der Zeit, kommt anscheinend wie ein Schock oder überfallartig zu den Gästen, Zeit spaltet sie, spaltet ihre trügerische Gegenwart, die aus einem Riss in der Zeit stammt, Mikroschocks treiben es nach Gusto mit ihnen, bleiben unwahrnehmbar und werden ständig geschnitten und verlassen das gesamte Kollektiv in Form so endlos beschissenen Durchfalls, dass schnell die gesamte vor kurzem gewässerte Rasenfläche mit teilweise pfeilgeschwind hockenden und in diversen Tonlagen stöhnenden oder seufzenden Menschen belagert wird, mit einigen ziellos Herumirrenden, die entweder brüllend ihre Hosen nach unten ziehen oder rasch ihre Röcke anheben, und mit aus allen Träumen gerissenen Leuten, denen einfach das Überfallartige der Zeit keine Spanne oder nicht das minimalste Intervall mehr lässt, die Entleerung in die Kleidung hinein zu verhindern. Der kollektive Affekt der beschissenen Aufregung ist nicht in der Zeit, er macht die Zeit. In einer braunen Lache liegt die verkrampfte Gestalt einer jungen Frau, die kurz vor der Entleerung noch schattengeboxt und dabei keinen Laut von sich gegeben hat. Sie liegt da mit vor Entrüstung oder Entspannung geöffnetem Mund, schwer zu erkennen, vielleicht will sie es einfach nicht wahrhaben, und in ihrem schwarzen Haar kleben ein paar Exkremente. Tricky Volkmar, der jetzt am rostigen Eisengitter, dem Toreingang zur Straße hin lehnt, verschränkt die Arme und wirkt sehr nachdenklich, erkennt aber auch sehr schnell, dass mindestens fünf Tanklastwagen und circa zehn Wasserwerfer der städtischen Polizei durch den obersten Kommissionsleiter der Sozialstation Mutantenkirche e.V. unverzüglich angefordert werden müssen, um der buchstäblich exkrementellen Sauerei Herr zu werden, wobei es ihm nicht im Geringsten einfällt, genauer zu beleuchten, woher und wodurch der ganze Scheiß bloß verursacht worden ist, hat er doch zum Mittagessen in mit leckerem Rührei gebackene, dünne Spaghettifäden und das unter großem Beifall aller Anwesenden als Biokost angekündigte Birnenschalenkompott auftischen/servieren lassen. Stehen ist im Moment weitaus besser bzw. effektiver als Gehen, und zur Frage des Liegens will Tricky Volkmar sich da nicht äußern, als er sieht, wie der Schädel einer Frau tief in einer braunen Pfütze versinkt. Tricky Volkmar wendet sich nur noch entsetzt ab, er versucht eine kleine Weile zu träumen oder er glaubt zumindest, dass er träumt, bis er erneut sacht und vorsichtig die Augen öffnet und sieht, dass einige Männer wie an einer Schnur aufgezogen auf dem Rücken liegen und sich die Hände vor die Kehlen halten. Blitzschnell dämmert es ihm jetzt: Bei diesen Menschen ist die Scheiße selbst (als) Abjekt die (verlorene) Konfrontation mit der Zeit des Chronos geworden, der scheinbar (körperlich fassbaren) Wirklichkeit der Zeiterfahrung, indem sie von nun an durch die Differenz von Vergangenheit und Zukunft so besetzt wird, dass die Differenz weder das Vorher noch das Nachher bezeichnet, sondern die Differenz selbst, den atopischen Ort, das paradoxe Nun der Gegenwart, dass sich hier in den letzten Minuten unglaublicherweise in Scheiße materialisiert und entmaterialisiert hat zugleich.

Alfons, der inzwischen hinter einen über zweihundert Jahre alten Nussbaum zu entgleiten versucht, erlebt dieses Mal die Hybris des Alles-schon-erlebt-Habens aus einer vollkommen neuen, für ihn äußerst peinlichen Perspektive, so dass er nun mehrmals demütigst darum fleht, dass ihm jemand jetzt sofort zur Hilfe eilt, um ihn etwa mit einer schwarzen Plane abzuschirmen, damit er in aller Ruhe sein Geschäft verrichten kann. Er gleitet wie ein Gewichtheber in die Hocke, und beginnt, sich an den kleinen schwabbelnden Brüsten zu ziehen, als müsste er sich etwa durch Selbstbefriedigung ablenken; und als er es kommen fühlt, wirft er den Kopf nach vorne und reißt Mund und Augen weit auf, während er weiterhin irgendwie ruhig zu bleiben versucht, um nur leise noch ein Lied von Hans Albers vor sich hin zu pfeifen oder vielmehr zu singen und dabei etwas zu jammern, was ebenso aus den Schriften Nietzsches wie denen von Cioran stammen könnte. Selbst aus der Ferne scheint das Spektakel Tricky Volkmar jetzt irgendwie zu gefallen: Seine Augen weiten sich, während er sich im Metrum eines Technobeats begeistert die Faust an die Stirn schlägt. Scherbenbesetzte Abfallkolonnen dringen gerade aus Alfons Enddarm, piesacken die zarte Haut mit einer Art mikrokleiner Glassplitter, es sind hyperscharfe Chilis in einem zähflüssigen Brei von Leinsamen und Birnenschalenschnipseln, und bei der kleinsten Veränderung/Verrenkung der Hocke spürt Alfons schmerzhaft sein athritisches Hüftgelenk und seine glasknirschenden Beine, er hört das grässliche Knacken seiner Knie und ein nicht Intendiertes Ahhh, das er ja gerne durch ein gehauchtes No, mon amour ersetzen würde, wenn ihn nicht der grässliche Gedanke an das von der Blitz-Zeitung auf ihrer heutigen Hauptschlagzeile erwähnte Menschenfleisch an einer Dönerbude in der Münchner Straße davon abhalten würde, ein Gedanke, der jetzt den sehr gradlinigen Durchfallfluss begleitet, der flüssigkeitslastiger ist als der als zähflüssig und zugleich als turbulent zu begreifende Schub kurz zuvor. Ohne jeden Gedanken an Bedeutungen zu spinnen, hallt ihm das Wort Menschenfleisch in 3/4 taktigen Resonanzen und Wiederholungen durch den Kopf, hollywoodkinoartige Bilder von Massenpanik in 3D ziehen vor seinem inneren Auge auf, die in keinem noch so schwelenden Verweis zur Realität oder Irrealität stehen (diesseits einer von Gott oder Menschen fabrizierten Wirklichkeit), während sein enzephalisiertes Nervensystem meldet, dass glänzende, scharfe Klingen aus Edelstahl, die fest in runden Holzgriffen sitzen, sein Bein von der Achillessehne bis zum Musculus gluteus maximus in drei Strängen aufschlitzen und sein Fleisch vom Knochen trennen, patsch, Alfons widersetzt sich dem Emailrachen der Zeit mit einem letzten verflüssigten Fluch, zieht danach wütend seine braune Tweedhose hoch, rückt seinen zerknitterten Hut mit den tesafilmverklebten Pfauenfedern zurecht und sucht händeringend die mit großen braunen Pfützen übersäten Grasflächen nach seinen beiden Alditüten ab, die er im ersten Schreckensmoment vor dem allmächtigen Schiss, als sie noch direkt neben den abgelatschten Stöckelschuhen einer alten Zigeunerin lagen, quasi als Auffangbecken für die erste heiße Entleerung zu benutzen gedachte, doch ein innerer Aufschrei, begleitet von einem rachitischen Lachen der Zigeunerin, das wie eine Allergie gegen Benziodiaprin oder andere Amphetamine daherkam, verbot ihm die sofortige körperliche Detonation in die Plastiktüten. Er kriecht zwischen diversen schwer dampfenden Pfützen herum, spürt im Intestinum crassum so etwas wie eine Fülle der Leere, ein zäher Exzess, der ganz nahe am metastisierenden toten Fleisch ist. Er fühlt sich ein bisschen wie die Karikatur einer Marionette, die er nun schon seit Jahren ist oder immer war, so genau weiß er das nicht mehr, und wie gerne würde er jetzt ein Paar Gummihandschuhe benutzen, als er seine geliebten, mit mikrofeinen braunen Flekken, Farbtupfern und Punkten bespritzten Alditüten – als hätte ein mittelmäßig begabter Maler aus Frankreich neues Leinwandmaterial für seine impressionistisch inspirierten Klecksereien entdeckt – inmitten einer riesigen brodelnden und scharf schwitzenden Pfütze schwimmen sieht, dass er halb schon weinend die Augen einfach schließen muss, während die Küchenmesser noch immer an seinen ausgemergelten Beinen auf und ab schneiden. In seiner linken Kniekehle pocht ein unregelmäßiger Puls. Nach Hilfe ruft Alfons nicht. Jetzt erst ertönt ein voluminöses Grollen, dann ein kalibriertes Plopp, und das nicht ganz zufällig, weil Alonso auf dem Rasen mehrere doppelte Handstandüberschläge praktiziert hat, um mehrmals nach vorne zu fliegen, wobei auf dem Scheitelpunkt der Flugbahnen jeweils eine hellbraune Fontäne durch seine hellblaue Adidassporthose in die Höhe schießt/ spritzt, gewiss auch eine visuelle Attraktivität, bei der Verdauungsdysfunktionen und körperbetonte Waffentechniken ineinander verfließen oder übergehen. Fluchttrieb und pathologischer Trieb treiben als Double Bind ein ungutes Spiel mit Alonso, als ob die Aktion des Als ob gestaltwerdend daherkäme, bis der Körper sich endlich entschließt, ein für alle Mal auf beiden Füßen zu landen und stehen zu bleiben. Alonso hat schon drei Tage lang hauptsächlich Äthylalkohol konsumiert, Hauptbestandteil des Anti-Grippesafts Wick Medinait, allerdings in so geringen Dosen, dass da weder neurochemisch noch verdauungstechnisch eine Gefahr bestand, dass sich das feuchte Gras jetzt so brennend für seine ätzenden Ausscheidungen interessiert.

Es riecht vor der Mutantenkirche auch massiv nach Natriumchlorid, Bilirubin und Alkoholschweiß, auch der beißende Gestank der ubiquitären Urinaden mag durchaus mit im Spiel sein. Alonso fühlt sich immer noch wie schwebend, luftig leicht, angeleint etwa nur an einem wasserstrahlgetriebenen Rucksack JetLev-Flyer, eine tolle amerikanische Erfindung, die er in einem Fachmagazin für Design & Lifestyle entdeckt, das er in der U4 in Richtung Bergen-Enkheim aufgesammelt hat. Währenddessen kniet der abopulare Alfons nun schon seit Minuten mit seiner formlos weiten schwarzen Nylonjacke direkt vor einem riesigen knurrenden Dalmatiner (Mut eines Blinden, der nicht sehen will), hat plötzlich sogar die bekotete Fliegerbrille von Alonso auf dem Kopf, und er rühmt systematisch das Pharmakon, das die Unentscheidbarkeit des Simulakrums selbst ins Spiel bringt, ein guter Schiss wie reine Arznei und pures Gift/Geschenk zugleich, Skansionen von fruchtbaren Spuren, die der Verunreinigung des reinen Geldes beistehen und sich zur Blumengirlande entfalten. Alfons sieht kotige, gummierte Finger eines Mitarbeiters der Kirche einen Hundekiefer auseinanderbiegen, der eine Pakkung Bohnen oder Bonbons quetscht, von deren chemischer Zusammensetzung er seltsamerweise gar nichts wissen will, obwohl er zugleich darüber nachzudenken versucht oder bereit ist. Man hört das brausende Röhren der Polizeifahrzeuge. Während bei leichtem Südwestwind der beißende, ja der überwältigende Ökogestank schnell in mikroturbulenten Strömungen zirkuliert, hyperhydraulische Kräfte, die den Luftraum von Frankfurt füllen und die in fraktale Wolken aufgefächert werden, deren Gestank, wenn sie einen einhüllen, kaum noch auszuhalten ist, hat der Abteilungsleiter des Männerwohnheims der Kirche für die beiden unzertrennlichen Freunde des gegenseitigen Kreditierens, das um seine Adressierbarkeit sehr wohl weiß, nur ein wiederkehrendes ziemlich plemplemoides »Das Ereignis ist das Persönliche ist das Notwendige« übrig. (Selbst auf den Computerbildschirmen in der Polizeizentrale Mitte Süd ist plötzlich nichts mehr wie es war, denn die Kommunikation erscheint jetzt fremdreferenzfrei oder wahlweise fremdreferenzüberhäuft, jedenfalls herrscht hybride Unreinlichkeit oder Uneinigkeit, denn hyperdifferent wird Umfang und Proliferation des Übertragenen, die Heterogenität und die Interferenz der Medien, werden Hörbarkeit und Sichtbarkeit verstreut, um Referenz und unterschiedliche Weisen der Übertragung übertragen zu können, Adformanz als hinzukommende Formgebung schöner Körperstellungen, autoreferentielle Dynamik, installative Gestaltungen, automatisch und doch voll von Selbsttätigkeit (Selbstentzug gegen den Zug, der im Zug ist), Permutativität der Videoaufnahmen in hörbare Exkrementalerotik.)

Alfons schreit: »Einer von uns wird zuerst sterben.« Alonso antwortet nicht. Nichts kommt dazwischen. »Oh Freunde, es gibt keine Freunde.« Eine andere Natur spricht zur Kamera als zum Auge. Wäre doch Alfons wieder einmal in seiner anorektischen Verbohrtheit steckengeblieben und hätte lieber ein Buch gelesen als diesen Schund hier in der Tafel zu sich zu nehmen, eine Verbohrtheit, die er sich seit der unglaublichen Mästung während seiner Kindheit zumindest phasenweise angewöhnt hat, eine Abstinenz, die die Fiktion unmittelbarer Befriedigung supplementiert, so hätte er es sich leidlich in seiner Bildungskrypta gemütlich machen können, aber Alonso, dieser Arsch, erweckte ihn ihm wieder mal die Hoffnung, dass ausgerechnet dieses Mittagessen ein wenig Glückseligkeit bringen könnte, damit er von seiner retroviskulären Stimmung der Ernüchterung wieder runterkäme, die der Abend im Römer ihm irgendwie ja gebracht hatte. »Obwohl ich nicht verkleinern möchte, was du durchgemacht hast, bist du im Vergleich zu mir doch ganz gut davongekommen«, sagt Alfons zu Alonso. »Na ja, ich nehme an, dass mein Verdauungsapparat einfach etwas stabiler ist, aber spätestens am Ententeich wird der Schiss wieder losgehen, da trügt mich mein Gefühl kein bisschen.«

Es ist ein rauer, sonniger, warmer, windiger Tag in Frankfurt, an dem Alfons und Alonso keine Lust haben, nach der fürchterlichen kollektiven Schissaktion, die von mindestens fünfzehn spritzenden Wasserwerfern der städtischen Polizei radikal beendet worden war, und nach der Duschaktion in Alonsos Wohnung, die auch sehr komisch gewesen war, zuhause zu bleiben und vorm Fernseher rumzuhängen; es ist wahrlich ein seltsamer erster Werktag nach dem Marathonlauf am Sonntag, an dem es bisher weder in den Fußgängerzonen oder der Börse noch an den Bankentowern zu besonderen Vorkommnissen gekommen ist. Eigentlich ein idealer Tag, um ein bisschen zu halluzinieren, zu fraktalisieren und um jedes öffentliche Spektakel zu vermeiden. Nun, in das Spektakel der kollektiven Entleerung, in den Skandal als Teil des ökonomischen und politischen Spektakels als Event, waren sie ja vollkommen unfreiwillig hineingezogen worden, keiner von beiden hatte etwas ähnliches je miterlebt.

Die Männer machen sich auf zum Ententeich, obwohl man sich heute gerade dort nicht sicher sein kann, dass sich nicht wieder unerfreulicherweise große Menschenmassen vor allem am Spätnachmittag versammeln, nicht nur entlang der Uferböschungen des Teichs, sondern auch in den Waldgebieten rund um das Ausflugsrestaurant Zur Wildschweinklause oder um die weiträumig abgezäunte und neu entstehende Mühlanlage für Sondermüll auf der dem Teich abgekehrten Seite südöstlich in Richtung Neu-Isenburg, eine Anlage, die im Moment vor allem die Obdachlosen mit ihren Abfall-Körper-Komplexen kongruieren. Es steht in öffentlichen Räumen ja längst zur Debatte, das Müllproblem endlich mal zu amerikanisieren.

Alfons fühlt sich plötzlich komplett unfähig, die zukünftige Langeweile zu fürchten, oder die zukünftige Anwesenheit, denn man muss ja fest weiter an etwas glauben, trotz der unschlüssigen Gefahr, die sich da um einen herum aufbaut, vielleicht ist es der Staat, vielleicht der Sondermüll, der da an einem kratzt, weiser ist es jedenfalls, so zu tun, als würde man gar nichts mehr bemerken und beharrlich nur den Wunsch forcieren, der man selber ist. Die Eindringlinge würden dann keine Chance mehr besitzen. Urplötzlich weht wieder die Hoffnung euphorisch im Windschatten seines Denkens, für Sekunden. Aber es fällt Alfons schwer, davon zu sprechen, die Sprache fehlt einfach. Alfons tritt erneut auf Exkremente. Das schüttelt ihn und vernichtet at once die kurzfristige, die viel zu kurzgeratene Ekstase des Denkens. Wenn er sich da recht erinnert, hat Alonso in der Mutantenkirche weder gegessen noch geschlungen, sondern in kannibalistischer Manier einfach nur in sich hineingefressen. Alfons denkt an den Willen zur Macht, an die Lächerlichkeit des Willens und an die Wirksamkeit der Macht. Die Macht der Sucht und die Sucht der Macht. Nach dem nächsten Schiss wird zumindest Alonso zu 100% in den Kleidern in den Ententeich steigen. Den Enten wird Alonso mal das Fürchten lernen, so lange bis deren sowieso unhörbare Schreie unter Wasser verstummen. Da hören seine ephemeren Gedanken einfach auf. Für kurze Zeit hütet Alonso sich auch, das maschinelle Summen und Surren aus der Ferne genauer zu registrieren, Geräusche von Schaufelradbaggern oder anderen Maschinen, von deren Funktionsweise er überhaupt keine Ahnung hat. Direkt am Wasser sitzt eine flatterhafte Ente, sie hat nur noch ein Bein, das andere liegt neben einem blauen zerfetzten Camper-Rucksack. »Das Ding gehört getötet«, sagt Alonso, die drei t des Wortes nochmals hart akzentuierend kickt er das halbtote Tier vor Alfons Augen in den Teich, blasphemisch. Der Wind wird kaum stärker, er schnieft und sabbert, als hätte man ihm das böse Pfeifen verboten. Auch die Gleit- und Zischlaute Alonsos sabbern. Es handelt sich wohl um ein psychisches Schlüsselphänomen, was Alfons von nun an zu sagen sich hüten wird, denn alles droht jetzt plötzlich ein sabberndes Zischen zu werden, der Wind, die Äußerungen Alonsos, jeder Ruf der Antifas und das kosmische Ritornell, alles kämpft scheinbar um und gegen Alfons, trifft ihn hart, beleidigt ihn und knallt ihm knallhart an den Kopf. Allesknalltihmandenkopf. Das ist das grauenhafte Resümee des bisherigen Tages. Eine Ente krächzt wie ein Rabe. »Es gehört ihr der Hals durch-geschnitten«, sagt Alonso. Alfons fällt die fast schon philosophische Trennung im Wort durchgeschnitten auf. Es ist da plötzlich etwas von ihm selbst in der Präzision, mit der Alonso das Wort durch-geschnitten trennt. Alonso erinnert sich also durch das Wort. »Man kann verdammt noch mal seiner Wut Ausdruck verleihen können ohne vernichtende Kritik zu befördern«, sagt Alonso, »das ist eine Struktur«. Alfons und Alonso gehen zweimal forsch oder stur im Stechschritt um den Ententeich, natürlich die vier Alditüten schwenkend und die Körper kippend von einem Schlagloch in das nächste, am Spätnachmittag instabil unzertrennlich, vom einem Lapsus in hochwertiges UV-Licht steppend, ein unvordenkliches Duo unter dem Einfluss der vermeintlichen Funkatierung der Sonne, alimentalisiert, totalimentalisiert.

Von weitem erklingen die astralisierten Spuren eines durch einen Software Synthesizer generierten pfeifenden und zischenden Sounds, der dennoch milde daherkommt und Gefühle des Furors und der Sehnsucht zugleich arrangiert oder synthetisiert. »Die Flugzeuge fliegen heute so hoch am Himmel und wir sind so klein«, sagt Alonso mit seltsam perlmuttriger Stimme. »Wir sollten nicht wachsen ohne zugleich kleiner zu werden«, antwortet Alfons. »Aber nicht der Wald, sondern das Labor ist der Möglichkeitsraum, wo die Affekte zu Waffen und die Waffen zu Affekten moduliert und zu neuen genetischen Lebensformen synthetisiert werden.« Die Antifas haben zur Beschmückung der Uferböschungen im Abstand von drei Metern auf kniehohen Rattan-Hockern Comic-Gesichter aus Plastik angebracht, die den Gesichtern von führenden Repräsentanten des Staatsapparates nicht unähnlich sind, komische Plastikbälle in neonrot oder hellblau, vielleicht fünfundzwanzig Zentimeter, vielleicht dreißig Zentimeter Durchmesser, also wesentlich größer als ein Fußball oder Basketball, die hier auf den abgegrasten Wiesen oder auf Anhöhen oder Lichtungen auch gar nicht zum Einsatz kommen. Aus Alfons' Sicht ist das total kindisch oder zeugt von einer ziemlich statischen Ironie, nicht sehr weit von absoluter Unbeweglichkeit oder Katatonie entfernt, wo eben die Geschwindigkeitsvektoren ausgeblendet werden und die Comicisierung gleich der Versteinerung der Grimasse ist, die persistiert und keinerlei Überstürzung, Fortsturz oder zumindest den ironisierenden Ausrutscher in der Zeit erzeugen kann. Alfons sagt: »Der Affekt ist die schnelle Entladung der Emotion, der Gegenschlag, während das Gefühl immer nur eine verschobene, verzögerte und beharrliche Emotion ist. Alonso, ich glaube, diesen Satz von Deleuze/Guattari haben die Politikaktivisten hier im Stadtwald immer noch nicht verstanden, geschweige denn praxeologisch gelesen. Mir scheint die Persistenz, mit der hier eine ziemlich sparsame, ja eine hyperlibertäre und hyperdemokratische Politik zugleich betrieben wird, langsam ungeheuerlich oder unheimlich. Mmhhh. Stell dir vor, diese Emotionen und Gedanken, die man hier denkt, sind immer nur unvollkommen, denn wo sollen wir mit all den anderen Gedanken, Tendenzen und Emotionen hin, von denen wir in diesen Momenten bevölkert werden, die an diesen Punkten hätten aufkommen können, mir fehlt hier einfach der Weitblick oder nenne es das Denken der Potenziale, das ein körperliches Denken ist. Mmhhh. Mir fehlt einfach der höhere Kontext, der über die kleinen Gemeinschaften hinausweist, Pontenziale, die einfach aktualisiert werden müssen.«

»Du bist heute aber mal wieder furchtbar passionell, mmhhh, oder wie das auch heißt.« »Nun ja, meine persönliche Schieflage will ich nicht mit Hilfe der Einnahme des Schmerzmittels Paracetamol justieren.«

»Sollte mans?«

»Während der Plan schon immer scheitert, ist das Experiment nicht unbedingt zum Scheitern verurteilt.«

»No jo.«

Es ist wie eine unausgesprochene Übereinkunft der beiden, dass sie jetzt das Gespräch nicht mehr weiterführen. Kurzfristiges Schweigen.

»Aber gibt es nicht, gerade wegen des Ausschlusses hier im Stadtwald, die Möglichkeit zum Beispiel Experimentallabore für neue Praktiken zu etablieren, andererseits erscheint mir die körpergestützte Verortung der Leute hier im Stadtwald genau das Problem zu sein, sozusagen der springende Punkt, nun, diese schreckliche Ortsgebundenheit wäre prinzipiell in Frage zu stellen. Alonso, im übrigen auch bei uns selbst. Figuren vom Typ des tertius miserabilis, die Überflüssigen, die Ausgeschlossenen und die Sündenböcke, die gerade durch ihre Extraterrestrialisierung oder Exteriorität den Konsens immer wieder stabilisieren, siehe uns, korrespondieren sie doch mit den Apparaturen der symbolischen Praktiken, die Grenzziehungen zwischen dem Innen und dem Außen der Institutionen beständig absichern. Schwellenrituale, Praktiken des Einlasses und der Aussperrung, Funktionen der Unterbrechung, inkorporiert in Grenzwächtern, Bodyguards, Psychologen, Therapeuten, Sekretären – Figuren des Dritten. Unterbrechung erfüllt also die paradoxe Aufgabe, nämlich, genau an der Stelle der institutionellen Zäsur Übergänge und Verbindungen zu stiften, damit das Allgemeine – die Bestimmung der Institution - in den Kontinua des gewöhnlichen und partikularen Lebens seinen Ort finden und dennoch davon substanziell geschieden werden kann. Treiben wir es stattdessen lieber mit den Dingen.«

Noch deutet nichts auf die Abenddämmerung und die kommende Dunkelheit hin. Trotz der Plastikgesichter rund um den Ententeich haben sich an den Uferböschungen bis jetzt nur wenige Politaktivisten versammelt, kaum Obdachlose oder Penner und kein einziger Waldarbeiter oder Sicherheitsbeamter der privaten Sicherheitsdienste.

»Das hier ist seltsam. Verdächtig ruhig, viel zu ruhig. Wie das unsichtbare Zentrum eines Meditationsclubs. Auch dort drüben sind sie seltsam gefasst oder diszipliniert. Passt überhaupt nicht in die seltsame Installation rund um den Teich. Ich erinnere mich an die Schilderungen über eine Installationsreihe zur Finanzindustrie in einem Hochhaus im Westen von Frankfurt. Da soll es eine Art Krematorium, Sarg oder Tresor gegeben haben, durch den ein Kernbeck-Gleichstrom-Schaltkreis lief. Elektronik, die angeblich die Dynamik des Börsenhandels visualisieren sollte. Ich meine, hätte man die Plastikbälle hier an ein Stromnetz angeschlossen, würde es wenigstens eine unvorhersehbare Abendbeleuchtung geben oder eine Kunstinstallation, endlich mal ein Grund auch in der Abenddämmerung hier spazieren zu gehen.«

Alonso überhört das lieber geflissentlich, denn abends raucht er zuhause gewöhnlich mehrere Pfeifchen und schaut sich US-DVDs aus der Exploitation Ära oder Filme mit den Marx Brothers oder Mr. Bean an. Die Temperatur im Stadtwald sinkt jetzt gegen Abend schnell ab, obwohl sich die Lichtverhältnisse bis jetzt nur unmerklich verändert haben. Alonso schwingt die Alditüten jetzt energischer als noch vor fünf Minuten, während Alfons eine Miniversion seines Kopfkreisens zum besten gibt, ein kurzes Kreisen im Abstand von zwei Minuten, das sich auf ein sehr enges Intervall reduzieren kann, wenn Alfons in Form kommt oder an seinem persönlichen Simulationshebel dreht, denn die Funktion der Geste ist schwer einzusehen, wenn man nicht weiß, dass sie beinahe ausschließlich zur Absicherung bzw. Versicherung seiner selbst dient, wobei aber nie ganz ausgeschlossen ist, dass sie sich nicht an einen anderen richtet. Schon die Generation nach Alfons hätte ihn für dieses seltsame Verhalten beinahe in die Klapse gesteckt, an der Universität hat er deshalb die Geste weitgehend vermieden. Schon zu den Zeiten als Philosophieprofessor gab es damals an den Universitäten die ersten sogenannten Stresstests, an denen diejenigen Professoren, ja er erinnert sich, diejenigen mit den glanzlosen Augen und den erschöpften Gesichtern besonders litten; es waren Tests, die erst zehn Jahre später von den großen Banken, Großkonzernen und diversen staatlichen Institutionen nach und nach übernommen wurden. Alfons möchte es ja nicht beschwören, aber je mehr er den Kopf im Gleichtakt zum Schwingen der Alditüten schwenkt, desto stärker erscheint ihm die Möglichkeit, dass diese Stresstests für seinen Rauswurf aus der Universität verantwortlich gewesen sein könnten. Und je mehr flammende Löcher er mit dem Kopf in den Luftraum über dem Ententeich brennt, desto stärker wächst in ihm die Überzeugung, dass es gar nicht anders gewesen sein kann. Die administrative Leitung oder das Controllingsystem damit zu beeindrucken, in dem man zum Beispiel mit Dry-Erase-Filzmarkern zur allgemeinen Verständlichkeit seiner Vorlesungsstrategien Stadien, Pfade und Verzweigungen in der Philosophiegeschichte auf ein Whiteboard skizziert, das kam für ihn damals überhaupt nicht in Frage.

Leichter Geruch von Abgasen und Essensresten, keinerlei Duft von Blüten oder Bäumen, die sich abends im Wald verströmen. Von den drei möglichen Abzweigungen an der Nordostflanke des Teichs nehmen die Männer regelmäßig die linke Abzweigung, weil diese direkt zu ihrer Stammparkbank führt. Alonso lacht und boxt Alfons gegen die Schulter. Es soll wohl ein freundschaftlicher Klaps sein, doch er tat ein bisschen weh und bringt Alfons total aus der Denkfassung. Alonso kündigt an, dass er das kleine aufgerissene Loch einer der beiden Aldiplastiktüten mit Kreppband oder gebrauchtem Tape zukleben und aus der zweiten Alditüte den schweren und verderblichen Mist entfernen wird, um den Supergau, das Platzen der Tüten zu verhindern; er fühlt sich gezwungen, neben der Entsorgung der funktionsuntüchigen Grundig-Kamera verderbliche Nahrungsmittel wie den 250 Gramm luftdichtverpackten, mittelalten Gouda, die klebrigen Harzer Roller und einen Becher Ayran vielleicht doch in einem der Großkühlschränke der Antifas im unterirdischen Küchentrakt, der sich unter dem Eingang quer diagonal gegenüber der Parkbank befindet, für ein paar Tage verstauen zu lassen, aber nach wie vor ist weit und breit kaum ein Politaktivist zu sehen. Sich am fast etwa vierzig Kilogramm schweren Gulli zu betätigen, bei seinem sagenhaften Gelenkrheuma und den arthritischen Ellenbogen, bei denen auch elastische Bandagen nichts mehr ausrichten, das will er sich selbst nicht zumuten, zuletzt auch nicht wegen der um oder auf dem Gulli liegenden Tonnen von Mars-Schokoladenriegelverpackungen, gebrauchten Kondomen, geschneuzten Tempotaschentüchern, Coladosen und geknackten USB-Sticks und Playermaterial, das meistens jüngere Leute mitbringen, um sich ein bisschen MP3-Musik zu gönnen, möglicherweise könnte er ja zumindest die Käsesorten kurzfristig auch in der Känguruhtasche von Alfons Tweedjacke verstauen, aber dann wäre wohl echt die Hölle los und das ganz traditionelle Bestrafungsrepertoire eines gescheiterten Philosophen käme dann zum Einsatz, wobei dessen Gedankenstrahl im Augenblick die Zeitsegmente rückblickend und vorausblickend dahingehend bearbeitet, heterogene Gesteinsschichten des Semantischen und des Körperlichen nach oben und unten zu schleifen und zu segregieren, und Alonso wird sicherlich die Macht des Körpers von Alfons, nämlich, zu affizieren zu spüren bekommen, weil Alfons ihn schon des Öfteren gewarnt oder vorgewarnt hat, der sich in diesem Fall nicht für die Stärke des Schwachen interessieren wird. Immer noch, wie je, bewegen sich an den Uferböschungen Gehstöcke wie Seegras, als wären die Vasen in denen sie stehen, mit Wasser gefüllt und sie, die Stöcke, sind in Wirklichkeit Pflanzen. Von der plötzlichen Kraftanstrengung eines Ellenbogenstoßes quasi schwer gedemütigt durchfährt Alonso offensichtlich ein so kathartischer Schmerz, dass Alfons glaubt, Alonso würde im Zuge des den Schmerz begleitenden archaischen Aufschreis die verqueren Augen hinter der Fliegerbrille total verdrehen, na ja bitte, Alfons hat wohl doch schon ein Bier zuviel getrunken, vor allem als er irgendwie erschreckt sieht, wie Alonso am Federkleid einer kleinen Ente zieht, es aber nicht brutal quetscht. Alfons' Gesicht wird abwechselnd grau und rot und die Augen taumeln hin und her, auch weil er, just als er sich umdreht, sieht, wie hinter ihm in unmittelbarer Nähe eine Gruppe von jungen Leuten auf Skateboards sanft auf dem nichtasphaltierten Gehweg dahin gleitet und dabei, während sie die Fahrt verlangsamt, den Plastikbällen mit den lustigen bunten Politcomicgesichtern knallhellrote Basecaps überstülpt, was von einem ohrenbetäubenden piratischen oder aufrührerischen Geschrei begleitet wird, das durch einen Jungen, der auf dem Gepäckträger eines Fahrrads sitzt, mit unzähligen Snapshots und Rufen wie »Achtung, Achtung, hier spricht die Polizei« oder »Bitte recht freundlich« kommentiert wird. Der junge Mike versteht sich aufs Knipsen. Mikes Gesicht ist wirklich knallrot angelaufen vor Freude. Mike schmunzelt mehr als intensiv, wobei er gierig und meditativ freuderfüllt ein violettes Jelly Bean Bonbon lutscht. Unverschämte Münder können gut lutschen, befindet Alonso, der sich aus lauter Ärger vor allem wegen des wilden Geschreis, das ihm echt ein bisschen Angst ums eigene Leben eingejagt hat, die Fliegerbrille vom Schädel und zum Entsetzen Alfons eine Walter P88 aus der linken Tasche seiner Bomberjacke gerissen hat. Tränensackige Regentropfen fallen unentwegt in 3/4 Takt-Lücken zwischen die 55 Zentimeterschritte Alonsos, dessen eine Alditüte arhythmisch gegen sein graustrümpfiges Scheinbein pendelt, während er mit der Pistole wild in der Luft herumfuchtelt, dass es Alfons allein schon beim Zuschauen im Kopf wehtut, bevor einer der Skateboardfahrer so entschlossen auf Alonso zurollt und so gezielt von dem Fahrradfahrer begleitet wird, dass Alonso sofort klar wird, dass hier Gefahr im Verzuge ist, er wirft sich mit einer klassischen Flugbewegung nach links und ballert einfach drauflos, und wahrscheinlich durchfährt die dritte Kugel die Schulter des Fahrradfahrers und trifft den jungen Mike mitten ins Herz, der leblos zur Seite kippt und mit dem Kopf gegen einen Plastikball (der die Visage des Ministers für Gesundheit und Sport hat) knallt, so dass ihm das Jelly Bean Bonbon aus dem Mund spritzt und in einer wunderschönen Hyperbelflugbahn in den Ententeich platscht. »Hab ichs doch gewusst, wer hier der Übeltäter im ganzen Game war«, schreit Alfons und klopft seinem Freund Alonso anerkennend auf die Schulter, der angenehm überrascht zusammenzuckt. Alonsos Blick schießt zwischen zwei schiefernen Wolkendecken hindurch ein Loch, und Alonso denkt nur noch: »Geschafft.«

Achim Szepanski
Pole Position
Roman
ca. 800 Seiten, Paperback
ISBN 978-3-98-13227-0-5

Das Fantasma, der Sex erfordere das Geld und das Geld ziehe den Sex nach sich, vermittelt Mansfeld, einem Fondsmanager, die semantische Spannung eines Siegers, der von dem lebt, was ihm am besten passt. Gegen Anti-Bankerslogans wie »Mit Derivaten handeln ist wie auf Pferde wetten« setzt er die Formel »Mit Derivaten handeln ist wie Pferdchen laufen lassen«, und gewinnt. Es begleiten ihn zwei Mitstreiter, den von philosophischen Diskursen besoffenen Chief K, der in den Tabledancebars der Stadt herumirrt, und Snaffu, den ein Unfall im Kindesalter mit einer besonderen Gabe entschädigt hat, mit deren Hilfe er in einer von Mansfeld angemieteten Villa das Body-Design von Models, eine Mischung aus virtuellem Body-Sculptering und Tätowierungspraktiken übernimmt. Figuren wie Dr. Schönblick tauchen auf, seltsame Schnitt- und Sexualpraktiken werden ausgeübt, obskure Geschäfte gemacht, und wer weiß schon mit welchem Erfolg. Ein Apparat von essayistischen Fußnoten und linguistischen Materialien ergänzt den Roman.

Achim Szepanski
Verliebt ins Gelingen
Roman
ca. 1000 Seiten, Paperback
ISBN 978-3-98 13227-1-2

Eine Casting-Groteske. Prominenz-Light. Mittelmäßigkeit ist relativ, wenn man bedenkt, dass im Casting in diversen Simulationskammern Wettkämpfe aller Art ausgefochten werden, jeder gegen jeden, um vor einem Millionenpublikum zu dokumentieren, dass die einen eher zum Morden, die anderen eher zum Sterben geschaffen sind. Kann man der Spirale aus Freiwilligkeit und Reglementierung, die sich zwischen Gecasteten und Produzenten/Fernsehsendern/Jury abspielt, jemals wieder entkommen, wenn sich die Protagonisten erst einmal in sie hineingedreht haben? Wer den Erfolg erkämpft, ist niemandem zu Dank verpflichtet, wer verliert, findet keine Adresse, bei der er sich beschweren kann. Ob das Spiel aufgeht?